BASTEI
LÜBBE

Hedwig Courths-Mahler

Die Flucht vor der Ehe

Heide Rodenau kämpft um ihr Glück

BASTEI LÜBBE

BASTEI LÜBBE TASCHENBUCH
Band 15 165

1. Auflage: Juli 2004

Vollständige Taschenbuchausgabe

Bastei Lübbe Taschenbücher ist ein Imprint
der Verlagsgruppe Lübbe

Umschlaggestaltung: Produktionsagentur Martinez, Köln
Titelbild: George C. Beresford/getty–images
Satz: hanseatenSatz-bremen, Bremen
Druck und Verarbeitung: AIT Trondheim
Printed in Norway
ISBN 3-404-15165-8

Sie finden uns im Internet unter
www.luebbe.de
www.bastei.de

Der Preis dieses Bandes versteht sich einschließlich
der gesetzlichen Mehrwertsteuer.

Hedwig Courths-Mahler

Die Flucht vor der Ehe

BASTEI LÜBBE

I

Mona Runeck war froh, daß sie aus dem lauten Festtrubel in das stille Nebenzimmer flüchten konnte. Ihr Kopf war ganz wirr von all den gesellschaftlichen Phrasen, die sie mit den vielen Gästen ihres Vaters hatte tauschen müssen, und sie bewunderte ihre Stiefmutter, daß sie nicht müde wurde, allen Anforderungen, die dieses Fest an sie stellte, gerecht zu werden.

Mona war dieses laute Treiben nicht gewöhnt, ihr Leben hatte sich bisher in großer Stille und Zurückgezogenheit abgespielt. Und nun war sie plötzlich von dem Vater heimgerufen worden, sollte plötzlich der gesellige Mittelpunkt in seinem Haus sein. Dazu hatte sie weder Neigung noch Talent. Nirgends fühlte sie sich heimat- und wurzelloser als in ihrem Vaterhaus.

Sie war zwar jedes Jahr einige Wochen daheim gewesen, aber da hatte man sie nie gezwungen, am geselligen Leben teilzunehmen. Bisher war sie zu jung gewesen, um in die Gesellschaft eingeführt zu werden, und ihre noch sehr jugendliche Stiefmutter hatte es auch gar nicht gewünscht, sich an der Seite einer erwachsenen Tochter zu zeigen.

Früher, wenn Mona auf kurze Zeit zu Hause war, hatte sie still auf ihrem Zimmer gesessen, wenn Gesellschaft im Haus war. Leise waren dann nur Musik und Stimmengewirr zu ihr herübergeklungen. Manchmal hatte sie das verlockt, ihr Buch fortzulegen und hinunterzuschlüpfen in eins der Nebenzimmer, von wo sie ein wenig dem festlichen Treiben zugeschaut hatte. Das war ganz unterhaltend gewesen. Sie brauchte ja nicht mitzutun. Und eines Abends, als sie wieder auf ihrem Lauscherposten hinter dem Vorhang gesessen hatte, war ein junger, hochgewachsener Herr in dies Nebenzimmer gekommen, um verstohlen eine Zigarette zu rauchen. Mona hatte nicht fliehen können, weil er sie dann hätte sehen müssen. Sie war viel zu scheu, um das zu wagen. Beklommen hatte sie hinter dem Vorhang gesessen und durch einen schmalen Spalt den jungen Herrn beobachtet. Und ihr Herz hatte dabei sehr stark und laut geklopft.

Dieser junge Mann war Bernd Kronau, der Sohn eines Freundes von Monas Vater. Er hatte keine Ahnung gehabt, daß er von zwei scheuen Mädchenaugen beobachtet wurde. Noch weniger hatte er geahnt, da er sich ganz allein glaubte, daß er in dieser Stunde eine große Eroberung gemacht hatte. Denn von dieser Stunde an gehörte Monas junges Herz diesem Mann, mit dem sie nie ein Wort gesprochen hatte.

In ihrer Unerfahrenheit ahnte sie nicht, daß es eine schnell emporgekeimte Liebe war, die ihr Herz so unruhig bei seinem Anblick klopfen ließ. Aber ihre Augen konnten nicht von dem eleganten jungen Herrn lassen, dessen schlanke, kraftvolle Gestalt ihr so gefiel und dessen Gesicht ihr vom ersten Sehen an so sehr sympathisch war. Inner wieder vertiefte sie sich in die energischen, gut gebildeten Züge des jungen Mannes, und es entging ihr keine Einzelheit. Als er schließlich seine Zigarette geraucht hatte, sich erhob und in den Saal zurückkehrte, schlüpfte sie davon und suchte wieder ihr Zimmer auf.

Und wenn sie nach jener Zeit wieder einmal für einige Wochen nach Hause gerufen wurde, fragte sie sich immer zuerst, ob sie wohl den jungen Herrn wiedersehen würde, den sie nicht hatte vergessen können. Es war ihr noch einigemal gelungen, ihn wiederzusehen, ohne daß er eine Ahnung gehabt hatte, daß er heimlich beobachtet wurde. Wenn Gesellschaft im Haus ihres Vaters war, dann war auch er anwesend, und immer wieder schlüpfte sie zu ihrem Lauscherposten im stillen Nebenzimmer, um einen Blick auf ihn zu tun. Und wenn sie ihn sah, dann klopfte ihr Herz in lauten, schnellen Schlägen.

Eines Tages hatte sie auch gehört, wer er war. Gerade in dem Zimmer, in dem sie versteckt war, traf er eines Tages mit ihrem Vater und ihrer Stiefmutter zusammen. Sie hatten einige Worte gewechselt, und daraus hatte Mona erfahren, daß der junge Mann, der ihr so wohl gefiel, Bernd Kronau war.

Zuweilen war nun in ihr die Sehnsucht aufgewacht, an den Geselligkeiten mit teilnehmen zu dürfen. Wie herrlich müßte es sein, mit diesem jungen Mann zu sprechen. Er hatte eine so warme, gute Stimme, die sich ihr ins Herz geschmeichelt hatte. Sie beneidete die jungen Damen, die mit ihm sprechen und tanzen durften, und wünschte sich brennend, daß sie so schön sein möge wie viele unter ihnen. Denn sie gefiel sich selbst gar nicht. Mit schwerem Herzen blickte sie jetzt in den Spiegel und sah bekümmert, daß sie mit dem breiten Streifen von Sommersprossen, der ihr Gesicht geradezu entstellte, durchaus kein schöner Anblick war.

Daß sie sehr feine und angenehme Züge hatte, wundervolle Augen und herrliches Haar, entging ihr völlig, sie sah immer nur die entstellenden braunen Flecken, die ihr feines Näschen so seltsam breit erscheinen ließen und wie ein dunkler Strich von der Nase über die Wangen verliefen.

Früher hatte sie das nie gestört, aber jetzt bekümmerte sie dieser braune Strich, der zu ihrem Leidwesen auch im Winter nicht weichen wollte. Und ihre Stiefmutter hatte zu ihr gesagt:

»Du müßtest etwas gegen diese Sommersprossen tun, Mona.«

Aber damit war der Fall für die Stiefmutter erledigt, und Mona wußte nicht, was sie dagegen tun sollte, ahnte nicht einmal, daß man so etwas entfernen konnte.

Als nun ihr Vater vor kurzem geschrieben hatte, sie müsse endlich nach Hause kommen, um in die Gesellschaft eingeführt zu werden, da schlug ihr das Herz sehr unruhig. In die Gesellschaft eingeführt zu werden, das hieß für sie: Bernd Kronau gegenüberzustehen, ihn kennenzulernen. Und das erfüllte sie teils mit jubelnder Freude, teils mit scheuer Beklommenheit.

Sie ahnte nicht, daß ihr Vater erst von ihrer Tante, bei der sie seit seiner zweiten Vermählung lebte, darauf hingewiesen werden mußte, daß es an der Zeit sei, Mona in Gesellschaft einzuführen. Da hatte sich dann auch Monas Stiefmutter bereit erklärt, an der Seite einer erwachsenen Stieftochter in der Gesellschaft aufzutreten.

Mona dachte auch jetzt nur an Bernd Kronau. Sein Bild lebte als etwas Herrliches, Wunderschönes in ihrem jungen Herzen, und unruhig und erwartungsvoll war sie diesmal heimgereist und sah ihrer ersten Gesellschaft entgegen.

Würde sie ihn nun kennenlernen, mit ihm sprechen dürfen?

Dieser Gedanke hatte ihr den Abschied von Tante Herta, von dem verwitweten Vetter Lothar und seinem kleinen Sohn, mit denen zusammen sie bisher ihr Leben verbracht hatte, seit der Vater die zweite Frau heimgeführt, etwas leichter gemacht. Denn diesmal sollte sie nicht nur für einige Wochen, sondern für immer in ihr Vaterhaus zurückkehren, und das hätte sie viel tiefer betrübt, wenn nicht eben Bernd Kronau zuweilen in das Haus ihres Vaters kommen würde.

Die ersten Wochen fühlte sie sich dann auch sehr einsam und unglücklich. Das Zusammensein mit ihrer Stiefmutter, der sie kühl gegenüberstand und der sie nur lästig war, quälte Mona. Und dem Vater war sie so fremd geworden, seit er sich wieder verheiratet hatte. Nur der Gedanke an Bernd Kronau half ihr ein wenig über diese Wochen hinweg. Mit unruhiger Erwartung sah sie nun dem ersten Fest im Haus ihres Vaters entgegen. Die Stiefmutter fuhr mit ihr in verschiedene Modehäuser, in denen sie neu ausgestattet wurde, und sie freute sich zum ersten Mal an schönen Kleidern. Während der Anproben fragte sie sich, ob sie Bernd Kronau wohl ein wenig darin gefallen würde. Aber wenn dann ihre Stiefmutter neben ihr seufzte und unzufrieden in ihr von Sommersprossen entstelltes Gesicht sah, wurde sie schrecklich kleinmütig. Nein, sie würde Bernd Kronau sicher nicht gefallen mit den häßlichen braunen Flecken über der Nase. Einmal fuhr ihr die Stiefmutter mit einer dicken Puderschicht über diese Stelle, aber das half nur ganz kurze Zeit. Und dann brachte sie ihr irgendeine Salbe. Dadurch sollten die Sommersprossen verschwinden. Eifrig gebrauchte Mona dieses Mittel, aber vergeblich, die braunen Flecken blieben. Da gab es Mona seufzend auf, von dem Schönheitsfehler je befreit zu werden. Aber der Gedanke daran bedrückte sie immer mehr, je näher der Tag der ersten Geselligkeit heranrückte.

Nun war der Abend herangekommen. Bernd Kronau war wirklich anwesend, und das Fest war glänzend, wie alle Festlichkeiten in dem Runeckschen Hause. Dafür sorgte schon die schöne Stiefmutter Monas, deren Ehrgeiz es war, eine große Rolle in der Gesellschaft zu spielen.

Für Mona hatte dieses Fest nur den einen Wert: Bernd Kronau offiziell kennenzulernen, mit ihm sprechen zu dürfen, vielleicht gar mit ihm zu tanzen.

Und ach, dieser Augenblick, nach dem sie sich so lange gesehnt hatte, auf den sie sich so sehr gefreut, der war nun vorüber – und hatte ihr nur eine schmerzliche Enttäuschung gebracht. Denn der Mann, der ohne es zu wissen ihr ganzes Herz besaß, hatte sie nur kühl und kritisch angesehen, einige höfliche Worte mit ihr gewechselt und sich dann mit aufleuchtenden Augen einer anderen jungen Dame zugewandt, die herangetreten war. Sie hatte kaum gewagt, ihn anzusehen, hatte erschrocken vor seinem kühlen Blick die Augen gesenkt und schmerzlich zugehört, wie liebenswürdig und angeregt er sich mit der anderen schönen jungen Dame unterhielt.

Wie ein schwerer Stein lag ihr das Herz in der Brust.

Scheu war sie beiseitegeschlichen, ohne daß er Notiz davon genommen hatte, und war durch den Festtrubel in das stille Nebenzimmer geflüchtet, von dem aus sie früher die Gesellschaft belauscht hatte. Sie sank seufzend in den Sessel, der hinter schweren Samtvorhängen in einer tiefen Fensternische stand.

Was sollte sie in diesem Haus, in dem sie so fremd geworden war? Seit die Stiefmutter hier ihren Einzug gehalten hatte, war es keine Heimat mehr für sie. Kein Mensch brauchte sie, niemand kümmerte sich um sie. Was sollte sie noch hier, seit Bernd Kronau sie so kalt und kritisch angesehen hatte?

Nie in ihrem Leben war sie sich so unglücklich, so verlassen vorgekommen, obwohl sie sich schon oft recht einsam gefühlt hatte in ihrem jungen Leben.

Nun saß sie reglos in ihrem Versteck, froh, daß sie hier kein Auge erblicken konnte. Die Hände hatten sich krampfhaft in ihrem Schoß zusammengefaltet, die Augen hielt sie fest geschlossen, als wolle sie nichts mehr sehen, und so ließ sie den Schmerz sich immer tiefer in ihr Herz hineinbohren. Ach, daß sie wieder bei Tante Herta sein könnte und bei dem kleinen Gerd. Dort hatte man sie doch lieb. Weshalb hatte der Vater sie plötzlich nach Hause kommen lassen? Um sie in Gesellschaft einzuführen? Was sollte sie in dieser Gesellschaft, in der sie sich so entsetzlich fremd fühlte, in der sie sich in ihrer Scheu so linkisch und so unbeholfen benahm, weil sie immer kritische Blicke auf sich ruhen fühlte. Und Bernd Kronaus Augen hatten am fremdesten und am kritischsten auf ihr geruht.

Wie weh ihr das getan hatte, wie unbeschreiblich weh!

Und der Vater hatte auch keine Zeit für sie, er wurde so leicht ungeduldig und verstand sie längst nicht mehr. Er hatte nur Augen und Ohren für seine schöne junge Frau.

Sie wollte gerade einen tiefen Seufzer ausstoßen, konnte ihn aber gerade noch zurückhalten, als sie in ihrer Nähe Stimmen hörte. Erschrocken blinzelte sie durch einen schmalen Spalt im Vorhang und sah, wie sich zwei Herren dicht neben ihrem Lauscherposten in zwei Sesseln niederließen. Sie hatte deren Kommen in ihrer schmerzvollen Versunkenheit nicht bemerkt. Zu ihrem Schrecken erkannte sie in dem einen Bernd Kronau, der für dieses Zimmer anscheinend eine besondere Vorliebe zu haben schien. Den anderen älteren Herrn kannte sie auch, es war Bernd Kronaus Vater, der Freund ihres Vaters. Sie hätte jetzt um keinen Preis der Welt ihren Platz verlassen und an Bernd Kronau vorübergehen mögen. So blieb sie reglos sitzen, obwohl sie sich sagte, daß sie jetzt jedes Wort hören müsse, das die beiden Herren zusammen sprachen.

Hoffentlich sprachen sie nur über gleichgültige Dinge. Und eine Weile blieb es ganz ruhig. Dann endlich fragte Bernd Kronau:

»Was wolltest du von mir, Vater? Du gabst mir verstohlen ein Zeichen, daß du mich hier in diesem Zimmer sprechen wolltest.«

Georg Kronau, der Vater, richtete sich nervös auf und sah seinen Sohn unruhig an.

»Du hast dich wieder viel zu lange und zu eingehend mit Fräulein Weimann unterhalten, Bernd, und hast sie mit viel zu feurigen Augen angesehen.«

Bernd Kronau lachte sorglos.

»Aber Vater, Susanne Weimann ist doch wert, daß man sich mit ihr beschäftigt. Sie ist nicht nur ein blendend schönes Mädchen, sondern, was mehr wert ist, sie hat Geist und ist liebenswert.«

»Aber – sie ist gänzlich vermögenslos, mein Sohn«, sagte der Vater bedeutungsvoll.

»Deshalb kann ich mich doch mit ihr unterhalten«, meinte Bernd ruhig.

»Und dabei vergißt du ganz, dich um Fräulein Runeck zu kümmern«, stieß der Vater unmutig hervor.

Mona zuckte zusammen, als plötzlich ihr Name fiel, und nun hätte sie viel darum gegeben, wenn sie weit weg von hier gewesen wäre.

Bernd Kronau sah seinen Vater erstaunt an.

»Weshalb soll ich mich denn um Fräulein Runeck kümmern?«

»Aber Bernd, hast du ganz vergessen, daß ich dir gesagt habe, du sollst dich ihr soviel wie möglich widmen?«

Wieder lachte Bernd Kronau auf.

»Vater, das kannst du wirklich nicht von mir verlangen. Dieses reizlose, verschüchterte kleine Mädel mit den unbeholfenen Bewegungen, das kaum ein Wort ohne Stottern hervorbringt und die Augen niederschlägt, wenn man mit ihm spricht, das ist doch keine Gesellschaft für deinen Sohn. Und dann solltest du noch wissen, daß es mir geradezu Unbehagen schafft, wenn ich mit einer Frau sprechen muß, die einen unklaren Teint hat. Ich habe von Fräulein Runeck kaum etwas anderes gesehen als einen scheußlich braunen Streifen von Sommersprossen über Nase und Wangen, und da habe ich meine Augen so schnell wie möglich von ihr abgewandt.«

»Das höre ich nicht gern, Bernd, gegen solche Äußerlichkeiten muß man angehen. Es ist mir sehr unangenehm, daß du so von Fräulein Runeck sprichst. Sommersprossen sind doch nur kleine Schönheitsfehler.«

»Aber wenn sie so in Massen und so entstellend auftreten, sind sie für mich geradezu abschreckend.«

»Ich bitte dich, Bernd, laß diese törichten Reden. Da du meine Anspielungen nicht verstanden hast oder nicht verstehen willst, muß ich deutlicher werden. Mona Runeck soll deine Frau werden.«

Mit einem entsetzten Blick fuhr Bernd zu seinem Vater herum.

»Um Gottes willen! Diese personifizierte Reizlosigkeit mit dem häßlichen Teint? Meine Frau? Nein, Vater – ausgeschlossen! Ich hoffe, das ist nur ein Scherz von dir.«

Georg Kronau atmete tief und schwer.

»Nein, Bernd, es ist bitterer Ernst! Mir ist nicht nach Scherzen zumute.«

Bernd richtete sich wie kampfbereit hoch.

»Aber ich denke gar nicht daran, jetzt schon zu heiraten, und dann am wenigsten dieses kleine Greuel.«

»Ich verbiete dir, so von ihr zu reden. Du vergißt, daß sie eine der reichsten Erbinnen ist.«

»Das macht sie für mich weder schöner noch begehrenswerter. Ich habe ganz gewiß nicht die Absicht, mich an eine reiche Erbin zu verkaufen. Bitte, Vater, laß diesen Gedanken fallen. Du bist mit ihrem Vater sehr befreundet, das weiß ich, und ihr habt vielleicht beide diesen Plan ins Auge gefaßt, eure Kinder miteinander zu verheiraten. Aber ohne mich. Ich heirate ganz bestimmt niemals eine Frau, die mir so zuwider, zum mindesten ganz und gar gleichgültig ist. Sie flößt mir nicht die geringste Sympathie ein. Das habe ich doch gottlob als dein Sohn nicht nötig, meine Freiheit an so ein unschönes, unbedeutendes Geschöpf zu verkaufen, nur weil sie eine reiche Erbin ist.«

Wieder atmete der alte Herr tief und schwer. Dann sagte er heiser:

»Du irrst, Bernd, du hast es sehr nötig, eine reiche Heirat zu machen.«

Erschrocken starrte Bernd in seines Vaters blasses, düsteres Gesicht.

»Vater!«

»Schweig, nicht so laut, mein Sohn. Es ist hier nicht der Ort, darüber zu sprechen, aber du mußt unbedingt heute abend noch wissen, wie die Dinge liegen, damit du den schlechten Eindruck verwischen kannst, den du bisher sicher auf Fräulein Runeck gemacht hast. Sie wird die Auswahl haben unter zahlreichen Freiern bei ihrem Reichtum. Also höre gut zu: Du zwingst mich, jetzt gleich Farbe zu bekennen: ich stehe dicht vor dem Ruin.«

Bernd Kronau erblaßte.

»Vater – um Gottes willen!«

»Es ist so, Bernd, ich muß nächstens den Bankrott ansagen,

wenn mir nicht schnell Hilfe kommt. Deine Verlobung mit Fräulein Runeck eröffnet mir sofort wieder Kredite, die mir jetzt verschlossen sind. Weiß Gott, ich hätte es dir gern erspart, aber alle Hilfsquellen sind erschöpft, ich bin am Ende mit meinem Latein. Und so habe ich es als Rettung in höchster Not angesehen, als mein Freund Runeck mir vor einigen Tagen das Angebot machte, dir seine Tochter zur Frau zu geben.«

Mona zuckte hinter dem Vorhang so erschrocken zusammen wie Bernd.

Dieser sagte fassungslos:

»Herr Runeck hat dir das angeboten?«

»Ja, ich hätte an diesen Rettungsanker gar nicht gedacht in meiner Verzweiflung. Aber Runeck sagte mir, daß seine Frau auf den Gedanken gekommen sei. Man will scheinbar die Tochter, die in dieser jungen Ehe lästig ist, so schnell wie möglich an den Mann bringen. Es geht nicht an, daß man sie länger von zu Hause fernhält. Die Tante hat das ihrem Vater nahegelegt. Aber die schöne junge Stiefmutter will natürlich nicht gern so eine erwachsene Tochter um sich haben.«

Bernd strich sich über das Haar.

»Das arme Kind!« sagte er mitleidig.

Und er ahnte nicht, daß dieses gute, mitleidige Wort von Mona gehört wurde und ihr heiße Tränen in die Augen trieb, die sie mühsam unterdrückte.

»Halte dich an dies Mitleid, Bernd, das wird dir alles leichter machen. Ich muß dir gestehen, daß mir dies Anerbieten Runecks wie eine Erlösung von schlimmer Pein erschien. Fräulein Runeck besitzt von ihrer verstorbenen Mutter her schon ein großes Vermögen, über das sie sofort verfügen kann, ganz abgesehen davon, daß sie auch die Erbin ihres Vaters wird, denn seine zweite Ehe wird ganz sicher nicht mehr mit Kindern gesegnet. Da sie gleich über ein großes Vermögen verfügt, bedeutet das sichere Rettung für uns, Rettung für die Firma Kronau. Du wirst nun, nachdem du alles weißt, vernünftig sein und dich noch heute eingehend um Fräulein Runeck bemühen. Das Herz dieses jungen Mädchens zu gewinnen wird dir nicht schwer fallen. Die Hauptsache ist, der erste zu sein.«

Bernd Kronau war sehr blaß geworden, Mona konnte das von ihrem Versteck aus sehen. Seine Züge waren angespannt, und seine Lippen hatten sich fest aufeinandergepreßt. Jetzt warf er den Kopf zurück.

»Nein, Vater, du verlangst Unmögliches von mir. Ich kann mich nicht um Geld verkaufen. Wie verächtlich müßte ich mir selbst erscheinen! Ich will für dich arbeiten, ich habe ja viel gelernt und bin jung und gesund. Aber verlange nicht von mir, daß ich mir selbst untreu werden soll.«

Der Vater atmete gepreßt, daß es wie ein Stöhnen klang.

»Wenn du nicht hilfst, Bernd, dann bleibt mir nur – den Ruin meines Hauses überlebe ich nicht!« stieß er hervor.

»Vater!« rief Bernd entsetzt.

»Du weißt nun, wie alles steht, Bernd. Ich habe dir nichts mehr zu sagen. Ich – ich will dich nicht zwingen, wenn es dir unmöglich ist«, sagte der alte Herr leise und kraftlos.

»Ist denn keine andere Hilfe möglich, Vater?«

»Keine – ich habe alles erwogen.«

Eine Weile saßen die beiden Herren schweigend einander gegenüber. Vom Saal herüber klang leise die Musik und das Lachen fröhlicher Menschen. Der Vater saß blaß und düster dem Sohn gegenüber, und dieser starrte ihn an, als müsse er sich überzeugen, daß keine andere Lösung möglich sei. Aus dem verzweifelten Gesicht seines Vaters las er, daß alle Hoffnung vergebens sein würde. Es zuckte in seinen Zügen, und die Augen, diese sonst so lebensfroh strahlenden Augen, die Mona Runeck so sehr liebte, blickten erloschen.

Mona saß wie erstarrt von allem, was sie hatte hören müssen. Ihr eigenes Leid vergaß sie jetzt über dem Leid Bernd Kronaus. Sie konnte sein Gesicht sehen durch den schmalen Spalt im Vorhang, las den schweren Kampf, den er mit sich ausfocht, und hätte in tiefster Herzensnot laut aufschreien mögen. Nicht an sich dachte sie jetzt, sie spürte nur, daß sich Bernd Kronaus ganzes Wesen wie im Entsetzen aufbäumte gegen das Opfer, das man ihm auferlegen wollte, und wie er doch vor Angst geschüttelt wurde, daß der Vater seine Drohung ausführen könne. Er wehrte sich mit zusammengebissenen Zähnen dagegen, daß er »das kleine Greuel« zu seiner Frau machen, daß er sich überhaupt um Geld verkaufen sollte. Oh, wie gut konnte sie ihn, trotz allem Leid, das er ihr unbewußt antat, verstehen. Entsetzen las sie in seinen erloschenen Augen und zugleich Angst, weil das Leben des Vaters auf dem Spiel stand, wenn er sich nicht opferte. Sie dachte nicht an das, was ihr soeben zugefügt worden war, sie mußte nur denken, daß Bernd Kronau sich opfern sollte für diesen alten Mann, der sein Vater war. Und ein Gefühl des Hasses gegen seinen Vater stieg in ihr auf. Wie konnte er seinen Sohn mit einer solchen Drohung ängstigen?

Ach, daß sie ihm helfen könnte, dem Mann, den sie nicht hatte vergessen können, seit sie ihn zuerst gesehen hatte.

Jetzt erhob sich Georg Kronau langsam und schwerfällig.

»Wir können hier nicht länger bleiben, es könnte auffallen. Wir müssen zur Gesellschaft zurück. Du weißt nun alles, Bernd, bei dir liegt die Entscheidung«, sagte er heiser.

Bernd riß sich zusammen.

»Gibt es wirklich keinen andern Ausweg, Vater? Würde dir dein Freund Runeck nicht helfen?«

»Um solche Summen, wie ich sie brauche, um den Ruin von meinem Hause abzuwenden, kann man keinen Freund bitten. Und – er würde vielleicht sein Angebot, dir seine Tochter zur Frau zu geben, zurückziehen, würde ich ihm meine Verhältnisse klarlegen. Ich lasse dich jetzt allein, überlege und triff deinen Entschluß. Denk nicht an mich – ich ziehe einen kurzen Schluß vor, wenn mir keine Hilfe kommt.«

Bernd lachte heiser auf.

»Und mit dieser Aussicht soll ich einen andern Entschluß treffen, als mich zu fügen? Du läßt mir ja keine Wahl, Vater!«

»Ist es denn so schwer, Bernd?«

Bernd biß die Zähne zusammen.

»Kannst du dir denken, daß mir leicht wird, etwas zu tun, wofür ich mich selbst verachten werde?«

»So tu es nicht, Bernd, laß die Dinge laufen«, sagte Georg Kronau müde.

Bernd sprang auf.

»Geh nur! Ich – ich werde es tun – muß es tun, was du von mir forderst, aber, bitte, laß mich jetzt allein, nur fünf Minuten«, stieß er verzweifelt hervor.

Da ging der alte Herr langsam davon. Bernd Kronau warf sich wieder in seinen Sessel. Ein leises Stöhnen brach aus seiner Brust. Und er ahnte nicht, daß dicht neben ihm, nur durch einen Samtvorhang getrennt, das junge Mädchen saß, das er heiraten sollte, um seine Firma vor dem Untergang zu retten, um seinem Vater das Leben zu erhalten.

Wie hatte es nur soweit kommen können? fragte sich Bernd. Er konnte sich diese Frage nicht beantworten. Er wußte nicht, daß sein Vater, um Inflationsverluste zu decken, angefangen hatte zu spekulieren, und daß er sich dadurch vollends zugrunde gerichtet hatte.

Ganz plötzlich stand er nun nach dieser Unterredung mit dem Vater der erschütternden Tatsache gegenüber. Er hatte freilich in letzter Zeit gemerkt, daß die Firma mit einigen Schwierigkeiten zu kämpfen hatte. Da er im Geschäft seines Vaters arbeitete, konnte ihm das nicht ganz verborgen bleiben, aber er hatte es für eine unbedeutende, vorübergehende Störung gehalten, die bald behoben sein würde.

Was sollte er tun? Gab es für ihn noch eine Wahl? Konnte er den Vater sterben lassen? Für sich selbst fürchtete er den Ruin der Firma nicht, er war ein tüchtiger Kaufmann und konnte sich gewiß weiterhelfen, auch den Vater mit durchbringen, wenn das

Schlimmste kam. Aber der Vater überlebte den Untergang der Firma nicht. Das wußte er. Daß er dieses kleine, reizlose und, wie ihm schien, unbedeutende Mädchen heiraten sollte, das der eigene Vater trotz ihres großen Vermögens ausbieten mußte, um sie loszuwerden, das war noch nicht einmal das schlimmste, aber daß er sich verkaufen sollte, daß er vor sich selbst verächtlich erscheinen mußte, das drückte ihn nieder.

Die arme Mona litt in ihrem Versteck tausend Qualen, mit ihm und um ihn, aber sie regte sich nicht. Er durfte nicht ahnen, daß diese Unterredung mit seinem Vater einen Zeugen gehabt hatte – niemand durfte es wissen.

Endlich erhob sich Bernd Kronau, und sie sah, wie bleich er geworden war, wie sein Gesicht in dieser kurzen Zeit tiefe und harte Linien bekommen hatte. Herb preßten sich die Lippen aufeinander wie in einem schweren, festen Entschluß, und seine Augen blickten starr und leer.

Mona tat das Herz weh. Wie gern hätte sie ihm helfen mögen! Sie sah ihm nach, wie er langsam in den Saal hinüberschritt. Er hatte wohl eingesehen, daß es keine Wahl für ihn gab, und nun ging er seinem Schicksal entgegen. Sie schauerte zusammen vor Weh und Herzeleid. Ach, wie jammervoll war es doch, daß sie nicht schön und reizvoll war, so schön und liebreizend und so geistvoll wie Susanne Weimann. Wahrscheinlich liebte er diese, er hatte sie mit so strahlenden Blikken angesehen. Und nun mußte er von ihr lassen und wurde so unglücklich, wie sie selbst geworden war in dieser Stunde.

Ja, jetzt ging er wohl, um seines Vaters Wunsch zu erfüllen, um sich der reichen Erbin zu nähern, die seine Firma retten sollte – und seines Vaters Leben. Er würde sich dazu zwingen, um sie zu werben – und würde sie hassen.

Dieser Gedanke trieb sie in angstvoller Hast empor. Um keinen Preis hätte sie jetzt noch mit ihm zusammentreffen können, um keinen Preis in seine Augen sehen mögen, in denen sie immer lesen würde: »Du kleines Greuel!«

So gern sie ihm helfen wollte – ach, ihren ganzen Reichtum hätte sie willig geopfert, um ihm das Herz wieder leicht zu machen –, sie konnte es nicht, konnte diese Komödie nicht mitspielen. Lieber sterben, als unter diesen Umständen seine Frau zu werden.

Ängstlich lugte sie durch den Vorhangspalt. Gottlob, das Zimmer war leer, sie konnte unbemerkt zwischen den Vorhängen hindurch und zum Zimmer hinaus nach der anderen Seite des Hauses schlüpfen. Hier würde sie niemand begegnen, höchstens jemand von der Dienerschaft. Schnell war sie draußen und sah sich um. Nur ein Diener lief ihr in den Weg, als sie hinauf in ihr Zimmer eilte. Zu diesem sagte sie hastig: »Melden Sie meinen Eltern, daß mich ein plötzliches Unwohlsein befallen hat, ich will mich niederlegen.«

Der Diener sah sie an und merkte, daß sie sehr bleich war. Er glaubte an ihr Unwohlsein und ging, ihren Auftrag auszurichten.

Frau Dora Runecks Stirn zog sich in ärgerliche Falten, als der Diener ihr Monas Botschaft meldete. Ihr schönes Gesicht wurde einen Augenblick entstellt durch einen ärgerlichen, gehässigen Ausdruck. Diese Stieftochter war für sie eine Quelle von allerlei Verdrießlichkeiten, und sie wollte sie wirklich so schnell als möglich verheiraten, um sie aus dem Haus zu schaffen, da Monas Tante so energisch verlangt hatte, daß man das Kind ins Vaterhaus zurückrufen und in die Gesellschaft einführen müsse. Nun hatte man das heutige Fest gegeben, um sie mit Bernd Kronau zusammenzubringen, und nun zog sie sich einfach wegen eines kleinen Unwohlseins zurück. Darüber ärgerte sich Frau Dora Runeck sehr. Aber sie zwang sich gleich wieder zu einem liebenswürdigen Lächeln, als jetzt Bernd Kronau zu ihr trat und mit einer artigen Verbeugung fragte:

»Können Sie mir sagen, gnädige Frau, wo sich Ihr Fräulein Tochter aufhält? Ich suche sie schon eine ganze Weile vergeblich.«

Frau Dora zuckte jedesmal ein wenig schmerzhaft zusammen, wenn sie nach ihrer »Tochter« gefragt wurde, aber sie vermochte doch mit einem Lächeln in Bernd Kronaus blasses und gezwungen ruhiges Gesicht zu blicken.

»Ich bin ganz untröstlich, mein lieber Herr Kronau, ein Diener meldete mir soeben, daß sich meine Stieftochter wegen eines leichten Unwohlseins auf ihr Zimmer zurückgezogen hat. Aber sie wird wohl bald wieder erscheinen, ich will gleich selbst nach ihr sehen und werde sie Ihnen dann zuführen. Sie müssen sich nur ein Weilchen gedulden.«

Frau Dora lag sehr viel daran, daß die Heirat zwischen Mona und Bernd Kronau schnell zustande kam. Tante Herta hatte geschrieben, bei ihr käme Mona mit keinem jungen Menschen zusammen, da sie ganz abgeschieden von allem Verkehr im Haus ihres Neffen lebe. Es sei nun endlich an der Zeit, daß Mona die Freuden der Jugend kennenlerne, und sie käme nun in das heiratsfähige Alter.

Das hatte Frau Dora schnell aufgegriffen. Mona mußte so schnell wie möglich wieder aus dem Haus, und da die Tante Mona jetzt nicht wieder aufnehmen würde, so sehr sie auch an ihr hing, so blieb eben nur eine schnelle Heirat. Mona war freilich erst achtzehn Jahre alt, aber es heirateten viele junge Mädchen schon in diesem Alter.

Und da ihr Gatte etwas wie Reueanwandlungen gehabt hatte, als Tante Herta so geschrieben, und sie einsah, daß er nun seiner Vaterpflicht genügen wollte, hatte sie klug dahin gearbeitet, daß er auf den Gedanken kam, Mona mit Bernd Kronau, den er sehr gern hatte, zu verheiraten. Tante Herta stand Frau Dora ziemlich zurückhaltend gegenüber, und diese meinte, das sei nur der Fall, weil sie die Nachfolgerin ihrer Schwester geworden war. Sie vergalt es mit einer herzhaften Feindschaft gegen Tante Herta, obwohl sie ihr zu Dank verpflichtet war, daß sie Mona gleich nach der zweiten Verheiratung ihres Schwagers zu sich nahm. Und Tante Herta hatte

Mona nicht gern hergegeben, aber sie hatte es für ihre Pflicht gehalten, Mona in Gesellschaft junger Menschen zu bringen.

Frau Dora war es ein leichtes gewesen, ihren Gatten, der seine junge Frau mit der Leidenschaft des alternden Mannes zu einer um zwanzig Jahre jüngeren Frau liebte, zu überzeugen, daß man Mona bald verheiraten müsse und daß Bernd Kronau die passendste Partie für sie sein würde. Monas Vater war gleich begeistert gewesen von diesem Gedanken, denn seine späte Liebe füllte sein Dasein so völlig aus, daß auch ihm die Anwesenheit seiner Tochter ziemlich störend erschien. So war es schon beschlossene Sache gewesen, Mona und Bernd zu verheiraten, ehe Mona noch im Vaterhaus eingetroffen war. Bernd Kronau würde zwar wenig entzückt sein, daß er eine so reizlose Gattin heimführen solle, aber dafür war Mona eine reiche Erbin, und reiche Erbinnen werden immer sehr begehrt. Er konnte sich ja nach Männerart anderweitig schadlos halten.

So hatte Frau Dora gedacht, und sie hatte nicht geahnt, daß ihre Pläne an Bernd Kronaus Widerstreben gescheitert wären, wenn er eben nicht von seinem Vater erfahren hätte, daß dessen kaufmännische Ehre und sein Leben davon abhingen, daß sein Sohn eine reiche Partie machte.

Bernd Kronau war wirklich nicht der Mann, der sich um Geld an eine ungeliebte Frau verkaufte. Wenn er es nun doch tun wollte, so geschah es nur, um seinen Vater zu retten. Schwer genug kam es ihn an, und wenn ihm Frau Dora hätte ins Herz sehen können, wäre sie wohl erstaunt gewesen, darin gar keine Sehnsucht nach der reichen Erbin, sondern nur eine bittere Resignation zu lesen. Das etwas kupplerische Lächeln wäre Frau Dora dann sicher vergangen.

Wohl liebte Bernd Kronau keine andere Frau; mit Fräulein Weimann verband ihn nur ein leichter Flirt. Ihre geistvolle Unterhaltung entzückte ihn noch mehr als ihre Schönheit. Ein tiefes Gefühl hatte er bisher überhaupt noch keiner Frau entgegengebracht. Kleine Liebeleien hatte er gehabt wie alle jungen Männer, aber an eine Heirat mit seinen achtundzwanzig Jahren überhaupt noch nicht gedacht. Seine Freiheit war ihm bisher so lieb gewesen, daß ihm niemand wert genug war, sie zu opfern.

Nun aber mußte er es tun, mit schwerem Herzen. Er rang noch immer mit dem Entsetzen, das seines Vaters Mitteilung in ihm ausgelöst hatte. Trotzdem sah er sich nun suchend nach der jungen Erbin um, damit er sich ihr nähern konnte.

Frau Doras Auskunft schien ihm wie eine letzte Gnadenfrist. Aber er suchte sich mit Mona Runecks Anblick schon vertraut zu machen, und wenn er auch bestimmt wußte, daß sie ihm wie ein kleines Greuel erschienen war mit ihrem entstellenden sommersprossigen Teint und ihrer scheuen, schüchternen Art, so erfüllte ihn doch etwas wie Mitleid mit ihr. Arme reiche Erbin! Man gönnte ihr kein warmes Plätzchen im Vaterhaus, sie sollte der schönen, jungen Stiefmutter schnell aus dem Weg geräumt werden. Aber der Gedanke half ihm wenig.

Er hatte nach ihr gesucht und sie nicht gefunden; nur schwach erinnerte er sich, daß sie ein lichtblaues Kleid getragen hatte und daß gerade dies Blau den braunen Sommersprossenstreifen noch mehr hatte hervortreten lassen. Da er sie nicht fand, hatte er sich schließlich an ihre Stiefmutter gewandt.

Als er nun hörte, daß sie nicht wohl war, dachte er bitter:

Sie scheint nicht nur reizlos und unbedeutend zu sein, sondern auch schwächlich und kränklich. Und das machte ihm das Opfer noch schwerer.

Während Frau Dora nun ging, um ihre Stieftochter aufzusuchen und sie um jeden Preis wieder zurückzubringen, sah Bernd Kronau Susanne Weimann auf sich zukommen. Aber zugleich begegnete er einem beschwörenden Blick seines Vaters, und da wich er ihr aus und trat zu ihm heran.

»Fräulein Kronau ist von einem Unwohlsein befallen worden, Vater, aber du kannst ruhig sein, ich werde deinen Wunsch erfüllen, und wenn sie mir ihr Jawort gibt, soll sie meine Frau werden.«

Der Vater drückte ihm krampfhaft die Hand.

»Ich danke dir, Bernd. Du gibst mir das Leben wieder.«

Vater und Sohn sahen sich mit brennenden Augen in die blassen Gesichter. Der Vater wußte, daß sein Sohn sich für ihn opferte, und der Sohn, daß er sich opfern mußte.

II

Mona hatte die Tür ihres Zimmers hinter sich abgeschlossen und war fassungslos in einem Sessel zusammengesunken. Wie gelähmt lag sie da und starrte mit toten, leeren Augen vor sich hin. Sich gewaltsam zur Ruhe zwingend, suchte sie ihre Gedanken zu ordnen. Was war denn nur geschehen, was hatte sie in die Flucht geschlagen und sie in die Einsamkeit ihres Zimmers getrieben?

Ah, jetzt wußte sie es wieder.

Bernd Kronau, der Mann, dem die heimliche Sehnsucht ihres jungen Herzens gehörte, an den sie in schwärmerischer Verehrung gedacht hatte all die Zeit über, der sollte auf Wunsch ihres Vaters ihr Gatte werden, weil sie im Vaterhaus lästig und überflüssig geworden war. Und Bernd Kronaus Vater wollte sich durch diese Heirat vor dem drohenden Ruin retten. Ja, so war es.

Ihr Vater wollte sie für immer loswerden. Sie hatte seine Liebe verloren, seit er seine junge Frau heimgeführt hatte. Deshalb sollte sie so schnell wie möglich verheiratet werden, damit sie wieder aus dem Haus kam. Oh, wie tat diese Erkenntnis weh! Aber vieltausendmal weher tat es ihr, daß der

Vater sie einfach einem Mann angeboten hatte wie eine schlechte, unverkäufliche Ware, die man schnell loswerden mußte, angeboten gerade dem Mann, dem sie – das wurde ihr in dieser Stunde klar –, dem sie ihr junges Herz für ewig geschenkt hatte.

Großer Gott, wenn sie nun dieses Gespräch nicht mit angehört hätte, und er hätte um sie geworben! Wenn sie ihm selig und beglückt ihre Hand gereicht hätte, ahnungslos, daß er sie verabscheute und nur einem Zwang gehorchte?

Sie schauerte zusammen wie im Frost und biß die Zähne aufeinander. Ja, er verabscheute sie und hatte dies Anerbieten entsetzt zurückgewiesen. Wie hatte er sie genannt? »Ein kleines Greuel!« Die personifizierte Reizlosigkeit mit dem häßlichen Teint! Entsetzt hatte er sich dagegen gewehrt, sie zu heiraten, bis ihm sein Vater gesagt hatte, daß sein Leben davon abhinge.

Und doch hatte er dann so warm und mitleidsvoll gesagt »Armes Kind!«, als er erfuhr, daß man sie los sein wollte im Elternhaus. Ja, Mitleid hatte er selbst für sie gefühlt, die er verabscheute. »Armes Kind?« O ja, sie war ein armes, bedauernswertes Kind.

Aber wieviel härter traf es sie, daß er, den sie liebte mit der ganzen heißen Inbrunst ihres vereinsamten Herzens, sich jetzt opfern sollte, um das Leben seines Vaters zu retten. Wie grausam von diesem Vater, seinen Sohn vor solch eine entsetzliche Wahl zu stellen! Wie mußte es jetzt in seinem Herzen aussehen? Wahrscheinlich liebte er doch die schöne Susanne Weimann, die so viel Geist und Liebreiz hatte. Und mit dieser Liebe im Herzen sollte er eine ungeliebte Frau heiraten, die ihm widerwärtig war. Viel tiefer traf es sie, daß man auch ihn unglücklich machen wollte, so unglücklich, wie sie war.

Aber mußte denn das sein? Nein, nein, er durfte dies Opfer nicht bringen, das konnte sie ja verhindern. Niemals würde sie nach allem, was sie wußte, seine Frau werden. Also konnte sie ihn doch davor bewahren, dies Opfer bringen zu müssen; ja, sie allein konnte das. Welch ein Trost war das in ihrem bitteren Leid! Sie brauchte ja nur seine Bewerbung nicht anzunehmen, konnte ihn einfach zurückweisen, dann war er frei, dann hatte er getan, was man von ihm verlangte, ohne daß er sich opfern mußte. Ja, sie konnte ihn retten durch ihre Abweisung, und das würde trotz allem ein tröstlicher Gedanke für sie sein.

Daß sie es ihm dadurch unmöglich machte, seinen Vater zu retten, daran dachte sie nicht. Sie wollte nur Bernd Kronau helfen – und zugleich sich selbst, denn so sehr sie ihn liebte, nie hätte sie Glück an seiner Seite finden können mit dem Bewußtsein, daß er sie verabscheute und sie nur als lästige Fessel betrachten würde.

Seine Liebe zu erringen war unmöglich. Nie würde er eine Frau lieben, die einen so häßlichen Teint hatte wie sie. Das kleine Greuel würde sie immer für ihn bleiben.

Das kleine Greuel?

Sie erhob sich plötzlich und trat vor den Spiegel. Er warf ihr Bild zurück vom Kopf bis zu den Füßen. Mit großen, erbarmungslos kritischen Augen starrte sie sich an. Sie sah ein überschlankes Geschöpf, das noch nicht voll entwickelt war. Wirkungslos hing das elegante und kostbare Kleid an ihr herab, trotz seiner reizenden Machart. Dies lichte Blau kleidete sie zum Erbarmen, es ließ die braunen Sommersprossen noch schärfer hervortreten, die ihr Gesicht wie eine Maske entstellten. Da, wo keine Sommersprossen zu sehen waren, sah sie eine fahle Blässe, die den braunen Streifen noch betonte. Und die Augen – diese braunen Augen waren viel zu groß und starrten glanzlos und erloschen aus dem schmerzverzogenen Gesicht, sahen sie trostlos und verzweifelt an. Ihr Haar war vielleicht nicht weniger schön als das anderer Frauen, aber es umgab den schmalen Kopf mit einer reizlosen Frisur, wenn es auch einen eigenartig metallischen Schimmer hatte, wenn, wie eben jetzt, das Licht der elektrischen Lampe darüber glitt. Ach, warum hatte sie nicht wenigstens dies Haar kleidsamer ordnen lassen? Warum hatte sie immer so wenig Wert darauf gelegt? Freilich, schöner wäre sie dadurch auch nicht geworden.

Und der Mund? Der war hübsch geschweift, aber jetzt herb geschlossen. Man sah nicht, daß sich schöne, regelmäßige Zähne dahinter verbargen. Ach – Mona fand sich selbst so häßlich, daß sie es Bernd Kronau nicht verargen konnte, daß er sie abscheulich fand.

»Du Greuel – du kleines Greuel!« schalt sie ihr Spiegelbild. Und dann schluchzte sie hart auf und sagte leise, so, wie es Bernd Kronau gesagt hatte: »Armes Kind!«

Das löste endlich eine Tränenflut.

Sie sah nicht, daß sie ein zartes, gerades Näschen hatte, das nur durch die Sommersprossen so breit wirkte, sah nicht, daß ihre Züge, wenn auch nicht klassisch schön, so doch sehr fein waren. Sie konnte auch nicht beurteilen, daß sie eins von jenen Gesichtern hatte, die in der Entwicklungszeit oft reizlos erscheinen und später bezaubernd wirken können. Auch ahnte sie nicht, daß die wirklich entstellenden Sommersprossen mit dem richtigen Mittel ohne weiteres entfernt werden konnten. So fest war sie davon überzeugt, daß Bernd Kronau recht gehabt hatte, sie ein kleines Greuel zu nennen, daß sie sich gar keine Mühe gab, etwas Anziehendes an ihrer Erscheinung zu finden. Und – was hätte es ihr auch genutzt? Wäre sie selbst eine Schönheit gewesen, wenn Bernd Kronau sie häßlich fand, war damit ihr Urteil gesprochen. Trostlos fiel sie wieder in ihren Sessel zurück und war von ganzem Herzen unglücklich. Sie sehnte sich fort aus diesem Haus, sehnte sich wieder in das stille Georgental zurück, zu Tante Herta, zu dem kleinen Gerd. Selbst zu dem ernsten, fast düsteren Vetter, Gerds Vater, in dessen Haus sie bisher mit Tante Herta gelebt hatte.

Lothar Wieland war der Sohn von Tante Hertas Schwager, mit dessen Bruder sie zwanzig Jahre in glücklicher, aber kinderloser Ehe gelebt hatte. Lothar war nach zweijähriger Ehe verwitwet. Seine Frau hatte er verloren, als sie ihm einen Sohn schenkte, den armen kleinen Gerd, der zart und kränklich war, aber ein liebes, sanftes Kind.

Warum, so fragte sich Mona immer wieder, hatte man sie nicht in Georgental gelassen, bei diesen ihr so lieben Menschen, die sie herzlich wiederliebten? Was sollte sie hier, wo sie allen Menschen fremd gegenüberstand?

Und doch hatte ihr Herz so stürmisch und sehnsüchtig geklopft, als die Tante ihr gesagt hatte, der Vater rufe sie jetzt heim für immer, damit sie jung sein könne mit andern jungen Menschen.

Dabei hatte sie freilich nur an Bernd Kronau gedacht, hatte gehofft, daß er mit ihr verkehren würde wie mit den andern jungen Mädchen.

Und nun? Nun war dieser schöne Traum schon ausgeträumt, und sie war zu einer qualvollen Wirklichkeit erwacht. Ach, wie hatte sie nur glauben können, er werde so lieb und freundlich mit ihr plaudern wie mit den andern jungen Damen, die viel schöner waren als sie.

Feindlich starrte sie in den Spiegel, in ihr »reizloses« Gesicht und verglich es in bitterer Not mit der schönen Susanne. So weit war sie mit ihren Gedanken gekommen, als es an ihre Tür klopfte. Erschrocken zuckte sie zusammen. Einen Augenblick lauschte sie hinaus. Wer mochte das sein?

Da hörte sie schon die Stimme ihrer Stiefmutter, die ziemlich ärgerlich klang.

»Mach doch auf, Mona, weshalb schließt du dich denn ein?«

Mona zuckte zusammen. Am liebsten hätte sie gar nicht geantwortet; sie wollte so gern allein bleiben, vor allem nicht in die kalten, kritischen Augen der Stiefmutter sehen. Aber sie sagte sich, daß dies nicht zu vermeiden sein würde.

Die Hände fest auf das angstvoll klopfende Herz gedrückt, erhob sie sich und ging zur Tür. Dann öffnete sie dieselbe, und ihre Stiefmutter trat ein. Mit unwilligen Blicken maß sie Mona.

»Aber Mona, weshalb schließt du dich denn ein?«

»Verzeih, Mama, ich habe gar nicht darauf geachtet, daß ich das getan habe.«

»Und weshalb hast du das Fest verlassen?« fragte die Stiefmutter tadelnd.

Mona zwang sich zur Ruhe und Festigkeit.

»Hat dir der Diener nicht bestellt, daß mich ein plötzliches Unwohlsein befallen hat? Ich trug es ihm auf.«

Frau Dora sah sie mit einem kritischen Blick an. Sie stellte fest, daß ihre Stieftochter allerdings sehr elend aussah. Sie war noch viel blasser und farbloser als sonst, und die braunen Flekken wirkten noch störender.

»Du siehst allerdings ganz elend aus«, sagte sie in ihrer lieblosen Art. »Was fehlt dir denn?«

Mona schauerte wie im Frost zusammen.

»Ich habe heftiges Kopfweh, Mama, mir ist sehr übel«, sagte sie matt, und sie sprach die Wahrheit.

Frau Dora zuckte die Achseln.

»Wegen Kopfweh mußt du dich doch nicht von dem Fest zurückziehen, das dein Vater dir zu Ehren gegeben hat. Wenn ich deswegen ein Fest stören wollte, dann würde kaum eins ungestört stattfinden. Nimm eine Tablette Aspirin, dann bist du schnell wieder auf dem Posten.«

Mona war in ihren Sessel zurückgefallen.

»Ich fühle mich wirklich sehr elend, Mama, bitte erlaube mir, daß ich auf meinem Zimmer bleibe.«

»Auf gar keinen Fall, Mona! Was sollen unsere Gäste denken?«

»Man kann ihnen doch sagen, daß ich mich nicht wohl fühle.«

»Damit stört man die ganze Stimmung. Wo denkst du hin?« sagte sie schroff. Aber dann lenkte sie ein, legte den Arm um Monas Schulter und sah sie mit einem erzwungenen Lächeln an.

»Närrchen, mit einer Tablette Aspirin bist du in einer Viertelstunde wieder ganz hergestellt. Das ist nur ein bißchen Nervosität. Warte, ich hole dir schnell meine Aspirintabletten herüber, sie helfen mir sehr oft und schnell.«

Sie eilte davon und kam nach kurzer Zeit zurück. Schnell füllte sie Wasser in ein Glas, warf eine Tablette hinein und hielt Mona das Glas an die blassen Lippen.

»Trink, Mona, gleich wird dir besser sein!«

Gehorsam schluckte Mona die Arznei, suchte dabei aber angstvoll nach einem Grund, auf ihrem Zimmer bleiben zu dürfen. Nur um Gottes willen jetzt nicht zur Gesellschaft zurück, nicht vor Bernd Kronaus Augen treten müssen.

»Ich möchte mich am liebsten niederlegen, Mama, mir ist wirklich nicht gut. Bitte erlaube es mir.«

»Unsinn, Mona! Alles wartet unten auf dich. Bernd Kronau hat dich die ganze Zeit sehnsüchtig gesucht, ich habe ihm versprochen, dich wieder mit hinunterzubringen. Im Vertrauen – auf den hast du einen großen Eindruck gemacht, mir scheint, er hat sich auf den ersten Blick in dich verliebt. Ungeduldig hat er mich nach dir gefragt, er will mit dir tanzen.«

Am liebsten hätte Mona aufgeschrien: »Das ist alles Lüge, er verabscheut mich!« Aber sie hielt es zurück und sagte nur matt:

»Es ist ausgeschlossen, daß ich tanzen kann, mir schwindelt.«

»Nun, dann plauderst du mit ihm. Ist er nicht ein reizender Mensch?«

Mona mußte ein schmerzliches, bitteres Auflachen unterdrücken. Wie eilig es die Stiefmutter hatte, sie loszuwerden! Oh, sie wußte viel besser, warum Bernd Kronau sie so eifrig suchte. Er wollte sich opfern, um seinen Vater zu retten. Das wußte sie, aber sie sagte matt:

»Ja, er ist ein sehr angenehmer Mensch – aber er wird ebensogern mit anderen Damen tanzen.«

Frau Dora ereiferte sich immer mehr.

»Ganz gewiß nicht, Mona, ich habe die Sehnsucht nach dir in seinen Augen gelesen.«

Lüge, alles Lüge! hätte Mona am liebsten aufgeschrien, aber sie preßte die Lippen fest aufeinander und wußte, daß sie lieber sterben würde, als Bernd Kronau noch einmal gegenüberzutreten und in seinen Augen zu lesen, daß sie ein kleines Greuel sei. Und sie brauchte nicht zu heucheln, als sie matt und elend die Augen schloß.

»Nun, ist dir noch nicht besser, wirkt das Aspirin nicht?« fragte die Stiefmutter.

»Nein, Mama, mir ist schlimmer als zuvor«, stieß sie hervor.

Frau Dora sah sie ärgerlich an. Wollte Mona wirklich krank werden?

Das hätte ihr gerade gefehlt.

»Sei doch vernünftig, Mona«, redete sie nun auf das Mädchen ein, »und nimm dich zusammen, es geht einfach nicht, daß du dem Fest fernbleibst. Und das darfst du auch Bernd Kronau nicht antun. Glaube mir, er hat ernsthaft Feuer gefangen. Könntest du dir einen interessanteren und liebenswürdigeren Freier denken als ihn? Glaube mir, alle werden dich beneiden, wenn er dich so auszeichnet. Laß das Feuer, das du in seinem Herzen entzündet hast, nicht erkalten – so einen Mann mußt du festhalten!«

Mona dankte Gott, daß sie das Gespräch zwischen Bernd Kronau und seinem Vater gehört hatte. Wie würden sonst die Worte der Stiefmutter auf sie gewirkt haben? Sie hätte ihr vielleicht geglaubt und wäre Bernd Kronau gläubig und vertrauend entgegengetreten, hätte seine Werbung angenommen – und wäre noch viel elender geworden als jetzt, wenn sie später hätte erkennen müssen, daß er sie verabscheute. Sie hätte laut aufschreien mögen vor Schmerz, ihr Kopf sank wie leblos zur Seite.

»Ich kann nicht – bitte, laß mich allein, ich muß mich niederlegen. Ich kann nicht mehr unter all die fremden Menschen gehen«, sagte sie tonlos.

Frau Dora hätte am liebsten ärgerlich mit dem Fuß aufgestampft, aber sie bezwang sich. Sie sah, daß Mona wirklich sehr elend war.

»Nun gut, ich lasse dich jetzt allein, aber ich bin gewiß, in einer Viertelstunde bist du wieder ganz wohl. Vielleicht nimmst du noch eine Tablette, die hilft bestimmt. Ich sehe dann noch einmal nach dir und hoffe, daß ich dich dem armen Bernd Kronau doch noch zuführen kann. Inzwischen werde ich mich bemühen, ihn zu trösten. Dein Vater wird auch sehr betrübt sein.«

Damit ging sie ärgerlich davon.

Mona aber sprang auf, als sie allein war, warf hastig ihre Kleider ab und schlüpfte in ihr Nachtgewand. Und dann legte sie sich zu Bett. Keine Macht der Erde brachte sie noch einmal in Bernd Kronaus Nähe. Wenn die Stiefmutter wiederkam und sie im Bett fand, würde sie sich zufrieden geben und einsehen müssen, daß sie nicht in die Festräume zurückkehren würde.

Sie lag ganz still, mit geschlossenen Augen, die Hände fest auf ihr Herz gepreßt. Es klopfte wie ein Hammer in ihrer Brust. Und sie war so unglücklich wie noch nie zuvor in ihrem Leben, diese arme reiche Erbin. Die Stiefmutter schien alles daransetzen zu wollen, sie so schnell wie möglich zu verheiraten. Jetzt ging sie wohl zu Bernd Kronau und tischte auch ihm irgendein Märchen auf, suchte ihm vielleicht einzureden, daß ihre Stieftochter sehr bedaure, gerade mit ihm nicht mehr zusammensein zu können. Aber hoffentlich glaubte er das so wenig, wie sie geglaubt hatte, daß er sich nach ihrer Gesellschaft sehne. Und wenn er es auch glaubte – was lag daran? Bald würde er merken, daß alles anders war.

Wie plump dies Vorgehen ihrer Stiefmutter war! Und doch hätte sie ihr vielleicht geglaubt, wenn sie nicht von Bernd Kronaus Lippen so ganz andere Worte gehört hätte.

Und der Vater würde sie unterstützen, um sie schnell loszuwerden. Aber – sie wollte ihm dazu helfen, nur ganz anders, als er meinte. Sie wollte zu Tante Herta zurückkehren, wollte sie innig bitten, sie nicht wieder fortzuschicken. Vater war es wohl gleich, wie er sie loswurde, wenn sie nur ging – und der Stiefmutter erst recht. Ja, sie wollte wieder nach Georgental, wo man sie liebhatte.

Sie mußte das nur alles erst bedenken, wie sie es dem Vater klarmachen wollte, daß es das beste sei, wenn sie nach Georgental zurückkehrte.

Von der Gesellschaft, in die sie eingeführt werden sollte, hatte sie genug und sehnte sich nicht danach, weiter darin zu verkehren. Nur fort wollte sie, schnell fort von hier, wo sie täglich Gefahr laufen würde, Bernd Kronau wieder zu begegnen und in seinen Augen zu lesen, daß er sie verabscheute. In Georgental fragte niemand nach ihrem Teint, da war sie allen recht, so wie sie war. Man hatte sie dort lieb, dort machte es niemand etwas aus, ob sie schön oder häßlich war. Ach, wie gut wäre es, wieder bei Tante Herta und dem kleinen Gerd zu sein! Dort war ihre wirkliche Heimat, dort gehörte sie hin.

Und nun endlich stürzten erlösende Tränen über ihre Wangen und lösten den drückenden Bann, der auf ihrer Seele lag.

Wenn Bernd Kronau wüßte, wie weh er ihr getan hatte – ob es ihm leid tun würde? Ja, ach ja, er war ein guter Mensch, er würde wieder in tiefem Bedauern sagen: »Armes Kind!« Das würde ihre bitteren Schmerzen lindern. Aber sie wollte Trost suchen in dem Bewußtsein, daß sie ihn davor behüten würde, ein Opfer bringen zu müssen. Er sollte sich nicht selbst verachten, weil er sich verkaufen mußte, er sollte frei sein, und sein Vater konnte ihn dann nicht mehr vor eine so schwere Wahl stellen.

III

Inzwischen war Frau Dora in den Festsaal zurückgekehrt und suchte Bernd Kronau auf, der wartend an der Tür stand. Mit einem liebenswürdigen Lächeln, das ihr auf Wunsch immer zur Verfügung stand, legte sie ihm die Hand auf den Arm.

»Ich kann leider mein Wort nicht halten, Herr Kronau, mein Töchterchen ist wirklich sehr unpäßlich geworden. Ein heftiges Kopfweh hat sie plötzlich befallen. Ich habe ihr Aspirin gegeben, das hoffentlich helfen wird. Sie ist natürlich untröstlich, daß sie sich gerade heute zurückziehen mußte. Ich habe ihr gesagt, daß Sie nach ihr gesucht haben, und es hat sie trotz ihres Kopfwehs herzlich gefreut, daß gerade Sie sie vermißt haben.«

Bei diesen Worten sah sie schelmisch zu ihm auf.

Bernd Kronaus Stirn rötete sich. Er fühlte sehr wohl, daß Frau Runeck ihm eine Brücke bauen wollte. Anscheinend konnte sie die Zeit nicht erwarten, wo sie ihre Stieftochter loswurde. Ein leises Mitleid mit Mona stieg in ihm auf, vielleicht dachte er wieder: »Armes Kind!« Er wußte, daß Mona ihr Vaterhaus hatte verlassen müssen, als die Stiefmutter eingezogen war. Sicher hätte sie als reiche Erbin auch bald einen Mann gefunden, ohne daß man sie ausbot. Man hätte nicht nachzuhelfen brauchen.

Aber warum mußte gerade er der Mann sein, der sie fortführen sollte? Er, der so gar nichts für dieses unscheinbare Mädchen mit den häßlichen Sommersprossen empfinden konnte – höchstens Mitleid. So schmachvoll erschien es ihm, sich an eine ungeliebte Frau zu verkaufen. Sein Ideal war, einer Frau alles zu sein, alles für sie zu schaffen, wenn er einmal heiraten würde. Und nun sollte er wie ein übler Mitgiftjäger die Hand nach diesem Mädchen ausstrecken.

Noch einmal wollte ein energisches Nein aus seinem Herzen aufsteigen. Da begegnete er jedoch dem trüben, angstvollen Blick seines Vaters. Er erschien ihm heute so elend und verfallen, als trüge er eine schwere Krankheit mit sich herum.

Sich zu einem krampfhaften Lächeln zwingend, sagte er:

»Es tut mir sehr leid, gnädige Frau, daß Ihr Fräulein Tochter leidend ist. Ich – ich hätte so gern ihre liebenswürdige Gesellschaft genossen. Leider kam ich noch gar nicht dazu, mich ihr widmen zu können, sie war zu sehr von allen Seiten in Anspruch genommen.«

Er wußte nicht, ob das wirklich der Fall gewesen war, denn er hatte sich gar nicht um sie gekümmert. Sie erschien ihm so unbedeutend, so reizlos und uninteressant, daß er sie nur kurz begrüßte, als ihr Vater sie miteinander bekannt gemacht hatte. Und dieses Geschöpf sollte seine Frau werden, nur weil sie reich war. Er wußte sonst so gar nichts von ihr, und um keinen Preis hätte er seine Freiheit an sie verkauft, wenn der Vater ihm eine Wahl gelassen hätte. Während er gesellschaftliche Phrasen mit Frau Dora wechselte, konnte er nichts weiter denken, als daß er gezwungen war, sich selbst untreu zu werden, etwas zu tun, das seiner Wesensart fremd war.

Frau Dora mochte wohl ahnen, daß dieser interessante junge Mann kein Interesse für ihre Stieftochter empfinden konnte. Er tat ihr ein wenig leid, denn er gefiel ihr sehr gut, wie er, ohne es zu wollen, das Wohlgefallen der meisten Damen errang. Sie hätte ihm eine hübschere Frau gewünscht, als Mona auch in ihren Augen war. Aber sie verlor dabei ihr Ziel nicht aus den Augen. Monas großes Vermögen würde ihn schon trösten.

Mit einem verheißungsvollen Lächeln erwiderte sie:

»Ich hoffe, daß Sie alles nachholen werden, auch wenn mein Töchterchen heute nicht wieder erscheinen sollte. Sie müssen mit Ihrem Herrn Vater recht oft zu uns kommen, auch in ganz kleinem Kreis sollen Sie unser Gast sein. Sie und mein Töchterchen müssen sich recht gut kennen lernen, da die beiden Väter so gute Freunde sind. Und Sie werden finden, daß sie ein sehr kluges Geschöpf ist, mit dem zu plaudern sich lohnt. Sie ist nur ein wenig scheu, weil sie in ganz strenger Zurückgezogenheit bei Verwandten gelebt hat.«

Er hörte aus alledem nur ihr Bestreben, die lästige Stieftochter recht bald loszuwerden, und wieder stieg das Mitleid mit Mona in ihm auf. Er konnte ihr nicht zürnen, was konnte sie dafür, daß man sie mit ihm verheiraten wollte? Und er nahm sich vor, gut zu ihr zu sein und seine Abneigung gegen ihr Äußeres zu bekämpfen. Vielleicht war sie wirklich nicht so unbedeutend, wie er annahm.

So suchte er immer wieder seinem Opfer eine bessere Seite abzugewinnen. Mit einer artigen Verbeugung erwiderte er, daß er sich freue, Fräulein Runeck bald besser kennen zu lernen. Dann wurde Frau Dora von anderen Gästen in Anspruch genommen. Gleich darauf gelang es ihr, einige Minuten allein mit ihrem Gatten zu sprechen.

»Denke dir, Herbert, wie unangenehm, Mona hat so heftiges Kopfweh bekommen, daß sie sich zurückziehen mußte. Sie kann vielleicht nicht wieder erscheinen. Ich habe ihr gleich Aspirin gegeben. Es ist sehr ärgerlich, da wir doch dies Fest veranstaltet haben, um sie mit Bernd Kronau näher zusammenzubringen.«

Herbert Runeck legte die Hand auf ihren Arm.

»Es ist natürlich betrüblich, daß Mona sich nicht wohl fühlt und daß ihr dadurch ihr erstes Fest verdorben wird. Aber im übrigen kannst du ohne Sorge sein. Mein Freund Kronau sagte mir soeben, daß sein Sohn von Mona entzückt ist und daß er mit Freuden bereit sein wird, unseren Wunsch zu erfüllen.«

Sie atmete auf.

»Wirklich?«

»Gewiß, Dora.«

»Oh, das freut mich sehr. Er suchte sehr sehnsüchtig nach ihr und bedauerte, ihre Gesellschaft nicht genießen zu dürfen. Aber ich habe ihn schon getröstet, wir werden ihn jetzt oft im engsten Familienkreis einladen, damit die jungen Leute sich einander nähern können. Das klügste ist, du sprichst auch mit Mona morgen ganz offen über diese Angelegenheit. Sie wird nicht nein sagen, denn sie hat mir anvertraut, daß ihr Bernd Kronau gut gefällt.«

Seine Augen strahlten.

»Das ist mir sehr lieb zu hören, denn natürlich würde ich Mona nicht zwingen, einen Mann zu heiraten, der ihr nicht gefällt.«

»Nun, das Mädchen möchte ich sehen, dem Bernd Kronau nicht gefällt. Ich denke, wir haben in jeder Beziehung eine gute Wahl für Mona getroffen.«

»Das nehme ich auch an. Bernd Kronau ist ein wertvoller, tüchtiger Mensch, ganz abgesehen von seinem sehr sympathischen Äußeren. Also ich werde Mona morgen einen Wink geben.«

Und er dachte dabei, daß seine Tochter, wie immer, auch in diesem Punkt fügsam sein würde.

Frau Dora sah ihren Gatten lächelnd an.

»Man wird Mona um diesen Mann beneiden, und sie wird sehr glücklich sein, ihn zu bekommen.«

Auch sie glaubte, daß sich Mona willenlos in alles fügen würde. Das wäre auch geschehen, wenn Mona nicht das Gespräch zwischen Bernd Kronau und seinem Vater belauscht hätte.

Frau Dora ging noch einmal zu Mona, in der Hoffnung, daß sich diese jetzt besser fühlen würde. Aber sie fand sie bereits im Bett und erbarmungswürdig blaß und elend. Auch die Tränenspuren entgingen ihr nicht, und sie meinte, Mona habe geweint, weil sie nicht länger an dem Fest teilnehmen konnte. Und da Frau Dora über das Gelingen ihres Planes nun beruhigt war, drang sie nicht mehr weiter in Mona, wieder hinunterzukommen.

»Mein Gott, arme Mona, das ist wirklich scheußliches Pech,

daß du gerade heute unpäßlich werden mußtest. Hoffentlich wirst du uns nicht ernstlich krank«, sagte sie, sich zu einem mitleidigen Ton zwingend. Mona schüttelte den Kopf.

»Nein, nein, Mama, hab keine Sorge, morgen wird alles wieder gut sein. Wenn ich nur ruhen kann, dann erhole ich mich am schnellsten. Es tut mir natürlich sehr leid, das Fest zu stören, aber ich bin wirklich viel zu elend, um wieder hinunterkommen zu können«, sagte sie leise.

Sie wußte, daß die Stiefmutter nur besorgt war, sie könne ernstlich krank werden und ihr dadurch noch lästiger fallen als bisher.

»Dann will ich dich allein lassen. Hoffentlich gehen die Kopfschmerzen bald vorüber.«

»Ich hoffe es, Mama, so ein Unwohlsein ist heftig und quälend, aber es geht immer bald vorüber.«

»Soll ich dir eine Erfrischung schicken?«

»Nein, danke, ich will versuchen zu schlafen.«

Frau Dora streichelte mit geheuchelter Zärtlichkeit über Monas Haar.

»Es tut mir leid, daß du gerade heute unpäßlich werden mußtest. Bernd Kronau ist ganz untröstlich, er hat sich so darauf gefreut, mit dir tanzen und plaudern zu können. Aber ich habe ihn schon getröstet, er soll jetzt recht oft im engsten Familienkreise bei uns verkehren, damit ihr alles nachholen könnt.«

Mona schloß die Augen. Wenn Bernd Kronau betrübt und untröstlich war, dann wußte sie sehr wohl, warum. Es hatte einen ganz andern Grund, als die Stiefmutter sie glauben machen wollte. Er würde jedenfalls sehr froh sein, wenn sie nicht wieder auftauchte, er würde sich der Gnadenfrist freuen, die ihm beschieden war.

Aber er sollte nur ruhig sein, sie würde dafür sorgen, daß er sich nicht zu opfern brauchte.

Die Stiefmutter verließ sie nun, und als ihre Schritte verklungen waren, erhob sich Mona rasch, warf einen warmen Morgenrock über und verschloß ihre Tür, damit sie niemand überraschen konnte. Dann eilte sie ins Nebenzimmer, ihr Wohnzimmer, und setzte sich an den Schreibtisch. Eilig glitt ihre Feder über einen ihrer Briefbogen. Sie schrieb:

»Liebe gute Tante Herta! Du mußt nicht schelten und mir nicht böse sein, aber ich halte es nicht aus zu Hause. Ich sehne mich krank nach Dir, nach dem kleinen Gerd, nach Euch allen, nach ganz Georgental. Nie habe ich deutlicher gefühlt als jetzt, daß ich in meinem Vaterhaus eine Fremde geworden bin. Ich kann hier nicht bleiben. Bitte, liebe Tante Herta, nimm mich wieder auf bei Dir, bitte Lothar, daß er mir auch ferner eine Freistatt gewährt in seinem Haus. Ich will Euch so dankbar sein. Diese Zeilen sollen Dich vorbereiten, wenn ich plötzlich wieder bei Euch eintreffe. Ich erzähle Dir dann alles Weitere. Morgen früh spreche ich mit Vater und bitte ihn, mich zu Euch zurückkehren zu lassen. Er muß es mir gestatten, ich werde alle meine Überredungskunst aufwenden, um ihm klarzumachen, daß ich in Georgental am besten aufgehoben bin. Und das mußt Du mir auch glauben, liebe gute Tante, ich mag nicht an dem lauten, bunten Gesellschaftstreiben teilnehmen, es macht mir keine Freude. Wieviel schöner ist es in Georgental, wenn wir still beisammensitzen und unsere Gedanken austauschen. Wie friedlich war es immer dabei! Ich bin ein Fremdling daheim, liebste, beste Tante. Nimm mich wieder in Deine Arme, an Dein gütiges, liebevolles Herz. Nur Du kannst mir mein totes Mütterchen ersetzen, nur bei Dir kann ich mich wohl fühlen. Bitte zank nicht, daß ich so schnell flügellahm geworden bin, behalt mich lieb. Grüße Lothar herzlich von mir, und meinen lieben kleinen Gerd. Er braucht nun nicht mehr zu weinen, daß Mona fortging, sie kommt wieder. Ich sehne mich so sehr nach Euch allen! Auf baldiges, sehr baldiges Wiedersehen!

Deine Mona«

Diesen Brief machte sie schnell postfertig, und dann rief sie eine Dienerin herbei und trug ihr auf, ihn sofort in den Postkasten zu werfen.

Aufatmend legte sie sich wieder nieder, schloß die Augen und dachte darüber nach, was sie heute erlebt und erlitten hatte. Zuweilen flog es wie ein Fieberschauer über sie hin, sie biß die Zähne zusammen und dachte: »Nur nicht krank werden, damit ich nicht hier bleiben muß.«

Immer wieder sah sie Bernd Kronaus blasses Gesicht vor sich, mit den erloschenen Augen, mit dem Ausdruck des Entsetzens, als ihm klar geworden war, daß ihm nichts übrig bleiben würde, als sich zu opfern, sich an eine ungeliebte Frau zu verkaufen, um den Vater zu retten. Sonst hätte ihn wohl keine Macht der Welt dazu bringen können.

Oh, sie wollte es ihm leicht machen. Er sollte nicht unglücklich werden an ihrer Seite. Und auch sie wollte nicht die furchtbare Qual ertragen, die ungeliebte Frau dieses Mannes zu werden, den sie von ganzer Seele liebte. Ja – ja, sie liebte ihn, das wußte sie jetzt, und diese Liebe konnte ihr kein Mensch verwehren, die blieb ihr trotz allem als kostbares Gut. Ganz tief und still sollte sie in ihrem Herzen weiterleben, allen Augen verborgen, sollte ihr köstlichster Besitz sein, den ihr niemand nehmen durfte. Und – ein wenig Glück würde sie doch empfinden bei dem Gedanken, daß sie ihn hatte bewahren können vor einem so schmerzlichen Opfer. Er sollte seinen stolzen Nacken nicht beugen müssen im Bewußtsein, sich zu verkaufen.

Wenn sie ihm doch auch weiterhelfen könnte! Ihren ganzen Reichtum hätte sie ihm gern zu Füßen gelegt, ohne daß er gezwungen war, sie zu seiner Frau zu machen. Aber so unerfahren war sie doch nicht, um zu wissen, daß das nicht möglich war. Erstens würde er das nicht von ihr annehmen, und zweitens verfügte sie ja auch noch nicht darüber. Ihr mütterliches Erbe, das der Vater verwaltete, würde ihr ausgezahlt werden, wenn sie heiratete oder mündig wäre.

Heiraten würde sie nie, das wußte sie jetzt. Ganz abgesehen davon, daß sie keinen andern Mann lieben würde als Bernd Kronau. Wo sollte sie auch den Mut hernehmen, die Frau eines Mannes zu werden, nachdem sie durch Bernd Kronaus Mund erfahren hatte, daß sie ein kleines Greuel, die Reizlosigkeit in Person war?

Nein, niemals würde sie heiraten. Immer würde sie in Georgental bleiben bei den Menschen, die sie liebten. Wie der kleine Gerd sich freuen würde, daß seine Mona wiederkam. Und sie würde der Erinnerung an Bernd Kronau leben.

Ja, das würde sie trösten. Es würde sie stolz machen, daß sie befreiend in sein Leben eingegriffen hatte.

So jagten ihre Gedanken hinter ihrer Stirn. Sie war so unerfahren, wußte noch nichts vom Leben und wollte nichts davon wissen. Sie dachte es sich nicht leicht, entsagen zu müssen, wo sie liebte, hielt es aber für viel leichter, als es in Wirklichkeit sein würde.

Und dann überlegte sie, wie sie ihrem Vater begreiflich machen konnte, daß sie wieder nach Georgental zurückkehren mußte. Die Wahrheit durfte er nicht ahnen. Sie mußte ihm die Erlaubnis abringen und würde mehr Energie aufbieten, als sie es bisher zu irgendeinem Zweck getan hatte. Ja, sie mußte sich herausreißen aus ihrer ängstlichen Schüchternheit, sie mußte fest und bestimmt auftreten. Man würde sie überreden wollen zu bleiben, wenn man auch sehr froh sein würde, sie so leichten Kaufes wieder loszuwerden. Aber sie würde ganz fest bleiben, würde auf ihrem Willen bestehen.

So verbrachte sie die halbe Nacht mit Pläneschmieden. Leise klang noch ziemlich lange die Musik zu ihr herüber, erst spät nach Mitternacht wurde Ruhe im Hause. Ob Bernd Kronau auch so lange unter den Gästen ihres Vaters geblieben war? Oder war er schon früher heimgekehrt mit seinem schweren Herzen?

Mit dieser Frage schlief sie endlich gegen Morgen ein.

Am nächsten Morgen erhob sich Mona wie jeden andern Tag. Aber sie war gleichsam über Nacht eine andere geworden. Sie fühlte sich noch immer matt und elend, aber nachdem sie ein erfrischendes Bad genommen hatte, war ihr besser und hoffnungsvoller zumute.

Sie begab sich hinunter in das Frühstückszimmer, das schon wieder in Ordnung gebracht war.

Der Frühstückstisch war sauber und appetitlich wie immer gedeckt. Frau Dora war eine musterhafte Hausfrau, und es ging im Haushalt immer alles wie am Schnürchen.

Mona trat an das Fenster und sah hinaus in den großen Garten, der Villa Runeck umgab. Er bot jetzt keinen schönen Anblick. Bäume und Sträucher lagen noch im Winterschlaf, und die großen Rasenplätze waren umgegraben worden. Auch die runden Blumenrabatten zeigten nur die aufgegriffene Erde. Hier und da lag noch ein letztes Restchen Schnee in den Furchen, dort, wo die Sonne nicht hinschien. Der Februar war ja gerade erst zu Ende.

Mona seufzte. Scit Neujahr war sie nun im Haus des Vaters. Weihnachten hatte sie auf ihren Wunsch noch in Georgental verlebt. Und in all den Wochen war sie nur von der einen Sehnsucht beseelt gewesen, Bernd Kronau kennenzulernen. Aber kurz nach Neujahr hatte er eine Geschäftsreise antreten müssen, weil sein Vater sich nicht wohl genug gefühlt hatte, sie selbst zu unternehmen, und als er dann zurückgekommen war und seinen Besuch gemacht hatte, da war Mona zu ihrem Leidwesen gerade mit ihrer Stiefmutter zu Besorgungen aus gewesen. Sie war völlig neu ausgestattet worden. Andere Feste hatte sie mit den Eltern noch nicht besucht, sie sollte im elterlichen Hause in die Gesellschaft eingeführt werden. So hatte sie ihn erst gestern kennengelernt, und nun würde sie ihn nie, niemals wiedersehen. Nein, nie – sie konnte nicht noch einmal in seine Augen blicken.

Wie schwer lag ihr das Herz in der Brust! Aber sie nahm alle

Kraft zusammen, um ruhig und gefaßt zu scheinen. Niemand durfte ahnen, was für ein Leid über sie gekommen war.

Sie zuckte zusammen, als jetzt die Eltern eintraten. Der Vater nahm sie fest bei den Schultern und schüttelte sie ein wenig.

»Was hast du für Sachen gemacht, Mona? Wirst krank, ausgerechnet auf deinem ersten Fest. Das war eine sehr unliebsame Überraschung. Wie geht es dir heute?«

»Danke, Vater, es geht mir wieder besser, es war nur ein vorübergehendes Unwohlsein.«

»Na ja, so ein bißchen Ballfieber«, scherzte er gutmütig. »Es war sehr schade, daß du nicht dagegen angehen konntest.«

»Es hat mir auch sehr leid getan, zumal ihr das Fest doch mir zuliebe gegeben hattet. Aber ich konnte es nicht ändern.«

Man nahm Platz an dem Frühstückstisch, und Monas Vater hatte zunächst keine Zeit für Mona. Seine Gattin nahm ihn völlig in Anspruch. In ihrer koketten, lichten Morgentoilette sah sie auch reizend genug aus, um das Wohlgefallen ihres Mannes zu erregen, der leidenschaftlich in seine schöne junge Frau verliebt war. Mona mit ihrem blassen, von Sommersprossen entstellten Gesicht und ihrer überschlanken Gestalt sah sehr unvorteilhaft neben ihrer Stiefmutter aus.

Sie fühlte das selbst, fühlte auch, wie so oft, daß sie hier nur störend wirkte.

Ab und zu sprach der Vater einige Worte mit ihr, und auch Frau Dora suchte sich mit ihr zu beschäftigen. In der frohen Erwartung, daß Mona sich bald verheiraten würde, war sie milder gestimmt. Aber Mona empfand doch, daß die Eltern sich nur gezwungenerweise mit ihr beschäftigten.

Allen Mut zusammenfassend, wollte sie den Vater gerade um eine Unterredung unter vier Augen bitten, als dieser sagte: »Ich habe etwas mit dir zu besprechen, Mona, willst du bitte mit mir in mein Arbeitszimmer hinüberkommen?«

Sie atmete auf. Wie froh war sie, daß sie jetzt mit dem Vater allein sein konnte! Da würde es leichter sein, ihre Sache zu führen.

»Gern, lieber Vater«, sagte sie.

Und sie dachte gar nicht darüber nach, was der Vater mit ihr zu sprechen haben könnte. Als er sich erhob und sich mit einem zärtlichen Kuß von seiner Frau verabschiedete, stand auch Mona auf.

Die Stiefmutter zog sie in ihre Arme.

»Ich bin so froh, Mona, daß du nicht ernstlich krank geworden bist. Du sahst wirklich jammervoll aus gestern abend.«

»Es ist ja nun vorüber, Mama«, erwiderte Mona mit einem blassen Lächeln. »Ich fühle mich wirklich wieder ganz wohl, du brauchst nicht in Sorge zu sein.«

Herbert Runeck legte, seiner Gattin verstohlen zunickend, seinen Arm um die Tochter und führte sie davon. Als sie in seinem Arbeitszimmer anlangten, zog er sie mit väterlicher Zärtlichkeit in seine Arme.

»Meine kleine Mona, du wirst dich ein bißchen wundern über das, was ich dir zu sagen habe«, ging er gleich auf sein Ziel los. »Kaum bist du ausgeflattert in die Gesellschaft, da hat sich auch schon ein Freier für dich gefunden.«

Mona verlor jede Spur von Farbe aus ihrem Gesicht. Sie wußte nun, was der Vater ihr zu sagen hatte, und machte sich auf eine Auseinandersetzung gefaßt. Scheu löste sie sich aus den Armen des Vaters, denn sie spürte feinfühlig, daß seine Zärtlichkeit etwas gezwungen war.

»Wie meinst du das, Vater?« fragte sie, um Zeit zu gewinnen, sich zu fassen und ihre Kräfte zu sammeln.

Er drückte sie lächelnd in einen Sessel nieder, der neben seinem Schreibtisch stand, und ließ sich in seinen Schreibtischstuhl nieder.

»Das will ich dir ohne Umschweife erklären, mein liebes Kind. Du bist jetzt alt genug, um an eine Ehe denken zu können, und du weißt ja, daß wir dich heimriefen, Mama und ich, um dir Gelegenheit zu geben, Bekanntschaften anzuknüpfen mit jungen Herren unserer Gesellschaftskreise. Zu unserer Freude hast du gleich bei deinem ersten Auftreten in der Gesellschaft einen großen Erfolg gehabt. Einer unserer beliebtesten jungen Herren, Bernd Kronau, der Sohn meines besten Freundes, hat sich sozusagen auf den ersten Blick in dich verliebt. Er ist entzückt von dir und hat es schmerzlich bedauert, daß du dich gestern so bald zurückziehen mußtest. Doch werden wir dir Gelegenheit geben, ihn im engsten Familienkreis näher kennenzulernen. Es ist, das sage ich dir offen, seit langem schon der innigste Wunsch von meinem Freund Kronau und mir, unsere Kinder miteinander zu verheiraten. Mit Vergnügen hörte ich von Mama, daß Bernd Kronau dir ebenfalls sehr gut gefällt, und so steht unserem Wunsch wohl kein Hindernis entgegen. Ich will dir nun sagen, daß es meine vollste Zustimmung hat, daß du Bernd Kronaus Gattin wirst. Er ist ein tüchtiger, ehrenwerter Mensch von vornehmer Gesinnung. Sein Äußeres kann jeder Frau gefallen, Mama sagt sehr richtig, du wirst glühend um ihn beneidet werden. Auch ist er klug, gesund und energisch, alles in allem ein Mann, dem ein Vater beruhigt das Schicksal seiner Tochter in die Hände legen kann. Ich bin überzeugt, daß du an seiner Seite sehr glücklich werden wirst. Und wie gesagt, wir werden euch hinreichend Gelegenheit geben, einander kennenzulernen. Eine bessere Wahl hätten wir nicht für dich treffen können, davon mußt du überzeugt sein. Nicht wahr, du bist einverstanden?«

Das alles hatte Herbert Runeck wie eine eingelernte Rede hervorgebracht. Mona hatte reglos, ohne ein Wort einzuwerfen, zugehört. Sie mußte daran denken, wie diese Worte wohl auf sie gewirkt haben würden, wenn sie gestern nicht das Gespräch zwischen Bernd Kronau und seinem Vater belauscht hätte. Gottlob, daß sie wußte, daß Bernd Kronau sie für ein kleines Greuel hielt, daß sie ihm widerwärtig war und daß er nur gezwungen um sie werben würde, um seinem Vater das

Leben zu retten. Sie holte tief Atem, als ihr Vater zu Ende war, und sah ihn mit einem großen, ernsten Blick an. Sie wußte, daß sie jetzt allen Mut zusammennehmen mußte, um dem Netz zu entgehen, das man über sie und Bernd Kronau werfen wollte. Und das, was sie seit gestern abend erlebt und erlitten, hatte sie gereift, ihre Willenskraft geweckt, die verborgen in ihr schlummerte, und half ihr, alle Scheu abzustreifen und dem Vater mit der nötigen Ruhe und Entschlossenheit zu begegnen.

»Lieber Vater, ich verstehe, daß du mich gern sehr bald verheiraten möchtest, aber es tut mir leid, deinen Wunsch nicht erfüllen zu können. Es ist ganz ausgeschlossen für mich, Bernd Kronaus Frau zu werden«, sagte sie ruhig und bestimmt.

Der Vater zuckte zusammen und sah betroffen in das blasse, aber entschlossene Gesicht seiner Tochter, die ihm plötzlich als eine ganz andere erschien als bisher. Das sonst so scheue, unbeholfene Mädchen, das kaum ein Wort ungefragt hervorgebracht hatte, schien sich ganz plötzlich zu einer Persönlichkeit entwickelt zu haben, die man durchaus nicht nach Belieben hin und her schieben konnte.

»Warum ist das ganz ausgeschlossen?« fragte er verblüfft. Und es malte sich eine sehr unliebsame Überraschung auf seinem Gesicht.

»Weil – ich Bernd Kronau nicht liebe!«

Diese Unwahrheit kam ganz ruhig und sicher über ihre Lippen. Sie wollte alles auf sich nehmen, Bernd Kronau gar nicht dazu kommen lassen, seines Vaters Wunsch zu erfüllen.

Der Vater lachte etwas unsicher.

»Aber Kind – was weißt du von Liebe? Die kommt in der Ehe ganz von selbst.«

Sie hatte sich erhoben und reckte sich hoch auf. Ernst sah sie ihn mit ihren schönen braunen Augen an, in denen ein goldenes Licht schimmerte. Und aus diesen Augen sprach eine leuchtende Klarheit und Bestimmtheit.

»Bei mir nicht, Vater! Bei mir müßte die Liebe, die gegenseitige Liebe, schon vor der Ehe kommen.«

Er staunte immer mehr, sein Gesicht nahm einen unbehaglichen Zug an. Aber dann schien ihm ein Gedanke zu kommen.

»Soll das vielleicht heißen, daß du dein Herz schon anderweitig verschenkt hast?«

»Nein, Vater, ich habe mein Herz keinem andern Mann geschenkt. Ich fühle mich überhaupt noch nicht reif zur Ehe, noch lange nicht. Wieviel mir dazu fehlt, ist mir erst in diesen Wochen in deinem Haus klar geworden.«

»Aber mein liebes Kind, das lernt sich doch alles schneller, als du glaubst. Deshalb brauchst du auf diese Heirat nicht zu verzichten, die wir mit liebevoller Fürsorge für dich ausgewählt haben. Bernd Kronau wird dir schnell genug Liebe einflößen, gib ihm nur erst Gelegenheit dazu.«

Monas Gesicht wurde immer ruhiger und entschlossener, sie wuchs gewissermaßen unter den Augen ihres Vaters über sich selbst hinaus.

»Nein, Vater, ich werde ihm keine Gelegenheit dazu geben, denn die Art, wie wir miteinander verheiratet werden sollen, widerstrebt mir im höchsten Grad. Ich bin fest überzeugt, daß auch Bernd Kronau sich nur dem Wunsch seines Vaters fügen würde. Ganz unmöglich erscheint es mir, daß er sich auf den ersten Blick in mich verliebt haben könnte. Wir haben keine zehn Worte miteinander gesprochen, er hat mich kaum angesehen, wie es auch bei mir der Fall ist. Und was er von mir gesehen hat und was er von mir weiß, wird nicht imstande sein, Liebe zu erwecken. Ich glaube, mich müßte ein Mann sehr lange und sehr genau kennen, wenn er über meinen übrigen Eigenschaften vergessen sollte, daß mein Gesicht durch einen häßlichen braunen Streifen entstellt ist. Und ich will nicht einem Mann zur Frau angeboten werden, der mich nicht liebt und den ich nicht gern habe. Sieh mich doch an, Vater. Hältst du es wirklich für möglich, daß mich ein Mann wie Bernd

Kronau auf den ersten Blick lieben könnte? Ich nicht! Und willst du mich als lästiges Anhängsel zu meinem Reichtum an einen Mann verhandeln, der mich ohne diesen Reichtum nie begehren würde?«

Er sah Mona ganz betroffen an, und zum erstenmal sah und erkannte er, daß seine Tochter alles andere als reizlos war. Wenn der allerdings entstellende Sommersprossenstreifen nicht gewesen wäre, sie hätte schön ausgesehen mit diesen flammenden Augen. Das griff er auf, weil ihm keine andere Entgegnung einfiel.

»Ich kann mir sehr wohl denken, Mona, daß du einen Mann beglücken könntest, denn du hast nicht nur viele liebenswerte Eigenschaften, sondern du wirst dich auch mit der Zeit zu einer sehr reizvollen Persönlichkeit entwickelt haben. Vielleicht kann man durch irgendeine Kur die Sommersprossen entfernen.«

Sie glaubte ihm nicht. Ein bitteres Lächeln umspielte ihren Mund.

»Wie es auch sei, Vater, ich werde jedenfalls niemals Bernd Kronaus Gattin werden, und ich werde mich auch nie auf diese Weise verheiraten lassen. Und wie ich dir schon sagte, ich bin noch lange nicht reif für die Ehe. Ich bin ja nur wenige Monate über achtzehn Jahre alt, und wenn ich die andern jungen Damen aus eurem Gesellschaftskreis ansehe, komme ich mir im Vergleich zu ihnen wie ein dummes Kind vor. Ich habe noch lange, lange Zeit, ehe ich heirate. Und darüber bin ich froh.«

Herbert Runeck dachte an seine Frau, dachte, wie störend seine Tochter in seiner jungen Ehe war.

»Das ist doch Unsinn, Mona, mit achtzehn Jahren ist eine Frau heiratsfähig.«

Energisch schüttelte sie den Kopf. Ihr Mut und ihre Entschlossenheit wuchsen mit den Schwierigkeiten.

»Aber ich nicht, Vater. Ich will ganz offen mit dir reden, ich verstehe, daß ihr, Mama und du, mich gern möglichst schnell verheiraten möchtet. Ich fühle ja selbst, daß ich in eurem Hause überflüssig und störend bin – nein, sagen wir ruhig – lästig. Und das ist beiderseitig ein unhaltbarer Zustand. Glaube nicht, daß diese Worte einen Vorwurf enthalten. Ich kann so gut verstehen, daß du in deiner Liebe zu Mama völlig aufgehst, und ich freue mich, daß sie dich glücklich macht. Sie ist so schön, so reizend, und ihr seid euch in eurem Glück selbst genug. Ihr habt es trotzdem als eure Pflicht angesehen, mich heimzurufen, damit ich in die Gesellschaft eingeführt werde, und Tante Herta hielt es für ihre Pflicht, euch nahezulegen, daß ich in der Abgeschiedenheit von Georgental nicht mehr am rechten Platze war. Aber ihr habt euch damit alle geirrt. Ich danke euch allen, daß ihr mir helfen wolltet, das Leben schöner und lebenswerter zu finden. Aber ich bin zu der Erkenntnis gekommen, daß ich gerade hier nicht am rechten Platz bin. Ganz unmöglich ist es mir, jetzt schon eine Ehe einzugehen. Ich bin wirklich noch zu jung und zu unreif dafür. Da ich aber nun nicht durch eine Heirat aus deinem Hause entfernt werden kann, muß es auf andere Weise geschehen. Es wäre mir unerträglich, euch noch jahrelang lästig zu fallen. Weshalb sollen wir uns also alle quälen? Du brauchst mir nur zu gestatten, wieder nach Georgental zurückzukehren. Laß es so schnell wie möglich geschehen. Dort fühle ich mich wohl und glücklich, dort bin ich nicht überflüssig. Tante Herta und der kleine Gerd brauchen mich, sie sehnen sich nach mir wie ich mich nach ihnen. Und Lothar Wieland nimmt mich gewiß sehr gern wieder auf in seinem Haus. Bitte, bitte, lieber Vater, laß mich wieder nach Georgental gehen, es ist wirklich für uns alle das Beste.«

Betroffen hatte ihr Vater zugehört. Immer staunender wurden seine Augen. Was war nur mit der kleinen, scheuen Mona vorgegangen? Das war ja ein ganz anderer Mensch, so ruhig, so bestimmt, so energisch. Und keinerlei kleinliche Gekränktheit und Eifersucht auf die Stiefmutter, an die er und auch seine Frau geglaubt hatten. So vernünftig sprach sie über das alles.

Ganz fassungslos sah er in das erregte und doch entschlossene Gesicht seiner jungen Tochter.

Ebenso staunte er über ihr verändertes Aussehen. Sie war ihm immer so farblos, reizlos und unbedeutend erschienen, daß er geglaubt hatte, es werde sich schwer ein Mann für sie finden lassen, wenn ihn ihr Reichtum nicht anlocken würde. Und weil er Bernd Kronau als einen wertvollen, ehrenhaften Mann kannte, hatte er sich an dessen Vater gewandt.

Jetzt sah er aber plötzlich, daß seine Tochter durchaus nicht so reizlos war. Abgesehen von den Sommersprossen, die sich nun leider zu einem so unschönen braunen Streifen über der Nase vereinigt hatten und die man vielleicht doch noch entfernen konnte, war sie ein sehr hübsches Mädchen. Wie leuchteten die großen schönen Augen, wie beseelt und durchgeistigt wirkte das feinzügige Gesicht, in das die Erregung Farbe gebracht hatte. Und das Sonnenlicht spielte auf den kastanienbraunen, kurzen Locken und ließ sie wie flüssiges Kupfer aufleuchten. Zum erstenmal sah er, wie fein die dunklen Brauen gezeichnet waren und daß die langen Wimpern sich mit goldigen Spitzen aufwärts bogen. Wenn die Sommersprossen nicht wären und Mona sich noch einige Jahre so weiter entwickelte, konnte sie eine Schönheit werden. Die überschlanke Gestalt mußte nur ein wenig runder werden, und die scheue Haltung würde sich auch verlieren.

So betrachtete er sie ziemlich verblüfft, und als sie jetzt zu Ende war, sagte er unsicher und betroffen:

»Aber mein liebes Kind, das kann ich doch nicht! Ich kann dich doch nicht nach Georgental zurückschicken. Tante Herta hat mir schwere Vorwürfe gemacht, daß ich dich nicht eher heimgerufen habe. Sie hat ja auch recht gehabt damit. Wie soll ich es vor ihr verantworten, wenn ich dich wieder zurückschicke?«

»Oh, ich werde Tante Herta schon klarmachen, daß dies nur in meinem Sinn geschah. Sie hat geglaubt, gesellige Freuden seien mir erstrebenswert. Nur schweren Herzens hat sie mich ziehen lassen. Ich will ihr sagen, daß ich mich nirgends wohler und glücklicher fühle als bei ihr und dem kleinen Gerd.«

Herbert Runeck überlegte. Dann fragte er:

»Willst du denn nicht wenigstens erst einmal versuchen, Bernd Kronau näher kennenzulernen? Ich bin überzeugt, er würde dir sehr gut gefallen, so gut, daß du ihn schnell lieb gewinnen würdest. Er ist ein besonders wertvoller Mensch, und ich hätte dir wirklich keinen besseren Mann aussuchen können. Und – er hat dich wirklich schon sehr lieb gewonnen.«

Sie preßte die Lippen zusammen, um sich kein vorschnelles Wort entschlüpfen zu lassen, denn niemand durfte ahnen, daß sie von Bernd Kronaus eigenen Lippen gehört hatte, daß er sie verabscheute. Und so sagte sie wieder mit aller Bestimmtheit:

»Nein, Vater, das hätte gar keinen Zweck. Niemals werde ich Bernd Kronau heiraten, und wie ich dir schon sagte, ich fühle mich noch nicht reif zur Ehe. Laß mir doch Zeit, ich bin ja noch so jung. In vier, fünf Jahren können wir vielleicht einmal wieder auf das Heiratsthema zu sprechen kommen. Bis dahin laß mich ruhig in Georgental. Und wenn ich wirklich eines Tages heiraten sollte, dann will ich mir meinen Mann lieber selbst aussuchen. Schon daß ihr mir Bernd Kronau im voraus bestimmt habt, hat mich gegen ihn eingenommen. Glaub mir, es ist besser für alle Teile, wenn ich jetzt so schnell wie möglich gehe. Ihr könnt mich ja während dieser Zeit einmal in Georgental besuchen, das würde mich freuen.«

Sie dachte nicht daran, sich jemals zu verheiraten, denn nie würde sie einen andern Mann lieben als Bernd Kronau, aber sie wollte ihren Vater das nicht merken lassen. Er durfte keinerlei Verdacht schöpfen.

Unschlüssig sah er sie an.

»Ich weiß wirklich nicht, wie ich mich da entscheiden soll, Mona. Alles, was du vorbringst, ist im Grunde so vernünftig – viel zu vernünftig für deine jungen Jahre, und mir scheint, du würdest sehr wohl reif sein zur Ehe. Aber natürlich will ich dich nicht zwingen zu einer Verbindung, die dir widerstrebt. Zwar begreife ich das nicht, denn Bernd Kronau ist wirklich ein Mann, der einem jungen Mädchen wohlgefallen muß. Viele würden an deiner Stelle mit beiden Händen zugreifen. Und es tut mir natürlich sehr leid, daß seines Vaters und mein Wunsch, unsere Kinder zu verbinden, unerfüllt bleiben soll. Doch wie gesagt, zwingen will ich dich nicht.«

Sie atmete wie erlöst auf.

»Ich danke dir, lieber Vater.«

Er sah sie sinnend an.

»Aber wie ich mich zu deinem Wunsch stellen soll, wieder nach Georgental zurückzukehren, das weiß ich nicht. Ich will Mama rufen lassen, wir wollen das lieber mit ihr besprechen.«

Er wollte die Verantwortung nicht allein übernehmen, damit ihm niemand Vorwürfe machen konnte. Mona ahnte das sehr wohl, und sie faßte angstvoll nach seiner Hand.

»Aber ich habe dein Wort, Vater, daß du mich nicht zu dieser Verbindung zwingen wirst.«

Etwas wie Mitleid mit seinem mutterlosen Kind stieg in ihm auf. Er streichelte ihr über das Haar und sah sie mit einem warmen Blick an. Dies bißchen väterliche Liebe und Zärtlichkeit trieb ihr die Tränen in die Augen und, von ihrem Gefühl überwältigt, warf sie sich an seine Brust und umklammerte ihn. Er fühlte, wie sie zitterte, und das Mitleid vertiefte sich.

»Hast du denn gar so große Angst vor dieser Verbindung, Kind?«

»Vor dieser und vor jeder anderen, Vater«, stieß sie hastig hervor und sah ihn flehend an, weil sie Angst hatte, daß die Stiefmutter ihn bestimmen könnte, ihr einen anderen Mann zur Ehe vorzuschlagen, wenn sie Bernd Kronau nicht mochte.

Er sah sie ein wenig hilflos an. »Nur Ruhe, Mona, du sollst zu nichts gezwungen werden.«

Sie dankte ihm mit überströmenden Augen. Er wartete, bis sie sich ein wenig beruhigt hatte, ehe er einen Diener herbeiklingelte und ihm gebot, seine Gattin hereinzubitten.

Frau Dora hatte anscheinend diesen Ruf schon erwartet, sie erschien sofort, legte scheinbar zärtlich die Arme um Mona und fragte schelmisch:

»Nun, ist unser Kindchen bereit, deinen Wunsch zu erfüllen, Herbert?«

Mona sah den Vater flehend an, und dieser berichtete nun, daß Mona Bernd Kronau ausgeschlagen habe. Frau Doras lächelndes Gesicht erstarrte. Aber ehe sie ihrem Unmut noch Luft machen konnte, fuhr ihr Gatte fort und teilte ihr Monas Wunsch mit, baldigst nach Georgental zurückzukehren und dort mindestens noch vier bis fünf Jahre zu bleiben.

Da atmete sie verstohlen auf. Aber sie sagte doch ziemlich fassungslos:

»Ich verstehe dich offen gestanden nicht, Mona. Bernd Kronau wäre so ganz der Mann gewesen, den ich mir gewünscht hätte. Kein Mädchen außer dir würde ihn ausschlagen. Willst du dir das nicht doch erst noch überlegen? So einen reizenden, ritterlichen und wertvollen Mann findest du sicher nicht noch einmal.«

Und Frau Dora dachte dabei: »Was will denn dieses reizlose, unansehnliche kleine Mädel? Sie sollte sich doch glücklich schätzen, wenn sie einen solchen Mann bekommen kann.«

Mona aber sagte bestimmt:

»Es bedarf keiner Überlegung, Mama, es gibt Dinge, von denen man gleich weiß, daß man sie nicht tun kann.«

Auch Frau Dora sah Mona bei diesen bestimmten, energischen Worten erstaunt an. Was war denn plötzlich in das unbeholfene Mädchen gefahren, daß es so auftrat? Unsicher sah sie zu ihrem Mann hinüber, der ihr verstohlen zunickte, als wolle er sagen: Wir müssen ihr schon den Willen tun.

Da wandte sich Frau Dora wieder an Mona.

»Du willst also nach Georgental zurück, Mona. Wird es dir denn da nicht zu einsam sein?«

»Ganz gewiß nicht, Mama, ich fühle mich sehr wohl dort und weiß dann wenigstens, daß ich euch nicht störe.«

»Davon kann doch keine Rede sein, Mona«, suchte Frau Dora einzuwenden.

Ein blasses Lächeln huschte um Monas Mund.

»Vater ist viel lieber mit dir allein, glaube es mir«, sagte sie.

Frau Dora warf wieder einen Blick auf ihren Gatten. Der lächelte ihr zu.

»Ich denke, wir dürfen Mona nicht zurückhalten, wenn sie sich nach Georgental sehnt«, sagte er.

»Aber Tante Herta wird wieder mir die Schuld zuschieben, sie wird glauben, wir haben Mona lieblos aufgenommen, und mich eine böse Stiefmutter schelten«, klagte Dora und schmiegte sich wie schutzsuchend an ihren Mann.

Es zuckte um Monas Lippen.

»Mach dir nur darum keine Sorge, Mama. Tante Herta wird durch mich überzeugt werden, daß es nur an mir liegt, wenn ich mich hier nicht eingewöhnen kann. Ich – ich habe ihr bereits geschrieben, daß ich Vater bitten werde, mich wieder nach Georgental zurückkehren zu lassen. Ich wollte sie damit vorbereiten, daß sie nicht erschrecken soll, wenn ich plötzlich wieder auftauche. Sie freut sich ja viel zu sehr, als daß sie sich lange wehren würde. In eure junge Ehe paßt wirklich so eine große Tochter nicht. Ich bin dir so dankbar, daß du Vater so glücklich machst, und ich will nicht sein Glück stören. Das kannst du mir nachfühlen, nicht wahr?«

Frau Dora überkam nun doch eine leise Rührung. Sie umfaßte Mona und küßte sie vielleicht zum erstenmal herzlich und ohne Verstellung.

»Wenn du es so meinst, Mona, dann darf ich dich nicht halten. Ich hoffe aber, daß du, wenn diese vier, fünf Jahre vergangen sind, wieder zu uns zurückkommst. Und dann wollen wir uns noch besser verstehen als bisher. Ich staune, daß du so ein vernünftiges Mädchen bist. Und vielleicht ist es auch wirklich noch zu früh für dich mit einer Heirat. Nur sage ich wieder: Schade, daß du nicht Bernd Kronau zum Mann nehmen willst – alle Mädchen hätten dich um ihn beneidet.«

»So wird er wahrscheinlich eine andere glücklich machen, Mama. Ihm wird es das Herz nicht brechen, daß ich ihn nicht heiraten will, davon bin ich überzeugt.«

Das sagte Mona ganz leichthin, aber in ihrem Herzen zuckte ein bitterer Schmerz. Bernd Kronau würde bestimmt sehr glücklich sein, daß er »das kleine Greuel« nicht zu heiraten brauchte.

So hatten die Eltern nun eingewilligt, daß Mona wieder nach Georgental zurückkehren sollte, und als Mona dies erreicht hatte, sank sie wie kraftlos wieder in ihre frühere scheue und unbeholfene Haltung zurück. Die Farbe ihrer Wangen verblich, die Augen verloren wieder ihre Leuchtkraft, und die goldenen Lichter darin verlöschten. Nur einmal noch flammte ihre Hartnäckigkeit wieder auf, als sie durchzusetzen suchte, daß sie gleich am nächsten Tag nach Georgental zurückreisen durfte. Diese Energie hielt auch an, bis sie die Erlaubnis bekam. Mit einem festen Druck faßte sie die Hand ihres Vaters.

»Ich danke dir, Vater! Auch dir, Mama! Und nun will ich gleich meine Koffer packen. So viele schöne neue Kleider und Wäsche werde ich unterbringen müssen. Bitte, gib doch ein Telegramm an Tante Herta auf, daß ich morgen nachmittag bei ihr eintreffe. Sie sollen mir das Auto an die Station schicken.« Und nach diesen Worten verließ sie schnell das Zimmer, als sei sie in Sorge, daß man sie doch noch zurückhalten könne. Niemand ahnte, was sie in die Flucht trieb: nur Bernd Kronau nicht noch einmal begegnen müssen!

Als die Eltern allein waren, fielen sie sich erst einmal wortlos in die Arme. Sie waren froh, daß sie wieder allein bleiben konnten, aber auch darüber, daß Mona so vernünftig war und sie nicht stören wollte.

»Sie ist doch ein liebes, gutes und vernünftiges Kind«, sagte Frau Dora, und ihr Gatte küßte sie dankbar dafür.

IV

Als Mona nach dieser Unterredung wieder in ihr Zimmer zurückgekehrt war, fiel sie kraftlos in einen Sessel. Nun sie durchgekämpft hatte, was sie sich vorgenommen, war es mit all ihrer Willenskraft wieder vorbei. Und die Gewißheit, daß sie Bernd Kronau vor einem Opfer bewahrt hatte, erfüllte sie jetzt nicht mit der großen Freude, wie sie erwartet hatte. Heiß und bitter brannte der Schmerz in ihr, daß ihn das Entsetzen gepackt hatte bei der Zumutung, sie zu heiraten. Ihre Liebe zu ihm war durch das alles nicht verändert worden, im Gegenteil, sie hatte sich ihr nur noch tiefer ins Herz gegraben. Aber um so weher tat es, von ihm verschmäht worden zu sein.

Immer wieder hörte sie im Geist seine entsetzten, ablehnenden Worte. Und sie taten ihr so bitter weh wie nie zuvor etwas in ihrem Leben. Aber sie wollte sich damit trösten, daß sie ihn gerettet hatte. Ohne daß er es wußte oder je erfahren würde, hatte sie ihm eine Wohltat erwiesen, und das mußte ihr über alle Schmerzen hinweghelfen.

Sie fragte in ihrer Unerfahrenheit nicht danach, was nun aus der Firma Kronau und aus Bernd Kronaus Vater werden würde. Er hatte ja gesagt, daß er für sich und den Vater arbeiten würde, und das traute sie ihm ohne weiteres zu. Wichtig war ihr nur, daß er davor bewahrt wurde, sich zu demütigen. Und er brauchte nicht der Gatte einer Frau zu werden, die er verabscheute.

Lange vertiefte sie sich in ihr Leid, aber dann raffte sie sich auf und begann ihre Sachen zu packen. Sie rief eine der Dienerinnen zu Hilfe. Bis zum Abend mußte alles fertig sein, denn am nächsten Morgen wollte sie frühzeitig abreisen.

Wie froh mochten der Vater und die Stiefmutter sein, daß sie nun wieder allein sein konnten. Der Vater hatte sich das nicht so deutlich anmerken lassen, und noch einmal, als sie mit ihm allein gewesen war, war er sehr herzlich und zärtlich zu ihr gewesen. Das hatte ihr doch sehr wohlgetan. Etwas wie Mitleid hatte in seinen Augen gelegen. Wenn er gewußt hätte, wie schwer ihr Herz war und was sie forttrieb, dann wäre wohl sein Mitleid noch größer gewesen. So dankbar war sie ihm, daß er sie nicht so ganz leichten Herzens ziehen ließ.

Und die Stiefmutter war auch lieb und freundlich gewesen, wenn sie auch froh war, daß Mona »so vernünftig« war. Sie verargte ihr das nicht einmal. Große Zuneigung konnte sie von dieser Frau nicht verlangen, stand sie ihr doch selbst kühl und fremd gegenüber. Und Tante Herta hatte ihr oft eingeprägt:

»Im selben Maß du willst empfangen,
mußt du geben.
Willst du ein ganzes Herz,
so gib ein ganzes Leben.«

Ja, so waren sie einander nichts schuldig geblieben, die Stiefmutter und sie, und das war gut so. Man konnte nicht von ihr verlangen, daß sie ihr eine Mutter war, dazu war sie auch noch zu jung. Wenn sie dem Vater nur eine gute Frau blieb, die ihn glücklich machte, dann war Mona zufrieden.

Aber plötzlich überflutete sie doch eine brennheiße Sehnsucht nach Tante Herta, die ihr in all den Jahren die Mutter ersetzt hatte. Bei ihr, an ihrem gütigen, liebevollen Herzen würde sie Ruhe und Frieden finden. Und wenn sie ihr auch nicht anvertrauen konnte, was sie erlitten hatte, ein wenig würde der Schmerz um Bernd Kronau doch verblassen, wenn sie wieder in

Georgental war. Die Freude würde ihr bleiben, daß sie ihm hatte helfen können, ohne daß er es ahnte. Und noch etwas würde ihr bleiben, trotz allem – etwas Köstliches: daß sie ihn lieben durfte. Das war ein Glück. Das konnte ihr niemand wehren.

Wenn sie nur wenigstens ein Bild von ihm besäße! Ob der Vater nicht vielleicht zufällig eins hatte? Vielleicht im Salon unten, in der Bildervitrine aus Mahagoni, in der in Glaskästen alle Fotografien verwahrt wurden. Wenn sie da einmal nachsehen könnte, ohne gestört zu werden.

Sie sprang auf. Der Vater war in die Fabrik gefahren, und die Stiefmutter befand sich, wie sie wußte, unter den Händen ihrer Zofe bei der Gesichts- und Körpermassage. Da würde jetzt niemand in den Salon kommen.

Eilig huschte sie hinunter. Sollte man sie überraschen, so konnte sie sagen, daß sie Fotos von den Eltern zum Mitnehmen heraussuchen wolle. Schnell trat sie unten im Salon an die Vitrine heran. Der Glasschrank stand auf geschweiften Füßen und war so eingerichtet, daß man die einzelnen Glaskästen herausziehen konnte.

Einen Kasten nach dem andern sah sie durch, aber sie fand lange nicht, was sie suchte. Einige Bilder von den Eltern legte sie beiseite. Zuletzt zog sie einen Kasten heraus, der nur Liebhaberaufnahmen auf Postkarten enthielt, und darunter entdeckte sie endlich mit klopfendem Herzen eine Fotografie von Bernd Kronau. Er hatte diese Aufnahme gelegentlich einer Orientreise machen lassen und sie als Postkartengruß an den Freund seines Vaters geschickt. Sie war außerordentlich gut gelungen. Er schaute mit seinem strahlenden Lächeln den Betrachter an. So froh und glücklich sah er aus, nicht so unglücklich und entsetzt, wie sie ihn zuletzt gesehen hatte.

Monas Herz klopfte bis zum Hals, als sie auf das Bild hinabsah. Mit zitternden Händen barg sie es im Ausschnitt ihres Kleides. Ihr war zumute, als begehe sie ein großes Unrecht, aber um keinen Preis, auch nicht um den eines Unrechtes, hätte sie es zurückgelassen. So froh war sie, daß sie es gefunden hatte. Es erschien ihr kostbar wie ein Schatz.

Schnell räumte sie nun die Karten wieder in den Kasten und schob ihn zu den andern in die Vitrine zurück. Die Bilder der Eltern trug sie in der Hand; die brauchte sie ja nicht zu verbergen.

Nun eilte sie mit ihrem Raub auf ihr Zimmer und atmete auf, als sie die Tür hinter sich geschlossen hatte. Die Dienerin war drüben in ihrem Schlafzimmer noch mit dem Packen der Koffer beschäftigt. Die störte sie nicht. Sie zog das Bild hervor und vertiefte sich in seinen Anblick. Es erschien ihr wertvoller als alles, was sie besaß. Und als sie lange in die strahlenden Augen des Bildes gesehen hatte, stürzten ihr die Tränen aus den Augen. Sie drückte das Bild ans Herz, und sie hörte ihn im Geiste wieder sagen: »Armes Kind!« Endlich barg sie das Foto in ihrem Schmuckkoffer. Sie besaß sehr wertvollen Schmuck, den sie von ihrer verstorbenen Mutter geerbt hatte. Und bei diesen Schmucksachen verwahrte sie Bernd Kronaus Bild.

Während sie im Lauf des Tages ihre Reisevorbereitungen traf, öffnete sie immer wieder verstohlen den Schmuckkoffer und sah das Bild Bernd Kronaus mit liebevoll traurigen Blikken an.

Während der Mahlzeiten, die sie mit den Eltern einnahm, zeigte sich der Vater besonders zärtlich, und auch die Stiefmutter suchte freundlicher als sonst zu sein. Der Vater sagte ihr, daß er nach Georgental telegraphiert habe. Er hatte ihr auch, da er sie wegen geschäftlicher Abhaltungen nicht begleiten konnte, einen Fahrschein erster Klasse gelöst, damit sie eine angenehme Reise habe. Sie sagte lächelnd, er möge sich nicht sorgen, sie lege ja diese Fahrt nicht zum erstenmal allein zurück.

Dann kam der Abend heran, der letzte Abend, den Mona für lange Zeit im Vaterhaus verbringen sollte. Da war der Vater ganz besonders liebevoll zu ihr, besprach allerlei mit ihr, und die Stiefmutter hatte ihr eine Riesenbonbonniere besorgt und übergab sie ihr. Der Vater hatte ihr ein schönes Schmuckstück als Geschenk mitgebracht. Sie freute sich darüber, weil er es für sie ausgesucht hatte. Sonst ließ er immer alle Geschenke für sie von der Stiefmutter besorgen.

Mona bekam feuchte Augen, als sie ihm dann gute Nacht sagte und sich auf ihr Zimmer zurückzog.

Ihre Koffer waren gepackt und schon nach dem Bahnhof befördert. Nichts war zurückgeblieben als ihr Schmuckkoffer, von dem sie sich nicht trennen mochte. Sie betrachtete Bernd Kronaus Bild noch einmal, ehe sie sich niederlegte.

Am nächsten Morgen war dann Nachricht von Tante Herta eingetroffen: »Erwarten Mona mit großer Freude. Tante Herta.«

Da war es Mona, als fiele ihr ein Stein vom Herzen. Gute Tante Herta! Als ob sie geahnt hätte, daß Mona noch eine kleine Aufmunterung brauchte vor Antritt ihrer Reise.

Es ging dann alles sehr schnell, man hatte nicht viel Zeit. Das Frühstück wurde hastig eingenommen. Dann kam der Abschied von der Stiefmutter, die Mona noch lächelnd vom Fenster aus nachwinkte. Mona winkte zurück. Aber ihr Blick suchte das Fenster, in dessen Nische verborgen sie das Gespräch zwischen Bernd Kronau und seinem Vater belauscht und in dem sie den bittersten Schmerz ihres Lebens erfahren hatte. Ein tiefes Weh befiel sie von neuem, und sie mußte die Zähne zusammenbeißen, um nicht weinen zu müssen.

Tapfer und beherrscht ließ sie sich vom Vater ins Auto heben. Sie saßen beide nebeneinander und hielten sich fest bei den Händen. Während dieses kurzen Alleinseins suchte der Vater seinem Kind so viel Liebe zu geben, wie sich in diese kurze Zeit hineindrängen ließ. Das rührte sie tief, sie war es so wenig gewöhnt, daß der Vater sich ihr allein widmete. Und sie fühlte doch, daß sie zu ihm gehörte durch die Bande des Blutes. Er spürte das wohl auch in dieser Stunde, zumal seine Frau nicht zugegen war. Und er preßte Mona fest an sein Herz, als er ihr, am Bahnhof angekommen, in den Zug geholfen hatte. Ihr Körper bebte in verhaltenem Schluchzen. Er nahm ihr sorglich den Hut ab und streichelte ihr Haar.

»Willst du nicht doch lieber hier bleiben, Mona?« fragte er heiser.

Da riß sie sich zusammen und suchte tapfer die Tränen zu unterdrücken. Sie vermochte ihn sogar anzulächeln, aber er fühlte, daß sein einziges Kind heimatlos in die Welt hinausziehen mußte, um sein spätes Glück nicht zu stören.

Liebevoll legte er ihr alles zurecht, Zeitungen, die Bonbonniere und ihr Kissen. Dann küßten sie einander, und danach verließ Herbert Runeck das Abteil.

Etwas beklommen und bedrückt stand der Vater auf dem Bahnsteig und reichte Mona noch einmal die Hand. Sie konnte jetzt den Tränen nicht mehr gebieten. Der Zug fuhr an, und sie sank in die Polster zurück. Der Vater sah ihm nach. Mona erschien nicht mehr am Fenster, und er wußte, daß sie weinend in der Ecke des Abteils saß, das sie nur mit einer älteren Dame teilte. Das Herz wurde ihm schwer, und er machte sich Vorwürfe, daß er es nicht besser verstanden hatte, seinem einzigen Kind ein warmes Plätzchen in seinem Haus zu bereiten, von dem sie sich nicht fortgesehnt hätte.

Aufseufzend wandte er sich zum Gehen, und in trüber Stimmung fuhr er im Auto in seine Fabrik. Den ganzen Vormittag hing ihm dieser Abschied schmerzhaft am Herzen. Als er aber mittags nach Hause kam und seine schöne junge Frau sich besonders liebevoll in seine Arme schmiegte, war Mona schon fast vergessen.

Frau Dora wußte, daß sie jetzt einen Schatten bannen mußte, und ließ alle Künste spielen, um ihn zu vertreiben.

»Georgental!«

Die Stimme des Schaffners, der diese Station ausrief, tönte auch in Monas Ohr. Sie sprang hoch, ergriff ihren Schmuckkoffer und beugte sich zum Fenster hinaus. Da drüben stand das elegante Auto ihres Vetters Lothar und neben demselben eine ach so wohlbekannte Gestalt – Tante Herta.

Der Diener ihres Vetters hatte Mona erblickt und half ihr beim Aussteigen. Mona eilte auf Tante Herta zu, die ihr entgegenkam und sie in ihren Armen auffing.

»Hab ich dich wieder, mein geliebtes Kind«, sagte die alte Dame voll Zärtlichkeit.

»O liebe Tante Herta, wie tut es gut, daß du mich so empfängst!«

Sie schluchzten beide ein wenig und sahen sich innig an.

»Könnte es anders sein, meine kleine Mona? Ach, daß du nur wieder da bist! Wie schmerzlich haben wir dich entbehrt!«

Mona küßte sie noch einmal herzhaft ab.

»Ich bin endlich wieder daheim, liebe, gute Tante Herta.«

Sie stiegen in das Auto. Ganz still saßen sie Hand in Hand nebeneinander. Während der Fahrt konnten sie nichts Intimes besprechen. Sie drückten sich nur immer wieder die Hände, sahen sich liebevoll an und nickten einander zu.

Der Wagen fuhr eine breite, schöne Autostraße entlang, die zwischen Wiesen und Feldern und dann durch dichten Wald führte. Als der Wagen aus dem Wald herausfuhr, sah man das riesige Eisen- und Stahlwerk Georgental mit seinen Schornsteinen. Es lag ein grauer Dunst über dem Werk, und einen malerischen Anblick bot es gewiß nicht, aber Mona war dieser Anblick lieb und vertraut, ihr war wirklich, als kehre sie heim. Ihre Augen schweiften in Wiedersehensfreude umher. Hinter dem Werk dehnte sich wieder ein Stück Wald, und dahinter ragte ein bewaldeter, mäßig hoher Berg auf, auf dessen Gipfel das Herrenhaus von Georgental lag. Es bot einen malerischen Anblick mit seinen schloßähnlichen Türmen und Giebeln und schien gar nicht in die graue, arbeitsschwere Umgebung zu passen. Von allen Seiten war es von einem Park umgeben, so daß man im Sommer von da oben nichts von dem Werk erblickte, und von hier unten aus sah man nur die Türme und Zinnen über die Bäume hinausragen. Aber jetzt waren die Bäume noch unbelaubt und ließen den Anblick frei. Die untergehende Sonne spiegelte sich in den blanken Fenstern, und Mona war, als blinkten ihr die Fenster ein frohes Willkommen zu.

Als die Damen an dem Werk vorüberfuhren, wurden sie von den Leuten begrüßt, die im Freien arbeiteten, und Mona winkte ihnen freundlich zu wie guten alten Bekannten, kannte sie doch fast jede Arbeiterfamilie. Sie hatte sie alle oft allein oder in Tante Hertas Gesellschaft besucht, wenn Krankheitsfälle oder irgendwelche Familienereignisse eintraten. Die meisten Kinder der Arbeiter hatte sie über die Taufe gehalten. Bei dieser Gelegenheit stiftete Mona immer für den neuen Weltbürger ein Sparkassenbuch. Ihr Reichtum gestattete ihr das, und es machte ihr Freude.

So sahen es die Arbeiter gern, daß sie wiederkam.

Als der Wagen an dem Werk vorübergefahren war, bog er wieder in dichten Wald ein, und dann ging es langsamer bergauf, zuletzt durch den Park bis vor das Portal des Herrenhauses.

Hier wurde Mona mit strahlenden Gesichtern von der Dienerschaft empfangen und begrüßt. Dann eilte Mona, von der Tante gefolgt, in das Zimmer des kleinen Gerd.

Dieser, ein zartes, blasses Kind, lag wie gewöhnlich in einem Liegestuhl und streckte ihr sehnsüchtig die Arme entgegen.

»Mona – liebe süße Mona, bist du endlich wieder da!« sagte er mit einer bei einem Kind seltsamen Inbrunst.

Sie fiel neben ihm auf die Knie und schlang lachend und weinend die Arme um ihn.

»Ja, Gerd, ich bin wieder da, gottlob, wie habe ich mich nach euch gesehnt und Heimweh gehabt!«

»Wie gut, o wie gut, daß ich dich wiedersehe! Ich fürchtete schon, du würdest nie wiederkommen, und ich habe mich so sehr nach dir gebangt.«

Tante Herta war auch herbeigekommen.

»Ja, Mona, Gerd hat unablässig nach dir verlangt, wir wußten schon nicht mehr, was wir ihm sagen sollten, und hatten nicht gewagt, ihm zu sagen, daß du für immer fortgehen wolltest. Da kam dann gottlob dein Brief und gleich danach das Telegramm deines Vaters – welch ein Stein fiel uns da vom Herzen!«

Mona küßte Gerd auf sein langes blondes Haar.

»Mein lieber, lieber Gerd, wie froh bin ich, wieder bei dir zu sein!«

»Und du wirst nie wieder fortgehen, Mona?«

Gerd fragte das mit ängstlichen Augen.

Sie schüttelte den Kopf, und ihre Augen waren feucht.

»Nie wieder, mein lieber Gerd, ich bleibe bei dir. Wie geht es dir?«

Die großen blauen Augen Gerds sahen mit seltsam unkindlichem Ernst in die Monas.

»Es geht mir wie immer, Mona, ich habe noch nicht viel Kraft und muß noch immer im Liegestuhl bleiben.«

So viel stille Resignation lag in diesen Worten des fünfjährigen Knaben, daß Mona die Tränen im Hals saßen. Sie streichelte sein Haar.

»Laß gut sein, Gerd, jetzt kommt bald der Frühling. Dann tragen wir dich wieder hinaus in die Sonne.«

Er sah mit einem sehnsüchtigen Blick zum Fenster hinüber.

»Ja, aber erst muß es ganz warm sein, sonst friere ich und erkälte mich.«

»Bald wird es warm sein, mein kleiner Gerd.«

Mona plauderte noch ein Weilchen mit dem Kind. Dann kam dessen Wärterin und brachte Gerds Abendmahlzeit, Milchsuppe und ein Ei. Gerd hatte nie Appetit, er quälte sich jede Mahlzeit hinunter.

Mona verabschiedete sich nun von Gerd und zog sich mit Tante Herta zurück.

»Du kommst aber noch mal an mein Bett, Mona, ehe ich einschlafe«, bat Gerd.

»Aber natürlich! Wir fangen das alte Leben wieder an, ich erzähle dir eine schöne Geschichte vor dem Einschlafen!« rief sie ihm zu.

Als sie dann mit Tante Herta allein war, zog diese sie neben sich und faßte ihre Hände.

»Nun mußt du beichten, Mona. Warum bist du so schnell wieder nach Georgental zurückgekommen? Du hattest dich sehr auf das gesellige Leben daheim gefreut. Und nun bist du dessen so schnell müde geworden. Das muß doch einen besonderen Grund haben.«

Mona zögerte eine Weile, dann fiel sie der Tante um den Hals.

»Ich sollte ganz schnell verheiratet werden, Tante Herta – und das wollte ich nicht.«

Tante Herta streichelte ihr Haar, und ihre Stirn zog sich zusammen.

»Dachte ich es doch, daß man dich möglichst schnell wieder loswerden wollte«, sagte sie bitter.

Mona küßte ihre Hände.

»Nicht schelten, liebe Tante. Vater meinte es gut. Ich sollte die Frau des Sohnes seines besten Freundes werden. Die beiden Väter hatten sich das so schön gedacht.«

Tante Herta war aber sehr zornig.

»Ah, dieser junge Mann war wohl der erste beste, den man gerade zur Hand hatte?«

Monas Gesicht rötete sich jäh.

»Sie hätten wirklich keine bessere Wahl für mich treffen können, das muß ich schon sagen. Aber bitte, liebe gute Tante, erlaß mir alle Einzelheiten. Nur soviel will ich dir sagen: Ich erfuhr, daß der junge Mann, den man für mich zum Gatten bestimmt hatte, gezwungen werden sollte, die Ehe mit mir einzugehen. Und das wollte ich ihm und mir ersparen. Vater hatte wohl nicht angenommen, daß ich mich weigern würde, aber ich habe es so energisch wie ich konnte getan. Ganz abgesehen davon, daß mir diese Art, verheiratet zu werden, sehr mißfiel, fühlte ich mich auch durchaus nicht reif für eine Ehe. Ich sagte das Vater und fügte hinzu, daß ich sehr wohl verstehen könne, daß ich störend und lästig sei in seinem Haus. Ohne alle Bitterkeit hatte ich das eingesehen, Tante Herta. Vater lebt mit seiner jungen Frau so glücklich, daß meine Anwesenheit wirklich überflüssig war. Und ich bat ihn dringend, mich wieder nach Georgental zurückkehren zu lassen.«

Mit einem forschenden Blick sah die Tante sie an. Sie war sehr feinfühlig und merkte instinktiv, daß eine große Veränderung mit Mona vorgegangen war. Irgend etwas mußte sie aufgerüttelt haben aus ihrer stillen, scheuen Art. Aber sie fühlte auch, daß sie nicht forschen und fragen durfte. Wenn Mona nicht selber mit ihrem Vertrauen zu ihr kam, so war ihr das ein Zeichen, daß sie nicht darüber sprechen konnte. Ihre Augen hatten einen so ganz anderen Ausdruck als früher. Sie durfte nicht weiter in sie dringen.

»Und dein Vater willigte natürlich nur zu gern ein, daß du sein Haus wieder verließest, und deine Stiefmutter erst recht?« fragte sie unmutig.

Mona lächelte und faßte ihre Hände. Sie wußte, daß sie Tante Herta beschwichtigen mußte.

»Du irrst, liebe Tante, sie boten alles auf, mich von meinem Vorsatz abzubringen. Sie wollten auch durchaus keinen Zwang auf mich ausüben bezüglich der Heirat, sie hatten es sich nur sehr schön gedacht, wenn ich den Mann heiraten würde, den sie wirklich mit Bedacht für mich gewählt hatten und um den mich, wie Mama sagte, alle Mädchen beneiden würden. Aber wie gesagt, ich bin noch zu jung zum Heiraten und fühlte mich nicht wohl daheim. Vater führt eine so überaus glückliche Ehe, und Mama geht so ganz in ihm auf, daß sie beide keine Zeit haben, sich mit einem so dummen kleinen Mädel, wie ich es bin, abzugeben. Du darfst ihnen deshalb nicht zürnen. Und jedenfalls bin ich sehr glücklich, daß ich wieder bei euch sein darf.«

Tante Herta wußte sehr wohl, daß Mona nur zum Guten reden wollte. Mit einem fragenden Blick sah sie in ihre Augen.

»Bist du wirklich glücklich, mein liebes, gutes Kind?«

Da stürzten Mona plötzlich die Tränen haltlos aus den Augen, und sie preßte ihr Gesicht an die Brust der Tante. Aber sie faßte sich schnell wieder, zwang die Tränen zum Stillstand und sah lächelnd, mit feuchten Augen zu der Tante auf.

»Siehst du, Tantchen, das ist der Erfolg meines gesellschaftlichen Lebens in der Großstadt. Nerven habe ich bekommen wie eine richtige Modedame. Immer bin ich gleich mit Tränen bei der Hand. Wenn du dir bloß klarmachen könntest, was es heißt, sich neu ausstatten zu lassen. Das Aussuchen und Anprobieren und das ewige Hin und Her ist eine Marter. Wir wissen gar nicht, wie gut wir es haben in unserem friedlichen Georgental. Gottlob, daß ich wieder hier bin, hier ist Ruhe und Frieden.«

»Damit hast du mir zwar meine Frage nicht beantwortet, aber ich werde sie nicht noch einmal wiederholen. Und für unsere Ruhe, unseren Frieden hier bist du eigentlich zu jung. Du solltest dich noch nicht von allem Verkehr abschließen, deshalb bestimmte ich deinen Vater, dich heimzurufen.«

»An einem geselligen Verkehr liegt mir gar nichts. Hier habe ich alles, was ich brauche. Dich, Gerd und Lothar. Und am Umgang fehlt es mir auch nicht. Die Herren von den Werken sind doch zuweilen hier oben zu Gast, und wenn diese klugen Männer reden, lernt man mehr, als wenn man langweilige Gesellschaftsphrasen austauscht. Und wenn ich unten mit den Arbeiterfrauen über die Mühen und Nöte ihres Lebens spreche, dann eröffnet sich mir mehr Lebensweisheit, als wenn ich stundenlange Gespräche über die neuesten Moden mit anhören muß.«

»Aber einen Mann wirst du hier nie finden, Mona, denn was

zu uns von den Werken heraufkommt, sind doch nur ältere und meist verheiratete Leute.«

Schnell huschte ein leichtes Rot über Monas Gesicht. Dann sagte sie hastig, fast schroff:

»Ich werde nicht heiraten – nie!«

Das klang so entschieden und bestimmt, daß die Tante sich sagte: »Das Kind hat irgend etwas Schweres erlebt.« Sie strich aber nur sanft über ihr Haar.

»Mit achtzehn Jahren stellen die meisten jungen Mädchen solche Behauptungen auf.«

Mona küßte sie.

»Wir wollen gar nicht mehr darüber sprechen, Tante Herta. Du sollst nur Vater und meiner Stiefmutter nicht zürnen, daß sie es nicht verstanden haben, mich zu halten. Ich bin ja so froh und glücklich, daß ich wieder bei euch sein darf.«

Die Tante forschte nicht weiter und sagte lächelnd:

»Im Grund bin ich auch froh, daß deine Eltern dich nicht festgehalten haben und daß es dir draußen in der Welt nicht gefiel. Nun haben wir dich doch wieder! Es war schauderhaft still und einsam um uns her geworden. Gerd jammerte den ganzen Tag um dich, wir durften ihm gar nicht sagen, daß du für immer von uns gegangen warst – so nahmen wir doch an. Und selbst Lothar hast du gefehlt, er sagte oft: ›Ich vermisse Monas junge Stimme im Hause, es ist so still geworden.‹«

Mona lachte leise.

»Das ist ja sehr viel. Ich habe gar nicht gewußt, daß er so viel Notiz von mir genommen hat.«

»Du kannst dir denken, daß er dich schon Gerds wegen vermißt hat. Und Lothar, der dich aufgegeben hatte, sah ein, daß er Gerd einen Ersatz für dich verschaffen mußte. Er meinte, daß Gerd eine Hauslehrerin und Erzieherin bekommen müsse. Und das ist nun in dieser Zeit zur Tatsache geworden. Er hat eine junge Dame angestellt, die in den nächsten Tagen ihre Stellung antreten wird.«

Mona sah überrascht auf.

»Oh, da werde ich bald bei Gerd überflüssig werden.«

»Das glaubst du doch nicht, wo er so zärtlich an dir hängt. Aber wir wollen hoffen, daß er sich an seine Erzieherin gewöhnt, du weißt, wie schwer er sich an fremde Menschen anschließt. Wir sind sehr bange darum und doppelt froh, daß du nun wieder da bist. Du wirst wohl zuweilen zwischen Gerd und seiner Erzieherin vermitteln müssen. Du erreichst viel bei ihm, was weder seinem Vater noch mir gelingt.«

Mona hatte nachdenklich zugehört. Mit einem Seufzer sagte sie dann:

»Ich bin sehr froh, daß ich nicht gewußt habe, daß diese junge Dame angestellt worden ist.«

»Warum, Mona?«

»Weil ich sonst nicht den Mut gefunden hätte, bei euch anzufragen, ob ich wiederkommen darf. Ich bin doch nun auch hier sehr überflüssig geworden.«

Tante Herta lachte.

»Ach, du Närrchen, jetzt willst du wohl Komplimente hören. Du weißt ganz genau, daß du hier niemals überflüssig sein wirst.«

»Wirklich nicht?« fragte Mona, noch immer ein wenig verzagt.

»Darauf gebe ich dir gar keine Antwort, denn wenn du es nicht selbst fühlst, wie notwendig du uns bist, dann kann ich dich mit tausend Worten nicht überzeugen.«

Mona warf sich an ihre Brust.

»Verzeih meinen Kleinmut, Tante Herta, aber wenn man schon das Gefühl gehabt hat, irgendwo lästig zu sein, dann kommt es leicht wieder.«

»Aber nun wirst du vernünftig sein und nicht mehr so törichte Fragen stellen?«

»Nein, Tante Herta, ich stelle keine solchen Fragen mehr.«

»Das soll mich freuen.«

»Hat sich die junge Dame persönlich vorgestellt?«

»Nein, sie hat nur ihre Fotografie eingesandt wie die andern Bewerberinnen um diese Stelle auch, und wir haben Gerd selbst die Wahl überlassen. Nachdem wir die Angebote geprüft und die geeignetsten herausgesucht hatten, legten wir die Bilder der ausgewählten Damen Gerd vor. Da hat er sich ganz entschieden für dieses Fräulein Friede Lorenz erklärt, und sie ist auch angestellt worden. Sie hat blendende Zeugnisse, und nach dem Bild zu urteilen, scheint sie eine sehr sympathische Persönlichkeit zu sein. Aber nun wird es Zeit für dich zum Umkleiden, in einer halben Stunde kommt Lothar nach Hause aus dem Werk.«

»Wie geht es ihm?«

»Wie immer, Mona. Er ist gesund, arbeitet von früh bis spät und ist im übrigen still und zurückhaltend, wie du ihn kennst. Er will niemand merken lassen, wie ihn der Kummer quält um die Kränklichkeit seines einzigen Kindes. Diesen Jammer wird er ja nie verwinden, man muß ihn abzulenken versuchen. Aber er macht einem das so schwer. Ich bin nicht mehr elastisch genug, um ihn aufzumuntern, und bin sehr froh, daß du mir helfen wirst. Hoffentlich ist auch Fräulein Lorenz ein frisches, junges Blut, das uns hilft.«

Mona seufzte.

»Ich kann ihm seine Sorgen so gut nachfühlen, Tante Herta. Der arme kleine Gerd ist furchtbar zu bedauern. Immer in dem Liegestuhl, die meiste Zeit im Zimmer, nur an ganz warmen Sommertagen kann man ihn hinausbringen. Manchmal habe ich mir gewünscht, ich könnte ihm helfen. Aber Menschenhilfe ist hier wohl ganz wirkungslos.«

»Leider! Der Erbe von Georgental wird immer ein schwacher, kränklicher Mensch bleiben, wenn wir ihn überhaupt groß bekommen. Und Lothar hängt doch mit ganzem Herzen an seinem Kind. Es bedrückt ihn schrecklich, daß er seinem Sohn die Gesundheit nicht kaufen kann mit all seinem Reichtum. Aber alle Ärzte, die er befragt hat, haben ihn nur vertröstet, daß Gerd vielleicht mit den Jahren etwas kräftiger wird. Er ist eben unter unglücklichen Umständen geboren worden. Aber nun geh auf dein Zimmer, und mach dich fertig. Du wirst alles finden, wie du es verlassen hast.«

Mit einem herzlichen Kuß verabschiedeten sich Tante und Nichte.

Mona fand auf ihrem Zimmer eine Dienerin mit dem Auspacken der Koffer beschäftigt. Sie zog eins ihrer neuen schönen Kleider an und war schnell damit fertig. Dann huschte sie hinüber in Gerds Schlafzimmer. Das war ein hoher, luftiger Raum, in ganz hellen Farben gehalten. Der kleine Erbe von Georgental lag bereits im Bett, und seine zarte Gestalt verschwand in weichen, spitzenbesetzten Kissen. Ein breiter Himmel von ebensolchen Spitzen wölbte sich über ihm. Mit einem müden Lächeln streckte er die Ärmchen nach Mona aus.

»Wie herrlich, daß du wieder da bist, süße Mona! Ich bin so froh. Habe es Vater eben gesagt, daß ich glücklich bin, weil wir dich wieder haben.«

»Ist der Vater schon zu Hause?«

»Ja, sein erster Weg ist doch immer zu mir, und nun will er sich umkleiden zum Essen, damit er dir nicht in seinen Arbeitskleidern begegnet. Er freut sich auch sehr, daß du zurückgekommen bist.«

Mona wurde das Herz warm. Ach, hier wurde sie von allen geliebt, wie schön war das! Wie gut das tat!

Sie streichelte Gerds schmale Hände.

»Ich freue mich auch, Gerd, daß ich wieder bei euch bin.«

Er richtete sich ein wenig auf.

»Was hast du für ein schönes Kleid an, Mona!«

»Gefällt es dir?«

»Sehr, es hat eine so schöne Farbe. Wie die jungen Rosen, die zu Pfingsten im Garten blühen.«

»Eine Menge neuer Kleider habe ich mitgebracht, die wirst du alle noch bewundern können.«

Gerd nickte.

»War es schön bei deinen Eltern?«

»Nicht so schön wie hier. Aber viel Neues und Interessantes habe ich gesehen, davon erzähle ich dir nun täglich.«

»Du wolltest mir doch schon heute etwas erzählen. Ich kann besser einschlafen, wenn ich dir eine Weile zugehört habe. Deine Stimme beruhigt mich, Mona, da werde ich so schön still und friedlich.«.

»Kannst du sonst nicht gut schlafen?«

»Ach, du weißt doch, ich muß immer so viel denken: das macht mich unruhig, weil die Gedanken hin und her flattern und ich sie nicht festhalten kann.«

Diese Klage klang seltsam tragisch aus dem Kindermund. Mona küßte sein Händchen.

»So will ich dir eine Geschichte von weißen Lämmern auf einer grünen Wiese erzählen, das wird dich schnell einschläfern. Wenn ich dir von meinen Erlebnissen in der Großstadt erzähle, wird es dich zu sehr erregen, das verschiebe ich lieber auf morgen.«

»Nun gut, erzähl mir von den weißen Lämmern.«

Sie erzählte ihm eine selbsterfundene Geschichte, wie sie es früher immer getan hatte. Er horchte friedlich zu, und als sie merkte, daß er müde wurde, sagte sie leise:

»So, nun zähle die weißen Lämmer, die alle im grünen Rasen liegen und friedlich ruhen. Dann wirst du auch schnell einschlafen. Ich muß jetzt zu Tisch gehen und deinen Vater begrüßen.«

»Ja«, sagte er schläfrig, »aber warte erst noch einen Augenblick, ich muß dir noch etwas sagen. Ich werde eine Lehrerin und Erzieherin bekommen, die mich viel lehren soll, lesen und schreiben und rechnen und viel viel anderes.«

»Das habe ich schon von Tante Herta gehört. Wie schön das ist! Ich freue mich auch darauf.«

»Sie hat ein liebes Gesicht, das mir gut gefällt. All die andern mochte ich nicht, aber sie gefiel mir gut.«

»Das ist sehr erfreulich! Aber von alledem sprechen wir morgen früh. Gute Nacht, mein lieber Gerd! Also denk an die weißen Lämmer auf der Wiese.«

»Ja, sie haben blaue Bänder um den Hals mit silbernen Glöckchen, und sie liegen da und schlafen.«

»Ja, und du schläfst jetzt mit ihnen um die Wette.«

»Gute Nacht, Mona, ja ich schlafe jetzt schnell ein, damit schnell Morgen wird und du wieder bei mir bist.«

Mona huschte leise aus dem Zimmer. Sie begab sich in das große Speisezimmer, das wie alle Räume des Hauses vornehm und gediegen ausgestattet war. Dort traf sie Tante Herta und Lothar Wieland, den Herrn des Hauses, Er war ein großer, schlanker Mann Ende der Dreißig. An seinen Schläfen war das dichte Haar schon leicht angegraut. Sein edel geschnittenes, durchgeistigtes Gesicht hatte feste, markante Züge, und um den schmallippigen Mund lag ein herber Zug. Die grauen, tiefliegenden Augen blickten ernst und bekümmert drein, und die Stirn war über der Nasenwurzel immer wie im Schmerz zusammengezogen.

Seine Gestalt war kraftvoll, und seine Bewegungen elastisch. Wenn er nicht so düster ausgesehen hätte und das Haar nicht schon leicht ergraut gewesen wäre, hätte man ihn für jünger halten können.

Lothar Wieland hatte vor acht Jahren, als das von seinem Vater ererbte Stahl- und Eisenwerk gerade vor einer schlimmen Krise stand, eine Millionenerbin heimgeführt, ein launisches, verwöhntes und eigensinniges Geschöpf. Er hatte sie nicht so geliebt, wie es hätte sein müssen, aber er war von dem Wunsch beseelt gewesen, seine Ehe harmonisch zu gestalten. Freilich hatte er das Geld seiner Frau nötig gebraucht, um die Krise von Georgental fernzuhalten, die viele hundert Arbeiter und Beamte brotlos gemacht hätte.

Aber so gern er eine gute Ehe geführt hätte, seine Frau machte es ihm unmöglich, obwohl sie ihn mit einer wilden, ungezügelten Leidenschaft liebte. Sie quälte ihn maßlos mit ihren Launen, mit unbegründeter Eifersucht und mit tausend seltsamen Einfällen. Er hatte alles getan, was er ihr an den Augen absehen konnte, um sie dafür zu entschädigen, daß er sie nicht lieben konnte, und war ihr unverbrüchlich treu geblieben, aber trotzdem war sie eifersüchtig auf jedes weibliche Wesen, das in seine Nähe kam.

Dann hatte sie sich Mutter gefühlt, und alles war statt besser noch schlimmer geworden. Sie war außer sich darüber, daß sie ein Kind haben sollte, hatte mit dem Schicksal gehadert und ihrem Mann die bittersten Vorwürfe gemacht. Sie wollte kein Kind, wollte nicht behindert sein in ihrem Lebensgenuß. Damals waren immer zahlreiche Gäste im Herrenhaus von Georgental aus und ein gegangen, und es hatte ein lustiges Leben geherrscht, obwohl Lothar Wieland kein Vergnügen daran finden konnte. Er war immer ein arbeitsamer, ernster Pflichtenmensch gewesen. Als seine Frau sich Mutter fühlte, suchte er sie zu bewegen, das unruhige Leben aufzugeben. Der Arzt hatte ihr große Schonung auferlegt, da sie von zarter Gesundheit war. Um ihr Ruhe zu schaffen, hatte er allen Gästen seines Hauses gesagt, der Zustand seiner Frau erfordere die größte Ruhe, und hatte sie gebeten, abzureisen. Darüber aufs äußerste erbost, machte sie ihm eine furchtbare Szene. Er suchte sie zu beruhigen und sie zu überzeugen, daß sie Ruhe haben müsse. Als Antwort darauf beging sie unzählige Torheiten. Zum Beispiel setzte sie ihre Ritte fort, obwohl der Arzt sie verboten hatte und ihr Gatte sie anflehte, vernünftig zu sein und sich nicht in Gefahr zu bringen. Sie lachte ihn aus, und wenn er aus dem Haus war, ließ sie ihr feuriges Pferd satteln. Sie war eine kühne und leidenschaftliche Reiterin.

Eines Tages war sie wieder ausgeritten, ohne daß es ihr Mann ahnte. Stundenlang war sie herumgestreift, und dabei hatte sie sich einen schweren körperlichen Schaden zugefügt. Als sie von diesem Ritt nach Hause kam, hing sie halb ohnmächtig im Sattel und brach bewußtlos zusammen, als man sie vom Pferd hob.

Man rief Lothar aus dem Werk nach Hause und holte den Arzt herbei. Und in der Nacht kam der kleine Gerd zur Welt, viel zu früh, ein kümmerliches Pflänzchen, das nur mit unendlicher Mühe und Sorgfalt am Leben erhalten bleiben konnte.

Lothar war außer sich, als er erfuhr, daß seine Frau ausgeritten sei in ihrem Zustand. Aber er kam nicht dazu, ihr Vorwürfe zu machen. Sie starb in derselben Nacht und hinterließ ein kränkliches, überzartes Kind.

Lothar Wieland wurde in jener Zeit ein stiller Mensch. Er war seither nie mehr froh gewesen, denn daß sein Kind so zart blieb, bekümmerte ihn tief. Er redete sich ein, der Himmel habe ihn durch das schwächliche Kind dafür gestraft, daß er seine Frau ohne Liebe geheiratet hatte, weil er sie nur des Geldes wegen erwählte. Er konnte seiner Frau nicht grollen, daß sie so unvernünftig gewesen war. Es tat ihm leid, daß sie so jung sterben mußte. Aber daß sie auch ihres Kindes Gesundheit durch ihre Launen gefährdet hatte, das blieb wie ein Stachel in seiner Brust. Er hing mit heißer, inniger Zärtlichkeit an seinem Kind und malte sich oft aus, wie stark und kräftig es geworden wäre, wenn seine Mutter sich geschont hätte. Es wurde natürlich alles getan, um das zarte Leben zu erhalten; vielleicht wurde im Übereifer sogar zu viel getan.

Von jener Zeit an war Lothar Wieland ein einsamer, verschlossener Mensch geworden. Sein Haus sah keine Gäste mehr, außer den Beamten des Werkes. Alle Menschen, die früher seine Frau eingeladen hatte, schienen nicht mehr für ihn zu existieren. Er konnte sich nicht davon freimachen, ihnen einen Teil seines Unglücks zuzuschieben, denn sie hatten seine Gattin in ihren Launen und Einfällen noch unterstützt. Er lebte nur seiner Arbeit und seinem Kind. Georgental blühte unter seiner Leitung mehr und mehr auf, es war, als verfolge ihn in dieser Beziehung das Glück. Aber mit bitterem Hohn fragte er sich wieder und wieder: Wozu das alles? Für wen? Gleich nach dem Tod seiner Frau hatte er Frau Herta Marlow, die Schwägerin seiner verstorbenen Mutter, gebeten, nach Georgental zu kommen und ihm den Haushalt zu führen. Sie war ein Jahr früher verwitwet als er, stand allein im Leben und kam gern, um ihm zu nützen. Die tatkräftige Frau war glücklich, einen neuen Wirkungskreis zu finden, der sie ausfüllte. Obwohl sie selbst vermögend war, besann sie sich nicht lange, ihre Kräfte da zu regen, wo sie gebraucht wurden. Ein Jahr später hatte dann Frau Herta Marlow ihre Nichte Mona zu sich genommen, weil ihr Vater wieder verheiratet war, und Mona hatte sich in Georgental viel glücklicher gefühlt als zu Hause bei der Stiefmutter. Sie hing mit großer Zärtlichkeit an Tante Herta, die, da sie selbst keine Kinder hatte, Mona wie ihr eigenes Kind liebte.

Lothar Wieland hatte sich sehr an die kleine Mona gewöhnt, und wie Tante Herta schon gesagt hatte, vermißte er sie sehr. Nun war sie wiedergekommen, und das freute ihn, schon Gerds wegen, der Mona herzlich liebte. Und wer seinem Sohn angenehm war, dem stand auch er sympathisch gegenüber.

Als Mona in das Speisezimmer trat, streckte er ihr die Hand entgegen, und sein ernstes Gesicht erhellte ein freundliches Lächeln.

»Haben wir dich wieder, kleine Mona? Wie sehr wir uns freuen – am meisten Gerd, der dich schmerzlich vermißt hat!«

Mona legte lächelnd ihre Hand in die seine. Sie fürchtete sich nicht vor seinen düsteren Augen, denn sie wußte, daß er ein guter Mensch war.

»Ich komme eben von Gerd, verzeiht, wenn ich euch warten ließ. Ich mußte ihm doch gute Nacht sagen und eine Geschichte erzählen.«

»Ja, darauf wartete er schon, er sagte es mir, daß du es ihm versprochen hattest. Wie findest du ihn, nachdem du ihn einige Monate nicht gesehen hast?«

Es lag ein angstvolles Forschen in seinen Augen, und Mona sah das und wußte, daß sie ihm nicht sagen durfte, daß Gerd nicht gut aussah. Der lange Winter, in dem er nie an die frische Luft kam, bekam ihm nicht gut. Um den Vater zu trösten, sagte sie lächelnd:

»Mir scheint, er sieht frischer aus. Und jetzt gehen wir ja auf den Frühling los. Wenn er erst wieder ins Freie kommt, erholt er sich immer sehr bald. Er wird schon kräftiger werden, Lothar, du mußt nicht so in Sorge sein.«

Er atmete gepreßt.

»Da du wieder da bist, wird er aufleben. Er hat sich so sehr nach dir gesehnt.«

»Oh, weshalb habt ihr mir das nur nicht geschrieben?«

»Wir glaubten doch, du würdest nie wieder nach Georgental zurückkommen. Deshalb wollten wir dir das Herz nicht schwer machen. Wir wissen doch, daß du Gerd sehr lieb hast.«

»O Lothar, mir ist so klar geworden, daß Georgental meine richtige Heimat ist, ich mag nie wieder fort von hier, wenn du mich nicht fortschickst.«

Er sah sie mit einem schwachen Lächeln an.

»Von Fortschicken kann keine Rede sein. Aber daß du nie wieder fortgehst, darauf wollen wir dir lieber nicht das Wort abnehmen, nicht wahr, Tante Herta? Genug, daß wir dich wiederhaben.«

Man ging zu Tisch, und Mona mußte von daheim erzählen. Sie berichtete offenherzig, was sie erlebt hatte in Berlin im Haus ihrer Eltern. Nur davon verriet sie kein Wort, was sie an jenem Festabend in der Fensternische des Nebenzimmers erlauscht und wie es dabei in ihrem Herzen ausgesehen hatte.

Auch Lothar Wieland fiel es auf, daß Mona irgendwie verändert war: in ihrer ganzen Art bestimmter, ruhiger. Und er fragte sich, ob das die Großstadtluft vollbracht hatte. Sie war zwar schon verschiedenemal zu Besuch bei ihren Eltern gewesen, aber nie so lange wie diesmal. Aber lange beschäftigte er sich nicht mit dieser Frage. Gleich nach Tisch zog er sich, wie meist des Abends, in sein Arbeitszimmer zurück, und die beiden Damen blieben allein und konnten sich nun so recht aussprechen. Dabei fiel es Tante Herta noch mehr auf, daß Mona verändert war. Das eine erschien ihr sicher, Mona war gereifter wiedergekommen und hatte das Kindliche, das sie immer noch im Wesen gehabt hatte, abgestreift.

V

Bernd Kronau war mit seinem Vater zusammen von dem Fest in Villa Runeck ziemlich zeitig nach Hause gefahren. Ehe sich Vater und Sohn trennten, um sich in ihre Schlafzimmer zurückzuziehen, sagte Bernd:

»Vater, du hast mich heute abend plötzlich und unvorbereitet von deinen geschäftlichen Schwierigkeiten unterrichtet und mich vor eine schwere Wahl gestellt. Ich muß dir gestehen, daß ich noch immer ziemlich fassungslos bin. Nicht die leiseste Ahnung hatte ich, daß du vor einer geschäftlichen Katastrophe stehst. Ich habe nur geahnt, daß es kleine Unannehmlichkeiten gab. Nun du mir so viel und, wie ich annehme, das Schwerste gesagt hast, möchte ich dich bitten, mich über alles aufzuklären. Ich muß ganz klar sehen, um zu erkennen, ob es wirklich keinen anderen Ausweg gibt, als daß ich um Fräulein Runecks Hand anhalte.«

Georg Kronau seufzte tief auf.

»Du kannst dir doch denken, Bernd, daß ich dich nicht vor eine solche Wahl gestellt hätte, wäre mir nur die kleinste Möglichkeit geblieben, mich über Wasser zu halten.«

Bernd sah ihn bekümmert an.

»Aber wie ist denn das alles so schnell und unerwartet gekommen, Vater?«

Georg Kronau stützte den Kopf in die Hand. Das Licht der großen elektrischen Tischlampe fiel auf seine schlaffen Züge.

»Schnell ist es nicht gekommen, mein Sohn, das bereitete sich schon seit Jahren vor. Ich habe dir das nur verheimlicht, weil ich dich nicht beunruhigen, dich nicht in meine aufreibenden Sorgen mit hineinreißen wollte. Daß du mir irgendwie helfen könntest, hielt ich für ausgeschlossen, bis mein Freund Runeck mir gegenüber davon sprach, daß wir unsere Kinder miteinander verheiraten könnten. Es begann vor einigen Jahren, da hatte ich die erste geschäftliche Krise zu bestehen. Die Geschäfte gingen damals in unserer Branche schlecht. Aber ich hatte noch Reserven, und die setzte ich daran, um die Schlappe auszuwetzen. Schließlich begann ich zu spekulieren, um mich zu retten. Ein paar kleine Versuche glückten, ich wurde kühner. Aber dann kamen schwere und immer schwerere Verluste. Und so ging es weiter. Eine Lücke stopfte ich zu, eine andere tat sich auf, und diese Lücken wurden immer größer. Weiß Gott, ich habe mir die größte Mühe gegeben, wieder festen Boden zu gewinnen. Aber es war, als geriete ich immer tiefer in einen Sumpf hinein. Und nun bin ich am Ende. Wenn ich nicht in Kürze eine Viertelmillion flüssig machen kann, ist der Bankrott nicht mehr aufzuhalten. Mona Runeck hat, wie ich weiß, von ihrer Mutter ein Vermögen von mehr als einer Million geerbt, ganz abgesehen von ihrem väterlichen Erbe, das ihr, da sie keine Geschwister hat, auch eines Tages zum großen Teil zufallen wird. Ihr mütterliches Erbe steht aber, wie ich dir sagte, sofort zur Verfügung. Ich habe das alles mit ihrem Vater besprochen, als wir den Plan erwogen, euch zu verheiraten. Runeck gönnt keinem so sehr das reiche Erbe seiner Tochter wie meinem Sohn. Er hat eine sehr große Meinung von dir und nimmt an, daß seine Tochter in deiner Hut gut aufgehoben sein wird. Sicher ist seine Tochter ein liebenswerter Mensch;

daß sie keine Schönheit und durch die unglückseligen Sommersprossen entstellt ist, mindert ihren inneren Wert nicht. Wie gesagt, Bernd, nur du kannst mich und die Firma retten, mich vor einem schimpflichen Bankrott bewahren. Ich erhalte sofort die nötigen Kredite, wenn deine Verlobung mit der jungen Dame zustande kommt. Geschieht das nicht, dann bin ich am Ende, wie ich dir sagte. Überleben werde ich den Ruin nicht, das wirst du mir nachfühlen können. Es ist mir schmerzlich, dich bestimmen zu müssen, um eine ungeliebte Frau zu werben, nur weil sie das nötige Geld hat, aber, mein lieber Junge, es ist die einzige Rettung – auch für dich. Was soll aus dir werden, wenn die Firma Kronau zusammenbricht?«

Es zuckte in Bernds Gesicht.

»Von mir sprich nicht, Vater – um meinetwillen würde ich es bestimmt nicht tun.«

»Doch, ich muß auch von dir sprechen. Was soll aus dir werden?«

Bernd machte eine hastig abwehrende Bewegung.

»Ich bin ja jung und gesund, Vater, und ich habe etwas gelernt und arbeite gern. Warum soll ich mir meinen Unterhalt nicht verdienen können, wie andere junge Leute auch?«

»Denk dir das nicht so leicht. Du weißt, heute gibt es ein Überangebot von Arbeitskräften aller Art.«

Bernd biß die Zähne zusammen, so daß sein Gesicht einen harten Ausdruck bekam.

»Trotzdem, Vater, würde ich es lieber darauf ankommen lassen, als daß ich mich für Geld an eine Frau verkaufe. Du ahnst nicht, wie furchtbar dieser Gedanke für mich ist.«

»Bernd!«

Der junge Mann riß sich zusammen.

»Ja, Vater, es ist gut, ich habe dir ja schon mein Versprechen gegeben, daß ich um Fräulein Runeck anhalten will. Ob sie meine Werbung annehmen wird, weiß ich nicht. Aber ich will alles tun, was nur möglich ist, weil ich weiß, daß du den Zusammenbruch der Firma Kronau nicht überleben würdest. Ich wollte nur klar sehen, ob wirklich keine andere Hilfe möglich ist.«

»Wenn mir nur eine Hoffnung geblieben wäre, hätte ich dir das nicht zugemutet, mein Sohn. Ich kenne dich doch, und ich bin so stolz auf deine Gesinnung. Aber diesen Stolz kann ich mir leider nicht mehr leisten.«

Ganz vernichtet fiel der alte Herr in sich zusammen.

Bernd sprang auf und trat zu ihm, seine Schultern umfassend.

»Beruhige dich, Vater, ich werde ja tun, was du verlangst. Ich bin nur ein wenig fassungslos. Aber darüber komme ich schon hinweg. Jetzt wollen wir zur Ruhe gehen, du bist am Ende mit deiner Kraft. Hättest du mir doch das alles nicht verheimlicht, vielleicht hätte ich dir auf andere Art helfen können. Jedenfalls wäre es mir nicht so überraschend gekommen. Schlafe ruhig, du siehst elend aus und darfst doch nicht krank werden.«

»Gute Nacht, mein Sohn. Vergib mir, daß ich dich in diese Lage brachte, aber es war nicht meine Schuld, die Verhältnisse waren stärker als ich und haben mich ruiniert.«

Bernd nickte seinem Vater zu und begab sich auf sein Zimmer. Er war froh, daß er endlich allein sein konnte, und warf sich in einen Sessel. Mühsam versuchte er, sich Mona Runecks Erscheinung ins Gedächtnis zu rufen. Es gelang ihm nicht. Er hatte sie nur ganz flüchtig angesehen und nur gefunden, daß sie ihm mißfiel mit der scheuen, geduckten Haltung und den häßlichen Sommersprossen, die ihr Gesicht wie eine braune Larve entstellten. Seine schönheitshungrigen Augen hatten sich schnell wieder von ihr abgewandt, und er hatte sich gesagt, daß es ihm widerwärtig sein würde, ihr später den üblichen Pflichttanz zu widmen. Das schon war ihm quälend erschienen.

Und nun sollte dies kleine Greuel seine Frau werden? Er sprang auf, fuhr sich durch das Haar und stieß ein Fenster auf.

Es wurde ihm heiß bei diesem Gedanken. Seine Augen starrten ins Leere, und die Scham, daß er sich verkaufen mußte an eine Frau, die ihm so widerwärtig erschien, trieb ihm das Blut in die Stirn.

Ohne sich auszukleiden, warf er sich auf den Diwan und sah mit brennenden Augen vor sich hin. Zu Bett ging er nicht, er schlief gegen Morgen auf dem Diwan ein und erwachte nach einigen Stunden fröstelnd und unbehaglich.

Am nächsten Tag gingen Vater und Sohn umeinander herum, ohne über das Thema zu reden, auch am übernächsten Tag. Aber dann telefonierte Monas Vater mit Georg Kronau und fragte, ob er ihn in einer wichtigen Angelegenheit sprechen könne. Sie verabredeten, daß Georg Kronau ihn am Nachmittag in seinem Kontor erwarte.

Pünktlich traf Herbert Runeck ein. Die Freunde nahmen einander gegenüber Platz, nachdem sie sich die Hände geschüttelt hatten. Dann fragte Georg Kronau:

»Was hast du mir zu sagen, Herbert?«

Herbert Runeck war etwas unsicher und sah den Freund bekümmert an.

»Du siehst nicht gut aus, Georg, fühlst du dich nicht wohl?« fragte er, um Zeit zu gewinnen.

Georg Kronau strich sich über die Stirn.

»Offen gestanden, ich fühle mich in letzter Zeit elend. Man merkt doch, daß man alt wird, und es stellen sich allerhand Gebresten ein.«

»Unsinn, Georg! Wir sind doch noch keine Greise! Du bist zwar einige Jahre älter als ich, fast sechzig, aber das ist doch noch kein Alter, um Bresthaftigkeit natürlich zu finden.«

Lächelnd sah Kronau in das frische Gesicht des Freundes.

»Ja, du – wenn man dich ansieht – du machst den Eindruck, als hättest du aus einem Jungbrunnen getrunken. Deine junge Frau hat ein Wunder an dir vollbracht. Glück verjüngt, mein guter Herbert!«

»Das mag sein, aber dein Alter berechtigt dich wirklich noch nicht, dir Gebresten des Alters zuzulegen.«

Kronau seufzte.

»Man legt sie sich nicht zu, sie sind plötzlich da. Mein Herz scheint nicht ganz in Ordnung zu sein.«

»Hast du den Arzt befragt?«

»Nein, nein, nur nicht zuviel doktern! Hab' mein Lebtag nichts von Ärzten und Medizin gehalten. Aber nächstens muß ich wohl mal in den sauren Apfel beißen. Augenblicklich habe ich nur keine Zeit.«

»Dazu muß Zeit sein, Georg!«

»Ja, ja, nächstens. Aber nun laß uns nicht mehr davon reden. Was hattest du mir mitzuteilen?«

Herbert Runeck strich sich über die Stirn.

»Also ohne Umschweife, Georg, ich muß dir leider eine sehr betrübende Mitteilung machen, die dir nicht angenehm sein wird. Meine Tochter ist heute morgen abgereist – wieder zu ihrer Tante zurück.«

Georg Kronau zuckte leise zusammen.

»Sie ist abgereist? Ich denke, du wolltest sie bis zu ihrer Verheiratung im Haus behalten?«

Herbert Runeck zuckte die Achseln.

»So war es allerdings geplant. Aber die Kinder haben zuweilen andere Ansichten als ihre Eltern. Was wir uns so schön ausgemalt haben, fand nicht die Zustimmung meiner Tochter. Ich machte ihr gestern früh Mitteilung von unserem Plan, sie mit deinem Sohn zu verheiraten, und stieß leider auf energischen Widerstand. Ich staunte, denn ich hatte meine Tochter noch nie so energisch und bestimmt gesehen. Sie ist sonst immer still und gefügig, und ich hatte angenommen, daß sie sich ohne weiteres unseren Wünschen unterordnen würde. Aber daran ist nicht zu denken. Nicht etwa, weil sie etwas gegen deinen Sohn einzuwenden hätte, aber sie erklärt kurz und bündig, daß sie sich noch nicht reif zur Ehe fühle und auf Jahre hinaus nicht daran denke, eine Ehe einzugehen. Sie fühlt sich überhaupt nicht wohl in Berlin, unser Gesellschaftsleben gefällt ihr nicht, und so weiter. Und sie sagte mir rundheraus, sie wolle sich niemals auf so eine Art verheiraten lassen; wenn sie einmal heiraten sollte, würde sie sich ihren Mann selbst aussuchen. Und weil sie sich in meinem Haus überflüssig und lästig fühle und sich nach Georgental zurücksehne, möge ich ihr gestatten, sofort dorthin zurückzukehren. Und so ist sie heute morgen bereits abgereist, will auf Jahre hinaus nicht zurückkommen, und damit ist unser schöner Plan ins Wasser gefallen.«

Regungslos hatte Georg Kronau diesen Worten gelauscht. Er vermochte nur eins zu fassen – sein letzter Rettungsanker versagte. Dieser Schlag lähmte ihn. Ihm war, als drehe sich das ganze Zimmer um ihn, und er krampfte die Hände um die Lehne des Sessels.

Eine Weile blieb es still. Herbert Runeck war froh, daß er diese peinliche Eröffnung vom Herzen herunter hatte, und Georg Kronau rang um Fassung. Das kostete ihn viel Kraft, viel mehr, als er für den Augenblick zu vergeben hatte. Aber endlich vermochte er zu sprechen, und es klang ziemlich ruhig, als er sagte:

»Dann freilich, mein lieber Herbert, müssen wir uns fügen.«

Nur er allein wußte, was ihn diese Ruhe kostete. Runeck war froh, daß der Freund seine Eröffnung so ruhig auffaßte. Er ergriff seine Hand und drückte sie.

»Vielleicht läßt sich später dieser Plan doch noch verwirklichen. Mona ist wirklich noch ein wenig jung mit ihren achtzehn Jahren, zumal sie noch sehr kindlich und unerfahren ist. Nach einigen Jahren wird sie doch wieder nach Hause kommen. Und Bernd ist ja auch noch sehr jung – achtundzwanzig Jahre, auch er kann noch einige Jahre warten. Also wollen wir noch nicht alle Hoffnung aufgeben, daß sich unsere Kinder später doch noch zusammenfinden.«

Georg Kronau vermochte sogar ein Lächeln in sein Gesicht zu zwingen.

»Lassen wir das Schicksal entscheiden – wir werden uns da nicht wieder einmischen«, sagte er rauh.

»Ich bin sehr froh, Georg, daß du es so ruhig nimmst. Es ist mir schwer geworden, dir das zu sagen, zumal dein Sohn meine ganze Sympathie besitzt. Einen besseren, wertvolleren und tüchtigeren Menschen hätte ich meiner Tochter gar nicht als Mann aussuchen können. Das steht fest. Aber ich habe das Empfinden, als fürchte sich meine Tochter vor der Ehe, da kann man nichts machen. Junge Mädchen sind wunderlich.«

»Nein – man kann nichts machen – erzwingen läßt sich nichts, mein lieber Herbert. Ich danke dir für deinen guten Willen. Gib mir deine Hand, mein guter alter Freund, und laß uns jetzt scheiden, ich fühle mich wirklich heute nicht ganz wohl.«

Besorgt sah Herbert Runeck in das blasse Gesicht des Freundes.

»Versprich mir, daß du zum Arzt gehst, Georg, spätestens morgen«, sagte er dringend.

Kronau nickte matt.

»Ja, ja, ich verspreche es dir. Leb wohl, mein lieber Herbert.«

So schieden die Freunde im besten Einvernehmen. Als sich aber die Tür hinter Herbert Runeck geschlossen hatte, brach Kronau kraftlos in seinem Sessel zusammen. Die mühsam erzwungene Ruhe wich aus seinem Gesicht, das fahl und verstört aussah. Mit glanzlosen Augen starrte er vor sich hin. Eine Beute der Verzweiflung, saß er so lange Zeit, ohne etwas anderes zu begreifen, als daß er verloren war.

Und so fand ihn sein Sohn, als er etwa eine Stunde später zu ihm ins Zimmer kam. Erschrocken trat er zu ihm.

»Vater – um Gottes willen, Vater, was ist dir?«

Georg Kronau riß sich noch einmal zusammen. Mit erloschenen Augen sah er zu seinem Sohn empor.

»Das Opfer, das du bringen wolltest, mein Sohn, wird nicht mehr von dir verlangt. Herbert Runeck war vorhin bei mir, um mir zu sagen, daß seine Tochter sich weigert, deine Frau zu werden. Sie fühlt sich noch zu jung und unreif zur Ehe und ist wieder nach Georgental abgereist.«

Es war Bernd zumute, als falle eine schwere Last von seinen Schultern. Aber der befreite Atemzug wollte sich nicht lösen von seiner Brust, weil er sah, wie elend der Vater war. Er griff nach dessen Hand.

»Vater, lieber Vater, laß dich doch nicht so niederdrücken. Es hat nicht sein sollen, und – wir werden schon überstehen, was kommen wird. Ich habe in diesen zwei Tagen die Bücher eingesehen, so gut ich konnte. Unser alter Prokurist hat mir geholfen. Und wir haben herausgefunden, daß die Lage gar nicht so katastrophal ist, wie du glaubtest. Gewiß, der Zusammenbruch läßt sich nicht aufhalten, aber wir werden unseren guten Namen retten können, wenn wir alles drangeben, was wir besitzen. Und ich denke, damit ist das Schlimmste überwunden. Wenn wir auch die Firma aufgeben müssen und wenn uns auch nichts bleibt als unser ehrlicher Name, so ist das doch sehr viel mehr, als ich gefürchtet hatte. Leg jetzt alles auf meine Schultern, Vater, ich werde für uns beide arbeiten, es wird noch alles gut gehen, wenn du nur wieder Mut fassen willst.«

Der alte Herr lächelte schmerzlich und faßte seines Sohnes Hand.

»Mein guter Junge – die Firma und ich – wir gehören zusammen – so fest, wie du es gar nicht ermessen kannst. Aber ich danke dir für deinen guten Willen. Und jetzt ist mir so elend zumute, daß ich nur den einen Wunsch habe, mich niederzulegen, wenigstens auf ein paar Stunden. Ich werde sogleich nach Hause fahren.«

Angstvoll faßte Bernd die Hand des Vaters.

»Du gibst mir aber dein Ehrenwort, daß du – daß du leben

wirst, daß du nichts tun wirst, was nicht wiedergutgemacht werden könnte.«

Ein Seufzer kam über des Vaters Lippen.

»Mein Wort! Ich fühle mich jetzt viel zu elend, als daß ich etwas wollen oder tun könnte. Nur Ruhe – Ruhe muß ich jetzt haben.«

Bernd half dem Vater, sich emporzurichten.

»Ich bringe dich nach Hause, Vater«, sagte er bestimmt.

Der Vater nickte nur.

Mit dem Kontordiener zusammen, dem Bernd mitteilte, daß sein Vater von einem Unwohlsein befallen worden sei, brachte er diesen zum Fahrstuhl und dann zum Auto, das er hatte herbeirufen lassen.

Eine Stunde später lag Georg Kronau zu Hause in seinem Bett. Bernd fragte ihn, ob er etwas zu sich nehmen wolle. Der Vater schüttelte den Kopf.

»Nichts, nur Ruhe – Ruhe – laß mich allein. Schlafen will ich, recht lange schlafen, daß ich vergessen kann.«

Bernd beugte sich hinab und küßte seine Hand.

»Fasse Mut, Vater, und schlaf dich gesund. Und dann wollen wir beide mit frischen Kräften ans Werk gehen. Soll ich zu Hause bleiben bei dir?«

»Nein, nein – geh in die Fabrik zurück, es gibt genug Arbeit für dich.«

Damit strich der Vater matt über den Kopf seines Sohnes. Seine Augen grüßten ihn liebevoll.

»Stolz – stolz bin ich doch auf dich, mein Junge, sehr stolz.«

Bernd lächelte ihm zu.

»Darf ich dir den Arzt schicken, Vater?«

»Heute nicht, laß mich schlafen, morgen mag er kommen. Geh, mein Junge – und hab Dank, daß du es mir so leicht machen willst.«

Noch einmal küßte Bernd die Hand des Vaters, und noch einmal fuhr dann diese Hand wie segnend über Bernds Haupt.

Dann ging dieser leise aus dem Zimmer. Das Herz war ihm sehr schwer. So hoffnungsvoll, wie er seinem Vater die Lage hingestellt hatte, war sie durchaus nicht, aber Bernd hoffte wenigstens seinen ehrlichen Namen zu retten.

Er suchte die alte Haushälterin auf, die seit seiner Mutter Tod den Haushalt führte. Er sagte ihr, daß der Vater dringend Ruhe brauche, sie möge dafür sorgen, daß kein Lärm gemacht werde. Wenn der Vater etwas brauche, werde er klingeln. Bis dahin möge man ihn ruhen lassen und jede Störung vermeiden.

Die alte Dame nickte ihm zu.

»Schon gut, junger Herr, ich sorge dafür. Aber der gnädige Herr sollte unbedingt einmal den Arzt kommen lassen, er gefällt mir in letzter Zeit gar nicht. Ich habe ihm schon zugeredet, aber er will nichts davon hören. Sie sollten da ein Machtwort sprechen, junger Herr, in solchen Fällen muß auch mal der Vater sich fügen.«

Bernd nickte ihr zu.

»Für morgen bestelle ich den Arzt, ich habe es mit Vater schon besprochen.«

»Na, Gott sei Dank, das ist gut. Wenn man bald an die Sechzig ist, da kann man nicht mehr so draufloswirtschaften wie mit dreißig.«

Bernd nickte ihr zu und entfernte sich.

Tief bekümmert fuhr Bernd zur Fabrik zurück, um weiter mit dem Prokuristen die Bücher durchzusehen und möglicherweise Rat zu schaffen. Wenn ihm nun auch die Last vom Herzen herunter war, daß er um Mona Runecks Hand anhalten sollte, so drückte ihn doch die Sorge um den Vater. Daß die Firma nicht zu halten war, hatte er einsehen müssen. Alle Reserven waren erschöpft, und die zahlreichen Gläubiger drängten.

Hier hätte nur ein Kapital von einer Viertelmillion helfen können, aber das war nicht aufzutreiben. Es hatte auch keinen Zweck mehr, denn wie sollten die Zinsen dafür wieder beschafft werden und wie sollte diese Summe je zurückgezahlt werden. Nein, nein, es gab keinen Ausweg, der Konkurs mußte angemeldet werden, und das einzige, was man hoffen konnte, war, daß die Gläubiger zufriedengestellt werden konnten, wenn alles, was Wert hatte, verkauft wurde. Nun, mochte es drum sein, er würde sich und den Vater schon durchbringen. Wenn nur die Fabrik von einem zahlungsfähigen Nachfolger weitergeführt werden konnte, damit die Arbeiter nicht brotlos wurden. Das lag ihm am Herzen.

Er arbeitete den ganzen Nachmittag bis in die Nacht hinein mit dem Prokuristen zusammen, der schon lange Jahre in der Firma und in alles eingeweiht war. Sie suchten beide noch einmal vergeblich nach einem Ausweg und kamen dann zu dem Entschluß, daß morgen der Konkurs angesagt werden müsse. Jetzt galt es, nichts mehr hinauszuzögern.

Der Prokurist verließ nach Mitternacht mit Bernd die Fabrik. Sie reichten sich die Hände, als sich ihre Wege trennten.

»Was wird aus Ihnen, Görlitz, wenn jetzt das Ende kommt?«

Der alte Herr zuckte die Schultern.

»Zum Glück habe ich meinem Sohn eine Kunsttischlerei eingerichtet, die sehr gut geht. Er ist ein tüchtiger Kerl. Und er kann einen zuverlässigen Geschäftsführer brauchen, wir haben das schon besprochen. Einem neuen Herrn mag ich in der Firma Kronau nicht dienen.«

»Wie mich das bedrückt!« sagte Bernd heiser.

»Um mich sollen Sie sich wirklich keine Sorgen machen, Herr Kronau. Und bedrücken darf Sie das alles nicht. Ihr Herr Vater hat weiß Gott getan, was er hat tun können, um die Firma zu halten. Ihn trifft keine Schuld. Ich habe die guten Zeiten mit der Firma durchlebt, nun halte ich auch aus bis zum schlimmen Ende. Und dann krieche ich bei meinem Jungen unter. Ich wünsche nur, daß sich auch für Sie etwas findet, junger Herr, aber Sie sind jung und haben was Tüchtiges gelernt, da wird sich schon was zeigen. Gute Nacht, Herr Kronau! Morgen früh wollen wir sehen, was weiter kommt.«

»Gute Nacht, lieber Görlitz, und Dank für Ihre Treue.«

»Die ist selbstverständlich!«

So trennten sie sich. Bernd sah eine Weile hinter dem alten Herrn her. Dann warf er den Kopf zurück und biß die Zähne zusammen. Nur nicht weich werden jetzt, sich nicht unterkriegen lassen. Man mußte durch! Wenn er nur den Vater heil über diese Krise hinwegbrachte – die Firma war erledigt, das wußte er.

VI

Als er heimkam, war die Haushälterin noch auf und sagte ihm, der Vater habe sich nicht gemeldet, er schlafe wohl noch. Und sie habe dem jungen Herrn einen Imbiß und eine Flasche Bier zurechtstellen lassen, falls er noch etwas zu sich nehmen wolle. Bernd merkte nun erst, daß er Hunger hatte, und nachdem er der Haushälterin gesagt hatte, sie möge zu Bett gehen, nahm er den Imbiß zu sich und trank die Flasche Bier. Ehe er dann zur Ruhe ging, schlich er sich leise zum Schlafzimmer seines Vaters, um nach ihm zu sehen. Im Dunkeln trat er an sein Bett heran und beugte sich über ihn, er wollte wenigstens seinen Atem hören. Aber der Vater lag seltsam still, und so sehr sich Bernd anstrengte, seine Atemzüge zu hören, nichts war vernehmbar. Eine dumpfe Angst kroch in ihm hoch, es lag irgend etwas Unheimliches in dieser Stille. Leise und zitternd streckte er im Dunkeln die Hand aus, um wenigstens die Hand des Vaters zu berühren.

Als er sie endlich ertastet hatte, zuckte er zusammen wie unter einem elektrischen Schlag, ein dumpfer Angstlaut kam über seine Lippen, mit einem Satz war er am Lichtknopf und schaltete die Beleuchtung ein.

Mit aufgerissenen Augen starrte er auf den Vater hinab. Und

dieser Blick bestätigte ihm, was ihm die kalte Hand schon verraten hatte: Sein Vater war tot.

Er brach an seinem Lager in die Knie und tastete ihn ab, von einer furchtbaren Angst gequält, aber er fand zum Glück nichts, was seinen Verdacht bestätigte. Keinerlei Anzeichen waren vorhanden für einen Selbstmord, den er gefürchtet hatte. Sein Vater war einem Herzschlag erlegen. Wie friedlich schlafend lag er da und war schon kalt und steif. Seit Stunden mußte er wohl schon tot sein.

Bernd kniete wieder neben seinem Lager nieder und sah mit brennenden Augen in das tote, friedliche Gesicht. Gottlob, er hatte nicht in der Verzweiflung Hand an sich gelegt, ein gütiges Geschick hatte ihm einen schnellen, schmerzlosen Tod beschieden, ehe er den Konkurs seiner Firma erlebte. Ja, er und die Firma gehörten zusammen, mit ihrem Zusammenbruch war auch Georg Kronau erledigt. Er brauchte nun nicht mehr all das Quälende und Häßliche zu erleben. Das war wie ein Trost für Bernd. Auch daß der Vater so ruhig und friedlich dalag, allem Erdenleid entrückt, tröstete ihn. Nur das schmerzte tief, daß er nicht in seiner letzten Stunde hatte bei ihm sein können. Vielleicht war das Ende schon bald nach seinem Weggang heute nachmittag gekommen, er war ja so furchtbar elend und ruhebedürftig gewesen. Bernd rief sich die letzten Worte seines Vaters ins Gedächtnis zurück, und da mußte er ein Schluchzen ersticken.

»Stolz, stolz bin ich doch auf dich, mein Junge, sehr stolz!« So hatte er gesagt. Und dann: »Geh, mein Junge, und hab Dank, daß du es mir so leicht machen willst.«

Und danach war seine Hand wie segnend über sein Haupt geglitten. Oh, wie gut war das – so war es doch wie ein Abschied gewesen – ein guter, friedlicher Abschied. Und gelitten konnte der Vater nicht mehr haben, sonst läge er nicht mit so friedlichen Zügen hier. Er wollte nicht jammern über seines Vaters Tod, wollte ihm die Ruhe, den langen Schlaf gönnen, nach dem er sich so gesehnt hatte. Der Tod hatte ihn vor dem Schlimmsten bewahrt nach einem Leben voll Arbeit und Sorge.

»Für dich wird es viel Arbeit geben«, hatte der Vater gesagt. Ja, daran würde es nun nicht fehlen. Aber ihn würde der Verlust der Firma nicht so völlig niederdrücken, er war jung und hatte etwas Tüchtiges gelernt, er konnte jetzt sein Leben ganz selbständig aufbauen.

Er ergriff die kalte Hand des Vaters.

»Ich will nicht verzweifeln, Vater, will dir Ehre machen, und was ich tun kann, deinen Namen reinzuhalten, will ich tun. Schlafe in Frieden!«

Das sprach er, als lege er ein Gelöbnis ab.

Nachdem er sich gefaßt hatte, klingelte er die Haushälterin und die Dienerschaft wach. Sie kamen bestürzt herbei. Bernd ließ den Arzt rufen, dann gab es noch viel zu erledigen, wie immer in solchen Fällen. Den Hinterbliebenen bleibt in Trauerfällen wenig Zeit, sich ihrem Schmerz hinzugeben. Sie murren darüber und begreifen nicht, daß es eine Wohltat ist, die sie ablenkt von ihrem Leid. –

Die nächsten Tage zogen an Bernd vorbei wie etwas Unwirkliches. Nachdem der Tod Georg Kronaus bekannt geworden war, stürzten die Ereignisse über Bernd Kronau herein. Und es war ein Zeichen seiner Tüchtigkeit, daß er bei alledem den Kopf oben und klaren Blick behielt. Von allen Seiten drängten die Gläubiger, es fehlte auch an Geld, um die Löhne auszuzahlen; dafür mußte Bernd zuerst sorgen. Allerlei Schwierigkeiten erwuchsen ihm, und es blieb nichts übrig, als den Konkurs anzumelden.

Als Herbert Runeck von dem Tod seines Freundes erfuhr und in welch schwierige Lage Bernd geraten war, suchte er ihn sofort auf und bot ihm Rat und Hilfe an. Er wollte willig Opfer bringen, um Bernd die Firma zu erhalten. Er erkannte nun sehr wohl, daß die Verbindung mit Mona die Firma Kronau hatte retten sollen und auch hätte retten können.

Bernd dankte ihm herzlich für seine Bereitwilligkeit, ihm zu helfen, lehnte diese Hilfe aber bestimmt ab.

»Ich kann und will nicht noch jemand in diese Geschichte hineinziehen. Die Sache ist so gründlich verfahren durch immer neue Opfer, die vergeblich gebracht wurden, daß es gewissenlos von mir wäre, Ihre Hilfe anzunehmen. In kurzer Zeit würde ich doch wieder vor einer Katastrophe stehen, und dann wäre es meine Schuld, wenn ich Sie mit hineingerissen hätte. Es hieße Ihnen wissentlich Verluste zufügen, wenn ich irgendwelches Geld von Ihnen annehmen würde. Seit Vater mir kurz vor seinem Tod mitgeteilt hat, wie es um die Firma steht, habe ich mich so gründlich wie möglich zu informieren gesucht. Bisher hatte er mir seine Sorgen verheimlicht, und das tut mir leid, ich hätte ihm manches tragen helfen können. Aber nun bin ich wenigstens auf alles gefaßt. Es bleibt nur eins, will ich ehrlich aus der Sache hervorgehen – der Konkurs. Um Vaters willen hätte ich alles versucht, die Firma zu retten, weil er mit seinem ganzen Herzen daran hing. Ich hätte seinetwegen auch Ihre Hilfe angenommen, denn Vater verschwieg mir nicht, daß er den Konkurs nicht überleben würde. Nun hat ihn ein friedlicher Tod vor allem Weiteren bewahrt, und dafür muß ich Gott danken. Ich bin nun entschlossen, alles hinzugeben, um möglichst die Forderungen der Gläubiger zu decken. Einer der Hauptgläubiger will die Fabrik an sich bringen und weiterführen – das ist mir eine Befreiung, der Leute wegen, die nun nicht brotlos werden. Was irgend von Wert ist, gebe ich daran, um die Gläubiger abzulösen. Ich hoffe, es gelingt mir und der Name Kronau bleibt rein und makellos.«

Herbert Runeck hatte ihm mit großem Interesse zugehört. Nun legte er die Hand auf den Arm des jungen Mannes.

»Und Sie, lieber Bernd, was wird aus Ihnen?«

Bernd warf energisch den Kopf zurück.

»Ich habe ja nur für mich selbst einzustehen und werde schon etwas finden. Der Gläubiger, der die Fabrik übernimmt, hat mir eine gute Stellung im Betrieb angeboten, aber das ertrüge ich schwer. Ich habe abgelehnt. Da, wo ich Herr war, möchte ich nicht Diener sein. Überall will ich arbeiten; wenn's sein muß, von der Pike auf, aber nicht in der Firma Kronau, die meinem Vater und Großvater gehörte.«

Lebhaft erfaßte Herbert Runeck Bernds Hand.

»So treten Sie bei mir ein, Bernd, ich weiß, daß Sie ein tüchtiger Mensch sind, und gebe Ihnen sofort einen Posten, mit dem Sie zufrieden sein können«, sagte er, froh, etwas helfen zu können. Aber Bernd Kronau schüttelte mit einem stillen Lächeln den Kopf.

»Nein, Herr Runeck, das kann ich nicht annehmen. Ich würde das Gefühl nie los, daß Sie eine Sinekure für mich schaffen wollten, und dies Gefühl würde mich schlaff machen, mich niederdrücken. Ich muß jetzt ganz frei werden, ganz auf eigenen Füßen stehen ohne fremde Beihilfe, um meine Kräfte regen zu können. Wenn hier alles geregelt ist, will ich zuerst nach England gehen auf einige Zeit, um ganz firm in der englischen Sprache zu werden. Französisch beherrsche ich vollständig, aber das ist im Geschäftsleben nicht so wichtig wie Englisch. Ich werde drüben schon eine Anstellung finden, wo ich zunächst mein Brot verdiene. Und von den Engländern kann man in geschäftlicher Beziehung viel lernen. Ich habe einen Freund drüben, der mir sicher nützliche Winke geben kann. Sobald hier alles in Ordnung ist, reise ich nach London.«

Herbert Runeck sah ihn wohlgefällig an.

»Sie werden es schaffen, Bernd, davon bin ich überzeugt, und man muß Sie Ihren Weg gehen lassen. Aber nun tut es mir noch viel mehr leid, daß meine Tochter Sie nicht heiraten wollte.«

Bernd stieg das Blut in die Stirn.

»Dafür bin ich Ihrem Fräulein Tochter noch besonders dankbar. Hätte sie ja gesagt, wäre ich vielleicht schon gebunden. Und da sie mich ausgeschlagen hat und Sie die Sache jetzt selbst zur Sprache bringen, kann ich Ihnen gestehen, daß ich mich nur meines Vaters wegen zu dieser Verbindung bereit erklärte. Ich hätte seinen Wunsch erfüllt, weil er, als er mir denselben mitteilte, mir zugleich sagte, daß nur diese Heirat die Firma Kronau vor dem Ruin retten könne und daß er den Konkurs nicht überleben werde. Ich wußte also, es galt sein Leben, deshalb willigte ich ein, obwohl ich Fräulein Runeck kaum kannte. Es war mir, offen gesagt, ein furchtbarer Gedanke, daß ich mich um Geld verkaufen sollte, denn etwas anderes wäre es nicht gewesen, da von einer Liebe bei unserer mehr als flüchtigen Bekanntschaft nicht die Rede sein konnte. Die Weigerung Ihres Fräulein Tochter hat mir eine schwere Last vom Herzen genommen. Das kann ich Ihnen sagen, ohne Sie oder Ihr Fräulein Tochter zu kränken, da sie sich ja geweigert hat, mich zu heiraten. Es war, wie gesagt, eine Befreiung für mich, denn Männer meiner Art vertragen es nun einmal nicht, sich zu verkaufen, und betrachten es als eine Schmach. Das wollte ich Ihnen gern noch sagen, ehe wir uns, wahrscheinlich für immer, Lebewohl sagen.«

Runeck drückte warm und fest seine Hand.

»Nicht Lebewohl, Bernd, sagen wir auf Wiedersehen, Sie werden doch wieder einmal nach Berlin kommen.«

Bernd lächelte ein wenig.

»Nach Berlin komme ich wohl einmal wieder, aber dann werde ich es Ihnen nicht verdenken, wenn Sie mich nicht mehr kennen wollen, denn dann befinde ich mich wahrscheinlich in einer ganz anderen gesellschaftlichen Stellung als die, in der Sie leben, und werde Sie bestimmt nicht belästigen.«

Runeck fuhr auf.

»Ich hoffe doch, Sie kennen mich zu gut, um sich nicht zu sagen, daß Sie jetzt Unsinn geredet haben. Der Sohn meines besten Freundes wird immer ein Ehrenmann bleiben und folglich immer in meiner Sphäre leben. Ich fordere es jedenfalls von Ihnen, daß Sie mich aufsuchen werden, wenn Sie nach

Berlin zurückkommen. Sie scheinen ja einen gehörigen Starrkopf zu haben, und ich würde Ihnen zürnen, wenn ich ihn nicht trotz allem prachtvoll finden würde, diesen Starrkopf. Wahrhaftig, es tut mir immer mehr leid, daß Sie nicht mein Schwiegersohn werden können. Also, Sie suchen mich auf nach Ihrer Rückkehr?«

»Ich danke Ihnen für diese Erlaubnis und will daran denken.«

»Und werde ich inzwischen nichts von Ihnen hören, wie es Ihnen geht und was Sie treiben?«

»Ich will Sie verschonen mit den Schilderungen meines Lebenskampfes, aber wenn ich mich eines Tages durchgerungen habe zu einer anständigen Lebensstellung, die meinem Ehrgeiz genügt, dann will ich gern von mir hören lassen.«

»Gut, aber eins müssen Sie mir versprechen.«

»Und das wäre?« fragte Bernd.

»Sie müssen mir versprechen, sich an mich zu wenden, wenn Sie einmal nicht aus und ein wissen sollten. Es kommen auch zuweilen für den Tüchtigsten solche Tage.«

Bernd reckte sich in den Schultern, und seine Augen sahen fest in die Herbert Runecks.

»So lange ich gesund bin und arbeiten kann, werde ich keine fremde Hilfe brauchen. Aber das will ich Ihnen, dem besten Freund meines Vaters, versprechen, wenn ich einmal ohne fremde Hilfe nicht weiterkann, dann will ich mich an niemand wenden als an Sie, mein Wort darauf. Und so lange ich mich nicht mit einer solchen Bitte an Sie wende, werden Sie immer wissen, daß ich mich noch nicht habe unterkriegen lassen.«

Runeck drückte wieder seine Hand.

»Gut, ich habe Ihr Wort, daran muß ich mir genügen lassen.«

Sie hatten sich darauf mit kräftigem Händedruck getrennt, und Herbert Runeck ging davon mit einem Gefühl großer Hochachtung und Bewunderung für Bernd Kronau. Es tat ihm wirklich ehrlich leid, daß er nicht sein Schwiegersohn werden konnte. –

Bernd erledigte nun in den nächsten Wochen alles Nötige. Es war eine Riesenarbeit für ihn, aber seine Kräfte wuchsen daran. Bisher hatte er gewiß auch hart gearbeitet, aber was jetzt nötig war, wäre manchmal über seine Kräfte gegangen, wenn er nicht in wilder Energie die Zähne zusammengebissen hätte.

Und als alles geordnet war, konnte er wenigstens den Trost mitnehmen, daß kein Flecken auf dem Namen Kronau zurückblieb. Keiner der Leute war brotlos geworden, alles ging weiter, selbst der Prokurist hatte noch für einige Jahre seine Stellung behalten, um dem neuen Besitzer mit seinen Erfahrungen zur Seite zu stehen.

Bernd Kronau aber war nun ein armer Mann, heimat- und existenzlos. Nur eine kleine Summe war ihm geblieben, die er aus dem Verkauf seines persönlichen Besitzes gelöst hatte. Sie mußte ausreichen für die Reise nach England und für seinen Lebensunterhalt während der ersten Zeit, bis er eine Stellung bekam. Seine Kraft war aber ungebrochen.

An einem schönen Frühlingsmorgen reiste er von Berlin nach London ab. Sein Blick schweifte groß und ernst ins Weite, als er, auf dem Dampfer angekommen, an der Reling lehnte und der englischen Küste entgegensah. Trotz allem war Kampfesfreude und Vertrauen auf die eigene Kraft in ihm. Er fürchtete sich nicht vor dem neuen Leben, das ihn erwartete, und er fand es lebenswerter als ein Leben an der Seite einer ungeliebten Frau in Glanz und Luxus.

Mona hatte sich schnell wieder in die alten Verhältnisse in Georgental eingelebt, und es wäre alles wieder wie früher gewesen, wenn sie nicht daheim die große, schmerzliche Erfahrung gemacht und die Liebe zu Bernd Kronau nicht so schmerzhaft in ihrem Herzen gebrannt hätte. Das tiefe Leid, das sie heimlich zu tragen hatte, war nicht ohne Einfluß auf ihre ganze Entwicklung geblieben. Die Menschen, mit denen sie nun wieder zusammenlebte, staunten nicht wenig, als sie die Veränderung bemerkten, die mit Mona vorgegangen war. Tante Herta hatte sie zuerst bemerkt, aber bald fiel sie auch Lothar Wieland auf, und eines Tages fragte er Tante Herta:

»Was ist nur mit Mona geschehen? Sie ist ganz anders zurückgekommen, als sie fortgegangen ist. Hast du nicht bemerkt, Tante Herta, daß es scheint, als sei sie viel größer geworden? Sie hält sich jetzt so gerade und aufrecht – früher ging sie immer ein wenig geduckt. Es ist, als habe sie sich in diesen Monaten um Jahre fortentwickelt.«

Tante Herta nickte zustimmend.

»Ja, Lothar, mir ist das alles längst aufgefallen, und mir scheint, daß sie irgendein Erlebnis gehabt hat, das sie aufgerüttelt haben muß. Mit einemmal hat sie die scheue Kindlichkeit abgeschüttelt.«

»Also du hast es auch gemerkt. Und es ist ganz seltsam, sie hat sich sehr verschönt. Ich staune, was aus dem kleinen, unscheinbaren Mädel geworden ist; mit einemmal hat sie sich zu einer bemerkenswerten Persönlichkeit entwickelt. Und wenn sie die dummen Sommersprossen nicht hätte, die sie leider so verunstalten, könnte man sie eine Schönheit nennen. Ich habe sie mir daraufhin einmal genau angesehen – schade, daß sich die Sommersprossen nicht entfernen lassen.«

Mit einem forschenden Blick sah die alte Dame auf ihren Neffen. Es war sonst so gar nicht seine Art, jemand sein Interesse zuzuwenden, und daß er so viel über Mona sprach, war erstaunlich.

Einige Zeit machte sie sich nach diesem Gespräch Gedanken darüber, ob Mona nicht eines Tages Lothar seine unglückliche Ehe vergessen machen könne. Er konnte doch nicht schon ganz mit dem Leben abgeschlossen haben. War vielleicht Mona dazu bestimmt, ihm das Leben wieder lieb zu machen? Mona war doch ein wertvoller Mensch, bei dem er nicht auf unliebsame Überraschungen gefaßt zu sein brauchte.

Aber sie kam schnell wieder von diesem Gedanken ab, der ihr verlockend erscheinen wollte, denn nach diesem kurzen Gespräch über Mona kam Lothar nicht wieder auf ihre Veränderung zu sprechen und zeigte auch kein sonderliches Interesse an ihr. Tante Herta gab seufzend diesen Gedanken auf, obwohl sie sich sagte, daß diese beiden wertvollen Menschen sehr gut zusammenpassen würden. Sie glaubte nun wieder, daß Lothar wohl niemals mehr aus seiner Düsterkeit gerissen werden könne, wenn nicht einmal eine große Leidenschaft ihn erfassen würde. Und eine solche Leidenschaft würde auch die veränderte Mona nicht bei ihm auszulösen imstande sein. Dazu standen sie sich verwandtschaftlich zu nahe.

Aber sie beobachtete Mona sehr aufmerksam und wunderte sich immer mehr, wie staunenswert sie sich entfaltete.

Sogar dem kleinen Gerd fiel das auf. Er sagte eines Tages:

»Mona, du bist gar nicht mehr die alte Mona, du bist eine richtige Dame geworden.«

Mona lachte unbefangen darüber, denn ihr selbst fiel diese Veränderung am wenigsten auf. Sie antwortete lächelnd:

»Ja, ja, Gerd, aus Kindern werden Leute. Vielleicht liegt das aber nur an den schönen Kleidern, die ich von Berlin mitgebracht habe.«

Aber es lag nicht an den Kleidern. Monas Seele hatte gewissermaßen einen Bann gesprengt. Ein verborgener Quell ihres Seins war lebendig geworden. Ihre Augen hatten eine intensive Leuchtkraft erhalten, ihre Züge Ausdruck bekommen. Das Haar schimmerte metallischer, und der sonst so blasse Teint hatte Farbe bekommen, wodurch die Sommersprossen nicht mehr so scharf hervortraten. Ihr Lächeln war seltsam beseelt und reizend geworden, ihre Haltung kraftvoller, ihr Gang elastischer. Und selbst ihre Stimme hatte einen anderen Klang erhalten, sie war weicher und tiefer geworden, hatte alle Sprödigkeit verloren.

Und das alles hatte die Liebe aus Mona gemacht und das beglückende Bewußtsein, daß durch ihre Energie der Mann, den sie liebte, vor einem qualvollen Opfer bewahrt geblieben war. Diese in ihrem Innern erwachte Energie liebte sie wie einen Zauber, der sie trotz allem beglückte. Ja, weil sie durch diese Energie Bernd Kronau behütet hatte vor der Schmach, sich verkaufen zu müssen, erschien ihr das wie etwas, das gehegt und gepflegt werden müsse. Das Bewußtsein ihrer Liebe und die Gewißheit, daß sie für Bernd Kronau etwas Gutes, Großes hatte tun dürfen, hob sie über sich selbst hinaus.

Und wenn sie des Abends allein in ihrem Zimmer war und aus der Schmuckkassette Bernd Kronaus Bild nahm, um sich in seinen Anblick zu versenken, dann sprach sie mit ihm und sagte ihm, wie froh sie sei, daß er sein Haupt stolz und aufrecht tragen dürfe und wieviel lieber er ihr nur dadurch geworden sei, wenn sie auch für ihn nichts war als ein kleines Greuel. Aber dann holte sie sich auch immer wieder einen Trost daraus, daß er sie ein »armes Kind« genannt hatte mit einer warmen, mitleidsvollen Stimme.

Dies Erlebnis fiel in die Zeit, da Mona aus dem Kind zur Jungfrau erblühte, und alles zusammen wirkte wie ein Wunder und machte sie zu einem ganz anderen Menschen.

Als Mona erst wieder einige Tage in Georgental weilte, bekam sie einen Brief von ihrem Vater, einen sehr langen und ausführlichen Brief. Darin redete er in einer ganz anderen Sprache zu ihr als in seinen früheren Briefen, die immer sehr kurz und inhaltslos gewesen waren. Er schrieb:

»Meine liebe Mona! Diesmal ist mir der Abschied von Dir so viel schwerer geworden als sonst, und es tut mir sehr leid, daß Du Dich nicht besser eingewöhnen konntest in Deinem Vaterhaus. Ich hoffe sehr, daß Du doch eines Tages für immer zu uns zurückkehrst. Du brauchst nicht zu fürchten, daß wir Dich dann wieder zu irgendeiner Heirat drängen werden. Wenn es nur das ist, was Dich fortgetrieben hat, so kannst Du ganz unbesorgt sein.

Es wird Dich trotz allem interessieren, daß mein alter Freund Kronau plötzlich einem Herzschlag erlegen ist, und fast möchte ich sagen, daß dies gut für ihn war. Denn gleich nach seinem Tod hat sich herausgestellt, daß die Firma Kronau Konkurs ansagen mußte. Es ist selbstverständlich, daß ich gern geholfen hätte, aber er hat mir nie ein Wort darüber gesagt, daß er so schwere Sorgen hatte. Er fühlte sich schon seit Wochen nicht wohl, hat aber mit keinem Menschen davon gesprochen. Als ich ihm nach Deinem Fortgehen sagte, daß Du nicht in eine Verbindung mit seinem Sohn willigen würdest, fand ich ihn schon sehr elend. Meine Mitteilung machte ihn betroffen, doch zeigte er sich ruhig. Eine Heirat seines Sohnes mit Dir hätte natürlich den Ruin von seiner Firma ferngehalten, und die Erkenntnis, daß sich das zerschlug, mag ihn schwer getroffen haben, wenn er sich auch sehr beherrscht hat.

Natürlich ist nun Bernd Kronau in einer sehr schwierigen Lage, und ich will heute noch zu ihm gehen und ihm meine Hilfe anbieten. Er ist ein so überaus tüchtiger Mensch, daß ich ihm gern helfen möchte, und wir werden das heute besprechen. Was ich für eine gute Meinung von ihm habe, geht schon daraus hervor, daß ich ihm gern meine Tochter zur Frau gegeben hätte. Als Du mir so entschieden gegenübertratest und Dich weigertest, Bernd Kronau zu heiraten, da habe ich zum erstenmal gemerkt, daß Du nicht zu den Frauen gehörst, die andere über sich bestimmen lassen. Und etwas in Deiner ganzen Art an jenem Morgen hat mir Eindruck gemacht, und seither ist mir die Erkenntnis gekommen, daß ich Dich bis jetzt unterschätzt habe. Du erscheinst mir plötzlich als ein ganz anderer Mensch, und auch Mama ist es so ergangen. Wir wissen nun, daß wir Dich viel höher einschätzen müssen. Und daß Du gerade jetzt wieder von uns gingst, als wir das einsehen mußten, tut uns herzlich leid. Aber wenn Du Dich nun in Georgental wohler fühlst als bei uns, müssen wir uns fügen, und wollen Dich vorläufig nicht überreden, zu uns zurückzukehren, Du sollst später selbst den Zeitpunkt bestimmen, und dann werden wir besser zusammenpassen.

Es würde mich aber sehr herzlich freuen, wenn Du mit mir in einen regeren Briefwechsel treten wolltest als bisher und mir in Deinen Briefen mehr von Deinem inneren Wesen erschließen würdest. Denn ich fühle, es schlummern Werte in Dir, von denen ich bisher keine Ahnung hatte.

Vielleicht gelingt es mir durch diesen Briefwechsel, Dir wieder näher zu kommen. Willst Du es versuchen? Du könntest mich doch wenigstens brieflich an Deiner seelischen und geistigen Entwicklung teilnehmen lassen. Es würde mich so sehr freuen, mein liebes Kind, wir dürfen uns doch nicht noch fremder werden.

Ich hoffe auf eine baldige Antwort. Bitte grüße Tante Herta herzlich von mir, und auch Lothar, und sage beiden meinen herzlichen Dank, daß sie Dich so freundlich aufgenommen haben und Dir eine Heimat boten. Mir scheint, sie wissen beide viel besser, welche Werte in Dir aufgespeichert liegen, als ich es bisher wußte. Es ist ziemlich beschämend für mich, aber ich weiß selbst nicht, wie es gekommen ist, daß ich Dich so wenig kannte.

Dir, mein Kind, einen lieben Kuß! Auch Mama läßt Dich herzlich grüßen und küssen. Sie war sehr gerührt, daß Du ihr gesagt hast, Du seiest ihr dankbar, daß sie mich glücklich mache. Sie hat immer geglaubt, Du neidest ihr meine Liebe. Nun weiß ich es besser. Also nochmals herzlichen Gruß und Kuß von Deinem Vater.«

Mona war sehr ergriffen von dem Ton dieses Briefes, und in der Folge kam sie auch mit ihrem Vater in einen immer herzlicher werdenden Briefwechsel. Sie sagte sich, daß sie durch ihre scheue Zurückhaltung und ihre Unbeholfenheit viel Schuld hatte an dem fremden Verhältnis, das zwischen ihr und dem Vater entstanden war. Sie merkte auch, daß die Stiefmutter ihr jetzt anders, freundlicher gegenüberstand. So fand sie in ihren

Briefen Töne, die ihr das Herz ihres Vaters mehr und mehr erschlossen, worüber sie sehr glücklich war, wenn sie auch durchaus keine Lust hatte, wieder heimzukehren. Sie wollte ihres Vaters Glück nicht stören.

Selbstverständlich war Mona sehr aufgeregt über die Nachricht vom Tod Georg Kronaus. Sie dachte daran, wie elend und fahl er an jenem Abend ausgesehen hatte, und machte sich Vorwürfe, daß sie ihn gehaßt hatte, weil er von seinem Sohn ein so schweres Opfer verlangte. Es mochte schlimm in seinem Herzen ausgesehen haben. Welch ein Glück war es für Bernd Kronau, daß sein Vater eines natürlichen Todes gestorben war! Das würde ihn nicht so sehr bedrücken, als wenn er seine Drohung wahrgemacht hätte.

Sie mußte darüber nachdenken, was geschehen wäre, wenn sie schon mit Bernd Kronau verlobt gewesen wäre, als sein Vater starb. Dann hätte er sein Opfer vergeblich gebracht. Ob er dann seine Freiheit wieder von ihr zurückgefordert hätte? Doch sicher.

Jedenfalls war es gut so.

Aber ihre Gedanken umflatterten Bernd Kronau nun noch mehr als zuvor, und sie sprach wieder jeden Abend mit seinem Bild und fragte ihn, ob er sehr unglücklich sei über den Tod seines Vaters und den Ruin seiner Firma. Und wieder sehnte sie sich danach, ihm ihren Reichtum zu Füßen legen zu können und ihm zu helfen. Aber zum Trost sagte sie sich, daß der Vater ihm helfen würde, und von ihm nahm er vielleicht leichter Hilfe an als von ihr. Wie dankbar wollte sie dem Vater sein für diese Hilfe!

Noch an demselben Tag hatte sie dem Vater geantwortet auf seinen Brief, sprach ihm ihre Freude aus, daß er in einen regeren Briefwechsel mit ihr treten wolle, und dankte ihm herzlich dafür, daß er Bernd Kronau helfen wollte. Über diesen Punkt schrieb sie:

»Es nimmt mir eine schwere Last von der Seele, mein lieber

Vater, daß Du Bernd Kronau helfen willst, denn es bedrückt mich, daß ich durch meine Weigerung vielleicht schuld daran bin, daß sich die Firma Kronau nicht halten kann. Ich bitte Dich herzlich, lieber Vater, aus diesem Grund mehr für ihn zu tun, als Du vielleicht gewillt sein würdest. Wenn Du nicht selbst zur Zeit über genug flüssige Gelder verfügen kannst, so nimm bitte ruhig von meinem Vermögen und lege es in der Firma Kronau an, damit sie gerettet wird. Natürlich darfst Du um keinen Preis Bernd Kronau sagen, daß dieses Geld von mir kommt, denn sonst würde er es kaum annehmen. Männer sind ja so komisch, von einer Frau wollen sie sich auf keinen Fall helfen lassen. Also bitte, lieber Vater, verfüge über mein Geld zu diesem Zweck, soweit es nötig ist, um Bernd Kronau zu helfen.«

Als sie diesen Brief geschrieben und postfertig gemacht hatte, war es gerade Zeit, daß Mona sich zur Mittagstafel umzog und sich frisch machte.

Dann ging sie hinunter in das Speisezimmer. Hier war bereits Tante Herta, die Mona mit wohlgefälligen Augen entgegensah. Denn diese sah in einem neuen Kleid aus steingrüner weicher Seide sehr reizend und eigenartig aus. Dieses matte Steingrün stand wundervoll zu ihrem kastanienbraunen Haar. Und die großen braunen Augen, in denen jetzt immer goldige Lichter leuchteten, sahen so beseelt aus dem feinzügigen Gesicht, daß man die entstellenden Sommersprossen nicht so sehr bemerkte.

»Du siehst heute wieder entzückend aus, Mona, ich staune immer mehr, was Berlin aus dir gemacht hat. Jeden Tag erscheinst du mir hübscher und anziehender.«

Monas Gesicht rötete sich, aber in ihren Augen zuckte das verhaltene Leid.

»Das kleine Greuel!« tönte es in ihren Ohren, und sie glaubte, Tante Herta wollte sie nur trösten über ihren Anblick. Sie sagte abwehrend:

»Ach, Tantchen, das machen nur die neuen schönen Kleider, die Mama so sorgsam für mich ausgesucht hat. Kleider machen Leute.«

»Nun ja, dieses Kleid steht dir besonders gut. Steingrün sieht immer zu kastanienbraunem Haar sehr apart aus. Die Toilette ist auch wirklich sehr geschmackvoll wie alles, was deine Stiefmutter für dich ausgewählt hat. Einen guten Geschmack hat sie schon, sie weiß sich ja auch selbst sehr wirkungsvoll anzuziehen. Aber ganz abgesehen von deinen Kleidern, du hast dich wirklich sehr zu deinem Vorteil verändert.«

Es zuckte um Monas Mund.

»Ich bin und bleibe doch ein kleines Greuel mit meinem Sommersprossengesicht!« sagte sie rauh und heiser.

Erschrocken sah die Tante sie an.

»Aber Mona, was für ein Ausdruck? Gottlob, ein kleines Greuel bist du nie gewesen, trotz deiner Sommersprossen. Du könntest ohne dieselben sogar eine kleine Schönheit werden.«

Mona war über sich selbst erschrocken, als ihr diese Worte entschlüpft waren. Nun zwang sie sich zu einem Lächeln.

»Laß nur, Tantchen, ich habe mich damit abgefunden. Deine Liebe verklärt mich, und dir gefalle ich, wenn ich auch noch so garstig bin.«

Tante Herta zog sie in ihre Arme.

»Ich kann das gar nicht hören, Mona. Meine Liebe verklärt dich durchaus nicht, ich sehe dich, wie du bist. Und es ist nicht nur meine Ansicht, daß du dich jetzt zu einer sehr reizenden jungen Dame entwickelt hast. Auch Lothar hat das herausgefunden und es mir gesagt. Und selbst Gerd findet es.«

»Oh, ihr habt mich eben Gott sei Dank alle lieb und seht meine Schönheitsfehler nicht. Das ist auch sehr gut so. Und nun wollen wir nicht mehr davon reden – ich höre Gerds Rollstuhl kommen.«

Damit brach Mona das Gespräch ab. Sie glaubte nicht, was die Tante sagte. Sie glaubte nur, was Bernd Kronau gesagt hatte, das allein erschien ihr die Wahrheit über ihr Äußeres: Das kleine Greuel! Die Reizlosigkeit in Person mit dem häßlichen Teint. Und damit mußte sie sich abfinden und konnte es am besten in der Stille von Georgental, wo die wenigen Menschen, die mit ihr zusammenlebten, sie durch die Brille der Liebe ansahen. Jetzt öffnete ein Diener die Flügeltüren, und Lothar Wieland erschien an der Seite seines kleinen Sohnes, der von seiner Wärterin in seinem fahrbaren Liegestuhl, der sich nach Belieben verstellen ließ, hereingeschoben wurde. Die Mittagsmahlzeit nahm Gerd mit seinem Vater und den beiden Damen zusammen ein, wenn er auch immer eine besonders leichte Kost bekam, die hauptsächlich aus Milch, Eiern, etwas weißem Geflügelfleisch und durchpassiertem Gemüse und Kompott bestand.

Appetit hatte Gerd fast nie, aber in Gesellschaft der andern nahm er doch etwas mehr zu sich, als wenn er allein gespeist hätte.

Der Vater schob den Liegestuhl an den Tisch und stellte ihn so, daß Gerd aufrecht darin an der Tafel sitzen konnte und durch Kissen gestützt wurde. Mit sorglicher Zärtlichkeit rückte ihn der Vater zurecht. So saß Gerd nun zwischen dem Vater und Tante Herta, während Mona ihm gegenübersaß.

»O Mona, ich habe dich heute Vormittag sehr wenig gesehen«, sagte Gerd vorwurfsvoll.

Mona lächelte ihm zu.

»Ja, Gerd, ich habe einen sehr langen Brief an meinen Vater geschrieben und bin gerade erst fertig geworden, als ich mich ankleiden mußte.«

»Aber heute nachmittag spielst du doch mit mir?«

»Sicher, sobald du nach Tisch ausgeschlafen hast.«

Gerd strich sich über sein langes blondes Haar, das seinem Gesicht etwas Zartes gab.

»Ich würde viel lieber mit dir plaudern als schlafen. Das Einschlafen strengt mich so an, weil ich nie müde bin. Nur im

Sommer, wenn ich im Freien liege, dann schlafe ich immer schnell ein.«

Der Vater legte ihm sorglich ein Stück Hühnerfleisch vor.

»Du mußt aber nach Tisch schlafen, Gerd, das kräftigt«, sagte er.

»Mir ist aber gar nicht gut, wenn ich geschlafen habe, lieber Vater. Dann ist mir der Kopf immer so schwer.«

Es zuckte ein tiefer Schmerz in des Vaters Gesicht, und er vermochte nicht zu antworten. Aber Mona sagte schnell mit einem aufmunternden Lächeln:

»Das vergeht aber doch jedesmal wieder, Gerd. Es geht großen Leuten auch so; wenn sie geschlafen haben, ist der Kopf immer ein wenig dumm. Trotzdem bekommt der Schlaf gut. Und wenn wir danach spielen, wird dir der Kopf doch immer schnell wieder leicht.«

»Ja, das ist so, Mona.«

»Siehst du! Und wenn du jetzt tüchtig ißt, dann wird der Kopf beim Schlafen viel weniger schwer.«

Gerd versuchte, »tüchtig« zu essen.

Lothar Wieland sagte dann:

»Heute nach Tisch kommt Fräulein Friede Lorenz an, Tante Herta. Meinst du nicht, daß sie jemand am Bahnhof erwarten müßte?«

Frau Herta überlegte und sagte dann zögernd:

»Es genügt vielleicht, wenn wir das Auto und einen Diener hinunterschicken, Lothar.«

»Wie du meinst. Sind ihre Zimmer in Ordnung?«

»Gewiß! Ich habe ihr die beiden Zimmer neben Gerds Räumen herrichten lassen, dann ist sie immer in seiner Nähe.«

»Das ist gut. Ich bin sehr gespannt, wie Gerd sich mit ihr stellen wird.«

Frau Herta fand zuweilen, daß ihr Neffe Gerd zu wichtig nahm, er wurde dadurch entschieden zu sehr verzogen. Deshalb sagte sie pädagogisch, auf Gerd sehend:

»Selbstverständlich wird er sich gut mit ihr stellen, er hat sie ja selbst ausgewählt.«

Gerd sah seinen Vater an, bei dem er alles durchzusetzen verstand.

»Ich schicke sie einfach wieder fort, wenn sie mir nicht so gut gefällt wie ihr Bild«, sagte er nach Art verzogener Kinder.

Mona sah ihn mit großen Augen an. Sie unterstützte die Tante gern in ihren Erziehungsversuchen und wußte das immer sehr diplomatisch zu tun.

»O Gerd, das wirst du doch nicht tun, du willst doch ein kleiner Ritter sein.«

Sie hatte das richtige Wort gefunden. Er nickte ihr mit seinem blassen Lächeln zu.

»Ja, das will ich, Vater ist auch einer. Und wie Vater will ich auch werden, auch so groß und stark – noch viel stärker. Und dann will ich auf einem großen Pferd sitzen und ganz toll den Berg hinunterreiten«, erwiderte er und sah sich stolz um.

Des Vaters Lippen zuckten, in seinen Augen brannte ein tiefer Schmerz. Er wußte, daß Mona Gerd solche Gedanken einredete, um ihn anzuspornen, und wußte doch ganz genau, daß sein armes Kind niemals kräftig genug wurde, um ein Pferd besteigen zu können. Er sagte aber nichts dazu, und Mona fuhr schnell ablenkend fort:

»Liebe Tante, wenn du oder Lothar Fräulein Lorenz abholen würdet, das würde vielleicht nicht richtig sein. Holt sie aber nur ein Diener ab, das sieht wieder ein wenig unfreundlich aus. Sie wird doch gleichberechtigt hier mit uns leben, da sie immer um Gerd sein wird. Würdest du es nicht für richtiger finden, wenn ich sie abholte? Das sieht nicht so wichtig aus, aber etwas freundlicher.«

Tante Herta und Lothar sahen sich erstaunt an. Diese kleine Mona, die früher nie eine eigene Meinung gehabt hatte, zeigte jetzt zuweilen überraschend vernünftige Einfälle und verfocht sie mit großer Energie.

»Das Kind ist klüger als wir, Lothar«, scherzte Tante Herta.

Mona lachte.

»Ihr dachtet nur nicht gleich an mich. Euch beiden käme es ja nicht zu, Gerds Erzieherin abzuholen, aber ich bin doch die geeignetste Person dazu, meint ihr nicht?«

Lothar nickte ihr freundlich zu.

»Wenn du es tun wolltest, es wäre sehr freundlich von dir, Mona.«

Gerd aber sah Mona vorwurfsvoll an.

»Dann kannst du doch aber wieder nicht mit mir spielen, Mona!«

»Doch, Gerd, bis du ausgeschlafen hast, bin ich mit Fräulein Lorenz schon wieder da. Mit dem Auto sind wir schnell oben.«

»Aber du darfst mich nicht warten lassen, Mona.«

»Gewiß nicht! Schlaf nur recht fest, und ehe du dich versiehst, sind wir beide bei dir.«

»Wird Fräulein Lorenz auch so schöne Geschichten erzählen können wie du?«

»Noch viel schönere, darauf kannst du dich verlassen.«

»Ich werde dann zu Hause bleiben, bis ihr kommt, damit ich Fräulein Lorenz begrüßen und gleich alles Nötige mit ihr besprechen kann«, sagte Lothar.

VII

Und so kam es, daß Friede Lorenz von Mona Runeck am Bahnhof empfangen wurde. Einen Augenblick sahen sich die beiden jungen Damen forschend und fragend an, dann streckte Mona freundlich die Hand aus.

»Seien Sie herzlich willkommen in Georgental, Fräulein Lorenz.«

Mit einem warmen Druck ergriff diese Monas Hand. Friede

Lorenz war eine junge Dame von dreiundzwanzig Jahren. Ihre Augen – es waren seltsam hell leuchtende Grauaugen – strahlten lebensfrisch und lebenbejahend aus einem reizvollen Gesicht, und um den schön geschweiften, blaßroten Mund lag ein Lächeln, das Mona bis ins Herz hinein erwärmte. Dieses Lächeln verriet, daß Friede Lorenz ein gütiger, offenherziger Mensch war. Aber um Mund und Kinn lag bei aller Weichheit ein fester, energischer Zug, und die Festigkeit ihres Wesens verriet sich auch in den raschen, elastischen und doch anmutigen Bewegungen. Es ging etwas Erfrischendes von ihr aus, man spürte gleich beim ersten Blick, daß sie eine zielbewußte Persönlichkeit war.

Die beiden jungen Damen stiegen in das wartende Auto. Dann wurden die Koffer gebracht und hinten auf das Auto geladen. Es waren zwei mittelgroße, solide, aber nicht übermäßig elegante Rohrplattenkoffer. Währenddem plauderten beide zusammen.

»Mein Vetter, Lothar Wieland, erwartet Sie oben in seinem Haus«, sagte Mona, mit einem frohen Gefühl in das Gesicht der neuen Hausgenossin blickend.

»Ah, Herr Wieland ist Ihr Vetter?«

»Ja, die Schwester meiner verstorbenen Mutter war die Gattin des Bruders von Lothar Wielands Mutter. So sind wir beide zwar nicht blutsverwandt, aber wir sind uns sehr sympathisch. Meine Tante lebt jetzt als Repräsentantin im Haus meines Vetters, und ich habe auch schon seit Jahren eine Heimat dort gefunden.«

»Oh, Sie haben keine Eltern mehr?« fragte Friede Lorenz mit warmem Mitleid.

Ein leichtes Rot huschte über Monas Gesicht.

»Meine Mutter ist seit Jahren tot, und mein Vater hat sich zum zweitenmal verheiratet.«

Friede Lorenz sah ein wenig verlegen aus.

»Verzeihen Sie – ich wollte nicht neugierig sein.«

»Nein, nein, das habe ich gefühlt, Fräulein Lorenz. Aber – Sie sind wohl Waise?«

»Mein Vater lebt noch, gottlob. Er ist Arzt, hat aber seine Praxis eines Augenleidens wegen aufgeben müssen. Er lebt auf dem Lande bei meiner ältesten Schwester, die an einen Gutsbesitzer verheiratet ist. Dort kann sich Vater nützlich machen, und das ist gut. Sonst wäre er gar zu unglücklich. Auch ich hätte bei meiner Schwester Unterkunft finden können, aber das widerstrebt mir. Ich bin ein Mensch, der gern auf eigenen Füßen steht. So habe ich mein Lehrerinnenexamen gemacht.«

»Und gehen Sie jetzt das erstemal in Stellung?«

Friede Lorenz lächelte ihr frisches Lächeln.

»O nein, ich war schon Erzieherin im Hause eines Amerikaners, der mit seiner Familie jahrelang in Deutschland lebte. Jetzt ist er nach Amerika zurückgekehrt, und ich sollte mitkommen. Aber meinem Vater wäre das zu schmerzlich gewesen, mich so weit fortzugeben, deshalb habe ich diese Stellung aufgegeben und die angenommen, die Herr Wieland mir bot.«

Mona interessierte sich immer mehr für die junge Erzieherin.

»Sie werden es vielleicht nicht sehr leicht haben im Anfang, Fräulein Lorenz, aber da dürfen Sie den Mut nicht verlieren. Der kleine Gerd ist ein sehr kränkliches und empfindsames Kind, und man hat ihn ein wenig verzogen, wobei ich selbst mitgeholfen habe. Aber er ist sehr gut und lieb, und wenn man mit ihm umzugehen versteht, kann man ihn um den Finger wickeln.«

Aufmerksam hatte Friede Lorenz zugehört.

»Herr Wieland hat mir das alles schon mitgeteilt, ich bin gar nicht bange und werde schon mit dem kleinen Gerd gut auskommen. Als mein Vater noch praktizierte, war er hauptsächlich Kinderarzt, und wenn er da einen kleinen Kranken hatte, mit dem er nicht auskommen konnte, dann wurde ich gerufen, und mir gelang es, selbst den störrischsten kleinen Kerl sanft und fügsam zu machen. Ich brachte ihn immer zum Lachen, und dann war schon alles gewonnen.«

Mona seufzte ein wenig.

»Zum Lachen werden Sie Gerd leider nicht bringen. Er ist, wie gesagt, sehr kränklich und ernst über seine Jahre.«

Friede Lorenz sah Mona mit strahlenden, zuversichtlichen Augen an.

»Mein Vater hatte eine Anzahl kleiner Patienten, die kränklich und zurückgeblieben waren, im Haus und hat wahre Wunder an ihnen vollbracht. Ich habe ihm dabei gern geholfen, so jung ich auch noch war. Gerade daß Herr Wieland mir seinen Sohn als so zart und kränklich schilderte, hat mich gereizt, diesen Posten anzunehmen. Ich hoffe sehr, daß ich meine Erfahrungen bei meinem kleinen Zögling ausnützen kann. Auch mein kleiner amerikanischer Zögling war ein krankes, elendes Kindchen, als ich zu ihm kam, und jetzt ist er gesund und kräftig geworden.«

Wieder seufzte Mona auf.

»Ach, wenn sie dies Wunder auch bei Gerd erreichten! Mein Vetter ist ein ganz verdüsterter Mensch geworden, weil sein einziges Kind so schwach und elend ist.«

»Es würde mich von Herzen freuen. Wunder kann ich freilich nicht vollbringen, aber zuweilen sind gar keine Wunder nötig, um so ein zartes Pflänzchen gesund und kräftig zu machen. Wir wollen hoffen, daß mir das auch in diesem Fall gelingt.«

Aufatmend sah Mona in Friedes lebensprühendes Gesicht.

»Wenn man Sie ansieht, hat man schon das Gefühl, daß es Ihnen gelingen müßte. Sie haben so etwas Gesundes, Starkes und Frisches in Ihrer Art. Aber dieser Fall liegt doch wohl hoffnungslos.«

»Dies Wort wollen wir ganz streichen aus unserem Sprachschatz. Hoffnungslos! Das kann ich nicht leiden. Vater sagt immer, wo noch Leben ist, da ist auch Hoffnung. Oh, wie schön! Was ist das da oben für ein Schloß?«

Sie waren inzwischen aus dem Wald herausgekommen, nachdem sie das Werk passiert hatten, und Friede Lorenz sah nun das Herrenhaus auf dem Berg liegen.

»Das ist das Herrenhaus von Georgental, Ihr künftiger Aufenthalt. Und die Werke, die wir vorhin passierten, waren die Eisen- und Stahlwerke von Georgental, die freilich einen weniger schönen Anblick bieten.«

»Auch solche Stätten der Arbeit haben ihre Reize. Das lebt doch alles, selbst in die toten Dinge ist Leben gezaubert worden durch die Intelligenz der Menschen. Man möchte gleich mittun. Ich habe geglaubt, das Herrenhaus liege dicht bei dem Werk.«

»Nein, es liegt da oben, wo die Luft reiner ist, wo wir auch bei dem ungünstigen Wind nichts vom Rauch abbekommen. Das ist wegen Gerd sehr wichtig.«

Friede Lorenz sah mit strahlenden Augen hinauf zu dem malerischen Gebäude.

»Wie wundervoll das da oben liegt! Ich hielt es für ein Schloß.«

Mona lachte ein wenig.

»Nun, ich denke, es wird Ihnen gefallen. Es ist wirklich groß und geräumig wie ein Schloß. Wir haben eine herrliche Aussicht nach der andern Seite. Hier herüber, wo man auf das Werk sehen würde, verdecken die Bäume meist den Ausblick. Aber nach Süden hat man einen herrlichen Blick über Wälder und Felder, über Berge und Täler.«

Friede Lorenz lachte froh.

»Ich bin eben ein Glückskind! Immer treffe ich es besonders gut im Leben, ich kann es anstellen, wie ich will.«

Mit einem warmen Lächeln sah Mona in Friedes strahlendes Gesicht.

»Mir scheint, Sie sind ein Glückskind, weil Sie ein zufriedenes und genügsames Herz haben.«

»Das gehört freilich zum Glück.«

»Wie alt sind Sie, Fräulein Lorenz?«
»Dreiundzwanzig Jahre.«
»Sie sehen jünger aus und doch so verständig, daß man Ihnen Ihr Alter glaubt.«
»Sie aber sind viel jünger als ich?«
»Achtzehneinhalb.«
»So dachte ich mir.«
»Ich werde meist für älter gehalten.«
Forschend sah Friede Lorenz in Monas Gesicht.
»Weil Sie sehr ernst sind. Sie sehen aus, als hätten Sie noch nicht viel gelacht.«
Monas Gesicht bekam einen fast schwermütigen Ausdruck.
»Das macht, weil ich ein kleines Greuel bin«, entfuhr es ihren Lippen.
Friede erschrak über das tiefe, bittere Weh, das aus diesen Worten klang. Sie sah Mona forschend an und sagte dann ruhig und bestimmt:
»Davon kann ich nichts entdecken.«
»Sie übersehen mitleidig meine braune Larve, die mich so sehr entstellt.«
»Sie meinen die Sommersprossen?«
»Ja«, sagte Mona schwer, eingedenk der Tragik, die diese in ihr Leben gebracht hatten.
Friede Lorenz schüttelte den Kopf.
»Warum entfernen Sie diese Sommersprossen nicht, die freilich Ihre sehr feinen und schönen Züge entstellen?«
Mona lächelte bitter.
»Sie können mich ebensogut fragen: Warum holen Sie sich nicht den Mond auf die Erde herunter?«
Friede lachte.
»Das würde wohl bedeutend schwerer sein. Ihre Sommersprossen zu entfernen, ein für allemal, und Ihnen einen zarten, reinen Teint zu geben, das ist sehr leicht.«
Mona starrte sie an.

»Sie scherzen! Und Sie wissen wahrscheinlich nicht, wie grausam Sie damit sind. Diese – diese Sommersprossen sind leider nicht zu entfernen.«

Friede Lorenz neigte sich zu Mona hinüber, ganz dicht, und sah sich die braunen Flecke aufmerksam an.

»Was haben Sie schon versucht, um sie zu entfernen?«

»Drei oder vier verschiedene Salben und Arzneien.«

»Dann haben Sie nur die richtige noch nicht erwischt. Meine Schwester hat auch als ganz junges Mädchen unter diesem Übel gelitten und war sehr unglücklich darüber. Mein Vater kann aber keine seiner Töchter unglücklich sehen, ohne all seine Kraft einzusetzen, dies Unglück zu beheben. Und so hat er lange Zeit herumexperimentiert, um ein Mittel zu finden, das meine Schwester von ihren Sommersprossen befreit hätte. Und eines Tages ist er mit einem Studienfreund, einem Inder, nach langen Jahren wieder zusammengetroffen. Dieser besuchte ihn auf einer Reise durch Deutschland und traf meinen Vater dabei, wieder ein neues Mittel zu versuchen. Sein indischer Freund fragte ihn, was er mache, und mein Vater berichtete ihm vom Kummer meiner Schwester. Da legte der indische Freund meines Vaters lächelnd die Hand auf seinen Arm. Dann sagte er: ›Gib das Experimentieren auf, mein Freund, du wirst von mir ein Rezept bekommen zu einem Balsam, der jeden Sonnenfleck aus menschlichen Gesichtern entfernt. Aber du mußt warten, bis ich wieder in meiner Heimat bin, denn du bedarfst dazu einer Pflanze, die nur in meiner Heimat wächst. Ich werde sie dir schicken. Sie behält ihre Kraft, so lange du die Pflanze trocken und schattig aufbewahrst.‹ Und der Inder hielt Wort, mein Vater bekam das Rezept und einen Ballen der betreffenden Pflanze. Da bereitete mein Vater den Balsam, und meine Schwester verfuhr damit, wie der Inder vorgeschrieben. Und zwei Tage darauf war meine Schwester ihre Sommersprossen los und hat nie wieder welche bekommen.«

Mit klopfendem Herzen hatte Mona zugehört.

»Das klingt wie ein Wunder.«

»Es ist aber kein Wunder, sondern eine ganz natürliche Sache. Und wenn Sie mir gestatten wollen, Sie von diesen allerdings entstellenden braunen Streifen zu befreien, dann sollen Sie bald nichts mehr davon in Ihrem Gesicht sehen. Mein Vater hat mir, weil sich vielleicht auch in meinem Gesicht Sommersprossen einstellen könnten, ein Döschen dieses Balsams mit auf die Reise gegeben. Meine Mutter hatte nämlich auch Sommersprossen, und Vater denkt, sie könnten erblich sein und sich auch bei mir noch einstellen, obgleich ich bisher einen sehr widerstandsfähigen Teint gehabt habe. So sollte ich immer den Balsam zur Hand haben. Wenn Sie wollen, gebe ich Ihnen gern davon ab.«

Mit einem scheuen Lächeln, das an die alte Mona erinnerte, sah diese Friede Lorenz an.

»Glauben Sie wirklich, daß Ihr Mittel auch mir helfen würde?«

»Ganz gewiß, es ist unfehlbar, und wir haben es schon bei verschiedenen Bekannten angewendet.«

Mona klopfte das Herz bis in den Hals. Konnte es möglich sein, daß sie von dieser entstellenden Larve befreit würde?

»Aber ich würde Sie berauben«, stammelte sie.

Friede Lorenz lachte ihr quellfrisches, frohes Lachen.

»Der Vorrat reicht noch für ein halbes Dutzend gefährdete Teints, und übrigens besitzt mein Vater noch genug von der indischen Pflanze und kann jederzeit neuen Balsam herstellen.«

»Ich wage noch nicht daran zu glauben, daß ich von diesem Übel, das mich, offen gesagt, sehr unglücklich machte, befreit werden könnte, und ich wüßte nicht, wie ich Ihnen dafür danken sollte.«

Friede Lorenz sah eine Weile sehr ernst aus.

»Von Dank darf dabei nicht die Rede sein.«

»Warum nicht?«

Es glitt schon wieder ein Schelmenlächeln über Friede Lorenz' Gesicht.

»Weil das Mittel dann nicht wirkt. Man darf es nur mit ganz uneigennützigen Gefühlen an andere weitergeben.«

»Sie scherzen?«

»So hat der indische Freund meines Vaters gesagt, und wir wollen lieber nicht die Probe machen, ob diese Bedingung nötig ist. Wenn Sie also von Ihren Sommersprossen befreit werden wollen, darf ich keinerlei Lohn oder Dank annehmen.«

Mona wußte, daß Friede Lorenz dies nur sagte, um ihren Dank im voraus abzuweisen. Sie drückte die Hand der jungen Dame.

»Ich will nicht gegen dies Gebot verstoßen, obwohl ich es für eine von Ihnen erfundene Fabel halte, die Ihnen Ihre Uneigennützigkeit eingegeben hat. Aber nun kenne ich Sie schon so gut, daß ich mich freue, daß Sie nach Georgental gekommen sind, ganz gleich, ob Ihre Kur an mir gelingt oder nicht. Wann wollen Sie sie bei mir ausprobieren?«

»Der Mond muß im Abnehmen sein, dann erst sollen alle Naturkräfte der indischen Pflanze wirksam sein. Es ist kein Hokuspokus, nur eine Unterstützung durch die Natur. Also – acht bis zehn Tage müssen Sie sich noch gedulden.«

Mona seufzte tief auf und drückte Friede nur stumm die Hand.

Erst als sie durch den Park fuhren, wandte sich Mona noch einmal an Friede Lorenz.

»Wollen Sie mir eine Bitte erfüllen, Fräulein Lorenz?«

»Herzlich gern, wenn es in meiner Macht steht.«

»Ich möchte Sie bitten, mit meinen Verwandten nicht darüber zu sprechen, daß Sie die Absicht haben, mich von meinen häßlichen Sommersprossen zu befreien. Sie haben mich alle sehr lieb, und ich weiß, sie bedauern mich wegen der entstellenden Larve. Sie würden sich nun sicher sehr aufregen, ob Ihr wundertätiger Balsam wirklich helfen wird. Und diese Aufregung möchte ich vor allem meiner Tante Herta ersparen. Glückt Ihr Werk, dann ist es noch Zeit genug, daß sie es erfährt, wenn es geschehen ist. Und glückt es nicht, dann braucht kein Mensch davon zu erfahren, daß wir es unternommen haben. Verstehen Sie mich?«

Friede Lorenz nickte lächelnd.

»Ich verstehe, und wir werden beide schweigen, bis Sie mit klarem, reinem Teint vor Ihren Verwandten stehen.«

»Sind Sie wirklich Ihrer Sache so sicher, oder wollen Sie mir nur Mut machen?«

»Ich bin meiner Sache ganz sicher, denn es handelt sich ganz gewiß nur um Sommersprossen, die so dicht zusammenstehen, daß sie fast eine Fläche bilden. Ganz offen, gleich beim ersten Blick, als ich Sie sah, dachte ich mir: ›Hier wirst du helfen können, dank des Balsams, den dein Vater dir mitgegeben hat.‹«

Mona sah sie ein wenig unruhig an.

»Es würde mir wie ein Wunder erscheinen. Danken darf ich ja nicht – aber – Sie würden mir eine unbeschreibliche Wohltat erweisen, wenn Sie mich wirklich von diesem Übel befreien könnten.«

»Sobald der Mond im Abnehmen begriffen ist, wird es geschehen. Wir werden im Kalender nachsehen, wenn es soweit ist.«

Jetzt kamen sie an einem freien Platz vorüber, von dem aus sie die schöne Aussicht nach der Südseite genießen konnten. Friede Lorenz stieß in ihrer lebhaften Art einen kleinen Schrei aus.

»Wie schön! O wie schön! Ich bin doch wirklich ein Glückskind. So viel Naturschönheiten bei einem Stahl- und Eisenwerk – das hätte ich mir nicht träumen lassen. Und dieser wundervolle Park, die herrlichen Wiesen! Wenn hier mein kleiner Zögling nicht gesund werden kann, dann müßte er schon ein ganz hoffnungsloser Fall sein.«

»Sie müssen bedenken, daß Gerd nur in den wenigen sehr warmen Sommermonaten ins Freie kommt, sonst muß er im Zimmer bleiben.«

Ganz erschrocken sah Friede in Monas Gesicht.

»Ist so eine strenge Abschließung nötig?«

»Mein Vetter ist sehr ängstlich, und der Arzt hatte es wohl so verordnet, als er noch oft heraufkam, um nach Gerd zu sehen. Jetzt läßt ihn mein Vetter nicht mehr kommen, weil er ihm ja doch nicht helfen kann.«

Friede sah nachdenklich vor sich hin. Sie antwortete aber nicht darauf. Sie sah sich wieder nach allen Seiten um und stieß einen tiefen Seufzer aus.

»Der einzige Erbe von all diesen Herrlichkeiten und unfähig, sie zu genießen! Das will mir nicht in den Kopf«, sagte sie dann, und in ihr Gesicht kam wieder der frische, energische Ausdruck, der Mona so gut gefiel. Sie wußte jetzt schon, daß sie dieser Friede Lorenz würde von Herzen gut sein müssen.

Der Wagen fuhr am Portal des Herrenhauses vor, und die beiden jungen Damen stiegen aus, während die Koffer abgeladen wurden. In der großen Halle, die wirklich einer Schloßhalle glich, empfing Frau Herta Marlow die junge Erzieherin. Auch sie wurde gleich angenehm von ihr berührt. Sie begrüßte sie freundlich, und Friede erwiderte diesen Gruß artig, aber sehr freimütig.

»Ich lasse Sie gleich auf Ihre Zimmer führen, Fräulein Lorenz. Wenn Sie sich erfrischt haben, wird Sie der Diener zu meinem Neffen, Herrn Wieland, begleiten. Er erwartet Sie und möchte gleich alles Nötige mit Ihnen besprechen.«

»Ich danke Ihnen, gnädige Frau. Ich werde mich beeilen, um Herrn Wieland nicht lange warten zu lassen.«

Der Diener führte Fräulein Lorenz die Treppe hinauf.

»Auf Wiedersehen, Fräulein Lorenz!« rief ihr Mona nach.

Friede wandte sich lächelnd zurück.

»Auf Wiedersehen, gnädiges Fräulein!«

»Gerd wartet schon auf dich, Mona, er ist eben erwacht«, sagte Tante Herta.

»Oh, ich lege nur ab, dann gehe ich zu ihm. Aber erst sage mir noch, Tante Herta, wie dir Fräulein Lorenz gefällt.«

»Sie ist mir gleich sehr sympathisch.«

»Sie ist entzückend, Tantchen, so frisch und natürlich und so echt – ich bin sehr froh, daß sie nach Georgental gekommen ist«, sagte Mona ganz aufgeregt.

»Nun, wenn du so begeistert bist, das will viel sagen, du bist ja sonst sehr zurückhaltend.«

»Lerne sie nur erst ein wenig besser kennen, dann wirst du mir beipflichten. Aber nun will ich zu Gerd, sonst wird er ungeduldig. Sie nickte der Tante zu und lief auf ihr Zimmer.

VIII

Lothar Wieland ging etwas unruhig in seinem Arbeitszimmer auf und ab und wartete auf das Erscheinen von Fräulein Wieland. War sie ihm doch eine wichtige Persönlichkeit, in deren Hände er die Erziehung seines Sohnes, des Erben von Georgental, legen wollte. Er wußte sehr wohl, daß es kein leichtes Amt für die junge Dame sein würde und daß zu ihrer Arbeit viel Zartheit und Geduld, und doch auch Willenskraft und Bestimmtheit gehörten. An einen Mangel von Energie und Bestimmtheit glaubte er nicht, denn junge Damen, die sich für das Amt einer Erzieherin entschieden haben, pflegen sehr bestimmt und zielbewußt zu sein. Aber ob sie auch die nötige Zartheit und Geduld aufbringen würde, den nötigen Takt und das nötige Feingefühl, das mußte abgewartet werden, oder vielmehr, man mußte ihr im vornhinein klarmachen, daß diese Eigenschaften nötig waren.

Die Fotografie von Friede Lorenz lag auf seinem Schreibtisch. Er hatte sie lange prüfend angesehen und wartete nun ungeduldig, um feststellen zu können, ob sie dem Bild entsprach oder ob der Fotograf, wie gewöhnlich, sehr geschmeichelt hatte.

Endlich öffnete sich die Tür, und der Diener meldete Fräulein Lorenz, die ihm auf dem Fuß folgte.

Friede hatte schnell ihr Reisekleid abgelegt und ein schlichtes, aber sehr geschmackvolles und kleidsames Kleid aus feinem, glänzendem Wollstoff in lichtgrauer Farbe angelegt, das nur an Hals und Ärmeln als einzigen Schmuck einen schmalen weißen Spitzenstreifen zeigte. Dies graue Kleid fiel anmutig an ihrer schlanken und doch jugendkräftigen Gestalt herab und ließ den weißen, schön geformten Hals frei. Auf diesem Hals saß leicht und frei der feine Kopf mit dem in natürlichen Locken herabfallenden Haar in lichter, goldbrauner Farbe.

Ihre Augen, diese hell leuchtenden grauen Sterne, hefteten sich ebenso forschend auf Lothar Wieland, wie sich die seinen auf sie richteten.

Er reichte ihr nach kurzem Zögern die Hand.

»Seien Sie willkommen in meinem Haus, Fräulein Lorenz!«

Ihre schön geformte, schlanke Hand legte sich in die seine, und noch immer hingen die beiden Augenpaare ineinander. Friede Lorenz hatte dabei ein Gefühl, als werde ihr Herz zusammengepreßt.

»Ach Gott, wie sieht dieser Mann düster und unglücklich aus!« dachte sie mitleidig.

Und Lothar Wieland dachte: »Ihre Fotografie gibt nicht im mindesten das Eindrucksvolle ihrer Persönlichkeit wieder.«

Er hatte gleich das Gefühl, daß diese junge Dame eine bezwingende Persönlichkeit sei. Und er, der allen Menschen gegenüber, mit denen er zusammenkam, etwas Überlegenes, Imponierendes hatte, fühlte sich seltsam unsicher und unbeholfen vor diesen großen grauen Augensternen.

»Ich danke Ihnen für Ihr Willkommen, Herr Wieland«, sagte sie.

Er lauschte dem Klang ihrer Stimme, die etwas von einer schwingenden Glocke hatte und doch so warm aus dem Herzen zu kommen schien. Ihm war plötzlich zumute, als flute eine warme Welle über ihn hin. Seine verstorbene Gattin hatte eine etwas grelle, spröde Stimme gehabt, die ihn oft unsagbar gequält hatte. Deshalb liebte er weiche, dunkle Stimmen, die für ihn etwas Beruhigendes hatten.

Er bot ihr mit einer Handbewegung einen Sessel an.

»Hatten Sie eine gute Reise?« fragte er artig.

Sie ließ sich unbefangen nieder und sah mit einem strahlenden Lächeln zu ihm auf, obwohl ein eigenartiges Gefühl ihr Herz bedrücken wollte.

»Danke, ich hatte eine angenehme Fahrt.«

»Hoffentlich können Sie sich gut eingewöhnen in Georgental.«

»Es ist so wunderschön hier, daß mir das nicht schwerfallen wird. Ich glaube, ich habe laut aufgejauchzt, als ich einen Blick aus den Fenstern meiner Zimmer warf, die entzückend eingerichtet sind. Wenn im Frühling hier alles ringsum grünt und blüht, muß cs ganz wundervoll hier oben sein.«

»Aber das Werk wird immer ein dunkler Fleck in der Landschaft sein.«

Lothar wunderte sich selbst, daß er so lebhaft auf ihre Worte einging und daß das strahlende Lächeln ihn so gefangennahm. Und wieder flog das liebe, lebenbejahende Lächeln über ihre Züge, die so reizend waren, wenn auch nicht nach strengen, klassischen Schönheitsregeln gebildet. Um schön, nur schön zu sein, war dies Gesicht zu lebensvoll, zu beseelt, zu sprechend. Und ihr Lächeln schmeichelte sich dem düsteren, unglücklichen Mann in das verbitterte Herz wie ein wärmender Sonnenstrahl nach trüben Tagen.

»Das Werk gehört aber doch zu Georgental wie der Herzschlag zum Menschen. Ich kann es nicht als einen dunklen Fleck empfinden. Man spürt die Arbeit der vielen Menschen. Das ist doch Leben, schaffendes, nützendes Leben. Und das ist immer schön! Ich empfinde es wenigstens so. Und wenn Sic gestatten, werde ich mir, wenn ich freie Zeit habe, den ganzen Betrieb einmal ansehen.«

Seien Augen staunten sie an. Er mußte daran denken, wie sich seine Frau vor dem »scheußlichen Werk« gegrault hatte. Es war ihr nur immer widerwärtig gewesen. Nie hatte sie Verständnis und Anteilnahme für seine Arbeit gezeigt, und nie war sie zu bewegen gewesen, sich den Betrieb einmal anzusehen. »Die Arbeiter« hatten ihr immer weit aus dem Wege gehen müssen, wenn sie einmal am Werk vorüberkam. Und nun hörte er von dieser fremden jungen Dame, daß sie eine so ganz andere Ansicht davon hatte.

Das wärmte ihm das Herz. Aber er wehrte sich gleich wieder gegen den seltsamen Zauber, den dieses Mädchen auf ihn ausübte. Und fast schroff sagte er nun:

»Ich hatte Sie hergebeten, um mit Ihnen über meinen Sohn zu sprechen.«

Sie fühlte etwas wie eine Zurechtweisung aus seinen Worten heraus. Ihr Lächeln erlosch, und sie zeigte ein ernstes, amtliches Gesicht.

»Ganz recht, ich nehme an, daß Sie mir Richtlinien zu geben wünschen.«

Es tat ihm wohl leid, daß ihr schönes, warmes Lächeln verschwunden war, aber er war nun wieder ganz der verschlossene, düstere Mensch, wie ihn seine Umgebung kannte.

»Also mein Sohn steht jetzt im sechsten Lebensjahr und ist, wie ich Ihnen schon schriftlich mitteilte, sehr zart und kränklich. Das ist er leider schon seit seiner Geburt, er kam einige Wochen zu früh auf die Welt.«

Mit ernster Miene sah sie ihn an.

»Hat er organische Leiden – ich meine, ist er ernstlich krank oder nur zart?«

Das fragte sie mit ruhiger Sachlichkeit.

»Seine Organe sind gesund, aber er ist sozusagen körperlich zurückgeblieben, wie es ja leider selbstverständlich ist.«

Sie fühlte seine Pein und lächelte ihm Trost ins Herz hinein.

»Das muß ja nicht Dauerzustand sein, Herr Wieland. Wenn keine organischen Fehler bestehen, verwächst sich das bei geeigneter Pflege sicher noch.«

Ein Seufzer entfloh seinen Lippen.

»Das ist leider nicht anzunehmen. Solche armen Kinder, die zu früh geboren werden, müssen wohl ihr ganzes Leben lang daran leiden.«

Da glitt ein sonnig strahlendes Schelmenlächeln über Friedes Gesicht.

»Ich bin wohl ein ziemlich überzeugender Beweis, daß dies durchaus nicht der Fall sein muß. Auch ich bin viel zu früh auf die Welt gekommen und war zuerst ein recht kümmerliches Menschenpflänzchen.«

Er sah sie betroffen an. Ihr sonniges Lächeln bettelte wieder, daß er es in sein Herz einziehen lassen solle.

»Nicht möglich!« sagte er, ihre jugendschöne und jugendkräftige Gestalt musternd.

Sie lachte ihr warmes, quellfrisches Lachen.

»Doch ist es so! Aber zum Glück war mein Vater ein sehr tüchtiger Kinderarzt und hatte nicht die Absicht, seine Jüngste verkümmern zu lassen. Er hat mich gleich energisch in die Kur genommen. An mir hat er sozusagen seine Methode ausprobiert, die ihm später so viel schöne Erfolge gebracht hat. Er widmete seine Hilfe später hauptsächlich den von Geburt aus zarten und schwachen Kindern, und wenn er glücklich wieder eins auf die Beine gebracht hatte, dann klopfte er mir die Wangen und sagte: ›Der hat dir's nachgemacht, Friede, den haben wir über dem Berg.‹ Und als ich herangewachsen war, habe ich Vater tüchtig geholfen. Wir hatten zuweilen ein Dutzend solch zarter Menschenknospen im Hause, und gottlob sind alle herrlich gediehen unter Vaters Pflege. Leider mußte mein Vater seine Praxis aufgeben, weil ein Augenleiden ihn dazu zwang.

Sonst – ja sonst wäre ich heute seine Gehilfin. Aber verzeihen Sie, ich schweife ab.«

Er atmete gepreßt und wandte den Blick von ihr ab, weil sich seine Gedanken seltsam verwirrten, wenn er sie ansah.

»Bei meinem Kind hat auch die sorgsamste und aufopferndste Pflege nichts genützt, und der Arzt schien das erwartet zu haben. Er hat mir nie Hoffnung gemacht. Es war vergeblich, daß wir Gerd vor jedem rauhen Luftzug ängstlich behüteten, daß ihm die ausgesuchteste Nahrung zugeführt wurde. Nur Eier, Milch, weißes Geflügelfleisch und zartes Gemüse und Kompott hat er bekommen. Den ganzen Winter, auch Herbst und Frühling, wenn nicht ganz warme, sonnige Tage sind, halten wir ihn im Zimmer, wo er meist in seinem Liegestuhl ruht. Seine Zimmer sind natürlich sorgsam ventiliert und immer genau auf sechzehn Grad Reaumur in der Temperatur gehalten. Vor jeder Anstrengung wird er ängstlich bewahrt, er liegt, wie gesagt, fast den ganzen Tag in weichen Kissen in seinem Liegestuhl. Mit Vorsicht bekommt er warme Bäder, wonach er unter den strengsten Vorsichtsmaßregeln zu Bett gebracht wird. Auch seine Speisen werden ihm in der richtigen Temperatur verabfolgt. Aber dies alles hat nichts genützt, er bleibt zart und gebrechlich, hat keinen Appetit, klagt über Kopfweh und schläft schlecht. Das macht mir schwere Sorge.«

Aufmerksam hatte sie zugehört, und sie staunte über die Art, wie dieser arme Junge behandelt wurde.

»Gestatten Sie mir eine Frage: Ist dies alles nach ärztlicher Vorschrift geschehen?«

»Ja natürlich, jahrelang habe ich die besten Ärzte herbeigerufen. Sie konnten mir alle nichts anderes raten, und keiner konnte mir Hoffnung machen. Schließlich habe ich keinen mehr gerufen, es hat ja doch keinen Zweck. Unser Werkarzt sieht zuweilen nach ihm, aber der kann mir auch nur immer wieder die größte Schonung predigen.«

Friede wollte ein schnelles Wort über die Lippen. Sie hätte

fast gesagt: »Und damit schont man das arme Kind ins Grab hinein.«

Denn sie wußte als Tochter ihres Vaters sehr wohl, daß sich bei dieser Behandlung keine Kräfte entwickeln konnten. Aber sie behielt doch lieber vorläufig ihre Ansicht für sich, sie wollte den kleinen Gerd erst sehen und einige Zeit beobachten, ehe sie ihre Meinung äußerte. Nur drängte es sie aus ihrem guten, hilfsbereiten Herzen dazu, dem unglücklichen Vater ein Wort des Trostes zu sagen.

»Hoffentlich haben Sie keinen Grund zum Verzagen. Wenn Ihr Söhnchen wirklich kein organisches Leiden hat, über den Schwächezustand kommt er schon hinweg. Wenn Sie mir gestatten, werde ich mich nicht nur mit seiner geistigen, sondern auch mit seiner körperlichen Entwicklung befassen.«

»Das ist sehr liebenswürdig von Ihnen. Für seine Körperpflege ist eine Wärterin schon seit seiner Geburt im Hause. Sie ist sehr pflichttreu und zuverlässig und handelt streng nach ärztlichen Vorschriften. Bitte vergessen Sie nie, daß Gerd größte Schonung braucht und daß Sie ihn auch mit dem Lernen nicht zu sehr anstrengen. Man darf ihm nicht zuviel zumuten.«

Es lag eine so tiefe Herzensangst in seinen Worten, daß Friede Lorenz ein heißes Erbarmen mit dem unglücklichen Vater erfaßte.

»Seien Sie ganz unbesorgt, Herr Wieland, ich bin mir bewußt, daß ich eine gewisse Verantwortung übernommen habe. Vielleicht beruhigt Sie der Umstand, daß mein kleiner amerikanischer Zögling, von dem ich Ihnen schrieb, auch ein zartes, schwaches Kind war und daß er sich in meiner Pflege zu einem strammen, wilden Buben entwickelt hat, dem kein Baum zu hoch war. Und außerdem vergessen Sie bitte nicht, daß ich die Tochter eines Arztes bin, von dem ich gelernt habe, mit zarten, schwachen Kindern umzugehen. Ich hoffe, Ihre Angst und Sorge wird bald von Ihnen genommen werden. Sehr begierig bin ich nun, meinen kleinen Zögling zu sehen. Haben Sie noch weitere Befehle für mich?«

Lothar Wieland sah die junge Dame betreten an, ganz gegen seine sonstige Art.

»Bitte, fassen Sie doch meine Wünsche nicht als Befehle auf. Es ist mir eine große Beruhigung, daß Sie verstehen, mit kranken Kindern umzugehen. Und ist es wirklich wahr, daß auch Sie zu früh auf die Welt gekommen sind?«

Sie lachte leise.

»Gewiß, Herr Wieland. Man sieht es mir nur nicht mehr an.«

Er sah sie prüfend an, sie hatte sich erhoben und stand rank und schlank vor ihm.

»O nein, Sie sind ja das blühende Leben selbst«, entfuhr es seinen Lippen.

Sie errötete ein wenig unter seinem Blick und sagte schnell:

»Allerdings besaß ich auch nicht den kleinsten organischen Fehler, es war alles in Ordnung bei mir. Also – haben Sie noch weitere Wünsche?«

»Nein, alles Weitere überlasse ich Ihnen – Sie haben mir schon viel Vertrauen eingeflößt«, sagte er rasch.

Wieder errötete sie ein wenig.

»Dafür danke ich Ihnen, ich hoffe, dies Vertrauen zu rechtfertigen.«

Er verbeugte sich.

»Und nun begleiten Sie mich bitte zu meinem Sohn.«

Damit schritt er zur Tür, und Friede folgte ihm. Er ließ sie artig vor sich aus dem Zimmer gehen, dann gingen sie den breiten Gang hinab bis zu Gerds Spielzimmer. Lothar Wieland öffnete es und ließ Friede wieder zuerst eintreten.

Mona befand sich bei Gerd und baute mit ihm zusammen einen Steinbaukasten auf. Sie hielten beide im Spiel inne und sahen nach der Tür.

Friede warf einen schnellen Blick durch das große, luftige Zimmer, das ganz in Weiß gehalten war. Dann sah sie, nachdem sie einen kurzen freundlichen Gruß mit Mona getauscht hatte, zu Gerd hinüber. Der kleine, zarte Knabe lag mit vielen weichen Kissen gestützt in seinem Liegestuhl, in dem er zum Sitzen aufgerichtet war, so daß er auf der Platte des vor ihm stehenden Tisches hantieren konnte.

»Hier ist Fräulein Friede Lorenz, Gerd, deine Erzieherin. – Das ist mein kleiner Sohn, Fräulein Lorenz. Mit meiner Nichte Mona sind Sie ja schon bekannt geworden.«

Mit diesen Worten trat Lothar Wieland an seinen Sohn heran und strich ihm zärtlich über das lange blonde Haar.

Die blaßblauen, eigenartig glänzenden Augen des Kindes hefteten sich forschend auf Friede, die ihn mit ihren schönen grauen Augen freundlich anlachte. Sie trat an den Tisch heran, reichte Gerd die Hand und sagte mit ihrer warmen, klingenden Stimme:

»Guten Tag, Gerd! Fräulein Mona hat mir schon von dir erzählt, daß du ein gutes, liebes Kind bist. Ich hoffe, wir werden sehr gute Freunde werden.«

Gerd sah erst zu Mona hinüber, dann zu seinem Vater auf. Zuletzt hob er seine Augen ein wenig unsicher zu Friede empor. Und als er in ihre lachenden Augen hineinsah, flog ein mattes Lächeln über sein zartes Gesicht.

»Guten Tag, Fräulein! Sie dürfen mit Mona und mir spielen, wir bauen gerade einen Palast«, sagte er gnädig.

Und dabei reichte er ihr die Hand. Warm und fest umschloß sie dieselbe, und es jammerte sie, wie mager und bleich diese Kinderhand war. Ihr Blick ruhte freundlich, aber ruhig und bestimmt in dem seinen.

»Wenn du mich schön bittest, werde ich mit dir spielen.«

Er stutzte.

»Ich brauche dich nicht zu bitten, ich bin doch krank«, sagte er, als erwähne er nur eine Tatsache.

»Alle kleinen Kinder müssen zuerst bitten lernen, damit sie später auch befehlen lernen. Und du wirst doch später über die vielen Menschen, die unten auf dem Werk arbeiten, befehlen müssen. Ehe du das lernen kannst, mußt du zu bitten und zu gehorchen verstehen.«

Gerd sah sie erstaunt an, und sein Vater blickte erst Mona, dann Friede Lorenz etwas betreten an. Aber Gerd fragte, für seine Art ziemlich lebhaft und interessiert:

»Muß ich das alles von dir lernen, Fräulein, bitten und gehorchen und auch befehlen?«

»Ja, und vieles andere mehr, was dir viel Vergnügen machen wird. Also, wenn du willst, daß ich mit dir spiele, mußt du mich darum bitten.«

Er nickte lebhafter als sonst.

»Ja, ich bitte darum, Fräulein.«

»So ist es recht!«

»Nun habe ich also bitten gelernt. Was lerne ich nun?« fragte Gerd erwartungsvoll.

»Wir werden sehen. Sieh mal, kannst du meine Finger zählen?«

Sie hielt ihm beide Hände mit gespreizten Fingern hin. Er lächelte.

»Das weiß ich schon, es sind fünf.«

»An einer Hand, ja, aber wieviel sind an beiden Händen?«

»Das weiß ich nicht.«

»Ei, das müssen wir schnell herausbekommen. Wir wollen es an deinen Fingern abzählen, und dann zählen wir die Bausteine, die wir zu diesem Palast brauchen, den du bauen willst. Ein Baumeister muß wissen, wie viele Steine er braucht.«

Sie setzte sich zu ihm, ohne auf seinen Vater und Mona zu achten, und während sie nun zusammen die zehn Finger zählten, ging Lothar Wieland leise mit einem ganz wunderlich weichen, frohen Gefühl aus dem Zimmer. Er ging noch einmal in sein Arbeitszimmer, um seinen Schreibtisch abzuschließen. Er wollte hinunter ins Werk.

An der Tür zu seines Sohnes Spielzimmer, das nun plötzlich

auch ein Lernzimmer geworden war, blieb er noch eine Weile lauschend stehen. Er hörte Friedes warme, klingende Stimme, hörte auch Mona sprechen und vernahm dazwischen seines Sohnes Stimme mit lebhaftem Klang. Dann hörte er Friede lachen, und plötzlich zuckte er zusammen und sah mit großen, brennenden Augen vor sich hin, als träume er – er hatte seinen Sohn lachen hören, richtig lachen – so ganz froh lachen.

Das war das erstemal, daß Gerd richtig laut lachte, der Vater hatte das noch nie gehört. Und auch dies Lachen klang zart und kümmerlich im Vergleich zu Friedes herzerfrischendem Lachen, aber es war doch ein Lachen – ein Lachen seines Sohnes. Wie verzaubert stand er und lauschte, und nach einer Weile klang Gerds Lachen wieder an sein Ohr, schon ein wenig kräftiger – und dann noch einmal und noch einmal –, als berausche sich das Kind selbst daran.

»Siehst du wohl, ich hab's gewußt, daß du lachen kannst, kleiner Gerd«, jubelte drinnen Friede Lorenz' Stimme. »Das wollen wir jetzt jeden Tag tun, Lachen ist gesund, davon wird man groß und stark.«

Lothar Wieland fühlte plötzlich in seinen Augen etwas Nasses aufsteigen, so erschüttert war er durch das Lachen seines Kindes. Sein Sohn hatte gelacht, wie andere frohe Kinder. Und dies Lachen hatte Friede Lorenz hervorgezaubert.

Ein Gefühl heißer Dankbarkeit stieg in seinem Herzen auf. Und nun lief er schnell davon, damit er nicht beim Lauschen entdeckt wurde. Er suchte Tante Herta in ihrem kleinen Salon auf, wo sie mit einer Handarbeit beschäftigt war.

»Tante Herta!« rief er außer sich.

Sie schrak zusammen und sah ihm bestürzt in sein erregtes, blasses Gesicht, in seine feuchten Augen.

»Mein Gott, Lothar, was ist denn geschehen?«

Mit krampfhaftem Druck faßte er ihre Hand.

»Gerd hat gelacht, Tante Herta, ganz laut und froh gelacht, Fräulein Lorenz hat es ihn gelehrt«, stieß er hervor.

Sie atmete auf.

»Gottlob, Lothar, ich fürchtete schon, es sei etwas Schlimmes geschehen.«

»Nein, nein. Aber ich glaube, dieses Fräulein Lorenz hat der Himmel geschickt. Und denke dir, sie ist auch, wie mein kleiner Gerd, zu früh auf die Welt gekommen und war, wie sie sagte, zuerst ein kümmerliches Pflänzchen. Und jetzt sieht sie doch aus wie das blühende Leben selbst. Tante Herta, mir ist plötzlich, als könnte ich doch noch hoffen, daß Gerd gesünder und kräftiger wird.«

Sie sah ihn mit freundlichem Lächeln an. Es wunderte sie, daß er so erregt war. So hatte sie ihn noch nie gesehen.

Er berichtete nun, was er mit Friede Lorenz besprochen hatte. Aufmerksam hörte sie ihm zu, und als er zu Ende war, sagte sie aufatmend:

»Wir wollen die Hoffnung nicht verlieren, Lothar. Es wäre wundervoll, wenn Gerd sich erholen könnte, jedenfalls scheint mir dieses Fräulein Lorenz die geeignete Erzieherin für ihn zu sein. Mona ist auch ganz entzückt von ihr und freut sich sehr, daß sie nach Georgental gekommen ist. Und wie schwer es ist, Monas Anerkennung zu erringen, weißt du ja.«

»Ich glaube, sie verdient diese Anerkennung, Tante Herta. Aber nun muß ich hinunter, man wird mich im Werk schon erwarten. Du siehst wohl einmal nach Gerd und seiner Erzieherin.«

»Gewiß Lothar, ich muß mir doch selbst ein Urteil über sie und ihre Fähigkeiten bilden.«

Lothar Wieland verabschiedete sich, wieder in seiner ernsten, stillen Art, als schäme er sich seiner Aufregung.

Frau Herta aber begab sich zum Spielzimmer. Auch sie lauschte erst einmal an der Tür. Sie vernahm ein lebhaftes Plaudern, hörte dann erst Friede lachen, worauf Mona herzhaft mit einstimmte. Und dann – ja wahrhaftig, dann lachte auch Gerd, so laut, als es seine zarte Stimme zuließ, und ganz herzhaft.

Die alte Dame stand eine Weile wie verzaubert, aber dann kehrte sie in ihren Salon zurück. Sie wollte nicht hineingehen in das Spielzimmer und durch ihren Eintritt vielleicht dies frohe Lachen stören.

Sie nahm ihre Handarbeit wieder auf, und das Lachen klang noch immer in ihren Ohren, wie eine frohe Botschaft.

Etwa eine Stunde später trat Mona in ihr Zimmer. Ihre Augen glänzten, und sie faßte die Hand der Tante.

»O Tante Herta, Friede Lorenz ist wahrhaftig eine Zauberin. Wenn du das mit angesehen und angehört hättest, wie sie es verstand, Gerd aufzumuntern, du hättest staunen müssen, wie ich es getan habe. Denk dir, Gerd hat viele Male ganz laut und fröhlich gelacht, was doch sonst nie geschehen ist.«

»Ja, Mona, ich habe an der Tür gelauscht und habe euch drei lachen hören. Auch du hast es so fröhlich getan, wie ich es kaum von dir gehört habe. Und vor mir hat Lothar gelauscht. Er brachte mir mit leuchtenden Augen und vor Erregung ganz außer sich die frohe Botschaft, daß er Gerd hatte lachen hören. Wie hat denn Fräulein Lorenz das Wunder vollbracht?«

»Man kann das gar nicht beschreiben. Es geht so etwas Unwiderstehliches von ihrer Fröhlichkeit aus. Sie erzählt einfach eine drollige kleine Geschichte – und man muß lachen. Oder sie schneidet aus Papier komische kleine Puppen und läßt sie Theater spielen und tanzen. Sie malt ihnen so närrische Gesichter, daß man sie ohne Lachen nicht ansehen kann. Gerd konnte nicht genug davon bekommen. Erst erschrak er fast ein wenig, als er lachen mußte, aber dann machte ihm sein eigenes Lachen Vergnügen, und es war, als befreie sich damit etwas in seiner Brust. Er ist nun schon sehr gut Freund mit Friede Lorenz, und sie versteht so prächtig mit ihm umzugehen, daß man nur staunen kann. Bald wird ihm nichts mehr über sein Fräulein Friede gehen. Und dabei lehrt sie ihn spielend allerlei, was er noch nicht kennt, und er ist ganz begeistert davon, daß das Lernen so vergnüglich ist. Sie weiß ihm alles mundgerecht zu machen.

Zwischen Lachen und tanzenden Papierpüppchen wird plötzlich sehr ernsthaft eine Rechenfrage gelöst oder ein Buchstabe gemalt. Und jeder Buchstabe und jede Zahl wird Gerd plötzlich ein guter Bekannter, den er sicher nicht mehr vergißt, weil sie alles so eindrücklich zu beschreiben versteht: ›Herr K trägt einen Sack auf dem Rücken, Fräulein H winkt im Fortgehen mit der Hand einen Gruß zurück, und Herr F hat einen Gürtel um den Magen.‹ So geht es lustig weiter. Und Gerd ist mit einem Interesse dabei, er wird nicht müde, kann nicht genug bekommen, und damit er sich nicht überanstrengt, muß er sich zwischendurch immer zurücklehnen, und dann muß er die Augen schließen, und sie erzählt ihm mit ihrer weichen, guten und frohen Stimme eine reizende kleine Geschichte, die sie selbst erfindet. Du kannst mir glauben, Tante Herta, sie ist ein Segen für Gerd – und – vielleicht auch für uns andere. Es soll mich nicht überraschen, wenn sie hier Wunder vollbringt.«

So berichtete Mona ganz aufgeregt, selbst belebt und aufgemuntert. Und es erschien ihr nun schon nicht mehr ganz unglaublich, daß Friede Lorenz auch an ihr ein Wunder vollbringen und sie von den scheußlichen Sommersprossen befreien würde. Ihr Lebensglück konnte sie ihr freilich damit nicht mehr zurückgeben, und Bernd Kronau würde wohl nie erfahren, daß das kleine Greuel nicht mehr den häßlichen Teint hatte, aber eine Erlösung würde es für sie doch bedeuten, nicht mehr so entstellt zu sein. Doch trotz Friedes Zuversicht sah Mona noch allerhand Möglichkeiten, daß gerade ihre Sommersprossen nicht weichen würden.

Aber mochte es sein, wie es wollte, Friede Lorenz war ein Gewinn für Georgental, das wußte Mona nun schon ganz gewiß, und sie prägte das der Tante so lange ein, bis diese auch daran glaubte.

Nachdem sich Mona alles vom Herzen geredet hatte, ging sie wieder in das Spielzimmer zurück und kam gerade dazu, wie Friede Lorenz zu Gerds stürmischem Entzücken ein aus Papier gekniffenes Schiff auf einer Schüssel mit Wasser tanzen ließ. Das Schiff war natürlich ein großer Dampfer, der von Deutschland nach Amerika fuhr. Die eine Seite der Schüssel war Deutschland, die andere Amerika, und Friede markierte mit aufgeblasenen Wangen Sturmwind, damit das Schiff schneller fuhr.

Als Lothar Wieland an diesem Abend etwas früher als sonst aus dem Werk nach Hause kam, begab er sich wie immer gleich in das Zimmer seines Sohnes.

Gerd war gerade dabei, sein frühes Abendessen einzunehmen, und Friede Lorenz saß dabei und leistete ihm Gesellschaft. Es war sonst immer eine Qual, dem Kind die nötige Nahrung einzuflößen, und die Wärterin mußte endlose Geduld haben. Heute war das plötzlich ganz anders. Gerd hatte sich müde gelacht und berichtete seinem Vater strahlend, was er schon alles von Fräulein Friede gelernt hatte. Und dabei schluckte er einen Löffel voll Milchsuppe nach dem anderen, ohne sich wie sonst zu wehren.

Lothar Wieland setzte sich dazu. Er tat dies oft und quälte sich sonst mit der Wärterin um die Wette, um Gerd zum Essen zu bewegen. Friede hatte aber eine sehr kurzweilige Art erfunden, ihn zum Essen zu veranlassen. Jeder Löffel Milchsuppe, den Gerd zum Munde führte, wurde mit irgendeiner vergnüglichen bildlichen Darstellung begleitet. Ein Löffel dem Vater zuliebe, ein zweiter für Mona, der dritte, um Tante Herta zu erfreuen, der vierte für die Wärterin. Nun kam der fünfte dran, der sollte wieder dem Vater zuliebe verspeist werden, da hielt Gerd inne.

»Erst kommst du dran, Fräulein!«

Sie lachte.

»Also mir zuliebe willst du auch einen Löffel Suppe schlucken?«

»Zwei für dich, Fräulein!« sagte er strahlend.

»Aber Gerd, du mußt Fräulein Friede nicht du nennen«, mahnte der Vater. Aber Gerd ließ sich nicht stören.

»Doch, ich darf sie du nennen. Mona wollte es mir schon verbieten, aber da hat Fräulein Friede gesagt: ›Nicht doch, wenn er mich du nennt, sind wir schneller gute Freunde.‹ Und nun sind wir auch schon gut Freund miteinander, nicht wahr, Fräulein?«

»Ich denke doch. Aber nun halte du dein Versprechen, jetzt zwei Löffel Suppe mir zuliebe.«

Dann kam der Vater wieder an die Reihe, und da sagte Friede:

»Mir scheint, dem lieben Vater zuliebe müssen wir gleich drei Löffel schlucken.«

Gerd schluckte vergnügt, bis der Teller leer war, und dazwischen lachte er mit Friede um die Wette. Auch sein Ei verspeiste er mit Vergnügen. Hatte ihn das Lernen und Spielen, das Lachen und Vergnügtsein so hungrig gemacht, oder war es Friedes vergnügliche Art, ihm das Essen beizubringen, er schluckte alles gehorsam hinunter.

Dem Ei wurde erst das Hütchen abgenommen – es mußte doch höflich sein, wenn es in Gerds Magen hineinspazieren wollte. Und es mußte sagen: »Guten Tag, lieber Gerd, ich möchte in deinen Magen hineinspazieren, damit du bald ein großer, kräftiger Junge wirst.«

Und so ging es weiter, auch mit dem Kompott, das erzählen mußte, in welchem Land und auf welchem Baum es gewachsen war.

Lothar Wieland saß stumm dabei, wie in Andacht versunken, und sah immer wieder von seinem vergnügten Sohn weg in Friede Lorenz' lebensvolles Gesicht mit den gütigen, strahlenden Augen. Es erschien ihm wie ein Wunder, daß Gerd so frisch und lebhaft war. Als er seine Mahlzeit eingenommen hatte, streckte Friede die Arme aus.

»Jetzt sind wir schon wieder etwas stärker geworden. Es wird nicht lange dauern, da schlagen wir draußen auf dem Rasen Purzelbäume«, sagte sie lachend.

»Ja, und dann schenkt mir Vater ein Pferd, und dann reite ich um die ganze Welt!« stimmte Gerd unternehmungslustig bei.

»Aber erst schlafen wir jetzt. Zeig mal deine Arme! Ah, wie sind die schon kräftig geworden, weil du so tüchtig gegessen hast. Morgen früh leiste ich dir beim Frühstück Gesellschaft, und da essen wir noch viel mehr. Willst doch mal ein starker Mann werden? Das erreicht man nur, wenn man tüchtig ißt.«

Dabei massierte sie ganz leicht seine Arme, nur so, als wollte sie fühlen, ob sie schon stärker geworden waren. Gerd sah seinen Vater stolz an.

»Ich bin gar nicht mehr sehr krank, Vater, und Fräulein Friede hat mir versprochen, daß ich nächsten Winter draußen Schneeball mit ihr und Mona spielen darf und daß wir den Berg hinunter Schlitten fahren.« Friede sah des Vaters düsteres Lächeln und ließ ihn gar nicht zu einer Antwort kommen.

»Das tun wir auch bestimmt, Gerd. Nur mußt du tüchtig essen und jeden Abend ganz schnell einschlafen. Jetzt gehst du zu Bett, aber erst läßt du dich von deiner Wärterin mit kaltem Wasser abreiben.«

»Um Gottes willen, doch nicht mit kaltem Wasser!« schrie die Wärterin entsetzt auf.

Und Lothar Wieland sprang erschrocken auf.

»Auf keinen Fall, Fräulein Lorenz, Gerd darf nicht kalt gewaschen und gebadet werden, nicht unter achtundzwanzig Grad.«

Friede erhob sich und strich leise über Gerds Kopf.

»Du fürchtest dich wohl vor kaltem Wasser, Gerd?«

Er sah sie lächelnd an.

»Ich weiß nicht, wie kaltes Wasser ist.«

Friede sah zu Lothar Wieland hinüber.

»Kennen Sie die Wohltat einer kalten Dusche oder einer kalten Abreibung, Herr Wieland?«

»Ja, selbstverständlich, ich dusche jeden Morgen kalt und auch jeden Abend. Aber für Gerd wäre das der sichere Tod.«

»Oder die Rettung«, dachte Friede. Aber sie erwiderte nichts. Sie wollte Gerd erst weiter beobachten, wollte vor allen Dingen durch eine Untersuchung sich selbst überzeugen, ob seine Organe wirklich gesund waren.

Gerd wurde also wieder warm abgewaschen und mit allen Vorsichtsmaßregeln in das bereits angewärmte Bett gebracht. Friede Lorenz zog sich mit einem Gefühl des Mitleids für das verweichlichte Kind zurück. Als Gerd in seinem Bettchen lag, besuchte ihn Mona wie jeden Abend, um ihm gute Nacht zu sagen. Auch sein Vater kam noch einmal zu ihm. Vater und Sohn waren nun allein.

»Wie gefällt dir Fräulein Lorenz, Gerd?«

Die Augen des Kindes leuchteten auf.

»Es ist wunderschön, daß sie da ist, Vater, und sie soll nie wieder fortgehen.«

Der Vater küßte Stirn und Augen seines Sohnes, deckte ihn noch einmal sorgsam zu und sagte weich:

»Schlaf gut, mein Junge!«

»Oh, ich werde schon gut schlafen, Vater, Fräulein Friede hat mir gesagt, wie man es machen muß, daß man schnell einschläft.«

»So? Wie muß man es denn machen?«

»Man muß die Finger an beiden Händen zählen und dann an die weißen Wolken denken, die am Himmel schweben. Kaum sind die Wolken vorbei, dann ist man schon eingeschlafen.«

Der Vater entfernte sich leise, mit einem schwachen Lächeln über Friede Lorenz' Schlafmittel. Aber Gerd schlief wirklich sehr schnell ein nach diesem Rezept, wahrscheinlich, weil er von den Ereignissen des Tages müde geworden war.

Friede war gebeten worden, mit an der Abendtafel teilzunehmen. Den Tee hatte sie mit Mona zusammen im Spielzimmer genommen, damit Gerd nicht allein sein sollte. Lothar Wieland hatte inzwischen bestimmt, daß sie alle Mahlzeiten mit der Familie einnehmen solle. Sie hatte ein hübsches, wenn auch einfaches königsblaues Abendkleid angelegt und sah darin so vornehm und damenhaft aus, daß alle Blicke wohlgefällig auf ihr ruhten, auch die des Hausherrn, der heute nicht ganz so düster und unglücklich blickte wie sonst. Auch Mona ging heute mehr aus sich heraus, und da Friede ein heiteres und strahlendes Gesicht zeigte und zuweilen ihr schönes, ansteckendes Lachen hören ließ, ging es heute viel lebhafter an der Tafel zu als sonst. Friede wirkte entschieden belebend und erheiternd auf den kleinen Kreis. Auch Tante taute auf, denn auch sie konnte sich dem Zauber nicht entziehen, den Friede auf ihre Umgebung ausstrahlte.

Lothar Wieland zog sich heute nicht gleich nach Tisch in sein Arbeitszimmer zurück. Er plauderte noch mit den Damen und dankte Friede mit bebender Stimme, daß sie seinem Kinde heute das Lachen beigebracht hatte.

Sie sah ihn mit großen Augen fragend an, und er fuhr hastig fort:

»Ja, ja, mein Sohn hat nie zuvor wirklich laut und herzlich gelacht.« Seine Stimme bebte dabei, und seine Augen hatten einen erschütternden Ausdruck.

Sie sah ihn voll tiefer Teilnahme an.

»Ich hoffe, daß er jetzt öfter so herzlich lacht. Ein fröhliches Gemüt wirkt kräftigend auf Geist und Körper.«

Seine Augen wichen nicht von ihr.

»Daran habe ich noch nicht gedacht. Ich glaube, wir waren alle viel zu ernst und still für das Kind, und waren es doch nur, weil uns seine Kränklichkeit so besorgt machte«, sagte Tante Herta.

»Meines Erachtens ist es nicht gut, wenn man das Kind immer merken läßt, daß es schonungsbedürftig ist. Dadurch nimmt man ihm den Glauben an die eigene Kraft.«

»Wenn aber keine Kraft vorhanden ist«, warf Lothar seufzend ein.

»So muß man sorgen, daß sich Kräfte bilden, und dazu gehört vor allem ein frohes Gemüt. Ich möchte Sie alle bitten, Gerd von jetzt an immer zu versichern, daß er nun viel kräftiger und gesünder ist, das stärkt das Zutrauen in die eigene Kraft.«

Betroffen fast sahen sie alle auf Friede, und doch klangen ihre Worte so eindringlich und überzeugend, daß jeder Widerspruch ausblieb. Lothar sah mit einem seltsamen Blick in Friedes Augen, in diese schönen klaren Augen, die eine so große Kraft ausstrahlten. Und immer mußte er daran denken, daß auch sie ein zu früh geborenes Kind gewesen war.

So war also ein Mensch dadurch nicht zu stetem Siechtum bestimmt? Wenn sie so stark und gesund geworden war und so froh und lebensfrisch – könnte sich dann sein Sohn nicht doch vielleicht auch noch erholen?

Er kam nicht mehr los von dieser Frage, und am liebsten hätte er Friede ausgeforscht, auf welche Weise ihr Vater sie so herrlich herausgepflegt hatte. Aber er fand die rechten Worte nicht. Vielleicht kam er später einmal dazu.

Als er sich gegen zehn Uhr von den Damen verabschiedete, schlich er sich noch einmal in das Schlafzimmer seines Sohnes, wie fast jeden Abend, ehe er selbst zur Ruhe ging. Und mit tiefer Freude sah er, daß Gerd im Schlafe lächelte und daß seine Atemzüge viel ruhiger waren als sonst. Das war entschieden Friede Lorenz' Werk, denn nie zuvor hatte Gerd so wohlig aufgelöst im Schlaf gelegen – in tiefem, festem Schlaf.

IX

Friede Lorenz war nun schon über eine Woche in Georgental. Eines Morgens sagte sie heimlich zu Mona: »Morgen abend beginnt der Mond abzunehmen, und dann, wenn alles zur Ruhe gegangen ist, werde ich in Ihr Zimmer kommen, damit wir gegen Ihre Sommersprossen zu Felde ziehen können.«

Mona hatte schon geglaubt, daß Friede ihr Versprechen vergessen habe. Auch sie hatte unruhig den Mond beobachtet und gesehen, daß er abzunehmen begann. Nun nickte sie Friede erregt zu. Würde sie wirklich durch sie von ihren Sommersprossen befreit werden? Wie sehr war sie ihr dann zu Dank verpflichtet! Da sie aber weder danken noch belohnen durfte, mußte sie eine andere Gelegenheit abwarten, um Friede ihre Dankbarkeit zu beweisen. Friede hatte, so lange sie im Haus war, schon allerlei kleine Wunder vollbracht, so daß Mona nun auch zu glauben begann, daß sie ihr helfen könne.

Friede Lorenz hatte nicht nur Gerd in diesen Tagen seltsam vorteilhaft verwandelt, auch die drei Erwachsenen fühlten sich belebt und erfrischt durch ihre Gegenwart.

Friede hatte Gerd in diesen Tagen aufmerksam beobachtet, seine Herztätigkeit, seine Lungen untersucht und allerlei kleine Untersuchungen mit ihm angestellt, die ihr einwandfrei bewiesen, daß seine Organe wirklich gesund waren und tadellos arbeiteten.

Vor allen Dingen beeinflußte sie Gerd dahin, daß er durchaus nicht mehr krank sei, er müsse nur seine Kräfte regen, damit er bald ein frischer, froher Junge würde, der ohne Hilfe herumspringen und sich seines Lebens freuen könne.

Die überängstliche Art, mit der Gerd bisher behandelt wurde, ließ es nicht zu, daß er sich kräftigte und erholte. Er wurde ja wie eine Treibhauspflanze gehalten und hatte dadurch weder Appetit noch guten Schlaf.

Friede versuchte, einige Änderungen zu schaffen, aber da erhob die Wärterin Gerds ein großes Geschrei. Sie setzte allen Anordnungen Friedes energischen Widerstand entgegen, schon weil sie eifersüchtig auf den Einfluß war, den »die Neue« auf Gerd ausübte.

Friede ließ also vorläufig die Dinge laufen und beschränkte sich darauf, Gerd selbst die Überzeugung beizubringen, daß er gar nicht so krank und schonungsbedürftig sei und daß er sicher bald ganz gesund werden würde. Schon das übte einen günstigen Einfluß auf das Kind aus, zumal Friedes herzenswarme Heiterkeit sehr belebend auf ihn wirkte.

Dieses Abschließen von der frischen Luft, außer im warmen Sommer, dies untätige Herumsitzen und Herumliegen, das die Muskeln völlig verkümmern ließ und eine chronische Appetitlosigkeit erzeugte, diese Angst vor kühlem Wasser, die das Nervensystem erschlaffen ließ, und all die vielen Torheiten, die begangen und von dem ängstlich besorgten Vater gutgeheißen wurden und die auch einen gesunden kräftigen Schlaf verhinderten, wollte Friede nicht mehr zulassen, wenn sie es irgend konnte. Und in den nächsten Tagen wollte sie eine Gelegenheit abpassen, um mit Lothar Wieland über das alles zu sprechen.

Jetzt sollte zuerst Mona von ihrer Sommersprossenplage befreit werden, und sie glaubte, daß sich das junge Mädchen zu einer kleinen Schönheit entwickeln würde, wenn es einen klaren, reinen Teint bekam.

Sie hatte selber ungeduldig den Mondwechsel erwartet, der nun einmal nach Angabe des indischen Arztes nötig sein sollte, um dem Balsam zu seiner ganzen Kraft zu verhelfen. Und nun war abnehmender Mond, und als alles im Hause zur Ruhe gegangen war, begab sich Friede in Monas Zimmer. Diese erwartete sie schon sehr aufgeregt und sah sehr blaß aus, was die braunen Flecke wieder einmal scharf hervortreten ließ.

Friede umfaßte sie in ihrer frischen, gütigen Art.

»Nur keine Bange, Fräulein Mona, es wird nicht den Kopf kosten«, scherzte sie und stellte die Porzellanbüchse mit dem Balsam auf den Tisch. Daneben legte sie ein Päckchen Verbandleinen. Ohne Zögern begann sie aus dem Verbandleinen ein ovales Stück in der Größe von Monas Gesicht herauszuschneiden, und mit einem Glasmesser strich sie den Balsam in gleichmäßiger Stärke auf das Verbandleinen, aus dem sie für den Mund eine Öffnung herausgeschnitten hatte.

»Bitte kleiden Sie sich inzwischen ruhig aus, Fräulein Mona.

Denn sobald ich Ihnen den Balsam aufgelegt habe, ist es gut, wenn Sie sich legen, damit der Verbandmull sich nicht verschiebt. Und nun muß ich Ihnen auch noch die Notwendigkeit mitteilen, daß dieser Verband vierundzwanzig Stunden liegen bleiben muß. Sie werden also morgen Ihr Zimmer nicht verlassen. Ich werde Sie bei Frau Marlow mit einem leichten Unwohlsein entschuldigen und ihr sagen, daß Sie Ruhe haben und niemand bei sich sehen wollen. Essen und Trinken werde ich Ihnen besorgen, aber es wird gut sein, wenn Sie möglichst nur flüssige Nahrung durch eine Glasröhre einnehmen. Das besorge ich Ihnen alles. Wenn nicht viel Sommersprossen vorhanden sind, ist es nicht so ängstlich, wenn sich dieser Verband verschiebt. Aber ich möchte doch nicht das leiseste braune Pünktchen auf Ihrem Gesicht zurücklassen, und deshalb muß ich Sie schon bitten, sich genau nach meinen Vorschriften zu richten. Morgen abend, genau um diese Zeit, komme ich dann wieder zu Ihnen und nehme Ihnen den Verband ab. Und übermorgen früh können Sie dann beim Frühstück Ihre Tante und Ihren Vetter mit einer ganz neuen und viel schöneren Mona überraschen.«

So plauderte sie während ihrer Beschäftigung. Mona klopfte das Herz wie ein Hammer in der Brust. Schnell kleidete sie sich für die Nacht um. Und nun war auch Friede fertig. Mit einem Seidenstreifen band sie Monas Haar fest, daß es nicht ins Gesicht fallen konnte. Dann legte sich Mona nieder, und nun trat Friede lachend mit dem ovalen, mit Balsam bestrichenen Verbandmull an ihr Lager.

Aber erst griff sie nach einem Handspiegel.

»So, schauen Sie noch einmal hinein, und nehmen Sie von der armen kleinen Mona Abschied, die dieses garstige braune Mal mit sich herumtragen mußte. So sehen Sie sich nämlich nie wieder, wenn Sie brav vierundzwanzig Stunden dieses Pflaster auf Ihrem Gesicht liegen lassen. Sie werden staunen, was Sie für einen reinen Teint bekommen haben, wenn ich es Ihnen wieder abnehme.«

Lächelnd sah Mona in ihr Gesicht und dann mit einem zagen Blick zu Friede empor. Daß diese lachte und ganz unbekümmert war, machte ihr Mut.

»So, nun legen Sie sich bequem zurecht, aber bitte auf den Rücken, diese Lage müssen Sie beibehalten, bis ich den Verband richtig befestigt habe«, sagte Friede.

Mona gehorchte ihr wortlos. Und dann legte ihr Friede sorgsam das sehr angenehm und wohlriechende Pflaster auf das Gesicht, drückte es an der Nase fest und über die geschlossenen Augen.

»Die Augen müssen Sie unbedingt die ganze Zeit geschlossen halten, denn Sie haben auch auf den Lidern Sommersprossen, die entfernt werden müssen. Und sprechen dürfen Sie auch nicht mehr. Wenn ich morgen früh zu Ihnen komme, werden Sie auf meine Fragen nur mit Ja und Nein antworten. ›Ja‹ heißt, wenn Sie mir die geballte Hand vorhalten, und ›Nein‹, wenn Sie die Finger ausspreizen. Verstanden?«

Mona hielt ihr die geballte Faust hin, und Friede lobte:

»So ist's recht.«

Sie befestigte den Verband mit geschickten Händen sehr fachgemäß, und als sie fertig war, sagte sie:

»Ich werde Sie jetzt verlassen und Ihre Tür von draußen zuschließen und den Schlüssel mitnehmen, damit niemand bei Ihnen eindringt und einen Todesschreck bekommt, wenn Sie mit verbundenem Kopf hier liegen. Haben Sie noch Wünsche?«

Mona spreizte die Finger auseinander.

»So kann ich Sie also nun beruhigt sich selbst überlassen?«

Mona zeigte die geballte Hand.

Mit einer gütigen Bewegung strich Friede über Monas Haar.

»Hoffentlich schlafen Sie gut. Morgen früh sehe ich gleich nach Ihnen, sobald ich aufgestanden bin.«

Und damit ließ Friede die verbundene Mona liegen und ging davon.

Mona lag steif und starr, sie wagte sich nicht zu rühren, um den Verband nicht zu lockern. Und ihre Gedanken flogen zu Bernd Kronau.

Am andern Morgen erschien Friede sehr zeitig, und Mona erwachte erst, als sie bei ihr eintrat.

Friede beugte sich über sie und faßte ihre Hand.

»Guten Morgen, Fräulein Mona! Haben Sie gut geschlafen?«

Mona hielt ihr die geballte Hand entgegen.

»Und nun haben Sie wohl Frühstücksappetit?«

Wieder antwortete Mona mit der geballten Hand.

Friede lachte.

»Ich hole Ihnen gleich eine Tasse gute Schokolade, die sättigt am meisten. Aber Sie können auch einige zerquirlte Eier bekommen. Wollen Sie das?«

Wieder bejahte Mona.

Friede ging nun, ihr Frühstück zu besorgen, und kam bald mit einer Platte wieder herauf. Sie hatte Frau Marlow schon berichtet, daß Mona sich unpäßlich fühle, worauf diese sogleich nach Mona sehen wollte. Friede wußte sie aber zurückzuhalten und ihr begreiflich zu machen, daß man am besten tue, Mona sich selbst zu überlassen.

»Ich werde sie verpflegen und nach ihr sehen, gnädige Frau, Sie können ganz unbekümmert sein.«

Friede übte nun auch schon auf Frau Marlow einen gewissen Einfluß aus, und diese fügte sich.

Mona wurde nun sorgsam von Friede in ihrem Kissen aufgerichtet und bekam durch die Öffnung in der Verbandsmaske eine Glasröhre in den Mund. Und nun hielt ihr Friede erst die Schokolade vor, die Mona mit Behagen einschlürfte, und dann folgten zwei zerquirlte Eier.

»So«, sagte Friede, »nun sind Sie vorläufig gegen das Verhungern geschützt. Für heute mittag habe ich Ihnen schon ein kräftiges Hühnersüppchen bestellt, und nachmittags bekommen

Sie wieder Schokolade. Zum Abendessen gibt es erst mal wieder ein Süppchen, und für alle Fälle stelle ich Ihnen dann noch einige belegte Brote bereit, die Sie verzehren können, wenn die vierundzwanzig Stunden um sind. Damit Sie vor Langeweile nicht umkommen, werde ich Ihnen den Radioapparat an Ihr Bett stellen. Den können Sie bequem anstellen, ohne sich viel zu bewegen. Bis jetzt sitzt der Verband tadellos.«

Friede hantierte noch eine Weile plaudernd im Zimmer umher. Dann fragte sie, ob Mona noch Wünsche habe, was diese verneinte, und darauf verließ Friede das Zimmer, das sie wieder hinter sich abschloß. Sie hatte Mona schon versichert, daß sie so oft wie möglich nach ihr sehen werde.

Monas Herz war voll Dankbarkeit, und es war gut, daß sie nicht sprechen konnte, sonst hätte sie entschieden einen Verstoß begangen.

Der Tag verging ihr natürlich sehr langsam, obwohl Friede getreulich für sie sorgte und immer wieder nach ihr sah. Aber auch die längsten Stunden nehmen ein Ende. Friede hatte bei Tisch sowohl Frau Marlow als auch Lothar Wieland beruhigende Auskunft über die unpäßliche Mona gegeben, und es war alles gut gegangen, niemand hatte darauf bestanden, bei Mona einzudringen.

Nun war der späte Abend da, und alles im Hause war schon zur Ruhe gegangen. Da trat Friede wieder zu Mona ins Zimmer.

»Jetzt werden Sie gleich erlöst sein, armes Fräulein Mona. Das war eine harte Geduldsprobe für Sie. Aber ich hoffe, daß Sie nun auch glänzend belohnt werden«, sagte sie.

Mona streckte ihr die Hand entgegen und drückte sie krampfhaft.

Friede ging sogleich daran, den Verband abzunehmen. Sie war doch selbst ein wenig unruhig, ob auch diesmal der Balsam sein Wunderwerk getan hatte. Es wäre ihr schmerzlich gewesen, Mona enttäuschen zu müssen.

Behutsam zog sie den Verbandmull mit dem etwas zäh gewordenen Balsam von Monas Gesicht und entfernte mit Watte und Öl die Reste desselben. Und bei dem hellen Schein der Lampen, die Friede alle angedreht hatte, sah sie schon, daß der Balsam geholfen hatte. Hier vor ihr lag eine ganz andere Mona, und Friedes gutes Herz klopfte nicht weniger lebhaft als das der erwartungsvollen Mona vor Freude.

Als die letzten Spuren des Verbandes beseitigt waren, richtete sich Friede auf. Lachend sah sie auf Mona hinab, die mit angstvoller Frage zu ihr aufsah.

»Nun, ich denke, Sie können mit der so viel schöneren Mona ebenso zufrieden sein wie ich. Lieber Himmel, armes Kind, jetzt sieht man erst, wie sehr Sie die häßlichen Sommersprossen entstellt hatten. Hier, nehmen Sie den Spiegel, und überzeugen Sie sich, was für eine schöne junge Dame hier im Bett liegt.«

Damit reichte sie Mona mit einem guten, lieben Lächeln den Spiegel. Mona wagte erst nicht hineinzusehen. Sie faßte Friedes Hand mit krampfhaftem Druck, als brauche sie einen Halt. Und dann warf sie einen verzagten Blick in den Spiegel und wurde ganz blaß vor Überraschung und heißer Freude. Was ihr da aus dem Spiegel entgegenschaute, war wirklich eine entzückende, schöne Mona, mit einem zarten, reinen Teint. Mona starrte sich an, als traue sie ihren Augen nicht, und dann brach sie plötzlich in ein krampfhaftes Schluchzen aus. Sie mußte denken, ob Bernd Kronau sie hätte lieben können, wenn sie damals so vor ihm erschienen wäre. Und sich aufrichtend, umfaßte sie Friede mit beiden Armen.

»Darf ich Ihnen wirklich nicht danken?«

Friede hatte vor Mitgefühl blanke Augen, sagte aber rasch und abwehrend:

»Ja nicht, sonst kommen die Sommersprossen wieder!«

Sie hielten sich fest umschlungen, und diese Stunde machte sie zu treuen Freundinnen auf Lebenszeit.

»Ich weiß, Sie wollen nur keinen Dank annehmen und wissen ganz genau, daß ich es nicht wagen werde, damit nur diese bösen Sommersprossen nicht wiederkommen. Aber sagen Sie mir, liebe, gute Friede, wird das nicht auch ohnedies geschehen?«

»Ganz sicher nicht. Es ist möglich, daß hie und da ein neues braunes Pünktchen in Ihrem Gesicht erscheint, aber das wird nur wie ein Schönheitsmal wirken und kann immer wieder entfernt werden. Da, wo Sommersprossen waren, kommen bestimmt keine wieder hin. Ich überlasse Ihnen dies Döschen mit Balsam und lasse mir von Vater ein neues schicken. Er wird sich freuen, daß ich jemand von den lästigen Flecken befreien konnte.«

»Ach, Friede, liebe, goldene Friede, Sie müssen meine Freundin sein. So ein großes, schönes Geschenk haben Sie mir gemacht. Ich kann es ja noch immer nicht fassen, daß ich das bin. Wenn ich nun nur nicht gräßlich eitel werde. Können Sie es fassen, Friede, was Sie für mich getan haben?«

»Ich habe ja das wenigste Verdienst daran. Wir wollen dem indischen Freund meines Vaters von Herzen dankbar sein. Und nun sollten wir zur Ruhe gehen – oder wollen Sie erst noch einige von diesen leckeren Brötchen essen, die ich Ihnen mitgebracht habe?«

»Nur, wenn Sie mir dabei helfen, Friede.«

»Nein, Fräulein Mona, da muß ich streiken. Die Küche in Georgental ist so wunderbar, daß ich schon ohnedies um meine Schlankheit ängstlich besorgt bin. Aber Sie müssen noch etwas essen, damit Sie morgen den Eindruck der neuen Mona nicht durch schlechtes Aussehen beeinträchtigen. Ich bin doch so gespannt, was man für Gesichter machen wird.«

»Es wird eine große Überraschung geben, Friede. Aber Sie müssen das Fräulein streichen. Ich bin doch Ihre Freundin, und wenn ich mir auch jetzt noch nicht erlauben werde, Sie du zu nennen, so hoffe ich, mir das später verdienen zu können.«

»Gut, Mona, wenn Sie es wünschen und mir gestatten, werde ich das Fräulein vor Ihrem Namen streichen.«

Mona umarmte Friede noch einmal voll Dankbarkeit, wenn sie ihren Dank auch nicht auszusprechen wagte. Dann entfernte sich Friede und ließ nicht nur eine schöne, sondern auch eine glückliche Mona zurück. Denn wenn ihr schöner, zarter Teint jetzt auch Bernd Kronau nicht mehr gewinnen konnte, so war ihr doch eine Last vom Herzen, daß sie nun nicht mehr entstellt war.

Am nächsten Morgen waren schon alle im Frühstückszimmer versammelt, als zuletzt auch Mona eintrat. Friede saß neben Gerds Liegestuhl, und sie konnte Mona ins Gesicht sehen. Sie staunte selbst, wie reizend Mona ohne die häßlichen Sommersprossen aussah.

Tante Herta und der Hausherr saßen so, daß sie Mona nicht sehen konnten, und als diese allen einen guten Morgen bot, sagte Tante Herta, ohne sich umzusehen:

»Hast du dein Unwohlsein überstanden, Kind, ich habe mich gesorgt um dich.«

»Ich bin ganz wohl, Tantchen«, erwiderte Mona, an den Tisch tretend und sich niederlassend.

Tante Herta war dabei, sich ein Brötchen mit Honig zu bestreichen. Lothar aber fuhr aus seinem Sessel hoch und sah Mona entgeistert an. In demselben Augenblick rief Gerd ganz betroffen:

»Aber Mona – bist du das wirklich? Ich hätte dich fast nicht erkannt. Wie sonderbar siehst du denn aus?«

Nun schaute auch Tante Herta auf, und da entfiel ihr das Honigbrötchen. Sie starrte Mona fassungslos ins Gesicht.

»Kind – mein Gott – Kind, was ist denn geschehen?«

»Ein Wunder, Tantchen, nicht wahr, das erscheint wie ein Wunder!«

Frau Marlow umarmte aufweinend ihre Nichte, die plötzlich eine so schöne und reizende junge Dame geworden war.

»Mona – meine liebe Mona, wie ist denn dies Wunder geschehen? Du siehst ja entzückend aus, bist ein ganz anderer Mensch geworden.«

Mona zeigte mit feuchtschimmernden Augen auf Friede.

»Dies Wunder hat Friede Lorenz vollbracht, Tantchen.«

Lothar Wieland, der sich noch immer nicht gefaßt hatte, sah zu Friede hinüber.

»Sie scheinen wirklich Wunder vollbringen zu können, Fräulein Lorenz.«

»Was hast du denn mit Mona gemacht, Fräulein, sie hat doch gar nichts Braunes mehr im Gesicht?« fragte Gerd auch sehr erstaunt.

»Ich frage wie mein Sohn, wie ist Ihnen dies gelungen, Fräulein Lorenz?« sagte nun auch Lothar.

Friede lachte.

»Es ist durchaus kein Wunder geschehen, ich habe Fräulein Mona nur von einem Balsam abgegeben, den mein Vater nach dem Rezept eines indischen Arztes, mit dem er aus der Studienzeit her befreundet war, hergestellt hat.«

Und Friede berichtete, wie ihr Vater zuerst ihrer Schwester geholfen hatte und daß sie ein Döschen dieses Balsams bei sich gehabt und Mona damit von ihren Sommersprossen befreit hatte. Alle lauschten aufmerksam, und ehe noch jemand Friede ein Wort des Dankes sagen konnte, warf Mona schnell ein:

»Bitte dankt aber Friede nicht, die seit gestern abend meine Freundin geworden ist. Sie behauptet nämlich, wenn man ihr dankt, kämen die Sommersprossen wieder. Ich glaube zwar, daß sie damit nur jeden Dank ablehnen wollte, aber ich habe doch zu große Angst, daß die Sommersprossen wiederkommen, und will lieber als ganz undankbares Geschöpf erscheinen, als daß ich es darauf ankommen lasse, daß ich von neuem entstellt werde. Denn ich gefalle mir ohne meine häßlichen braunen Flecke im Gesicht viel besser.«

Lothar hatte Friede mit einem warmen Blick angesehen. Nun sagte er lächelnd:

»Mir auch, Mona, ich staune, was du für eine schöne junge Dame geworden bist. Und wenn ich auch glaube, daß Fräulein Lorenz sich mit einer Fabel vor allen Dankbarkeitsbezeigungen geschützt hat, will ich natürlich nicht die Schuld tragen, daß die Sommersprossen wiederkommen.«

Tante Herta drückte Friede die Hand.

»Ich danke Ihnen auch nicht, fällt mir nicht ein. Aber ich stimme Mona jetzt bei, sie hat gesagt, es sei ein Segen, daß Sie zu uns gekommen sind, liebes Kind; ich bin ganz fassungslos vor Freude.«

Und Tante Herta gab den Kampf gegen ihre Tränen auf und drückte Friede immer wieder die Hand.

Es war eine sehr erregte Frühstücksstunde, und Friede dachte sich, dieser Tag sei sehr günstig, um die beabsichtigte Unterredung mit Lothar Wieland herbeizuführen. Gleich nach dem Frühstück, als man sich erhob, sagte sie zu ihm:

»Darf ich Sie um eine Unterredung bitten, Herr Wieland?«

Diese Bitte durchzuckte Lothar wie ein jäher Schrecken. Die Wärterin Gerds hatte sich verschiedentlich beschwert, daß Friede ihr in Sachen der Körperpflege Gerds immer wieder dreinrede und daß sie sie deshalb habe energisch zurückweisen müssen. Lothar glaubte nun, Friede fühle sich durch dies Verhalten der Wärterin beleidigt und werde vielleicht gar ihre Entlassung verlangen. Vielleicht erschien ihr überhaupt ihr Amt zu beschwerlich, denn im Grunde hatte sie ja kaum eine freie Stunde für sich.

Und er wußte, wenn sie gehen würde, dann würde auch aus seinem Leben wieder ein belebender, befreiender Sonnenstrahl hinausgleiten. Und Gerd?

Daß Friedes Einfluß, obwohl man sie an allen Neuerungen gehindert hatte, die sie hatte treffen wollen, schon sehr belebend und erfrischend auf Gerd gewirkt hatte und er sich auch selber seit ihrer Anwesenheit wesentlich freier, leichter und hoffnungsvoller fühlte, das erfüllte ihn mit Furcht, daß sie ihre Stellung würde aufgeben wollen. Er verneigte sich aber und sagte: »Wenn Sie wünschen, kann die Unterredung gleich stattfinden. Bitte kommen Sie in mein Arbeitszimmer, Fräulein Lorenz.«

Tante Herta blieb mit Mona und Gerd zurück. Mona mußte der Tante noch einmal ganz ausführlich von der Kur berichten, die sie von den häßlichen Sommersprossen befreit hatte. Und immer wieder sah die Tante bewundernd und glücklich in Monas jetzt so schönes und fleckenloses Gesicht.

Lothar Wieland ging indessen mit Friede in sein Arbeitszimmer und ließ sie vor sich eintreten. Er bot ihr einen Sessel an, ließ sich ihr gegenüber nieder und sah ihr etwas beklommen ins Gesicht.

»Was haben Sie mir zu sagen, Fräulein Lorenz?«

Friede atmete tief auf. Sie wußte, es gab einen Kampf mit seiner Vaterängstlichkeit. Mit großen, ernsten Augen sah sie ihn an.

»Ich möchte über Gerd mit Ihnen sprechen, Herr Wieland. Seit ich hier bin, habe ich das Kind aufmerksam beobachtet und habe es gründlich untersucht. Als Gehilfin meines Vaters habe ich mir mancherlei praktische Kenntnisse angeeignet, und mein Vater hat oft zu mir gesagt, daß ich eine hervorragende Kinderärztin abgegeben hätte. Ich hätte auch Medizin studiert, wenn mit diesem Studium nicht allerlei Dinge zusammenhingen, die es mir völlig unmöglich machten, das Studium durchzuhalten, weil es mein weibliches Empfinden zu sehr verletzt hätte. Aber meines Vaters bewährtes Verfahren, körperlich zarte und zurückgebliebene Kinder zu ertüchtigen, zu stärken und gesund zu machen, kenne ich genau und weiß, wie wunderbar seine Erfolge waren. An Hand meiner Erfahrungen muß ich Ihnen jetzt sagen, daß Gerd all diese Jahre ganz falsch behandelt worden ist. Auf diese Weise, wie Gerd gepflegt wird, kann das Kind niemals gekräftigt werden, es wird immer ein Treibhauspflänzchen bleiben. Diese schonungsvolle Behandlung wäre vielleicht in seinem ersten Lebensjahr angebracht gewesen, aber dann hätte eine ganz andere Behandlung einsetzen müssen. Und jetzt ist es höchste Zeit! Er ist völlig gesund an allen Organen, und seine Schwäche ist nur künstlich gezüchtet. Es werden ihm ja alle Möglichkeiten genommen, seine Muskeln zu kräftigen, sein Blut arbeiten zu lassen, seinen Appetit zu heben und so ein Wohlbefinden auszulösen, wie es einem gesunden Kind zukommt. Ich bitte Sie deshalb herzlich, um Ihres Kindes willen, das Sie doch so gern gesund und kräftig sehen möchten, geben Sie seiner Wärterin Weisung, daß sie sich meinen Anordnungen widerstandslos fügt. Ich habe mir bereits brieflich von meinem Vater Verhaltungsmaßregeln geben lassen, und er stimmt völlig mit mir überein. Lassen Sie mir freie Hand mit Gerd, und ich glaube Ihnen die Versicherung geben zu können, daß Ihnen Ihr Junge schon in Jahresfrist als ein gesundes, kräftiges Kind entgegenspringt. Wollen Sie meine Bitte gewähren?«

Er hatte mit tiefer Bewegung zugehört. Zuerst war er nur froh, daß sie nicht fortgehen wollte. Aber dann hatte ihn ihr Vortrag mehr und mehr gefesselt. Seine Augen waren fest auf ihr Gesicht gerichtet, auf dieses lebensfrohe, energische und doch echt weibliche Gesicht. Etwas in ihrer Zuversicht wollte auch auf ihn überspringen, zumal ja Gerd unter ihrem Einfluß schon so viel frischer geworden war. Aber seine Vaterängstlichkeit kämpfte doch noch gegen ihre Zuversicht.

»Sie rütteln da energisch an einem System, Fräulein Lorenz, das ich bisher für das einzig richtige gehalten habe. Nun sagen Sie mir, es sei falsch. Irgendeinen Erfolg haben wir ja leider auch nicht damit gehabt, es sei denn der, daß mir mein Kind wenigstens bisher erhalten geblieben ist. Wenn ich Ihnen so zuhöre, steigen mir doch Bedenken auf, ob Gerd all die Jahre richtig behandelt worden ist. Meine große Angst und Sorge um das Kind konnten sich bisher eben nicht genug tun in schonungsvoller Behandlung. Sollte ich trotzdem damit meinem Kind mehr geschadet als genützt haben, wie große Vorwürfe müßte ich mir dann machen?«

Mitleidig sah sie ihn an.

»Sie haben es bisher nicht besser gewußt, und die Ärzte, die Sie hatten, waren wahrscheinlich keine Kinderärzte, die in solchen Dingen Erfahrung hatten. Und noch ist es ja nicht zu spät, all das wiedergutzumachen, Herr Wieland. Wenn Sie mich nur gewähren lassen möchten, so würden Sie bald sehr glücklich sein im Besitz eines gesunden, kräftigen Kindes.«

Nachdenklich sah er sie an, und ihre Augen flehten ihn an in einer Sprache, die ihn tief beunruhigte.

»Welche Behandlung wollten Sie denn anwenden?« fragte er, schon halb besiegt.

Sie richtete sich energisch auf.

»Eine ganz andere als bisher – in allen Dingen das gerade Gegenteil, man müßte natürlich im Anfang noch vorsichtig sein und nicht so rasch alles auf den Kopf stellen. Aber Sie können überzeugt sein, daß ich behutsam vorgehen werde und mir der Verantwortung voll bewußt bin. Ganz allmählich würde ich zu der andern Behandlung übergehen. Aufhören muß unbedingt dieses hermetische Abschließen gegen frische Luft. Gerd hat ja gesunde Lungen, er muß viel im Freien sein, auch in der kälteren Jahreszeit. Man muß ihn nur langsam daran gewöhnen, ich werde es bestimmt nicht an Vorsicht fehlen lassen. Dann muß man seine Muskeln kräftigen durch erst leichte, später schwerere gymnastische Übungen. Bei Ihnen spielt das Geld keine Rolle, Sie könnten einige Apparate anschaffen, die ganz vorzüglich sind. Durch die Übungen an diesen Apparaten wird jeder Muskel durchgearbeitet und der Blutkreislauf belebt. Langsam werden wir die warmen Bäder zu kühleren übergehen lassen, nebenher vor dem Zubettgehen kalte Abreibungen vornehmen. Wird es wärmer, muß er Sonnenbäder nehmen, aber nur solche von kurzer Dauer; lange Sonnenbäder schaden mehr, als sie nützen. Aber Freiluftgymnastik ist sehr stärkend und erfrischend. Die werden wir anwenden. Dann werden Sie sehen, wie schnell Gerd ein ganz anderer kleiner Mann wird. Ich übernehme jede Garantie, daß er in Jahresfrist sich wie andere gesunde Kinder seines Lebens freut. Sie werden staunen, was bei dieser Behandlung aus Ihrem Sohn wird. All Ihre Sorgen und Ängste werden behoben sein, wenn Sie mir nur freie Hand lassen wollen, das verspreche ich Ihnen.«

Wie im Traum hatte er ihr zugehört. Nun richtete er sich auf und sah sie mit brennenden Augen an.

»Sie müssen eine Zauberin sein – ich habe es ja heute früh an Mona gesehen; auch an ihr haben Sie ein Wunder vollbracht.«

Sie schüttelte fast heftig den Kopf.

»Das hat mit einem Wunder gar nichts zu tun. Und es wird auch kein Wunder sein, das ich an Gerd vollbringe, ich werde nur der Natur Gelegenheit geben, ihre Kräfte so an einer jungen Menschenblüte zu beweisen. Damit erreicht man wirklich Erfolge, die an Wunder grenzen. Aber es geht trotzdem alles ganz natürlich zu, wie Monas Sommersprossen auch auf ganz natürliche Art durch Naturkräfte verschwunden sind. Also – wollen Sie mir freie Hand lassen?«

Er erhob sich und trat dicht an sie heran. Dann reichte er ihr die Hand.

»Ich bin überzeugt von Ihrem guten Willen und Ihrem festen Wollen, Gerd zu helfen. Mit Ihrer frischen, belebenden Art zwingen Sie mich, Ihnen zu vertrauen und Ihnen mein kostbarstes Gut bedingungslos in die Hände zu geben. Sie haben ja schon in diesen wenigen Tagen Ihres Hierseins einen wunderbaren Einfluß auf Gerd ausgeübt. Gott möge geben, daß Ihnen gelingt, was Sie sich vorgenommen haben. Dann werden Sie eine schwere Last von meinen Schultern nehmen – und – ich werde auf ewig Ihr Schuldner sein.«

Friede hatte sich auch erhoben und hatte ihre Hand in die seine gelegt.

»Ich werde dann nichts getan haben als meine Menschenpflicht. Wenn man helfen kann und tut es nicht, versündigt man sich. So lehrte mich mein Vater.«

Er lächelte ein wenig.

»Dank scheinen Sie grundsätzlich abzulehnen. Bei Mona haben Sie es mit einem drastischen Mittel versucht. Aber mich können Sie nicht auf solche Weise stumm machen.«

Sie errötete und verabschiedete sich schnell, weil sie Angst hatte, unter seinen Augen ihre Ruhe zu verlieren. Sie hatte den tiefen, starken Wunsch, diese unglücklichen, düsteren Männeraugen befreit aufstrahlen zu sehen. Gewiß war sie immer von dem Drange beseelt, helfen zu können, wenn sie jemand in Not wußte, aber Lothar Wieland gegenüber war dieser Drang viel stärker und intensiver. Warum? Danach wagte sie nicht zu fragen. Sie, die sich immer so klar und ruhig Rechenschaft ablegte über ihre Gefühle, wich plötzlich dieser Frage aus und wollte keine Klarlegung ihrer Empfindungen. Sie redete sich ein, daß sie nur einem unglücklichen Vater sein Kind retten und einem kranken Kind die Gesundheit wiedergeben wollte.

Lothar Wieland sah mit einem seltsamen Blick hinter Friede Lorenz her.

»Friede!« sagte er leise vor sich hin, dem Klang ihres Namens nachhängend. Und er mußte denken, wie wunderbar dieser Name auf sie paßte. War sie nicht wie eine Verkörperung des Friedens, wenn sie auch eben einen Kampf mit ihm bestanden hatte. In ihrer stillen Klarheit war sie der Friede, der unruhige Herzen beruhigen konnte.

Friede!

Das klang lange in ihm nach wie eine Verheißung, daß das Unglück seines Lebens von ihm genommen werden und der Friede in seine Brust einziehen könne. Wenn sie wirklich mit der Methode ihres Vaters seinem schwachen, kranken Kind Kraft und Gesundheit bringen würde – wie sollte er sie dann belohnen, zumal sie jeden Dank, jeden Lohn ablehnte? Welch ein uneigennütziges, großzügiges Geschöpf war sie! Er hatte nicht geglaubt, daß es solche Frauen gab. Und sie hatte so leicht sein Vertrauen gewonnen, das er schwer verschenkte.

Ja, er hatte Vertrauen zu ihr. Wenn es einen Menschen gab, dem es gelingen würde, seinen Sohn gesund zu machen, dann nur ihr – nur Friede Lorenz, diesem wunderbaren, lebensfrischen, starken und gütigen Geschöpf.

X

Langsam ging Lothar Wieland hinüber in die Zimmer seines Sohnes. Er wollte der Wärterin Weisung geben, daß sie sich in Zukunft allen Anordnungen von Fräulein Lorenz zu fügen habe.

Zuerst betrat er Gerds Schlafzimmer, in dem er die Wärterin zu finden hoffte. Sie war auch dort und damit beschäftigt, Gerds Wäscheschrank einzuräumen.

»Frau Lehnert, ich wollte Ihnen sagen, daß wir jetzt eine neue Behandlung für Gerd ausprobieren wollen. Fräulein Lorenz wird Ihnen in Zukunft Anordnungen geben, denen Sie genau nachkommen sollen.«

Frau Lehnert sah sehr verdrossen und beleidigt zu ihm auf.

»Na, das wird ja ein schönes Unglück werden, gnädiger Herr! Es soll also nun doch nach ihrem Kopfe gehen? Die ist ja wohl von allen guten Geistern verlassen. Sie hat mir schon gesagt, was sie mit Gerdchen vorhat. Aber Gott behüte das Kind – das ist ja die reine Pferdekur. Kaltes Wasser, raus in die kühle Frühlingsluft, Anstrengungen aller Art – die macht uns ja das Kind zuschanden, gnädiger Herr. Ich habe Ihnen doch schon gesagt, daß sie rein nicht bei Verstand ist. Kommt daher, weiß vom hellen Tage nichts und will uns das Gerdchen zugrunde richten, wo wir so viel Not hatten, es zu erhalten.«

So zeterte Frau Lehnert verdrossen und beleidigt, weil es nun nicht mehr nach dem alten Schema und vor allem nicht nach ihrem Kopf gehen sollte.

Lothars Gesicht rötete sich, er konnte kaum anhören, in welchem Ton die Wärterin von Friede sprach. Etwas schärfer als sonst sagte er:

»Fräulein Lorenz versteht mehr von Kinderpflege als Sie und ich. Sie ist die Tochter eines Arztes und weiß sehr gut Bescheid, wie man schwache und kränkliche Kinder behandelt. Ihre Vorschläge leuchten mir ein, und ich wünsche, daß sie auch von Ihnen genau nach ihren Anordnungen befolgt werden.«

Frau Lehnert schob ein Wäschebündel ziemlich unsanft in den Schrank.

»Nun, ich wasche meine Hände in Unschuld, gnädiger Herr! Das wird nicht gutgehen. Dies junge Ding will mir, einer in Kinderpflege erfahrenen Frau, dazwischenreden, als verstünde sie mehr als ich. Da muß ich lachen. Und wenn Sie meinen, gnädiger Herr, daß ich nichts verstehe, dann kann ich ja gehen.«

Mit diesem Trumpf, den Frau Lehnert herausschmetterte wie eine Kriegsfanfare, hoffte sie ihren Willen durchzusetzen. Sie hielt eben die bisherige Behandlung Gerds für gut und richtig, so wenig Erfolg sie auch damit gehabt hatte. War doch alles von dem Herrn Doktor so bestimmt worden. Was hatte dies junge Ding dazwischenzureden? Die mochte Gerdchen das Einmaleins und das Abc beibringen und das übrige ruhig wie bisher ihr überlassen. Sie hatte keine Lust, umzulernen.

Aber zu ihrem grenzenlosen Erstaunen blieb ihre Drohung völlig wirkungslos. Lothar ließ sich in seinem einmal gefaßten Beschluß nicht beirren. Sein Vertrauen zu Friede war bereits so groß, daß der Widerspruch der Wärterin abprallte. Und so sagte er ganz ruhig:

»Ich meine, wir haben lange genug die alte Behandlungsweise ausprobiert, und leider ganz erfolglos. Jetzt soll eine neue angewendet werden, und ich habe die feste Überzeugung, nachdem mir Fräulein Lorenz ihre Ansichten unterbreitet hat, daß sie Gerd besser helfen kann, als wir es bisher trotz aller Sorgsamkeit konnten. Ich kann Sie natürlich nicht hindern zu gehen, Frau Lehnert, obwohl es mir leid tun würde, da ich Sie als pflichttreu kenne. Und ich denke doch, Sie überlegen sich das noch einmal und helfen lieber Fräulein Lorenz, die neue Behandlung bei Gerd anzuwenden. Weniger als die alte kann sie auch nicht helfen – und Sie würden doch immerhin eine gute Stellung verlieren und nicht so bald eine gleiche finden. Also rate ich Ihnen das auch in Ihrem Interesse.«

Frau Lehnert merkte, daß sie einen Schlag ins Wasser getan hatte, und dachte natürlich nicht im Ernst daran, ihre gute Stellung aufzugeben. So lenkte sie, freilich mit brummigem Gesicht, ein und sagte gefügiger:

»Wenn Sie wirklich meinen, daß Fräulein Lorenz eine bessere Methode hat und daß sie Gerd wirklich helfen könnte, nun ja, dann soll es mich freuen. Ich hänge doch mit meinem ganzen Herzen an dem Kind. Ich werde also den Anordnungen von Fräulein Lorenz folgen, aber wie gesagt, gnädiger Herr, ich wasche meine Hände in Unschuld.«

Er winkte hastig ab und ging hinaus, Frau Lehnert in sehr böser Laune zurücklassend.

»Was haben sie bloß alle an der?« dachte sie. »Das ist ein Gehabe und Getue, als wenn sie eine Prinzessin wäre. Alles muß nach ihrem Willen gehen, und jetzt soll plötzlich alles auf den Kopf gestellt werden. Da hat man bloß unnütze Arbeit von.«

Und wieder flog ein Wäschepaket mit Schwung in den Wäscheschrank.

Lothar Wieland war inzwischen leise in das Spielzimmer hinübergegangen. Da sah er Friede mit ausgebreiteten Armen auf dem Teppich knien. Auf der anderen Seite des Zimmers stand Gerd aufrecht vor seinem Liegestuhl, und Mona, die schöne, sommersprossenlose Mona, kniete mit strahlendem Gesicht hinter ihm, als wolle sie Gerd vor dem Hinfallen schützen. Sie bemerkten alle drei nicht, daß der Hausherr eingetreten war, weil sie so in ihr Spiel vertieft waren.

»So, kleiner Gerd, nun marschiere wie ein Soldat zu mir herüber. Tritt ganz fest auf, und sei nicht bange, du sollst sehen, es wird prachtvoll gehen. Also los: Eins, zwei, eins, zwei, rechts, links, rechts, links ...«

Gerd marschierte wirklich so tapfer, wie es ging, auf Friede zu, mitten durch das große Zimmer über den dicken Teppich hinweg. Und er hielt sich leidlich stramm und lachte froh, weil es so gut ging. Und bei Friede angekommen, fiel er ihr lachend um den Hals.

»Ich kann marschieren!« jubelte er.

Friede jauchzte auf und umfing ihn mit beiden Armen.

»Wundervoll ist das gegangen, Gerd! Und jetzt marschierst du wieder zu Mona zurück, aber ebenso fein!«

Und Gerd machte kehrt und marschierte nach Friedes Weisung wieder zu Mona zurück. Diesmal ging es schon viel besser. Und bei Mona angekommen, kehrte er gleich um und ging zu Friede zurück. Die fing ihn wieder in ihren Armen auf und erhob sich, ihn festhaltend.

»So, für heute ist es genug! Morgen marschieren wir länger, und jeden Tag etwas mehr.«

»Bis ich hundert Meilen laufen kann«, jubelte Gerd.

Sie lachte.

»Nun, nun, hundert Meilen sind ein bißchen viel, wir werden erst mal mit einer Meile zufrieden sein, aber die schaffen wir bald. So, nun leg dich wieder auf dein Ruhebett, aber die vielen weichen Kissen werfen wir einfach hinaus. Ein Mann muß ein hartes Lager haben, das ist gesünder. Und das lange Haar, das schneiden wir auch bald ab.«

»O fein, dann kriege ich einen Scheitel wie Vater.«

»Sollst du bekommen. So, nun treiben wir auf dem Ruhebett Gymnastik für faule kleine Leute.«

Sie legte ihn auf das Ruhebett, nachdem sie die weichen, spitzenbesetzten Kissen entfernt hatte, und faßte seine Füße, um sanfte gymnastische Übungen zu machen, während Mona auf ihre Anweisung seine Arme gleichmäßig heben und senken mußte. Gerd mußte dabei tief Atem holen, und bei alledem ging es sehr vergnüglich zu. In den Pausen wurde gelacht und geplaudert.

Lothar Wieland war von den dreien nicht bemerkt worden, denn er stand ganz regungslos, vom Türvorhang halb versteckt. Er verschwand jetzt so leise, wie er gekommen war, ging durch Gerds Schlafzimmer zurück, wo Frau Lehnert noch immer im Wäscheschrank arbeitete und ihren Ärger an den Wäschebündeln ausließ.

Es war heute Sonntag, und er brauchte nicht zum Werk hinunter. So suchte er Tante Herta auf und berichtete ihr, was er mit Fräulein Lorenz besprochen hatte. Aufmerksam und etwas erregt hörte die alte Dame zu.

»Und du hast deine Erlaubnis gegeben, daß Fräulein Lorenz diese Behandlungsweise anwendet?« fragte sie.

Er holte tief Atem.

»Ja, Tante Herta, obwohl mir Frau Lehnert prophezeit hat, daß es ein Unglück geben wird. Ich habe im Gefühl, daß man Fräulein Lorenz vertrauen kann. Sie ist sich ihrer Verantwortung voll bewußt.«

Frau Herta nickte.

»Das Gefühl habe ich auch. Ich kann nur sagen, daß mir die junge Dame durch ihr ganzes Verhalten gut gefällt. Frau Lehnert ist natürlich ein wenig eifersüchtig, weil Gerd sehr an Fräulein Lorenz hängt, aber vielleicht hat diese wirklich Erfolg mit ihrer – oder vielmehr mit ihres Vaters Methode. Und das wäre ja ein großes Glück.«

»Ja, Tante Herta, so groß, daß ich es noch nicht zu erhoffen wage. Aber es ist doch, als hätte Fräulein Lorenz schon allerlei Wunder vollbracht. Denk nur an Mona! Wie reizend sieht sie jetzt aus, und hat sich doch ihr bisheriges Leben lang mit diesen entstellenden Sommersprossen herumplagen müssen. Und wie Gerd in den kurzen Tagen unter ihrer Fürsorge aufgelebt ist! Soeben habe ich eine gymnastische Übungsstunde belauscht – es ist fabelhaft, wie sie das alles einrichtet.«

Und er berichtete genau, was er heimlich mit angesehen hatte. Tante Herta staunte.

»Gerd marschierte wirklich?«

»Ja, dreimal durch das ganze Zimmer, und ganz tapfer trat er auf, er, der sonst bei jedem Schritt zusammenknickte und gleich müde wurde. Er wollte sogar noch weitermarschieren, aber sie ließ es nicht zu. Sie ist bei aller Entschiedenheit sehr vorsichtig, und das beruhigt mich.«

»Nun, Mona ist auch ganz begeistert von ihr. Mona ist von ihr aufgefordert worden, sich an ihren eigenen gymnastischen Übungen zu beteiligen, die sie jeden Morgen vornimmt. Seit einigen Tagen tut sie das auch, und sie sagt, es bekomme ihr großartig.«

»Nun, das kann Mona sicher nichts schaden, sie wird sich noch besser entwickeln, und die Gesellschaft von Fräulein Lorenz scheint sie aufzumuntern.«

»Sehr, Lothar, und wir wollen uns doch ganz ehrlich eingestehen, sie hat uns alle schon etwas aufgemuntert, sogar du erscheinst mir frischer und lebhafter.«

Er wandte sein Gesicht von ihr ab, weil er fühlte, daß ihm das Blut in die Stirne trat. Aber er sagte scheinbar gleichmütig:

»Das bestreite ich nicht. Sie hat eine geradezu ansteckende Lebensfrische und Lebensfreude. Ich bin jedenfalls froh, daß sie zu uns gekommen ist.«

Das klang trotz aller Beherrschtheit so warm aus seinem Herzen heraus, daß ihn die alte Dame einen Augenblick forschend ansah. Und zu ihrem Erstaunen merkte sie, daß seine Augen ganz verträumt leuchteten und daß er so froh aussah, wie sie ihn seit langen Jahren nicht mehr gesehen hatte. Sie machte aber keine Bemerkung darüber, Tante Herta war eine sehr kluge Frau.

Mona bekam am nächsten Tag wieder Post von ihrem Vater. Er schrieb ihr, daß er sich sehr über ihren langen Brief gefreut habe. Ihren Wunsch, Bernd Kronau mit ihrem Geld zu helfen, habe er aber nicht erfüllen können, Bernd Kronau habe unbedingt jede Hilfe abgelehnt. Und er berichtete ihr wörtlich seine Unterredung mit dem jungen Mann, schilderte seinen Stolz und seine Tüchtigkeit und daß er alles hingegeben habe, um keinen Fleck auf den Namen seines Vaters kommen zu lassen. Die Firma sei in andere Hände übergegangen, und Bernd Kronau befinde sich jetzt wohl schon auf dem Weg nach England oder würde baldigst dorthin abreisen. Der Vater verschwieg Mona auch nicht, daß Bernd froh gewesen sei, daß ihre Ablehnung ihn vor einem Opfer bewahrt habe. Er ahnte ja nicht, daß seine Tochter Bernd liebte, er glaubte, er nähme mit dieser Bemerkung auch den leisesten Vorwurf aus ihrer Seele, daß sie ihn ausgeschlagen und die Firma so dem Ruin überliefert habe. Er sprach mit ihr ganz offen darüber, daß Bernd nur in diese Verbindung gewilligt habe, um seinen Vater zu retten. Nun der Vater tot sei, wolle er lieber alles dahingeben und sich auf eigene Füße stellen, als sich um Geld an eine Frau zu verkaufen.

Auch das teilte er ihr mit, daß Bernd Kronau sowohl bei dem neuen Besitzer der Firma Kronau wie auch bei ihm eine Stellung ausgeschlagen habe. Und der Vater schrieb überhaupt in den höchsten Tönen von ihm.

Mona las das alles mit gemischten Gefühlen. Teils bewunderte sie Bernd und war stolzer denn je, daß sie ihn liebte, teils sorgte sie sich schrecklich um ihn. Wie nun, wenn sich seine Hoffnung, in England schnell eine Stellung zu finden, zerschlug? Er besaß nur noch eine kleine Summe, die ihm nur für ganz kurze Zeit helfen würde. Was dann, wenn sie zu Ende ging und er noch keine Anstellung hatte?

Es war ihr ein schwacher Trost, daß er dem Vater versprochen hatte, sich in höchster Not an ihn zu wenden. Was hieß bei seinem Stolz die höchste Not? Und vielleicht wandte er sich auch dann nicht um Hilfe an ihn, wenn er wirklich in höchster Not war.

Daß er ihrem Vater eingestanden hatte, daß er sich nur um den Vater zu retten um sie hatte bewerben wollen, traf sie nicht mehr schmerzlich. Das wußte sie ja.

Ihre Liebe zu Bernd wurde durch all das nur noch tiefer und stärker. Und wenn sie jetzt, öfter als sonst, vor dem Spiegel stand, fragte sie sich immer wieder, ob er sie wohl in ihrer jetzigen Gestalt würde liebhaben können. Sie hätte das sehr gern gewußt. Und sie hielt es nicht einmal für unmöglich. Erschien ihr doch die Veränderung, die mit ihr vorgegangen war, so wunderbar. Sie dachte noch viel mehr als bisher an ihn, und ihre Gedanken suchten ihn angstvoll und besorgt in England. Manch heißes Gebet stieg zum Himmel auf, daß der liebe Gott ihn beschützen möge.

In den nächsten Wochen entwickelte sich Mona in staunenswerter und erfreulicher Art. Die gymnastischen Übungen mit Friede Lorenz machten ihren jungen Körper geschmeidig, ihre Bewegungen wurden freier und graziöser, und mit der Herrschaft über ihre Glieder überkam sie auch ein großes Frohgefühl. Dazu kam, daß sie nicht vor jedem Menschen ihr Antlitz beschämt verstecken mußte. Das hob ihr Selbstbewußtsein und machte sie freier. Und so schmerzvoll sie die unglückliche Liebe zu Bernd Kronau bedrückte, raffte sie sich doch immer wieder auf. Friedes Frohmut war auch zu ansteckend, als daß man in ihrer Gesellschaft den Kopf hätte hängen lassen können. Mona und Friede waren so gute Freundinnen geworden, daß Mona eigentlich alles, was sie quälen und beunruhigen wollte, zu ihr trug, um sich trösten und aufrichten zu lassen. Aber von ihrer Liebe sprach sie nicht.

Monas ganzes Wesen belebte sich unter Friedes Einfluß, und es war jetzt nichts mehr übrig von dem »kleinen Greuel«, das an jenem Abend in der Fensternische ein so vernichtendes Urteil über sich hatte anhören müssen. Jetzt wäre es sicher auch Bernd Kronau nicht mehr eingefallen, sie ein kleines Greuel zu nennen. Denn ihr Teint war so frisch und zart wie Apfelblüten.

Aber ein noch viel größeres Wunder vollzog sich unter Friedes unendlicher Sorgfalt und Pflege mit dem kleinen Gerd. Sie hatte einige von ihrem Vater erfundene Apparate für gymnastische Übungen kommen lassen, an denen Gerd turnen mußte. Diese Übungen wurden sorgsam seinen Kräften angepaßt, und mit Zunahme der Kräfte wurden sie ausgedehnt. Die erst kühleren und dann kalten Waschungen hatten zuerst ein leises Zähneklappern bei ihm ausgelöst, was Frau Lehnert veranlaßte zu widersprechen. Das wurde aber beides nicht beachtet. Das Zähneklappern endete gewöhnlich in einem fröhlichen Lachen. Tapfer gewöhnte sich Gerd daran, und bald wollte er von warmem Wasser gar nichts mehr wissen. Er war so von dem Wunsch beseelt, ein gesunder, kräftiger Junge zu werden, daß er mutig alle Veränderungen ertrug.

Sein Appetit hob sich in staunenswerter Weise, und er war längst nicht mehr auf eine Diät von Milchsuppen, Hühnerfleisch und Eiern gestellt. Langsam war er an kräftigere Kost gewöhnt worden, und die bekam ihm so großartig, und er gedieh so gut, daß es wirklich an ein Wunder grenzte.

Fast den ganzen Tag hielt er sich jetzt an den schönen Frühlingstagen in der frischen Luft auf, und das wurde auch nicht geändert, wenn einmal kühlere Tage kamen. Dann turnte er an seinen Apparaten, und gerade die kühlen Tage belebten ihn wunderbar. Die gymnastischen Übungen stärkten seine Kräfte. Sie machten ihm viel Spaß, und er bekam Mut und Selbstvertrauen. Das lange blonde Haar war unter der Schere gefallen, und er trug nun genauso einen Scheitel wie sein Vater, was sein größter Stolz war. Aber je kräftiger und lebhafter er wurde, desto öfter geriet der blonde Scheitel in Unordnung. Nur zu Tisch wurde er dann wieder in Ordnung gebracht. Er ging jetzt schon lange selber in den Speisesaal, machte seine stramme Verbeugung vor den Damen und küßte Tante Herta die Hand. Dann nahm er wie ein kleiner Herr seinen Platz erst ein, wenn die Damen saßen.

Kaum waren einige Monate vergangen, da war aus dem kümmerlichen Treibhauspflänzchen ein frischer, strammer Bursche geworden.

Alle hatten dieser Entwicklung mit Staunen zugesehen; selbst Frau Lehnert hatte endlich die Waffen strecken müssen. Der Werkarzt, den man heraufrief, damit er sich Gerd ansehen konnte, schüttelte erstaunt und etwas benommen den Kopf. Er machte Friede einige lauwarme Komplimente über ihre staunenswerten Erfolge und meinte, er hätte ja nichts anderes tun können als zu bestätigen, was die Fachärzte bestimmt hatten.

Lothar Wieland war jetzt immer in einer unbeschreiblichen Stimmung. Als ihm zum erstenmal sein Sohn im Park entgegengesprungen kam und jubelnd an ihm emporkletterte, fing er ihn mit bebender Freude in seinen Armen auf und drückte ihn tief bewegt an sich. Seine feuchten Augen suchten Friede, die Gerd begleitet hatte. Dieser Blick war wohl sehr sprechend und verräterisch, denn Friedes Gesicht rötete sich jäh, und sie wagte ihn nicht mehr anzusehen.

Strahlend hatte Gerd dem Vater berichtet, was für Heldentaten er am Vormittag verrichtet und was alles er wieder von seinem Fräulein Friede gelernt hatte.

Denn mit der körperlichen Entwicklung hielt auch die geistige Ausbildung Schritt, und Friede hatte auch als Lehrerin hervorragende Erfolge. Sie wußte Gerd alles spielend beizubringen und so interessant zu gestalten, daß es ihm nicht schwer fiel, alles in sich aufzunehmen. Als der Frühling und der Sommer vergangen waren, dachte niemand mehr daran, Gerd wieder in sein Zimmer einzusperren. Friede drang darauf, daß er auch bei schlechtem Wetter mindestens jeden Tag eine Stunde ins Freie kam. Und als der Winter mit Schnee und Eis seinen Einzug hielt, war in Erfüllung gegangen, was Friede vorausgesagt hatte: Gerd konnte mit Mona und ihr Schneeball spielen und im Schlitten den Berg hinunterfahren.

An Lothar Wieland hatte die Gesundung und Erstarkung seines Sohnes ein fast ebenso großes Wunder vollbracht wie an diesem selbst. Der düstere, unglückliche Ausdruck war aus seinen Augen gewichen. Sie strahlten in froher, stolzer Zärtlichkeit, wenn ihm sein Sohn in übermütigem Kraftbewußtsein entgegengelaufen kam. Er war heiter und gesprächig geworden, zog sich nicht mehr abends nach Tisch in sein einsames Arbeitszimmer zurück, sondern plauderte mit den Damen, und es wurde musiziert und über alle Tagesfragen gesprochen.

Friede Lorenz durfte nie dabei fehlen, sie wurde wie ein geliebtes Familienglied gehalten, nicht wie eine Angestellte. Mona und Friede waren sehr gute Freundinnen geworden. Mona vergaß nicht, was sie Friede zu danken hatte, und Friede dankte es Mona, daß sie ihr nie anders als wie einer Gleichberechtigten entgegengekommen war. Wenn die beiden jungen Damen mit Gerd zusammen draußen im Freien herumtollten und das laute, frische Lachen hereinklang zu Tante Herta, dann wurde auch diese angesteckt, und sie lachte mit.

Lothar Wieland hatte in solchen Fällen erst ganz schüchtern mitgelächelt, als traue sich dies Lächeln noch nicht heraus, dann wurde das Lächeln freier und frischer, und zuletzt lachte er laut und herzlich mit.

Als Friede zum erstenmal das befreite Lachen Lothar Wielands hörte, war sie zusammengezuckt, und ihre Lippen bebten in verhaltener Erregung, aber dann löste sich ihre Seele in einem innigen Dankgebet. Ihre Augen strahlten, und sie erschrak über den Ausdruck in den seinen, die jetzt eine so starke Leuchtkraft hatten.

Es tat Lothar jetzt immer sehr leid, daß er den größten Teil des Tages unten im Werk verbringen mußte und auch oft des Abends und an den Sonntagen noch so viel Arbeit zu erledigen hatte, daß ihm wenig Zeit blieb, sich den Damen und seinem Sohn zu widmen. Ihm war jetzt nicht mehr die Arbeit alleiniger Lebenszweck. Er fühlte sich wieder jung, wurde sich bewußt, daß er noch nicht einmal vierzig Jahre alt war und daß das Leben auch ihm noch Freuden zu bieten hatte, nicht nur graue Pflichten.

XI

Es war etwas über ein Jahr vergangen, seit Friede Lorenz nach Georgental gekommen war. Gerd war unter ihrer Pflege ein gesundes und kräftiges Kind geworden. Und Lothar Wieland sagte eines Abends, als er mit den Damen bei Tisch saß:

»Ich habe eine Anzeige in verschiedene Zeitungen rücken lassen, weil ich mir einen Sekretär suchen will, der mir einen Teil meiner Arbeit abnehmen soll. Ich möchte gern etwas mehr freie Zeit haben, um sie Gerd und euch widmen zu können.«

Seine Tante stimmte ihm lebhaft bei. Friede warf einen schnellen, frohen Blick zu ihm hinüber, und Mona sagte lebhaft:

»Das ist ein guter Einfall von dir, Lothar, du bist wirklich schon seit Jahren überlastet mit Geschäften und hast von deinem Leben bisher nichts als Arbeit gehabt. Dazu bist du doch noch zu jung.«

Er sah sie lächelnd an.

»Meinst du wirklich, Mona, daß ich für irgend etwas zu jung sein könnte?«

»Aber Lothar, du bist doch erst neununddreißig Jahre alt, das ist für einen Mann doch noch sehr jung.«

Er sah zu Friede hinüber, die stumm diesen Worten gelauscht hatte. Wie immer war sie zurückhaltend und mischte sich nie in familiäre Gespräche, wenn sie nicht dazu aufgefordert wurde. Taktvoll vermied sie, die Vorzugsstellung, die ihr wie selbstverständlich eingeräumt worden war, auszunutzen oder sich irgendwelche Rechte anzumaßen.

»Bald vierzig Jahre!« rief Lothar seufzend, »das ist doch schon ein recht ehrwürdiges Alter. Meinen Sie nicht auch, Fräulein Lorenz?«

Friede zuckte leise zusammen, als er sich an sie wandte. Sie hatte ihn gerade forschend angesehen und bei sich gedacht, daß er sich um zehn Jahre verjüngt zu haben schien, seit er die Sorge um seinen Sohn los war. Das Glück über Gerds Gesundung hatte ihn verjüngt. Und wie immer wurde ihr das Herz seltsam warm, wenn sie ihn ansah. So selbstvergessen hatte sie ihn angeblickt, daß sie nun erschrak, als er sie ansprach. Aber sie hatte sich schnell wieder in der Gewalt. Ein Lächeln flog über ihre Züge.

»Selbst mit vierzig Jahren darf sich ein Mann noch nicht auf ein ehrwürdiges Alter berufen, zumal in unserer Zeit nicht. Nicht einmal die Frauen sind heute mit vierzig Jahren alt. Und wenn ich mir eine offene Meinung erlauben darf, so wirken Sie jetzt gut zehn Jahre jünger als damals, da ich in Ihr Haus kam.«

Seine Augen hielten die ihren fest, als er antwortete:

»Das Wunder, das Sie an meinem Sohn vollbracht haben, hat verjüngend auf mich gewirkt, und wenn ich ehrlich sein soll, muß ich sagen, daß ich mich nie jünger gefühlt habe als jetzt.«

»Das merkt man dir auch an, Lothar, du hast dich wirklich sehr zu deinem Vorteil verändert.«

»Diese Artigkeit kann ich dir zurückgeben, Mona, und ich glaube, mit dir ist eine noch viel günstigere Veränderung vorgegangen. Ich kann oft gar nicht fassen, daß du dieselbe Mona bist wie vor einem Jahr. Wer dich in diesem Jahr nicht gesehen hat, würde dich kaum wiedererkennen, ich glaube, auch dein eigener Vater nicht.«

Mona lachte und drückte Friede die Hand.

»Und wir alle danken das nur Friede. Gerd, ich und du, wir sind von ihr mit einem Zauberstab berührt worden.«

Friede errötete und wollte abwehren. Tante Herta kam ihr zu Hilfe, denn sie wußte, daß Friede solche Worte nicht hören mochte.

»Ich glaube wirklich, Mona, daß selbst dein Vater dich nicht wiedererkennen wird, wenn du plötzlich unvorbereitet vor ihm stehst.«

»Das wird noch lange Zeit haben, Tante Herta, vorausgesetzt, daß ihr mich nicht von Georgental fortschicken wollt.«

»Davon kann keine Rede sein, du gehörst doch zu uns, Mona«, sagte Lothar und blickte sie freundlich an.

»Ich meine ja nur, wenn dein Vater einmal nach Georgental kommt. Er wollte uns besuchen«, meinte Tante Herta. »Du stehst jetzt gottlob viel besser mit ihm, schreibst ihm fleißig, und er hat, wie du mir sagst, einen viel herzlicheren Ton für dich.«

Monas Lippen zuckten.

»Ja, Tantchen, gottlob, daß es so ist. Aber gerade darum möchte ich unser gutes Einvernehmen nicht wieder aufs Spiel setzen dadurch, daß ich wieder in sein Haus komme. Dann würde er sofort wieder zwischen zwei Feuern stehen. Ich kann noch nicht verlangen, daß meine Stiefmutter mich jubelnd aufnimmt. Nein, nein, so lange ihr mich behalten wollt, bleibe ich in Georgental.«

»Dann wirst du nie fortkommen«, sagte Lothar ruhig.

»Oh, es ist auch nirgends schöner als hier. Und wenn Vater mich einmal sehen will, kann er ja zu Besuch hierher kommen. Gerade jetzt, da Gerd gesund geworden und du so vergnügt bist, Lothar, ist es doppelt schön hier, und in deinem Haus ist ja gottlob so viel Platz. Und von Friede möchte ich mich auch nicht wieder trennen. Ihre Freundschaft ist ein so großer Gewinn für mich.«

Mit einem warmem Blick sah Friede zu ihr hinüber.

»Für mich ein noch viel größerer«, sagte sie herzlich.

»Wir wollen lieber nicht nachforschen, wer von uns beiden mehr gewinnt dabei, ich weiß es ganz genau, wer den größten Vorteil davon hatte.«

»Es war sehr großherzig von Ihnen, Mona, daß Sie, die reiche Erbin, einer einfachen Erzieherin Ihre Freundschaft angeboten haben.«

»Was hat Armut und Reichtum mit der Freundschaft zu tun? Freundinnen Ihrer Art sind sehr wertvoll; ich habe nie zuvor eine Freundin gehabt. Und was Sie von einer einfachen Erzieherin sagen – Friede Lorenz ist gar keine einfache Erzieherin, sie ist eine Wundertäterin, die ein gütiges Geschick nach Georgental geführt hat.«

»Darin muß ich meiner Base beipflichten, Fräulein Lorenz, sie hat mir das Wort aus dem Mund genommen.«

Friedes Gesicht rötete sich jäh, sie wagte Lothar Wieland nicht anzusehen. Mona aber faßte ihre Hand:

»Und da nun über ein Jahr vergangen ist, seit wir uns kennen, Friede, will ich dich herzlich bitten, laß uns du zueinander sagen. Das Du schwebt mir ohnedies immer auf der Zunge, wenn ich mit dir spreche. Mir als der Jüngeren kommt es eigentlich nicht zu, das anzuregen, aber ich habe vergeblich darauf gewartet, daß du mir das Du anbieten würdest. So muß ich es tun.«

Friede sah unruhig fragend zu Lothar und Frau Herta hinüber.

»Ich weiß nicht, ob ich das annehmen darf, Mona – ich meine, ob Ihre Verwandten das gestatten werden.«

»Wenn Sie damit meinen Neffen und mich meinen, liebes Kind, dann müßten Sie sich diese Frage doch selbst beantworten können. Meinen Sie, wir wissen nicht, welchen Schatz wir an Ihnen im Haus haben? Und wenn Sie Monas Freundschaft annehmen und ihr das Du gestatten, so kann sie es als eine Auszeichnung betrachten.«

»Ich schließe mich meiner Tante vollkommen an«, sagte Lothar und sah Friede mit einem so warmen, leuchtenden Blick an, daß sie froh war, daß Mona sie jetzt jubelnd umarmte und küßte.

»Nun ist unsere Freundschaft verbrieft und besiegelt, Friede, und sie soll unser ganzes Leben lang halten.«

»Das soll mich innig freuen, Mona, ich danke dir«, sagte Friede bewegt.

»Du, danken ist verboten – das hast du ja selbst eingeführt in Georgental«, sagte Mona schelmisch.

Lothar sah mit einem seltsamen Blick auf die beiden jungen Damen, die sich innig umschlungen hielten.

Einige Tage später saß Friede, während Gerd sein Mittagsschläfchen hielt, was auch Friede ihm verordnet hatte, mit Frau Herta zusammen im Wohnzimmer. Wieder duftete es draußen nach werdendem Frühling, und die jungen Blattknospen sprengten schon die braunen, lederartigen Hüllen. Mona befand sich auf ihrem Zimmer, um an ihren Vater zu schreiben, was sie jede Woche einmal tat, und Lothar entfernte sich eben durch den Garten, um ins Werk zu gehen. Er benutzte jetzt nur zweimal, meist früh und abends, den Wagen für den Weg. Mittags kam er zu Fuß herauf und ging ebenso wieder hinunter, um sich genügend Bewegung zu machen. Er behauptete, seit er durch Fräulein Lorenz an seinem Sohne erfahren habe, wie heilsam Bewegung sei, wolle er das auch an sich erproben.

Frau Herta und Friede sahen der kräftigen, elastisch ausschreitenden Männergestalt nach, und die ältere Dame sagte aufseufzend:

»Es ist wirklich erfreulich, wie frisch und froh mein Neffe wieder geworden ist vor Freude über die Genesung seines Sohnes. Aber ich wünschte, er gewänne das Leben wieder so lieb, daß er daran denken würde, sich noch einmal zu verheiraten. Und ich hoffe, daß ich das nicht vergeblich wünsche.«

Friede war bei diesen Worten plötzlich zumute, als sinke ein grauer Schatten draußen über die sonnige Landschaft. Lothar Wieland heiraten? Eine junge Frau sollte hier einziehen? Ihr war, als krampfe sich ihr das Herz zusammen in Not und Pein. Nur mühsam vermochte sie zu antworten:

»Herr Wieland war wohl nur kurze Zeit verheiratet?«

»Nur zwei Jahre, und leider sehr unglücklich. Und er verdient es doch, glücklich zu sein. Ich wünsche ihm von Herzen eine recht liebenswürdige Frau, die ihn liebt, die er lieben kann und die ihn sehr glücklich macht. Früher habe ich zuweilen daran gedacht, ob er sich wohl mit Mona verheiraten würde. Aber davon bin ich wieder abgekommen. Sie stehen sich mehr geschwisterlich nahe, das wäre für beide nicht das rechte Glück. Aber wie soll er hier eine Frau kennenlernen? Wir haben so gar keinen Damenverkehr, sehen immer nur die älteren Beamten vom Werk. Für Mona ist es auch sehr schwer, sie kann ebenfalls keine Bekanntschaften machen. Deshalb hatte ich sie ja zu ihrem Vater geschickt, der ein großes Haus in Berlin führt. Aber sie kam nach kaum zwei Monaten zurück, ihre noch sehr junge Stiefmutter versteht sie nicht festzuhalten. Manchmal denke ich freilich, sie hat damals ein Herzenserlebnis gehabt, denn sie war ungewöhnlich verändert nach ihrer Rückkehr und erschien mir seltsam gereift. Hat sie Ihnen vielleicht einmal eine Andeutung darüber gemacht?«

Friede hatte sich gefaßt, während Frau Herta so ihren Sorgen Luft machte. Ihr Herz lag freilich noch sehr schwer in der Brust, und sie würde nun immer daran denken müssen, daß Lothar Wieland eines Tages eine junge Frau heimführen würde.

»Nein, gnädige Frau, davon hat Mona nie etwas gesagt, und ich bin auch fest überzeugt, daß Sie das eher Ihnen anvertrauen würde als mir. Sie hat mir nur erzählt, daß sie nicht wieder nach Hause möchte, um ihres Vaters Glück nicht zu stören.«

»Nun ja, davor hat sie große Angst, aber eines Tages wird sie doch für längere Zeit wieder nach Hause zurückkehren müssen. Wo soll sie sonst Bekanntschaften machen, die zu einer Heirat führen? Vorläufig ist sie ja noch jung, aber wenn sie erst über die Zwanzig ist, muß es doch sein. Auch mein Neffe müßte einmal hinaus in die Welt, damit er junge Damen kennenlernt, ich werde ihm das nächstens einmal nahelegen. Es ist doch Unsinn, daß er so einschichtig lebt. Er müßte unbedingt wieder heiraten.«

Friede dachte dabei: »Dann werde ich nicht mehr in diesem Haus bleiben können. Mit ansehen müssen, wie er mit einer andern glücklich ist, das ertrüge ich nicht. Ich habe ihn ja lieb – so unsagbar lieb. Und so wunschlos meine Liebe auch war und sein wird – das könnte ich nicht ruhig mit ansehen.«

Ja, Friede liebte Lothar Wieland, liebte ihn schon, seit sie in seine unglücklichen Augen gesehen hatte. Und der heiße Wunsch, diese Augen froh und glücklich aufleuchten zu sehen, hatte ihr Kraft gegeben, Gerd aus seinem kraftlosen Dasein zu lösen. Keine Mühe war ihr zu diesem Zweck zu groß, keine Aufgabe zu schwer gewesen. Und ihr schönster Lohn für all das war gewesen, als er ihr mit glücklichen, feuchtschimmernden Augen gesagt hatte: »Nur Ihnen allein danke ich das Leben und die Gesundheit meines Sohnes, und der Himmel mag geben, daß ich Ihnen eines Tages meinen Dank dafür beweisen kann.« Ja, an jenem Tag war auch sie unsäglich glücklich gewesen, hatte sich reich belohnt gefühlt, und die Liebe zu ihm hatte ihr ganzes Sein durchdrungen, wenn sie dies Gefühl auch tief und fest verschlossen hatte. Wunschlos und glücklich hatte sie weiter in seinem Haus gelebt, aber nun war plötzlich aus Frau Hertas Mund eine Drohung aufgestiegen, die ihre Ruhe störte und ihr zeigte, daß die Wunschlosigkeit ihrer Liebe doch begrenzt war. Wollte sie ihn auch nicht selbst besitzen – so hoch hätten sich ihre Wünsche nie verstiegen –, aber ihn einer andern lassen und dann sein Glück auch noch mit ansehen müssen – das ging über ihre Kraft. Lothar Wieland sollte wieder heiraten, würde es wohl auch eines Tages tun, aber dann mußte sie weit fort von Georgental sein. Nichts blieb ihr dann übrig, als still aus seinem Haus zu verschwinden. Die Worte der alten Dame hatten plötzlich alle Sonne aus ihrem Leben gescheucht. Sie wußte, daß sie sich damit abfinden müsse, daß er eine andere heiraten würde – aber bleiben konnte sie dann nicht. Das stand fest bei ihr.

Und von diesem Tag an rechnete Friede Lorenz damit, daß ihres Bleibens in Georgental nicht mehr lange sein würde. Zum erstenmal in ihrem Leben überkam sie eine tiefe Mutlosigkeit. Sie fragte sich, was ihr das Leben wohl noch zu bieten hätte, wenn sie hier fortmußte. Das Wandern von einer Stelle zur andern, immer wieder zu fremden Menschen, um den eigenen Unterhalt zu verdienen – oder ein Unterkriechen bei ihrer Schwester, was ihrem stolzen Sinn wie ein Gnadenbrot erschien. Aber auch vor einem Nomadenleben aus einer Stelle in die andere graute ihr plötzlich, weil jetzt ihr Herz für immer hier festgehalten wurde. In Georgental war es so schön und traut gewesen, man behandelte sie als zur Familie gehörig. Mona hatte ihr ihre Freundschaft geschenkt, Gerd liebte sie, und Frau Marlow und Lothar Wieland hatten ihr Hochachtung und Vertrauen entgegengebracht. Und Lothar Wieland hatte ihr gesagt, daß er ihr ewig dankbar sein würde. Das alles hatte ihrem Leben einen tiefen Wert gegeben. Dem Mann zu dienen mit ihrer ganzen Kraft, dem sie ihr Herz geschenkt hatte, das wäre ihr für immer genug gewesen. Sie hatte nicht daran gedacht, daß dies alles eines Tages anders werden würde, vielleicht schon bald. Lothar Wieland würde heiraten – und dann mußte sie fort.

Gerd würde sie ja dann nicht mehr so nötig brauchen, er war gesund und kräftig, und für sie würde schnell in einer andern Lehrerin oder in einem Hauslehrer Ersatz gefunden werden. Nie hatte sie früher damit gerechnet, daß sich eine Anstellung über viele Jahre hinziehen würde, hier aber hatte sie es als sicher angesehen. Und sie wußte auch, nie würde man sie hier gehen heißen – aus Dankbarkeit für das, was sie an Gerd getan. Aber wenn Gerds Vater eine junge Frau heimführte, dann mußte sie ihr Bündel schnüren und weiterwandern.

Darüber wollte eine große Traurigkeit in ihr aufkommen, aber dann riß sie sich kraftvoll zusammen. Sie war kein Mensch, der über zerschlagenen Hoffnungen zusammenbricht. Mutig hob sie den Kopf. War sie nicht eine Törin, wenn sie sich die schöne Zeit, die ihr immerhin noch bevorstand, vergrämte mit der Angst vor einer einst nötig werdenden Trennung? Nein! Jeden Tag, jede Stunde wollte sie noch wie ein Himmelsgeschenk auskosten, mit Inbrunst genießen. Noch war Lothar Wieland frei. Und trotz allem waren die Tage in Georgental die glücklichsten ihres Lebens, und die Erinnerung daran würde einen goldenen Schein werfen über ihr ganzes Leben. Nur daran wollte sie jetzt denken, wie schön und herrlich es hier war und wie glücklich sie darüber sein konnte, daß sie dem Mann ihrer Liebe einen großen Dienst hatte erweisen können. Er würde sie auch bestimmt nie vergessen. Wenn er später seinen Sohn ansah, dann würde er immer denken: »Friede Lorenz hat meinen Sohn gesund und stark gemacht.«

Und solange sie noch hier war, wollte sie alles tun, was möglich war, um Gerds Gesundheit noch zu kräftigen, ihn zu lehren, was er fassen konnte, und sich damit einen Denkstein setzen im Herzen seines Vaters. Nein, vergessen würde man sie in Georgental nicht, und das mußte ihr ein Trost sein.

Damit brachte sie sich selber wieder zur Ruhe und zeigte sich wieder frisch und lebensfroh wie zuvor. Niemand merkte ihr an, daß sie allerlei Drückendes durchzukämpfen hatte.

XII

Es war einige Wochen später. Die helle, warme Frühlingssonne schien herab auf die blühenden Büsche und Sträucher im Park von Georgental. Friede und Mona befanden sich mit Gerd in dem abgegrenzten Teil des Parkes, in dem Gerds gymnastische Apparate in einem kleinen Pavillon untergebracht waren. Bei ungünstigem Wetter wurden die Übungen im Pavillon gemacht, bei schönem Wetter auf dem Rasenplatz davor oder, wenn es sehr heiß war, unter den schattigen Bäumen am Rand des Rasenplatzes. Heute standen die Apparate auf der sonnigen Wiese. Gerd lag in einem luftigen Turnanzug auf einer Art Rutschbahn, die etwas muldenartig ausgehöhlt und gerade breit genug war, Gerds Körper aufzunehmen. Mit nach oben gestreckten ausgebreiteten Armen zog er sich, an beiden Seiten die runden Kanten fassend, auf der Rutschbahn empor, was eine sehr gute Übung war, die alle Muskeln stärkte und die Lunge zu tiefem Atem anregte. Das machte ihm viel Vergnügen, wie alle gymnastischen Übungen. Mona und Friede standen neben ihm auf dem Rasenplatz und turnten auch ein bißchen.

Dann wurde gemeinsam Ball gespielt und dann ein Wettlauf veranstaltet. So wechselten die Leistungen immer ab. Es ging dabei sehr vergnügt zu, alles wurde mit Scherzen und Lachen begleitet.

Als die täglichen Übungen zu Ende waren, hüllte Friede

Gerd in einen dicken weißen Flauschmantel. Die beiden jungen Damen schlüpften in ihre Bademäntel, denn auch sie trugen luftige Turnanzüge. Dann gingen alle drei plaudernd und lachend dem Haus zu, wo ein Bad auf Gerd und eine kalte Dusche auf die beiden Damen wartete.

Gerd hängte sich bei den beiden Damen ein und hüpfte vergnügt zwischen ihnen dahin.

Wer den kleinen Gerd vor Jahresfrist auf seinem Liegestuhl gesehen hatte, blaß und kümmerlich zwischen Spitzenkissen gebettet, der hätte nicht geglaubt, daß der frisch und lebhaft herumspringende Knabe mit dem braungebrannten Gesicht und dem festen, schlanken Körper derselbe sein könne. Sein frohes Lachen klang über die Wiese, und er plauderte so lebhaft, daß man ihm anmerken konnte, wie wohl er sich fühlte.

»Ich habe einen Bärenhunger, Fräulein Friede«, sagte er mit kräftiger Stimme, »hoffentlich gibt es heute mittag wieder meine Leibspeisen.«

»Die gibt es doch jeden Tag, Gerd, es ist erstaunlich, was du jetzt vertilgen kannst«, sagte Mona lachend.

»Du mußt aber jetzt erst noch dein Bad nehmen und dich von Frau Lehnert umkleiden lassen«, ermahnte ihn Friede.

Er lachte übermütig.

»Ich brauche doch Frau Lehnert gar nicht mehr dazu. Wenn sie mir nur alles bereitlegt, dann bin ich eins, zwei, drei in der Badewanne, eins, zwei, drei unter der kalten Dusche und eins, zwei, drei in meinen Kleidern«, brüstete er sich kraftbewußt.

Die Damen lachten.

»Dann müssen wir uns sehr beeilen, Mona, daß wir mit ihm zu gleicher Zeit fertig sind.«

»Wir wollen doch wetten, daß ich schneller fertig bin als ihr beide!« rief Gerd vergnügt.

»Gut, angenommen! Um was soll es gehen?« fragte Mona.

»Ich setze für jede von euch einen Maiblumenstrauß, den ich gestern selber im Wald gepflückt habe.«

»Gut, Gerd, ich setze eine Packung Pralinen dagegen.«

»Oh, fein, Mona! Und du, Fräulein Friede?«

»Ich setze meinen Füllfederhalter, den du so gern haben möchtest.«

»Ah, den muß ich gewinnen!« rief Gerd und wollte schnell davoneilen. Friede hielt ihn fest.

»Halt, mein Bürschchen, das gilt nicht! Erst am Portal wird gestartet.«

Lachend liefen sie auf das Portal zu.

Inzwischen war Lothar etwas früher als sonst vom Werk heraufgekommen. Er befand sich im Wohnzimmer mit Tante Herta zusammen, und sie sahen lachend auf das vergnügte Trio, das in Bademänteln herbeigelaufen kam. Ganz versunken in den Anblick stand Lothar am Fenster, und seine Augen labten sich nicht nur am Anblick seines Sohnes, dessen braungebranntes Gesicht mit den blonden zerzausten Haaren aus dem Flauschmantel heraussah, sie sahen auch mit innigem Wohlgefallen auf Friedes schlanke Gestalt und auf ihr blühendes Gesicht. Erst als alle drei im Haus verschwunden waren, wandte er sich wieder Tante Herta zu.

»Also, liebe Tante, du bist so freundlich und läßt zwei Zimmer für meinen neuen Sekretär zurechtmachen, ein Schlafzimmer und ein Arbeitszimmer. Die beiden Eckzimmer, die unmittelbar an meine Zimmer stoßen, sind wohl am geeignetsten, denn ich will ihn auch hier oben in meiner Nähe haben.«

»Ah, du willst also, daß der Sekretär im Haus wohnt. Soll er auch die Mahlzeiten mit uns einnehmen?«

»Ja, ich kann dann noch mancherlei mit ihm besprechen. Und ich brauche ihn nicht nur unten im Werk, sondern auch hier oben. Ich will mich doch möglichst entlasten. Er wird immer mit mir zusammen hinunterfahren oder -gehen, dann kann ich auch noch allerlei mit ihm beraten. Es kann ja auch für euch nur ein Gewinn sein, wenn er unseren Kreis etwas vergrößert. Er ist aus sehr guter Familie, sein Vater hat früher selbst eine große Fabrik besessen, ist aber durch die Inflation zugrunde gerichtet worden. Der junge Mann hat dann über ein Jahr eine Stellung in London bei einem meiner englischen Geschäftsfreunde eingenommen, der ihn mir sehr empfohlen hat als außerordentlich tüchtig und gewissenhaft. Ich schrieb zufällig meinem Geschäftsfreund darüber, daß ich ein Gesuch habe in die Zeitungen rücken lassen wegen eines Sekretärs für mich. Er teilte mir daraufhin mit, daß dieser junge Mann gern wieder nach Deutschland zurückkehren möchte. Und so bin ich schnell einig mit ihm geworden. Alles in allem hoffe ich, daß wir auch einen guten Gesellschafter an ihm haben werden, ganz abgesehen, daß er mir eine tüchtige Stütze werden wird. Seine mir eingesandte Fotografie zeigt ihn als eine äußerst sympathische und angenehme Persönlichkeit. Also, du läßt bitte die Zimmer für ihn richten.«

»Gern, Lothar! Und ich hoffe, daß er dich soweit entlasten wird, daß du dir nun auch einmal für längere Zeit Ferien nehmen kannst. Du mußt mal ausspannen, Lothar, mußt vor allen Dingen einmal wieder unter Menschen.«

Er lachte.

»Willst du mich loswerden, Tante Herta?« neckte er.

Sie sah ihn lächelnd an.

»Davon kann natürlich keine Rede sein. Aber jetzt, da du die Sorge um Gerd los bist, mußt du auch einmal an dich denken. Du bist zu jung, um für immer in dieser Abgeschiedenheit zu leben.«

»Aber, Tantchen, ich entdecke in neuester Zeit, daß ich immer für irgend etwas zu jung sein soll, und dabei komme ich mir für vieles zu alt vor. Von einer Abgeschiedenheit kann doch auch hier keine Rede sein. Ich stehe doch in dauerndem Verkehr mit drei sehr interessanten Damen: mit dir, Mona und Fräulein Lorenz. Und im Werk habe ich doch auch dauernd geschäftlichen Verkehr. Was fehlt mir noch?«

Sie sah ihn mit großen, ernsten Augen an.

»Das will ich dir sagen, dir fehlt Gelegenheit, Damenbekanntschaften zu machen, damit du dir eine Frau aussuchen kannst. Du mußt dich entschieden wieder verheiraten, du bist zu einem guten Ehemann wie geschaffen, und das einschichtige Leben taugt nicht für einen gesunden Mann in deinen Jahren. Ich wollte darüber nicht mit dir sprechen, solange dein Herz so schwer war um Gerd, aber jetzt ist es höchste Zeit für dich, dir eine junge Frau zu suchen«, sagte sie energisch.

Er fuhr sich über die Stirn.

»Gebranntes Kind scheut das Feuer!«

»Du mußt ja nicht zum zweitenmal eine so bittere Erfahrung machen. Und – mein Gott, Lothar, jetzt brauchst du doch nicht nach Geld zu sehen und brauchst nur dein Herz sprechen zu lassen. Georgental ist gut im Gang, du bist ein reicher Mann und hast keinerlei Rücksicht zu nehmen. Aber Damenbekanntschaften mußt du natürlich unbedingt machen. Dann kannst du nach dem Herzen wählen und endlich einmal glücklich werden.«

Sinnend sah er vor sich hin.

»Nach dem Herzen wählen?«

»Ja, Lothar, eine Frau, die du wirklich liebst und die dich wiederliebt, eine gute, kluge, hübsche und liebenswerte Frau.«

Er richtete sich plötzlich hoch auf und trat dicht vor sie hin.

»Ich wüßte schon eine, Tante Herta, ich brauchte nicht erst fortzugehen, hinaus in die Welt, um die zu finden, die ich liebhabe – von ganzem Herzen liebhabe. Aber – ich weiß doch nicht, ob sie meine Frau werden möchte.«

Überrascht sah sie zu ihm auf.

»Lothar? Du meinst doch wohl nicht Mona?«

Er lachte kurz auf.

»Mona? Ach nein, Tante, wir sind gute Verwandte, nichts anderes. Nein, Mona meine ich nicht.«

»Wen denn sonst? Kenne ich sie denn?«

»Sehr gut, sie ist hier im Haus«, erwiderte er ein wenig verlegen.

Da erhob sie sich hastig.

»Lothar – du meinst doch nicht Friede Lorenz?«

Er atmete tief und schwer.

»Ja, Friede Lorenz meine ich. Ach, Tante Herta, kann denn ein Mann noch nach einer andern schauen, wenn sie am Weg ist? Kannst du dir eine bessere Frau für mich denken als sie, eine bessere Mutter für mein Kind? Ist sie nicht wundervoll in ihrer Frische und Reinheit? Dieser wertvolle, kostbare Mensch?«

Das kam in tiefer Erregung über seine Lippen.

Sie strich sich ganz benommen das Haar aus der Stirn.

»Du liebst sie?«

Er nickte hastig.

»Ja, ja, ich liebe sie mit jeder Faser meines Herzens – weiß jetzt erst, was Liebe ist. Ich glaube, ich habe sie geliebt vom ersten Augenblick an, als ich in ihre wundervollen Augen sah, als ich ihre warme, weiche Stimme hörte. Aber ich wußte das nicht gleich, wußte es erst von dem Moment an, als mir mein Sohn zum erstenmal lachend und jauchzend entgegenlief wie ein gesunder, kräftiger Bursche. Das danke ich doch ihr allein. Und nun weiß ich längst, daß ich sie liebe.«

Die alte Dame hatte sich gefaßt und fragte erregt:

»Nun – weiß Gott, du hättest eine schlechtere Wahl treffen können. Aber warum sagst du es ihr nicht?«

Er fuhr sich durch das Haar.

»Weil ich Angst habe, daß ich sie mit meiner Werbung vertreibe.«

»Aber Lothar, ein Mann wie du kann doch überall anklopfen.«

Hastig wehrte er ab.

»Sag bloß nicht, ein Mann, der soviel Geld hat wie du! Bei Friede Lorenz zählt das ganz und gar nicht, daß ich der Herr von Georgental bin. Die schenkt sich nur aus Liebe, so müßtest du sie auch kennen.«

»Ich meine ja nicht deine Vermögensverhältnisse, ich meine nur dich, Lothar, einen Mann, der einer Frau sehr gefallen kann, gesund, von vornehmer Gesinnung, liebenswert. Ach, was soll ich dir das alles vorzählen! Wenn du sie liebst, so zögere nicht lange, und quäle dich nicht mit ängstlichen Bedenken. Du hast nichts zu versäumen, schade um jeden verlorenen Tag. Greif zu!«

Er seufzte.

»Und wenn ich sie mit meiner Werbung in die Flucht schlage? Sobald ich spreche, gibt es nur zweierlei – ihre Zustimmung, wenn sie mich liebt, oder ihre Abreise, wenn sie mich nicht mag. Sie würde nicht in meinem Haus bleiben, wenn sie mir einen Korb geben müßte. Fürchtete ich das nicht, dann hätte ich sie längst gefragt, ob sie meine Frau werden will.«

Tante Herta sank in ihren Sessel zurück und sagte nachdenklich:

»Ich muß dir beistimmen! Sie wird nur ja sagen, wenn sie dich liebt. Mädchen ihrer Art verkaufen sich nicht. Wenn ich nur eine Ahnung gehabt hätte von deinen Gefühlen für sie, dann hätte ich doch längst nachgeforscht und sie ein bißchen beobachtet. Aber das werde ich jetzt natürlich nachholen, darauf kannst du dich verlassen. Ich werde sehr bald herausbekommen, ob sie dich liebt oder nicht.«

Mit brennenden Augen sah er sie an.

»Versuch es, Tante Herta. Siehst du, jeder anderen Frau gegenüber würde ich längst wissen, woran ich bin, aber sie hat sich so sehr in der Gewalt. Nicht die leiseste Ahnung habe ich, ob sie meine Gefühle erwidert. Sie würde mich auch nichts merken lassen, wenn sie mich liebte, dafür kenne ich sie. Bei aller Freimütigkeit ist sie streng gegen sich selbst. Himmel, was ist sie für ein bezauberndes Geschöpf, Tante Herta! So quellfrisch und tapfer, so energisch und doch so weiblich zart und weich.«

Mit einem Lächeln sah ihn die alte Dame an.

»Mein lieber Lothar, dich hat es ja gründlich gepackt! Und ich kann es verstehen nach all den einsamen Jahren. Man muß ihr gut sein, sie hat ja alle Herzen im Sturm genommen, auch das meine.«

Seine Augen strahlten sie an.

»Ich freue mich, daß du mich verstehst. Und wenn du kannst, hilf mir, daß ich nicht länger im dunklen tappe. Ihr Frauen habt für so etwas ein feineres Empfinden.«

Sie konnte ihm nur noch zunicken, denn sie wurden gestört. Mona trat mit Gerd zusammen ein, und Gerd erzählte strahlend, daß er eine Packung Pralinen und einen Füllfederhalter gewonnen habe, weil er schneller mit Ankleiden fertig geworden war als Mona und Fräulein Friede.

»Und nun habe ich furchtbaren Hunger, lieber Vater, können wir noch nicht zu Tisch gehen? Fräulein Friede wartet schon im Speisezimmer, sie stellt die Maiblumen auf den Tisch, die ich gestern gepflückt habe.«

Lothar Wieland mußte daran denken, mit welcher Mühe und Not Gerd früher zu bewegen war, sein knappes Mahl einzunehmen. Jetzt entwickelte er immer einen Appetit, der staunenerregend war. Der Vater faßte die Hand seines Sohnes.

»Dann wollen wir schnell gehen.«

Sie traten ins Speisezimmer. Dort trafen sie mit Friede zusammen.

»Fräulein Lorenz, Gerd hat Ihnen Ihren schönen, praktischen Füllfederhalter abgewonnen, und Mona Pralinen. Das ist doch eigentlich haarsträubend. Sie erziehen meinen Sohn sonst so mustergültig, aber hier muß ich eingreifen – ein richtiger Mann läßt immer die Damen gewinnen.«

Friede lachte.

»Wir sind für Gleichberechtigung«, scherzte sie.

»O Vater, ich war doch aber fast fünf Minuten früher fertig als Mona, und drei Minuten eher als Fräulein Friede«, verteidigte Gerd seine Siegespreise.

»Du wirst aber Mona und Fräulein Friede als Ersatz ein hübsches kleines Geschenk machen.«

»Ich werde Ihnen dann doch die Maiblumen schenken, die ich gepflückt habe, die waren dagegen gesetzt.«

»Gut, so tue das. Und in Zukunft merk dir, ein Herr läßt als guter Kavalier immer die Damen gewinnen.«

Man nahm um die große runde Tafel Platz, an der man speiste, wenn keine Gäste zugegen waren.

»Von heute abend an haben wir einen Tischgast mehr an unserer Tafelrunde«, sagte Lothar. »Mein neu angestellter Sekretär wird heute nachmittag eintreffen. Ich führe ihn unten gleich in sein Amt ein und bringe ihn dann mit herauf.«

»Oh, wird er nur heute abend an der Tafel teilnehmen?« fragte Mona.

»Nein, er wird überhaupt unser Hausgenosse sein, er soll hier im Haus wohnen, nicht unten in den Beamtenhäusern, weil ich ihn auch brauchen werde, wenn ich zu Hause bin.«

»Hoffentlich ist er ein angenehmer Mensch«, sagte Mona lächelnd.

Sie hatte jetzt keine Angst mehr, neue Menschen kennenzulernen, seit ihr Teint so klar und rein war.

»Das werden wir bald herausgefunden haben. Nach seinem Bild ist er ein sehr sympathischer, vielleicht sogar interessanter Mann.«

»Du hast sein Bild? So zeig es uns doch.«

»Bedaure, Mona, das habe ich unten gelassen.«

»Du hättest dir doch denken können, daß wir neugierig sind, wie er aussieht.«

»Daran habe ich offen gestanden nicht gedacht. Aber du wirst ihn ja heute abend kennenlernen.«

»Und wenn er uns nicht gefällt?« neckte Mona.

»Dann muß er allein speisen. Ich werde ihm vorsichtigerweise vorläufig nichts davon sagen, daß er mit uns zusammen essen soll. Und außer den Mahlzeiten hat er ja wenig mit euch zu tun.«

Mona lachte.

»Ich scherzte ja nur, Lothar. Er wird nicht so ein Ungeheuer sein, daß wir seine Gesellschaft nicht bei Tisch ertragen könnten.«

»Das denke ich auch, Mona«, sagte die Tante, die inzwischen Friede scharf beobachtet hatte. »Und wir können frischen Zuwachs sehr gut brauchen.«

»Ihr dürft nicht glauben, daß ich den jungen Mann ernstlich entgelten lassen würde, wenn er wirklich ein unangenehmes Äußeres hätte. Ihr habt ja meinen Anblick früher auch ertragen müssen und habt es geduldig getan«, sagte Mona ernst.

»O Mona, wir haben deinen Anblick immer mit Vergnügen ertragen, wenn du uns auch jetzt bedeutend besser gefällst. Und wir wußten auch, daß du nur scherztest«, sagte Lothar in seiner angenehm ruhigen Art.

»Aber das kannst du uns wenigstens sagen, Lothar, ob er jung oder alt ist.«

»Er ist fast dreißig Jahre alt.«

»Also noch ein junger Mann. Friede, wir werden jetzt nicht mehr in der Mehrzahl sein. Tante Herta und wir beide haben dann meinen Vetter, Gerd und den Sekretär gegen uns.«

»Ich bin sehr froh, daß ich noch eine männliche Hilfsmacht bekomme, denn ich habe doch bemerken müssen, daß die Damen mir in ihrer geschlossenen Masse über waren«, scherzte Lothar.

Friede hatte selbstvergessen in sein lachendes Gesicht gesehen, errötete aber jäh, als er sie jetzt ansah.

Und dies Erröten buchte Tante Herta, die es bemerkt hatte, zugunsten ihres Neffen.

Mona und Friede hatten Gerd Gesellschaft geleistet bei seinem Abendessen, das er noch immer allein einnahm, denn Friede hielt darauf, daß er auch jetzt zeitig zu Bett kam und nach dem Essen immer noch ein wenig Bewegung hatte.

Gerds Abendessen bestand jetzt auch aus einer guten Milchsuppe mit Hafermehl, aber er bekam nebenher auch noch kräftigere Dinge. Sein Appetit war abends immer sehr erfreulich.

Nachdem Gerd gegessen hatte, machte er mit den beiden Damen noch einen kleinen Spaziergang durch den Park. Dann wurde er Frau Lehnert übergeben, während die beiden Damen sich zurückzogen, um sich für die Abendtafel umzukleiden.

Und während sie auf ihren Zimmern waren, traf Lothar Wieland mit seinem neuen Sekretär ein. Er stellte ihn zunächst Tante Herta vor, die schon fertig war, und diese sah wohlgefällig auf den jungen Herrn. Sie sprach einige freundliche Worte mit ihm, die er artig erwiderte, und ließ ihm dann seine Zimmer anweisen, damit er sich vor Tisch noch ein wenig erfrischen konnte.

Auch Lothar zog sich zurück, um sich umzuziehen.

Friede und Mona waren, als sie umgekleidet waren, noch einmal zu Gerd gegangen. Er wollte sie in den Abendkleidern sehen. Er lag bereits im Bett, aus dem jetzt alle weichlichen Kissen verbannt worden waren. Er versank nicht mehr in Daunen und Spitzen. Dafür war sein Lager jetzt bedeutend gesünder.

Es wurden noch einige Scherze gemacht, Geschichten wurden jetzt nicht mehr erzählt. Nur betete er mit Friede sein Nachtgebet, und gerade, als er damit zu Ende war, trat sein Vater ein, um ihm gute Nacht zu sagen. Dann gingen die beiden Damen mit dem Hausherrn zum Speisezimmer, wo Tante Herta sie erwartete. Und gleich danach trat auch der Sekretär ein.

Als er über die Schwelle trat, zuckte Mona zusammen und wurde sehr bleich. Sie trat unwillkürlich noch etwas mehr hinter Tante Herta zurück, um sich zu fassen. Die andern achteten zum Glück nicht auf sie, alle Augen waren auf den Sekretär gerichtet.

Mona klopfte das Herz bis zum Hals, und sie mußte alle Kraft aufbieten, um sich zur Ruhe zu zwingen, denn der neue Sekretär war niemand anderes als – Bernd Kronau.

Ihr war zumute, als müsse sie fliehen, müsse ihr Gesicht vor ihm verbergen. Sie fühlte sich wieder als das »kleine Greuel« und dachte im Augenblick nicht daran, daß sie nicht mehr durch die Sommersprossen entstellt war. Eine heiße Angst kroch in ihr hoch, weil sie sich seinen Blicken aussetzen mußte. Aber dann fiel ihr ein, wie sehr sie sich verändert hatte. Er würde sie kaum erkennen – wenn er nur nicht ihren Namen hörte. Sie hätte laut aufweinen mögen, und doch hefteten sich ihre Augen über die Schulter der Tante hinweg auf sein Gesicht – auf dieses heiß und innig geliebte Gesicht. Es war schmäler geworden und noch dunkler gebräunt, und seine Augen blickten ernster als früher. Um den schmallippigen, ausdrucksvollen Mund hatte sich ein herber, fester Zug eingegraben, der von harten Kämpfen sprach und ihr ans Herz rührte.

Sie schickte ein Stoßgebet zum Himmel, daß er sie nicht erkennen möge und daß niemand ihren Namen aussprach.

Tante Herta wandte sich jetzt nach ihr um.

»Herr Sekretär Kronau – meine Nichte!« stellte sie vor.

Mona nahm alle Selbstbeherrschung zusammen. Sie hob die Augen zu ihm auf, schlug sie aber nicht nieder wie damals, als er ihr das erstemal vorgestellt wurde. Sie gab sich auch nicht scheu und unbeholfen, hatte eine ruhige, sichere Haltung und sah ihn groß und ernst an. Er verneigte sich vor ihr wie vor einer Fremden, aber er war betroffen von der Schönheit der großen braunen Augen, in denen goldene Lichter funkelten.

Gottlob – er hatte sie nicht erkannt. Mona seufzte erlöst auf. Er wußte wirklich nicht, daß er dem Mädchen gegenüberstand, das er einst ein kleines Greuel mit dem häßlichen Teint genannt hatte, das man ihm zur Frau angeboten hatte, weil man sie los sein wollte.

Das Blut pulsierte Mona aufgeregt in schweren Stößen durch die Adern, aber sie behielt sich in der Gewalt, gab sich anscheinend ganz unbefangen und dankte Gott, daß er sie nicht erkannt hatte. Wie sollte er auch? Sie hatte sich unnötig geängstigt. Er hatte sie doch damals nur mit einem flüchtigen Blick gestreift, und damals hatte sie mit ihren Sommersprossen so ganz anders ausgesehen.

Auch Friede war Bernd Kronau nun vorgestellt worden, und man begab sich zu Tisch. Mona hielt Tante Herta verstohlen zurück.

»Tante Herta, bitte, vermeide es, Herrn Kronau meinen Namen zu nennen, und sprich auch nicht von meinen Eltern.«

Betroffen sah die alte Dame in Monas blasses, zuckendes Gesicht.

»Um Gottes willen, Kind, was ist dir denn?«

»Ich kann es dir jetzt nicht erklären, heute abend, ehe du zu Bett gehst, komme ich zu dir. Aber bitte, nenne meinen Namen nicht. Hoffentlich wird ihn auch Lothar nicht nennen.«

»Er nennt dich doch immer bloß mit deinem Vornamen. Den kann er doch hören?«

»Gewiß, ein Vorname sagt ja nichts. Aber nun komm!«

Und die Lippen fest aufeinanderpressend, ging Mona neben der Tante hochaufgerichtet zur Tafel.

Bernd Kronau hatte seinen Platz zwischen Tante Herta und Friede, er saß Mona gerade gegenüber. Auch während der Tafel kam kein Blitz des Erkennens über Bernd. Keine Ahnung kam ihm, wer die junge Dame war, die ihm gegenübersaß. Er bewunderte ihr herrliches kastanienbraunes Haar, ihren klaren, zarten Teint und ihre schönen, beseelten Augen, deren Ausdruck ihn ein wenig beunruhigte. Wie hätte er annehmen können, daß dieses reizende, schöne Mädchen mit dem klaren, reinen Teint jenes kleine Greuel war! Sie war jetzt für ihn ein schönes und bezauberndes Geschöpf.

Auch Friede Lorenz gefiel ihm sehr, und er beglückwünschte sich, daß zwei so reizende junge Damen seine Hausgenossinnen sein würden, aber Mona interessierte ihn zweifellos mehr als Friede, denn immer wieder schweifte sein Blick zu ihr hinüber.

Mona saß heute nicht scheu und unbeholfen mit niedergeschlagenen Augen vor ihm. Sie gab sich frei und ungezwungen, nun sie wußte, daß er sie nicht erkannt hatte. Angeregt und interessant plauderte sie wie die andern auch.

Niemand konnte ihr anmerken, wie erregt sie war, nicht einmal Tante Herta, die immer wieder fragend von ihr zu Bernd Kronau hinübersah. Diese hatte einen Augenblick geglaubt, daß Bernd Kronau der Mann sei, dem das Herzenserlebnis galt, dem sie Monas verändertes Wesen zugeschrieben hatte, da aber Mona jetzt so ruhig und scheinbar gleichmütig mit dem jungen Mann sprach und dieser sie anscheinend gar nicht kannte, so kam sie von diesem Gedanken wieder ab. Nur war sie sehr gespannt, von Mona zu erfahren, weshalb er ihren Namen nicht erfahren sollte.

Mona wurde immer sicherer, denn auch im Verlauf des Abends merkte sie, daß der junge Mann keine Ahnung hatte, wer sie war. Langsam stieg nun die Freude in ihr auf, daß er nach Georgental gekommen war, daß sie ihn täglich würde sehen und sprechen können. Und sie fragte sich immer wieder, ob er sie auch jetzt noch reizlos fand.

Nach Tisch streifte sie ihr Spiegelbild drüben im Salon, und der Spiegel strahlte ihr ein sehr anmutiges und reizendes Bild zurück. Nur ein wenig blasser als sonst war sie heute.

Mit Befriedigung hatte sie auch gefunden, daß der Name Mona ihm gar nicht auffiel. Vielleicht hatte er daheim ihren Vornamen nie gehört, und hatte er ihn gehört, so sagte er ihm doch nichts. Nur der Name Runeck hätte ihm sofort alles verraten, deshalb durfte er ihn nicht erfahren. Das stand fest bei ihr.

Sie konnte ihm nie und nimmer gegenübertreten als die Frau, um die er hatte werben, an die er sich hatte verkaufen sollen. Wenn sie ihn auch abgewiesen hatte und er daher nicht ahnen konnte, daß sie ihn liebte, so durfte er doch nicht erfahren, daß sie es war, die er ein kleines Greuel genannt, die man ihm angeboten hatte wie eine schlechte, unverkäufliche Ware.

Während Bernd Kronau drüben im Salon mit Friede und Tante Herta angeregt plauderte, nahm Mona Lothar beiseite.

»Lieber Lothar, ich bitte dich sehr darum, Herrn Kronau gegenüber nie meinen Vatersnamen zu erwähnen und auch nicht von meinen Eltern zu sprechen. Wir kennen uns zwar nicht persönlich, aber ich weiß, daß Herrn Kronaus Vater ein guter Freund von meinem Vater war. Und es ist ihm vielleicht peinlich, jetzt in seiner Stellung daran erinnert zu werden, daß er einst in andern Kreisen lebte.«

Überrascht sah Lothar sie an.

»Ah, das ist ja interessant! Ich glaube zwar nicht, daß er sich seiner jetzigen Stellung schämt, dazu hätte er ja auch keine Veranlassung. Aber euer Name könnte ihm doch vielleicht traurige Erinnerungen erwecken, und so ist es besser, er wird nicht erwähnt.«

»Nicht wahr, Lothar, das dachte ich auch, und wir wollen ihm das ersparen«, sagte Mona und war froh, daß Lothar, ohne viel zu fragen, auf ihren Wunsch einging.

Als sie nun mit Lothar, auf dessen Arm gestützt, zu den andern herantrat, fing sie einen so deutlich bewundernden Blick aus Bernd Kronaus Augen auf, daß sie leise erzitterte. Ja, Bernd Kronau sah Mona bewundernd an. Ihre stolz aufgerichtete, ebenmäßige Gestalt, die graziöse Haltung, das wundervolle Haar und das reizende Gesicht mit dem blütenfrischen Teint und den samtbraunen Augen erschienen ihm so bezaubernd, daß er sie immer wieder verstohlen ansehen mußte. Hauptsächlich der beseelte Ausdruck der Augen fesselte ihn.

Damals, an jenem für Mona so unglückseligen Festabend, hatte er freilich kaum in Monas Augen sehen können, weil sie dieselben niedergeschlagen hatte in ängstlicher Scheu.

XIII

Bernd Kronau wohnte nun schon seit Wochen in Georgental. Draußen in der Natur grünte und blühte der Frühling in voller Pracht. Um diese Zeit, die langsam in den Sommer überging, war es am schönsten in Georgental. Das Lichtgrün der Birken und der Laubbäume hob sich so herrlich von den ernsten, dunklen Nadelbäumen ab, und die großen Blumenrabatten vor dem Herrenhaus prangten in allen Farben. Die Flieder- und Jasminbüsche standen in voller Blüte, und an den Rosensträuchern warteten die Knospen auf den letzten Kuß der Sonne, um sich duftend zu entfalten.

Bernd Kronau hatte sich schnell in Georgental eingelebt, es gefiel ihm hier gut, und er beglückwünschte sich, gerade diese Stellung gefunden zu haben.

Sein Chef war sehr zufrieden mit ihm, er bezog ein anständiges Gehalt, bewohnte zwei schöne, freundliche Zimmer, von denen aus er eine herrliche Aussicht hatte. Die Verpflegung war außerordentlich gut und, was wertvoll für ihn war, die Damen des Hauses begegneten ihm wie einem Gleichgestellten mit großer Freundlichkeit und Liebenswürdigkeit. Seine Tätigkeit war eine interessante und befriedigte ihn sehr, er konnte seine Kenntnisse und Fähigkeiten verwerten. Während der Arbeit verkehrten sie nur in geschäftlichem und sachlichem Ton miteinander, aber sonst unterhielt sich der Chef mit ihm wie mit einem Mann aus seinem Gesellschaftskreis.

Bernd hatte sich bald das Wohlwollen und die Achtung seiner Hausgenossen erobert. Mit Friede Lorenz stand er ganz kameradschaftlich, Mona hatte ihre Sicherheit wiedergefunden und verkehrte mit ihm wie mit einem neuen, angenehmen Menschen, den sie bisher nicht gekannt hatte, wovon er noch immer überzeugt war, und Tante Herta hegte ein lebhaftes Interesse für ihn, denn am Abend des Tages, da er in Georgental eingetroffen war, hatte Mona sie noch in ihrem Zimmer aufgesucht und ihr gesagt:

»Du wirst erstaunt sein, Tante Herta, daß ich dich bat, Herrn Kronau meinen Namen nicht zu nennen. Ich habe aber meine besonderen Gründe, nicht von ihm erkannt zu werden. Du weißt doch, daß die Eltern mich verheiraten wollten, als ich das letztemal in Berlin war. Nun, der Mann, den sie mir bestimmt hatten, war Bernd Kronau, der Sohn von meines Vaters bestem Freund.«

Frau Herta schlug die Hände zusammen.

»Ah, also das war der Bewerber um deine Hand? Aber Mona, das ist doch ein ganz reizender und interessanter Mann, und er scheint auch sonst Qualitäten zu haben. Ich an deiner Stelle hätte ihn wahrscheinlich nicht ausgeschlagen, sondern mich bis über beide Ohren in ihn verliebt.«

Mona wurde sehr rot, blieb aber scheinbar ruhig.

»Du mußt bedenken, daß unsere Bekanntschaft nur sehr flüchtig war. Das geht schon daraus hervor, daß er mich nicht wiedererkannte.«

»Nun, nach der Veränderung, die seither mit dir vorgegangen ist, hätte dich wahrscheinlich auch ein näherer Bekannter nicht wiedererkannt.«

»Jedenfalls wirst du verstehen, wie lieb es mir ist, daß er mich nicht wiedererkannt hat, es wäre sonst doch eine peinliche Begegnung geworden. Ich habe mich gegen die Verbindung mit ihm gewehrt, ohne – ohne ihn richtig kennengelernt zu haben. Ich wehrte mich nur gegen diese Verbindung, weil ich wußte, daß mein Vater mich dem alten Herrn Kronau zur Schwiegertochter angeboten hatte. Ein Zufall verriet es mir. Und das allein hätte mich natürlich schon veranlaßt, seine Werbung auszuschlagen. Ich war außer mir, als ich das erfuhr. Bedenke, liebes Tantchen, mit meinem damaligen Äußeren sollte ich einem Mann aufgedrängt werden, der, wie ich ebenfalls zufällig erfuhr, nur deshalb in eine Verbindung mit mir gewilligt hatte, weil sein Vater in schwierige geschäftliche Sorgen geraten war und gedroht hatte, sich das Leben zu nehmen, wenn der Ruin nicht durch mein Vermögen aufgehalten würde. Also kurzum, Tante, ich erklärte Vater, daß ich mich niemals auf eine solche Weise würde verheiraten lassen, und bat ihn energisch, mich hierher zurückkehren zu lassen. Du wirst nun verstehen, daß ich Bernd Kronau nicht als die entgegentreten möchte, die sich hatte ausbieten lassen müssen. Der schnelle Tod seines Vaters veranlaßte ihn damals ohnedies, auch seinerseits von dieser Verbindung zurückzutreten, und so war ich sehr froh, daß ich mich schon vorher geweigert hatte, seine Frau zu werden. Immerhin wäre es peinlich, wenn wir uns beide hier als beiderseitig verschmähte Partie entgegentreten müßten; deshalb bat ich dich und Lothar, ihm meinen Namen nicht zu nennen. Ich bin für ihn nichts weiter als eine Verwandte von euch, und unter dieser Schutzmarke kann ich unbefangen mit ihm verkehren.«

Nach diesen Worten hatte Mona tief aufgeatmet, und Tante Herta hatte sie in ihre Arme genommen und mitleidig gesagt:

»Meine arme Mona, nun verstehe ich erst, warum du so verändert wiederkehrtest. Da hast du ja allerlei bittere Erfahrungen machen müssen. Ich begreife deinen Vater nicht, wie konnte er so unzart sein, dich einem Mann anzubieten, nur, weil er dich möglichst bald wieder los sein wollte.«

Mona hatte gelächelt.

»Schilt ihn nicht, Tante, er hatte mir nach seinem Ermessen wirklich den besten Mann aussuchen wollen, und er war eben der Ansicht, daß ich kleines, mit Sommersprossen behaftetes Greuel sonst überhaupt keinen Mann bekommen würde. Daß ich viel lieber für immer einsam meine Tage beschließen würde, als mich so anbieten zu lassen, das begriff er erst, als ich es ihm klar machte.«

»Du kannst natürlich fest überzeugt sein, daß dein Name nie Herrn Kronau zu Ohren kommen wird. Daß er dich wiedererkennen würde, war nach deiner Veränderung ausgeschlossen. Also sei ganz ruhig, ich werde auch mit Lothar sprechen, damit er deinen und deines Vaters Namen nie erwähnt. Fräulein Friede und Gerd kennen dich ohnedies nur bei dem Namen Mona, und auch sonst wirst du im Haus nicht anders als Fräulein Mona genannt.«

»Daß du mit Lothar sprechen willst, ist mir lieb. Ich habe ihm nur einen kurzen Wink gegeben. Es ist aber besser, wenn er ganz im Bilde ist. Aber nun will ich dich nicht länger in deiner Nachtruhe stören. Gute Nacht, liebe, gute Tante Herta, vielen Dank für alles.«

Die Tante zog Mona noch einmal an sich und strich ihr das Haar liebevoll aus der Stirn.

»Du arme reiche Erbin! Wird es dir auch gewiß nicht quälend sein, mit Herrn Kronau zu verkehren?«

Mona vermochte zu lächeln.

»Aber ganz gewiß nicht, Tantchen, er ist doch ein guter Gesellschafter, und im übrigen ist er mir ja ganz gleichgültig und fremd. Nur würde mein Stolz darunter leiden, wenn er mich als die Dame kennen lernen würde, die ihm zur Frau angeboten wurde.«

»Das kann ich verstehen, und das wird nicht geschehen, sei ganz ruhig.«

Dann hatte sich Mona zurückgezogen. Tante Herta ahnte nicht, wie wenig gleichgültig Mona Bernd gegenüberstand. Sie ließ sich durch Monas Ruhe täuschen.

Und so hatte Bernd Kronau in all den Wochen nicht erfahren, wer die junge Dame war, deren besonders reizvolle Erscheinung ihm von Tag zu Tag mehr Interesse einflößte.

Ja, Mona interessierte ihn mehr als je eine Frau. Ihre Eigenart, ihr lebhafter Geist, ihre schlanke, rassige Erscheinung, ihre Anmut und ihre warmherzige Art, die ihm nicht verborgen blieb, bezauberten ihn immer mehr. Keine Ahnung sagte ihm, daß sie Mona Runeck sei, die er längst vergessen hatte. Er glaubte, Mona sei eine Waise, wahrscheinlich eine arme Verwandte des Hausherrn, die in seinem Haus Aufnahme gefunden hatte. Denn nichts in Monas Art erinnerte an eine reiche Erbin, sie bevorzugte in ihrer Kleidung eine geschmackvolle Einfachheit. Nie trug sie Schmuck, trotz ihrer gut gefüllten Schmuckkassette. Wenn er geahnt hätte, daß in dieser Kassette nicht nur kostbarer Schmuck, sondern auch seine Fotografie verborgen lag, was hätte er dann wohl gesagt? Mona gab sich auch sonst schlicht und bescheiden, so daß man sie keinesfalls für eine reiche Erbin halten konnte. Auch war die Erzieherin des kleinen Gerd innig mit ihr befreundet, was für ihn auf eine bescheidene Lebensstellung Monas deutete.

Mit Friede Lorenz war Bernd, wie schon bemerkt, auf einem sehr kameradschaftlichen Ton, Mona aber begegnete er ganz anders. Es war, als habe er Furcht, zu tief in ihre schönen, beseelten Augen zu sehen. Der Ausdruck ihrer Augen weckte in ihm eine seltsame, beunruhigende Sehnsucht, wie er sie noch nie einer Frau gegenüber empfunden hatte.

Auch mit Gerd hatte sich Bernd sehr befreundet. Das frische, tapfere Kerlchen gefiel ihm sehr, und er staunte, als er erfuhr, was für ein schwaches, kümmerliches Kind er gewesen, bis Friede Lorenz ins Haus gekommen war.

Sonntags beteiligte sich Bernd an den gymnastischen Übungen, und er brachte aus England allerlei neue sportliche Spiele mit. Die Damen und Gerd staunten über seine große körperliche Kraft und Gewandtheit. Es wurde viel und herzlich gelacht bei diesen Übungen, und Tante Herta und Lothar bildeten oft die Zuschauer. Dabei überkam Lothar endlich die Lust, auch mitzutun, und das gefiel ihm so gut, daß er sich nun sonntags immer öfter daran beteiligte. Auch er fiel den Damen durch seine Kraft und Gewandtheit auf. Und er konnte dabei so herzlich lachen, daß Friede vor Freude das Herz in der Brust schlug. Es wurde nun mancher Wettkampf ausgefochten zwischen den beiden Herren und den beiden Damen, und Gerd turnte dann zwischen beiden Parteien herum und freute sich seiner Gesundheit und seiner wachsenden Kraft. Bernd Kronau wurde bald sein guter Freund, der ihn mancherlei lehrte, was er von den Damen nicht lernen konnte.

Tante Herta hatte in diesen letzten Wochen Friede Lorenz scharf beobachtet. Durch allerlei kleine Listen suchte sie zu erforschen, ob sie die Liebe ihres Neffen erwidere. Sie hätte diesem doch gar zu gern geholfen, die Gewißheit zu erlangen, nach der er sich so sehnte. Eines Tages saß Friede wieder mit Tante Herta zusammen im Wohnzimmer. Es war nach Tisch, während Gerd seine Mittagsruhe hielt. Um diese Zeit war Friede fast immer mit Frau Herta und Mona zusammen. Mona war aber heute mit Lothar und Bernd Kronau zu den Werken hinuntergefahren. Sie wollte Krankenbesuche in einigen Arbeiterfamilien machen.

So war Frau Marlow ungestört mit Friede, und sie wollte heute einmal wieder ihr Heil mit irgendeiner List versuchen. Während die beiden Damen sich mit einer Handarbeit beschäftigten, plauderten sie zunächst angeregt über allerlei Tagesfragen. Und plötzlich sagte Tante Herta scheinbar so ganz nebenher: »Ich bin froh, daß mein Neffe den Vorsatz gefaßt hat, sich wieder zu vermählen.«

Frau Herta schaute scharf in Friedes Gesicht, und mit großer Freude und Genugtuung sah sie, daß diese zusammenzuckte und daß jede Spur von Farbe aus ihrem Gesicht wich. Für Frau Herta war das ein deutliches Zeichen, daß Friede ihren Neffen liebte, denn so erschrickt eine Frau nur bei einer

Nachricht, die sie ins Herz trifft. Sie merkte, daß Friedes Hände zitterten, daß die Nadel planlose, falsche Stiche in das feine Leinen machte und sie alle Kraft aufbieten mußte, um ruhig zu scheinen. Ganz gelang ihr das nicht. Aber Tante Herta plauderte scheinbar unbefangen weiter:

»Ich werde dann, wenn mein Neffe heiratet, mit Mona zusammen in den Seitenflügel ziehen, auch Herrn Kronaus Zimmer werden dann dorthin verlegt, damit das junge Paar ganz ungestört ist. Ich freue mich sehr, daß mein Neffe sich endlich entschlossen hat, sich wieder zu verheiraten. Es ist ihm zu gönnen, daß er endlich ein volles Glück findet, und das wird er ganz bestimmt. Er liebt die junge Dame sehr, und sie ist seiner Liebe wert.«

Friede saß still und regungslos und hatte keine Ahnung, daß Frau Herta sie scharf beobachtete. Sie hatte die Lippen fest aufeinandergepreßt, und ihr Herz krampfte sich zusammen in namenlosem Schmerz. Lothar Wieland würde heiraten? Nun war es also soweit, nun mußte sie gehen. Weiter vermochte sie nichts zu denken.

Endlich, nachdem sie mühsam nach Fassung gerungen und dabei kreuz und quer planlos durch das feine Leinen gestochen hatte, quälte sie einige Worte hervor. Sie mußte doch antworten, wenn es nicht auffallen sollte.

»Das – das ist Herrn Wieland sehr zu wünschen – daß er glücklich wird – ja – er verdient es – wie keiner. Ist der Tag der Hochzeit schon bestimmt?«

Tante Herta kannte kein Erbarmen, sie fühlte ganz deutlich, daß Friede von einem großen Jammer erfüllt war, und das ließ nur eine Deutung zu.

»Genau noch nicht, aber lange wird es nicht mehr dauern. Seine Sehnsucht ist groß nach einer Vereinigung mit der Frau seiner Liebe. Ich denke, in den nächsten Wochen wird das alles vor sich gehen.«

Friede hätte aufschreien mögen, um ihrem gepreßten Herzen Luft zu machen. Sie fühlte, daß sie sich nicht länger beherrschen konnte. Plötzlich faltete sie mit zitternden Händen ihre Arbeit zusammen, legte sie vor sich hin auf den Tisch und erhob sich mit bleichem Gesicht.

»Verzeihen Sie, gnädige Frau, ich bin plötzlich von einem starken Kopfweh befallen worden; gestatten Sie, daß ich mich zurückziehe und mein Zimmer aufsuche. Ich möchte etwas Aspirin nehmen«, stieß sie hervor, und ohne eine Antwort abzuwarten, lief sie schnell hinaus.

Frau Herta sah ihr mit strahlendem Lächeln nach.

»Nun, wenn das nicht wildes Herzweh war, dann will ich nie mehr auf meinen Scharfsinn bauen. Ich denke, nun kann Lothar ruhig um sie anhalten, ohne einen Korb fürchten zu müssen.«

So dachte sie und griff nach Friedes Handarbeit. Sie breitete sie aus und sah nach der Stelle, an der Friede gearbeitet hatte. Und da lachte sie leise in sich hinein und betrachtete mit Vergnügen die wilden Quersprünge, in welchen Friedes Nadel über den Stoff gerast war. Sie hatte gegen jede Regel in dem feinen Stoff herumgestochen.

»Das wird Friede Lorenz wieder auftrennen müssen – aber erst soll es Lothar sehen, das wird überzeugender wirken als meine Worte.« So sagte sie mit einem leichten Lächeln vor sich hin.

Friede war inzwischen auf ihr Zimmer geeilt, hatte die Tür hinter sich zugeschlossen und war kraftlos in einem Sessel zusammengebrochen. Verzweifelt starrte sie vor sich hin. Lothar Wieland würde heiraten – schon sehr bald –, er liebte eine Frau so sehnsüchtig, daß er die Vereinigung mit ihr nicht erwarten konnte? O Vater im Himmel – dann mußte sie ja fort, weit fort. Um keinen Preis konnte sie in diesem Haus bleiben.

Und plötzlich schossen der sonst so tapferen Friede die Tränen aus den Augen, das sonst immer so heitere und lebensfrohe Geschöpf weinte so herzzerbrechend und verzweifelt wie jedes andere junge Mädchen, wenn es erfährt, daß der Mann seiner Liebe eine andere liebt und heiraten wird.

Und unter Tränen überlegte sie, wie sie so schnell wie möglich von Georgental fortkommen könnte, ohne daß es auffiel. Denn sie würde es nicht ertragen können, wenn hier im Haus Hochzeitsvorbereitungen getroffen wurden. Und schließlich kam sie zu dem Entschluß, gleich morgen früh Lothar Wieland zu sagen, daß sie ihre Stellung aufgeben müsse, damit schnell für sie Ersatz geschaffen werden konnte.

Aber unter welchem Vorwand?

Nun, sie mußte sagen, daß ihr Vater nach ihr verlange, daß er sie nicht länger von sich lassen wolle. Ja, das ging, sie hatte zum Glück heute morgen einen Brief von ihrem Vater bekommen. Darin hatte dieser freilich geschrieben, wie sehr er sich freue, daß sie sich in Georgental so wohl fühle, und er hatte ihr, wie immer, neue Ratschläge gegeben, wie sie den kleinen Gerd weiter behandeln solle. Es hatte ihn gefreut, daß seine Behandlungsweise wieder einmal Segen gebracht hatte. Aber diesen Brief hatte niemand gelesen als sie allein. Man würde ihr glauben müssen, daß der Vater sie zu sich rief.

Gottlob, nun wußte sie wenigstens einen Ausweg. Sie wurde etwas ruhiger, wusch sich das Gesicht mit kaltem Wasser, um die Tränenspuren zu tilgen, und zwang sich, wieder ruhig und gefaßt zu erscheinen. Die tapfere Friede hatte sich bald wieder in der Gewalt. Sie mußte ja wieder zu Frau Marlow hinunter, und diese durfte ihr nichts anmerken. So nahm sie ihr armes Herz tapfer in die Hände und ging ins Wohnzimmer zurück. Anscheinend ruhig nahm sie ihren Platz wieder ein und wollte nach der Handarbeit greifen. Tante Herta merkte sehr wohl, daß Friede geweint hatte, obwohl sie die Tränenspuren beseitigt hatte. Daß sie zum Erbarmen blaß aussah, hatte Friede nicht ändern können. Tante Herta nahm ihr jedoch ruhig die Handarbeit fort, sie wollte diesen Zeugen nicht aus der Hand geben.

»Sie arbeiten jetzt auf keinen Fall weiter, Fräulein Friede. Mit Kopfschmerzen auch noch die Augen anstrengen, das gibt es nicht. Ich schlage Ihnen vor, daß Sie jetzt noch ein halbes Stündchen ins Freie gehen, bis Gerd aufwacht, das wird Ihnen guttun.«

Friede überließ der alten Dame willig ihre Handarbeit, ahnungslos, was diese damit wollte. Es war ihr jetzt eine große Wohltat, allein bleiben zu können. Sie küßte Frau Herta dankbar die Hand.

»Ich danke Ihnen sehr für diese Erlaubnis, gnädige Frau. Es ist mir lieb, ein wenig ins Freie zu können.«

»Ja, ja, gehen Sie nur – und recht gute Besserung.«

»Vielen Dank – Sie sind immer so gut zu mir.«

Frau Herta lächelte.

»Kann man anders als gut zu Ihnen sein? Aber gehen Sie ins Freie, dann verlieren Sie all Ihre Schmerzen. Es wird ja alles wieder besser werden.«

Friede eilte davon, weil sie wieder fürchtete, ihre Fassung zu verlieren. Tante Herta sah hinter ihr her.

»Eigentlich ist es grausam von mir, daß ich ihr so großes Herzweh bereite, aber ich muß doch Lothar helfen. Ich weiß jetzt wenigstens, daß sie ihn liebt, die tapfere Friede. Das wird eine Frau nach seinem Herzen werden.«

Und Friede hatte keine Ahnung, daß sie in eine geschickt gestellte Falle gegangen war und wie sehr sie sich verraten hatte.

Als Lothar Wieland am Abend mit Bernd Kronau nach Hause kam, ließ ihn seine Tante sogleich auf ihr Zimmer bitten. Er erschien sofort.

»Was wünschst du, Tante Herta?«

Sie sah ihn lachend an.

»Ich wollte dir nur sagen, daß du ruhig um Friede Lorenz werben kannst. Sie wird dich nicht abweisen, denn sie liebt dich.«

Er sah sie fassungslos an.

»Tante Herta! Wie willst du das wissen?«

Frau Herta zog Friedes Handarbeit hervor, die sie an sich genommen hatte. Sie hielt sie ihm mit humoristischem Lächeln entgegen.

»Hier ist der Beweis! Sieh dir das genau an.«

Kopfschüttelnd sah er auf die Stelle der Arbeit, die sie ihm mit dem Finger bezeichnete. Er sah einige regellose Fäden zwischen peinlich geordneten Stichen, die eine reizende Stickerei bildeten.

»Das verstehe ich nicht! Was ist das?«

Sie lachte.

»Eine ganz und gar verpatzte Handarbeit! Aus diesen fehlerhaften Stichen kannst du lesen, aber nein – dazu bist du, scheint mir, zu unbegabt. Kurz und gut, Friede liebt dich und ist todunglücklich, daß du eine andere heiraten willst.«

»Ich eine andere heiraten? Ich verstehe dich wirklich nicht, Tante. Bitte erkläre doch, ich sehe deinem Gesicht an, daß du mir wirklich eine gute Kunde bringst – aber verstehen muß ich sie doch.«

Sie zog ihn neben sich nieder und berichtete, was für ein schlaues Manöver sie aufgeführt hatte, um Friede in eine Falle zu locken.

»Und sie ist mir glatt hineingegangen, Lothar«, sagte sie vergnügt und schilderte getreu die Szene zwischen Friede und ihr.

»Nun läuft die tapfere Friede anscheinend ganz ruhig, aber mit blassem Gesicht und zuckendem Herzen herum und sucht mit ihrer unglücklichen Liebe zu dir fertig zu werden, mein lieber Lothar«, sagte sie zum Schluß.

Seine Augen brannten in die ihren.

»Du glaubst wirklich, daß sie mich liebt?«

»Nun, wenn du jetzt noch zweifelst, bist du sehr schwerfällig.«

»Ich könnte auch den Zweifel nicht länger ertragen, Tante

Herta. Du hast das wirklich sehr diplomatisch angestellt – und ich danke dir von ganzem Herzen. Jetzt habe ich Mut! Und sobald sich eine Gelegenheit zu einem Alleinsein mit ihr ergibt, werde ich sie fragen, ob sie meine Frau werden will.«

»Tu das, mein lieber Lothar, du wirst bestimmt keinen Korb bekommen. Und da ich das weiß, möchte ich gleich mit dir besprechen, was ich dir schon vorweggenommen habe. Wenn du dich verheiratest, ist es wirklich das beste, wenn ich mit Mona in den Seitenflügel ziehe, der ja ganz für sich liegt und eigentlich von Anfang an nur für Gäste bestimmt war. Vorausgesetzt natürlich, daß du Mona und mich überhaupt noch in Georgental behalten willst.«

»Das kann gar nicht in Frage gestellt werden! In meinem Hause wird immer für dich und Mona Platz sein, aber wenn du mit ihr in den Seitenflügel ziehen und dort auch Kronau einquartieren willst, werde ich euch nicht halten. Wir sind dann gegenseitig ungestört, und ich hoffe, ihr könnt es euch drüben behaglich und bequem machen. Kronau könnte ja schlimmstenfalls unten in den Beamtenhäusern untergebracht werden, aber lieber ist es mir, ich behalte ihn hier oben. Er ist mir wirklich eine fabelhafte Stütze. Er ist außerordentlich tüchtig. Schon ist er mir fast unentbehrlich geworden, und ich kann ihm unbedingt vertrauen. Wenn ich heirate, werde ich ihn noch nötiger brauchen, damit ich Zeit gewinne für meine junge Frau. Aber wir sprechen da schon so selbstverständlich von Dingen, die noch gar nicht entschieden sind.«

»Es liegt nur bei dir, sie zu entscheiden.«

Lothar seufzte.

»Wenn du doch recht hättest! Jedenfalls danke ich dir von Herzen. Zum mindesten hast du mir Mut gemacht, die Entscheidung herbeizuführen.«

»Du hast zu wenig Selbstvertrauen, Lothar. Mein Gott, ein Mann von deinem Aussehen und deinen Charaktereigenschaften kann doch zuversichtlicher sein.«

»Tante, die Liebe ist eine rätselhafte Angelegenheit, man weiß nie, wohin sie fällt. Das hängt von unerforschlichen Dingen ab. Aber ich will dir offen sagen, daß ich Friede Lorenz in den letzten Tagen auch schärfer beobachtet habe. Mir wollte zuweilen scheinen, als sei sie mir gegenüber nicht so ganz ruhig und sicher wie gegen andere Menschen. Jedenfalls will ich jetzt nicht mehr lange im unklaren bleiben.«

»Das ist recht. Aber nun wollte ich noch etwas anderes mit dir besprechen. Mona war doch heute wieder unten bei den Arbeitern, um Krankenbesuche zu machen. Sie hat unter anderen auch die Frau des Arbeiters Noack besucht. Du weißt, wieviel Vertrauen die Arbeiterfrauen und auch die Kinder Mona entgegenbringen. Sie spüren ihre Güte, ihre echte Menschenliebe. Und sie hilft mit ihren reichen Mitteln viel mehr, als du manchmal erfährst. Auch die arme Frau Noack vertraut Mona manches an, was sie mir nicht zu sagen wagt. Und sie hat Mona gestanden, daß ihre schwere Unterleibskrankheit davon herrührt, daß ihr Mann sie in der Trunkenheit mißhandelt hat. Mit den Stiefeln hat er sie gegen den Unterleib getreten, und er schlägt auch die Kinder in unerhörter Weise, wenn er, was leider viel zu häufig vorkommt, betrunken ist. Sie hat Mona aber beschworen, dir nichts davon zu sagen, weil sie fürchtet, daß du Noack entlassen könntest. So hat Mona es nur mir mitgeteilt. Ich halte es aber für meine Pflicht, dir das zu sagen.«

Lothars Stirn hatte sich finster zusammengezogen.

»Noack ist einer der schwierigsten Arbeiter, den ich habe. Er ist aufsässig, hetzt die andern auf, und seine Roheiten sind bekannt. Zum Glück sind meine Leute viel zu vernünftig, um sich von ihm verhetzen zu lassen. Trotzdem hat er mir schon viel Ärger bereitet, und nur wegen seiner Familie habe ich ihn nicht entlassen, wenn ich auch genug schwerwiegende Gründe dazu hätte. Aber für einen leidlich guten Familienvater habe ich ihn wenigstens gehalten. Nun erfahre ich, daß er nicht einmal das ist. Was tut man? Entläßt man ihn, dann straft man zugleich seine Familie mit.«

»Vielleicht könntest du ihn einmal verwarnen und ihm ins Gewissen reden.«

»Das will ich natürlich tun, aber es wird auch nicht viel helfen. Wir werden sehen. Jetzt aber muß ich mich schnell umkleiden und nach Gerd sehen. Oder hast du sonst noch etwas auf dem Herzen?«

»Nein, Lothar, das war alles.«

»Gut, auf Wiedersehen bei Tisch – und nochmals herzlichen Dank.«

Damit ging Lothar hinaus. Als er am Zimmer seines Sohnes vorüberging, hörte er ihn mit Friede plaudern und lachen. Aber es wollte ihm scheinen, als klinge Friedes Stimme nicht so frisch und froh wie sonst. War sie wirklich traurig, weil sie glaubte, daß er Hochzeit halten wollte – mit einer andern?

Heiß und sehnsüchtig flammte seine Liebe zu ihr auf, und schnell ging er hinein, um Gerd gute Nacht zu sagen und Friede in die Augen zu sehen. Sie wandte sich aber ab, so daß ihm das kaum gelang. Und er mußte wieder gehen, um sich umzukleiden.

Als sie ihm dann bei der Tafel gegenübersaß, sah er immer wieder in ihr blasses Gesicht, in dem er heute zum erstenmal einen müden Zug sah. Und die Augenlider waren entschieden leicht gerötet.

Aber sonst zeigte Friede nichts von ihrer Herzensnot, sie zwang sich, lebhaft wie sonst an der Unterhaltung teilzunehmen. Daß bei dieser Unterhaltung die Augen von Mona und Bernd Kronau sehr oft zusammentrafen, merkte niemand. Tante Herta beobachtete Lothar und Friede, und die beiden hatten mit sich selber zu tun. Es fiel daher niemand auf, daß Bernd Kronau fast nur mit Mona sprach und daß Mona immer wieder verräterisch die Farbe wechselte, wenn Bernd sie voll heißer Bewunderung ansah.

Als am andern Morgen Lothar nach dem Ankleiden ins Frühstückszimmer gehen wollte, trat der Diener bei ihm ein und meldete:

»Fräulein Lorenz läßt den gnädigen Herrn um eine Unterredung bitten.«

Lothar stutzte.

»Fräulein Lorenz?«

»Ja, gnädiger Herr.«

»Lassen Sie sie in mein Arbeitszimmer eintreten, ich gehe gleich hinüber.«

Kaum hatte Lothar sein Arbeitszimmer betreten, als auch Friede eintrat. Sie sah noch etwas blasser aus als gestern abend, und ihre Augen blickten müde, als habe sie keinen Schlaf gefunden. Um ihren Mund aber lag ein fester, entschlossener Ausdruck.

Lothar hätte sie am liebsten in seine Arme genommen und ihr blasses Gesicht mit Küssen bedeckt. Aber er fragte statt dessen nur anscheinend ruhig:

»Sie haben mir etwas zu sagen, Fräulein Lorenz?«

Sie atmete gepreßt.

»Ja, Herr Wieland.«

»Bitte, nehmen Sie doch Platz. Womit kann ich Ihnen dienen?«

Sie preßte die Handflächen fest zusammen. Das war für ihn die einzige Spur ihrer unterdrückten Erregung.

»Es ist mir sehr unangenehm, Ihnen sagen zu müssen, daß ich Sie um meine Entlassung bitten muß. Ich – ich habe gestern einen Brief von meinem Vater erhalten. Er wünscht, daß ich zu ihm komme«, sagte sie, sich zur Festigkeit zwingend.

Er war leise zusammengezuckt. Nun sah er sie mit einem seltsamen Blick an.

»Und deshalb wollen Sie fort von uns? Wissen Sie, was Sie uns damit antun?« fragte er erregt.

Sie wagte ihn nicht anzusehen.

»Es muß aber leider sein. Ich – es tut mir sehr leid, daß ich fort muß, aber ich kann es nicht ändern – mein Vater schreibt sehr dringend.«

Da trat er dicht an sie heran.

»Friede Lorenz hat gottlob nicht gelernt zu lügen, man merkt es ihr gleich an, wenn sie den Versuch macht«, sagte er mit verhaltener Stimme.

Das Blut schoß ihr in das blasse Gesicht, und sie hielt die Augen gesenkt.

»Herr Wieland!«

»Ja, Fräulein Lorenz, ich glaube nicht, daß Ihr Vater Sie von uns fortruft.«

Sie sah noch immer nicht zu ihm auf, und so entging ihr der Blick voll heißer Liebe, den er auf ihrem Gesicht ruhen ließ.

»Sie können mir schon glauben – daß – daß ich fortmuß, Herr Wieland, und zwar so bald wie möglich«, sagte sie leise.

Er faßte ihre Hand und hielt sie mit warmem Druck fest.

»Aber Sie verschweigen mir den wahren Grund, Friede Lorenz. Ich weiß, daß der Brief Ihres Vaters nur ein Vorwand ist, sonst hätten Sie schon gestern davon gesprochen. Und ich weiß auch den wahren Grund, der Sie aus meinem Haus treibt.«

Da zuckte sie zusammen, wollte ihre Hand losreißen und wurde sehr blaß. Jetzt starrte sie ihn entsetzt an.

»Nein!« rief sie erschrocken. Und sich mühsam fassend, fuhr sie fort: »Was sollte das für ein Grund sein? Ich verstehe Sie nicht.«

»So will ich es deutlich aussprechen, weshalb Sie fortwollen. Weil meine Tante Ihnen gestern verraten hat, daß ich mich verheiraten will.«

Nun riß sie ihre Hand doch los mit einem jähen Ruck und richtete sich hoch auf. Ihre sonst so hellen und lichten Grauaugen blickten fast schwarz vor Erregung.

»Ich wüßte nicht, was das mit meinem Wunsch um Entlassung zu tun hätte«, sagte sie stolz und herb, wenn auch ihre Lippen zitterten.

Da faßte er ihre beiden Hände zugleich.

»Nun will ich dich nicht mehr quälen, stolze, tapfere Friede. Ich weiß nun alles, was ich wissen muß. Dein Leugnen hilft dir nichts, du willst fort, weil du es nicht zu ertragen glaubst, daß ich Hochzeit halte. Aber ohne dich geht das nicht, Friede, denn du wirst dabei die Hauptperson sein. Dich, dich will ich zur Frau, keine andere! Wie konntest du nur denken, daß mir eine andere gefallen würde, nachdem ich dich kennengelernt habe, nachdem du mir mit deinem frohen Lachen die Sonne wieder ins Haus gezaubert hast. Glaubst du, ich würde meinem Jungen eine andere Mutter geben als die, die ihm zum zweitenmal das Leben gegeben hat? Du hast mir neuen Lebensmut gegeben, Friede, mir das Leben wieder lieb gemacht – nun will ich es auch nur mit dir teilen, dies neue schöne Leben. Wenn du also durchaus deine Entlassung haben willst als Gerds Erzieherin, so willige ich nur ein, wenn du mir versprichst, meine süße Frau zu werden. Ohne dich geht es nicht mehr in Georgental, Friede.«

Zitternd hatte sie seinen Worten gelauscht. Die Farbe war gekommen und gegangen in ihrem Gesicht. Und nun sah die sonst so ruhige, zielbewußte Friede zu ihm auf mit einem Blick, der ihm alles verriet, was in ihr vorging. Leise und zag kam es über ihre Lippen:

»Das kann doch nicht sein! Das kann ich doch nur träumen!«

Er riß sie in seine Arme und preßte seine Lippen fest auf die ihren. Und dann sagte er glücklich lachend:

»Damit du nur merkst, daß du nicht träumst.«

Dann küßte er sie wieder und wieder mit langen, heißen und durstigen Küssen. Sie lag in seinen Armen, ganz benommen vor Seligkeit, die über sie hereinbrach. Und dann stürzten ihr plötzlich die Tränen aus den Augen. Sie barg ihr Gesicht an seiner Brust.

»Friede, süße Friede, weshalb weinst du denn?«

»Weil mir sonst das Herz zerspringt vor Glück, es hat doch eben noch so furchtbar weh getan.«

»Hat es sehr weh getan?«

Sie nickte an seinem Herzen.

»Ich gönnte dich doch keiner andern, Lothar, und konnte es nicht ertragen, hier zu bleiben, wenn du mit einer andern glücklich geworden wärest.«

Wieder küßte er sie.

»Was war meine kluge Friede für ein dummes Mädchen! Hast dich ins Bockshorn jagen lassen von der klugen Tante Herta, die dich richtig in der Falle gefangen hat.«

Sie hob den Kopf und sah ihn fragend an.

»In welcher Falle, Lothar?«

»Sie hat dir doch von meiner Verheiratung erzählt, weil ich nicht wußte, ob du mich liebtest, und weil ich dich nicht zu fragen wagte aus Angst, ich würde dich dann von Georgental vertreiben. Du warst immer so kühl und ruhig. Da hat Tante Herta die Sache diplomatisch in die Hand genommen. Sie erzählte dir von meiner Verheiratung und hat dich damit aus deiner Ruhe gelockt. Zum Beweis deiner Liebe zeigte sie mir deine Handarbeit.«

»Meine Handarbeit?« fragte sie erstaunt.

Er lachte.

»Die hebe ich so wie sie ist zum Andenken auf. Keinen Stich darfst du mehr daran machen. Und die Krakelstiche, die du in deinem Schmerz hineingestickt hast, die bleiben drin. Süße Friede, mit List und Tücke bist du eingefangen worden. Als du jetzt um deine Entlassung batest, da wußte ich, warum du gehen wolltest. Und nun bist du gefangen für immer.«

»Tante Herta ist also nicht böse, daß du mich zu deiner Frau machen willst?«

»Im Gegenteil, sie ist glücklich, daß sie mich wieder unter die Haube gebracht hat. Sie gönnt mir von Herzen meine liebe, gute, schöne Friede. Ach Friede, ich hab dich so lieb und habe nicht geahnt, daß ich so glücklich sein könnte.«

Zaghaft sah sie ihn an.

»Kann ich dich glücklich machen? Wird mir das gelingen?«

»Oh, warum ist Friede Lorenz auf einmal so zaghaft? Es fehlt dir doch sonst nicht an Mut. Wenn du nur willst, so wirst du mich sehr glücklich machen.«

»Ich will – will von ganzem Herzen, Lothar.«

»Und wirst mit mir glücklich sein?«

»Über alle Maßen.«

Sie küßten sich wieder und wieder. Aber plötzlich wand sich Friede erschrocken aus seinen Armen.

»Aber Gerd, Lothar?«

Sanft strich er ihr über die Stirn und die ängstlichen Augen.

»Zu ihm gehen wir zuerst, Friede, und du sollst ganz still sein, nur ruhig zuhören, was ich mit ihm spreche.«

Nachdem er sich erst noch einmal sattgeküßt hatte, gingen sie zu Gerd hinüber, der schon fertig mit Ankleiden war und Frau Lehnert eben auseinandersetzte, daß er keine Hilfe mehr brauche beim Ankleiden und Baden, er sei nun schon ein großer Junge. Als der Vater mit Friede eintrat, rief er Friede entgegen:

»Gut, daß du kommst, Fräulein Friede! Bitte sag doch Frau Lehnert, daß sie mich nicht mehr wie einen kleinen Hosenmatz an- und ausziehen soll. Sie will mir nicht glauben, daß ich das ganz allein kann.«

Ehe Friede etwas antworten konnte, schickte Lothar Frau Lehnert hinaus. Er nahm dann seinen Sohn zwischen seine Knie und hielt ihn so fest.

»Ehe wir das mit Frau Lehnert besprechen, müssen wir etwas anderes mit dir ins reine bringen, Gerd. Denke dir, Fräulein Friede will fort von uns.«

Gerd erschrak und wurde ganz blaß, und dann riß er sich los und umklammerte Friede mit beiden Armen.

»Nein, nein, nicht fortgehen – du darfst nicht fort!« rief er erregt.

»Das habe ich ihr auch schon gesagt, Gerd. Wir lassen sie einfach nicht fort. Und ich weiß nun auch schon, wie wir das machen.«

Gerd sah den Vater an.

»Wie denn, Vater? Sag schnell, wie wir das anstellen!«

»Sie wird eben meine Frau und deine Mutter, und dann haben wir sie ganz fest für immer, und sie soll dann nur versuchen, ob sie von uns fortgehen kann.«

Gerd jubelte.

»Fein! Dann soll sie nur noch versuchen, ob sie uns ausreißen kann. Mach sie nur ganz schnell zu deiner Frau, Vater. Eine Frau darf nicht fort von ihrem Mann und von ihrem Sohn. Dann bin ich doch einfach ihr Sohn, nicht wahr?«

Lothar nickte, seine Rührung unterdrückend.

»Jawohl, das werden wir ihr dann schon austreiben, das Davonlaufen.«

»Und du bist dann meine Mutter, Fräulein Friede, nicht wahr?« fragte Gerd begeistert.

Sie umfaßte ihn liebevoll und konnte nicht sprechen, weil ihr die Tränen im Halse saßen. Einige traten ihr auch in die Augen, und das sah Gerd. Zum erstenmal sah er Friede weinen, und mit einem Finger leise die Tränen wegwischend, sagte er unruhig:

»Möchtest du denn so gern fort, daß du weinst, weil du nun hier bleiben mußt? Wir haben dich doch so lieb, Vater und ich! Was sollen wir denn ohne dich anfangen?«

»Willst du mich denn wirklich zur Mutter haben, Gerd?« fragte Friede mit schwankender Stimme.

Er drückte sie fest an sich.

»Ganz gewiß! Du hast mich doch gesund gemacht! Fort lassen wir dich auf keinen Fall! Vater, halt sie nur gut fest, du bist stärker als ich, und sie hat soviel Kraft.«

Lothar umschlang sie beide.

»Ich halte sie fest, halte euch alle beide. Und nie, niemals werden wir uns wieder trennen«, sagte er weich.

Es dauerte noch ein Weilchen, bis Gerd sich darüber beruhigt hatte, daß Friede nun seine Mutter würde. Dann sagte der Vater:

»Nun komm, Gerd, jetzt wollen wir hinüber ins Frühstückszimmer, und dort kannst du Tante Herta und Mona sagen, daß Friede deine Mutter wird.«

Das war ein Vergnügen für Gerd. Er zog die beiden Erwachsenen mit sich fort und stürmte mit ihnen in das Frühstückszimmer hinein, wo sich Tante Herta, Bernd Kronau und Mona schon befanden und eine ganze Weile auf die andern mit dem Frühstücken gewartet hatten.

»Tante Herta, Mona, Fräulein Friede wird meine Mutter! Sie wollte uns ausreißen, aber das gibt es nicht, wir haben sie gleich festgehalten, und nun muß sie immer und immer bei uns bleiben. Das haben wir doch fein gemacht, nicht wahr?«

Nach diesen Worten seines Sohnes hielt es Lothar für richtiger, wenn er Friede gleich als seine Braut vorstellte.

Tante Herta war natürlich wenig überrascht, aber Mona sehr. Sie freute sich herzlich und fiel Friede um den Hals.

»Wie schön und lieb ist das, Friede, daß du nun ganz zu uns gehörst!« sagte sie innig und küßte sie. Dann fiel sie auch Lothar um den Hals und gab ihm einen Kuß.

»Ich wünsche dir von ganzem Herzen Glück, Lothar, du verdienst Friede, und sie verdient dich.«

Zuletzt zog sie Gerd in ihre Arme.

»Das hast du fein gemacht, Gerd. Du wirst eine liebe, gute Mutter bekommen.«

Gerd strahlte und kam sich sehr wichtig vor.

»Ich habe sie doch so sehr lieb und kann sie doch nicht fortlassen.«

»Nein, nein, sie muß hier bleiben, denn ohne Friede wüßten wir doch gar nicht, was wir anfangen sollten«, sagte Mona.

Inzwischen hatte Frau Herta das Brautpaar herzlich beglückwünscht und sagte nun neckend zu Friede:

»Du bist mir doch nicht böse, daß ich dir gestern verschwieg, wer Lothars Frau werden sollte?«

Friede umfaßte die alte Dame.

»Liebe, gute Tante Herta – darf ich dich nun auch so nennen?«

»Das verlange ich als mein Recht.«

Jetzt stattete auch Bernd Kronau, der sich bescheiden im Hintergrunde gehalten hatte, seinen Glückwunsch ab. Er war gar nicht so sehr überrascht, denn er hatte manch heißen Blick seines Chefs aufgefangen, der Friede gegolten hatte.

Das Frühstück wurde heute etwas länger ausgedehnt, aber dann rief die Pflicht die beiden Herren ins Werk. Lothar bat Tante Herta, für den Abend eine Verlobungsfeier zu richten. Er wollte seine ersten Beamten und die Ingenieure des Werks einladen, an der Feier teilzunehmen.

Gerd sah den Vater und Friede bittend an.

»Ich darf doch heute länger aufbleiben und mitfeiern?«

Sie nickten ihm lächelnd zu.

»An der Festtafel darfst du teilnehmen, aber dafür mußt du nach Tisch auf Vorrat schlafen.«

Während des Frühstücks hatten Mona und Kronau erfahren, daß sie mit Tante Herta in den Seitenflügel übersiedeln würden, und Mona sagte aufatmend:

»Ich hatte schon Angst, Lothar, daß du mich jetzt von Georgental verbannen würdest.«

»Davon kann gar keine Rede sein, Mona«, erwiderte Lothar.

Bernd Kronau hatte teilnahmsvoll zu Mona hinübergesehen. Er hielt sie noch immer für eine arme Verwandte des

Hausherrn, die in seinem Haus gewissermaßen das Gnadenbrot aß. Er freute sich nun sehr, daß sie bleiben würde, nicht nur Monas wegen, sondern auch seinetwegen. Denn er hätte es schmerzlich empfunden, wenn Mona Georgental hätte verlassen müssen.

Sie war ihm sehr lieb geworden. Immer mehr bezauberte ihn ihr ganzes Wesen, ihre reizvolle Anmut. Und wenn sie ihn mit ihren beseelten samtbraunen Augen ansah, dann zog oft ein heißes Sehnen in seine Brust, wie er es noch nie empfunden hatte.

Er bedauerte jetzt schmerzlicher denn je, daß er verarmt war und sein Brot in abhängiger Stellung verdienen mußte. Wie gern hätte er sonst Mona gefragt, ob sie seine Frau werden wolle! Daran war leider nicht zu denken. Wenn er auch ein sehr gutes Gehalt bezog, so konnte er doch noch keine Familie gründen. Höchstens hätte ihm sein Chef, falls er sich verheiraten wollte, unten im Werk eines der kleinen Beamtenhäuser überlassen. Aber durfte er Mona zumuten, mit ihm eine so bescheidene Behausung zu teilen? Und überhaupt, war er seiner Stellung so sicher, daß er daraufhin eine Familie gründen konnte? Nein, nein – er durfte nicht daran denken. Es konnte ihm kein Mensch verbieten, Mona heimlich zu verehren, aber er durfte sie nicht mit seiner Liebe behelligen.

XIV

Es wirkte wie ein Wunder auf Bernd Kronau, als er einige Tage später unten im Werk ein amtliches Schreiben erhielt, aus dem er erfuhr, daß ein Vetter seiner Mutter, der vor langen Jahren nach Amerika ausgewandert war und seither nichts hatte von sich hören lassen, gestorben war und ihm in seinem Testament vierzigtausend Dollar vermacht hatte. Bernd war überglücklich, als er das Schreiben gelesen hatte. Er dachte sofort an Mona. Jetzt hatte er doch wenigstens wieder festen Boden unter den Füßen. Vierzigtausend Dollar waren über hundertsechzigtausend Mark.

Bernd machte sogleich Lothar Wieland von diesem Glücksfall Mitteilung, und dieser beglückwünschte ihn herzlich, sagte dann aber ein wenig unsicher:

»Hoffentlich veranlaßt Sie dies erfreuliche Ereignis nicht, Ihre Stellung bei mir aufzugeben?«

Lächelnd schüttelte Bernd den Kopf.

»Nein, Herr Wieland. Diese vierzigtausend Dollar sind zwar ein Geschenk des Himmels, aber sie machen mich nicht zu einem Krösus, der nun von seinen Renten leben kann.«

»Aber immerhin könnten Sie sich mit dieser Summe selbständig machen.«

Bernd sah mit einem dunklen Blick vor sich hin.

»Die Zeiten sind nicht dazu angetan, gewagte Neugründungen vorzunehmen. Ich weiß aus eigener Erfahrung, wie schwer ein schlecht fundiertes Geschäft zu halten ist. Vielleicht lege ich das Geld in einem sicheren Unternehmen an, wo es mir gute Zinsen bringt. Aber meine sichere Stellung bei Ihnen setze ich deshalb nicht leichtsinnig aufs Spiel.«

Lothar atmete auf.

»Da fällt mir ein Stein vom Herzen. Ich habe mich bereits so sehr an Sie gewöhnt, und Sie haben sich mir so unentbehrlich gemacht, daß es mir sehr leid getan haben würde, wenn Sie jetzt Ihre Stellung aufgegeben hätten. Ich will Ihnen einen Rat geben – legen Sie Ihr ererbtes Vermögen in meinem Werk an. Sie kennen die Geschäfte hier nun schon gut genug, um zu wissen, daß das Werk Georgental eine durchaus sichere Sache ist. Ich nehme sonst fremde Gelder nicht in den Betrieb auf, aber bei Ihnen würde ich eine Ausnahme machen. Ich möchte Sie fester an mich binden. Sie sind außerordentlich tüchtig, und ich möchte mir Ihre Kraft erhalten. Für einen guten Zinsertrag Ihrer Einlage würde ich Ihnen garantieren.«

Bernds Augen leuchteten auf.

»Dafür wäre ich Ihnen sehr dankbar, dann wüßte ich gleich, wie ich mein Vermögen am besten arbeiten lassen könnte.«

»Gut, abgemacht! Wir sprechen weiter darüber, wenn Sie in den Besitz des Geldes gelangt sind.«

Bernd fühlte sich sehr glücklich im Besitz dieser Erbschaft. Nun war er doch imstande, einer Frau ein sorgenloses, wenn auch nicht gerade fürstliches Los an seiner Seite zu bieten. Und Mona war sicher bescheiden in ihren Ansprüchen.

Jedenfalls brauchte er jetzt nicht mehr so ängstlich seine Liebe zu ihr zu verstecken. Das nahm ihm eine Last von der Seele.

Er war heute nicht mit seinem ganzen Herzen bei der Arbeit wie sonst. Immer wieder las er das amtliche Schreiben durch, um sich zu überzeugen, daß er nicht geträumt hatte. Er war froh, daß er nicht gerade schwierige Arbeiten zu erledigen hatte.

Lothar Wieland hatte, nachdem seine Verlobungsfeier vorüber war und er eine freie Stunde hatte, den Arbeiter Noack zu sich rufen lassen. Er machte ihm ernstliche Vorstellungen über seine Roheiten seiner Frau und seinen Kindern gegenüber. Noack sah ihn tückisch mit verquollenen Augen an, die verrieten, daß er ein Säufer war, und stieß wütend hervor:

»In meiner Familie bin ich Herr, da hat mir keiner reinzureden!«

Lothar sah ihn fest an.

»Sie wissen, Noack, daß ich verschiedene gewichtige Gründe hätte, Sie zu entlassen. Nur aus Mitleid mit Ihrer Frau und Ihren Kindern habe ich das bisher nicht getan. Also danken Sie es nur Ihrer Frau, wenn ich Sie noch gehalten habe. Wenn ich aber noch einmal höre, daß Sie Ihre Angehörigen mißhandeln, dann sind Sie entlassen, merken Sie sich das.«

Noack warf brüsk den Kopf zurück.

»Wer hat Ihnen denn gesteckt, daß ich meine Frau mißhandle? Es ist ja nicht wahr!« sagte er mürrisch.

»Lügen Sie nicht noch! Durch einen Fußtritt mit Ihrem schweren Stiefel haben Sie Ihre Frau aufs Krankenlager gebracht, ich weiß es durch meine Verwandte. Schämen Sie sich doch! Es ist unerhört, daß Sie in solcher Weise mit einer wehrlosen Frau umgehen.«

Ein hämischer, haßerfüllter Ausdruck lag auf Noacks Gesicht.

»So so, das gnädige Fräulein hat mich also verpetzt?« knirschte er zwischen den Zähnen hervor. Und in seinen Augen glimmte es gefährlich.

»Reden Sie nicht in dieser Weise von meiner Base. Sie hätten eher Veranlassung, ihr dankbar zu sein, denn sie hat viel für Ihre Familie getan. Der Jammer um Ihre arme kranke Frau hat sie veranlaßt, meiner Tante zu berichten, wie Sie mit Ihrer Frau umgehen, und diese hat es mir erzählt.«

Finster sah ihn Noack an.

»Ich weiß schon lange, sie redet an meiner Frau herum, daß sie sich von mir trennen soll. Wir können unsere Frauen nicht mit Handschuhen anfassen, wie das die feinen Herren tun.«

»Halten Sie den Mund! Ich habe Sie gewarnt, und Sie wissen nun, was Ihnen blüht, wenn Sie sich noch einmal in so roher Weise an Ihrer Frau oder an Ihren Kindern vergreifen. Trinken Sie nicht so viel, daß Sie Ihre Sinne zusammenhalten. Weiter habe ich Ihnen jetzt nichts zu sagen.«

Noack schob sich mürrisch zur Tür hinaus. Als er draußen war, schimpfte er vor sich hin und stieß Verwünschungen aus, die man nicht wiedergeben kann.

Seiner Frau machte er am Mittag eine wüste Szene, daß sie Mona gebeichtet hatte, woran Sie krank geworden war. Aber er vergriff sich nicht an ihr, da er noch nüchtern und die Ermahnung des Chefs doch nicht ganz wirkungslos geblieben war. Aber in seinem Innern fraß der Groll gegen Mona weiter. Er erging sich in Gedanken in allerlei wilden Verwünschungen gegen sie und sagte sich immer wieder:

»Der zahle ich's heim, daß Sie meinen Ehefrieden stört. Die kriegt eine ins Gesicht, daß ihr die Sommersprossen wiederkommen. Soll ihre Nase in andere Sachen stecken. In meiner Familie bin ich der Herr und verhaue, wen ich will.«

Als Lothar am Mittag dieses Tages mit seinem Sekretär im Herrenhaus angekommen war und man zu Tisch saß, sagte er:

»Heute hat Herr Kronau einen glücklichen Tag, er hat eine unerwartete Erbschaft gemacht.«

Bei diesen Worten trafen Bernds Augen mit denen Monas zusammen, und er erschrak fast vor dem glücklichen Aufleuchten ihrer Augen. Es traf ihn bis ins Herz, und auch seine Augen leuchteten nun mit einem Aufflammen in die ihren. Darüber erschrak nun wieder Mona. Schon manchmal hatte sie in letzter Zeit einen Blick von Bernd aufgefangen, der sie seltsam beunruhigte, aber noch nie hatten seine Augen so deutlich zu ihr gesprochen wie jetzt. Sie erzitterte unter diesem Blick und fragte sich halb verzagt und halb hoffnungsvoll, ob es denn möglich sein könne, daß er jetzt anders, so ganz anders für sie fühlte als früher – als an jenem Abend, da er sie ein kleines Greuel genannt hatte.

Alle wünschten Bernd herzlich Glück, denn er war ihnen lieb und wert geworden. Auch Mona reichte ihm die Hand und sagte ihm, wie sie sich freue, daß ihm ein solches Glück widerfahren sei. Er fühlte beseligt, daß ihre Hand dabei leise in der seinen bebte, und unwillkürlich umschloß er ihre Hand fester und wärmer als sonst.

»Es sind vierzigtausend Dollar, die ich erbe, für mich ist das jetzt sehr, sehr viel. Es gibt mir festen Boden unter die Füße. Und Herr Wieland will das Geld in seinem Werk arbeiten lassen, so daß ich auf einen guten Zinsertrag rechnen kann. Dazu bleibt mir meine gute Stellung – ich bin sehr glücklich darüber«, sagte er leise.

»Ich freue mich so sehr für Sie, Herr Kronau. Nach dunklen

Tagen kommen auch wieder solche voll Sonne«, sagte Mona mit leise bebender Stimme.

Er hatte im Familienkreis seines Chefs kein Hehl daraus gemacht, daß er einst bessere Tage gesehen hatte. So fiel es ihm nicht auf, daß Mona darüber sprach. Aber um so mehr bemerkte er, daß ihre Augen ihn mit einem innigen Ausdruck ansahen.

Es herrschte eine frohe Stimmung bei Tisch. Lothar und Friede saßen jetzt immer nebeneinander und hielten sich oft verstohlen bei den Händen, während ihre Blicke ineinander tauchten.

Als nach Tisch das Brautpaar Gerd in sein Zimmer begleitete, um ihn zur Ruhe zu bringen, wurde Tante Herta in wirtschaftlichen Dingen abgerufen. So kam es, daß Bernd und Mona ein kurzes Alleinsein beschieden war, was sehr selten geschah.

Eine Weile standen sie sich etwas beklommen gegenüber, und Bernd seufzte ein wenig.

»Wenn man das reine, helle Glück des Brautpaares sieht, könnte man neidisch werden«, sagte er endlich.

Mona stieg das Blut ins Gesicht.

»O nein, nicht neidisch sein! Es ist doch so schön, wenn man glückliche Menschen sieht.«

»Aber man darf sich doch danach sehnen, ebenso glücklich sein zu können.«

Ein Seufzer hob Monas Brust.

»Allen Menschen ist es nicht vergönnt, glücklich zu werden«, sagte sie leise.

»Oh, mein gnädiges Fräulein, solche Resignation aus einem so jungen Mund ist unnatürlich.«

Sie strich sich mit der feinen, schmalen Hand, die er wunderbar schön fand, über die Stirn.

»Manche Menschen sind schon dazu geboren.«

Ein heißes Mitleid mit ihr wallte in ihm auf.

»Ich kann verstehen, daß Sie so sprechen. Sie sind Waise und darauf angewiesen, bei Verwandten Unterkunft zu suchen, wenn man Ihnen auch hier viel Liebe entgegenbringt. Aber deshalb kann doch zu Ihnen das Glück den Weg finden. Und – glücklich kann man auch in bescheidenen Verhältnissen sein, wenn sie nur einigermaßen gesichert sind. Dazu braucht man keinen Reichtum.«

Sie hatte schon oft aus seinen Worten herausgehört, daß er sie für eine arme, vom Hausherrn abhängige Verwandte hielt, hatte ihn aber nie darüber aufgeklärt, daß er sich irrte. Sie klärte ihn auch heute nicht auf, wußte sie doch, daß er nicht einer jener Männer war, die nach einer reichen Mitgift trachten. Ihre Augen sahen ihn mit bangem Forschen an, sie wußte nicht, was sie von seinen Worten halten sollte.

»Nein, Reichtum macht gewiß nicht glücklich, ich kenne Menschen, die er sehr unglücklich gemacht hat.«

Seine Augen forschten in den ihren.

»Sie sind aber sehr verwöhnt durch das Leben im Haus Ihrer Verwandten und werden immer eine vornehme Umgebung brauchen, um sich wohl fühlen zu können.«

Sie schüttelte lächelnd den Kopf, ohne zu ahnen, weshalb er so zu ihr sprach.

»Man braucht weder Reichtum noch Luxus, um glücklich zu sein.«

Er atmete wie erleichtert auf. Aber ehe er etwas erwidern konnte, wurden sie gestört, denn Lothar trat ein.

»Kommen Sie, Herr Kronau, wir wollen wieder hinunter an unsere Arbeit. Willst du mit hinunter ins Werk, Mona? Dann nehmen wir den Wagen.«

»Nein, Lothar, heute nicht.«

»Nun gut, dann laufen wir, Herr Kronau. Übrigens, Mona, ich habe mit Noack gesprochen und hoffe, daß er seine arme Frau nicht mehr drangsaliert.«

Sie erschrak ein wenig.

»Ah, Tante hat mit dir doch davon gesprochen?«

»Ja, und das war gut so.«

»Ich hatte seiner Frau nur versprochen, daß ich mit dir nicht darüber reden würde.«

»Hast es ja auch nicht getan. Er wird jetzt vernünftiger sein, denn ich habe ihm mit Entlassung gedroht. Also, auf Wiedersehen, Mona, Friede wartet auf dich bei Gerd.«

Bernd Kronau verneigte sich vor Mona und sah sie dann mit einem so sehnsüchtigen Blick an, daß sie zusammenzuckte.

Sie sah ihm mit großen Augen nach und preßte die Hände aufs Herz.

»Warum sah er mich so an?« fragte sie sich.

Und ein leises Hoffen zog in ihre Seele, das sie erbeben ließ. Konnte es denn möglich sein, daß Bernd Kronau jetzt von anderen Gefühlen für sie beseelt war als damals, da er sie ein kleines Greuel genannt hatte? Erschien sie ihm jetzt anders – vielleicht begehrenswert?

Sie schlug die Hände vor das Antlitz.

»Vater im Himmel, hilf! Wende mir sein Herz zu – laß auch mich glücklich sein!« betete sie inbrünstig.

XV

Es war einige Tage später. Im Herrenhaus wurde fleißig zur Hochzeit gerüstet, die nicht lange hinausgeschoben werden sollte. Lothar und Friede waren auf einige Tage verreist, um sich das Jawort und den Segen von Friedes Vater zu holen. Der Vater sowie Friedes Schwester und ihr Gatte wurden zum Hochzeitsfest erwartet.

Mona mußte jetzt immer allein die Kranken unten im Werk besuchen, da Tante Herta alle Hände voll mit den Hochzeitsvorbereitungen zu tun und Friede ebenfalls keine Zeit hatte.

So war Mona heute nach Tisch mit Lothar und Bernd Kronau zusammen hinuntergefahren. Vorn beim Chauffeur stand ein großer Korb mit Fruchtkonserven und stärkenden Nahrungsmitteln, die Tante Herta für die Kranken hatte einpacken lassen. Auch einige Flaschen Wein waren dabei, zur Kräftigung für die Kranken.

Mona plauderte unterwegs lebhaft mit den beiden Herren. Zwischen ihr und Bernd hatte noch kein Alleinsein wieder stattgefunden, aber sie sahen sich oft recht sehnsüchtig in die Augen. Auch heute ließ Bernd seine Augen nicht von ihr. Die warme, weiche Stimme Monas schmeichelte sich ihm ins Herz.

Er hatte in den letzten Tagen immer daran denken müssen, ob er es wohl nun wagen könne, um Monas Hand anzuhalten. Seine Erbschaft machte ihm wohl Mut, aber er kam nicht dazu, allein mit ihr zu sprechen.

Dabei wurde seine Sehnsucht nach ihrem Besitz immer stärker, wenn er in die glückstrahlenden Augen seines Chefs sah. Und wenn er merkte, daß Monas Augen verwirrt seinen flehenden, werbenden Blicken auswichen, wenn er sah, wie ihre Farbe wechselte, wenn er unvermutet vor ihr auftauchte, dann hoffte er, daß sie seine Gefühle erwiderte und daß er nicht vergeblich um ihre Hand anhalten würde.

Sonderbarerweise kamen ihm gerade jetzt die Erinnerungen an jene Tage, da er gezwungen werden sollte, die reiche Erbin zu heiraten. Wie entsetzlich war ihm der Gedanke gewesen, der Gatte der Tochter Herbert Runecks zu sein! Gottlob war dieser Kelch an ihm vorübergegangen. Zuweilen erschien ihm auch wieder das Los, das er Mona bieten konnte, zu bescheiden. Er hätte reich wie ein Fürst sein mögen, um ihr alle Wünsche zu erfüllen.

So wurde er von seinen Gefühlen hin und her gerissen und wußte doch, daß er bei der nächsten passenden Gelegenheit das erlösende Wort an Mona richten würde. Er konnte nicht länger in diesem Hangen und Bangen dahinleben.

Das Auto fuhr am Direktionsgebäude vor, und Lothar rief einen Kontordiener herbei, der Mona den schweren Korb zu den Arbeiterhäusern tragen sollte.

Mona verabschiedete sich von den beiden Herren und errötete auch jetzt wieder unter Bernd Kronaus Blick. Mit Herzklopfen schritt sie neben dem Diener her, der sie von einem der Arbeiterhäuser, in denen ein Kranker lag, zum andern begleiten sollte.

Mona teilte überall ihre Gaben aus, sprach den Kranken Trost zu, scherzte mit den Kindern und legte, wo es nötig war, hilfreiche Hand an. Wie immer ließ sie auch hier und da Geldspenden zurück, die aus ihrer eigenen Tasche stammten.

Als der Korb leer war, schickte sie den Diener damit fort und machte noch einige Besuche in den Arbeiterhäusern. Es machte ihr Freude, wenn die Arbeiterfrauen ihr offen ihre Nöte berichteten und mit ihrem Vertrauen zu ihr kamen. Wo sie helfen konnte, half sie gern.

Zuletzt kam sie auch in das Häuschen, das der Arbeiter Noack bewohnte. Hier fand sie dessen Frau noch immer kränklich und elend, wenn sie auch nicht mehr im Bett lag. Sie schleppte sich mühsam herum, um ihren Haushalt in Ordnung zu halten und die beiden Kinder, zwei Mädchen von vier und fünf Jahren, zu versorgen. Als Mona eintrat, war sie gerade dabei, frisch gewaschene Wäsche zu legen.

Mona begrüßte sie herzlich, drückte sie aber ohne weiteres in einen Stuhl nieder.

»Sie sollen doch nicht so viel arbeiten, Frau Noack, die Wäsche konnte Ihnen doch eine Nachbarin legen.«

»Die haben ja alle selbst genug zu tun, gnädiges Fräulein.«

»Schön, dann werde ich sie legen. Wenn ich es auch nicht so gut kann wie Sie, so wird es schon gehen.«

Und behend streifte Mona die Ärmel ihres Kleides zurück und begann die Wäschestücke sorgsam zusammenzulegen.

Ganz benommen sah Frau Noack zu.

»Ach, gnädiges Fräulein, lassen Sie das doch, das ist doch keine Arbeit für Sie.«

»Warum nicht? Sie sind krank und schwach und sollen nicht so viel stehen und herumhantieren. Ich aber bin gesund, und es macht mir Vergnügen, auch einmal solche Arbeit zu tun.«

»Aber Ihre feinen Hände! Ich kann doch nicht immer wieder zulassen, daß Sie die grobe Arbeit für mich machen.«

»Davon sprechen wir gar nicht. Wie geht es Ihnen heute? Immer noch Schmerzen im Unterleib?«

»Ein bissel besser ist es schon, nur kriege ich immer noch so schnell Kreuzschmerzen, wenn ich eine Weile stehe.«

»Na, es wird ja mit Gottes Hilfe wieder besser werden, nur nicht überanstrengen«, sagte Mona tröstend. Und sich zu den beiden kleinen Mädchen wendend, die verschüchtert in der Ecke saßen und mit ihrer Puppe spielten, die Mona ihnen geschenkt hatte, fuhr sie fort, eine Tüte aus ihrer Handtasche hervorkramend: »Das hätte ich fast vergessen, ich habe euch noch was Süßes mitgebracht.«

Sie schüttete die bunten Leckereien auf den Kindertisch, an dem die Mädel spielten.

Diese sahen mit großen Augen zu ihr auf, und ein Leuchten lag in den Kinderaugen. Man merkte den Kindern an, daß sie durch die Roheiten des Vaters eingeschüchtert waren.

Frau Noack, eine trotz ihrer Vergrämtheit noch immer hübsche Frau, sah dankbar zu Mona hinüber. »Sie sind so gut, gnädiges Fräulein.«

Mona drückte ihr einen Geldschein in die Hand.

»Das stecken Sie weg, damit es Ihr Mann nicht sieht. Das ist nur für Sie und die Kinder, damit Sie nicht in Not kommen, wenn er mal wieder alles vertrinkt.«

Eine leichte Röte stieg in die vergrämten Züge der Frau. Sie barg hastig den Geldschein im Ausschnitt ihres Kleides.

»Ich danke Ihnen tausendmal, gnädiges Fräulein! Ohne Sie hätten die Kinder schon oft hungrig zu Bett gehen müssen.«

»Ist schon gut, Frau Noack. Aber nun will ich mich sputen, damit ich noch mit der Wäsche fertig werde, ehe Feierabend ist und Ihr Mann nach Hause kommt. Er hat Sie doch nicht wieder geschlagen, seit der Chef ihn zur Rede gestellt hat?«

»Nein, geschlagen nicht – auch die Kinder nicht. Aber er hat fürchterlich darüber geschimpft und krakeelt, weil ich Ihnen gesagt habe, daß er mich getreten hat. Sie hätten es Herrn Wieland nicht sagen sollen. Sie hatten es mir doch versprochen, gnädiges Fräulein.«

Mona legte eifrig ein Wäschestück zusammen.

»Ich habe mein Wort auch gehalten. Nur der Tante sagte ich es, weil Sie mich so sehr erbarmten – und die hat es dem Chef gesagt. Und wenn er Sie nun nicht wieder schlägt, dann ist doch schon viel gewonnen.«

Die Frau seufzte.

»Ach, lieber Gott, es ist, als ersticke er an seinem Grimm, wenn er ihn an uns nicht auslassen kann. Wenn er betrunken ist, dann ist er ja wie ein Tier!«

Mona hielt mit ihrer Arbeit inne und streichelte mitleidig den Arm der Frau.

»Sie Ärmste, Ihnen wäre auch wohler, wenn Sie diesem Mann nicht ausgeliefert wären. Sie können ihn doch nicht mehr liebhaben.«

Ein blasses, bitteres Lächeln flog über das Gesicht der Frau.

»Lieber Gott, das bißchen Liebe ist längst in Gram und Not erstickt. Kaum das erste Jahr hat es ausgereicht – bis das erste Kind unterwegs war. Da lief er zum Trinken. Und so ist es geblieben. Nur Furcht habe ich noch vor ihm, hauptsächlich Furcht für meine armen Kinder. Und ich bleibe ja nur bei ihm, weil ich mit meinem siechen Körper für die Kinder und mich das Brot nicht verdienen kann.«

Mona war ganz erschüttert vor Mitleid. Ihre Augen blickten ganz dunkel aus dem blassen Gesicht.

»Darum sorgen Sie sich nur nicht, ich lasse Sie und die Kinder nicht Not leiden, bitte denken Sie daran, wenn Sie es nicht mehr aushalten können bei ihm«, sagte sie erregt, von Mitleid aufgewühlt.

Die Frau weinte laut auf und haschte nach ihrer Hand, um sie dankbar zu drücken. Als die Kinder die Mutter weinen sahen, weinten sie mit und verschluckten sich fast an den Süßigkeiten. Mona füllte diese wieder in die Tüte und legte sie in den Tischkasten.

»Für heute ist es genug, morgen wollt ihr auch noch etwas Süßes haben. Und weint nicht mehr, sonst weint Mutter immer mehr.«

Die Kinder erhoben sich und umfaßten die Mutter.

»Nicht weinen, Mutter!« bat die Älteste.

Frau Noack faßte sich mühsam.

»Ich bin schon wieder ruhig. Geht jetzt an euer Spielzeug, Vater kommt bald nach Hause.«

Ängstlich und verschüchtert huschten die Kinder wieder in ihre Ecke. Mona erfaßte der Jammer. Die arme Frau, die armen Kinder! Was hatten sie verbrochen, daß sie es so schlecht hatten? Und welches Verdienst hatte sie, daß es ihr so viel besser ging? Darüber mußte sie oft nachdenken, wenn sie ihre Samaritergänge machte.

»Beruhigen Sie sich, Frau Noack, und vergessen Sie nicht, wenn Ihr Mann sie doch wieder mißhandeln sollte und dann von meinem Vetter entlassen wird, wie er es angedroht hat, dann können Sie ruhig hier in Ihrem Häuschen bleiben mit den Kindern. Lassen Sie ihn dann allein ins Ungewisse hinausziehen, vielleicht bessert ihn das. Ich werde es mit meinem Vetter besprechen, für Sie und die Kinder wird dann gesorgt.«

Da stürzten der armen Frau wieder die Tränen aus den Augen.

»Sie sind so gut, gnädiges Fräulein.«

»Und Sie sind eine brave, fleißige Frau und sollen mit Ihren Kindern nicht in Not kommen, auch dann nicht, wenn Ihr

Mann es so schlimm treibt, daß mein Vetter ihn entlassen muß. Und nun nicht mehr weinen, die Kinder sehen Sie schon wieder ängstlich an.«

Und Mona legte das letzte Wäschestück in den Korb und kniete bei den Kindern nieder. Sie scherzte und lachte mit ihnen, damit die Mutter sich wieder fassen konnte.

Die Sirene kündete nun schon den Feierabend, ein Zeichen, daß die Arbeiter jetzt von ihrer Arbeitsstätte heimkehrten. Nur die Angestellten arbeiteten noch eine Stunde länger.

Mona wollte fort sein, wenn Noack heimkehrte, und auch Frau Noack bat unruhig:

»Gehen Sie nun, gnädiges Fräulein, wenn mein Mann Sie hier findet, gibt es vielleicht eine Szene. Er ist so wütend auf Sie, weil er glaubt, Sie seien schuld, daß er vom Chef vorgenommen worden ist. Gehen Sie ihm ja aus dem Weg. Wenn er getrunken hat, weiß er nicht, was er tut. Und irgendwie verschafft er sich immer Schnaps, ich weiß nicht, wie und wo, denn in der Kantine bekommt er keinen mehr.«

Mona nickte ihr zu. Sie verabschiedete sich und stieg gleich hinter dem Häuschen einen Abhang hoch, um einen aufsteigenden Waldweg zu erreichen, der zum Herrenhaus hinaufführte und wo ihr Noack nicht begegnen konnte.

Die Arbeiterhäuser streckten sich auf der Nordseite am Fuß des Berges hin, und von hier aus führte der Weg zum Herrenhaus in Serpentinen aufwärts. Es war ein wunderschöner Waldweg, und Mona ging ihn gern. Sie wollte nicht warten, bis die beiden Herren hinauffuhren, denn das dauerte mindestens noch eine Stunde.

Elastisch stieg sie den allmählich aufsteigenden Waldweg empor, der immer am Rand eines jäh abfallenden Abhanges dahinführte. Der Abhang war mit Rasen bewachsen, und den Wegrand begrenzten breitästige Bäume, so daß der Weg auch bei Sonnenschein im Schatten lag.

Man mußte hier erst ganz um den Berg dicht oberhalb des

Werkes herumlaufen, ehe der Weg dann in steileren Serpentinen auf der Südseite weiter aufwärtsführte.

Mona hatte so einen freien Blick auf das Werk und sah die Arbeiter ihren Häusern zustreben. Sie sah auch nach dem Direktionsgebäude hinüber, wo sie Lothar und Bernd Kronau noch bei der Arbeit wußte. Wo Bernd Kronaus Arbeitsplatz war, wußte sie genau, aber dieser Platz war im Augenblick leer. Sie konnte von außen zu ihm hineinsehen. Vermutlich war er bei seinem Chef. Ihre Sehnsucht flog zu ihm hinüber, und tief in Gedanken versunken ging sie weiter. Mona war nun am Werk vorüber und bog langsam um den Berg herum nach der andern Seite. Aber plötzlich blieb sie erschrocken stehen, dicht vor ihr taumelte der Arbeiter Noack, anscheinend wieder ganz und gar betrunken, auf sie zu.

Er hatte gehört, daß Mona in den Arbeiterhäusern bei den Kranken gewesen war. Deshalb war er quer den Abhang emporgeklettert und wollte ihr hier auflauern. Dabei hatte er, schon vorher berauscht, seine Schnapsflasche vollends geleert und war nun sinnlos betrunken. Er lachte heiser auf, und ehe Mona nur einen Entschluß fassen konnte, wie sie ihm entrinnen könne, hielt er sie am Kleid fest, so daß sie nicht entfliehen konnte.

»Lassen Sie mich los!« herrschte sie ihn an.

Wieder lachte er roh auf und starrte sie mit glühenden, blutunterlaufenen Augen an.

»Werde mich hüten, dich loszulassen, ehe du deine Keile weghast, du Aas. Jetzt will ich dir's geben! Du sollst nicht wieder petzen!« stieß er hervor und packte sie an beiden Schultern und schüttelte sie so wütend hin und her, daß ihr der Hut vom Kopf flog.

»Lassen Sie mich los!« schrie sie wieder, von Entsetzen gepackt, und suchte sich loszureißen.

Aber er hielt sie fest und lachte triumphierend, als er ihre Angst sah. Sein widerlicher Atem verursachte ihr Übelkeit.

»Still gehalten!« schrie er. »Ich habe mir vorgenommen, daß ich dir eine runterhaue wegen deiner Petzerei. Was hast du Zierpuppe in meinem Haus zu tun? Was hast du dich in meine Familienangelegenheiten zu mischen? Unsere Frauen kriegen Schläge, wenn sie nicht parieren, und du sollst auch mal merken, wie Dresche schmeckt, du Kanaille! Das Petzen soll dir schon vergehen!«

Dabei schüttelte er sie immer wieder hin und her, und sie schrie und suchte sich loszureißen.

Aber gerade, als Noack die eine Hand losließ, um sie damit ins Gesicht zu schlagen, sprang den Abhang herauf ein Mensch auf den Weg und packte Noack am Kragen, ihn mit einem gewaltigen Griff zurückreißend.

Es war Bernd Kronau. Er hatte unten in der Maschinenhalle zu tun gehabt und Mona auf dem Weg erblickt, ohne daß sie ihn entdeckt hatte. Von einem Schuppen verdeckt, hatte er ihr nachgesehen und sich an ihrem anmutigen, elastischen Gang gefreut. Und dann hatte er plötzlich, noch früher als Mona, den Arbeiter Noack betrunken einhertaumeln sehen. Er wußte, daß Noack auf Mona wütend war. Aber auch sonst wäre es ihm bedenklich erschienen, sie allein mit dem betrunkenen Menschen, den die anderen Arbeiter mieden, auf diesem einsamen Weg zusammentreffen zu lassen. Mit großen Sätzen stürmte er über den weichen Rasen den Abhang hoch, ohne daß ihn Mona und Noack sehen konnten. Und nun war er gerade noch im letzten Augenblick gekommen, um Mona vor dem Schlag zu schützen. Mit aller Kraft hatte er Noack zurückgerissen, der taumelnd Mona freigeben mußte. Seine Augen sprühten Zorn.

»Was unterstehst du dich, du Lump!« rief er und warf Noack nieder. Der verlor das Gleichgewicht und rollte haltlos den Abhang hinab.

Bernd achtete gar nicht auf ihn, er fing Mona, die halb ohnmächtig zurücktaumelte, als sie befreit war, in seinen Armen auf.

Sie sah ihn mit großen, entsetzten Augen an, und das Grauen schüttelte sie noch.

»Mona, liebe, teure Mona, fassen Sie sich doch, es ist ja alles gut«, sagte er weich, voll hinreißender Zärtlichkeit, sie fest in den Armen haltend.

Das brachte Mona um den letzten Rest ihrer Fassung, wenn die Erregung, die sie jetzt befiel, auch ganz anderer Art war als die zuvor. Sie schloß einen Augenblick die Augen und sagte dann heiser:

»Mein Gott, der entsetzliche Mensch!«

»Der ist vorläufig besorgt und aufgehoben«, sagte Bernd und warf einen verächtlichen Blick hinunter, wo Noack grölend und schimpfend am Boden lag, unfähig, sich aufzurichten. Der Fall hatte ihn vollends sinnlos gemacht – aber mitten in allem Schimpfen schlief er dann plötzlich ein.

Mona hatte auch einen Blick hinabgeworfen und schauerte zusammen.

»Er wollte mich schlagen«, sagte sie zitternd.

Unwillkürlich preßte er sie an sich.

»Wie gut, daß ich zur Stelle war!«

Sie sah zu ihm auf, und nun schoß ihr das Blut ins Gesicht, weil sie sich bewußt wurde, daß sie in seinen Armen lag. Verwirrt richtete sie sich auf und trat einen Schritt zurück.

»Ich danke Ihnen – oh, ich danke Ihnen!« sagte sie leise.

Er war blaß geworden, als sie von ihm zurückwich.

»Verzeihen Sie, mein gnädiges Fräulein, daß ich Sie auffing, aber ich fürchtete, Sie würden bewußtlos werden.«

Wieder schloß sie die Augen und dachte daran, mit welch hinreißender Zärtlichkeit er vorhin zu ihr gesprochen hatte. Es kam ihr erst jetzt zum Bewußtsein, und die Sinne drohten ihr abermals zu schwinden. Die Aufregung wirkte in ihr nach. Ganz bleich wurde sie und taumelte. Da umfaßte er sie wieder mit beiden Armen.

»Mona!« rief er erschrocken und besorgt.

Sie öffnete die Augen und sah ihn an mit einem Blick, der ihm ihr ganzes Fühlen verriet. Und da gingen seine Gefühle mit ihm durch, er zog sie fester in seine Arme.

»Verzeihen Sie mir, Mona, aber ich kann mich jetzt nicht verstellen. Die Angst um Sie entriß mir vorhin Ihren Namen, der mir so teuer ist. Und nun will ich Ihnen auch gestehen, was ich lange im Herzen herumtrage: ich liebe Sie, Mona, liebe Sie von ganzem Herzen, seit ich Sie zuerst gesehen habe. Ich wagte es bisher nicht, Ihnen das einzugestehen, denn ich war zu arm, um Ihnen auch nur ein bescheidenes Los bieten zu können. Aber nun habe ich wenigstens ein kleines Vermögen durch meine Erbschaft, und vielleicht sind Sie mit dem zufrieden, das ich Ihnen bieten kann, wenn ich Ihnen sage, wie teuer Sie mir sind, und daß ich Ihnen mein ganzes Herz zu Füßen lege. Verzeihen Sie mir, wenn ich Ihre Schwäche ausnütze, aber Sie haben mich eben angesehen, daß ich alle Ruhe verlor. Vielleicht finde ich nie mehr eine so günstige Gelegenheit, Ihnen mein Herz auszuschütten. Mona, habe ich mich getäuscht, wenn ich glaubte, daß mir aus Ihren Augen Liebe entgegenstrahlte? Können Sie meine Gefühle erwidern, und wollen Sie meine angebetete Frau werden?«

Sie lauschte, vergehend vor Glück, seinen zärtlichen Worten und erzitterte in seinen Armen. Aber sie löste sich nicht von ihm, sie war glücklich, daß er sie an seinem Herzen hielt. Mit einem seltsam bangen und doch hoffenden Blick sah sie zu ihm auf.

»Bernd Kronau – kann es denn möglich sein, daß sich Ihre Gefühle für mich so sehr verändert haben?« fragte sie leise, wie verträumt.

Er sah sie fragend an.

»Verändert? Ach, süße Mona, ich habe Sie doch vom ersten Augenblick an, da ich Ihnen vorgestellt wurde, geliebt.«

Sie sah ihn noch immer an, als könne sie nicht an ihr Glück glauben. Und dann schüttelte sie den Kopf.

»Nein, Bernd Kronau, als Sie mich zum erstenmal sahen, da dachten Sie nicht daran, mich zu lieben, da fanden Sie nur, daß ich ein kleines Greuel war. Und an jenem Abend wiesen Sie den Gedanken, mich zu Ihrer Frau machen zu müssen, mit Abscheu und Entsetzen zurück.«

Er sah sie besorgt und bestürzt an.

»Mona, von was sprechen Sie denn? Mein Gott, der Überfall dieses betrunkenen Menschen hat Ihre Gedanken verwirrt. Mona, süße, teure Mona, kommen Sie doch zu sich!«

Nun huschte ein Lächeln über ihr Gesicht, ein Lächeln, das er hinreißend und bezaubernd fand. Dann sagte sie, ernst werdend:

»Meine Gedanken sind nicht verwirrt. Erinnern Sie sich nicht mehr des Abends, an dem Ihr Vater Ihnen sagte, Sie sollten die Tochter seines Freundes heiraten, um ihn vor dem Ruin – und Schlimmerem zu retten?«

Unwillkürlich ließ er sie aus seinen Armen, strich sich über die Stirn und sah sie betroffen an.

»Ja – ja, ich erinnere mich sehr wohl, aber woher wissen Sie das, Mona, ich war doch mit meinem Vater allein?«

Sie schüttelte den Kopf.

»Nein, Sie waren nicht allein. Erinnern Sie sich, Sie saßen mit Ihrem Vater dicht an einem Samtvorhang, dieser schloß eine Fensternische ab, und hinter diesem Vorhang in der Fensternische saß das unglückliche Geschöpf, das hierher geflohen war vor den erbarmungslos gleichgültigen Augen des Mannes, den es heimlich liebte, ohne daß er eine Ahnung davon hatte. Ja, Bernd Kronau, da saß zitternd und bebend, weil es nicht entfliehen konnte, das – kleine Greuel mit dem schlechten Teint, den Sie so verabscheuten. Das arme Mädchen hörte mit an, wie Sie sich entsetzt gegen den Wunsch Ihres Vaters sträubten.«

Er starrte sie noch immer fassungslos an und strich über seine Stirn.

»Mein Gott, Mona, das ahnte ich nicht. Das arme Ding – wie grausam bin ich da gewesen, ohne es zu ahnen! Aber – wie erfuhren Sie das alles, Mona? Kennen Sie denn Fräulein Runeck, hat sie Ihnen das alles berichtet?«

Nun huschte wieder das schwache, verzagte Lächeln über ihr Gesicht.

»Verstehen Sie doch! Ich – ich bin Mona Runeck!«

Er zuckte zusammen.

»Unmöglich!« stieß er hervor, sich an die scheue, schattenhafte Erscheinung der jungen Erbin erinnernd, deren entstelltes Gesicht ihm so mißfallen hatte.

Bei seinem ungläubigen Staunen huschte ein Schelmenlächeln über ihr Gesicht.

»Glauben Sie mir nur, ich bin es wirklich. Sie erkennen mich nur nicht, weil Sie mich erstens damals kaum angesehen hatten und weil mein Gesicht damals leider durch einen häßlichen Streifen von Sommersprossen entstellt wurde, von dem mich Friede Lorenz wie durch ein unfaßbares, großes Wunder für immer befreit hat.«

Er faßte ihre Hände und preßte seine Lippen wie in inniger Abbitte darauf.

»Das ist doch unglaublich! Wo habe ich denn nur an jenem Abend meine Augen gehabt?«

»Ich war ja damals wirklich ein kleines Greuel mit meinem unbeholfenen, unsicheren Wesen und meinen scheußlichen Sommersprossen.«

Er schüttelte den Kopf.

»So kann sich doch kein Mensch verändern, das wäre ja ein Wunder.«

»Ich sage Ihnen ja, dies Wunder hat Friede Lorenz vollbracht mit einem Balsam, dessen Rezept ihr Vater von einem indischen Freund bekam. Und – auch Sie selbst haben mitgeholfen, dies Wunder zu vollbringen. Als ich das an jenem Abend aus Ihrem Mund hörte, erfaßte mich ein so bitteres

Weh, ein tiefes Unglück erschien es mir. Denn – ich liebte Sie ja längst, Bernd Kronau, obgleich ich Sie nur zuweilen aus eben diesem Versteck beobachtet hatte, ohne daß Sie von meiner Gegenwart wußten. Ich mußte hören, daß mein Vater mich Ihrem Vater als Ihre Frau angeboten hatte und wie Sie sich entsetzt gegen diese Zumutung wehrten. In jener Stunde bin ich ein anderer Mensch geworden. Ich wehrte mich nicht weniger heftig gegen den Gedanken, auf diese Art Ihre Frau zu werden, wie Sie selbst. Sobald Sie das Zimmer mit Ihrem Vater verlassen hatten, floh ich und suchte mein Zimmer auf. Sie erinnern sich vielleicht, daß ich nicht wieder zum Vorschein kam?«

Ganz betreten hatte er ihr zugehört und nickte mit dem Kopfe.

Sie fuhr erregt fort:

»Als ich mich aus meiner unglücklichen Stimmung emporgerissen hatte, sah ich mich im Spiegel an – und haßte mich. Ich konnte nur unterschreiben, was Sie über mich gesagt hatten. Dann wurde mir eines klar, ich mußte Sie schützen davor, daß Sie sich an mich verkaufen sollten, denn so weh mir mein Herz tat darüber, daß Sie mich verschmähen mußten, so sehr mein Stolz darunter litt, daß mein Vater mich ausgeboten hatte wie eine schlechte, unverkäufliche Ware, noch mehr litt ich unter dem Gedanken, daß Sie – Sie, Bernd Kronau, unglücklich werden könnten an der Seite einer ungeliebten Frau. Dieser Gedanke gab mir Kraft. Zum erstenmal in meinem Leben konnte ich etwas energisch wollen. Ich erklärte am nächsten Morgen meinem Vater, daß ich Sie auf keinen Fall heiraten würde, daß ich überhaupt nicht heiraten wolle und wieder zu meiner Tante zurückkehren würde. Ich reiste auch gleich am nächsten Morgen ab, immer in einer unsinnigen Angst, daß ich Ihnen noch einmal begegnen könne und Ihre Augen auf mir ruhen lassen müsse. Ich wollte nicht noch einmal darin lesen, daß ich ein kleines Greuel war – wollte auch auf alle Fälle verhindern, daß Sie sich an mich verkaufen würden. Sie sollten Ihren Stolz nicht demütigen müssen, denn trotz allem liebte ich Sie nur noch mehr, Ihres Stolzes wegen.«

Sie schwieg und kämpfte das bittere Gefühl nieder, das in der Erinnerung an jenen Tag wieder in ihr aufstieg.

Er sah sie tief bekümmert an.

»Mona – mein Gott, was habe ich Ihnen angetan? War ich denn blind oder von Sinnen? Ich kann zu meiner Entschuldigung nur sagen, daß ich außer mir war, weil mein Vater von mir verlangte, daß ich mich verkaufen sollte.«

Ein schönes, liebes Lächeln huschte um ihren Mund.

»Ich weiß es wohl, wie furchtbar Ihnen dieser Gedanke war, deshalb wollte ich Sie doch um jeden Preis retten.«

»Und hatten mich doch lieb, Mona?«

»Ja!« sagte sie schlicht und fest.

»Und habe ich mir nun Ihre Liebe ganz verscherzt? Können Sie mir nun nicht mehr gut sein, weil ich Sie so sehr gekränkt habe? Nicht einmal wiedererkannt habe ich Sie.«

»Darüber war ich so froh. Ich verbot meinen Angehörigen, mich in Ihrer Gegenwart bei meinem Namen zu nennen. Sonst hätte ich nicht ertragen können, in Ihrer Nähe zu bleiben, und meinetwegen sollten Sie doch Ihre Stellung nicht verlieren.«

»Und – nun ist Ihre Liebe zu mir gestorben, Mona?« fragte er gepreßt, mit blassem Gesicht.

»Eine Liebe, die sterben kann, ist keine Liebe«, sagte sie, ihm mit einem unbeschreiblich innigen Blick in die Augen sehend.

»Mona – Sie lieben mich?«

»Immer und ewig – ich kann nicht anders«, sagte sie schlicht.

Er zog sie in seine Arme, und seine Lippen preßten sich auf die ihren. Und dann sagte er voll heißer Zärtlichkeit:

»Ich liebe dich, Mona, und so schön und reizend erschienst du mir gleich, als ich nach Georgental kam. Wie war es nur möglich, daß ich dich damals für reizlos hielt? Ich bin mir selbst gram darum.«

Ihre Augen leuchteten voll Glückseligkeit.

»Du vergißt die häßlichen Sommersprossen, Bernd. Und alle sagen, daß ich mich seither vollständig verändert habe.«

Er schloß ihr den Mund mit heißen Küssen. Dann sagte er mit verhaltener Stimme:

»Mit solchen Augen, wie du sie hast, kann man nur schön und bezaubernd sein. Freilich, ich glaube, daß ich damals deine Augen überhaupt nicht gesehen habe. Ich habe dich wahrscheinlich überhaupt nicht richtig angesehen.«

Schelmisch lachte sie zu ihm auf.

»Du hattest keine Zeit für mich damals, mußtest dich der schönen Susanne Weimann widmen«, neckte sie.

Er küßte andachtsvoll ihre Augen.

»Mona – meine süße Mona, was bin ich für ein blinder Tor gewesen! Kannst du mir verzeihen?«

Sie schmiegte sich an ihn.

»Ich habe dir nichts zu verzeihen. Bei allem Herzeleid war ich stolz auf dich, weil du dich nicht verkaufen wolltest.«

Sie hatten einander noch viel zu sagen und zu fragen. Und mancher Kuß wurde getauscht. Aber dann sah Mona hinab auf den schlafenden Betrunkenen.

»Was machen wir nun mit ihm, Bernd? Die arme Frau Noack! Er wird ihr wieder eine Szene machen, wenn er heimkommt.«

Bernd überlegte.

»Weißt du, Mona, eigentlich danke ich es diesem Betrunkenen, daß ich endlich den Mut fand, dir meine Liebe zu gestehen. Ich wagte es doch nicht, weil ich glaubte, dir ein zu bescheidenes Auskommen bieten zu können. Obwohl ich dich für eine arme Waise hielt, fürchtete ich, daß ich dir nicht genügend Ersatz schaffen könne für den Luxus, den du im Haus deines Vetters genossen hattest. Und nun bist du die reiche Mona Runeck. Aber du bist mein, und ob arm oder reich, ich liebe dich. Und dieser betrunkene Kerl hat mir die Zunge gelöst. Deshalb will ich glimpflicher mit ihm umgehen, als er es verdient. Ich werde ihn da unten in den abgelegten Schuppen bringen lassen, wo er auf einem Bündel Stroh seinen Rausch ausschlafen kann. Dann hat seine Frau wenigstens keine Not mit ihm. Und morgen wird der Chef mit ihm abrechnen.«

»Ich gehe wieder mit dir hinunter, Bernd, ich will Frau Noack über das Ausbleiben ihres Mannes beruhigen. Und dann warte ich drüben bei Lothar, bis wir zusammen hinauffahren. Die Lust, zu Fuß hinaufzugehen, ist mir vergangen.«

Sie schauerte zusammen, als sie an die Szene mit Noack dachte. Bernd umfaßte sie innig und küßte sie. Und dann verabredeten sie noch, daß sie in Lothars Kontor wieder zusammentreffen und ihm berichten wollten von Noacks Überfall. Von ihrer Verlobung wollten sie aber erst oben sprechen, heute abend, wenn Tante Herta und Friede auch dabei waren.

So geschah es. Noack wurde durch ein paar Arbeiter in den Schuppen getragen; sehr sanft gingen diese nicht mit ihm um. Aber er erwachte nicht, grunzte nur im Schlaf. Mona berichtete Frau Noack, was geschehen war. Sie versprach ihr, dafür zu sorgen, daß sie in ihrem Häuschen bleiben und leichte Arbeit bekommen sollte, damit sie ihren Unterhalt verdiene. Denn ihr Mann würde sicher jetzt von ihrem Vetter entlassen werden.

Dann traf Mona mit Bernd bei Lothar zusammen, und sie berichteten, was geschehen war, aber ohne von ihrer Verlobung zu sprechen. Lothar war sehr zornig auf Noack und sagte kurz und bestimmt, daß er morgen seine Entlassung bekommen werde. Auf Monas Bitten willigte er ein, Frau Noack und die Kinder in dem Häuschen zu lassen, wenn sie es wollten.

Dann fuhr er mit dem heimlichen Brautpaar hinauf. Mona

suchte zuerst die Tante auf, um ihr alles zu beichten, wie es gekommen war, daß sie nun doch Bernds Braut geworden sei. Die alte Dame freute sich herzlich, daß Mona ihr Glück gefunden hatte. Und bei Tisch verkündigte sie dann diese Verlobung.

»Wir müssen zwar erst noch die Einwilligung von Monas Vater haben, aber ich bin überzeugt, daß er die Verbindung dieser beiden Menschen gutheißen wird, da er sie ja einst selbst befürwortete.«

Es gab ein herzliches Gratulieren. Friede und Mona umarmten und küßten sich, und Mona flüsterte Friede zu:

»Dir danke ich mein Glück, Friede, denn hättest du mich nicht von meinen Sommersprossen befreit, dann hätte mich Bernd nicht liebenswert gefunden.«

Und das Brautpaar erzählte bei Tisch, immer abwechselnd, wie es gekommen war, daß sie sich erst gegenseitig ausgeschlagen und dann doch noch gefunden hatten.

Es wurde ein Telegramm an Herbert Runeck abgesandt mit der Bitte um seine Einwilligung zur Verlobung seiner Tochter mit Bernd Kronau. Darauf kam am nächsten Morgen die Antwort:

»Mit tausend Freuden – komme morgen nach Georgental.«

Zu Lothars und Friedes Hochzeit kamen dann auch Herbert Runeck und seine Frau. Ebenso natürlich Friedes Verwandte.

Aber Herbert Runeck bat dann dringend, daß Monas Hochzeit in seinem Haus stattfinden solle. Mona sollte einige Wochen vor ihrer Hochzeit ins Vaterhaus zurückkehren und mit Frau Dora zusammen ihre Aussteuer einkaufen.

Bernd blieb in Georgental, um Lothar während seiner Hochzeitsreise zu vertreten. Es war zwischen ihm und Lothar mit Monas und ihres Vaters Zustimmung ausgemacht worden, daß sich Bernd nicht nur mit seinem ererbten kleinen Vermögen, sondern auch noch mit einem Teil von Monas Erbe an dem Eisen- und Stahlwerk Georgental beteiligen sollte. Für Bernd und Mona sollte in einem Teil des Parks von Georgental eine hübsche Villa erbaut werden, und zwar so schnell wie möglich, damit das junge Paar dort ein behagliches Heim finden würde. Denn Mona wollte sich auch in Zukunft weder von Friede noch von Tante Herta trennen.

Und als nach einigen Monaten Monas Hochzeit in Berlin stattgefunden hatte, führte sie ihren jungen Gatten in das Nebenzimmer, in die Fensternische, in der sie das größte Leid ihres Lebens erfahren hatte. Dort zog Bernd seine junge Gattin in leidenschaftlicher Zärtlichkeit in seine Arme und sagte leise:

»Hier will ich noch einmal abbitten, was ich dir zuleide getan habe, meine süße, schöne und angebetete Frau. Ich will dich alles vergessen machen, was du um mich gelitten hast.«

Sie sah ihn mit ihren schönen, samtbraunen Augen zärtlich an.

»Es ist schon alles vergessen, mein Bernd – ich bin so namenlos glücklich, daß du mich liebst, was ich damals nicht für möglich gehalten habe.«

In einem anderen stillen Zimmer in Villa Runeck standen Lothar Wieland und seine schöne junge Frau. Sie hatten sich heimlich von der großen Gesellschaft fortgestohlen, um sich in den Armen halten zu können. Denn ihr junges Glück erschien ihnen so wunderbar, daß sie es nicht mit andern Menschen teilen wollten.

Als sie dann zur Gesellschaft zurückkehrten, kam ihnen Gerd entgegengesprungen, der auch mit nach Berlin gekommen war, um an der Feier teilzunehmen. Er umarmte Vater und Mutter zugleich, und sie drückten ihn an sich. Und als sie so zusammenstanden, traten Bernd und Mona zu ihnen.

»Wir haben Sehnsucht nach Georgental«, sagte Lothar.

»Wir auch – und wir werden unsere Hochzeitsreise abkürzen, wie ihr es auch getan habt.«

Sie sahen sich glücklich lachend an.

Und als Bernd und Mona dann abreisten, riefen sie Friede und Lothar zu:

»Auf glückliches Wiedersehen in Georgental!«

Und dann fuhren sie dem Glück entgegen.

Hedwig

Courths-Mahler

Heide Rodenau kämpft um ihr Glück

BASTEI LÜBBE

I

Ich sehe ein, Mama, daß es sehr betrüblich ist, daß Schloß Rodenau verkauft worden ist. Aber da es geschehen mußte, kann ich es nicht schrecklich finden, daß Herr Dalheim, der frühere Maschinenschlosser, es gekauft hat. Alles andere ist für uns gleichgültig.«

»Weil du leider kein Standesbewußtsein hast, Adelheidis, weil du die entsetzlich demokratischen Ansichten von deinem Vater geerbt hast.«

»Liebe Mama, würdest du mir eine Bitte erfüllen?« fragte die Komtesse, ohne auf diesen Vorwurf einzugehen. »Ich bitte dich, mich jetzt nicht mehr mit diesem anspruchsvollen Namen anzureden. Den wollen wir mit manchem anderen unnötigen Ballast in Schloß Rodenau zurücklassen. Bitte nenn mich einfach Heide, wie es Papa immer getan hat.«

»Dein Vater hatte eben auch kein Standesbewußtsein.«

»Schilt ihn nicht deswegen. Was sollte er in seiner bedrängten Lage damit anfangen? Er hat Rodenau in einem recht bejammernswerten Zustand übernommen, sich damit abgerackert, es halten zu können, und hat seine besten Kräfte nutzlos darangegeben. Ich habe seine Sorgen mit ihm geteilt. Als er einsehen mußte, daß alles vergeblich war, brach er kraftlos zusammen. Ich weiß, daß er oft gern mit einem seiner Tagelöhner getauscht hätte.«

»Das stimmt. Wenn ich nicht gewesen wäre, ihr hättet wie die Bauern gelebt.«

Heide warf der Mutter einen nachdenklichen Blick zu, sie hätte sagen mögen: Wir hätten Rodenau vielleicht noch eine

Weile halten können, aber du, vornehme Mama, hast mit deinen kostspieligen Ansprüchen so viel Geld verbraucht, daß es nicht mehr möglich war.

»Also, nicht wahr, Mama, du nennst mich in Zukunft einfach Heide? Ich denke, wir haben Wichtigeres zu tun, als zu klagen. Willst du mit hinaufkommen, damit wir unsere Koffer packen können?«

»Das können wir doch nicht selber tun!« rief die Gräfin entsetzt.

Heide strich sich über die Stirn, als sei ihr zu heiß.

»Da wir jetzt nur noch die alte Trina zur Bedienung haben und sie genug zu tun hat, wird uns wohl nichts andres übrigbleiben. Du mußt mir sagen, was du in das Stift mitnehmen willst. Ich packe dann schon alles ein.«

»Ach, es ist schrecklich, daß du alles so ruhig hinnimmst.«

»Ruhig? Leider nehme ich es nicht ruhig genug hin, daß wir unsere Heimat verlassen müssen. Aber alles Klagen nützt nichts.«

Heide ließ die Arme kraftlos herabfallen. Alles wurde schwerer durch die Unvernunft der Mutter.

»Weine nicht, Mama! Wenn wir weiter kein Opfer zu bringen hätten, könnten wir glücklich sein«, sagte sie müde.

»Ich habe mich immer darüber entsetzt, daß dein Vater dich einfach ›Heide‹ genannt hat. Aber er hat ja auch meinen Vornamen verstümmelt.«

Nun mußte Heide doch ein wenig lachen. »Mama, es klang so lieb, wenn er bettelte: Gärdchen, laß doch das vornehme Getue, wir haben's ja längst nicht mehr dazu.«

Und dann wurden ihr die Augen feucht, sie konnte noch nicht ruhig an den geliebten Vater denken.

»Er hätte mich trotzdem Edelgarda nennen können. Bist du denn gar nicht darauf stolz, daß du eine Reichsgräfin Rodenau bist?«

»Mama, wie komisch würde sich das ausnehmen auf der Visitenkarte einer Angestellten. Kein Mensch würde mir daraufhin Arbeit geben. Ich werde mich keinesfalls draußen in der Welt anders nennen als Fräulein Heide Rodenau. Was soll ich mit meinem Titel anfangen in einer Zeit, die kein Adelsprädikat mehr anerkennt?«

»Eine schreckliche Zeit!«

»Ich kann sie gar nicht so schrecklich finden, Mama, man hat wenigstens die Arme frei und braucht einen solchen Titel nicht wie einen Klotz am Bein mit sich herumzuschleppen. Wenn der Abschied nicht wäre von Rodenau und vielen lieben Erinnerungen an meinen geliebten Vater, dann – ja, dann würde ich mich freuen, meine Kräfte im Lebenskampf regen zu dürfen, mir selbst mein Brot zu verdienen und zu zeigen, daß ich etwas leisten kann.«

»Du bist völlig aus der Art geschlagen, Adelheidis!«

Heide strich sich über die weichen, goldbraunen Locken, die ihr reizendes Gesicht umgaben. Ihre Grauaugen blickten ernst und nicht ganz so unverzagt, wie sie es der Mutter zeigen wollte. »Ich bin froh, daß wenigstens du Aufnahme in dem Stift findest, das deine Vorfahren einst gegründet haben.«

»Zum Frohsein ist leider kein Anlaß. Die Einkünfte des Stiftes sind durch die Inflation jämmerlich zusammengeschrumpft. Die Verpflegung soll ziemlich miserabel sein. Man hat gerade ein Dach über dem Kopf und das Notwendigste zum Leben«, jammerte die Gräfin.

Diese stolze, verwöhnte Frau in dem primitiven Stift, das würde schlimm werden. Und doch mußte sie froh sein, diese Unterkunft zu finden. Es war beim Verkauf von Rodenau absolut nichts für die beiden Damen übriggeblieben, die Gläubiger waren kaum alle befriedigt worden. Nichts blieb als ihre Garderobe, einige Möbel, deren Verkauf nichts gebracht hätte, und die Anwartschaft auf einen Stiftsplatz.

»Wir müssen dankbar sein, Mama, daß du diese Unterkunft

findest. Da bist du wenigstens unter deinesgleichen. Denk dir, wenn du in einer kleinen Mietwohnung hausen müßtest.«

»Um Gottes willen, das wäre mein Tod!« rief die Gräfin.

»Deshalb müssen wir Gott danken, daß du im Stift Aufnahme findest. Und wenn ich eine gute Stellung bekomme, kann ich dir hoffentlich etwas abgeben, damit du dir kleine Annehmlichkeiten leisten kannst. Vielleicht bekomme ich einen Posten als Sekretärin oder als Korrespondentin. Irgendwie werde ich schon durchkommen.«

»Meine Tochter und eine solche Stelle, wie furchtbar!« jammerte die Gräfin.

»Oh, liebe Mama, hätte ich nur erst so eine Stelle, wie froh wollte ich sein! Vorläufig muß ich mich mit dem zufriedengeben, was ich für die Übersetzungen bekomme, die ich für den Holdei-Verlag anfertige. Aber ich möchte gern mehr verdienen, damit ich dir etwas abgeben kann. Froh bin ich, daß du eine Hilfe mit in das Stift bringen kannst, so ist wenigstens auch Trina versorgt. Um mich will ich nicht bange sein. Aber jetzt wollen wir unsere Sachen packen, Mama.«

In diesem Moment trat Trina ein, die schon ein Vierteljahrhundert auf Schloß Rodenau in Stellung war. Trina war ebenso stolz wie ihre Herrin. Ihre Gräfin war für sie ein höheres Wesen, und da sie ihre Angestellte war, erschien sie sich dadurch höher als andere Sterbliche.

Trina hatte auch die Treue gehalten, als alle andere Dienerschaft gegangen war, weil kein Lohn mehr gezahlt werden konnte. Sie hatte erklärt, daß sie auch ohne Gehalt ihrer Gräfin weiterdienen würde; denn ihr Erspartes brachte ihr einige Zinsen, womit sie ihre bescheidenen Bedürfnisse befriedigen konnte. Im Stift würde sie sehr wenig brauchen, und im Grunde war Trina mit ihrem Ersparten jetzt reicher als ihre Gräfin. Daß die Komtesse sich eine Stellung suchen wollte, erschien ihr als ein Sakrileg, über das sie nicht weniger jammerte als ihre Herrin.

Jetzt brachte Trina auf einem Tablett den Tee. Mit Grandezza ordnete sie ihn auf einem runden Tisch am Fenster und sagte dann mit gedämpfter, vornehm lispelnder Stimme zu den Damen:

»Der Tee ist angerichtet! Haben die gnädigsten Gräfinnen noch Befehle?«

»Nein, Trina, jetzt nicht mehr.«

»Darf ich dann die Koffer packen, gnädigste Gräfin?«

»Nein, Trina, du hast ohnedies genug zu tun. Ich werde die Koffer selbst packen.«

Trina entsetzte sich. »Das geht doch nicht! Gnädigste Gräfin dürfen das nicht zulassen.«

»Wir werden es nicht ändern können, Trina!«

Trina ging mit einem Gesicht, als halte sie nun auch den Untergang der Welt für möglich.

Während Mutter und Tochter noch zusammensaßen und Heide sich allerlei notierte, was sie nicht vergessen durfte, kam Trina abermals herein.

»Gnädigste Gräfin, es ist ein Brief da, den ein Eilbote gebracht hat.«

»Etwa noch eine unbezahlte Rechnung, Mama?« fragte Heide beklommen.

»Nein, von diesem Herrn Dalheim. Bitte, lies du den Brief, Adelheidis. Es widerstrebt mir, auch nur schriftlich mit diesem Herrn Neureich in Verbindung treten zu müssen.«

Heide nahm den Brief und las.

»Mama, es ist eine unerwartete Freudenbotschaft!«

Ungläubig sah die Mutter sie an.

»Eine Freudenbotschaft? Von dieser Seite? Unmöglich!« sagte sie abwehrend. Was konnte ihr, der Reichsgräfin Rodenau, von einem ehemaligen Schlossergesellen Gutes kommen?

Heide zitterten die Hände.

»Doch, Mama, höre, was er schreibt, mein Gott, ich bin ganz fassungslos vor Freude.«

Und sie begann vorzulesen:

Sehr geehrte Frau Gräfin!

Mein Sohn, der nie ein richtiger Geschäftsmann war und deshalb als Landwirt besser am Platz ist, soll in Zukunft Rodenau bewirtschaften; für ihn hauptsächlich habe ich es gekauft. Doch das nur nebenbei. Er hat nun in alten Schriften herumgewühlt, die wir von Rodenau mitgebracht haben, und herausgefunden, daß das sogenannte Witwenhaus im Schloßpark gar nicht verkäuflich war, weil der verwitweten Gräfin Rodenau ein Wohnrecht in diesem Hause zusteht und zugleich allerlei Gerechtsame. Das Witwenhaus im Park ist also unter allen Umständen der Witwe des letzten Grafen Rodenau als Wohnsitz zur Verfügung zu stellen bis an ihr Lebensende. Dazu stehen ihr ebenfalls bis zu ihrem Tod folgende Rechte zu: Der neue Gutsherr hat ihr zu liefern: Jährlich zwei Zentner Weizen, Roggen, Kartoffeln, ein geschlachtetes Schwein, wöchentlich zwei Pfund Butter, ein halbes Schock Eier, acht Liter Milch, einen Liter Sahne, zwei junge Hühner, außerdem Gemüse, Obst und Salat je nach Bedarf für ihren Haushalt.

Mein Sohn hat sich davon überzeugt, daß das Witwenhaus in gutem, bewohnbarem Zustand ist. Es wird nicht völlig eingerichtet sein, aber Sie können von den Möbeln, die sich noch im Schloß befinden und nicht verkauft worden sind, auswählen, was Sie brauchen, denn ich lasse das Schloß völlig neu ausstatten. Meine Arbeiter, die in diesen Tagen eintreffen, sind angewiesen, Ihnen alles zum Witwenhaus zu schaffen, was Sie nötig haben.

Ich hoffe, daß Ihnen mein Angebot nicht unangenehm ist; es liegt nun allein bei Ihnen, ob Sie es annehmen wollen oder nicht. Es genügt eine kurze Mitteilung.

Hochachtungsvoll ergeben

Friedrich Dalheim

Als Heide diesen Brief zu Ende gelesen hatte, sahen sich die beiden Damen eine Weile fassungslos an. Endlich sagte die Gräfin:

»Mein Gott, Adelheidis, von diesen Rechten habe ich ja gar nichts gewußt.«

Heide strich sich über die Stirn. Sie hatte das sichere Gefühl, daß diese Rechte, wenn sie je bestanden hatten, für den Käufer von Rodenau nicht bindend waren, sie konnten höchstens für Erben bindend sein. Der Unterton dieses Briefes war entschieden überlegen, wahrscheinlich wußte Herr Friedrich Dalheim ganz genau, daß ihn niemand zwingen konnte, ihr und ihrer Mutter diese Rechte einzuräumen.

Impulsiv wie immer wollte Heide dieses »Gnadengeschenk« zurückweisen. Ihr widerstrebte es, es anzunehmen. Aber – die Mutter? Für die Mutter war dieses Anerbieten eine Erlösung, und sie hatte nicht das Recht, es abzulehnen.

Und dann mußte sie daran denken, daß bei Annahme dieses hochherzigen Angebots auch sie in Rodenau bleiben konnte. Wie herrlich, wenn sie in dem kleinen Witwenhaus wohnen konnten! Sie wußte, es hatte sechs hübsche, geräumige Zimmer mit allem nötigen Zubehör. Wäre sie allein gewesen, hätte sie dieses Anerbieten zurückgewiesen, so verlockend es auch war. Aber um der Mutter willen ging es nicht an.

»Ich habe auch nichts davon gewußt, Mama, aber – ich bin sehr froh darüber.«

»Und du brauchst nicht hinaus in die Welt, Adelheidis, du bleibst mit mir zusammen im Witwenhaus. Mein Gott, welch ein Glück, daß es dieses Recht gibt!«

Heide machte ein nachdenkliches Gesicht. Würde man ganz ohne Geld hier auskommen?

»Aber ich werde weiter für den Berliner Verlag arbeiten, Mama«, sagte sie.

Die Gräfin fuhr auf.

»Wozu, Adelheidis? Das wird ja nun gottlob auch nicht mehr nötig sein«, sagte die völlig lebensfremde Frau.

Ein Lächeln huschte um Heides Mund. Das Geld, das sie in den letzten Monaten von dem Holdei-Verlag für ihre Arbeiten erhalten hatte, war zum großen Teil dafür ausgegeben worden, der Gräfin kleine Annehmlichkeiten zu verschaffen.

»Es muß aber sein, Mama, ganz ohne Geld können wir nicht existieren. Es gibt Ausgaben, an die man nicht denkt. Ich bin so froh, daß ich jetzt ein festes monatliches Honorar vom Verlag bekomme. Dieses kleine Einkommen ermöglicht es uns erst, mit dem Angebot von Herrn Dalheim auszukommen.«

»Daß du für den Verlag arbeitest, braucht ja zum Glück kein Mensch zu wissen, und es ist immerhin standesgemäß.«

»So werde ich also Herrn Dalheim in deinem Namen schreiben, daß wir sein Anerbieten mit großem Dank annehmen.«

Der Stolz der Gräfin bäumte sich auf.

»Mit großem Dank? Es ist doch unser Recht, Adelheidis, und wir haben nicht nötig zu danken. Du bestätigst einfach, daß wir dieses Recht in Anspruch nehmen werden, wie es uns zusteht. Sonst bildet sich dieser Herr Neureich allerlei ein.«

Heide stieg das Blut ins Gesicht. »Du mußt immerhin bedenken, Mama, daß Herr Dalheim uns zweifelsohne dieses Recht hätte streitig machen können. Es ist schon eines Dankes wert, daß er, oder vielmehr sein Sohn, dieses alte Recht gefunden und anerkannt hat. Wir selbst wären doch nie darauf gekommen.«

»Ich verstehe nicht, daß der Notar diese unsere Rechte nicht verteidigt hat«, sagte die Gräfin.

Heide sah starr vor sich hin. Daß er es nicht getan hatte, zeigte ihr, daß es zumindest anfechtbar war. Aber sie sagte nur:

»Er hat sie eben nicht verteidigt, und Herr Dalheim hat sie freiwillig übernommen – und dafür müssen wir ihm danken.«

»Nun gut, so wollen wir ihm ein Dankschreiben zugehen lassen, aber bitte ganz formell.«

Heide erwiderte nichts darauf, aber sie nahm sich vor, so an Herrn Dalheim zu schreiben, daß er ihre Dankbarkeit herausfühlen mußte.

Sie ging nun durch die große leere Schloßhalle, die Treppe

hinauf und durch eine lange Reihe fast leerer Räume zu ihrem Zimmer, das im ersten Stock lag. Ihr Blick schweifte durch die hohen Räume. Wie verwahrlost alles war! Der neue Besitzer wollte es in Ordnung bringen lassen, das war fast ein tröstlicher Gedanke. Wenn alles repariert und neu ausgestattet wurde, würde dem Verfall Einhalt geboten. Und wenn der Verfall ihres Vaterhauses aufgehalten wurde, wollte sie dankbar sein und sich darüber freuen. Jetzt waren nur die wenigen Zimmer noch leidlich in Ordnung, die sie mit ihrer Mutter bewohnte. Darin befanden sich die Möbel, die noch ziemlich gut erhalten waren. Was irgendwie von Wert gewesen war, hatten die Gläubiger versteigern lassen. Die wertlosen Möbel waren übriggeblieben, nur die Einrichtung des Schlaf- und des Wohnzimmers der Gräfin konnte einen kleinen Anspruch auf Eleganz erheben. Heide hatte ein viel einfacheres Zimmer.

In allen anderen Räumen hingen die Tapeten von den Wänden in Fetzen herab, die Deckengemälde, vor langer Zeit von Künstlern gemalt, waren verblichen, die hohen Fenster blind geworden. Denn seit langem war nicht mehr genug Dienerschaft im Haus gewesen, um alles zu pflegen.

Heide war in ihrem Zimmer angelangt. Die einfachen Möbel waren ihr lieb, sie brauchte sich nun nicht von ihnen zu trennen, konnte sie mit ins Witwenhaus hinübernehmen. Und sie brauchte nicht fort von Rodenau, nicht in die fremde, kalte Welt hinaus, vor der sie sich trotz aller Tapferkeit sehr gefürchtet hatte.

Ein Gefühl warmer Dankbarkeit, das Friedrich Dalheim und seinem Sohn galt, wallte in ihr auf. Beide mußten gute Menschen sein.

Aufmerksam las sie den Brief noch einmal durch, und es kam ihr vor, als luge aus manchem Wort ein Schalk. Selbst in der strengen Abwehr jeden Kontaktes zwischen dem Witwenhaus und dem Schloß lag das Bestreben, ihr und der Mutter nicht zu nahe treten zu wollen.

Sie schrieb einen herzlichen Dankesbrief, wie er ihr von ihrem Gefühl eingegeben wurde.

Mit dem Brief des Herrn Friedrich Dalheim hatte es folgende Bewandtnis gehabt: Friedrich Dalheim hatte in seiner Villa in Grunewald mit seiner Frau und seinem Sohn bei Tisch gesessen. Vater und Sohn sprachen davon, daß dieser nach Beendigung seines Studiums an der Landwirtschaftlichen Hochschule eine große Reise machen sollte. Wenn Conny Dalheim sich auch schon einigen gesellschaftlichen Schliff angeeignet hatte, so wollte sein Vater ihm die selbstverständliche Sicherheit einer guten Erziehung verschaffen. Als künftiger Herr von Rodenau mußte er sich dieser Stellung würdig erweisen.

»Ich gebe dir fünf Monate Zeit für diese Reise, Conny, bis dahin ist das Schloß vollständig renoviert. Jetzt haben wir Oktober, du wirst also am Frühlingsanfang zurückkommen und dann Verwalter von Gut Rodenau sein. Bis dahin wird der alte Verwalter im Amt bleiben, der dann in den Ruhestand treten will. Anschließend kannst du mit den geplanten Reformen in der Bewirtschaftung beginnen. Aber zunächst machst du deine Reise. Mach die Augen auf, und sage dir immer wieder, die einzigen Schätze, die dir niemand nehmen kann, sind ein gut fundiertes Wissen.«

»Vater, ich danke dir für diese Reise. Vor allem aber danke ich dir noch einmal herzlich, daß du mir durch den Ankauf von Rodenau einen so großartigen Wirkungskreis geschaffen hast.«

»Ist gut, mein Sohn, ich kenne doch deine Vorliebe für diesen Beruf, der dir sozusagen im Blut liegt. Und ich freue mich, daß wir in Zukunft den Sommer immer auf dem Land verbringen werden. Ich werde selbstverständlich nicht den ganzen Sommer von meinen Geschäften fernbleiben können, denn ich möchte schließlich die Zügel in der Hand behalten.«

»Rodenau ist ein herrlicher Besitz, Vater, und du hast ihn sehr billig gekauft.«

»Geschäft ist Geschäft, Conny, aber ich werde noch manchen Tausender hineinstecken müssen, bis alles wieder in Ordnung ist!«

»Wie steht es eigentlich mit den beiden Gräfinnen, Vater?« fragte Conny nach einer Weile, während seine Stirn sich etwas rötete und er eine gewisse Verlegenheit verbergen mußte.

Als er vor längerer Zeit mit seinem Vater, nachdem dieser Rodenau gekauft hatte, dorthin gefahren war und sich den Park angesehen hatte, war ihm Komtesse Heide zu Gesicht gekommen, ohne daß diese es wußte. Und diese junge Dame hatte auf ihn einen so tiefen Eindruck gemacht, daß er sie seither nicht vergessen konnte. Das Mitleid mit ihr war so stark, daß er unablässig darüber nachdenken mußte, wie ihr wohl zu helfen sei. Er hatte wieder und wieder die Papiere durchstöbert, die er und sein Vater aus dem Rodenauer Schloßarchiv mitgebracht hatten. Es waren hauptsächlich die Pläne des Schlosses, die seinen Vater und auch ihn interessierten. Doch unter den Plänen hatte er dann eine Art Chronik der Grafen Rodenau gefunden, in der er auf die Klausel gestoßen war, daß den Witwen der Grafen Rodenau immer das Wohnrecht im Witwenhaus und allerlei Gerechtsame gehören sollten.

Auf seine Frage nach den Gräfinnen sah der Vater ihn achselzuckend an. »Was weiß ich, wie es mit ihnen steht, ich kümmere mich nicht um die Gräfinnen.«

»Die armen, armen Frauen«, sagte Frau Lore mitleidig.

Ihr Sohn warf ihr einen dankbaren Blick zu, raffte sich auf und sagte, anscheinend leichthin:

»Nun, so sehr sind sie auch nicht zu bedauern, denn es bleibt ihnen ja noch das Wohnrecht im Witwenhaus im Park und der Anspruch auf allerlei Naturallieferungen.«

Der Vater fuhr herum. »Was bleibt ihnen? Was sagst du da?«

Conny wiederholte seine Worte. Sein Vater starrte ihn an und schüttelte den Kopf.

»Was ist das für ein Unsinn, Conny, ich habe doch Rodenau

gekauft mit allem Zubehör, allem lebenden und toten Inventar.«

Conny entgegnete ruhig: »Nun ja, Vater, aber das Witwenhaus ist nicht mit inbegriffen, wenigstens nicht, solange die Witwe des letzten Grafen Rodenau lebt. Auch wenn Rodenau in andere Hände übergeht, bleibt der Gräfin das Wohnrecht im Witwenhaus – und selbstverständlich auch ihrer Tochter. Außerdem müssen wir ihr noch verschiedene Naturallieferungen leisten, die genau festgelegt sind.«

»Wo steht denn das geschrieben?«

Conny entwickelte nun eine bewundernswerte Beredsamkeit. Er setzte seinem Vater auseinander, was er in einer Urkunde gefunden hatte, und legte es so aus, als sei es gar nicht zu umgehen.

»Diese Rechte darfst du nicht übergehen, Vater, auch wenn sie anfechtbar wären. Es gebietet ja schon die Menschenpflicht, den beiden hilflosen Frauen diese letzte Zuflucht nicht zu rauben. Die paar Lebensmittel, die wir außerdem zu liefern haben, fallen kaum ins Gewicht.«

Frau Lore unterstützte ihren Sohn nach Kräften. Friedrich Dalheim hörte den beiden zu und zeigte seine strenge Geschäftsmiene. So hart und streng er sein konnte, war er doch kein Unmensch, und das Gefühl der Menschlichkeit siegte um so leichter, als er wußte, daß er Rodenau wirklich sehr billig gekauft hatte. Das Witwenhaus hätte er sonst leerstehen lassen müssen. Friedrich Dalheim erklärte sich also für besiegt und zeigte sich bereit, den Gräfinnen das Witwenhaus zu überlassen und auch das weitere zu übernehmen. Er hatte viel Unrühmliches über den Hochmut der Gräfin Edelgarda gehört und nahm ohne weiteres an, daß ihre Tochter deren getreues Ebenbild wäre. Daß die Gräfin ihn verächtlich und hochmütig »Herr Neureich« nannte, wußte er ebenfalls, und darüber hatte er sich sehr geärgert. So war es immerhin sehr großzügig von ihm, daß er die Gräfinnen diese Beleidigung nicht entgelten ließ.

Conny konnte die Gräfinnen leider nicht so in Schutz nehmen, wie er es gern getan hätte. Komtesse Adelheidis kannte er auch nur vom Sehen, er wußte, daß sie schön war und sehr traurig ausgesehen hatte. Stolz war sie wohl auch, trotz allem Unglück, das sie betroffen hatte.

Ob er den Vater überlistet hatte, oder ob dieser sich nur so stellte? Er kannte seinen Vater freilich gut genug, um zu wissen, daß dieser kein Unmensch war. Jedenfalls war Conny sehr froh, daß die Gräfinnen in das Witwenhaus einziehen konnten.

Auch Frau Lore war heilfroh, daß die Gräfinnen nicht heimatlos wurden, und sie sagte aufatmend:

»Jetzt habe ich erst die richtige Freude an Rodenau, ich hätte doch keine Ruhe gehabt, wenn die Damen von dort vertrieben worden wären.«

»Lore, du bist und bleibst eine sentimentale kleine Närrin! Immer sorgst du dich um andere Leute.«

Das sollte unwirsch klingen, allein Frau Lore kannte ihren Mann besser, er hatte doch das Herz immer auf dem rechten Fleck.

»Laß mich nur so, wie ich bin, Fritz, auf meine alten Tage ändere ich mich ja doch nicht mehr.«

»Ach, Lore, so, wie du bist, gefällst du uns. Wenn's Herz nur jung ist – und das funktioniert bei dir noch bestens. Deine Augen blitzen wie die eines jungen Mädchens.«

Frau Lore wurde rot, als sei sie wirklich noch ein junges Mädchen. »Aber Fritz!« wehrte sie ab.

Conny und der Vater sprachen wieder über Connys Reisepläne. Die Mutter jammerte zwar ein wenig, als sie hörte, daß ihr Sohn so weit fort reisen wollte, aber Vater und Sohn lachten ihre Ängste weg.

»Kannst den Jungen doch nicht ewig am Schürzenband hängen haben, Lore. Ich wollte, ich wäre weiter herumgekommen, als es geschehen ist! Aber meine Reisen als Schlossergeselle gingen auf Schusters Rappen, da reist es sich nicht leicht und auch nicht sehr bequem. Conny kann sich das anders leisten, aber die Hauptsache ist, daß er die Augen aufmacht und draußen in der Welt Erfahrungen sammelt.«

In den nächsten Tagen traf Conny seine Reisevorbereitungen. Er wollte per Schiff durch das Mittelmeer und den Indischen Ozean zu den Sundainseln. Wollte auch einige Zeit auf Ceylon verweilen und so viel, wie es in dem Verlauf von fünf Monaten möglich war, von der Welt sehen.

Als man einige Tage später wieder bei Tisch saß, zog Friedrich Dalheim einen Brief hervor.

»Da hat mir die junge Gräfin Rodenau auch im Namen ihrer Mutter dafür gedankt, daß wir ihnen das Witwenhäuschen zur Verfügung gestellt haben.«

Conny und seine Mutter sahen interessiert auf den Brief.

»Gestattest du, daß ich ihn lese, Vater?« fragte Conny, sich zur Ruhe zwingend.

»Selbstverständlich! Im Grunde gehen ja die Danksagungen an deine Adresse. Du bist es doch, der es so fein ausgeklügelt hat, daß sie ein Wohnrecht und allerhand andere Rechte zu beanspruchen haben.«

»Es war doch Menschenpflicht, Vater«, sagte Conny bittend. Dann zog er den Brief aus dem schlichten weißen Kuvert, entfaltete ihn, scheinbar ganz ruhig, und las:

Sehr geehrter Herr Dalheim! Im Namen meiner Mutter soll ich Ihnen mitteilen, daß wir gern von Ihrem gütigen Anerbieten Gebrauch machen. Ich weiß nicht, wieweit in diesem Fall für uns ein Recht besteht, und wir wären sicherlich niemals auf den Gedanken gekommen, derartige Ansprüche geltend zu machen. Daß Sie uns freiwillig dies Anerbieten machen, ist sehr großmütig. Mit dem Dank meiner Mutter übermittle ich Ihnen zugleich herzlich den meinigen. Wir sind von ganzem Herzen froh, daß wir Rodenau nicht zu verlassen brauchen.

Auch Ihrem Herrn Sohn bitte ich unseren herzlichen Dank dafür zu übermitteln, daß er sich so viel Mühe gab, unsere Rechte festzustellen. Wir werden von Ihrer Erlaubnis, die alten Möbel mitzunehmen, gern Gebrauch machen. Meine Mutter hätte sich nur schwer von manchem Stück getrennt, das ihr lieb geworden ist. Wir werden so schnell wie möglich in das Witwenhaus übersiedeln, damit Ihre Arbeiter freie Hand haben.

Sie können versichert sein, daß wir Sie nicht stören und ganz für uns bleiben werden. Ihnen nochmals herzlichst dankend, empfehle ich mich Ihnen.

Hochachtungsvoll Heide Rodenau

Conny verspürte Herzklopfen, als er den schlichten Namenszug der Komtesse sah: Heide Rodenau! Wahrlich, dieser Name paßte wundervoll zu dem schönen, schlanken Mädchen mit dem goldbraunen Haar und den herrlichen grauen Augen, das er heimlich beobachtet hatte. Rührend und schön hatte sie ausgesehen in ihrem schwarzen Kleid. Wie verzaubert war er stehengeblieben und hatte lange seine Augen nicht losreißen können von der reizenden Erscheinung. Er sah, wie die schlanken, schönen Hände sich zusammenpreßten, als müßten sie einen Schmerz unterdrücken. Schließlich waren ihr die Augen feucht geworden, worauf sie hastig mit dem Taschentuch darüber hinweggefahren war, als sei sie unwillig über ihre eigene Schwäche.

Er hatte nicht gewagt, hervorzutreten und sie anzusprechen. Sie wünschte wohl auch keine Begegnung mit dem neuen Besitzer von Rodenau und seinem Sohn. Aufdrängen durfte er sich ihr nicht. Wie hypnotisiert hatte er ihr nachgesehen und eine alte Dienerin bemerkt, die auf sie zukam und ihr zurief:

»Gnädigste Komtesse möchten zur gnädigsten Frau Gräfin kommen.«

Da hatte er untrüglich gewußt, daß er die Komtesse Adelheidis Rodenau belauscht hatte. Ihre aufsteigenden Tränen und ihre Seufzer hatten wohl dem Umstand gegolten, daß sie ihre schöne Heimat bald würde verlassen müssen.

Vom Notar war ihm damals mitgeteilt worden, daß die alte Gräfin ins Stift gehen müsse, um existieren zu können, und die junge den Plan habe, nach Berlin zu gehen, um sich eine Stellung zu suchen, wo sie ihre Sprachkenntnisse verwerten konnte.

Da war der Wunsch in ihm aufgestiegen, sie davor bewahren zu dürfen. Sie sollte nicht im Strudel der Großstadt untertauchen. Denn was für schlimme Erfahrungen würde dieses stolze, schöne Mädchen dort machen müssen!

Langsam war er weitergegangen, als sie seinen Augen entschwand. Und da war er am Parkende auf das Witwenhäuschen gestoßen. Erstaunt hatte er es betrachtet, war auch hineingegangen und hatte es sich angesehen. Und als er dann wieder mit dem Notar und seinem Vater zusammengetroffen war, hatte er gefragt, was für ein Häuschen das sei, das am Parkausgang liege.

»Das ist das Witwenhaus der Gräfinnen Rodenau«, hatte der Notar erklärt, und während der Vater anderweitig in Anspruch genommen war, hatte ihm der Notar gesagt, daß in diesem Haus stets die Witwe des letztgestorbenen Grafen Rodenau zu wohnen pflegte.

Später hatte Conny die Urkunde gefunden, die auf das Witwenrecht der Gräfinnen Rodenau hinwies. Ohne seinem Vater etwas davon zu sagen, hatte er diese Dokumente mit nach Berlin genommen, um sie in Ruhe durchlesen zu können.

Der Wunsch, die junge Gräfin davor zu bewahren, hinausziehen zu müssen in den harten Lebenskampf, ließ ihn nicht mehr los. So fand er endlich einen Weg, wie er seinem Vater klar machen konnte, daß wenigstens der Schein eines Rechts der Gräfin Rodenau Wohnrecht im Witwenhaus zubilligte. Und er hatte nun sein Ziel erreicht. Seit er die Damen im Witwenhaus in Sicherheit wußte, atmete Conny auf und vermochte sich nun erst richtig auf seine Reise zu freuen.

Und nun hielt er ihren Dankesbrief in den Händen und sah auf den schlichten Namenszug »Heide Rodenau«. Heide? Wie lieb das klang! Nicht so snobistisch wie »Komtesse Adelheidis Rodenau« oder gar »Reichsgräfin Adelheidis Rodenau«!

»Du nennst die Gräfinnen hochmütig und adelsstolz, Vater, aber die junge Gräfin kann das unmöglich sein. Sie hat nur ganz schlicht ›Heide Rodenau‹ unterzeichnet.«

Der Vater zuckte ungerührt die Achseln.

»Vielleicht liegt gerade darin ein ganz besonderer Hochmut. Sie will wohl ihren Gräfinnentitel nicht an einen Herrn Neureich verschwenden.«

»Das kann ich mir nicht denken. Sicherlich ist die junge Gräfin nicht hochmütig, das geht schon aus dem Inhalt dieses Briefes hervor.«

Der Vater winkte ab. »Keinen Heller haben sie mehr in der Tasche, aber stolz sind sie bis zum Platzen. Unsereiner wird einfach mit ›Herr Neureich‹ abgetan.«

»Wer hat dir denn gesagt, daß die Gräfin dich so genannt hat, Fritz?« fragte Frau Lore, die durch den Brief der Komtesse sehr gerührt war.

»Der Notar und auch der Verwalter.«

Frau Lore streichelte den Arm ihres Mannes.

»Das kann dich doch nicht treffen, Fritz! Sie wird ja jetzt wissen, daß die verächtliche Bezeichnung nicht auf dich zutrifft.«

Er nickte ihr lächelnd zu. »Laß nur, Lore, man ärgert sich ein bißchen, aber das geht vorbei.«

Conny sah seinen Vater an. »Nun freut es mich doppelt, Vater, daß du den Gräfinnen Unterkunft gewährt hast. Daraus werden sie ja ersehen, daß du mehr Noblesse und Anstand besitzt als mancher ihrer hochgeborenen Standesgenossen. Und die junge Gräfin ist doch wohl anders geartet als ihre Mutter, ihr Brief klingt ehrlich und herzlich zugleich.«

»Laß dich nicht täuschen, Conny, das klingt nur so, weil sie mir nichts schuldig bleiben will. Die gehören doch alle in einen Topf.«

»Fritz, kränke dich nicht mehr darüber«, sagte Frau Lore, »daß dich die Gräfin so genannt hat. Du hast deinen Reichtum durch ehrliche Arbeit erworben, und es hat lange Jahre gedauert. – Das kann die Gräfin selbstverständlich nicht wissen«, fügte sie hinzu, denn sie wußte sehr wohl, daß ihr Mann sich gekränkter fühlte, als er zeigen wollte.

»Ich lege aber keinerlei Wert darauf, Lore, näher mit ihr bekannt zu werden. Sie sollen für sich bleiben, und wir bleiben für uns. Ich dränge mich nicht in so hochnäsige Kreise, und sie werden froh sein, Neureichs so weit wie möglich aus dem Weg gehen zu können. Obwohl Rodenau schon mir gehörte, hielten sie es für unter ihrer Würde, mich zu empfangen.«

»Ach, Fritz, du mußt bedenken, damals hielt sie dich noch für den Mann, der sie aus ihrer Heimat vertrieb«, sagte Frau Lore begütigend.

»Na gut, Lore, lassen wir sie machen, was sie wollen, ich bin fertig mit ihnen. Sie sollen mir vom Halse bleiben«, sagte er in seiner etwas derben Art.

Da er lachte, war Frau Lore zufrieden. Wenn der Humor wieder durchbrach, war die Bitterkeit verwunden. Als ihr Gatte sich entfernte, sagte sie zu ihrem Sohn:

»Vater meint es gar nicht so schlimm. Wenn du erst in Rodenau bist, wirst du schon ein bißchen schmuggeln, damit sie ordentlich mit Lebensmitteln versorgt werden und keine Not leiden müssen, denn sie sind doch schrecklich arm.«

Conny umarmte seine Mutter und küßte sie herzhaft.

»Mutter, deswegen kannst du ganz ruhig sein! Ich habe dem Verwalter schon vor einigen Tagen geschrieben, daß er alles in Ordnung bringen läßt, was noch nötig ist.«

»Na Gott sei Dank! Und Vater ist letztlich auch ein großzügiger Mensch.«

Mutter und Sohn lachten sich befreit an. Conny aber hatte ganz heimlich den Brief der Komtesse an sich genommen.

Er sah das schlanke, schöne Mädchen mit dem goldbraunen Haar und den wundervollen grauen Augen am Parkteich stehen.

»Heide Rodenau! Heide Rodenau!« sagte er leise vor sich hin, als berausche er sich am Klang dieses Namens.

II

Monate waren vergangen. Die beiden Gräfinnen waren längst in das Witwenhaus übergesiedelt. Trina und die Komtesse hatten mit gemeinsamen Kräften das Haus in ein Schmuckkästchen verwandelt, nachdem der Verwalter alles hatte instandsetzen lassen, wie es ihm Conny Dalheim aufgetragen hatte. Auch hier war das beste und größte Zimmer für die Gräfin-Mutter hergerichtet worden. Da hinein kam alles, was noch Anspruch auf Schönheit und Eleganz erheben konnte. Das zweitgrößte Zimmer wurde als Wohnraum benutzt, das dritte als Eßzimmer. Dann waren noch zwei Schlafzimmer vorhanden, für Heide blieb das kleinere, das im Dachgeschoß lag. Ein weiteres, nach hinten gelegenes Dachstübchen wurde Trinas Schlafzimmer. Die Küche war geräumig, und daneben lag eine Speisekammer. Vor dem Zimmer der Gräfin befand sich eine kleine Veranda, so daß sie, wenn sie wollte, draußen sitzen konnte.

Ein Dorfmädchen kam frühmorgens und brachte vom Vorwerk die frische Milch, Sahne, Eier und Butter und was sonst noch den Damen zustand.

Heide staunte, wie reichlich das alles bemessen war, und bat das Mädchen, sie möge den Herrn Verwalter fragen, ob es wirklich seine Richtigkeit habe. Aber der Verwalter ließ ihr ausrichten: Es sei schon recht, er habe genaue Anweisungen von dem jungen Herrn Dalheim bekommen, ehe dieser auf Reisen gegangen sei.

Also wußte Heide, daß der junge Dalheim auf Reisen war, und später hörte sie noch, daß er eine Weltreise mache und auf unbestimmte Zeit abwesend sei. Sie hatte nicht gewagt, mehr aus sich herauszugehen, um ja nicht den Anschein zu erwecken, als ahne sie, daß dieses Wohnrecht und die Abgaben nur eine wohltätige Täuschung seien, um sie nicht zu demütigen. Der Mutter wegen durfte sie dies um keinen Preis zugeben.

Und so log Heide sich und der Mutter tapfer vor, daß sie wirklich ein Anrecht hatten auf das Haus und die Bezüge.

Einesteils war sie glücklich, daß sie mit der Mutter in Rodenau bleiben durfte, andernteils sagte sie sich, es wäre besser für sie, wenn sie den Lebenskampf draußen in der Welt aufgenommen hätte. Wäre dieser Kampf auch schwer gewesen, so hätte sie doch zeigen können, daß sie auf eigenen Füßen zu stehen vermochte. Wenn nun die Mutter ihr eines Tages genommen würde, dann wäre sie doch wieder auf demselben Fleck, mußte von Rodenau fort, sie hatte dann nicht einmal mehr den Schein eines Rechts, länger zu verweilen. Und dann war sie wahrscheinlich um Jahre älter und besaß nicht mehr den Schwung der Jugend, um sich leicht in neue Verhältnisse einzufinden. Sollte ihr nur das Stift bleiben, wenn sie inzwischen ihr dreißigstes Jahr erreicht hatte? Sie schauderte bei diesem Gedanken.

So genoß sie die ihr bleibende Gnadenfrist von Herzen. Erst jetzt empfand sie so recht, wie lieb und teuer ihr die Heimat war. Jeder Baum und jeder Strauch schienen ihr wie ein geliebtes, vertrautes Wesen.

Sie interessierte sich auch sehr dafür, was drüben im Schloß geschah, denn man war dort fleißig bei der Arbeit. Heide wagte sich zuweilen in die Nähe, um zu sehen, was da vorging. Jetzt war ja die neue Herrschaft noch nicht anwesend, die würde erst zu Beginn des Frühlings kommen, wenn alles fertig war. Sie und die Mutter konnten daher noch ungeniert im Park spazierengehen.

Heide mußte aber auch fleißig arbeiten, um ihr Pensum für den Holdei-Verlag zu erledigen. Sie mußte sehr viel leisten für das monatliche Fixum, und man konnte wirklich nicht sagen, daß der Verlag sie anständig bezahlte. Aber sie war stolz und glücklich darüber, überhaupt etwas zu verdienen, so daß sie bei sparsamer Einteilung alles anschaffen konnte, was gebraucht wurde. Ihre geschickten Hände zauberten aus alten Kleidern immer wieder neue, so daß Mutter und Tochter immer noch sehr gut angezogen waren. Aber was sollte werden, wenn neue Anschaffungen für Bekleidung nötig wurden? Daran durfte Heide vorläufig gar nicht denken.

Die Gräfin jammerte selbstverständlich auch darüber, daß ihre Tochter wie eine Schneiderin arbeiten und sie selbst Kleider tragen mußte, die von Heide im Hause gearbeitet wurden. Daß sie auch einmal mit Hand angelegt und kleine Nähereien hätte selbst übernehmen können, daran dachte sie nicht.

So lastete alles auf Heides Schultern. Sie gönnte sich täglich nur eine Stunde zum Spazierengehen. Außer der Zeit, die sie bei den Mahlzeiten verbrachte, war sie immer bei der Arbeit.

Der Winter war vorüber, drüben im Schloß waren die Handwerker fast fertig. Eines Tages sah Heide, als sie auf ihrem Spaziergang wieder einmal an das Schloß herangekommen war, daß große Möbelwagen vor dem Portal hielten. Schwere, gediegene Möbel von einfachen, edlen Formen wurden in das Schloß getragen. Das sah wahrlich nicht aus wie die protzige Einrichtung eines Herrn Neureich. Gerne hätte sie einen Blick hineingeworfen in die restaurierten Räume.

Etwa eine Woche danach hörte sie, daß am nächsten Tag die neue Herrschaft eintreffen würde.

»Nun geh also nicht mehr über unsern Bereich hinaus, Adelheidis, damit wir diesen Menschen nicht in den Weg laufen«, sagte die Gräfin, als sie davon hörte.

Aber am Abend trieb es Heide noch einmal zum Schloß hinüber. Sie wollte versuchen, einen Blick in die fertigen Räume zu werfen.

Vorsichtig sah sie sich nach allen Seiten um, ob sie unbemerkt herankommen könnte. Die Terrasse lag wie ausgestorben da, niemand war zu sehen. Da faßte sie Mut und huschte über die Terrasse hinweg nach den offenen Fenstertüren der Parterreräume. Langsam ging sie von einer dieser Fenstertüren zur andern und sah in die hellerleuchteten Räume hinein. Und ihr Herz klopfte vor Freude über all diese gediegene Schönheit. Nichts von überladenem Prunk, nichts von protzigem Kitsch, wie sie erwartet hatte, ehe sie die schönen, schlichten Möbel beim Abladen gesehen hatte. Man sah wohl, daß bei der Einrichtung der Räume nicht hatte gespart werden müssen, aber nirgends gab es ein Zuviel oder Zuwenig. Wertvolle Bilder hingen an den Wänden, und Kunstgegenstände waren so aufgestellt, daß sie zur Geltung kamen und eines das andere nicht beeinträchtigte.

Heide ahnte nicht, daß das ganze Schloß nach den genauen Angaben von Conrad Dalheim ausgestattet worden war. Er hatte vor seiner Abreise auf Wunsch seiner Eltern alles mit dem Architekten besprochen. Sein Vater hatte zu ihm gesagt: »Du wirst in Schloß Rodenau wohnen, und du verstehst von solchen Dingen mehr als wir; es soll dir gefallen, dann gefällt es auch uns.«

Das wußte aber, wie gesagt, Heide nicht, und so dachte sie nur: Man scheint einen sehr tüchtigen Architekten mit der Ausstattung des Schlosses betraut zu haben. Es ist alles wunderschön geworden. Papa würde seine Freude haben, könnte er sehen, wie nun alles wieder in Ordnung war.

Und es war bei aller Trauer um das verlorene Vaterhaus etwas wie Freude in ihr. Es war ihr eine Wohltat, daß die schönen Parkettfußböden wieder in ihrem alten Glanz erstrahlten, der Holzton noch gehoben wurde durch die herrlichen Farben der echten Teppiche. Langsam ging sie noch einmal an all den Zimmern vorbei, dann huschte sie über die Terrasse zurück, hinunter in den dunkel und still daliegenden Park. Es war der Abschied von ihrem Vaterhaus.

Still ging sie durch den Park zurück zum Witwenhaus. Als sie an dem Parkteich vorüberkam, blieb sie stehen, wie damals, als Conny Dalheim sie belauscht hatte. Sie lehnte sich an denselben Baum wie einst – und plötzlich schossen ihr Tränen in die Augen. Irgend etwas ließ ihre sonstige Tapferkeit ins Wanken geraten. Aber nicht lange überließ Heide sich dieser Schwäche, sie raffte sich auf, trocknete hastig ihre Tränen und ging weiter.

Am nächsten Tage traf die neue Herrschaft ein. Trina, die immer alle Neuigkeiten durch das Dorfmädchen erfuhr, berichtete ihren Herrinnen, daß Herr und Frau Dalheim in einem wunderschönen Auto angekommen seien. Der Sohn sei wohl noch auf Reisen, er scheine nicht viel Lust zu haben, die Bewirtschaftung von Rodenau selbst in die Hand zu nehmen, habe ja wohl kaum etwas anderes zu tun, als das Geld seines Vaters durchzubringen.

Einige Tage später wußte Trina zu berichten, daß weder der alte noch der junge Herr Dalheim wohl viel von Landwirtschaft verstehen könnten, denn es sei ein neuer Verwalter angestellt worden, der in den nächsten Tagen eintreffen werde. Der »Herr Neureich«, wie auch Trina zuweilen Herrn Friedrich Dalheim nannte, müsse ein strenger und harter Herr sein. Die Dienerschaft müsse ihm auf jeden Wink gehorchen. Aber Frau Dalheim sei eine gute Frau, sehr freundlich zu allen Leuten, und mache nicht ein so finsteres Gesicht wie ihr Mann.

Nachdem Trina ihren Bericht zu Ende gebracht hatte, suchte sich Heide ein Bild zu machen von der neuen Herrschaft von Rodenau. Wie die Mutter hatte sie weder Fritz Dalheim noch dessen Frau oder dessen Sohn kennengelernt oder auch nur gesehen. Den Vater stellte sie sich vor als einen dicken, glatzköpfigen Mann mit rotem, gewöhnlichem Gesicht und schwerfälligen Bewegungen. Die Mutter dachte sie sich als eine einfache, unscheinbare Frau.

Und den Sohn? Nun, der war sicherlich aufgeblasen, nach neuester Mode gekleidet, die großen, derben Hände in zu enge Handschuhe gezwängt und mit auffallendem Schuhwerk ausgestattet. Aber wahrscheinlich hatte er auch ein gutmütiges Gesicht, das wohl mehr seiner freundlichen Mutter als seinem strengen Vater glich. Denn über eine gewisse Gutmütigkeit mußte er verfügen, sonst hätte er nicht das Wohnrecht und die Rechte für die Mutter und sie herausgeklügelt. Daß aber auch der Sohn gewöhnliche Züge besaß, erschien ihr als sicher. Sie hatte von ihrer Mutter nun schon so oft verächtlich über »Neureichs« spotten hören, daß es ihr selbstverständlich erschien, daß die Familie Dalheim aus sehr einfachen und gewöhnlichen Menschen bestand. Aber sie hielt sie trotzdem für anständig und gut. Den Sohn hatte in Rodenau noch niemand gesehen bis auf den alten Verwalter, denn nur mit diesem und dem Notar hatte er verhandelt.

Wie ganz anders sahen die Dalheims aus, als Heide sie sich vorstellte!

Fritz Dalheim war ein großer, stattlicher Mann, zwar etwas schwer und derbknochig, aber nicht dick. Und sein Gesicht zeigte charakteristische Züge: er hatte eine hohe, intelligente Stirn, klare, scharfe und kluge Augen, einen festen, fast harten Willenszug um den schmallippigen Mund. Graumeliert war sein Haar, das noch sehr voll und üppig war, buschige Augenbrauen überschatteten die tiefliegenden Augen, und das gab ihm ein etwas finsteres Aussehen. Seine Anzüge verrieten einen guten Schneider, hatten aber nichts Auffallendes an sich.

Jedenfalls war er eine Erscheinung, der man auf den ersten Blick ansah, daß er kein unbedeutender Mensch war.

Seine Frau war kleiner als er, kaum mittelgroß, hatte aber noch eine sehr gute Figur und ein liebes Gesicht von echt mütterlichem Gepräge. Ihre braunen Augen blickten froh und humorvoll, und wer in diese Augen sah, fühlte sich sympathisch berührt.

Conny Dalheim war ein großer, schlanker, aber sehr kraftvoll gebauter Mensch. Was seine Kleidung anbetraf, so hatte Heide ebenfalls danebengeraten. Er kleidete sich mit der unauffälligen Eleganz eines Mannes von Geschmack, fiel weder durch Nachlässigkeit noch durch übertriebenen Luxus auf. Jedenfalls hätte ihn niemand für den Sohn eines Emporkömmlings im schlechten Sinn des Wortes gehalten, wie auch sein Vater absolut nichts von einem Emporkömmling an sich hatte, obwohl seine Formen nicht immer tadellos waren. Frau Lore Dalheim konnte ab und zu einen kleinen Formfehler machen, nie aber hätte sich die schlichte, warmherzige Frau eine Taktlosigkeit zuschulden kommen lassen. Sie hatte den angeborenen Herzenstakt wirklich gütiger Menschen, den man nicht lernen kann, sondern der im Wesen begründet ist.

Conny Dalheim war ein außerordentlich gut erzogener junger Mann. Er gab sich zwanglos und natürlich. Außerdem hatte er den Herzenstakt seiner Mutter geerbt.

III

Friedrich Dalheim saß am Tag seiner Ankunft in Rodenau mit seiner Frau in dem schönen, behaglich eingerichteten Wohnzimmer des Schlosses. Sie hatten eben ihren Rundgang durch sämtliche Räume beendet, und Frau Lore hatte stolz glänzende Augen, weil ihr Sohn alles so schön und behaglich hatte einrichten lassen. Sie schwärmte noch von allem, was sie gesehen hatte, denn sie besaß für alles, was wirklich schön war, viel Verständnis.

Herr Dalheim, der im Grunde nicht minder stolz auf den guten Geschmack seines Sohnes war, dies aber um keinen Preis ausgesprochen hätte, sah sie lachend an.

»Na, Lore, du bist also zufrieden mit Schloß Rodenau?« fragte er seine Frau.

»Abgesehen davon, Fritz, daß ich mich durchaus nicht zur Schloßherrin eigne, gefällt es mir. So schön hatte ich es mir nicht vorgestellt, und ich verstehe nun auch, warum Conny absolut nicht wollte, daß wir hierherkommen sollten, bevor nicht alles fertig wäre. Der Eindruck ist so jedenfalls viel stärker. Und wie er es verstanden hat, so viele behagliche Ecken zu schaffen, ist staunenswert, man fühlt sich gleich zu Hause. Auf alle unsere kleinen Liebhabereien hat er Rücksicht genommen. Man sieht doch, daß er an uns gedacht hat, wenn er das Schloß auch ganz nach seinem Geschmack hat einrichten lassen.«

»Nun ja, Lore, er soll doch mal mit seiner jungen Frau hier wohnen. Wir werden ja nur im Sommer hier sein, aber es ist reichlich Platz für uns alle. Wenn nur unsere künftige Schwiegertochter so recht in unseren Streifen paßt. Ein hübsches Mädchen muß es sein, vernünftig und gutherzig, sie darf auch nicht gleich die Nase rümpfen, wenn ihr einfällt, daß ihr Schwiegervater mal ein einfacher Schlossergeselle war. Gut auskommen müssen wir mit ihr, da wir den Sommer über miteinander hausen wollen und die Kinder dann im Winter auch ein paar Wochen in unserer Villa im Grunewald sein sollen. Schließlich wollen wir doch auch noch etwas von unserem Jungen haben, wenn er verheiratet ist.«

»Ach, Fritz, es wird sich schon alles einrichten.«

»Reich braucht unsere Schwiegertochter nicht zu sein, aber sie muß zu unserem Conny passen. Nicht von Marzipan, verstehst du, Lore, aber doch rank und schlank, daß einem noch das alte Herz warm wird, wenn man sie anschaut.«

»Eine schöne Frau muß er sich aussuchen, der Conny.«

»Na ja, Lore, Schönheit ist kein Hindernis. Du bist nun mal ganz versessen auf alles, was schön ist. Wo du das nur her hast, Lore, daß dir immer nur das Schönste gefällt? Nur einmal hat dein Schönheitssinn versagt: als du dich in mich verliebt hast.«

Sie blitzte ihn mit ihren humorvollen Augen an.

»Bei den Männern ist das mit der Schönheit so eine Sache, Fritz, ich finde sogenannte schöne Männer schrecklich; schön ist nach meinem Geschmack nur ein Mann, der eben ein ganzer Mann ist, mag er aussehen, wie er will. Und was unsere künftige Schwiegertochter betrifft, Fritz, da werden wir Conny die Wahl überlassen. Wenn der mal an eine sein Herz verliert, da hält er genauso fest, wie es sein Vater getan hat. Aber wir können unbesorgt sein, er wird schon eine gute Wahl treffen.«

»Na gut, es eilt ja noch nicht, er ist kaum dreißig. Aber sag mir nur, was hat er eigentlich wieder für Schnurren im Kopf? Ich soll ihn hier nur offiziell als meinen Verwalter vorstellen, er will nicht als mein Sohn seinen Einzug in Schloß Rodenau halten.«

»Lies seinen Brief noch einmal gründlich durch, du hast ihn ja vorhin nur ganz flüchtig überflogen. Dann wird dir schon alles klar sein.«

Und sie reichte ihrem Mann Connys Brief. Dieser Brief war kurz vor der Ankunft der Eltern eingetroffen.

Friedrich Dalheim faltete den Brief auseinander und las:

Meine geliebten Eltern!

Da ich nicht mit Euch zusammen in Schloß Rodenau einziehen kann, soll Euch mein Brief dort empfangen. Ich hoffe, sehr, daß es Euch dort allzeit gut gefällt. Wenn der Architekt alles nach meinen Angaben ausgeführt hat, wird es das auch, das weiß ich. Ich habe Wert darauf gelegt, aus Schloß Rodenau ein schönes und behagliches Heim zu machen, kein protziges, aufgetakeltes Schloß.

Daß ich mich nicht beeilte, um mit Euch zusammen in Rodenau meinen Einzug zu halten, hat seine besonderen Gründe, die ich Euch jetzt unterbreiten will. Ich möchte nämlich vorläufig nicht als Sohn des Schloßbesitzers in Rodenau auftreten, sondern lediglich als der neue Verwalter, den wir einfach »Herr Conrad« nennen wollen. Der alte Verwalter legt sein Amt nieder, sobald ich eintreffe, und er ist der einzige in Rodenau, der mich als Euren Sohn kennt. Außerdem kennt mich nur noch der Notar Just, auch ihn werden wir um Diskretion bitten. Deshalb wollte ich nicht mit Euch zusammen eintreffen und werde erst in einigen Tagen nach Rodenau kommen, offiziell als der neue Verwalter, Herr Conrad.

Du, lieber Vater, wirst nun fragen: Warum das alles? Erstens hoffe ich, auf diese Weise schneller im Betrieb heimisch zu werden. Die Leute werden mir offener und rückhaltloser entgegenkommen, und ich werde so die Verhältnisse klarer übersehen lernen. Zweitens bin ich unbehindert durch Rücksichten, brauche keine Besuche in der Nachbarschaft zu machen und bin vor Neugier geschützt. Ich hoffe, auf diese Weise alle die, mit denen ich in Zukunft arbeiten will und muß, besser kennenzulernen. Dem Verwalter werden sie sich ungezwungener zeigen als dem Herrensohn, und ich kann auf diese Weise die Spreu vom Weizen sondern, was mir natürlich sehr wichtig ist. Ich bitte Dich, lieber Vater, mir diesen Wunsch zu erfüllen. Schließlich sagst Du ja nicht die Unwahrheit, wenn Du mich Deinen neuen Verwalter nennst, und Conrad heiße ich doch auch. Du kannst in den nächsten Tagen angeben, daß Dein Sohn noch auf unbestimmte Zeit auf Reisen sei. Ich hoffe sehr, daß Du einverstanden bist, lieber Vater, bei Mutter bezweifle ich das nicht; ich sehe im Geist schon ihre Augen vergnüglich funkeln, sie wird sich darüber amüsieren.

Daß ich im Schloß wohnen werde statt im Verwaltungshaus, wird nicht auffallen, denn dieses muß ja völlig neu ausgebaut werden, wie die meisten Wirtschaftsgebäude in Rodenau, die alle in einem schlimmen Zustand sind. Alle Ställe und Scheunen müssen nach und nach, aber möglichst bald, repariert werden. Da wollte ich dabeisein. Die verlotterten Zustände müssen aufhören. Und wenn Du auch noch tief in Deinen Beutel greifen mußt, so garantiere ich Dir, daß sich Rodenau lohnen wird, denn der Boden ist gut, man muß ihm nur das geben, was nötig ist. Die neuen Maschinen, über die ich mit Dir sprach, habe ich schon bestellt, wir können gleich an die Arbeit gehen. Jetzt im März ist dafür die beste Zeit, wenn wir schon dieses Jahr eine gute Ernte hereinholen wollen.

Es wird nicht weiter auffallen, daß ich meine Mahlzeiten mit Euch zusammen einnehme, da Du doch alles mit mir besprechen mußt, und das kann am besten bei Tisch geschehen. In Gegenwart der Dienerschaft müßt Ihr dann freilich die direkte Anrede Eures Sohnes vermeiden oder ihn Herr Conrad nennen.

So, meine lieben Eltern, das ist ein langer Brief, und Ihr werdet nun über meine Absichten im Bilde sein und mir Eure Zustimmung sicherlich nicht versagen.

Für heute nur noch viele herzliche Grüße von Eurem Euch herzlich liebenden Sohn Conny

Den Hauptgrund, weshalb Conny Dalheim nicht als Sohn seines Vaters in Rodenau auftreten wollte, hatte er seinen Eltern natürlich verschwiegen. Er fürchtete, daß er als Conny Dalheim wahrscheinlich keine Gelegenheit haben würde, die Komtesse Rodenau kennenzulernen. Er wollte sie aber unbedingt kennenlernen, wollte ergründen, von welcher Art sie war, und ihr Herz zu gewinnen suchen. Aber als Conny Dalheim würde er ihr gegenüber auf Hemmungen stoßen, das wußte er schon jetzt.

Aufmerksam hatte Friedrich Dalheim den Brief seines Sohnes durchgelesen.

»Vielleicht gar nicht so dumm, auf diese Weise lernt er seine Leute am gründlichsten kennen und kann sich die besten aussuchen. Er wird alles viel leichter übersehen.«

»Das denke ich mir auch, Fritz.«

Lachend sah er sie an. »Und dabei leuchtet dir das Vergnügen an dieser Maskerade aus den Augen. Das ist doch was für dich, du wirst deinen Spaß haben. Also lassen wir den Verwalter Conrad kommen.«

Friedrich Dalheim gehörte nicht zu den Vätern, die ihren Kindern jede eigene Willensregung unterbinden. Er versuchte im Gegenteil, den Willen seines Sohnes zu verstehen.

Er sprach also bereits am nächsten Tag mit dem alten Verwalter und verpflichtete ihn zum strengsten Stillschweigen. Da der Verwalter von Fritz Dalheim eine anständige Gratifikation bekommen hatte, weil er seine Stellung aufgeben sollte, war dieser gern zu solchen Diensten bereit und versprach unverbrüchliche Verschwiegenheit. Ins Witwenhaus drang also nur die Kunde, daß ein neuer Verwalter in Rodenau eintreffen würde. Auch mit dem Notar sprach Friedrich Dalheim und legte ihm die Gründe seines Sohnes dar, worauf sich auch der Notar zu strengster Diskretion verpflichtete.

Frau Lore hatte große Sehnsucht nach ihrem Sohn und zählte die Stunden bis zu seinem Eintreffen. Sie verbrachte die nächsten Tage damit, das Schloß zu inspizieren, damit sie in allem Bescheid wußte.

Jeden Tag machte Frau Lore entweder allein oder in Gesellschaft ihres Mannes weite Spaziergänge. Sie beschränkte sich nicht auf den Park, so umfangreich dieser auch war, sondern durchstreifte gern den Wald nach allen Richtungen.

IV

Der neue Verwalter, Herr Conrad, war in Rodenau eingetroffen. Es ließ sich alles ohne Schwierigkeiten an, und niemand wußte, daß er der Sohn Friedrich Dalheims war.

Conny sah prachtvoll aus, sein Gesicht war noch gebräunter als früher, er war lebensfroher und kraftvoller denn je. Vater und Mutter freuten sich an ihrem Jungen, der sich heißhungrig in die Arbeit stürzte und sich darin nicht genug tun konnte.

So schön die Reise auch gewesen war, und so viel Interessantes er auch gesehen hatte – nun verlangte Conny nach Arbeit, nach einem Entfalten all seiner aufgespeicherten Kräfte.

Wenn er nun abends mit den Seinen zusammensaß und von seinen Reiseerlebnissen berichtete, dann lauschten sie interessiert. Der Vater verschob sogar seine Abreise nach Berlin bis zur nächsten Woche, zumal es noch allerlei zu bereden gab.

Niemand fiel es ein, den Verwalter Conrad für den Sohn des Herrn Dalheim zu halten, nur merkten alle, daß er dessen volles Vertrauen besaß. Daß Conny die Zügel von Rodenau sogleich mit festen Händen ergriff, war bei seinem Charakter selbstverständlich, und er bekam die Leute alle durch seine Energie und seine ruhige, bestimmte Art in die Hand. Da jetzt das nötige Geld vorhanden war, um alle Schäden zu beseitigen, die Graf Rodenau aus Geldmangel nicht hatte beseitigen können, war es möglich, alles in beste Ordnung zu bringen.

Die Wirtschaftsgebäude auf dem Vorwerk wurden repariert, die Ställe ausgebessert oder erneuert, ebenso die Scheunen. Neue Maschinen waren eingetroffen und wurden von Conny mit kundiger Hand in Betrieb genommen. Denn die Bestellung der Felder durfte nicht vernachlässigt werden. Er wollte dem Vater beweisen, daß er in seinem Beruf Tüchtiges leisten konnte. Von früh bis spät kam er nicht zur Ruhe, und dabei war es, als verdoppelten sich seine Kräfte durch Anspannung bis zum Äußersten. Stundenlang saß er zu Pferde, hatte kaum

Zeit, die Mahlzeiten mit den Eltern einzunehmen, und war immer überall, wo man ihn am wenigsten vermutete, so daß sich niemand eine Vernachlässigung seiner Pflichten zuschulden kommen ließ. Abends saß er noch über seinen Büchern, damit auch darin alles in Ordnung war. Er zeigte bei alledem keine Ermüdung. Als Nachkomme eines alten Bauerngeschlechtes hatte er auch dessen Zähigkeit geerbt. Gerade das Anspannen aller Kräfte erschien ihm begehrenswert. Endlich konnte er zeigen, daß er seines Vaters würdiger Sohn war.

Der Vater sah dem Schaffen seines Sohnes zu, ohne ein Wort darüber zu verlieren, aber er nickte zuweilen der Mutter zu und sagte stolz:

»Er steht seinen Mann, wir können zufrieden sein.«

Friedrich Dalheim konnte es oft kaum erwarten, daß der Sonnabend wiederkäme, um seine Augen an dem zu weiden, was sein Sohn geschaffen hatte.

In den ersten Wochen hatte Conny keine Zeit, sich um die Komtesse Adelheidis zu kümmern. Er hatte sie noch nicht zu Gesicht bekommen. Wohl hatte er es so eingerichtet, daß er einige Male am Witwenhaus vorübergekommen war. Und wenn sein Blick über die Fenster flog, rief sein Herz sehnsüchtig und verlangend: Heide Rodenau! So nannte er sie noch immer bei sich.

Aber gesehen hatte er sie bisher noch nicht; es war, als sei das Witwenhaus leer, wenn er vorüberkam. Nur die alte Dienerin Trina sah er einmal auf der Veranda, wo sie den Frühstückstisch für ihre Herrinnen deckte.

Conny hatte das schöne schlanke Mädchen mit dem goldbraunen Haar und den großen grauen Augen nicht vergessen können. Während der ganzen Reise nicht! Ihre Vornehmheit hatte es ihm angetan, er wußte nicht, warum. Alle andern Frauen erschienen ihm gewöhnlich im Vergleich zu ihr. Dieser Sproß eines alten Bauerngeschlechts, Sohn eines ehemaligen Schlossergesellen, hatte ein intensives Sehnen nach der zarten

Vornehmheit der jungen Gräfin Rodenau. Und je länger es dauerte, bis er sie zu Gesicht bekam, desto mehr sehnte er sich danach. Wenn er nur erst einmal wieder in ihre wundervollen grauen Augen sehen könnte!

Er war froh bei dem Gedanken, daß er, wenn er ihr endlich begegnen würde, ihr nicht als Conny Dalheim gegenüberzutreten brauchte. Es hatte ihn Unruhe befallen, daß ihre Augen ihn feindlich anblicken könnten, wenn sie in ihm den Sohn des Mannes sah, den ihre Mutter verächtlich als »Herrn Neureich« bezeichnet hatte. Mußte sie ihn nicht überhaupt hassen, weil sein Vater der jetzige Besitzer von Rodenau war, das ihr verlorengegangen war? Nannte sie ihn vielleicht auch bei sich verächtlich »Herr Neureich«? Deshalb hatte er sich vorgenommen, ihr erst einmal unter einem andern Namen entgegenzutreten. Sie würde ihm dann wenigstens vorurteilslos gegenüberstehen.

Leider hatte er sie bisher überhaupt nicht gesehen. Er forschte seine Mutter aus, als er mit ihr allein war, ob sie die Damen aus dem Witwenhaus schon zu Gesicht bekommen habe, aber sie schüttelte den Kopf.

»Ich vermeide es, in die Nähe des Witwenhauses zu kommen. Conny, es wäre mir peinlich, mit den beiden Gräfinnen zusammenzutreffen. Es wird ihnen doch an nichts fehlen?«

»Soweit es von mir abhängt, gewiß nicht, Mutter. Ich habe sie schon in meiner Abwesenheit reichlich mit allem versehen lassen, so reichlich, daß die Komtesse bei dem alten Verwalter hat anfragen lassen, ob es seine Richtigkeit habe.«

»Und du hast sie auch noch nicht gesehen?«

»Nein, nur die alte Dienerin sah ich einmal auf der Veranda, und heute morgen war sie auch auf dem Vorwerk, um Vorräte zu holen, die den Gräfinnen zugebilligt worden sind. Aber«, er lachte in sich hinein, »vornehmer und stolzer können die beiden Gräfinnen auch nicht sein als ihre Dienerin. Sie lispelt vor lauter Vornehmheit und sieht an der Nase entlang, um einem zu imponieren. Das hat sie sicherlich ihrer Gräfin abgeguckt.«

»Dienstboten sind oft der getreue Abklatsch ihrer Herrschaft. Ich muß dir ganz offen sagen, Conny, daß ich heilfroh bin, daß ich mit den Gräfinnen nicht verkehren muß. Wenn die mich so von oben herab abtun würden, das wäre doch peinlich.«

»Keine Angst, Mutter, das werden sie nicht wagen«, sagte er.

Wenn er sich vorstellte, daß die junge Gräfin ihn oder seine Mutter von oben herab ansehen würde, stieg ihm das Blut zu Kopf. Sosehr er eine Begegnung mit Heide herbeisehnte, so sehr fürchtete er sich auch davor. Er wußte, daß es ihn namenlos schmerzen würde, wenn er sie als hochmütig und überheblich kennenlernte.

Friedrich Dalheim erwähnte die beiden Gräfinnen überhaupt nicht. Daß seine Frau den Sommer über in Rodenau blieb, damit war er einverstanden, er wußte ja, wie sehr sie am Landleben hing. Freilich fehlte sie ihm in seiner Villa im Grunewald, obwohl dort alles wie am Schnürchen lief. Aber er wollte sie nicht verunsichern, denn sie war eine so gute Mutter, wie sie eine gute Frau war, und deshalb gab er sich den Anschein, als könne er sie ganz gut entbehren. Niemals hätte er überhaupt zugegeben, daß sie ihm fehlte, denn er war ein Mensch, der seine Gefühle verbarg und sich rauher und härter zeigte, als er es in Wirklichkeit war. Frau Lore kannte ihn freilich zu gut, um sich täuschen zu lassen, und auch Conny wußte ganz genau, daß der Vater das Beste in sich verbarg.

Mit der Arbeit seines Sohnes war er sehr zufrieden, wenn er auch nicht ein Wort darüber verlor. Es zeigte sich, daß Conny ein Mann war, der seinen Beruf gründlich verstand und die Arbeit liebte. Er sagte sich, wie gut es sei, daß er ihn nicht zu einem Beruf gezwungen habe, in dem er nur Halbes hätte leisten können. Das alte Bauernblut regte sich in seinen Adern und ließ ihn instinktmäßig das Richtige tun. Und wenn Conny zuweilen einem störrischen oder nachlässigen Knecht zeigte, wie er seine Arbeit richtig anfassen mußte, staunten die Leute über seine Kraft und Gewandtheit und wollten sich nicht beschämen lassen. Der Vater lachte dann heimlich vor Stolz.

In Schloß Rodenau sorgte Frau Lore dafür, daß alles am Schnürchen lief. Auch sie hatte ihr gerütteltes Maß an Arbeit nötig, um sich wohl zu fühlen. Sie war nicht gewillt, die Hände in den Schoß zu legen.

Eines Tages, es war ein Sonnabendnachmittag, kam Friedrich Dalheim mit finsterem Gesicht und schlechter Laune von einem Spaziergang nach Hause.

»Was ist dir denn über den Weg gelaufen, Fritz?« fragte seine Frau.

»Die stolze Frau Gräfin! Sehr hochnäsig hat sie über mich hinweggesehen, als ich am Witwenhaus vorüberging. Kaum daß sie meinen Gruß erwidert hat! Bettelstolze Gesellschaft! Die Galle ist mir übergelaufen, Lore. Am liebsten ließe ich um das Witwenhaus einen Zaun errichten. Da könnte sie ja auf ihren zwanzig Quadratmetern herumspazieren, ohne daß ihr ›Herr Neureich‹ über den Weg zu laufen braucht. Das muß ich mir gefallen lassen, als Dank dafür, daß ich sie und ihre hochnäsige Tochter nicht von hier fortgejagt habe.«

Frau Lore faßte begütigend seinen Arm.

»Ärgere dich nicht, Fritz, es muß sie doch sehr schwer ankommen, daß wir in ihrem stolzen Schloß sitzen und sie in dem kleinen Haus. Bedenke doch, wie uns in ihrer Lage zumute wäre. Sie will nicht zeigen, wie sehr sie sich gedemütigt fühlt, deshalb tut sie doppelt stolz und hochmütig.«

»Hast ja recht, Lore, man mißt der Sache viel zuviel Wichtigkeit bei. Es hat keinen Zweck, sich darüber zu ärgern.«

Conny, der zufällig zugegen war, hatte gefürchtet, der Vater würde die Gräfinnen nun doch vertreiben. Er war seiner Mutter dankbar, daß sie den Vater besänftigte. Aber es wurde ihm doch heiß und kalt, wenn er sich vorstellte, daß die junge Gräfin sich bei einer Begegnung mit seinen Eltern ebenso benehmen könnte wie ihre Mutter. Sosehr er sich nach dem Anblick von Heide Rodenau sehnte, so sehr fürchtete er auch, vielleicht in ihr ein Wesen erkennen zu müssen, dessen Charakter ihn abstoßen würde. Das würde ihn namenlos schmerzen.

V

Einige Tage später machte Frau Lore vormittags einen ihrer ausgedehnten Waldspaziergänge. Sie war schon sehr weit gegangen, als sie sich einem Waldquell näherte, an dem sie schon einige Male Rast gemacht hatte. Sie hatte Durst und wollte an dem Quell trinken. Als sie an ihn herantrat, um ein Gebüsch biegend, erblickte sie, über den Quell gebeugt, eine junge Dame, die ebenfalls ihren Durst löschte, indem sie in der hohlen Hand das kristallklare Wasser auffing und es einschlürfte. Es war Heide Rodenau.

Die beiden Frauen sahen sich an und lachten. Heide schüttelte das Wasser von den Händen und trocknete diese an ihrem Taschentuch.

»Sie wollen gewiß auch trinken, gnädige Frau?« fragte Heide freundlich.

»Ich bin durstig geworden. Aber ich werde wohl kaum aus den Händen trinken können, wie ich das eben bei Ihnen gesehen habe. Dazu bin ich zu unbeholfen.«

»Versuchen Sie es nur, Frau Dalheim, es geht ganz leicht.«

Erstaunt sah Lore auf das schöne, freundliche Mädchen.

»Sie kennen mich?« fragte sie erstaunt.

Nun wurde Heide rot. Erst jetzt kam ihr zu Bewußtsein, daß diese Situation vielleicht peinlich werden könne. Aber sie raffte sich auf und sagte tapfer, Frau Lore fest ansehend:

»Ja, ich habe Sie zuweilen am Witwenhaus vorübergehen sehen. Ich bin Heide Rodenau.«

Frau Lore zuckte zusammen und sah Heide ungläubig an. Das sollte die hochmütige junge Gräfin sein? Dieses liebenswürdige, freundliche Geschöpf?

»Sie sind die junge Gräfin Rodenau?« fragte sie betroffen.

»Es ist Ihnen vielleicht unangenehm, daß Sie mit mir zusammengetroffen sind, gnädige Frau?«

Frau Lore sah immer noch staunend in das reizende Mädchengesicht, in die reinen klaren Augen, die ruhig blickten, aber keinesfalls hochmütig.

»Ach nein – nein – das ist es nicht, was mich betroffen macht. Aber ich fürchtete, daß Ihnen unser Zusammentreffen unangenehm ist, Gräfin. Oder muß ich Komtesse zu Ihnen sagen? Ich weiß nicht so gut Bescheid, wie man Damen Ihres Standes anredet.«

Nun lächelte Heide befreit. Diese Frau Dalheim war wirklich eine liebe, freundliche Frau, vor der sie keine Scheu zu empfinden brauchte.

»Bitte, streichen Sie ruhig die Gräfin und auch die Komtesse. Ich verzichte sehr gern darauf, und in unserer Lage sind solche Titel überflüssiger Ballast. Nennen Sie mich ruhig Fräulein Rodenau. Und warum sollte mir unser Zusammentreffen unangenehm sein?«

Frau Lore staunte. Heide erschien ihr so wenig hochmütig, wie sie selbst es war. Daß sie wenig Wert auf ihren Titel legte, erschien ihr kaum glaublich nach der Vorstellung, die sie sich von den beiden Gräfinnen gemacht hatte.

»Nun, weil ich eben die Frau von dem ›Herrn Neureich‹ bin, wie Ihre Frau Mutter, die Gräfin Rodenau, meinen Mann zu nennen beliebt«, stieß sie ein wenig gekränkt hervor.

Heide bekam einen roten Kopf. »Sie haben das erfahren?« fragte sie verlegen. »Das tut mir leid – sehr, sehr leid! Und, bitte, glauben Sie mir, daß es mir sehr unangenehm ist, daß meine

Mutter in ihrer Verbitterung über unsere Verarmung etwas so Taktloses gesagt hat. Sie hat dadurch einen Mann gekränkt, der sich uns gegenüber großmütig erwiesen hat. Hätte er früher gewußt, daß meine Mutter ihn so genannt hat, hätte er uns sicherlich nicht gestattet, hier im Witwenhaus zu bleiben.«

Frau Lore war schnell versöhnt.

»Sie kennen meinen Mann nicht, er hat das schon damals gewußt, daß Ihre stolze Mutter ihn so genannt hat, ehe er Ihnen das Witwenhaus zur Verfügung gestellt hat. Und wenn es ihn vielleicht auch gekränkt hat, so hat er sich dadurch doch nicht hinreißen lassen, zwei hilflose Frauen heimatlos zu machen. Das hätte auch mein Sohn nicht zugegeben.«

Heide war sehr blaß geworden.

»Dann muß Ihr Herr Gemahl ein sehr edler Mensch sein.«

»Er ist ein guter Mensch und ein tüchtiger Mann obendrein, und wenn er sich zuweilen auch den Anschein gibt, als sei er ein bißchen hart, so wissen wir, mein Sohn und ich, doch ganz genau, daß er dahinter nur sein gutes Herz verschanzt. Als mein Sohn in der Urkunde das von dem Witwenrecht gefunden hatte, hat er sogleich eingewilligt, Ihnen das Witwenhaus zu überlassen, obwohl er durch den Ausspruch Ihrer Mutter gekränkt und ein bißchen verbittert war.«

In Heides blassem Gesicht zuckte es. Sie fühlte sich tief beschämt durch diese schlichte Frau.

»Wollen Sie mir gestatten, Ihnen Abbitte zu leisten für diesen unbedachten Ausspruch meiner Mutter über Ihren Herrn Gemahl? Und wollen Sie ihn bitten, er möge meiner Mutter verzeihen – gerade weil wir so arm geworden sind, will sie durch einen zur Schau getragenen Stolz jedes Mitleid abwehren. Und dabei kommen dann solche Unbesonnenheiten heraus.«

Frau Lore war schon ganz versöhnt.

»Doch nicht von Ihnen, wenn Sie so denken, wie Sie sprechen.«

»Ich denke wirklich so!«

»Das freut mich herzlich, es – es hätte mir sehr leid getan, wenn ein so schönes Geschöpf, wie Sie es sind, voll Hochmut gewesen wäre. Das wäre ja gewesen, als wenn der liebe Gott eines seiner vollkommenen Werke selber verpfuscht hätte.«

Heide wurde sehr rot. Frau Lore hatte ganz gewiß keine taktlose Schmeichelei sagen wollen, sondern sie sprach ehrlich ihr Empfinden aus.

»Wie käme ich dazu, hochmütig zu sein?« fragte sie leise. »Dazu habe ich doch weder Veranlassung noch Berechtigung.«

»Danach fragt Hochmut nicht. Sie hätten dieselbe Berechtigung dazu wie Ihre Frau Mutter, weil Sie eben auch eine Gräfin Rodenau sind.«

Über Heides Gesicht flog ein bitteres Lächeln.

»Auf einen leeren Titel kann man sich doch wahrlich nichts einbilden. Stolz – ja, stolz bin ich, aber nur darauf, daß ich jetzt imstande bin, durch meine Arbeit so viel zu verdienen, daß ich alle Sorgen von uns abwenden kann, soweit sie uns Ihr Herr Gemahl nicht schon abgenommen hat.«

Frau Lore staunte.

»Oh – Sie arbeiten für Geld?« fragte sie hastig.

»Ja, ich übersetze Bücher in fremde Sprachen.«

»Das ist sicher furchtbar schwer?«

»Alles, was man kann, ist nicht schwer.«

»Da bewundere ich Sie. Ich bewundere alle Leute, die sich in einer fremden Sprache ausdrücken können. Wir können das beide nicht, mein Mann und ich. Nur mein Sohn kann englisch und französisch sprechen, weil wir in der Lage waren, ihn das lernen zu lassen.«

Heide blickte gerührt in das Gesicht der reichen Frau, die das alles so schlicht und ungezwungen herausbrachte.

»Ich bin jedenfalls sehr froh darüber, daß ich diese Sprachen beherrsche, es ist das einzige, womit ich Geld verdienen kann. Sonst stünde es sehr schlimm um uns.«

Mitleidig sah Frau Lore Heide an, die gar nicht hoffärtig war, sondern so schlicht und bescheiden – und so lieblich und schön, daß einem das Herz warm wurde.

»Wird Ihnen das gut bezahlt?« fragte die praktische Frau Lore teilnahmsvoll.

Heide errötete.

»Es muß reichen«, sagte sie abwehrend.

»Sie sind sehr tapfer!«

»Weil ich muß«, sagte Heide lächelnd, und dann fuhr sie fort: »Aber nun haben Sie noch gar nicht getrunken, ich halte Sie davon ab.«

Frau Lore lachte. »Ich hab all meinen Durst über dieser Begegnung mit Ihnen vergessen. Aber nun will ich's mal versuchen.«

Sie hielt die Hände fest verschlungen unter den Quell und fing das Wasser auf, bis ihr Durst gelöscht war. Dann schüttelte sie lachend das Wasser von den Händen.

»Ah, gut hat das geschmeckt! Und zur Not geht es auch ohne Glas.«

Heide nickte ihr lächelnd zu.

»Ja, es ist erstaunlich, was man alles entbehren kann, wenn es sein muß«, entfuhr es ihren Lippen.

Frau Lore aber war hellhörig, sie spürte, wieviel Entsagung und Resignation in diesen Worten lag. Was mußte dieses junge Geschöpf wohl jetzt alles vermissen, was ihm früher unentbehrlich erschienen war! Aber sie wagte nicht, das auszusprechen, weil sie fühlte, sie könnte die junge Dame damit verletzen.

»Wollen wir nun unsern Weg gemeinsam fortsetzen, Komtesse? Oder ist es Ihnen lästig, mit mir zu gehen?« fragte sie.

»Lästig ist mir das gewiß nicht. Ich freue mich, Sie begleiten zu dürfen. Ich freue mich überhaupt, daß ich Ihnen begegnet bin und Abbitte leisten konnte für einen unbedachten Ausspruch meiner Mutter.«

»Als mein Mann reich geworden war, hat er viel Gutes getan. Danach müssen Sie seine Arbeiter fragen. Für Tausende von Arbeitern schafft er Brot und Arbeit, sie sind bei ihm gut aufgehoben. Er ist auch ein guter, treusorgender Ehemann und Vater – auf ihn lasse ich nichts kommen.«

Gerührt sah Heide Frau Lores erregtes Gesicht. Sie war ihr sehr sympathisch. Gut mußte man dieser schlichten Frau sein, die so tapfer für ihren Mann eintrat. Ein warmes Lächeln flog über ihr Gesicht, und impulsiv reichte sie ihr die Hand.

»Das ehrt Sie und Ihren Herrn Gemahl, gnädige Frau, es ist recht, daß Sie ihn verteidigen.«

»Sagen Sie bitte Frau Dalheim zu mir, ich mag es nicht gern hören, wenn man mich mit ›gnädige Frau‹ anredet. Das ist mir immer, als wenn man mir ein geborgtes Kleid anzieht.«

Die junge Frau entgegnete lachend:

»Oft brauche ich es nicht mehr anzuhören, aber unsere alte Dienerin Trina erläßt mir die ›gnädigste Komtesse‹ niemals, wenn sie mich anredet, sooft ich es ihr auch schon untersagt habe.«

»Aber diese Anrede gebührt Ihnen doch, gnädigste Komtesse. Nun weiß ich wenigstens, wie Sie angeredet werden müssen.«

Entsetzt hob Heide die Hände.

»Nein, bitte nicht! Früher war Trina Mamas Kammerfrau, jetzt ist sie Kammerfrau, Köchin und Hausverwalterin in einer Person und begnügt sich mit einem Viertel des Gehaltes, das sie früher bekam. So darf ich nicht einmal mit ihr schelten, wenn sie die ›gnädigste Komtesse‹ hundertmal am Tag ins Treffen führt. Aber Sie, verehrte Frau Dalheim, Sie dürfen mich niemals so anreden.«

»Mir ist es immer lieb, wenn ich Bescheid weiß, ich habe doch bisher nie eine junge oder eine alte Gräfin angeredet«, sagte Frau Lore lachend.

»Nun wohl: ›gnädigste Komtesse‹ ist nur die Anrede eines

Dieners. Auch ein Herr darf das vielleicht gelegentlich zu mir sagen, wenn er seine besondere Ehrerbietung ausdrücken will, aber Sie und ich, wir stehen auf einer gesellschaftlichen Stufe, und da ist nur schlichtweg Komtesse am Platze, wenn Sie mich absolut nicht Fräulein Rodenau nennen wollen.«

Heide fand es nett, daß diese sympathische Frau kein Hehl daraus machte, daß sie manches nicht wußte. Überhaupt, sie wirkte immer angenehmer und sympathischer auf sie in ihrer natürlichen Frische und ungekünstelten Heiterkeit.

»Nun habe ich schon wieder etwas gelernt! Aber die Komtesse spare ich Ihnen nicht, daran muß ich mich gewöhnen.«

Die beiden Damen gingen langsam heimwärts und plauderten sehr angeregt miteinander. Dabei fand Heide heraus, daß Frau Dalheim eine sehr taktvolle und lebenskluge Frau war, von der man nur lernen konnte.

Der Weg erschien ihnen beiden sehr kurz, denn auch Frau Lore freute sich an der Unterhaltung mit Heide, die sie immer mehr bezauberte, je länger sie mit ihr zusammen war. Als sie an der Parkmauer anlangten, fragte Frau Lore etwas unsicher:

»Darf ich Sie bitten, Ihrer Frau Mutter eine Empfehlung zu bestellen?«

Heide wurde ein wenig rot.

»Das will ich gern tun. Ich würde Sie bitten, bei uns einzutreten, aber Mama ist noch nicht imstande, fremde Menschen zu sehen.«

Frau Lore verstand sofort, Heides Erröten sagte ihr genug.

»Ich verstehe, Komtesse, also lassen Sie ruhig die Empfehlung fort. Ich wollte nur nicht unhöflich sein. Aber wenn wir einander wieder einmal zufällig begegnen, dann darf ich doch wieder ein wenig mit Ihnen plaudern?«

»Wenn Sie mir die Erlaubnis dazu geben, tue ich es nur zu gern. Wir leben jetzt so einsam, daß es für mich ein großer Gewinn ist, mit einer so sympathischen Dame, wie Sie es sind, reden zu dürfen.«

»Bin ich Ihnen wirklich nicht unsympathisch?«

»Ganz im Gegenteil.«

»Schöne Menschen haben es bei mir immer leicht, aber Sie sind nicht nur schön, sondern auch gut, und das ist noch viel mehr.«

»Sie beschämen mich.«

»Ach nicht doch! Ich habe immer das Herz ein wenig auf der Zunge, Komtesse, das dürfen Sie mir nicht übelnehmen.«

»Also, auf Wiedersehn, Komtesse, hoffentlich recht bald!«

»Auf Wiedersehn, Frau Dalheim.«

Sie reichten sich die Hände und sahen sich lächelnd an, dann schritt Frau Lore durch die Hauptpforte in den Park, und Heide ging noch ein Stück an der Parkmauer entlang, bis sie die kleine Nebenpforte erreicht hatte.

VI

Als Heide das Witwenhaus erreichte, sah sie Trina im Flur damit beschäftigt, die Schuhe ihrer Herrinnen in Ordnung zu bringen. Sie hielt Heide einen Schuh entgegen.

»Gnädigste Komtesse müssen mir erlauben, die Schuhe zum Schuhmacher zu tragen, da müssen neue Absätze darauf.«

Heide sah bestürzt auf die Schuhe hinab.

»Schon wieder eine Reparatur, Trina? Die wollen wir lieber bis nächsten Monat zurückstellen, ich habe diesen Monat kein Geld mehr dafür.«

»Wir brauchen die Reparatur ja nicht gleich zu bezahlen, gnädigste Komtesse haben schon Kredit.«

Mit einem strengen Blick sah Heide Trina an.

»Auf gar keinen Fall, Trina, ich habe dir doch gesagt, es wird nichts gekauft oder repariert, bevor nicht das Geld dazu da ist. Schulden dürfen wir auf gar keinen Fall machen.«

»Dann haben gnädigste Komtesse aber nur dies eine Paar Schuhe, ehe diese nicht repariert sind.«

»Ich werde schon damit auskommen, Trina. Wo ist Mama?«

»Die gnädigste Gräfin befinden sich in ihrem Zimmer.«

Heide suchte sogleich ihre Mutter auf. Sie fand diese in einem hohen Lehnsessel am Fenster. Sie führte ihre Hand an die Lippen. »Es war wunderschön im Wald, Mama, wenn du dich doch dazu entschließen könntest, mich einmal zu begleiten. Übrigens – ich traf am Quell mit Frau Dalheim zusammen.«

Mit hochmütigem Blick sah die Gräfin zu ihr auf.

»Wenn ich nun auch dieser Frau Neureich begegnet wäre!«

Heides Stirn zog sich zusammen.

»Dann hättest du eine sehr liebenswerte Frau kennengelernt, Mama.«

Die Gräfin legte ihr Buch fort.

»Du traust mir doch nicht im Ernst zu, daß ich auch nur ein Wort mit ihr gesprochen hätte.

Ich hoffe doch, daß du das auch nicht getan hast, Adelheidis?«

»Doch, Mama, lange und sehr angeregt. Sie ist eine sehr sympathische Dame.«

»Ich wüßte nicht, wie mich das interessieren könnte, und ich bin sehr erstaunt, daß du diese Begegnung nicht vermieden hast.«

»Das ging nicht – und ich bedauere es auch nicht, sie ist wirklich eine charmante Frau, natürlich und bescheiden, gütig und freundlich.«

»Ich möchte nur wissen, woher du diesen Zug zum Vulgären hast, Heide. Was gehen uns diese Menschen an?«

Heide bekam einen roten Kopf.

»Ich muß dir sagen, Mama, daß Herr Dalheim erfahren hat, daß du ihn in verächtlicher Weise ›Herr Neureich‹ genannt hast, und er wie seine Frau fühlen sich dadurch sehr gekränkt.«

Die Gräfin wurde nun doch etwas verlegen, suchte das aber zu verbergen und sagte abwehrend:

»Mein Gott, Adelheidis, laß dich doch nicht mit diesen Menschen ein.«

»Du kannst dir denken, wie peinlich es mir war, als mir Frau Dalheim sagte, daß ihnen dieser beleidigende Ausdruck von dir zu Ohren gekommen ist.«

»Siehst du wohl, warum sprichst du mit diesen Leuten. Sehr taktlos von dieser Frau!«

»Mama, sie sagte es mir gewiß nicht in taktloser Weise, und wenn du gehört hättest, wie sie von ihrem Ehemann sprach, würdest du ihn ganz anders beurteilen.«

»Um Gottes willen, halte mir nur diese Leute vom Leibe! Ich will nichts mit ihnen zu tun haben.«

»Sie werden dir auch nicht zu nahe kommen, deswegen kannst du ganz unbesorgt sein, aber ich möchte dich dringend bitten, Herrn Dalheim nicht mehr so häßlich zu nennen, das hat er nicht von uns verdient. Ein anderer an seiner Stelle hätte uns von Rodenau fortgehen lassen, ohne nur einen Finger zu rühren.«

»Immerhin ist es unser Recht. Es ist mir begreiflicherweise nicht angenehm, daß man ihm zugetragen hat, daß ich diesen Ausdruck über ihn gebraucht habe. Ich benütze ihn doch eigentlich nur in deiner und Trinas Gegenwart.«

»Auch dem Verwalter gegenüber hast du ihn gebraucht, und beim Notar hast du ebenso von Herrn Dalheim gesprochen.«

»Nun ja, im ersten Schrecken darüber, daß so ein obskurer Mensch Rodenau gekauft hat. Wahrscheinlich weiß er es also vom Verwalter oder vom Notar.«

»Einerlei, von wem er es erfahren hat, ich bitte dich inständig, in Zukunft diesen Ausdruck nicht mehr zu gebrauchen.«

Eigensinnig zog die Gräfin die Stirn zusammen.

»Nun ja, ich werde es nicht mehr tun. Viel Lärm um so eine Lappalie!«

»Es war mir jedenfalls sehr unangenehm, daß ich Abbitte leisten mußte«, sagte Heide, sehr unzufrieden mit ihrer Mutter.

Diese fuhr hoch und starrte Heide an.

»Abbitte? Du hast Abbitte geleistet?«

»Das war doch das mindeste, was ich tun konnte. Ich wollte es dir ersparen, dich selbst entschuldigen zu müssen.«

Die Gräfin lachte höhnisch auf.

»Das wäre überhaupt nicht in Frage gekommen. Und hättest du mehr Distanzgefühl gehabt und dich nicht mit dieser Frau in ein Gespräch eingelassen, dann wärst du nicht in diese Verlegenheit gekommen. Hast du sonst noch etwas zu berichten, Adelheidis? Wenn es nichts Erfreulicheres gibt, verzichte ich darauf, ich möchte gern den Schluß dieses Romans lesen.«

Heide ließ die Arme sinken. Wieder einmal kam es ihr zum Bewußtsein, daß zwischen ihr und ihrer Mutter eine hohe Mauer stand. Sie verstand jetzt erst so recht, wie ihr Vater, dieser warmherzige, impulsive Mensch, an dem starren Hochmut der Mutter seelisch zugrunde gegangen war. Nach jeder derartigen Auseinandersetzung mit ihrer Mutter fühlte Heide deutlich, wie wenig Verstandnis sie füreinander hatten – und – wie wenig Liebe. Das schmerzte sie aber kaum noch. Gewohnheit stumpft ab.

Still wandte sich Heide ab und ging an ihren Schreibtisch, um an ihrer Übersetzung zu arbeiten. Sie sah aber noch eine Weile sinnend vor sich hin und dachte an Frau Dalheim. Eine wie liebevolle Mutter sie wohl war? Und wie das wohl sein mußte, so eine Mutter zu haben?

Frau Lore wartete voll Ungeduld auf ihren Sohn. Er kam immer erst kurz vor Tisch vom Feld heim. Aber dann empfing sie ihn mit einer begeisterten Schilderung der Komtesse. Sie berichtete fast wortgetreu ihre Unterhaltung. Und als sie damit fertig war, sagte sie aufatmend:

»Wenn ihr vielleicht denkt, daß sie ebenso hochmütig ist wie ihre Mutter, dann seid ihr auf dem Holzweg. Ein liebes, süßes, goldiges Ding ist sie. Von Stolz und Hochmut keine Spur. Ich hätte sie am liebsten in die Arme genommen und geküßt. Stolz und vornehm sieht sie freilich aus, das ist ihr angeboren, dafür ist sie eine Gräfin.«

Conny hatte mit Interesse zugehört, und nun nahm er seine kleine, warmherzige Mutter in seine Arme und küßte sie liebevoll.

»Bist ja ganz aus dem Häuschen vor Begeisterung«, sagte er scheinbar gleichmütig, während ihm das Herz bis zum Halse schlug.

»Man muß sich doch freuen, daß der liebe Gott so etwas Schönes und Vollkommenes geschaffen hat. Du wirst ja auch Augen machen, wenn du sie nur erst einmal siehst.«

Er verriet nicht, daß er ihre Begeisterung und ihr Entzücken nur zu gut verstehen konnte.

Nach diesem Bericht seiner Mutter war die Sehnsucht, Heide Rodenau kennenzulernen, noch viel tiefer. Aber er hoffte doch, daß der »Verwalter« von Rodenau eher eine Gelegenheit herbeiführen konnte als der Sohn Friedrich Dalheims. Wenn er sie nur erst einmal zu Gesicht bekam, dann würden vielleicht die Lebensmittellieferungen den Anlaß zu einer Besprechung mit ihr geben. Und alles Weitere mußte sich dann finden. Nur erst einmal in ihre Augen hineinsehen dürfen, die so wunderbar mit den dunklen Wimpern und Brauen kontrastierten.

Bei Tisch hörte er aufmerksam zu, wie die Mutter noch immer von Heide Rodenau schwärmte, und da er jetzt die nötigste Arbeit hinter sich hatte und sich eher einmal eine freie Stunde gönnen konnte, nahm er sich vor, sich eines Vormittags im Wald nahe der Parkmauer aufzuhalten und auf Heide zu warten. Sie hatte seiner Mutter gesagt, daß sie jeden Vormittag um dieselbe Zeit ihren Waldspaziergang machte.

VII

So durchstreifte er also in den nächsten Vormittagen den Wald kreuz und quer. Aber zunächst vergingen drei Tage, ohne daß er Heide zu sehen bekam. Am vierten jedoch hatte er endlich Glück; als er hinter einer Gebüschgruppe hielt, sah er sie auf dem Waldweg kommen. Schnell und elastisch schritt sie aus, wie ein Mensch, der nicht nur promenieren, sondern sich tüchtig ausarbeiten wollte. Da er von seiner Mutter wußte, daß sie stundenlang an Übersetzungen saß, konnte er dies verstehen.

Er ritt im Schritt hinter ihr, sich in ihrer Nähe, aber doch in respektvoller Entfernung haltend. Dabei grübelte er, wie er sie ansprechen könnte. Er konnte sie vielleicht fragen, ob sie statt der jungen Hühner, die sie geliefert bekamen, einmal eine Ente haben möchten. Er ärgerte sich, daß ihm nichts Besseres einfiel. Aber wie sollte einer auf gescheite Gedanken kommen, wenn er mit seinem ganzen Interesse der schlanken Gestalt nachsah und ihm das Herz schlug vor lauter Entzücken. Seine Augen sahen auf das goldene Gefunkel ihres Haares, wenn das Sonnenlicht durch die Zweige fiel, und er hoffte und fürchtete zugleich, sie könnte sich umwenden und ihn sehen. Dann wollte er schnell an ihre Seite reiten, sie ansprechen und sich vorstellen als der Verwalter Conrad und dann mutig drauflosreden, irgend etwas, was ihm gerade einfiel.

So vertieft war er in ihren Anblick und seine unruhigen Gedanken, daß er zusammenschrak, als sie plötzlich am Rande eines schmalen Baches stehen blieb, anscheinend unschlüssig, was sie tun, wohin sie sich wenden sollte.

Er hielt sein Pferd an. In diesem Moment sah er, wie Heide einige Schritte rückwärts ging und dann elastisch mit einem kurzen Anlauf über den Bach hinübersprang. Aber sie war unglücklich gesprungen; an einer im Gras verborgenen Baumwurzel war ihr Fuß abgeglitten, und sie brach zusammen und mühte sich vergeblich, wieder aufzukommen.

Nun brauchte es für ihn keine Überlegung mehr; ohne eine Sekunde zu zögern, sprengte er zur Unfallstelle.

Heide hörte den Hufschlag eines Pferdes auf dem weichen Waldboden und wandte sich mit schmerzverzogenem Gesicht nach ihm um.

Sie vermutete, daß sie den neuen Verwalter von Rodenau vor sich hatte. Sich ihrer hilflosen Lage bewußt, rief sie ihn an:

»Würden Sie mir helfen aufzustehen? Ich bin bei einem Sprung über den Bach unglücklich ausgeglitten und habe mir den Fuß irgendwie verletzt.«

Er war schon aus dem Sattel, band die Zügel seines Pferdes an einem Baum fest. Hilfsbereit beugte er sich zu ihr hinab und umfaßte sie behutsam, um sie aufzuheben. Aber es stellte sich heraus, daß sie nicht auftreten konnte.

»Mein Fuß«, sagte sie, vor Schmerz leise aufstöhnend.

Langsam und behutsam ließ er sie wieder zurückgleiten, bemüht, seine Ruhe nicht zu verlieren, als er den schlanken Frauenkörper in seinen Armen hielt.

»Warten Sie einen Augenblick, Komtesse, ich will Ihnen nur einen bequemen Sitz bereiten, dann sehe ich gleich nach Ihrem Fuß.«

Schnell legte er seinen Rock ab und breitete ihn über das Waldgras am Fuße eines Baumes, so daß sie sich bequem an den Stamm lehnen konnte.

»Sitzen Sie so gut, Komtesse?«

Sie dankte und sah zu ihm auf.

»Sie kennen mich? Sie sind vermutlich der neue Verwalter von Rodenau?«

»Ja«, sagte er etwas heiser, »mein Name ist Conrad.«

Er kniete vor ihr nieder, um ihr Schuh und Strumpf von dem verletzten Fuß zu ziehen. Sie löste selbst den Halter des Strumpfes und streifte ihn herab. Prüderie war hier nicht am Platz. Er zog ihr behutsam den Schuh aus und streifte dann vollends den Strumpf herunter. Daß seine Hände dabei nicht sehr sicher waren, bemerkte sie nicht, der Schmerz überdeckte alles andere. Sein Gesicht war kaum weniger blaß als das ihre, während er den Fuß untersuchte.

»Ich muß Ihnen ein wenig weh tun, Komtesse, aber der Fuß muß sofort eingerenkt werden.«

Sie zwang ein tapferes Lächeln in ihr Gesicht.

»Wenn Sie das können, so tun Sie nur, was sein muß, ich will mir Mühe geben, nicht zu wehleidig zu sein.«

Rührung beschlich ihn, weil sie so tapfer sein wollte.

»Nehmen Sie Ihr Taschentuch zwischen die Zähne, und beißen Sie fest darauf, es geht ganz schnell vorbei«, sagte er tröstend, und seine Stimme klang so teilnahmsvoll und besorgt, daß sie davon berührt wurde und ihn fragend anblickte.

»Es wird auch ohne Taschentuch gehen, ich bin gar nicht so empfindlich. Nehmen Sie nur keine Rücksicht auf mich. Wenn es sehr weh tut, dann schreie ich eben«, versuchte sie zu scherzen.

Der Angstschweiß stand ihm auf der Stirn, weil er wußte, daß er ihr sehr weh tun mußte, und es ging wie ein elektrischer Schlag durch seinen Körper, als er den schmalen Fuß ergriff, der am Knöchel anschwoll. Mit der einen Hand faßte er nun ihr Bein; er mußte die Zähne zusammenbeißen, um sich ihr nicht schwach zu zeigen, weil er ihr sonst nicht helfen konnte. Hier half nur ein scharfer, energischer Ruck.

Ansehen konnte er sie zum Glück nicht bei dieser Prozedur, alle Aufmerksamkeit mußte er auf das Fußgelenk konzentrieren. Ein scharfer Ruck – und der Fuß war eingerenkt.

Sie hatte nicht geschrien, nur leise gestöhnt. Und nun hing ihr Kopf haltlos zur Seite. Sie hatte sich so fest auf die Lippen gebissen, daß ein roter Blutstropfen daran hing. Verlangen überkam ihn, sie in seine Arme zu nehmen und den winzigen Blutstropfen von ihren Lippen zu küssen.

»Sie waren wirklich sehr tapfer, Komtesse«, sagte er heiser, »und nun ist das Schlimmste überstanden. Jetzt lege ich Ihnen eine kühlende Kompresse auf, das lindert den Schmerz und verhindert eine starke Schwellung.«

»Sie sind kein Arzt und haben mir doch wunderbar geholfen.«

»Das ist eine ganz einfache Sache, Komtesse, nur eben sehr schmerzhaft.«

Er beugte sich wieder zu ihr hinab und zog aus der Tasche seines Rockes ein großes weißes Taschentuch, das er in den Bach tauchte. Er legte das nasse Tuch zusammen und breitete die Kompresse über den geschwollenen Knöchel.

»Ah, das tut gut! Was hätte ich nur angefangen, wenn Sie nicht in der Nähe gewesen wären? Ich muß Ihnen und dem Zufall so dankbar sein.«

»Es ist doch selbstverständlich, daß man hilft, wenn jemand in Not ist.«

Eine Weile schwiegen sie beide und sahen sich an. Bis jetzt hatte sie der Schmerz so sehr beansprucht, daß sie kaum auf sein Aussehen geachtet hatte. Nun mußte sie konstatieren, daß dieser neue Verwalter von Rodenau eine sehr markante und interessante Persönlichkeit war.

Unter dem Blick seiner Augen begann ihr Herz plötzlich unruhig zu klopfen. Sie mußte diesem Blick ausweichen und sagte leise:

»Ich darf Sie jetzt nicht mehr aufhalten – wenn ich nur wüßte, wie ich heimkommen kann.«

»Darum machen Sie sich bitte keine Sorge. Ich werde Sie selbstverständlich nicht hilflos hier zurücklassen. Zunächst bleiben Sie eine Weile ruhig sitzen, damit die Kompresse die Schmerzen lindert. Ich werde sie einige Male erneuern. Wenn die Geschwulst dann etwas zurückgegangen ist, mache ich Ihnen einen richtigen Verband. Zum Glück habe ich in meiner Satteltasche immer Verbandszeug bei mir.«

Etwas unruhig sah sie zu ihm auf.

»Aber werden Sie nicht zu viel Zeit versäumen?«

Wenn sie geahnt hätte, wie glücklich er war, daß die Notwendigkeit es gebot, lange mit ihr zusammenbleiben zu müssen!

»Darauf kommt es jetzt nicht an, sondern nur darauf, daß ich Ihnen helfen kann«, sagte er, so ruhig er konnte.

»Wird Ihnen dieses Versäumnis keine Unannehmlichkeiten bereiten?«

»Selbst wenn es mir Unannehmlichkeiten machen würde, Komtesse, würde ich Sie nicht hilflos zurücklassen. Aber es macht mir bestimmt keine, Sie können ganz unbesorgt sein.«

Sie staunte über seine gewandte Ausdrucksweise. Mit einem forschenden Blick sah sie in sein sympathisches Gesicht mit den klugen, guten Augen und der hohen, intelligenten Stirn.

»Sie sind aber gewiß sehr in Eile gewesen, ehe ich Sie aufhielt, und ich weiß, daß Sie in Rodenau sehr viel zu tun haben.«

Er lehnte ihr gegenüber an einem Baumstamm und sah zu ihr hinab. Wie hatte sie seine Mutter doch genannt? Ein liebes, süßes, goldiges Ding! Ja, das war sie auch, wie sie mit blassem Gesicht und hell leuchtenden Augen vor ihm saß. Lieb und süß sah sie aus, nur ihr Mund zuckte manchmal.

»Die notwendigste Arbeit ist schon geschafft, Komtesse, ich habe nun etwas mehr Zeit.«

Sie seufzte ein wenig.

»Es war alles sehr verlottert in der Wirtschaft. Sie müssen nicht denken, daß mein Vater daran schuld war – er konnte nicht anders, weil kein Geld vorhanden war, die Schäden auszubessern. Es ist hier jahrelang Raubbau getrieben worden, das wußte mein Vater wohl, aber er konnte es nicht ändern. Und der Kummer hat ihn krank gemacht.«

»Sie haben schwere Zeiten durchlebt, Komtesse.«

»Ja, das kann man wohl sagen. Meines Vaters Tod war das allerschlimmste für mich. Und unsere Lage – nun, vor dem Ärgsten haben uns Herr Dalheim und sein Sohn bewahrt, das können wir ihnen nicht genug danken.«

»Darf ich fragen, in welcher Weise?«

Heide wunderte sich nicht einmal, daß sie mit diesem fremden Mann so vertraulich von ihren Verhältnissen sprach. Diese waren ja in Rodenau bekannt genug. Und die Situation, in der sie sich befand, löste eine gewisse Vertraulichkeit aus.

»Haben Sie nicht davon erfahren, daß Herr Dalheim uns das Wohnen im Witwenhaus gestattet hat, so daß wir die Heimat nicht zu verlassen brauchten?«

»Allerdings, ich bin davon unterrichtet, aber von Dankbarkeit den beiden Herren Dalheim gegenüber kann doch keine Rede sein. Es ist doch alles Ihr Recht.«

»Nun ja, so hat es der junge Herr Dalheim genannt, er muß ein sehr guter und edler Mensch sein.«

»Aber, Komtesse, von Güte kann nicht die Rede sein, er tat seine Pflicht, nicht mehr«, sagte er abwehrend.

Sie sah ihn forschend an.

»Sie können wohl den jungen Herrn Dalheim nicht leiden?«

»Nicht sehr!«

»Ist er nicht angenehm und sympathisch?«

»Ich finde ihn manchmal unausstehlich.«

»Oh, dann scheint er nichts von seiner Mutter zu haben. Diese habe ich vor einigen Tagen auf einem Waldspaziergang kennengelernt. Sie ist eine liebe, charmante Dame, so natürlich, und trotz ihres Reichtums schlicht und bescheiden.«

Er lächelte wieder in einer Weise, die ihr sympathisch erschien.

»Ja, sie ist eine sehr liebenswerte Dame, das weiß ich; und sie war von Ihnen entzückt und lieferte mir eine begeisterte Beschreibung.«

»Es freut mich, daß ich ihr ebenfalls sympathisch war. Und was ich von ihr über ihren Sohn und ihren Mann gehört habe, hat mich unwillkürlich für beide eingenommen.«

Es zuckte verstohlen um seinen Mund. »Ja, ihren Sohn streicht sie immer heraus, weil sie ihn sehr liebt. Und Herr

Dalheim – nun, der ist ein ganzer Mann, mehr braucht man von ihm nicht zu sagen.«

Sie lächelte schelmisch.

»Aber den Sohn finden Sie nicht sehr sympathisch?«

»Manchmal bin ich sehr unzufrieden mit ihm, wenngleich ich eine gewisse Schwäche für ihn habe, der ich nicht nachgeben darf.«

»Kennen Sie ihn denn? Ich denke, er ist noch auf Reisen?«

Da saß er fest. »Ja, ich kenne ihn schon ziemlich lange. Er – er war mit mir auf der Landwirtschaftlichen Hochschule.«

»Ah so! Nun, soviel ich weiß, soll er der künftige Herr von Rodenau sein, da werden Sie wohl klug daran tun, sich gut mit ihm zu stellen.«

»Nun, im ganzen vertragen wir uns gut, und er läßt sich gelegentlich ganz gern mal den Kopf von mir waschen.«

»Also sind Sie Freunde?«

Das Verhör wurde Conny langsam peinlich, und er suchte nach Ablenkung.

»Ja, das kann man wohl sagen, die Wahrheit sagen wir uns gelegentlich gegenseitig. Aber nun will ich Ihnen eine neue Kompresse auflegen.«

Behutsam nahm er das nasse Tuch von ihrem Fuß, frischte es im Bach auf und legte es von neuem auf.

»Wird Ihnen nicht kalt? Sie haben mir Ihren Rock als Sitzgelegenheit geopfert.«

Er schüttelte den Kopf, ohne sie anzusehen. Wenn sie gewußt hätte, wie heiß ihm war in ihrer Nähe!

»Die Sonne scheint ja heute schon sommerlich warm. Haben die Schmerzen etwas nachgelassen?« fragte er weich.

In seinen Augen lagen Sorge und Güte zugleich.

In ihr erwachte ein immer tieferes Interesse für diesen jungen Verwalter. Sie hätte gern mehr über ihn gewußt, er schien aus einer guten Familie zu kommen. Seine ganze Art hatte etwas Herrenmäßiges und Besonderes. Aber sie wagte nicht, nach seiner Herkunft zu fragen. Jedenfalls war er ein sehr gebildeter Mann und ein ritterlicher obendrein. Als er ihr wieder gegenüber an dem Baum lehnte, brachte sie die Rede auf den landwirtschaftlichen Betrieb, für den sie sich sehr interessierte.

»Es wird nun wohl alles erneuert und verbessert, Herr Verwalter, und dazu wird viel Geld nötig sein.«

»Gewiß, Herr Dalheim muß schon ziemlich tief in den Säkkel greifen, aber er hat ja Rodenau verhältnismäßig billig gekauft, und wenn alles in Ordnung gebracht worden ist, wird es sich auch rentieren.«

Und er berichtete von dem, was alles getan werden mußte. Er merkte, daß dies alles sie interessierte, und wurde ausführlich.

»Ich freue mich, daß Rodenau nun wieder zur Blüte kommen wird.«

»Tut es Ihnen nicht sehr weh, daß es Ihnen jetzt nicht mehr gehört?«

Sie schüttelte den Kopf.

»Gehört hat es uns schon lange nicht mehr. Schon, als Vater es von seinem Vater übernommen hat, war es so stark belastet, daß er keine freie Bahn hatte, er hat immer nur für die Zinsen arbeiten müssen, von früh bis spät, das weiß ich. Mein armer Vater hatte keine frohen Stunden mehr, seit er Herr auf Rodenau wurde. Ich habe seine Sorgen mit ihm geteilt, mit mir hat er alles besprochen, ich war seine einzige Vertraute. Mama hat nie etwas von der Wirtschaft verstanden. Am meisten quälte es ihn während seines Krankseins, was aus Mama und mir werden würde. Das hat ihn vollends niedergedrückt, bis – bis es zu Ende mit ihm war.«

Ihre Augen waren feucht geworden, und sie mußte alle Kraft aufbieten, um ihre Fassung nicht zu verlieren. Wie gern hätte er sie in seine Arme genommen, um sie zu trösten.

»Sie haben Ihren Vater sehr geliebt?« fragte er teilnahmsvoll.

»Oh, er war mein ein und alles!« entfuhr es ihren Lippen.

»Vater und ich verstanden uns so gut, ich bin ihm in jeder Hinsicht nachgeraten. Mama ist ganz anders, sie – sie leidet viel mehr unter dem Zusammenbruch unserer Verhältnisse als ich. Ich bin auch nur meiner Mutter wegen in Rodenau geblieben. Eigentlich hatte ich mich darauf gefreut, meine Kräfte regen zu können und mich auf eigene Füße zu stellen. Denn mein Vater hat mir eine gute Erziehung zuteil werden lassen, und ich habe viel gelernt. Ich hätte mich schon durchgesetzt. Freilich, der Abschied von Rodenau hätte Herzweh gekostet, aber schließlich wird er doch einmal überstanden werden müssen. Ich bin jedoch sehr froh, daß Mama bis an ihr Lebensende ein Asyl gefunden hat, und solange sie lebt, bleibe ich ja ebenfalls in Rodenau, das ist meine Absicht.«

»Aber dann?« fragte er.

Sie strich sich mit einer anmutigen Bewegung das Haar aus der Stirn.

»Sie meinen, was wird, wenn Mama nicht mehr am Leben ist?«

Er nickte nur, die Erregung ließ ihn keine Worte finden.

»Nun, dann werde ich selbstverständlich von Rodenau fortgehen, um mich auf eigene Füße zu stellen. Auf keinen Fall möchte ich Herrn Dalheim dann noch weiter verpflichtet sein, denn ich habe das unbestimmte Empfinden, daß unser Wohnrecht und die damit verbundenen Gerechtsame sehr wohl eines Tages angefochten werden könnten.«

»Sie sind also noch stolzer als Ihre Frau Mutter!«

Nachdenklich sah sie ihn an.

»Stolz? Ich weiß nicht, ob das Stolz ist, ich glaube, eher das Gegenteil. Aber ich möchte niemandem zur Last fallen und würde auch nicht darauf warten, bis Herr Dalheim mir eröffnet, daß ich als die Tochter des letzten Grafen Rodenau keine Berechtigung habe, im Witwenhaus zu bleiben. Ich fürchte, wir fallen ihm jetzt schon zur Last. Das darf aber Mama um keinen Preis wissen, und leider kann ich ihr nicht sagen, daß ich nicht so unbedingt an unser verbrieftes und versiegeltes Recht glaube. Wenn ich ihr klar machen könnte, daß wir Herrn Dalheim auf jeden Fall zu Dank verpflichtet sind, würde sie ihm gegenüber wohl eine andere Haltung einnehmen. Es quält mich im stillen, daß wir Herrn Dalheims Güte in Anspruch nehmen müssen. Glauben Sie, daß er unsere Rechte anfechten würde, wenn er wüßte, daß sie antastbar sind?«

Er sah in ihre wundervollen, ängstlichen Augen, die stolz blickten und doch so demütig und bescheiden.

»Das ist ganz ausgeschlossen, Komtesse, Sie können ganz beruhigt sein, ich – ich habe mit Herrn Dalheim darüber gesprochen. Er denkt nicht daran, Ihre Rechte anzufechten.«

»Auch dann nicht, wenn es möglich wäre?«

»Auch dann nicht! Seien Sie ganz unbesorgt, Herr Dalheim ist nicht der Mann, der hilflosen Frauen die letzte Zuflucht raubt.«

»Er ist also wirklich ein so guter, edler Mensch, wie ihn seine Frau geschildert hat! Es tut mir unbeschreiblich leid, daß meine Mutter ihn gekränkt hat. Sie wissen wohl Bescheid?«

»Daß die Gräfin Rodenau ihn verächtlich ›Herr Neureich‹ nannte – ja, das weiß ich.«

»Wenn Sie nur wüßten, wie leid mir das tut! Ich habe meiner Mutter gesagt, daß es ihm zu Ohren gekommen ist, und auf meine dringende Bitte hat sie mir versprochen, nie mehr ein so abfälliges Urteil über ihn zu fällen.«

»Wir wollen jetzt nochmals eine frische Kompresse auflegen«, sagte er, schnell ablenkend, denn wenn sie vom Sohn des Herrn Dalheim sprach, hatte er immer ein Gefühl, als belausche er sie. Er beugte sich über den Fuß, und erfreut stellte er fest, daß die Geschwulst schon zurückgegangen war. Als er mit dem gekühlten Tuch zu ihr zurückkam, sah er, daß sie mit der Hand über den verletzten Knöchel strich, als wolle sie prüfen, wie empfindlich die Stelle noch wäre. Er kniete neben ihr nieder und sah auf ihre Hand hinab. Sie war nicht zart, aber schlank und fest. Das waren Hände, die Leben hatten und Kraft, Hände, die zufassen konnten, wenn sie auch tadellos gepflegt waren. Es erschien ihm erstaunlich, daß dieser Sproß eines alten Adelsgeschlechtes so lebenskräftige Hände besaß.

Seltsamerweise sah auch sie jetzt auf seine Hände hinab, als er ihr die Kompresse wieder auflegte. Sie sagte sich, daß es die Hände eines Mannes waren, der das Leben fest anfaßte. Sie waren nicht schmal und fein, es waren große, kräftige Hände, aber sehr schön in der Form, und es prägte sich in ihnen der Charakter eines Menschen aus, der willensstark und zielbewußt war.

»Ist es nun schon etwas besser, Komtesse, haben Sie weniger Schmerzen?«

»Viel weniger, sie sind fast ganz verschwunden. Aber bitte, lassen Sie ruhig die Komtesse beiseite.«

»Wie soll ich Sie sonst nennen? Gräfin Rodenau? Oder Komtesse Adelheidis? Ich müßte Sie eigentlich mit ›gnädigste Komtesse‹ anreden, da ein Verwalter unter Ihnen steht. Verzeihen Sie, wenn ich einen Fehler begangen habe.«

Er war auf den Knien geblieben, so, wie er ihr die Kompresse aufgelegt hatte, und sah ihr mit einem Ausdruck in die Augen, der sie unruhig machte und ihr das Blut ins Gesicht trieb. Ganz dicht waren seine stahlblauen Augen vor ihr, und sie sah durch das leichte Sporthemd, das er trug, wie sich seine breite Brust in tiefen Atemzügen hob und senkte. Eine unerklärliche Verwirrung überfiel sie, als sie sich jetzt bewußt wurde, welche Vertraulichkeit ihr Unfall zwischen ihnen ausgelöst hatte. Und sich zu einem Lachen zwingend, sagte sie leichthin:

»Lassen Sie nur die Gräfin und die Komtesse ganz beiseite, auch den schrecklichen Namen Adelheidis, den ich hasse, weil er so hochtönend ist und nicht zu unsern jetzigen Verhältnissen paßt. Da wirkt er doch nur lächerlich. Mama kann es leider nicht lassen, trotz meiner Bitte, mich einfach Heide zu nennen, wie es mein Vater tat. Nie hat er mich anders genannt als Heide, und darum habe ich mich immer am liebsten so nennen hören. Nennen Sie mich einfach Fräulein Rodenau, unter diesem Namen werde ich eines Tages in die Welt hinausziehen.«

»Ich kann Sie nicht so nennen, Komtesse, es wäre eine Ungezogenheit«, sagte er, aber in seinen Gedanken klang es: Heide Rodenau! Heide Rodenau!

»Sie würden mir aber wirklich einen Gefallen tun, wenn Sie der erste wären, der den Mut hätte, mich einfach Fräulein Rodenau anzureden.«

Sie war so reizend in ihrem Eifer, daß er schnell aufspringen mußte, um sich nicht zu vergessen.

»Nein, nein, Komtesse, so viel Mut habe ich wirklich nicht«, scherzte er.

»Dieser Titel haftet mir an wie ein glänzendes, aber sehr abgetragenes Kleid mit einer entsetzlich langen Schleppe, in der ich mich nicht frei bewegen kann. Nun stellen Sie sich vor, daß ich diese lange Schleppe durch Büros oder Arbeitsräume ziehen müßte, wenn ich erst draußen im Lebenskampf stehe.

Ich fühle mich wirklich viel behaglicher mit dem schlichten Heide Rodenau. Das ist wie ein praktisches Wanderkleid, in dem ich frei ausschreiten kann. Doch kein Mensch will das begreifen. Aber mein Fuß ist nun schon ganz schmerzfrei, solange ich ihn ruhig halte. Nur wenn ich ihn bewege, tut er noch weh. Ich möchte Sie nicht länger aufhalten.«

»Wir wollen doch lieber noch eine Kompresse auflegen, es eilt mir wirklich nicht«, sagte er. »Ich mache Ihnen nachher einen kunstgerechten Verband, damit das Gelenk Halt bekommt.«

»Meinen Sie, daß ich bis nach Hause laufen kann?«

»Ausgeschlossen, den Schuh können Sie jetzt überhaupt nicht anziehen. Sie werden auch noch längere Zeit still liegen müssen.«

Sie erschrak. »Mein Gott, wie komme ich dann nach Hause?«

»Sehr einfach, auf dem Rücken meines Pferdes.«

Unsicher sah sie zu ihm auf. »Das geht doch nicht!«

»Warum nicht? Haben Sie noch nie auf dem Rücken eines Pferdes gesessen?«

»Doch, ich bin früher immer mit Papa auf die Felder geritten. Aber dann müßten Sie doch zu Fuß gehen?«

Er lachte. »Das macht mir nichts, ich bin ein guter Fußgänger. Selbstverständlich werde ich das Pferd am Zügel führen, es ist nicht gerade lammfromm, und einen Damensattel trägt es auch nicht.«

»Aber das kostet Sie doch abermals sehr viel Zeit!«

Gottlob, dachte Conny. Ihm eilte es gar nicht, diese schwerlich wiederkehrende Gelegenheit abzukürzen. So eng kam er sicherlich nicht bald wieder mit ihr zusammen. »Machen Sie sich, bitte, keine Sorgen«, sagte er, »ich versäume heute nichts, was ich nicht morgen nachholen könnte.«

»Wie soll ich Ihnen nur danken?« fragte sie.

»Dafür ist kein Dank nötig, Komtesse. Würden Sie einen solchen Dienst nicht als selbstverständlich hinnehmen von jedem anderen Mann?«

Ein Lächeln spielte um ihre Lippen.

»Ich würde ihn auch fragen, wie ich ihm danken könnte.«

»Bitte, Komtesse, es hat mir große Freude gemacht, daß ich Ihnen helfen durfte. So, nun noch eine letzte Kompresse. Während sie aufliegt, hole ich das Verbandszeug herbei«, sagte er ablenkend.

Ihr Blick ruhte auf ihm mit sinnendem Ausdruck, und ihr Herz klopfte stark und laut.

Conny legte die neue Kompresse auf und sprang dann über den Bach zu seinem Pferd hinüber, das friedlich dastand und den Kopf wie fragend nach ihm umwandte. Aus der Satteltasche nahm er eine Rolle Verbandstreifen. Damit ging er wieder zu Heide hinüber. Aber er zögerte noch, den Verband anzulegen, und lehnte sich wie vorher an den Baum. Solange wie möglich wollte er das Alleinsein mit ihr genießen. Er plauderte noch, bedauerte sie wegen ihres einsamen Lebens, das sich so ohne Abwechslung abspiele. Sie sagte lächelnd, daß sie damit sehr zufrieden sei. Sie könne gar keine Bekanntschaften und keine Abwechslung gebrauchen, da sie sehr fleißig sein müsse.

»Frau Dalheim sagte mir, daß Sie Übersetzungen machen, Komtesse?« fragte er interessiert.

»Ja, ich arbeite für einen Berliner Verlag.«

Sein Gesicht bekam plötzlich einen gespannten Ausdruck.

»Darf ich fragen, für welchen Verlag?«

»Für den Holdei-Verlag«, sagte sie ruhig und unbefangen.

»Bezahlt er gut?« fragte er sachlich.

»Ich glaube, daß ich nicht sehr gut bezahlt werde, ich bekomme ein monatliches Honorar von zweihundert Mark.«

Warum sprach sie mit diesem jungen Mann so offen darüber? Er war ihr doch fremd, und es kam ihr zum Bewußtsein, daß ihre Hilflosigkeit und die Abhängigkeit von seiner Hilfe sie sehr mitteilsam gemacht hatten. Das war sonst nicht ihre Art. Seine ritterliche Hilfe verdiente aber ihr Vertrauen. Und es hatte ihr Freude gemacht, wieder einmal mit einem jungen Menschen zu plaudern.

So tief war sie in diese Gedanken versunken, daß sie zusammenschrak, als er plötzlich hervorstieß:

»Das ist ja unerhört!«

Unsicher sah sie ihn an. »Was meinen Sie?«

»Ich meine, daß Sie maßlos ausgenützt werden, wenn Sie so wenig für Ihre Arbeit bezahlt bekommen.«

Sie zuckte leicht die Schultern.

»Was wollen Sie? Es gibt Tausende, die sich darum reißen würden, meine Arbeit zu bekommen, und die sehr zufrieden mit der Bezahlung wären. Ich bin es auch! Sie können mir kaum nachfühlen, wie glücklich ich bin, daß ich dieses feste Einkommen habe«, schloß sie mit einem Lachen. Er hätte viel, sehr viel darum gegeben, wenn er dieses Lachen hätte von ihren Lippen küssen dürfen. Und er war ein wenig geistesabwesend, als er fragte:

»Wie viele Stunden arbeiten Sie?«

»Nun, an den Übersetzungen allein – ich weiß es nicht so genau, ich nähe täglich noch einige Stunden, um Mamas und meine Garderobe in Ordnung zu halten. Dann habe ich die Blumen an den Fenstern zu pflegen, und auch sonst gibt es noch allerlei zu tun. Es bleibt mir nur vormittags eine Stunde, um frische Luft zu schnappen. Meine Zeit ist streng eingeteilt.«

Das kam alles so natürlich aus ihrem Mund, daß er sie mehr und mehr bewundern mußte. Er wünschte, daß sein Vater ihr hätte zuhören können. Wie ganz anders würde er dann über sie urteilen. Er atmete tief auf.

»Das ist aber doch viel zuviel für Sie, damit muten Sie sich doch zuviel zu!«

»Oh, ich bin gottlob kräftig und gesund, es macht mir nichts. Und ich bin sehr glücklich, daß ich zu etwas nütze bin. Vorläufig reicht mein Einkommen aus, es wird eingeteilt und zuweilen ein wenig gestreckt. Wir bekommen ja so reichlich Lebensmittel vom Vorwerk, daß wir für den täglichen Unterhalt nur sehr wenig auszugeben brauchen. Schulden dürfen einfach nicht gemacht werden. Darüber hat Trina genaue Anweisung, denn Mama ist in pekuniären Dingen das reinste Kind. Sie kann oft nicht verstehen, daß man ihr etwas versagen muß, und regt sich noch auf, daß ich für Geld arbeite. Aber der liebe Gott wird schon weiterhelfen.«

»Ihnen muß er doch helfen, Komtesse, weil Sie so unverzagt sind.«

Sie errötete unter seinen bewundernden Blicken und wurde sich wieder bewußt, daß sie ihm viel zuviel von sich anvertraute.

»Ich schwatze und schwatze, Herr Conrad, und halte Sie damit auf. Verzeihen Sie! Aber ich bin sonst wirklich nicht so mitteilsam.«

»Um so höher muß ich Ihr Vertrauen einschätzen«, sagte er bewegt.

Sie strich sich über die Stirn. »Ich fühle instinktiv, daß Sie ein vertrauenswürdiger Mensch sind. Und dann waren wir auch so lange aufeinander angewiesen – oder vielmehr nur ich auf Sie.«

Er kniete wieder vor ihr nieder, um die Kompresse abzunehmen und den Verband anzubringen. Ehe er das aber tat, ergriff er ihre Hand und drückte seine Lippen darauf, indem er sich tief darüberneigte.

»Ich danke Ihnen für Ihr Vertrauen, meine Hochachtung, Komtesse – Sie sind ein sehr tapferer, unverzagter Mensch.«

Das Blut schoß ihr jäh ins Gesicht, und sie mußte seinen Augen ausweichen, weil deren Blick sie verwirrte. Das Herz klopfte ihr bis zum Halse. Sie spürte bis in ihr tiefstes Sein, daß diese Stunde sie stark mit diesem Mann verbunden hatte, der ihr doch bisher ein Unbekannter gewesen war. Es zog sie etwas zu ihm hin, was sie bisher noch für keinen Mann empfunden hatte. Die mißlichen Verhältnisse und dann des Vaters Krankheit hatten ihr jeden gesellschaftlichen Verkehr unmöglich gemacht. Man verkehrt nicht gern mit Menschen, deren Verhältnisse schwierig sind, und wer in schwierigen Verhältnissen lebt, mag nicht gern mit solchen umgehen, die besser gestellt sind. Die Nachbarn, die auf den umliegenden Gütern saßen, waren entweder in ähnlicher Lage und deshalb gleichfalls menschenscheu, oder sie hatten keine Lust, sich mit den verarmten Standesgenossen zu befassen.

So war es eigentlich kein Wunder, daß Conny Dalheim tiefen Eindruck auf sie gemacht hatte. In seiner Nähe überkam sie ein Gefühl des Beschütztseins, so daß sie alle Scheu vor ihm verlor. Nur – diesem warmen, werbenden und bewundernden Blick aus seinen Augen konnte sie nicht ruhig begegnen. Dem mußte sie ausweichen.

VIII

Conny hatte einen festen Verband um Heides Knöchel gelegt. Sie konnte nun wenigstens den Strumpf wieder überziehen. Den Schuh, diesen kleinen, schmalen Schuh sah Conny im Gras liegen, und er sagte sich, daß er ihn nachher einstecken würde, wenn er seinen Rock erst wieder übergezogen hatte.

Er hob nun Heide wie ein Kind auf seine Arme, denn daß sie auftrat, erlaubte er nicht. Behutsam trug er sie durch den Bach zur anderen Seite.

Sie lag ruhig und wohlgeborgen in seinen starken Armen, aber sie fühlte durch den dünnen Stoff des Sporthemdes, wie stark sein Herz klopfte. Ein süßes, beklemmendes Gefühl stieg in ihr auf, als sie in sein Gesicht blickte. Er hatte die Zähne fest zusammengebissen, und die Muskeln seines Gesichts zuckten vor Erregung. Seine Augen sahen auf sie mit einem Ausdruck, der sie erbeben ließ. Und doch hatte sie auch jetzt das Gefühl unbegrenzten Vertrauens.

Als er drüben angelangt war und sie dann auf das Pferd gesetzt hatte, atmete er wie erlöst auf.

»Ich war wohl sehr schwer, Herr Conrad?« fragte sie.

Er schüttelte den Kopf und machte sich an ihrem Kleid zu schaffen.

»Nein, schwer waren Sie überhaupt nicht, aber ich hatte Angst, Ihnen weh zu tun an Ihrem Fuß.«

Sie lächelte ein wenig verträumt.

»Ich habe überhaupt nichts gespürt, Sie waren so rücksichtsvoll. Ich danke Ihnen.«

Er verbeugte sich leicht.

Sein Verhalten nötigte ihr immer wieder Bewunderung ab. Dieser Verwalter war durch und durch ein Gentleman.

Sorglich hatte er ihr Kleid geordnet und den Fuß so gestützt, daß er nicht zu sehr erschüttert werden konnte. Das

Pferd war noch an den Baum gebunden. Er band es einstweilen auch nicht ab, aus Angst, es könnte zu unruhig werden, denn er mußte nochmals über den Bach springen, um seinen Rock zu holen.

Als er ihn übergezogen hatte, steckte er Heides Schuh zu sich, nicht ohne ihn schnell zärtlich an sich zu drücken, was sie nicht sah.

Dann sprang er wieder hinüber. Sie hatte jede seiner Bewegungen verfolgt und freute sich, wie kraftvoll und elastisch sie waren. Nun stand er wieder neben ihr und führte das Pferd auf den Weg, es fest am Zügel haltend, damit es ruhig gehen mußte. Ganz langsam ging er nebenher und lauschte dem warmen, weichen Klang ihrer Stimme. Sie plauderten weiter und fanden, daß sie einander sehr gut verstanden und viele Ansichten über das Leben und menschliche Verhältnisse teilten. Es war seltsam, daß sich beide in dieser außerordentlichen Situation viel nähergekommen waren, als wenn sie im gesellschaftlichen Leben jahrelang miteinander verkehrt hätten.

Heide dachte nicht mehr daran, daß ihre Bekanntschaft mit diesem Mann erst seit dem heutigen Tag datierte. Sie dachte auch nicht daran, daß er nur ein Verwalter und sie eine Gräfin war. Für sie war er ihresgleichen, weil er ein ritterlicher Mann war, der auf derselben Bildungsstufe stand wie sie.

Hätte Conny ihre Gedanken erraten können, wie glücklich wäre er gewesen!

Auf seine wiederholten besorgten Fragen versicherte Heide immer wieder lächelnd, daß sie keine Schmerzen spüre. Immer öfter erschien das reizende Lächeln auf ihrem Gesicht, immer strahlender wurden ihre Augen, immer blühender ihr Aussehen. Der arme Conny brauchte alle Selbstbeherrschung, um ruhig neben ihr gehen zu können, und die Liebe zu diesem herrlichen Geschöpf schlug immer wieder über ihm zusammen. Noch nie in seinem Leben war er so glücklich gewesen wie in dieser Stunde. Aber er wäre noch viel glücklicher gewesen, hätte er geahnt, welch tiefen und günstigen Eindruck er auf sie gemacht hatte.

Er nahm sich auch vor, für sie der Verwalter Conrad zu bleiben, dem sie ihr Vertrauen geschenkt hatte, bis – ja, weiter wollte er vorläufig nicht denken. Als der einfache Verwalter wollte er um sie werben, versuchen, ihre Liebe zu erringen. Um so süßer mußte es sein, wenn sie ihn als armen, abhängigen Mann lieben lernte. Zwar hatte er jetzt keine Angst mehr, daß sie hochmütig über ihn hinwegsehen würde, aber nun bewegte ihn der lebhafte Wunsch, von ihr nur um seiner selbst willen geliebt zu werden, nicht, weil er der Herr von Rodenau war und sie als seine Frau wieder Herrin von Rodenau sein würde. Nichts sollte für ihn sprechen als seine Persönlichkeit. Um so herrlicher würde es sein, wenn er sie so gewinnen konnte. Und er vertiefte sich so sehr in seine Gedanken, daß er ihr einige zerstreute Antworten gab.

Sie glaubte, er beklage sich wegen der versäumten Zeit und sagte tröstend:

»Sie werden nun bald erlöst sein, Herr Verwalter.«

Er sah mit einem brennenden Blick zu ihr auf. Er hätte gern gesagt: Ich möchte so bis ans Ende der Welt mit dir gehen, du süßes, liebes, goldiges Mädel. Aber er sagte nur:

»Es eilt mir nicht.«

Aber auch der längste Weg hat ein Ende, und so langsam Conny auch das Pferd führte, einmal tauchten doch die Parkmauern von Rodenau auf.

»Nun liegt der Park vor uns, Komtesse, nun werden Sie bald zur Ruhe kommen.«

Sie sah zu ihm hinab und antwortete mit einem leisen, halb unterdrückten Seufzer: »Und Sie werden einer lästigen Pflicht enthoben sein.«

Da sah er mit einem großen, ernsten Blick zu ihr auf.

»Ich hoffe, Sie glauben nicht im Ernst, daß es für mich eine lästige Pflicht gewesen sein könnte. Wenn Sie das glauben, dann – dann muß ich mich recht ungeschickt benommen haben.«

Sie reichte ihm impulsiv die Hand vom Pferd herunter.

»Sie haben sich benommen wie ein Ritter ohne Furcht und Tadel, und ich glaube nicht im Ernst, daß Ihnen eine Kavalierspflicht lästig sein könnte. Verzeihen Sie meine dumme, gedankenlose Phrase.«

»Waren Sie früher schon in einer ähnlichen Stellung wie hier auf Rodenau?« fragte sie nach einer Weile.

»Nein, Komtesse, dies ist meine erste Stellung als Landwirt.«

»So haben Sie jetzt erst Ihre landwirtschaftlichen Studien beendet?«

»Vor einem halben Jahr etwa. Inzwischen reiste ich.«

»Im Ausland?«

»Ja, auch im Ausland.«

»Oh, nun weiß ich, warum Sie so ganz anders sind als andere Verwalter, die ich kenne, die sehr wenig von Ihrer Art und Ihrer umfassenden Bildung besaßen. Reisen bildet, das hat mein Vater oft gesagt.«

»Ja, man lernt auf Reisen manchmal am besten, wie man sich nicht benehmen darf.«

Sie waren an das große Parktor gekommen, und Conny wollte sein Pferd hindurchführen. Da legte sie bittend ihre Hand auf seine Schulter.

»Bitte, nicht hier, ich möchte die kleine Nebenpforte benutzen, die für uns bestimmt ist. Wir dürfen den Besitzer von Rodenau nicht stören.«

Er dachte an seinen Vater. Ohne etwas zu erwidern, führte er das Pferd an der Parkmauer entlang zur Nebenpforte. Sie passierten sie und hielten gleich darauf vor dem Witwenhaus.

Hier kam ihnen die alte Trina in heller Aufregung entgegen, denn sie hatte schon unruhig gewartet, in Sorge um die Komtesse.

Conny machte alledem ein Ende, indem er ruhig zu Trina sagte:

»Das können Sie alles nachher fragen und erfahren, Trina, jetzt gehen Sie schnell voran, und öffnen Sie mir die Türen, damit ich die Komtesse ins Haus tragen und auf ein Ruhelager betten kann.«

»Die gnädigste Komtesse, bitte, Herr Verwalter!« korrigierte Trina empört.

»Also gut, die allergnädigste Komtesse! Nun laufen Sie aber schnell, die gnädigste Komtesse hat sich am Fuß verletzt und muß Ruhe haben.«

Jammernd eilte Trina davon, und dieser Jammer drang zur Gräfin, die erstaunt aus dem Zimmer kam.

»Was hast du, Trina, weshalb jammerst du so?«

»Ach, gnädigste Gräfin, die gnädigste Komtesse haben einen Unfall gehabt, der Verwalter von Rodenau bringt sie eben ins Haus!«

Nun erschrak auch die Gräfin und ging durch den schmalen Flur zur Tür. Da erschien Conny gerade, Heide wie ein Kind auf dem Arm tragend.

»Erschrick nicht, Mama, es ist nichts Schlimmes, ich habe mir beim Springen über den Bach den Fuß verrenkt, und der Herr Verwalter hat ihn mir gleich an Ort und Stelle wieder eingerenkt. Nur kann ich noch nicht wieder auftreten!« rief ihr Heide zu.

Da fand die Gräfin ihre Haltung wieder. Sie verbot Trina weiterzujammern und ließ die Tür zum Wohnzimmer öffnen, in dem ein breiter Diwan stand.

Behutsam legte Conny Heide auf den Diwan und richtete sich dann auf.

»Liegen Sie bequem, gnädigste Komtesse?«

»Ich danke Ihnen tausendmal, Herr Verwalter. Wenn ich wieder gehen kann, werde ich mich auf dem Vorwerk bei Ihnen als geheilt vorstellen. Und bitte grüßen Sie Frau Dalheim von mir.«

Damit reichte sie ihm die Hand.

Er verneigte sich, verneigte sich auch vor der Gräfin, die ihm herablassend einige steife Dankesworte sagte, und entfernte sich.

Als er verschwunden war, sagte die Gräfin tadelnd:

»Wie konntest du diesem Menschen die Hand reichen, er ist doch ein Untergebener.«

Es zuckte in Heides Gesicht.

»Er war mein Retter. Ohne seine Hilfe hätte ich stundenlang mit heftigen Schmerzen im Wald liegen müssen. Da war es wohl ein sehr bescheidener Dank, daß ich ihm die Hand reichte.«

»Vor allem hättest du keinen Gruß an diese Frau Dalheim bestellen dürfen. Begib dich doch nicht so auf eine Ebene mit diesen Leuten!«

Heides Stirn zog sich wie im Schmerz zusammen.

»Diese Leute sind uns sehr hilfsbereit entgegengekommen, als sie es uns ersparten, heimatlos in die Welt hinausziehen zu müssen. Bitte, vergiß das nicht, Mama.«

»Du wirfst dich in einer Weise zur Verteidigerin dieser Leute auf, daß es mich ganz nervös macht.«

»Weil dein Verhalten mich dazu zwingt, Mama, ich kann nicht undankbar sein.«

Heide fühlte wieder einmal recht deutlich die Lieblosigkeit ihrer Mutter. Mit keinem Worte hatte sie ihr Bedauern ausgedrückt oder auch nur gefragt, ob sie Schmerzen hätte und wie sie diese lindern könnte. Wie ganz anders hatte sich da dieser fremde Mann benommen.

Sie erzählte, was geschehen war. Die Gräfin zog die Augenbrauen hoch.

»Mein Gott, wie unpassend, daß du so lange mit diesem Verwalter allein warst!«

»Du kannst vollkommen beruhigt sein, er hat sich tadellos und sehr ritterlich benommen.«

Mit einem hochmütigen Blick sah die Gräfin auf ihre Tochter hinab.

»Ritterlich? Ein Verwalter? Du übertreibst wie immer in solchen Fällen. Tut der Fuß noch weh?«

Endlich also doch eine Frage danach; sie kam zu spät. Heide schloß die Augen. Derartige Auseinandersetzungen mit der Mutter erschöpften sie immer mehr als die schwerste Arbeit.

»Jetzt schmerzt es nur noch wenig, aber als der Herr Verwalter mir den Fuß einrenkte, wäre ich vor Schmerzen fast ohnmächtig geworden.«

Entsetzt hob die Gräfin die Hände.

»Ich will gar nicht daran denken, in welcher peinlichen Situation du gewesen bist. Daß der Mann deinen Fuß anfassen mußte!«

Heide mußte daran denken, daß ihr die Berührung von Herrn Conrads Hand durchaus nicht unerträglich gewesen war. Sie hatte sie eher wie eine Liebkosung empfunden. Aber das wagte sie kaum sich selbst einzugestehen, ihre Mutter wäre sicherlich vor Empörung außer sich gewesen. So antwortete sie besser gar nicht. Die Gräfin machte noch einige wenig liebevolle Bemerkungen, beklagte sich, daß sie vor Schrecken Kopfweh bekommen habe und sich hinlegen müsse. Ehe sie Heide verließ, sagte sie tadelnd:

»Ich hoffe wenigstens, daß dieses Vorkommnis dir eine Lehre gewesen ist, daß du nicht wieder über Bäche springst.«

Damit ließ sie ihre Tochter allein. Heide sah ihr mit umflortem Blick nach. Dann schloß sie die Augen und – dachte an ihren Retter. Aber Trina ließ sie nicht lange mit ihren Gedanken allein. Sie umgab Heide wirklich mit rührender Fürsorge.

Heide konnte es nicht mehr ertragen und sagte schließlich unmutig auf Trinas Jammern hin:

»Nun hör schon auf, Trina! Wenn du mir nur ein bißchen gut bist, sei dem Herrn Verwalter dankbar, daß er mich davor bewahrt hat, stundenlang unter großen Schmerzen hilflos im Wald zu liegen.«

»Das hat der barmherzige Gott doch nicht zugelassen, und von diesem Standpunkt aus will ich dem Herrn Verwalter sehr dankbar sein.«

Immerhin war Trina etwas einsichtsvoller als ihre Mutter und tat alles, was sie tun konnte, um Heide zu pflegen.

IX

Conny hatte sein Pferd bestiegen und war schnell zum Schloß geritten. Dort kam ihm Heides Schuh wieder in die Hände. Am liebsten hätte er den Schuh den ganzen Tag mit sich herumgetragen. Aber er verschloß ihn in seinem Schreibtisch. Liebende muß man in solchen Fällen entschuldigen.

Nachdem er sich umgezogen hatte, begab er sich hinunter in das Speisezimmer und traf dort mit seiner Mutter zusammen. Sobald Mutter und Sohn allein waren, berichtete er von dem Unfall der Komtesse und seinem Zusammentreffen mit ihr. Sie bedauerte die Komtesse sehr. Conny beruhigte sie aber gleich.

»Es ist schon wieder besser, Mutter, aber wenn du wüßtest, wie tapfer sie gewesen ist, als ich ihr den Fuß einrenken mußte. Keinen Mucks hat sie getan, nur todblaß ist sie geworden.«

»Lieber Gott, das arme Kind! Aber nun sage mir doch, wie hat sie dir gefallen? Ist sie nicht entzückend?«

»Ich habe immer an deinen Ausspruch denken müssen: ein liebes, süßes, goldiges Ding! Ja, Mutter, das ist sie!« sagte er.

Sie nickte lebhaft.

»Nicht wahr, anders kann man sie nicht nennen. Aber nun mußt du mir ausführlich erzählen, wie alles kam und was ihr miteinander gesprochen habt.«

Conny berichtete ausführlich, allerdings ohne von seinen

Gefühlen zu sprechen. Aber da schwang für die hellhörige Mutter so ein besonderer Ton in seiner Stimme mit, daß sie aufhorchen mußte und ein wenig besorgt wurde. Um Gottes willen, der Junge würde sich doch nicht Hals über Kopf in das süße, liebe Ding verliebt haben? Ein Wunder wäre das freilich nicht, hatte sie ihr doch selbst so gut gefallen. Aber durfte das sein? Ihr Sohn Conny und die arme junge Gräfin? Was sollte der Vater dazu sagen? Und was die stolze Gräfin Edelgarda? Das würde ja eine ganz vertrackte Geschichte werden.

Frau Lore machte sich Sorgen, während sie mit ihrem Sohn speiste, aber dann gewann plötzlich ihr goldener Humor wieder die Oberhand. Sie fragte sich: Warum denn nicht? Warum soll Conny nicht so eine liebe Frau bekommen, auch wenn sie eine arme Gräfin ist? Und warum sollte die junge Gräfin Heide sich nicht bis über beide Ohren in meinen Conny verlieben? Er ist doch dazu geschaffen, von Herzen geliebt zu werden. Und wenn er auch der Sohn von Herrn Neureich ist, die stolze Gräfin Edelgarda würde schließlich doch in den sauren Apfel beißen müssen. Das war also keine Sache, um sich zu sorgen, echte Liebe räumt selbst solche Hindernisse spielend aus dem Weg.

Und ihr Mann? Nun, der sollte erst die Komtesse richtig kennenlernen, dann würde er gewahr werden, daß sie keine Zierpuppe war, sondern eine vernünftige, liebenswerte Frau. Dann würde er doch schließlich klein beigeben und sagen: ›Lore, sie ist doch die Richtige für unsern Conny, und wenn sie zehnmal eine Gräfin ist!‹ Schwierig war es nur, sie mit ihm zusammenzubringen, aber das würde sich alles finden. Wenn ihres Sohnes Glück auf dem Spiele stand, dann würde Frau Dalheim schon nicht um Mittel und Wege verlegen sein, alles schön in die Reihe zu bringen.

»Aber Mutter, du hörst mir ja gar nicht zu!« klang Connys Stimme plötzlich vorwurfsvoll in ihre Gedanken hinein.

Sie schrak zusammen, sah ihn groß an und lachte, verträumt und humorvoll, wie nur seine Mutter lachen konnte.

»Ach, Conny, ich mußte gerade an etwas Wunderschönes denken. Aber ich habe alles gehört, was du erzählt hast. Erzähle nur weiter!«

»Die Gräfin behandelte mich sehr von oben herab, es hätte nur noch gefehlt, daß sie mir ein Trinkgeld angeboten hätte. Daß ihre Tochter einen Unfall gehabt hatte, schien ihr gar nicht wichtig zu sein. Wie kann nur eine solche Mutter eine so entzückende Tochter haben?«

Da war er wieder, der eigenartige Herzenston, auf den Frau Lore lauschte wie auf eine Offenbarung.

»Gott sei Dank ist die Komtesse ganz anders geartet als ihre Mutter«, sagte sie.

»Ja, Gott sei Dank, Mutter, und sie läßt auch einen herzlichen Gruß an dich ausrichten. Wenn sie eine Ahnung hätte, daß du meine Mutter bist!«

»Wirklich – sie hat mich grüßen lassen?«

»Ja doch, und sie ist von dir nicht weniger entzückt als du von ihr. Auch von Vater sprach sie reizend – und – von seinem Sohn. Ach, Mutter, das war eine tolle Situation, sie wollte auch mein Lob singen, aber das konnte ich wirklich nicht mit anhören. Ich dämpfte so ein bißchen und malte mich selber unsympathisch, aber da sah sie mich ganz vorwurfsvoll an und meinte, der junge Dalheim müsse doch ein guter und edler Mensch sein. Allerdings scheint sie nicht so recht daran zu glauben, daß wir ihre Rechte nicht hätten anfechten können.«

Mutter und Sohn lachten.

»Ich glaube ja auch nicht daran, Conny, das hast du nur so ausgetüftelt, damit die beiden hilflosen Frauen nicht heimatlos gemacht würden und keine Gnade anzunehmen brauchten. Aber wenn du denkst, daß du Vater damit hinters Licht geführt hast, bist du auf dem Holzweg.«

»Das weiß ich doch, Mutter. Er will um keinen Preis zeigen, daß er im Grunde ein gutes, weiches Herz hat.«

»Ich freue mich aufrichtig, Conny, daß du so gut von deinem Vater sprichst.«

Sie reichten sich die Hände. Dann war es höchste Zeit, daß Conny wieder auf die Felder ritt, zumal er am Vormittag einige Stunden versäumt hatte. Das wollte er nachholen. Er begab sich, nachdem er sich von seiner Mutter verabschiedet hatte, auf sein Zimmer, um seinen Reitanzug anzuziehen. Aber erst nahm er nochmals Heides kleinen Schuh aus seinem Schreibtisch und drückte ihn zärtlich an sich.

Er wußte, daß er den Schuh zurückgeben mußte, wenn die Komtesse erst wieder gehen konnte. Sie würde ihn dann vermissen, denn sie besaß vermutlich keinen sehr großen Vorrat an Schuhen. Und er dachte daran, was sie ihm gesagt hatte: ›Schon jetzt kann eine unvorhergesehene Schuhreparatur zur Katastrophe werden.‹ Wie schwer würde es ihr erst fallen, sich ein Paar neue Schuhe zu kaufen. Arme, kleine, geliebte Komtesse!

Der Gedanke, der ihm kam, als er sie nach dem Verlag fragte, für den sie arbeite, wurde wieder lebendig in ihm. Sobald er eine freie Stunde hatte, wollte er seinen Plan ausführen.

Den Schuh streichelnd, als sei er die Hand eines geliebten Wesens, stellte er ihn wieder in seinen Schreibtisch. Schnell machte er sich fertig und ritt davon. Er ahnte nicht, mit welchen Gedanken ihm seine Mutter nachsah. Frau Lore konnte an nichts anderes denken als an ihren Sohn Conny und an die liebe junge Gräfin.

Am Abend dieses Tages, als sich Frau Dalheim schon zurückgezogen hatte, ließ Conny sich in seinem Arbeitszimmer an seinem Schreibtisch nieder und schrieb an den Holdei-Verlag:

Sehr geehrte Herren!

Da ich in Erfahrung gebracht habe, daß Sie Gräfin Adelheidis Rodenau Übersetzungen übertragen haben und ich deren bedrängte Lage genau kenne, wende ich mich an Sie mit der Bitte, das Honorar der Gräfin um das Doppelte zu erhöhen. Sie darf selbstverständlich auf keinen Fall erfahren, daß ich dies bewerkstelligt habe. Ich weiß, daß die Gräfin unmöglich mit zweihundert Mark im Monat auskommen kann, da sie tatsächlich total verarmt ist. Deshalb wende ich mich an Sie, mir behilflich zu sein, ihr zu helfen, ohne daß sie dadurch gedemütigt werden könnte. Ich bitte Sie, der Gräfin mitzuteilen, daß ihre Arbeiten sich so gebessert hätten, daß Sie ihr Honorar verdoppeln könnten. Anbei sende ich Ihnen einen Scheck für diesen Monat und werde am Ende jeden Monats dieselbe Summe an Sie überweisen lassen.

Ich hoffe auf Ihr Verständnis und empfehle mich Ihnen

mit vorzüglicher Hochachtung!

Conrad Dalheim, Schloß Rodenau

Schon am dritten Tag bekam Conny auf diesen Brief eine zusagende Antwort. Da war er sehr zufrieden! Heide Rodenau würde sich freuen über die Erhöhung ihres Honorars und würde nicht ahnen, daß der Verwalter Conrad irgendwie damit in Verbindung stand. Er hatte in diesen Tagen nichts über ihr Befinden gehört, und das quälte ihn.

Die Sehnsucht, Heide wiederzusehen oder wenigstens von ihr zu hören, trieb ihn unruhig hin und her. Er wußte, wenn sie wieder laufen konnte, würde sie zum Vorwerk kommen, um ihm noch einmal zu danken. Doch das Warten war nur schwer zu ertragen. Wieder und wieder streichelte er den kleinen Schuh. Und dabei kam ihm ein Gedanke. Trennen mußte er sich doch wieder von dem Schuh, er mußte ihn zurückgeben. Würde er ihn aber selbst zurückgeben, dann würde ihm Trina den Schuh abnehmen, und er erfuhr ganz bestimmt nicht viel von Heide. Aber – wenn er ihn durch die Mutter hinüberschickte?

Er nahm den Schuh, begab sich hinunter in das Wohnzimmer, wo seine Mutter saß. Lächelnd sah sie zu ihm auf.

»Du, Conny? Und während deiner Arbeitszeit? Das ist ja eine Seltenheit.«

»Ich wollte etwas mit dir besprechen, Mutter.«

Damit stellte er den Schuh vor sie hin. Erstaunt sah sie darauf nieder.

»Was bringst du denn da?«

»Das ist der Schuh der Komtesse, Mutter, den ich ihr vom verletzten Fuß zog. Ich hatte ihn zu mir genommen, da sie ihn nicht wieder anziehen konnte, und habe ihn dann vergessen. Gerade jetzt fiel er mir zufällig wieder in die Hände. Selbstverständlich muß er nun zurückgegeben werden.«

Frau Lore ahnte, daß Conny sich bisher von diesem Schuh nicht hatte trennen können. Denn es war ihr in diesen Tagen immer klarer geworden, daß ihr Sohn Heide Rodenau durchaus nicht gleichgültig gegenüberstand. So sagte sie anscheinend gleichmütig:

»Du hast recht, wir müssen den Schuh sofort wieder in das Witwenhaus schicken, die Komtesse wird ihn vielleicht schon vermißt haben.«

Er sah sie unsicher an.

»Meinst du nicht, Mutter, daß du dich einmal nach ihrem Befinden erkundigen müßtest? Sie nimmt doch bestimmt an, daß der Herr Verwalter dir ihren Unfall gemeldet hat.«

»Um Gottes willen! Die Gräfin Edelgarda soll mir wohl die Tür weisen?«

»So weit wird sie es nicht treiben. Und die Komtesse würde sich sehr über deinen Besuch freuen.«

Frau Lore hatte ihren Humor schon wiedergefunden. Forschend sah sie den Sohn an, sie merkte, wie unruhig er war. Sehr wohl ahnte sie, daß er sich um die Komtesse sorgte, daß er gern Nachricht von ihr haben wollte. Mit einem leichten Seufzer sagte sie:

»Morgen kommt Vater! Er würde mir sehr böse sein, wenn ich im Witwenhaus Besuch machte.«

Er nahm ihre Hand und sah sie bittend an.

»Du brauchst es Vater ja nicht zu sagen. Es ist doch nur, weil die Komtesse einen Unfall hatte. Es wäre unfreundlich, wenn du gar nicht nach ihr sehen würdest.«

Sie überlegte eine Weile. Dann sagte sie resolut:

»Also gut! Ich werde einfach den Schuh hinüberbringen und bei dieser Gelegenheit fragen, ob ich die Komtesse sprechen und mich nach ihrem Befinden erkundigen kann. Ich möchte ja selbst gern wissen, wie es ihr geht. Vielleicht habe ich Glück und die Gräfin Edelgarda ist nicht zu Hause. Na, und wenn sie zu Hause ist, dann wird sie ja als hochgeborene Gräfin wissen, daß man höflich sein muß. Also, ich gehe gleich hinüber, Conny. Aber – weißt du, Vater wollen wir es vorläufig lieber nicht sagen, daß ich diesen Besuch gemacht habe, ich weiß nicht, wie er es aufnehmen würde. Geheimnisse will ich selbstverständlich nicht vor ihm haben, aber ich muß erst mal eine gute Stunde abpassen.«

Conny drückte seiner Mutter einen herzhaften Kuß auf den Mund.

»Das ist sehr lieb von dir, Mutter.«

»Hm! Soll ich vielleicht einen Gruß von dem Herrn Verwalter bestellen?«

Er fuhr sich über die heiße Stirn.

»Wenn sie allein mit dir ist, Mutter, aber nur dann – und vergiß ja nicht, daß ich nur der Verwalter Conrad bin.«

»Das werde ich schon nicht vergessen.«

Frau Lore ging, um sich für den Besuch im Witwenhaus einen Mantel zu holen. Sie fragte ihren Sohn anscheinend ganz beiläufig:

»Sag mal, Conny, hast du eigentlich damals, als du mit Vater in Rodenau warst, ehe wir hier wohnten, die beiden Gräfinnen schon einmal gesehen?«

Befriedigt sah sie, wie er errötete.

»Ich – ach – das heißt, nein, die Gräfin habe ich damals nicht gesehen, sie empfing uns ja nicht, nur die Komtesse, die sah ich zufällig im Park, ganz flüchtig.«

Die kluge Frau Lore wußte nun genug. Das verlegene Gestammel ihres Sohnes sprach Bände für sie. Also, er hatte die Komtesse schon damals gesehen und kein Wort darüber verloren. Aber – er hatte dann die Gerechtsame ausgeklügelt, hatte es nicht zulassen wollen, daß die beiden Gräfinnen Rodenau verließen.

Mein lieber Junge, nun sehe ich in dich hinein, als wärest du aus Glas, dachte sie, ein bißchen gerührt über sein Bestreben, völlig gelassen auszusehen.

Sie ließ sich aber nichts anmerken, nahm das Päckchen mit dem Schuh und fragte nur:

»Reitest du vor Tisch noch aus?«

»Nein, Mutter, ich habe noch mit den Büchern zu tun und bin in meinem Arbeitszimmer, wenn du heimkommst.«

»Gut, ich komme dann zu dir und berichte. Du wirst ja ebenfalls gespannt sein, zu hören, wie man mich empfangen hat.«

Er gab ihr einen Kuß und zupfte ein wenig an dem Spitzenjäckchen, das sie trug.

»Bin ich schön genug?« fragte sie lachend.

Er nickte. »Kannst dich schon sehen lassen!« scherzte er etwas unsicher.

X

Auf dem Weg durch den Park hing Frau Lore ihren Gedanken nach. Der Junge! Nun schickte er sie in das Witwenhaus, um zu erfahren, wie es der Komtesse ging. Ihr war aber nicht viel anders zumute, als wenn er sie in die Höhle des Löwen geschickt hätte. Je näher sie dem Witwenhaus kam, desto zögernder wurde ihr Schritt. Aber schließlich, als sie es schon liegen sah, nahm sie allen Mut zusammen und ging schnell darauf zu.

Trina klopfte vor dem Haus die Wintersachen ihrer Damen aus und hielt erstaunt inne, als sie Frau Dalheim erblickte.

»Sind Ihre Damen zu Hause?« fragte Frau Lore.

»Die gnädigste Gräfin und die gnädigste Komtesse befinden sich zu Hause, doch ich weiß nicht, ob sie Besuch empfangen.«

»Dann melden Sie mich bitte, ich möchte mich nach dem Befinden der Komtesse erkundigen.«

Trina ließ den Klopfer fallen und strich sich über die Schürze. Sie wußte nicht, ob sie es wagen durfte, Frau Neureich einzulassen, wußte aber auch, daß es ungehörig sein würde, die neue Herrin von Rodenau im Flur warten zu lassen. Mit einem unschlüssigen Blick sah sie zu den Fenstern des Wohnzimmers, schließlich sagte sie entschlossen:

»Bitte, wollen Sie eintreten, ich werde Sie melden.«

Frau Lore nickte kurz.

Trina führte sie nun zunächst in das kleine Vorzimmer, das gleich rechter Hand im Flur lag, und eilte dann wie auf der Flucht davon. Sie begab sich in das Wohnzimmer und meldete der Gräfin, was Frau Dalheim ihr aufgetragen hatte. Heides Augen leuchteten auf. Sie lag noch auf dem Diwan.

»Bitten Sie Frau Dalheim hierher, Trina, weil ich nicht gehen kann.«

Die Gräfin hob abwehrend die Hand.

»Halt, Trina! Das ist mir zu familiär. Ich werde hinübergehen.«

»Aber ich möchte Frau Dalheim ebenfalls sehen, Mama«, sagte Heide bittend. »Du hörst ja, sie will sich nach meinem Befinden erkundigen, und da ich ihr nicht entgegengehen kann, ist es doch entschuldbar, wenn ich sie ins Wohnzimmer bitte.«

Ihre Mutter zuckte die Achseln.

»Tu, was du willst! Ich werde sie jedenfalls nur kurz begrüßen und mich dann in mein Zimmer zurückziehen. Verabschiede diese Frau aber möglichst bald, Adelheidis!«

Mit diesen Worten rauschte die Gräfin Edelgarda hinaus.

Frau Lore war bereits wieder ganz ruhig. Als die Gräfin in das Zimmer trat, sah sie freimütig in deren Gesicht. Welch ein schönes Gesicht, aber von welcher Kälte und Starre! Arme kleine Komtesse! dachte sie.

Die Gräfin überragte Frau Lore um Haupteslänge, so daß diese zu ihr emporsehen mußte.

»Frau Dalheim?« fragte die Gräfin herablassend.

»Das ist mein Name, Frau Gräfin«, sagte Frau Lore ruhig. Durch ihren Humor war sie Herr der Situation.

»Darf ich fragen, was Sie zu uns führt?« fragte die Gräfin stolz, mit einer königlichen Handbewegung Frau Lore einen Platz anbietend, während sie sich steif und kerzengerade in einem Sessel niederließ.

Frau Lore dachte bewundernd, wie vornehm diese Frau aussah und wie großartig sie sich bewegte.

»Ich habe durch unseren Verwalter von dem Unfall der Komtesse gehört und wollte mich nach ihrem Befinden erkundigen. Außerdem wollte ich ihr den Schuh zurückbringen, den der Verwalter eingesteckt hatte, als er der Komtesse behilflich war. Es würde mich freuen, wenn ich die Komtesse begrüßen dürfte, da ich ihre Bekanntschaft bereits gemacht habe.«

Die Gräfin war starr vor Staunen, daß diese Frau Neureich sich ganz korrekt ausdrückte und durchaus keinen gewöhnlichen Eindruck machte. Im Gegenteil, sie sah recht gut aus, war tadellos gekleidet und benahm sich wie eine Dame.

»Ich werde Sie gleich zu meiner Tochter führen lassen, die sich nicht aus dem Wohnzimmer entfernen kann, da sie noch nicht aufstehen kann.«

Trina trat ein, und die Gräfin gab ihr den Auftrag: »Führen Sie Frau Dalheim zur Komtesse.«

Und sich steif an Frau Lore wendend, fuhr sie fort:

»Mich müssen Sie entschuldigen, ich habe zu tun.«

Darauf folgte eine stolze Verneigung, und die Gräfin Edelgarda entschwebte hocherhobenen Hauptes.

Frau Lore mußte in sich hineinlachen, als diese verschwunden war. Mehr hatte sie nicht von ihr erwartet.

Diese stolze königliche Haltung müßte ich mir als Schloßherrin einstudieren, dachte sie. Kränken konnte sie das Benehmen der Gräfin Edelgarda nicht, sie hatte keine Höflichkeitsform verletzt, und damit mußte sie zufrieden sein.

Frau Lore folgte Trina zum Wohnzimmer. Da saß Heide aufgerichtet auf dem Diwan und streckte ihr die Hände mit einem reizenden Lächeln entgegen.

»Liebe gnädige Frau, verzeihen Sie nur, daß ich Ihnen nicht entgegenkommen kann, aber mein dummer Fuß tut noch immer weh, wenn ich auftrete. Bitte, setzen Sie sich zu mir, ich freue mich ungemein, Sie wiederzusehen«, sagte sie herzlich.

Da hatte Frau Lore den steifen Empfang der Gräfin vergessen. Sie nahm neben Heides Lager Platz, während Trina mit einem mißbilligenden Blick hinausging, und faßte ihre Hand.

»Aber es geht doch hoffentlich besser, Komtesse?«

»Viel, viel besser. Dank der Hilfe von Herrn Conrad ist es nicht schlimmer geworden. Er hat mir den Fuß gleich eingerenkt – gottlob, daß er zufällig in der Nähe war.«

Über die »Zufälligkeit« dieser Begegnung hatte Frau Lore ihre eigenen Gedanken, seit sie wußte, daß Conny die Komtesse schon früher gesehen hatte.

»Hat er seine Sache gut gemacht?«

»Oh, er ist geschickt wie ein Arzt und hilfsbereit wie ein Kavalier. Ich bin ihm zu größtem Dank verpflichtet. Hat er Ihnen meinen Gruß ausgerichtet?«

»Gewiß! Und hier bringe ich Ihnen auch Ihren Schuh, den Herr Conrad eingesteckt und vergessen hatte. Er meinte, acht Tage würden Sie wohl noch liegen müssen. So lange hielt ich es aber nicht aus, nichts von Ihnen zu hören. Selbstverständlich wollte auch Herr Conrad gern wissen, wie es Ihnen geht. Er traute sich aber nicht, sich persönlich zu erkundigen. Ich kann ihm also sagen, daß es Ihnen besser geht?«

Mit Vergnügen sah Frau Lore, daß Heides Gesicht sich mit Röte überzogen hatte.

»Ja, bitte, sagen Sie ihm das!«

»Sie waren also mit seinem Verhalten zufrieden, Komtesse?«

»Es war tadellos, und ich bin erstaunt, daß er eine so vollendete Erziehung hat. Er hat den Eindruck eines Mannes von Welt auf mich gemacht. Die Verwalter hier im Umkreis sind ganz anders.«

Frau Lores mütterliches Herz nahm solche Worte freudig auf. »Ja, er ist ein sehr artiger junger Mann«, sagte sie lächelnd.

»Er hat mit Ihrem Herrn Sohn zusammen auf der Hochschule studiert, wie er mir sagte.«

Es zuckte leise um Frau Lores Mund.

»Ja, ich glaube, er ist der beste Freund meines Sohnes.«

Heide mußte daran denken, daß Herr Conrad nicht viel Rühmenswertes über den jungen Dalheim gesagt hatte, er hatte wohl seine Gründe dafür.

Die beiden Damen plauderten sehr herzlich zusammen. Heide wußte genau, daß ihre Mutter an ihrem Verhalten wieder allerlei würde auszusetzen haben, aber darauf konnte und wollte sie jetzt keine Rücksicht nehmen. Sie war so froh, mit dieser lieben, mütterlichen Frau sprechen zu können, die ihr so viel echte Teilnahme zeigte.

»Sie haben jetzt wahrscheinlich sehr viel Langeweile, Komtesse, da Sie nicht ausgehen können?« fragte Frau Lore.

Heide zeigte lächelnd auf ein neben ihrem Lager stehendes Tischchen, auf dem ihre Arbeit lag.

»Langeweile verspüre ich keineswegs. Sie sehen, da liegt meine Arbeit, bei der vergeht mir die Zeit wie im Flug. Es ist das einzig Gute an meinem kleinen Unfall, daß er mich nicht an der Arbeit hindert.«

»Darf ich mir so ein Blatt einmal ansehen?« fragte Frau Lore.

Heide nickte lachend, und Frau Lore nahm eines der Manuskriptblätter und sah bewundernd darauf.

»Fabelhaft, was für eine schöne, klare Handschrift Sie haben. Und das übersetzen Sie aus einer fremden Sprache?«

Heide reichte ihr ein Buch.

»Das ist der Roman eines bekannten englischen Schriftstellers, den übersetze ich jetzt ins Deutsche.«

Frau Lore blätterte in dem Buch. »Mein Gott, muß das schwer sein!«

»O nein, liebe gnädige Frau!«

»Sie sollen mich doch einfach Frau Dalheim nennen.«

»Verzeihung, ich habe das vergessen, will es mir nun aber wirklich merken.«

»Mir will es aber gar nicht in den Kopf, daß Sie den ganzen Tag im Zimmer über dieser Arbeit sitzen.«

»Ich muß doch Geld verdienen. Aber – wenn ich das auch nicht so nötig hätte, möchte ich diese Arbeit doch nicht mehr vermissen. Ich wette, Sie arbeiten auch, ohne daß Sie es nötig haben.«

Frau Lore lachte. Das Herz wurde ihr immer wärmer, und sie hätte Heide am liebsten in ihre Arme geschlossen und gestreichelt.

»Sie haben schon recht, wenn ich mich wohl fühlen soll, muß ich etwas zu tun haben. Aber so schwere Kopfarbeit wie Sie habe ich gottlob nicht zu verrichten.«

»Sie merken es nur nicht, wenn Sie Ihrem großen Haushalt vorstehen, daß dabei auch der Kopf arbeiten muß. Weil Sie das alles können, erscheint es Ihnen nicht schwer.«

»Nun ja, ein bißchen nachdenken muß man bei jeder Arbeit.«

Sie plauderten weiter wie sehr gute Freunde, und Frau Lore mußte wieder denken: Wenn Vater sie so sähe und all ihre lieben klugen Worte hören könnte, würde er wohl sehr schnell klein beigeben. Und mein Conny – na, der Junge hat wahrhaftig einen sehr guten Geschmack.

Bald aber erhob sich Frau Lore und sagte mit einem lieben Lächeln:

»Jetzt muß ich aber gehen, Ihre Frau Mutter findet sicherlich, daß ich schon viel zu lange geblieben bin.«

Heide sah ein wenig unsicher zu ihr auf.

»Mama war sehr erfreut, daß Sie uns besucht haben.«

Da strich Frau Lore mütterlich zärtlich über Heides Wange.

»Es war gar nicht so schlimm, wie ich es mir vorgestellt hatte. Gern bin ich nämlich nicht gekommen, aber – der Herr Verwalter bat mich dringend, mich einmal nach Ihnen umzusehen, selbstverständlich nur wegen des Schuhes.«

Da schoß das Blut wieder in Heides Gesicht, zu Frau Lores inniger Freude.

»Ich danke Ihnen jedenfalls herzlich, daß Sie gekommen sind. Morgen will ich einen Gehversuch machen, und nächste Woche werde ich hoffentlich wieder laufen können. Die Bewegung in frischer Luft fehlt mir nämlich sehr.«

»Das kann ich Ihnen nachfühlen. Vielleicht treffen wir wieder einmal zusammen. Sie werden doch auch in Zukunft immer zwischen zehn und elf Ihre Spaziergänge machen?«

»Ja, Frau Dalheim, und ich würde mich sehr freuen, Ihnen zuweilen zu begegnen. Sie sind eine so gütige, charmante Frau, und – Sie haben so liebe, gute Augen, daß einem ganz warm ums Herz wird.«

»Sie machen mich ganz verlegen, Komtesse Heide! Darf ich Sie so nennen?«

»Wenn Sie die Komtesse nicht fortlassen wollen, gern.«

»Also dann auf baldiges Wiedersehen, Komtesse Heide, ich wünsche Ihnen von Herzen gute Besserung. Gern würde ich

Sie bitten, mich zuweilen im Schloß zu besuchen, aber – ich weiß nicht, ob es Ihnen nicht weh tun würde, alles, was Ihnen lieb war, so verändert zu finden. Und dann – ich mag Sie nicht in Verlegenheit bringen, Ihrer Frau Mutter wegen, die das doch nicht gern sehen würde. Wir können ja auch im Wald miteinander reden.«

»Ja, Frau Dalheim, und ich freue mich schon auf unsere nächste Begegnung. Vielleicht sehe ich Sie ab und zu hier vorübergehen, dann werde ich Ihren Spuren folgen, wenn Sie erlauben.«

»Ganz gewiß, Komtesse Heide.«

»Danke, Frau Dalheim. Und bitte, sagen Sie Herrn Conrad, daß ich, sobald ich wieder auf den Beinen bin, auf das Vorwerk hinüberkomme, um ihm noch einmal für seine Hilfe zu danken.«

»Das will ich gern ausrichten. Auf baldiges Wiedersehn, Komtesse Heide!«

»Auf Wiedersehn, Frau Dalheim!«

Heide nahm, als sie allein war, den Schuh aus dem Seidenpapier und sah ihn so aufmerksam an, als müsse er ihr etwas verraten. Aber dann trat ihre Mutter ins Zimmer.

»Ist diese Frau Dalheim endlich verschwunden, Adelheidis?«

»Ja, Mama!«

»Unglaublich, fast eine halbe Stunde war sie hier! Was für ein Benehmen diese Leute haben!«

»Ich bat sie, länger zu bleiben«, verteidigte Heide Frau Lore.

Anklagend erhob Gräfin Edelgarda die Augen zum Himmel.

»Du batest sie, zu bleiben? Adelheidis, ich wundere mich bei dir schon über gar nichts mehr! Sie muß doch gemerkt haben, daß wir keine Kontakte mit den neuen Schloßbesitzern wünschen.«

»Mit diesem Besuch wollte Frau Dalheim sich einfach erkundigen, wie es mir geht.«

»Nun ja, ich werde meine Vorkehrungen auf alle Fälle treffen«, sagte die Gräfin großartig und klingelte. Als Trina darauf erschien, sagte sie:

»Für diese Frau Dalheim sind wir in Zukunft nicht zu sprechen, Trina, merke dir das!«

Heide zuckte zusammen, und als Trina sich mit einer Verbeugung zurückgezogen hatte, sagte sie vorwurfsvoll:

»War das nötig, Mama? Mußtest du Frau Dalheim vor unserer Dienerin bloßstellen?«

»Ich will keine Gemeinschaft mit diesen Leuten, die sich in Schloß Rodenau breitmachen!« stieß die Gräfin heftig hervor.

Da griff Heide seufzend nach ihrer Arbeit. Es hatte keinen Zweck, der Mutter ihr Unrecht klarmachen zu wollen, es würde ja doch vergeblich sein.

XI

Frau Lore ging geradenwegs in das Arbeitszimmer ihres Sohnes, als sie aus dem Witwenhäuschen zurückgekehrt war.

Sie berichtete ihm ausführlich, wie ihr Besuch verlaufen war. Das hochmütige Benehmen der Gräfin schwächte sie etwas ab und scherzte ein wenig darüber. Aber von Heide sprach sie in den höchsten Tönen der Anerkennung. Sie verschwieg ihm kein Wort, das Heide über ihn gesagt hatte. Und so ganz nebenher flocht sie ein, daß Heide sich gewissermaßen mit ihr verabredet habe.

»Zwischen zehn und elf wird sie immer ihren Waldspaziergang machen, und da werden wir schon zuweilen zusammentreffen. Ins Schloß kann sie nicht kommen, ihrer Mutter wegen, und ich – na, freiwillig gehe ich nicht wieder in das Witwenhaus. Die Gräfin Edelgarda ist mir zu vornehm, das halte ich nicht noch einmal aus, ohne mir den Mund zu verbrennen. Und es wäre mir schon wegen Komtesse Heide leid, wenn ich mit ihrer Mutter zusammengeraten würde.«

Conny umarmte und küßte seine Mutter.

»Fein hast du das gemacht, Mütterchen, und die Gräfin sollte sich ruhig an dir ein Beispiel nehmen, was den guten Ton betrifft.«

»Das müßte sie hören, Conny! Aber wenn ich einen arglosen Besucher in meinem Hause so empfangen sollte, wie sie mich empfangen hat, dann würde ich mich schämen. Aber eine königliche Erscheinung ist sie schon – und wie sie sich bewegt – fabelhaft! Nur gehören solche königlichen Bewegungen nicht in das kleine Witwenhaus. Weißt du, Conny, sie hat ganz bestimmt viel besser in dies große Schloß gepaßt als deine kleine, schlichte Mutter. Und ich wäre in ihrem kleinen Haus viel besser am Platze und auch viel zufriedener als sie.«

Conny küßte seine Mutter noch einmal und war sehr froh, daß Heide vormittags zwischen zehn und elf Uhr immer im Wald sein würde, sobald sie erst wieder laufen konnte.

Friedrich Dalheim erfuhr vorläufig nichts über den Besuch seiner Frau im Witwenhaus, er wußte nur um ihre Begegnung mit Heide am Waldquell und erfuhr auch am nächsten Tag, daß Conny der Komtesse bei einem Unfall im Wald hatte behilflich sein können.

Frau Lore schwärmte ihm immer wieder vor von der Schönheit und Lieblichkeit der Komtesse. Schließlich hob Friedrich Dalheim abwehrend die Hände und sagte halb lachend, halb ärgerlich: »Nun mach mal 'nen Punkt, Lore! Daß die Komtesse ein schönes Mädchen ist, bezweifle ich nicht, denn ihre hochmütige Mutter ist heute noch eine schöne Frau, wie ich selbst festgestellt habe. Und schöne Menschen haben es bei dir sowieso immer leicht. Deshalb bleibt die Komtesse doch eine hochgeborene Zierpuppe, und wenn sie sagt, daß es ihr leid tut, daß ihre Mutter mich Herr Neureich genannt hat, so wollte sie sich damit wohl nur herausreden. Sie wird mich wahrscheinlich auch so nennen, wenn niemand es hört. Selbstverständlich hat sie nicht den Mut, dir das ins Gesicht zu sagen.«

Frau Lore war außer sich.

»Aber nein, Fritz, aber nein! Du kennst sie eben nicht, wie ich sie kenne. Und frage nur Conny, der hat sie doch nun auch kennengelernt.«

Conny hatte unruhig zugehört und war froh, daß die Mutter ihn jetzt zum Reden aufforderte.

»Mutter hat recht, Vater, die Komtesse ist ein ganz schlichtes, natürliches und liebenswertes Menschenkind.«

»Dann kann sie aber mit ihrer Mutter gar nichts gemein haben.«

»Hat sie auch nicht, Fritz. Du mußt sie nur erst kennenlernen, dann wirst du sie ebenso entzückend finden wie ich.«

Ärgerlich wehrte Fritz Dalheim ab.

»Ich danke aber sehr entschieden dafür, ihre Bekanntschaft zu machen! Und nun laßt uns endlich von anderen Dingen reden, die beiden Gräfinnen sind nun mal kein erfreulicher Gesprächsstoff für mich.«

Damit war dieses Thema erledigt. Aber Frau Lore gab die Schlacht noch nicht verloren. Sie wußte nun, daß Conny sein Herz an Heide verloren hatte, und diese stand dem »Herrn Verwalter« ganz bestimmt ebenfalls nicht gleichgültig gegenüber. Das genügte Frau Lore, um mit aller Energie daran festzuhalten, daß aus Conny und der reizenden Komtesse ein Paar würde. Für ihren Conny war ihr keine Gräfin zu vornehm, für ihn war Frau Lore nicht so bescheiden wie in bezug auf ihre eigene Person. Heide hatte nun schon einen festen Platz in ihrem Herzen, die brachte nichts wieder heraus.

Es war am Ende der nächsten Woche, als Conny eines Morgens die Ställe auf dem Vorwerk inspiziert hatte und über den großen Hof ging. Da erblickte er plötzlich am Hoftor, das sich langsam öffnete, Heide, die mit einem scheuen Lächeln zu ihm herübergrüßte. Ihm war zumute, als höre sein Herz auf zu schlagen. Schnell eilte er zu ihr hinüber.

»Komtesse, Sie haben den weiten Weg schon heute zurückgelegt?« fragte er besorgt.

Sie reichte ihm lächelnd die Hand, die er behutsam in die seine nahm. Seine Augen strahlten sie glücklich an.

»Herr Conrad, einmal mußte ich mich doch wieder herauswagen, es ist ganz gut gegangen. Dank Ihrer Behandlung ist mein Fuß wieder in Ordnung. Ich wollte Ihnen doch noch einmal von Herzen für Ihre Hilfe danken.«

Er ließ seine Augen nicht von ihrem Gesicht.

»Bitte, machen Sie doch kein Aufhebens von einer Selbstverständlichkeit, gnädigste Komtesse.«

»Um Gottes willen, warum nun gar gnädigste Komtesse, es ist doch mit der Komtesse schon mehr als genug.«

»Dann darf es aber Trina nicht hören. Sie hat mir Anstandsunterricht gegeben. Ich weiß nun ganz genau Bescheid und kann Unwissenheit nicht mehr als Entschuldigungsgrund anführen.«

»Trina ist nicht recht gescheit! Sie werden doch nicht auf solchen Unsinn hören?«

»Ich habe versprechen müssen, keinen Formfehler mehr zu machen, wenn ich mit ihren Gräfinnen rede.«

»Ich kann es mir ungefähr vorstellen. – Gut, wenn Trina uns hören kann, dann lassen Sie alle Titel auf mich niederprasseln; und sollten Sie mit meiner Mutter zusammentreffen, dann können Sie sich an Trinas Lektion erinnern, aber mich verschonen Sie bitte damit.«

»Also darf ich bei der Komtesse bleiben?«

»Das genügt vollkommen, Sie wissen doch, wie ich darüber denke.«

»Aber es ist unerhört von mir, daß ich Sie mit Ihrem schonungsbedürftigen Fuß so lange stehen lasse. Wollen Sie mit mir ums Haus herumgehen? Im Schatten der Bäume stehen Bänke, und da können Sie Rast halten.«

»Ich bin nicht abgeneigt, mich ein wenig auszuruhen, und, wenn ich es haben kann, ein Glas Milch zu trinken.«

Conny gab einer Magd, die gerade aus dem Haus kam, den Auftrag, ein Glas Milch zu bringen. Heide nahm auf einer der Bänke Platz, und er blieb vor ihr stehen.

»Wollen Sie nicht auch Platz nehmen, Herr Verwalter? Sie sind doch sicherlich ebenfalls müde.«

Er ließ seine Augen nicht von ihr.

»Ich bin froh, ein wenig stehen zu können, denn ich habe stundenlang auf dem Pferd gesessen.«

Die Magd brachte die Milch und stellte sie neben Heide auf die Bank. Nun unterhielten sie sich wie gute Freunde. Er sprach klug und interessant.

Im Gespräch sagte Heide mit strahlendem Gesicht: »Ach, fast hätte ich vergessen, Ihnen davon zu erzählen: Es ist etwas Wunderschönes geschehen. Mein Verlag in Berlin hat freiwillig mein Honorar auf das Doppelte erhöht. Ist das nicht märchenhaft?«

Er mußte eine Verlegenheit niederzwingen, sagte dann aber völlig ruhig: »Das war höchste Zeit! Es war unerhört, wie Sie ausgenutzt wurden. Auch das Doppelte ist noch viel zu wenig. Frau Dalheim hat mir gesagt, nicht für eine Million könnte sie so etwas vollbringen.«

»Frau Dalheim stellt sich das viel schwerer vor, als es ist. Am Anfang war es freilich nicht ganz leicht, da bekam auch ich zuweilen zu hören, daß der Stil nicht flüssig genug sei. Aber jetzt geht es sehr gut, man ist mit mir zufrieden, und die Arbeit macht mir Freude.«

»Wirklich?«

»Ganz gewiß!«

»Aber Sie würden gewiß gern auf diese Arbeit verzichten, wenn Sie das Geld nicht so nötig brauchten?«

»Ich würde nur sehr ungern darauf verzichten. Ich habe diese Arbeit lieb gewonnen, und sie macht mich frei, das ist das Beste daran. Selbst wenn ich sehr reich wäre, auf dieses selbstverdiente Geld würde ich nicht verzichten.«

Er war glücklich, daß er ihr einen Teil ihrer Sorgen hatte abnehmen können. Die Liebe zu ihr erfüllte immer mehr sein ganzes Sein.

Jedes Wort, das sie mit ihm wechselte, erschloß ihm einen neuen Reiz an ihr.

»Es freut mich für Sie, daß dem so ist. Herr Dalheim pflegt zu sagen: Nur dann kann uns die Arbeit Lebensfreude geben, wenn wir sie liebhaben.«

Nachdenklich sah sie zu ihm auf. »Ich höre immer nur Gutes von Herrn Dalheim, er scheint doch ein sehr wertvoller Mensch zu sein.«

»Ja, das ist er unbedingt«, sagte Conny warm.

»Sein Sohn ist ihm wohl nicht ähnlich?«

Er wurde verlegen. »Sein Sohn? Ach, ich schätze ihn lange nicht so hoch ein wie seinen Vater.«

Ein forschender Blick lag in ihren Augen.

»Und dabei sagte doch Frau Dalheim, Sie seien der beste Freund ihres Sohnes. Wissen Sie, daß mir das zu denken gibt? Sie haben entschieden etwas Abfälliges im Ton, wenn Sie von dem jungen Dalheim sprechen. Das ist für mich das einzige, was ich an Ihnen nicht verstehen kann.«

Wieder stieg ihm die Röte in die Stirn, und er schob seine Reitmütze zurück, als sei ihm zu heiß.

»Wollen Sie mir eine Bitte erfüllen, Komtesse?«

»Gern, wenn es in meiner Macht steht.«

»Also bitte, vermeiden Sie es, mit mir über den jungen Dalheim zu sprechen. Ich bin in diesem Punkte aus bestimmten Gründen etwas befangen. Sie müssen nicht denken, daß ich abfällig über ihn urteile, daß ich Veranlassung dazu hätte. Absolut nicht, er ist ein Ehrenmann, und – wenn es einer ehrlich mit ihm meint, bin ich es. Wenn ich nicht gern über ihn spreche, hat das andere Gründe, jedoch keine, die Sie an meiner guten Ansicht über ihn zweifeln lassen dürfen.«

»Verzeihen Sie, meine Frage war vielleicht taktlos, aber – es störte mir Ihr Bild.«

»Aber nun stört Sie hoffentlich nichts mehr, es würde mir sehr leid tun, Komtesse.«

Sie lächelte, halb verlegen.

»Nein, nein, es stört mich nichts mehr, ich habe mich wohl nur falsch ausgedrückt. Es macht mich nur nachdenklich, weil Sie sonst in allen Dingen so klar und positiv sind und immer nur etwas unsicher waren, wenn wir von dem jungen Herrn Dalheim sprachen. So – nun habe ich meine Milch ausgetrunken und will mich auf den Heimweg machen.«

»Darf ich Sie begleiten, Komtesse? Ich wollte nämlich gerade nach Rodenau zurückkehren.«

»Sie wohnen im Schloß?« fragte sie.

»Das Verwalterhaus war so im argen, daß ich es erst reparieren lassen mußte, und nun ist es Herrn Dalheim lieber, wenn ich im Schloß wohne, weil er so bequemer mit mir konferieren kann, wenn er am Wochenende in Rodenau ist. Es ist ihm überhaupt lieber, wenn Frau Dalheim einen männlichen Schutz hat, solange er nicht anwesend ist.«

»Das ist verständlich.«

»Also gestatten Sie mir, daß ich Sie begleite?«

»Ich werde Sie aber nur aufhalten, Sie reiten viel schneller, als ich gehen kann«, sagte sie, um ihm nicht einzugestehen, wie gern sie in seiner Gesellschaft den Heimweg zurücklegen würde.

»Vielleicht nehmen Sie wieder auf dem Rücken meines Pferdes Platz, damit Sie Ihren Fuß noch nicht zu sehr anstrengen.«

»O nein, ich will laufen, der Fuß muß sich wieder an seine Arbeit gewöhnen.«

Er ließ sein Pferd vorführen, und sie trat heran und klopfte ihm den Hals. »Ein schönes, edles Tier! Herr Dalheim hat Ihnen ein sehr kostbares Reitpferd zur Verfügung gestellt.«

»Er weiß, daß ich es gut behandle. Wir wollen später auch eine Pferdezucht anlegen und dafür edle Tiere anschaffen.«

»Das war schon immer der Wunsch meines Vaters, ein Gestüt zu besitzen, aber er wußte, daß es für ihn ein unerfüllbarer war«, sagte sie leise, und wie immer lag Trauer in ihren Augen, wenn sie von ihrem Vater sprach.

Er führte das Pferd am Zügel und ging neben ihr her. Der Weg führte größtenteils durch den Wald. Eine Weile waren sie beide still. Dann fragte Heide, um das Schweigen zu beenden und ein harmloses Thema aufzugreifen:

»Sie sagten mir, daß Sie nach Beendigung Ihres Studiums auf Reisen im Ausland waren. Welche Länder haben Sie besucht?«

Das war nun wieder kritisch für Conny. Er mußte vorsichtig sein.

»Ich war in Frankreich und Spanien«, sagte er, die letzten Länder nehmend, von den Sundainseln erwähnte er lieber nichts.

»Oh, waren Sie auch in Paris?« fragte sie interessiert.

»Ja, gewiß!«

»Ist es wirklich so schön dort, wie man immer hört?«

»Es ist eine Großstadt mit viel Kultur und Tradition. Jedes Gebäude hat dort seine Geschichte. Ich war in Versailles, habe den Louvre durchstreift, tagelang, und bin den Spuren der französischen Könige gefolgt, von Heinrich II. an bis zu Louis XVI. Auch für den großen Napoleon interessierte ich mich. Für die französische Geschichte ist Paris eine Fundgrube. Aber ich werde weitschweifig.«

»Nein, o nein, Sie sprechen gut, erzählen ganz anders, als man sonst über Paris zu hören bekommt.«

»Die meisten Menschen, die nach Paris gehen, sehen in dieser Stadt nur einen Ort rauschender Vergnügungen. Die wenigsten interessieren sich für die Geschichte und die alten Kulturen.«

»Wie seltsam, daß Sie als Landwirt so viel Interesse für Geschichte haben, und gerade für französische Geschichte.«

»Nicht nur für die französische, ich interessiere mich überhaupt für Geschichte. Auch ein Landwirt braucht geistige Interessen, wenn er nicht stumpfsinnig werden will. Man muß in jedem Beruf etwas haben, das ablenkt und auffrischt.«

»Und sind Sie mit Freude Landwirt geworden?«

»Ja, es war mein Wunsch von Kind auf. Ich stamme aus einer alten Bauernfamilie.«

»Oh, den Eindruck machen Sie gar nicht, höchstens durch das Kraftvolle Ihrer Erscheinung. Jedenfalls habe ich noch keinen Verwalter kennengelernt, der über ein so umfassendes Wissen und über eine so tadellose gesellschaftliche Bildung verfügt.«

Sie sah ihn nachdenklich an.

»Wissen Sie, daß im selben Sinn wie Sie jetzt einmal mein Vater zu mir gesprochen hat. Auch er war ein Mann mit vielseitigen geistigen Interessen. Aber die Sorgen hatten ihn schließlich abgestumpft. Und das tat mir sehr weh. Besonders die Sorge, was aus uns würde, aus Mama und mir, bedrückte ihn, und es war jammervoll für mich, ihn so elend werden zu sehen, ohne helfen zu können.«

Ihre Augen waren feucht geworden. Mitleidig sah er sie an.

»Wenn er gewußt hätte, wie tapfer Sie sich in alles fügen, hätte er sich weniger zu sorgen brauchen. Und Ihre Frau Mutter wird sich auch noch in ihr Schicksal fügen lernen.«

Sie fuhr sich hastig mit ihrem Taschentuch über die Augen und schüttelte den Kopf.

»Nie wird sie das lernen. Sie verbittert immer mehr und klagt alle Welt an, sucht bei allen die Schuld, nur nicht bei sich selbst. Das sollte ich vielleicht nicht von meiner Mutter sagen, sie kann ja nichts dafür. Ihre Erziehung ist daran schuld.«

»Aber sie hat Sie doch erzogen. Wie kommt es, daß Sie so ganz anders geworden sind?«

»Ich bin nicht von Mama erzogen worden. Dazu hat sie immer zuviel mit sich selbst zu tun gehabt. In der Hauptsache hat mich mein Vater erzogen, soweit es nicht Erzieherinnen getan haben, die mein Vater aber streng überwachte. Ich bin ganz nach meinem Vater geraten. Er war so wenig stolz auf die Tradition, wie es Mama zu viel ist. Sehr oft sagte er zu mir: Stolz sein darf der Mensch nur auf das, was er sich selbst und dem Leben abringt, nicht auf den Zufall der Geburt. Einen einfachen Arbeiter, der tüchtig war, schätzte er höher ein als einen faulen Aristokraten, wenn dieser auch noch so hochgeboren war.«

»Und wie vertrugen sich diese Ansichten Ihres Vaters mit den völlig konträren Ihrer Frau Mutter?«

Heide strich sich über das Haar, es kam ihr nicht in den Sinn, wie seltsam es war, daß sie mit diesem Mann so vertrauensvoll über alles sprechen konnte. Ihr hatte es stets an einem Menschen gefehlt, außer ihrem Vater, mit dem sie ihre geheimsten Gedanken besprechen konnte.

»Mein Vater hat meine Mutter einmal sehr geliebt, sie muß sehr schön gewesen sein. Daß er ihr jeden Wunsch erfüllte, war vielleicht die eigentliche Ursache, daß er gänzlich verarmte. Er konnte ihr nichts versagen. Als er später empfand, daß sie ihm innerlich nichts zu geben hatte, wonach er verlangte, hat er sich diese Enttäuschung nicht anmerken lassen, sondern stets eine gutmütige Duldung ihrer Schwächen, eine verzeihende Überlegenheit an den Tag gelegt. Er gab aber weiter und weiter, bis er nichts mehr zu geben hatte, und – da begann Mama ihm Vorwürfe zu machen. Und weil ihr nichts anderes mehr blieb, klammerte sie sich nur noch fester an inhaltsleere Formeln. Jetzt, da sie ganz verarmt ist, tut sie es mehr denn je. Es ist, als müsse sie sich daran festhalten, um nicht zu versinken. Ihr Titel ist ja das einzige, was ihr geblieben ist, und sie will und kann nicht einsehen, daß er jeder Bedeutung entbehrt.«

Teilnahmsvoll sah er sie an.

»Das muß Ihnen das Leben oft recht schwer machen, da Sie so impulsiv und warmherzig sind.«

»Ich bin es nicht anders gewöhnt, als sozusagen immer im Kampf zu leben mit Mama. Sie ist für mich immer ein wenig eine Fremde geblieben. Das Mütterliche liegt ihr nicht. Gerade das hat mich so sehr zu Frau Dalheim hingezogen, daß ihr ganzes Wesen so viel Mütterlichkeit ausströmt. Aber bitte, verraten Sie es Frau Dalheim nicht. Als sie mich kürzlich besuchte, hätte ich mich am liebsten in ihre Arme geworfen und sie gebeten: Seien Sie ein bißchen gut zu mir!«

Ihre Augen waren bei diesen Worten wieder feucht geworden, und Conny mußte alle Kraft zusammennehmen, um ruhig zu bleiben. So hold und süß erschien sie ihm in ihrem Schmerz über die Einsamkeit ihres jungen Herzens.

Wenn ich das Mutter sage, dachte er, und ich werde es ihr nicht vorenthalten, dann weint sie vor Rührung, das weiß ich.

»Sie sind im Grunde beklagenswert, Komtesse«, sagte er.

Hastig wischte sie wieder über ihre Augen und zwang sich zum Lachen.

»Ich bin recht töricht! Manchmal habe ich sentimentale Anwandlungen. Dann nützt alle Tapferkeit nichts. Aber glauben Sie bitte nicht, daß ich eine Närrin bin. Ich bringe mich immer schnell wieder zur Vernunft und nehme die Dinge, wie sie sind, und nicht wie ich sie haben möchte. Es ist gefährlich, Mitleid mit sich selbst zu haben. Es hat manchmal schlimme Szenen gegeben bei uns, die ich zunächst nicht verstand, die mir erst später klar wurden. Mein Vater tat mir von Herzen leid, denn er war es, der am meisten darunter litt. Aber – mein Gott! – ich schwatze Ihnen da so viel vor, ich weiß nicht, wie ich dazu komme, Ihnen mein Herz auszuschütten. Unsere Bekanntschaft liegt so fernab von allem Konventionellen und Alltäglichen. Verzeihen Sie, daß ich Sie mit meinen kleinen Kümmernissen behellige. Aber es tut wohl, sich einmal alles von der Seele zu sprechen, und ich habe sonst keinen Menschen, der mir zuhören würde.«

Er sah sie mit einem Blick an, der sie unruhig machte.

»Wenn ich Ihnen nur sagen dürfte, wie sehr mich Ihr Vertrauen ehrt und beglückt, Komtesse. Bitte, entschuldigen Sie sich nicht, Sie machen mich reich durch Ihr Vertrauen. Sie können versichert sein, daß ich mich immer Ihres Vertrauens würdig zeigen werde. Frau Dalheim können Sie unbesorgt Ihr Herz erschließen. Bei ihr wird alles so gut aufgehoben sein wie bei mir.«

Ein verwirrtes Lächeln spielte um ihren Mund. »Wir wollen lieber von anderen Dingen reden. Erzählen Sie mir noch ein wenig von Ihren Reisen oder von den Verbesserungen, die Sie auf Rodenau vornehmen werden – oder – von Frau Dalheim – alles, was Sie wollen und was mich hindert, von mir zu reden. Es muß Sie doch langweilen.«

»Das glauben Sie wohl selbst nicht«, erwiderte er, half ihr aber über ihre Verlegenheit hinweg und sprach über alles mit ihr, was ihm gerade durch den Kopf ging. Sie spürte, daß er ihr nicht gleichgültig gegenüberstand, und wurde sich auch bewußt, daß sie ihm ein wärmeres Gefühl entgegenbrachte als allen anderen Menschen.

Nicht einen Moment kam ihr der Gedanke, daß zwischen dem Verwalter Corad und der Komtesse Rodenau eine Kluft bestehen könne. Sie hatte innerlich so ganz mit der Vergangenheit abgeschlossen, fühlte sich so ganz als die schlichte Heide Rodenau, die für Geld arbeiten mußte.

Im schönsten Einverständnis miteinander legten sie den Weg zurück, bis sie sich an der Parkmauer mit einem innigen Händedruck verabschiedeten.

XII

Sie trafen in der kommenden Zeit sehr oft »ganz zufällig« zusammen. Conny lag, sooft es ihm seine Zeit erlaubte, gegen zehn Uhr, wenn Heide ihren Spaziergang antrat, auf der Lauer, und zwar immer dann, wenn er wußte, daß seine Mutter durch irgend etwas an ihrem Spaziergang verhindert war.

Frau Lore und Heide trafen sich oft, und sie gestanden sich beide, daß sie sich auf diese Begegnungen, die sie absichtlich herbeiführten, sehr freuten. Die beiden kamen sich dabei innerlich immer näher. Heide lernte schnell, Frau Lore all ihre kleinen Leiden und Freuden anzuvertrauen, und hatte immer ein warmes, wohliges Gefühl, wenn sie sich von ihr so gut verstanden fühlte.

Eines Tages, als sie wieder mit Conny zusammentraf, fragte er sie: »Warum besuchen Sie eigentlich niemals Frau Dalheim – sie würde sich sehr darüber freuen.«

Heide schüttelte den Kopf.

»Das geht nicht!«

»Weil Sie mit so ungebildeten Leuten nicht verkehren möchten«, stieß er etwas verbittert hervor.

»Frau Dalheim ist eine durchaus gebildete Frau«, entgegnete Heide, »und vor allem hat sie großen Herzenstakt. Es ist nicht recht von Ihnen, Dalheims als ungebildete Leute zu bezeichnen. Herrn Dalheim kenne ich nicht, seinen Sohn ebenfalls nicht. Aber alles, was ich von ihnen hörte, schließt aus, daß sie ungebildet sind. Frau Dalheim ist es ganz bestimmt nicht. Sie macht keinen Hehl daraus, daß sie dies und das noch lernen muß. Aber das finde ich sehr liebenswert. Sie machen mich traurig, wenn Sie sagen, sie sei ungebildet.«

»Sie haben mich mißverstanden. Ich halte Dalheim bestimmt nicht für ungebildet, aber ich glaubte, Sie würden das tun, weil Sie sich weigerten, Frau Dalheim zu besuchen.«

»Wie Sie mir nur so etwas zutrauen können? Daß ich Frau

Dalheim nicht besuche, hat andere Gründe. Unsere bescheidenen Verhältnisse verbieten uns einen Kontakt mit so reichen Leuten. Und – ich allein kann doch Frau Dalheim keinen Besuch machen. Mama würde mich aber nicht begleiten, weil sie viel zu verbittert ist und sich noch immer nicht damit abfinden kann, daß Rodenau nicht mehr uns gehört. So muß ich mich damit begnügen, Frau Dalheim hie und da im Wald zu begegnen, was immer ein Gewinn für mich ist.«

»Frau Dalheim ist vielleicht betrübt, daß Sie nie zu ihr kommen.«

Flehend sah sie zu ihm auf. »Ich bitte Sie herzlich, machen Sie ihr doch klar, daß ich nicht kommen darf. Sie soll nicht betrübt darüber sein! Sie hat mich sicherlich auch gar nicht erwartet. Nur Sie können mich, wie es scheint, nicht verstehen, obwohl Sie das doch sonst immer tun.«

Er durfte ihr doch nicht sagen, daß er zuweilen solche kleinen Angriffe auf sie unternahm, um zu hören, wie lieb sic scine Mutter hatte.

»Beruhigen Sie sich nur, Komtesse, ich verstehe Sie auch jetzt, wie immer, es war nur ein kleines Mißverständnis! Ich werde Frau Dalheim alles erklären. Am besten wird es sein, ich sage ihr die Wahrheit, daß Ihre Frau Mutter Ihnen nicht gestattet, im Schloß einen Besuch zu machen.«

»Nun ja, ganz offen, es ist so. Aber ich möchte nicht, daß Frau Dalheim das erfährt, es könnte sie kränken, und das würde mir sehr leid tun.«

»Es würde sie viel mehr kränken, wenn Sie aus eignem Antrieb nicht zu ihr kommen würden.«

»Nun, dann sagen Sie ihr die Wahrheit!«

»Sie dürfen ganz unbesorgt sein, ich werde Frau Dalheim alles berichten, dann können Sie sich in Ruhe mit ihr darüber aussprechen, wenn Sie wieder mit ihr zusammentreffen. Sie wird um so mehr Verständnis für Ihre Lage haben, weil sie sich ja in einer ähnlichen befindet.«

Heide sah ihn fragend an.

»In einer ähnlichen Lage wie ich? Wie soll ich das verstehen?«

»Ja, sie hatte auch nicht die Erlaubnis, den Besuch im Witwenhaus zu machen. Herr Dalheim weiß bis heute noch nicht, daß sie dort war.«

»Herr Dalheim ist dagegen?«

»Ebenso wie Ihre Frau Mutter, er will keinen Kontakt mit dem Witwenhaus.«

»Ich kann es ihm ja nicht verdenken. Er hat schließlich einen gewichtigen Grund, auf den Umgang mit uns zu verzichten. Und obwohl Sie das wußten, redeten Sie mir zu, Frau Dalheim zu besuchen?«

»Sie können ja zu einer Zeit kommen, wenn er nicht da ist.«

»Hinter seinem Rücken soll ich mich in sein Haus einschleichen?«

»Um so lieber würde Sie doch Frau Dalheim empfangen und – falls Herr Dalheim Gelegenheit hätte, Sie kennenzulernen, würde er von Ihnen nicht weniger entzückt sein als seine Frau. Ich wünschte sehr, Sie begegneten ihm einmal zufällig, ganz egal wo.«

»Das will ich lieber nicht riskieren, Herr Conrad. Ich habe kein Verlangen nach einer Bekanntschaft mit Herrn Dalheim, ich fürchte mich davor. Mir genügt es, daß Frau Dalheim mich kennt und mir ein wenig gut ist.«

Conny sagte nur leise: »Wenn ich nur hoffen darf, daß auch auf mich ein wenig von Ihrem Interesse fällt.«

Da wurde sie glühend rot. »Davon wollen wir nicht reden!«

»Verzeihen Sie mir, Komtesse, ich hatte einen Moment vergessen, daß ich ein armer Verwalter bin und Sie eine Dame der Aristokratie.«

Da blieb sie plötzlich stehen und funkelte ihn zornig an.

»Das war aber nicht nett von Ihnen, Herr Verwalter! Habe ich Ihnen jemals Veranlassung gegeben, mich für dumm und hochmütig zu halten?«

Er hätte sie an sich reißen mögen, so glücklich machte ihn ihr Zorn.

»Nicht zornig werden, Komtesse, Sie sind bestimmt weder dumm noch hochmütig, aber ich habe Ihnen gegenüber Minderwertigkeitskomplexe. Zwischen Ihnen und mir besteht eben doch ein himmelhoher Unterschied.«

Sie wagte nicht, ihn anzusehen, als sie mit leise bebender Stimme sagte: »Für mich gibt es keinen Unterschied zwischen uns beiden. Sie sind ein hochgebildeter Mann und stehen bestimmt auf derselben Stufe wie ich, die arme Heide Rodenau, die sich ihr Brot verdienen muß wie Sie auch. Heutzutage gibt es, gottlob, solche durch die Geburt bedingten Klassenunterschiede nicht mehr.«

»Für dieses ›gottlob‹ danke ich Ihnen von Herzen, Komtesse. Aber – gesetzt den Fall, der abhängige Verwalter Conrad würde sich erlauben, um die Hand der Komtesse Rodenau anzuhalten – weil er sie so sehr liebte, daß er dies Wagnis unternähme, was würde dann die Komtesse Rodenau antworten?«

Sie war erst rot geworden, wurde aber nun ganz blaß. Mit großen ernsten Augen sah sie zu ihm auf. Und – sie fühlte, daß sie diesen Mann liebte und daß sie, wie auch alles lag, ihm jauchzend um den Hals fallen würde, um ihm zu sagen: Ich liebe dich, und ich sage von Herzen ja. Aber diese Regung ging schnell vorbei. Sie zwang sich zur Ruhe und sagte mit leicht bebender Stimme:

»Ich würde sagen: Mein lieber Herr Conrad, Sie sind arm, und die Komtesse Rodenau ist noch viel ärmer als Sie, deshalb kann es nicht sein, und solche Dinge kommen nur in Märchen vor.«

Er faßte wieder ihre Hand, und seine Augen sahen in die ihren.

»Es gäbe kein anderes Hindernis als unsere Armut?« fragte er heiser vor Erregung.

»Sie fragen zuviel, Herr Verwalter. Ich kann Ihnen auf diese

Frage nicht antworten, weil ich dann nie mehr mit Ihnen plaudern dürfte und weil wir nie mehr zusammentreffen könnten.«

»Und – würde Ihnen das leid tun?« forschte er leidenschaftlich erregt.

Sie zögerte eine Weile, dann nickte sie. »Ja, sehr leid. Nun wollen wir von anderen Dingen reden.«

»Muß das sein, Heide?«

Sie strich sich über die Stirn, und in ihren Augen schimmerte es feucht.

»Ja, es muß sein, sonst – sonst müßte ich nämlich allein weitergehen und hätte niemand mehr, mit dem ich meine Gedanken austauschen könnte, und das würde mich sehr traurig machen.«

Da zwang er in sich nieder, was ihn mit jubelnder Freude erfüllte. Er wußte und fühlte nun, daß sie ihn liebte, wie er sie liebte. Kein Standesunterschied würde sie von ihm trennen, gleichviel, ob er der schlichte Verwalter Conrad oder der Sohn des ehemaligen Schlossergesellen war. Nur die Sorge, daß ihre beiderseitige Armut eine Verbindung unmöglich machte, hielt sie zurück. Alle Bedenken hätte er leicht beseitigen können, wenn er schon mit seinem Vater im reinen gewesen wäre. Ehe das nicht der Fall war, durfte er nicht offen um sie werben. Aber nun, da er wußte, daß sie ihn liebte, wollte er sehr bald mit seinem Vater reden. Die Mutter, das wußte er, würde er auf seiner Seite haben. Das war ihm ein Trost. Sich zur Ruhe zwingend, sagte er tief bewegt:

»Ich werde nichts tun und nichts sagen, was Sie nicht sehen und hören wollen oder was Ihre Ruhe stören könnte. Aber ich darf Ihnen doch sagen, daß dies trotz allem die glücklichste Stunde meines Lebens ist und daß ich Ihnen von ganzem Herzen dafür danke. Ich will auf keinen Fall riskieren, daß Sie mir davonlaufen und nie mehr mit mir sprechen. Aber das will und muß ich Ihnen noch sagen: Ich hoffe, daß eines Tages zwischen dem armen Verwalter und der jungen Gräfin von etwas die

Rede sein darf, was jetzt noch verschwiegen werden muß. Und jedes Märchen endet mit den Worten: Und sie lebten glücklich und froh noch hundert Jahre.«

»Aber nur die Märchen, Herr Conrad. Man muß nicht die Sterne vom Himmel herabholen wollen.«

»Ich wäre jetzt in der Stimmung, das zu tun.«

Da mußte sie ein wenig lachen. »So hoch hinauf reichen Sie mit Ihren Armen nicht, auch wenn Sie sich noch so hoch rekken. Aber sehen Sie nur, der Wald beginnt schon sich herbstlich zu färben. Bald werden die Blätter fallen, und dann wird es mit unseren Spaziergängen ein Ende haben.«

Er wußte, daß er auf diese Ablenkung eingehen mußte, um sie nicht noch mehr zu beunruhigen.

»Sie werden doch auch im Winter Spaziergänge machen«, sagte er.

»Im Winter vielleicht, aber im Herbst, bei Sturm und Regen, da wird nicht viel daraus werden.«

»Das werden dann schlimme Tage für mich«, sagte er seufzend. »Aber ich hoffe wenigstens, daß wir uns an schönen klaren Frosttagen begegnen werden. Sonst wird es sehr einsam für mich sein. Frau Dalheim zieht ja im Winter in ihre Villa im Grunewald.«

»Wird sie den ganzen Winter über nicht nach Rodenau kommen?«

»Wahrscheinlich nicht. Herr Dalheim wartet schon sehnlichst darauf, daß seine Frau zu ihm kommt.«

»Kommt Herr Dalheim im Winter nicht einmal nach Rodenau?«

»Nur sehr selten. Wenn ich etwas mit ihm zu besprechen habe, fahre ich nach Berlin.«

»Das wird Ihnen willkommen sein, dann haben Sie einige Abwechslung.«

»Danach verlangt mich jetzt gar nicht«, sagte er bedeutungsvoll.

Wieder wurde sie rot. Dann fragte sie ablenkend: »Wann wird denn der junge Dalheim von seiner Reise zurückkehren?«

»Das ist noch nicht bestimmt.«

»Wird er dann in Rodenau leben?«

»Ja, das ist geplant. Er wird selbstverständlich im Winter seine Eltern manchmal in Berlin besuchen. Aber doch immer nur kurz.«

»Dann haben Sie an ihm Gesellschaft.«

»Er wird wohl heiraten.«

»So, besteht dazu schon Aussicht?«

»Ja, er liebt eine junge Dame, so daß er sich ein Leben ohne sie nicht mehr denken kann.«

»Und – liebt sie ihn wieder? Ich sollte zwar nicht mit Ihnen über den jungen Dalheim sprechen, aber dieses Thema ist so interessant.«

Mit einem sehnsüchtigen Blick sah er sie von der Seite an.

»Er hofft es sehr, und wie alle Liebenden glaubt er auch daran. Aber es sind noch Hindernisse zu überwinden. Sein Vater und ihre Mutter sind noch nicht für diese Heirat gewonnen.«

Heide seufzte ahnungslos. »Da denkt man immer, daß es zwischen reichen Leuten solche Kümmernisse gar nicht geben kann. Oder ist die junge Dame nicht reich wie der junge Herr Dalheim?«

»Nein, sie ist arm, aber darin liegt nicht das eigentliche Hindernis. Jedenfalls wünsche ich von Herzen, daß alle Hindernisse bald überwunden sein möchten.«

»Aber da begreife ich nicht, daß er so lange auf Reisen bleibt. Das wird die junge Dame bestimmt nicht freuen.«

»Er hat wohl seine Gründe dafür.«

Sie merkte, daß er von dem Thema ablenken wollte, und so plauderten sie über andere Dinge.

Bald gelangten sie zur Parkmauer und mußten sich verabschieden. Ihre Hände umschlossen sich mit festem Druck, und sie sahen sich noch einmal in die Augen mit ernsten Blicken.

Heide verstand nicht die Kunst des Kokettierens, ehrlich und ohne Falsch verhielt sie sich ihm gegenüber. Sie war sich bewußt, daß sie ihm heute ihre Liebe verraten hatte, wußte aber auch, daß ihrer Liebe nie Erfüllung beschieden werden würde, weil sie beide arm waren. Aber diese Hoffnungslosigkeit konnte sie doch nicht veranlassen, ihm zu verbergen, was sie für ihn fühlte. Deshalb sah sie ihn an, daß es ihn bis ins Herz traf und er alle Kraft nötig hatte, sich in der Gewalt zu behalten. Sosehr es ihn auch lockte, sie in seine Arme zu schließen, er wußte, daß er es nicht tun durfte. Erst mußten alle Hindernisse aus dem Weg geräumt sein.

So schieden sie mit einem letzten, festen Händedruck.

Als Heide dann langsam zum Witwenhaus hinüberging, rechnete sie sich aus, daß ja auch sie monatlich vierhundert Mark verdiente, das könnte sie doch auch als seine Frau tun. Und dann reichte vielleicht doch, was sie beide zusammen verdienten, zu einem bescheidenen Leben aus. Aber als ihr Herz schon hoffnungsfroh klopfen wollte, mußte sie an ihre Mutter denken. Die mußte auch versorgt werden. Und was würde sie sagen, wenn sie erfuhr, daß ihre Tochter einen einfachen Verwalter heiraten wollte? Das würde ja Szenen ohne Ende geben. Es ging nicht, sie konnte ihm nicht ihre Lasten aufbürden. Das würde ihn lähmen, ihn in seinem Fortkommen hindern.

Seufzend gab sie die leise aufgekeimte Hoffnung wieder auf. Und als ihr Herz trotzdem sehnsuchtsvoll nach ihm rief, fiel ihr plötzlich ein, daß sie noch nicht einmal seinen Vornamen wußte. Ob sie ihn einmal danach fragen sollte? Selbstverständlich nur ganz beiläufig.

Aber wie liebte sie ihn! So mit aller Inbrunst ihres Herzens, so mit aller Kraft und Innigkeit ihres Empfindens, daß es sie fast überwältigte. Und niemand konnte ihr dieses Gefühl aus dem Herzen reißen. Jeden Tag durfte sie sich darauf freuen, ihn wiederzusehen.

XIII

Als Heide das Witwenhaus betrat, kam ihr in dem schmalen Flur Trina mit besorgtem Gesicht entgegen.

»Gut, daß gnädigste Komtesse endlich heimkommen, die gnädigste Gräfin befinden sich nicht wohl.«

Heide erschrak. Wie alle Armen hatte sie doppelte Angst vor Krankheiten, weil Doktor und Apotheke viel Geld kosteten.

Heide ging schnell in das Schlafzimmer ihrer Mutter.

»Wie geht es dir, Mama?«

»Nicht gut, Adelheidis, ich habe plötzlich einen scheußlichen Schüttelfrost bekommen. Besonders gut war mir schon einige Tage nicht, aber ich habe nicht darauf geachtet. Heute ist mir aber so elend zumute wie eigentlich noch nie in meinem Leben.«

Heide strich ihr über die Stirn, die sich heiß und trocken anfühlte.

»Arme Mama! Ich will gleich einmal das Fieber messen.«

»Das hat Trina schon getan, es ist nicht hoch, aber mir ist sehr elend.«

»Wir wollen doch noch einmal messen, Mama, Trina ist ein wenig unbeholfen mit dem Fieberthermometer.«

Sie legte der Mutter das Thermometer ein.

»Darf ich das Fenster öffnen, Mama, es ist so warm und sonnig draußen.«

»Nein, nein, laß es zu, mir ist so kalt, ich friere. Meine Füße sind eiskalt.«

Heide erschrak, als sie dann das Thermometer ablas. Das Fieber war gestiegen. Sie heuchelte jedoch Ruhe.

»Ein wenig ist es noch gestiegen, Mama. Wir wollen aber auf alle Fälle den Arzt rufen.«

»Oh, Adelheidis, das kostet wieder Geld«, sagte die Gräfin, sich vor Frost schüttelnd.

Es war wohl das erstemal, daß Heide es erlebte, daß ihre

Mutter sich einer Geldausgabe wegen Sorgen machte. Das berührte sie seltsam.

»Danach fragen wir jetzt nicht, Mama, der Arzt muß kommen. Geld spielt jetzt keine Rolle. Die Hauptsache ist, daß du schnell wieder gesund wirst. Wir dürfen nicht leichtsinnig sein, da du in den letzten Jahren immer ein wenig mit dem Herzen zu tun hattest. Ich schicke Trina gleich zum Schloß hinüber und lasse bitten, daß man nach dem Arzt telefoniert. Ich will gleich einige Zeilen an Frau Dalheim schreiben.«

Heide ging an ihren Arbeitstisch und schrieb:

Liebe, verehrte Frau Dalheim!

Leider ist meine Mutter plötzlich erkrankt und hat ziemlich hohes Fieber. Würden Sie die Güte haben, sofort dem Arzt zu telefonieren, er möge so schnell wie möglich zu uns kommen. Ich danke Ihnen vielmals und begrüße Sie herzlich als Ihre ergebene

Heide Rodenau

»Geh schnell ins Schloß hinüber, Trina, und übergib diesen Brief Frau Dalheim. Sollte sie nicht da sein, so ist vielleicht der Verwalter Conrad anzutreffen, den kannst du bitten, er möchte den Arzt anrufen. Geh schnell, gute Trina, ich bin in großer Sorge um Mama.«

Trina vergaß vor Schrecken zu revoltieren und ließ in ihrer Angst sogar jede Anrede weg.

»Ja, ja, ich gehe schon, um Gottes willen, die Frau Gräfin wird doch nicht ernstlich krank werden?«

»Ich fürchte, sie ist es schon, Trina.«

Trina kam ziemlich atemlos im Schloß an und fragte einen Diener, ob Frau Dalheim anwesend sei. Sie habe einen Brief abzugeben. Ehe der Diener antworten konnte, stand Conny plötzlich neben ihm, er hatte Trina kommen sehen.

»Was ist das für ein Brief, Trina?« fragte er.

Trina beeilte sich zu berichten, daß ihre Gräfin plötzlich erkrankt sei und daß die Komtesse bitten lasse, den Arzt telefonisch herbeizurufen.

Conny gab dem Diener einen Wink, mit dem Brief zu verschwinden und ihn sofort Frau Dalheim zu überbringen.

»Melden Sie der gnädigen Frau, daß ich selbst nach dem Arzt telefoniere und daß ich mir nachher erlauben werde, sie aufzusuchen, da ich verschiedenes mit ihr zu besprechen habe.«

Als Trina gehen wollte, rief er sie noch einmal zurück.

»Warten Sie einen Moment, ich werde Ihnen gleich Bescheid geben, ob der Arzt unverzüglich kommen kann. Nehmen Sie inzwischen hier in der Halle Platz.«

Trina setzte sich, und trotz ihres Kummers sah sie sich mit großen Augen in der vornehm eingerichteten Halle um.

Sie wußte sehr wohl, daß das lauter echte Teppiche waren, die auf dem Steinfußboden lagen. Und die schweren Eichenmöbel und Sessel, die in der Kaminecke standen, waren ebenfalls sehr wertvoll. Sie seufzte ein wenig. So schön und vornehm hatte die Halle nie ausgesehen, solange ihre Gräfin hier gewohnt hatte.

Conny kam schnell zurück und trug ihr auf, zu Hause zu melden, daß der Arzt sofort aufgebrochen sei. Trina nickte und ging davon.

Conny suchte nun seine Mutter auf. Diese stand mitten im Wohnzimmer, Heides offenen Brief in der Hand haltend.

»Hast du nach dem Arzt telefoniert, Conny?«

»Ja, Mutter, er ist bereits unterwegs.«

»Hoffentlich wird die Gräfin nicht ernstlich krank, die arme kleine Heide würde sonst eine schlimme Zeit vor sich haben.«

Er setzte sich zu ihr und starrte vor sich hin. Seine Mutter sah ihn forschend an.

»Was ist denn mit dir, Conny, du siehst ja aus, als hättest du etwas auf dem Herzen?«

Ein leichtes Lächeln huschte um seinen Mund.

»Ja, Mutter, etwas auf dem Herzen und etwas im Herzen.«

Sie stutzte und sagte dann in ihrer robusten Art:

»Na, dann heraus damit, Conny!«

Er beugte sich vor, nahm ihre Hand und drückte diese an seine Wange.

»Da komme ich nun zu dir, Mutter, wie ein kleiner Hosenmatz, der etwas angestellt hat. Ich möchte beichten.«

Sie strich ihm leise über die Stirn.

»Eine Beichte also? Nun, erleichtere dein Herz, bei deiner Mutter ist alles gut aufgehoben.«

»Du darfst aber Vater vorläufig nichts davon sagen. Versprich es mir.«

»Nur, wenn ich es ihm nicht für ewige Zeiten verheimlichen muß, will ich dir das versprechen.«

»Also, Mutter – ich habe mein Herz verloren.«

Sie zuckte mit keiner Wimper, kannte sie doch ihren Conny so gut, daß sie schon geahnt hatte, was er zu beichten haben würde. Sie drückte fest und innig seine Hand.

»Nun, Conny, du hast ja schon dreißig Jahre hinter dir, also ist es nicht zu früh dafür. Und daß du eine gute Wahl getroffen hast, das weiß ich gewiß.«

»Die beste, allerbeste, Mutter, und darum ohne lange Umschweife: Ich liebe Heide Rodenau.«

»So? Die Komtesse Adelheidis Rodenau?«

»Ja, Mutter.«

Sie verbarg das Lächeln, das über ihr Gesicht huschen wollte.

»Ist das nicht ein bißchen kühn, Conny?«

»Ich bin nie sehr zaghaft gewesen, Mutter.«

»Also eine so vornehme junge Dame hat mein Junge sich erkoren?«

»Ja, Mutter, just so vornehm mußte sie sein. Der Bauernsproß hat eine Vorliebe für so vornehme Frauen. Gar nicht vornehm genug konnte sie mir sein. Und gar nicht lieb und süß und goldig genug. Etwas so Zartes, Feines und Vornehmes hat sich mein dummes Herz ausgesucht. Was sagst du dazu, Mutter?«

»Daß du dir die Rechte ausgewählt hast, ein Mädchen ganz nach meinem Herzen. Auch ich will eine so vornehme Schwiegertochter haben. Aber, mein Junge, ob vornehm oder nicht, die Rechte muß es sein, und da bin ich ruhig, du hast schon die Rechte erwählt. Doch ich habe eine andere schwere Sorge.«

»Der Vater?«

»Nicht einmal so sehr der Vater. An den denke ich vorläufig noch gar nicht. Aber was wird dieses süße, liebe junge Mädchen dazu sagen?«

»Die nimmt sogar den armen Verwalter, Mutter, laß dir mal erzählen, was ich heute von ihr erfahren habe.«

Und er erzählte ihr, welche verblümte Frage er Heide vorgelegt und was sie darauf geantwortet hatte.

»Siehst du, Mutter, und dabei hat sie mich angesehen, daß ich mir im klaren war. Sie liebt mich und hat nur Angst, daß sie mir mit sich und ihrer Mutter eine zu schwere Last aufbürdet. Aber das ist Nebensache: Sie liebt mich, wie ich sie liebe, obwohl ich in ihren Augen nur der arme Verwalter bin. Und – sie muß meine Frau werden!«

Die letzten Worte kamen mit einem tiefen, schweren Atemzug. Frau Lore nahm seinen Kopf in ihre Hände und küßte ihn herzhaft.

»Und mein guter Junge glaubt nun, daß er seiner Mutter etwas ganz Neues erzählt hat?«

Fragend sah er sie an.

»Du hast es gewußt?«

»Daß es bei dir und bei ihr brennt, lichterloh, ja, das weiß ich längst. Wozu wäre ich sonst montags, mittwochs und sonnabends vormittags zu Hause geblieben? Und ich weiß auch, daß du nur ihretwegen die ganze Komödie mit dem Verwalter Conrad aufgeführt hast. Du hast dein Herz an sie verloren, als du sie das erstemal im Park gesehen hast.«

»Mutter – kluge Mutter, wie hast du denn das erkennen können?«

»Mütter sind hellhörig und scharfäugig, wenn es um das Glück ihrer Kinder geht. Und wahrhaftig, ich kann es dir nicht verdenken, daß du dein Herz an sie verloren hast. Sie wird eine Schwiegertochter nach meinem Herzen – und auch nach deines Vaters Herzen. Aber bis er das merkt, gibt es noch eine Menge Hindernisse aus dem Weg zu räumen. Wenn auch Heides Armut kein Hindernis ist, wie das Komteßchen meint. Das erste ist der Vater! Bei dem wird es Funken sprühen, Conny!«

»Wenn ich dich nur auf meiner Seite weiß.«

»Nimm das nicht so leicht, du weißt, Vater hat einen harten Kopf, wenn er glaubt, ihn aufsetzen zu müssen. Und das wird er in diesem Fall glauben.«

»So mußt du helfen, ihn zu überzeugen. Ohne Heide gibt es kein Glück für mich.«

»So lieb hast du sie?«

»Noch viel lieber, Mutter!«

»Aber Vater wird fest überzeugt sein, daß sie nicht imstande ist, dich glücklich zu machen. Was in meiner Macht steht, ihn zu überzeugen, werde ich auf jeden Fall tun. Aber wie bringen wir Vater alles erst einmal bei?«

»Ich will nicht länger damit hinter dem Berge halten, Mutter, jetzt, da ich über Heide im klaren bin. Vater hat es verdient, daß ich ehrlich und offen zu ihm komme. Und dann mußt du mir beistehen, auf dich hört er ja am meisten.«

»Einen harten Kampf wird es trotzdem geben, und da ist noch ein anderes Hindernis – die Gräfin Edelgarda!«

»Wenn ich Vater nur überzeugen kann, daß Heide mein Lebensglück bedeutet, mit ihrer Mutter will ich schon fertig werden. Vater ist das wichtigste.«

»Und wann willst du es ihm sagen? Schon, wenn er am Sonnabend kommt?«

»Nein, Mutter, erst soll die Gräfin wieder gesund sein. Solange ihre Mutter krank ist, will ich Heide nicht beunruhigen. Ehe ich mit Vater nicht im klaren bin, werde ich das letzte, entscheidende Wort nicht sprechen. Heide braucht vorher weder zu wissen, daß ich der junge Dalheim bin, noch, daß ich mit meinem Vater um sie zu kämpfen habe. Ich möchte ihr alle Unruhe ersparen, Mutter, das kannst du verstehen.«

»Wenn du mit Vater sprichst, dann mach dich zunächst auf ein striktes Nein gefaßt. Du darfst aber nicht aufbrausen, sondern mußt ruhig und bestimmt bleiben. Und ich werde von Vater verlangen, daß er Heide erst einmal kennenlernt, ehe er auf seinem Nein beharrt. Und kennt er sie erst, ist mir nicht mehr bange; dann wird er seinen Widerstand schnell aufgeben, zumal wenn ich ihm sage, daß mir keine Schwiegertochter so lieb sein kann wie sie. Irgendeinen Vorwand finden wir schon, Heide mit Vater zusammenzubringen, ohne daß sie ahnt, um was es geht. Das wird sich schon einrichten lassen, Conny, nur versprich mir, ruhig und beherrscht zu bleiben, selbst wenn Vater heftig wird und in seiner Heftigkeit ein Wort zuviel sagt.«

»Das verspreche ich dir, Mutter. Ich weiß doch, daß Vater bei allem nur mein Wohl im Auge hat.«

»Vater wird schließlich klein beigeben, wenn er sie nur erst kennt, deswegen sei unbesorgt. Er hat schließlich mehr Menschenkenntnis als wir beide zusammen.«

Conny ging wieder an seine Arbeit. Das Herz war ihm leicht, denn er war überzeugt, daß Heide seines Vaters Widerstand besiegen würde.

XIV

Der Arzt hatte bei Gräfin Edelgarda eine Lungenentzündung festgestellt, und für Heide kamen schwere, sorgenreiche Tage. Sie wich nicht vom Lager ihrer Mutter. Trina löste sie nur ab, wenn sie einige Stunden schlafen mußte. Frau Lore schickte täglich zweimal den Diener, um sich nach dem Befinden der Gräfin zu erkundigen, und sandte auch Blumen aus dem Gewächshaus. Die Gräfin lag im Fieber und war die meiste Zeit so apathisch, daß sie für nichts Interesse hatte. Heide mußte gerade eine Arbeit für ihren Verleger fertigstellen, die sie zu einem bestimmten Termin versprochen hatte. So saß sie am Bett der Mutter, wenn diese sie nicht beanspruchte, und arbeitete. Sie konnte es sich nicht leisten, die Arbeit liegenzulassen, gerade jetzt nicht, da sie doppelt nötig Geld brauchte. So kam sie nicht zu ihren Spaziergängen.

Der Arzt kam jeden Tag, und wenn er die Patientin untersucht hatte, war er nicht so zufrieden, wie er es Heide gern glauben machen wollte. Conny hatte ihn gebeten, seine Mutter über den Zustand der Gräfin auf dem laufenden zu halten. Und Frau Lore gegenüber sprach der Arzt offen. Er fürchtete die Krise, denn das Herz der Gräfin war nie sehr gesund gewesen.

Conny war in dieser Zeit in großer Unruhe. Er sehnte sich über alle Maßen nach Heides Anblick und hätte sie gern getröstet.

Als sein Vater von Berlin kam und von der Erkrankung der Gräfin erfuhr, sagte er zu seiner Frau:

»Du schickst doch alle möglichen Stärkungsmittel hinüber, Lore? Wenn wir auch sonst nichts miteinander zu tun haben, Krankheit ist ein Ausnahmefall, und es wird im Witwenhaus an mancherlei fehlen.«

Conny und seine Mutter sahen sich bei diesen Worten verstohlen lächelnd an, und Frau Lore fiel ihrem Mann um den Hals und sagte:

»Da spricht wieder einmal dein gutes Herz, Fritz!«

Aber er wehrte fast verlegen ab: »Unsinn, Lore, was hat das mit meinem Herzen zu tun. Es ist doch selbstverständlich, daß man hilft, wo man kann.«

Frau Lore sagte nichts mehr, sie wußte, daß ihr Mann nicht gern seine Herzensregungen preisgab. Aber sie dachte, daß vielleicht die Krankheit der Gräfin hüben und drüben das Eis zum Schmelzen bringen würde. Sie ließ Heide sagen, wenn sie irgend etwas brauche, möge sie ganz über sie verfügen. Heide ließ ihr erwidern, das sei sehr lieb von ihr, aber sie möge nichts mehr herüberschicken, die Mutter könne vorläufig gar nichts zu sich nehmen. Aber sie werde sich gern an Frau Dalheim wenden, wenn sie irgendeiner Hilfe bedürfe.

Als Friedrich Dalheim am Montag wieder nach Berlin fuhr, stand es unvermindert schlecht mit der Gräfin. Das Fieber stieg, und die Patientin lag meist halb bewußtlos da.

Heide pflegte die Mutter mit großer Hingabe. Gerade weil sie ihr im Herzen manches schuldig bleiben mußte, nahm sie es sehr genau mit ihren Pflichten. Und jetzt, da die Mutter so hilflos war, erschien sie ihr weit liebenswerter als sonst.

So ging es weiter, bis die Krise kam. Eines Morgens fiel das Fieber plötzlich, und die Kranke hatte starke Untertemperatur. Heide atmete auf, sie glaubte, daß die Mutter nun gerettet sei. Aber es kam anders. Das schwache Herz der Gräfin konnte die Riesenarbeit durch den plötzlichen Fall der Temperatur nicht bewältigen. Sie lag völlig apathisch da. Heide wartete dringend auf den Arzt, da die Mutter so einen kraftlosen, elenden Eindruck machte. Aber ehe der Arzt kam, hatte das Herz der Gräfin schon aufgehört zu schlagen. Sie entschlief so still, daß Heide es gar nicht gleich merkte. Sie hörte nur einen leisen Seufzer und sah, daß die Mutter still lag. Sie rührte sich aber nicht, weil sie glaubte, die Mutter schliefe. Still saß sie neben ihr, ihre Hand in der ihren haltend. Und dann merkte sie mit einemmal, daß diese Hand so seltsam schwer und steif wurde.

Erschrocken beugte sie sich über die Mutter, und da befiel sie ein jähes Zittern. Die Augen der Mutter waren gebrochen, die Lider nur halb geschlossen, und das ehemals so schöne Gesicht hatte die ebenmäßigen klassischen Züge wieder angenommen. Reichsgräfin Edelgarda Rodenau, geborene Reichsgräfin Sondersheim, war gestorben.

Heide sank erschüttert an ihrem Lager in die Knie.

Nun riß es doch schmerzhaft an ihrem Herzen. Jetzt, da die Mutter ihr genommen war, fühlte sie erst, wie stark sie durch Blutsbande mit ihr verbunden gewesen war. Alles, was je trennend und fremd zwischen ihnen gestanden hatte, war vergessen. Da lag nur die tote Mutter, mit der sie durch die engsten Bande, die es gibt, verbunden gewesen war.

Trina fand nach einer Weile Heide ganz versunken in ihr Leid, als sie den Arzt anmeldete. Sie erschrak bis ins Herz hinein, als Heide sich mit bleichem, verstörtem Gesicht aufrichtete und stumm auf die tote Mutter deutete.

Der Arzt hatte seines Amtes gewaltet, hatte Heide und die alte Dienerin zu trösten versucht und übernahm es nun, drüben im Schloß das Ableben der Gräfin zu melden. Heide hatte ihn darum gebeten.

Sie saß noch untätig und wie aller Kraft beraubt am Totenlager, als ihr Frau Dalheim gemeldet wurde. Heide begrüßte sie in dem kleinen Empfangszimmer, und als Frau Lore teilnahmsvoll die Arme ausstreckte, lehnte sich Heide impulsiv an sie.

»Nun bin ich ganz allein. Ich danke Ihnen innig, daß Sie gekommen sind, liebe Frau Dalheim. Es ist so lieb von Ihnen.«

Frau Lore hielt die bebende Mädchengestalt fest in ihren Armen, sah sie doch schon ihre künftige Schwiegertochter in ihr.

»Das war doch selbstverständlich, mein armes Kind. Ich muß doch sehen, ob und wie ich Ihnen helfen kann. Hat Ihre Mutter viel leiden müssen?«

»Sie hatte große Schmerzen, wenn sie hustete, aber heute nacht wurde es besser, und ich glaubte schon, als das Fieber fiel, sie wäre gerettet, doch dann ist sie still verschieden. Ich hörte sie nur einmal leise seufzen und wußte nicht, daß dies ihr letzter Seufzer war. Oh, liebe Frau Dalheim, obwohl ich mit meiner Mutter nie sehr innig verbunden war, nun, da sie mir genommen ist, fühle ich doch, wie sehr wir zusammengehörten.« Heide weinte schmerzlich auf in Frau Dalheims Armen.

Frau Lore suchte sie zu beruhigen und zu trösten und fragte dann, wie ihr geholfen werden könne.

»Um die Beerdigung und all die andern formellen Dinge sollen Sie sich nicht kümmern müssen, Heide, ich schicke Ihnen den Verwalter, der sich Ihnen ergebenst empfehlen und Ihnen sein tiefstes Beileid aussprechen läßt. Er war gerade anwesend, als der Arzt uns die Trauerbotschaft überbrachte. Er bietet sich an, Ihnen alles abzunehmen, was ein anderer Mensch für Sie in diesem Fall tun kann.«

»Bitte, sagen Sie ihm, daß ich ihm danke und seine Hilfe gern annehme. Ich weiß ja nicht, was in solchen Fällen getan werden muß. Nur, daß Mama in unserer Familiengruft auf dem Dorffriedhof beigesetzt werden soll, an der Seite meines Vaters, das bitte ich zu veranlassen. Wollen Sie Mama sehen? Vielleicht löscht ihr Anblick allen Groll in Ihnen aus über das, was sie Ihnen und Ihrem Herrn Gemahl in ihrer Bitterkeit angetan hat.«

Frau Lore ging mit Heide hinüber in das Totenzimmer und sah mit ernsten Augen in das stolze, majestätische Gesicht der toten Reichsgräfin.

»Arme Frau«, sagte Frau Lore leise, von tiefem Mitleid erfüllt für diese Frau, die ihr Leben selbst so arm und einsam gemacht hatte, daß nicht einmal ihr eigenes Kind den Weg zu ihrem Herzen gefunden hatte.

»Ja, sie war sehr arm und bedauernswert! Nicht wahr, Sie werden ihr nicht mehr zürnen?«

»Nein, der Tod löscht alles aus. Ich habe ihr längst verziehen.«

Eine Stunde nachdem Frau Dalheim Heide verlassen hatte, erschien Conny im Witwenhaus. Heide reichte ihm mit feuchten Augen die Hand. Sie sahen sich mit ernsten Augen an, in denen ihre ganze Liebe lag.

Dann besprachen sie alles Nötige. Kein Wort wurde zwischen ihnen gewechselt, was nicht das Begräbnis der Gräfin betraf, aber Heide hatte ein beruhigendes Gefühl des Geborgenseins, solange er bei ihr war. Als er wieder gegangen war, fiel es ihr plötzlich schwer aufs Herz, daß sie ja nun, da ihre Mutter nicht mehr lebte, auch nicht mehr den Schein eines Rechts hatte, im Witwenhaus zu bleiben und die sonstigen Rechte zu genießen. Das alles war doch nur das Witwenrecht der Gräfinnen Rodenau gewesen und hatte sich nur mit auf die Kinder erstreckt, solange die Rodenauschen Witwen lebten. Sie durfte nun um keinen Preis mehr die Gnade Friedrich Dalheims annehmen, die sie der Mutter zuliebe angenommen hatte. Die Mutter war hilflos gewesen. Aber sie war jung und kräftig und konnte arbeiten und verdiente zum Glück auch genug, um draußen in der Welt auf eigenen Füßen stehen zu können.

Sie war sogar imstande, Trina noch etwas abzugeben, denn Trina mit hinaus in die Welt zu nehmen, wie sie wohl gern gemocht hätte, war ausgeschlossen. Vielleicht nahm aber Frau Dalheim diese in ihre Dienste. Doch weder Frau Dalheim noch Herr Conrad durften vorerst wissen, daß sie fortgehen wollte. Er würde sie nicht gehen lassen wollen, würde sie zu halten versuchen und sie bitten, seine Frau zu werden. Das durfte aber nicht sein, sie durfte sich nicht wie eine Last an ihn hängen. Was sollte er mit einer armen Frau, die nicht einmal einen einfachen Haushalt führen konnte? Nein, dieser Traum war ausgeträumt, sie mußte den Dingen jetzt klar ins Auge sehen, durfte nicht weich werden, durfte sich um Gottes willen nicht selbst bemitleiden.

Aber da schossen ihr schon die Tränen aus den Augen. Ihr

armes Herz zuckte in bitterer Qual bei dem Gedanken, daß sie Conrad nie mehr wiedersehen würde. Nicht mehr in seine guten, liebevollen Augen sehen, nicht mehr den Klang seiner warmen, weichen Stimme hören, nie mehr sich freuen dürfen auf eine Begegnung mit ihm?

Wie sollte sie das ertragen? Daß sie nie seine Frau werden konnte, würde sie vielleicht verwinden können, aber ganz aus seiner Nähe verschwinden – das war bitterer als der Tod.

Aber – da zuckte plötzlich ein Gedanke durch ihren Kopf. Wie, wenn sie Herrn Dalheim fragte, ob er ihr das Witwenhaus vermieten würde? Er brauchte es doch nicht, wie er selbst gesagt hatte. Es würde leer und unbenutzt dastehen. Vielleicht ließ er sich dazu bewegen – für etwa hundert Mark im Monat? Dann – ach lieber Gott! –, dann brauchte sie doch nicht fort von Rodenau, nicht hinaus in die kalte, fremde Welt, nicht fort von Frau Dalheim, der Gütigen, und – nicht fort von Herrn Conrad! Ach, wäre das herrlich, wenn Herr Dalheim darauf einginge! Sie wollte ja nichts geschenkt haben. Sie preßte die Handflächen zusammen und hob die Hände flehend empor.

»Hilf doch, lieber Vater im Himmel, hilf, daß ich nicht fort muß von Rodenau – von Frau Dalheim – und – von ihm – von ihm, lieber guter Vater im Himmel!«

Sie sann und überlegte, sooft sie in den nächsten Tagen eine ruhige Stunde hatte. Sobald die Mutter beigesetzt war, wollte sie mit Herrn Dalheim sprechen. Freitags sollte die Mutter beerdigt werden, am Sonnabend kam Herr Dalheim von Berlin nach Rodenau. Dann konnte sie schon am Sonntagvormittag ins Schloß hinübergehen und mit ihm sprechen. Vorher wollte sie keinem Menschen ihre Pläne anvertrauen. Ging Herr Dalheim nicht darauf ein, dann wollte sie ganz still aus dem Witwenhaus verschwinden und nach Berlin reisen. An Herrn Conrad wollte sie einige Zeilen schreiben, das hatte er verdient, und er sollte wenigstens wissen, wie schwer ihr das Fortgehen geworden war. Ja, das wollte sie ihm nicht verschweigen, er sollte wissen und fühlen, wie lieb sie ihn hatte, wenn sie das auch nicht aussprechen durfte, wenn ihre Liebe auch hoffnungslos war.

Wenn Heide so weit mit ihren Gedanken gekommen war, zitterte sie. Hatte sie doch ihr ganzes Herz an Conrad gehängt.

So schwankte sie in diesen Tagen hin und her zwischen Furcht und Hoffnung. Nie in ihrem Leben hatte sie so heiß gewünscht, daß sie in Rodenau bleiben dürfe, wie jetzt. Wenn sie auch keine Hoffnung hatte, daß ihrer Liebe Erfüllung werden könne, auch nicht im Falle ihres Bleibens, so wollte sie doch im tiefsten Herzen zufrieden sein, wenn sie in der Nähe des Geliebten bleiben durfte.

XV

Gräfin Edelgarda war in der Familiengruft der Rodenaus auf dem kleinen Dorfkirchhof beigesetzt worden. Von den benachbarten Gütern waren die Besitzer gekommen, um der Toten die letzte Ehre zu erweisen, wenn sie auch in den letzten Jahren kaum noch in Kontakt mit ihr gestanden hatten. Auch Conny und seine Mutter befanden sich unter den Trauergästen. Friedrich Dalheim war an diesem Tag in seinem Betrieb nicht abkömmlich gewesen, sonst hätte wohl auch er der Gräfin Edelgarda die letzte Ehre erwiesen.

Connys Augen ließen während der Feier nicht von der schlanken, schwarzgekleideten, an der Gruft stehenden Mädchengestalt, die ihm nie schöner und liebenswerter erschienen war als in dieser Stunde.

Heide weinte nicht. Ihr blasses Gesicht war ernst und gefaßt, und in würdevoller Haltung nahm sie die Kondolationen entgegen. So weit war sie doch ihrer stolzen Mutter Tochter, daß sie ihre Gefühle nicht vor fremden Augen zur Schau trug.

Auch Frau Dalheim und Conny sprach sie ihren Dank aus. Mit ihnen sprach sie auch nach der Feier noch einige Worte. Sie sagte ihnen, daß sie bis Montag eine Arbeit fertigmachen müsse.

Als Conny ihr teilnehmend die Hand reichte und ihr tief und ernst in die Augen sah, flog eine jähe Glut über ihr Gesicht. Sie sah ihn an mit einem Blick, den er nie vergessen konnte, denn er verriet ihm ihr ganzes Fühlen. Wenn er noch gezweifelt hätte, ob er von ihr geliebt wurde, dieser Blick hätte es ihm verraten müssen. Und das machte ihn sehr glücklich.

Mutter und Sohn begleiteten Heide bis zum Witwenhaus. Als sie allein waren, sagte Conny, die Hand seiner Mutter krampfhaft fassend:

»Morgen spreche ich mit Vater, ich will ein Recht haben, Heide in dieser schweren Zeit beizustehen.«

»So bedauerlich es auch ist, daß sie ihre Mutter verloren hat, so glaube ich doch, daß der Tod der Gräfin ein ernstes Hindernis zwischen euch fortgeräumt hat, und ich hoffe, Vater leichter zu einer Einwilligung zu bringen.«

Am nächsten Tag traf Friedrich Dalheim in Rodenau ein. Frau Lore hatte ihren Sohn gebeten, dabeisein zu dürfen, wenn er mit dem Vater über seine Heiratspläne sprach. Sie hoffte, vermittelnd eingreifen zu können, falls Vater und Sohn zu erregt wurden.

Conny berichtete dem Vater über die Beisetzung und daß er und die Mutter der Komtesse hilfreich beigestanden hätten.

»Das ist ja selbstverständlich!« entgegnete der Vater in seiner ruhigen, bestimmten Art.

»Um so selbstverständlicher, Vater, weil mir die Komtesse sehr sympathisch ist.«

Der Vater hob den Kopf, stellte die Tasse, die er eben zum Munde führen wollte, langsam wieder hin und sah den Sohn scharf an.

»Was soll das heißen, Conny?«

»Es soll heißen, Vater, daß ich die Komtesse von ganzem Herzen liebe und dich herzlich bitte, mir deine Einwilligung zu geben, sie zu meiner Frau zu machen.«

Eine Weile verharrte der alte Herr ganz regungslos, keine Miene in seinem Gesicht zuckte. Dieser Mann hatte sich gänzlich in der Gewalt. Endlich sagte er hart:

»Diese Einwilligung wirst du nicht erhalten.«

»Warum nicht, Vater?« fragte Conny, sich zur Ruhe zwingend.

»Weil ich keine Zierpuppe für den Salon als Schwiegertochter haben will, die mein schwerverdientes Geld leichtsinnig zum Fenster hinauswirft, weil mein Sohn nicht als lästige oder zumindest nebensächliche Zugabe zu Rodenau geheiratet werden soll. Diese verarmte Gräfin hat es sich wohl sehr schön gedacht, auf diese Weise Herrin von Rodenau zu werden. Aber da hat sie sich verrechnet.«

»Dieser Verdacht von dir ist absurd, Vater, sie weiß ja gar nicht, daß ich dein Sohn bin. Du vergißt, daß ich hier nur als der Verwalter Conrad bekannt bin. Und ich will dir gleich sagen, daß ich nur ihretwegen diese Komödie gespielt habe. Ich liebe sie schon, seit ich sie, ohne daß sie es wußte, das erstemal gesehen habe. Um meiner selbst willen wollte ich von ihr geliebt werden, wollte ihr unbefangen gegenübertreten können, nicht als dein Sohn, sondern als der arme Verwalter Conrad.«

»Glaubst du wirklich, daß sie keine Ahnung hat, wer du bist? Bist du wirklich so töricht, daß du dir von einer raffinierten Männerfängerin Sand in die Augen streuen läßt?«

Conny war zusammengezuckt.

»Vater, von niemandem außer von dir würde ich das hinnehmen. Du kennst sie nicht, sonst würdest du sie nicht durch einen so niederträchtigen Verdacht beleidigen.«

»Es ist immer so, wer verliebt ist, verliert den klaren Blick. Das könnte mir passen, die allergnädigste Komtesse als Schwiegertochter im Hause! Nein, nein, mein Junge, ich verweigere dir die Zustimmung zu deinem eigenen Besten!«

»Du kannst mir deine Zustimmung verweigern, Vater – aber dann muß ich Komtesse Heide ohne deine Zustimmung zu meiner Frau machen, denn eine Verbindung mit ihr bedeutet für mich mein ganzes Lebensglück.«

Das Gesicht des alten Herrn rötete sich bedenklich.

»So – also ohne meine Zustimmung willst du sie heiraten? Nun, dann werde ich dich auf der Stelle enterben.«

Frau Lore wollte angstvoll dazwischenfahren, aber ihr Mann wehrte heftig ab.

»Misch dich nicht ein, Lore, das habe ich mit Conny allein abzumachen!«

Conny hatte sich erhoben und stand hochaufgerichtet vor seinem Vater.

Fest und ruhig sah er ihn an.

»Das hättest du nicht sagen sollen, Vater! Nichts wird mich hindern, Heide Rodenau zu heiraten, am wenigsten deine Drohung, mich zu enterben. Ich bin Manns genug, für mich und meine Frau den Unterhalt zu verdienen, wenn wir dann auch nur eine bescheidene Existenz haben werden. Heide Rodenau wird auch in beschränkten Verhältnissen mit mir glücklich sein«, sagte er bestimmt.

»Wenn du glaubst, sie würde mit einem Idyll in einer Hütte zufrieden sein, dann wirst du eine arge Enttäuschung erleben. Sie will doch nur den reichen Mann. Selbstverständlich ist sie sich klar darüber, daß du mein Sohn bist.«

»Nein, Fritz, das weiß sie bestimmt nicht«, erklärte jetzt Frau Lore ruhig. »Lerne sie doch erst kennen, dann wirst du anders über sie denken. Du bist doch sonst nicht der Mann, der jemand ohne stichhaltige Beweise verdammt.«

»Nun, mir diese Beweise zu verschaffen soll mir nicht schwerfallen. Du tutest sentimental mit in Connys Horn. Laß mich diesen hochgeborenen Zieraffen kennenlernen! Sie ist bestimmt die würdige Tochter ihrer Mutter und würde Conny nicht einmal mit Handschuhen anfassen, wenn er nicht der künftige Besitzer von Rodenau wäre. Seid ihr denn alle beide verrückt? Und denkt ihr wirklich, daß ich diesen Unsinn mitmache? Mein schwerverdientes Geld von einer leichtsinnigen Aristokratin zum Fenster hinauswerfen lassen – nee, nee, das ist mit mir nicht zu machen! Da sehe ich nicht ruhig zu, das sage ich euch! Und nun kein Wort mehr davon, ich komme hierher, um mich von allem Geschäftsärger für ein paar Tage zu erholen – ich will nichts mehr von diesem Unsinn hören.«

Ärgerlich trank Friedrich Dalheim seine Tasse leer. Mutter und Sohn waren verstummt, und Frau Lore sah Conny beschwörend an. So schwieg er, wenn es ihm auch schwerfiel, solche Schmähungen seiner geliebten Heide anzuhören. Aber er wußte, die Mutter hatte recht, erst mußte man den alten Herrn wieder ruhig werden lassen, jetzt war ihm nicht beizukommen. So zog er sich kurz darauf mit der Bemerkung zurück, daß er noch einmal auf das Vorwerk hinausmüsse.

Als die Eltern später miteinander allein waren, wollte sich die kluge Frau Lore ganz ruhig und friedlich mit ihrem Mann über andere Dinge unterhalten, aber er wehrte ab.

»Nein, Lore, das laß man, ich bin jetzt nicht in der Stimmung, über belanglose Dinge mit dir zu reden. Erst muß ich das von vorhin verwinden und mit mir selber ins reine kommen. Ich will mal eine Stunde draußen herumlaufen. Die Sache geht mir doch zu sehr an die Nieren.«

Friedrich Dalheim verließ, nachdem er sich eine Mütze aufgesetzt hatte, das Schloß. Er lief mit hastigen Schritten auf den kiesbestreuten Parkwegen umher und grübelte darüber nach, wie er seinen Sohn aus den Netzen lösen konnte, die ihm die »raffinierte Aristokratin« übergeworfen hatte. Nicht einen Augenblick zweifelte er daran, daß die Komtesse genau gewußt hatte, wer der Verwalter Conrad in Wirklichkeit war. Seiner Ansicht nach würde weder der alte Verwalter noch der

Notar Just so dichtgehalten haben, daß die Komtesse nicht hätte in Erfahrung bringen können, wer hinter dem Verwalter Conrad steckte. Wahrscheinlich hatte sie schon damals den kleinen Unfall im Wald absichtlich herbeigeführt, um Conny einzufangen. Ein schönes Mädchen mochte sie sein, denn ihre Mutter war auch einmal eine Schönheit gewesen. Kein Wunder also, daß der Junge Feuer gefangen hatte. Sie würde selbstverständlich zäh sein. Es winkte ja ein großes Vermögen und dazu noch Schloß Rodenau, das jetzt so schön neu ausgestattet war. Aber er würde noch zäher sein und sehr energisch. Was sein Junge wohl für trübe Erfahrungen machen würde, wenn die Komtesse erfuhr, daß er ihn enterben würde, falls er sie heiratete. Aber – Conny würde ihr das gar nicht sagen, weil er das feine Komteßchen nicht würde kränken wollen. Wie dem Schlingel die Augen geblitzt hatten, als er so ruhig sagte: Ich bin Manns genug, für mich und meine Frau den Unterhalt zu verdienen! Selbstverständlich würde er das, dafür war er sein gottlob tüchtiger Sohn. Und der sollte einer berechnenden Männerfängerin zum Opfer fallen? Warum sollte er ihr das nicht selbst sagen? Wer sollte ihn hindern, zu ihr zu gehen und ihr ins Gesicht zu sagen, daß ihre Rechnung, Herrin auf Rodenau zu werden, nicht aufginge? Zweifelsohne war das das einfachste. Wenn sie wußte, daß er arm sei, würde sie ihm selbst den Laufpaß geben. Und dann war Conny frei. Gleich auf der Stelle wollte er zu ihr gehen und handeln, ehe es zu spät war, damit sein Sohn nicht unglücklich gemacht würde.

Kurz entschlossen steuerte er direkt auf das Witwenhaus zu und langte schon nach fünf Minuten dort an. Auf der Schwelle kam ihm Trina entgegen.

»Ist Komtesse Rodenau zu Hause?« fragte er barsch.

Trina sah ihn beleidigt an. Sie erkannte sehr wohl den Schloßherrn. Was hatte der in einem so barschen Ton nach ihrer gnädigsten Komtesse zu fragen?

»Gnädigste Komtesse befinden sich zu Hause, aber ich weiß nicht, ob sie Sie empfängt«, lispelte sie vornehm.

»Das lassen Sie meine Sorge sein. Melden Sie mich, und sagen Sie ihr, daß ich Wichtiges mit ihr zu besprechen habe.«

Trina ließ ihn in das kleine Empfangszimmer treten und ging.

Heide saß im Wohnzimmer, eifrig über ihre Arbeit gebeugt, die sie am Montag abliefern mußte.

»Gnädigste Komtesse, dieser Herr Dalheim aus dem Schloß ist da und bittet ihn zu empfangen.«

Heide legte seufzend ihre Feder beiseite. Da kam Herr Dalheim wohl schon, um ihr begreiflich zu machen, daß sie das Witwenhaus räumen müsse.

»Bitte, Trina, melde Herrn Dalheim, daß ich sofort komme.«

Heide ordnete ihr Kleid vor dem Spiegel. Ihre großen grauen Augen blickten prüfend und kritisch, ohne jede Eitelkeit auf ihr Bild, und auf dem Grund ihrer Augen lauerte eine bange Frage. Würde Herr Dalheim ihr das Witwenhaus vermieten wollen, hatte er vielleicht schon anderweitig darüber verfügt?

Sie mußte alle Tapferkeit zusammennehmen, um scheinbar ruhig hinüberzugehen in den kleinen Salon.

Als sie eintrat, stand Friedrich Dalheim ungeduldig wartend am Fenster und trommelte einen Marsch auf die Fensterbank. Er wandte sich bei ihrem Eintreten schnell um, und beide standen sich eine Weile stumm gegenüber.

Und beide waren sehr überrascht, denn sie hatten sich ein anderes Bild voneinander gemacht.

Aber wenn Friedrich Dalheim fast betroffen war von der Lieblichkeit dieses blassen Mädchens, das ihn mit so bangen Augen ansah, so war Heide bis ins Herz hinein erschrocken vor dem harten, strengen Blick seiner Augen.

»Was verschafft mir die Ehre Ihres Besuchs?« fragte sie beklommen. »Bitte, wollen Sie nicht Platz nehmen?«

»Danke! Ich ziehe vor zu stehen. Was ich Ihnen zu sagen habe, ist schnell geschehen«, stieß er knurrig hervor.

So blieb auch Heide stehen und preßte angstvoll die Handflächen zusammen. Das war nicht der gütige, großmütige Mann, den sie in Herrn Dalheim zu finden gehofft hatte. Das war ein finsterer, harter Mann, mit dem nicht leicht zu verhandeln sein würde.

Mit leiser, bebender Stimme sagte sie: »Nun weiß ich schon, was Sie mir zu sagen haben.«

Sie sieht mich an wie Rotkäppchen den bösen Wolf, dachte er, riß sich aber wieder zusammen und sagte kurz:

»Um so besser, da kann ich mich kurz fassen.«

»Sie sind gekommen, um mir zu sagen, daß ich das Witwenhaus baldigst zu räumen habe, da meine Mutter tot ist und ich nicht einmal mehr den Schein eines Rechtes für mich habe, hierbleiben zu können.«

Er stutzte einen Augenblick, sagte aber dann schnell:

»Das nebenbei auch. Aber vor allen Dingen wollte ich Ihnen sagen, daß ich nicht zugeben werde, daß mein Sohn Sie heiratet, und daß ich ihn enterben werde, sollte er es gegen meinen Willen tun.«

Sie sah ihn mit so ehrlichem Erstaunen an, daß er nun doch irre wurde. Heide schüttelte den Kopf.

»Ich verstehe Sie nicht! Wie sollte ich dazu kommen, von Ihrem Sohn geheiratet zu werden? Ich kenne Ihren Sohn gar nicht, da er, soviel ich weiß, noch nie in Rodenau war und ich seit Jahren Rodenau nicht verlassen habe. Ihr Sohn befindet sich, soviel ich weiß, auf einer Weltreise?«

Er mußte sich innerlich wehren, um sich gegen den von ihr ausgehenden Zauber zu wappnen. Um seine Unsicherheit zu verbergen, fuhr er nur noch härter und schroffer fort:

»Sparen Sie sich diese Komödie, Komtesse, ich bin kein verliebter Tor, bei dem dergleichen verfängt. Ich weiß sehr wohl, daß Sie meinen Sohn kennen, daß Sie durch ihn wieder Herrin von Rodenau werden möchten und ihn deshalb schlau in Ihre Netze gezogen haben.«

Heide wich erschrocken zurück, sie glaubte einen Wahnsinnigen vor sich zu haben.

»Mein Herr – ich – ich fürchte, Sie sind verwirrt – ich verstehe Sie nicht«, sagte sie ängstlich, sich der Tür nähernd.

Wieder wollte etwas an Friedrich Dalheims Herz appellieren. Heide sah so entzückend, so hilfsbedürftig aus. Aber er verhärtete sich und fuhr sie rauh an:

»Nun ist es genug mit Ihrer Komödie! Mir können Sie nicht vorspielen, daß Sie meinen Sohn nicht kennen. Sie würden sich schön bedankt haben, Ihre Netze nach einem simplen Verwalter auszuwerfen. Sie wissen mit Sicherheit, daß mein Sohn Conrad und der Verwalter Conrad ein und dieselbe Person sind.«

Jetzt zuckte Heide zusammen und wurde totenbleich. Haltlos fiel sie in einen Sessel, weil ihr die Kraft fehlte, sich aufrecht zu halten. Sie starrte ihn entsetzt an. Ihre Lippen zuckten, und die Augen wurden tot und leer.

Das war keine Komödie, das sah Friedrich Dalheim jetzt ein. Fast erschrocken sah er zu ihr hinüber. Eine Weile blieb es ganz still in dem kleinen Zimmer. Er sah, wie Heides Hände zitterten, wie sie sich krampfhaft bemühte, ihre Fassung zurückzugewinnen. Am liebsten wäre er an ihre Seite getreten, um ihre Hände zu fassen und sie zu beruhigen. Aber das ging nicht! Er konnte sich doch nicht weichmachen lassen.

Aber so weit war Heide doch die Tochter ihrer Mutter, daß es ihr gelang, nach einer Weile ihre Fassung wiederzugewinnen. Sie erhob sich langsam und wandte ihm ihr bleiches Gesicht zu. Ihre Augen sahen ihn groß und ernst an.

»Also, Herr Conrad ist Ihr Sohn? Das wußte ich nicht, bei Gott, das wußte ich nicht. Und – wenn er Ihnen gesagt hat, daß er die bettelarme Komtesse Rodenau heiraten will, kann ich wenigstens verstehen, daß Sie so außer sich geraten sind.

Mir scheint, Herr Dalheim, Sie haben an mir reichlich vergolten, daß meine Mutter Sie verächtlich tituliert hat. Sie haben mir diese Beleidigung zehnfach zurückgegeben, indem Sie mich für eine berechnende Mitgiftjägerin halten. Seien Sie außer Sorge, wenn ich auch mein törichtes Herz dem armen Verwalter Conrad schenkte, dem Sohn des reichen Herrn Dalheim, der einer Dame, die ihm nie etwas zuleide getan hat, in so beleidigender Weise gegenübertreten kann, werde ich weit aus dem Weg gehen. Gehen Sie beruhigt nach Hause, ich werde Ihren Herrn Sohn bestimmt niemals wiedersehen. Daß er mir eine solche Komödie vorgespielt hat, verletzt mich tief. Ich hatte die Absicht, Sie zu bitten, mir das Witwenhaus zu vermieten, weil ich glaubte, daß Sie es nicht brauchen würden. Nun sehe ich ein, daß meines Bleibens hier nicht länger ist. Sobald wie möglich werde ich abreisen, das verspreche ich Ihnen. Und – nun entschuldigen Sie mich – ich – ich ...«

Sie konnte nicht weitersprechen, sie neigte nur stumm das Haupt und verließ das Zimmer, weil sie vor seinen Augen die Fassung nicht verlieren wollte. Sie konnte Trina nur bedeuten, sie möge Herrn Dalheim hinausbegleiten. Dann eilte sie in ihr Zimmer, schloß sich ein und warf sich, aller Kraft beraubt, auf den Diwan. Sie barg das Gesicht in den Händen, und ein qualvolles Schluchzen erschütterte ihren Körper. Noch nie hatte sie sich so elend und verlassen gefühlt wie in dieser Stunde.

Friedrich Dalheim hatte ein wenig unsicher hinter ihr hergesehen. Sein Ziel hatte er scheinbar erreicht, die Komtesse Rodenau würde seinen Sohn nicht heiraten. Aber um welchen Preis hatte er es erreicht? War sein Verhalten richtig gewesen?

Er war Menschenkenner genug, um zu wissen, daß die Komtesse ihm wirklich keine Komödie vorgespielt hatte. Ihr blasses Gesicht, ihre zuckenden Lippen, die Augen, alles sprach dafür, daß er ihr einen schweren Schlag versetzt hatte. Sie hatte also wirklich nicht gewußt, daß Conny sein Sohn war? Hatte ihn wirklich für den Verwalter gehalten? Und nun, da sie wußte, daß er der Sohn des reichen Mannes war, wollte sie ihm aus dem Weg gehen, ihn nicht wiedersehen? Weil sie sich dadurch verletzt fühlte, daß er ihr eine Komödie vorgespielt hatte und – weil sein Vater sie so unerhört beleidigt hatte – ja, auch darum.

Ja, dann hatte er ihr doch sehr unrecht getan, hatte sie maßlos beleidigt und sich flegelhaft gegen sie benommen. Wohin war er in seinem Zorn geraten? Hatte er vielleicht gar das Lebensglück seines Sohnes mit rascher, ungeschickter Hand zerstört?

Unsicher sah er Trina an, als diese jetzt eintrat und ihn mit finsteren Blicken maß.

»Meine gnädigste Komtesse hat mir befohlen, Sie hinauszubegleiten, Herr Dalheim!« sagte sie hart und schroff.

Er richtete sich auf und entfernte sich. Er verließ das Witwenhaus ganz gewiß nicht als Sieger, sondern als einer, der absolut nicht mit sich zufrieden war.

Da er sein Unrecht einsah, wehrte er sich auch nicht mehr gegen den Zauber, den Heide auf ihn ausgeübt hatte. Er konnte jetzt nur zu gut verstehen, daß dieses schöne Geschöpf einen so tiefen Eindruck auf seinen Sohn gemacht hatte.

Er schob die Mütze zurück. Es wurde ihm zu heiß. Was hatte er da in seinem Zorn angerichtet? Diese junge Komtesse war ja ganz anders, als er sich eingeredet hatte. Das war wirklich ein süßes, liebes Geschöpf, ein hilfloses Wesen, das sein junges Herz an Conny gehängt hatte und nun voll Kummer darüber war, daß er sich ihr unter falscher Flagge genähert hatte. Es half ihm nichts, daß er diese Gedanken von sich weisen und sich einreden wollte, es sei ja alles gut, er habe erreicht, daß diese Heirat nicht zustande kommen würde. Die Komtesse würde Conny nicht mehr begegnen, würde Rodenau verlassen. In einigen Tagen würde sie abreisen, und die Sache war erledigt. Aber es stellte sich absolut keine Befriedigung bei ihm ein.

Nun hatte er ihr die einzige Zuflucht genommen. Im Grunde war er doch ein unbarmherziger, grausamer Mensch, ja, das war er, sonst hätte er das nicht getan.

So unzufrieden war Friedrich Dalheim noch nie in seinem Leben mit sich gewesen. Langsam, in Gedanken versunken, kehrte er ins Schloß zurück, begab sich auf sein Zimmer und schloß sich ein.

Frau Lore hatte ihn, hinter den Gardinen verborgen, heimkommen sehen. Sie kannte ihren Mann genau und sah schon an seiner Kopfhaltung, daß sein Zorn verraucht war. Sie war sehr zufrieden, denn sie ahnte ja nicht, wie und wo er sich inzwischen ausgetobt hatte.

Friedrich Dalheim blieb heute in seinem Zimmer. Er kam weder zum Abendessen herunter, noch ließ er sich sonst blikken. Er habe zu arbeiten, man möge ihm einen Imbiß heraufschicken, hatte er dem Diener gesagt. So nahmen Mutter und Sohn das Abendessen allein ein. Conny war sehr bedrückt, aber die Mutter streichelte ihm die Hand.

»Nur Mut, mein Junge, Vater hat seinen Zorn schon überwunden und wird nun mit sich zu Rate gehen. Morgen wird er dann vernünftigeren Erwägungen zugänglich sein. Ich werde ihn überreden, daß er Heide unbedingt erst kennenlernen muß, bevor er ein endgültiges Veto einlegt.«

»Mir ist das Herz sehr schwer, Mutter. Es tut mir zutiefst leid, Vater gewissermaßen in Kampfstellung gegenüberstehen zu müssen. Nun werde ich Heide beichten müssen, daß ich mich ihr unter falscher Flagge genähert habe. Sie wird böse sein, wird mich nicht sofort verstehen. Mir ist mit einem Mal so angst, daß sie mir nicht verzeihen wird, daß ich ihr eine Komödie vorgespielt habe.«

»Darüber mach dir keine Sorgen, Conny, sie liebt dich doch, und eine Frau, die liebt, kann alles verzeihen, ganz sicher auch eine solche kleine Komödie, die du doch nur aufgeführt hast, um sie für dich zu gewinnen. Mach nur kein betrübtes Gesicht und glaube mir, alles wird gut werden.«

Er preßte ihre Hand an seine Wange, was er immer tat, wenn er bewegt war.

Frau Lore bekam ihren Mann erst am späten Abend zu Gesicht, als sie zur Ruhe gingen. Sie forschte und fragte nicht, plauderte in ihrer lieben, verständigen Art scheinbar heiter und ruhig über Tagesfragen und gab sich den Anschein, als merke sie nicht, daß er überhaupt nicht mit sich zufrieden war.

Dies aber bemerkte sie sehr wohl.

XVI

Heide hatte lange auf dem Diwan gelegen, in tiefem Kummer versunken. Aber endlich raffte sie sich auf, sie mußte einen Entschluß fassen. Mit zusammengepreßten Lippen sah sie vor sich hin. Dann wusch sie sich das Gesicht mit kaltem Wasser und rief nach Trina, die schon ein paarmal an der Tür gehorcht hatte und voll Sorge war. Daß dieser Herr Dalheim Heide irgend etwas Schlimmes angetan hatte, davon war sie überzeugt, denn es war ihr nicht entgangen, daß sie nur schwer ihre Tränen hatte zurückhalten können. Nun kam sie schnell herbei und sah Heide unruhig forschend an.

»Was befehlen gnädigste Komtesse?«

»Komm, Trina, setze dich zu mir, ich habe etwas mit dir zu besprechen«, sagte Heide, sich zur Ruhe zwingend. Trina schluckte die Tränen hinunter, und Heide setzte sich ihr gegenüber.

»Wir werden uns trennen müssen, gute Trina«, fuhr Heide fort, die Hand der alten Dienerin fassend. »Herr Dalheim hat mir gekündigt, ich muß fort!«

Trinas Augen funkelten vor Zorn und Tränen.

»Der unbarmherzige Mensch!«

»Er ist ja im Recht, Trina! Mama hatte vielleicht noch einen

Schein des Rechtes, hier zu wohnen, aber ich nicht. Ich will auch sofort abreisen – heute noch.«

»Um Gottes willen!« rief Trina bestürzt.

»Ja, Trina, du kannst dir doch denken, daß ich nicht eine Stunde länger als nötig von Herrn Dalheim eine Gnade annehmen möchte. Du bist doch sonst immer so stolz auf uns gewesen, du wirst auch das verstehen.«

»Ja, ja, verstehen kann ich das schon!«

»Ich will nach Berlin und werde dort in der Pension Dr. Schirmacher Unterkunft suchen, wo ich schon hingehen wollte, als wir glaubten, daß Mama ins Stift müßte. Ich werde dir etwas von meinem Einkommen abgeben, damit du keine Not zu leiden brauchst.«

»Um mich brauchen gnädigste Komtesse sich nicht zu sorgen, ich habe ja mein Erspartes. Und ich werde mir im Dorf ein Zimmerchen mieten und mich einrichten.«

»Von den Möbeln, die uns gehören, kannst du dir für dein Stübchen aussuchen, was du brauchst. Die Möbel, die Herrn Dalheims Eigentum sind, lassen wir hier, nur das, was uns noch gehörte, werden wir verkaufen. Das gibt dann einen Notgroschen. Du kannst das alles in Ruhe erledigen, wenn ich fort bin.«

Trina begann zu weinen. Heide legte den Arm um ihre Schultern.

»Trina, weine nicht, mir ist das Herz ohnehin schwer genug. Und nun will ich schnell einiges für mich einpacken. Aber du darfst niemandem meine Adresse verraten, Trina, auf gar keinen Fall, hörst du?«

Trina nickte. »Gnädigste Komtesse können beruhigt sein, niemand wird die Adresse erfahren.«

Heide kamen die Tränen, und Trina weinte mit. Dann ging sie auf Heides Wink hinaus, um ihrer Komtesse zum letzten Mal den Tee zu bereiten. Heide begann nun, das Nötigste in einen Handkoffer zu packen. Zuerst legte sie ihre Arbeit hinein, die mußte sie morgen in der Pension fertigmachen und konnte sie dann rechtzeitig persönlich im Verlag abliefern.

Mit Trina zusammen trug Heide ihren Koffer zur Bahnstation, ständig unruhig um sich blickend, ob sie auch niemandem begegnete. Das Herz lag ihr wie ein Stein in der Brust, ging sie doch fort für immer, ohne den Mann wiederzusehen, dem ihr ganzes Herz gehörte. Jetzt wußte sie, warum er immer auswich, wenn sie mit ihm über den jungen Dalheim sprach. Warum nur hatte er sich ihr unter falscher Flagge genähert?

Sie kam unbemerkt auf der Station an, und bald darauf saß sie in einem Abteil zweiter Klasse, nachdem sie einen herzlichen Abschied von Trina genommen und ihr versprochen hatte, ihr Nachricht zu geben.

Der Zug setzte sich in Bewegung, Heide fiel in die Polster zurück und schluchzte auf.

Trina aber stand auf dem schmalen Bahnsteig und sah mit nassen Augen dem Zug nach. Was hatte die alte treue Dienerin von ihrem Leben gehabt? Und was blieb ihr jetzt? Sie hätte gern ausgeharrt, wenn sie nur bei ihrer Komtesse hätte bleiben können.

XVII

Heide kam gegen acht Uhr in Berlin an, mit leichtem Gepäck, aber mit schwerem Herzen. Sie fuhr zur Pension der Frau Doktor Schirmacher und fand dort zu ihrer Erleichterung sogleich ein Unterkommen. Es war freilich ein sehr bescheidenes Zimmerchen, aber Heide war damit zufrieden.

Nachdem sie ihre Sachen ausgepackt und ihre Arbeit zurechtgelegt hatte, arbeitete sie noch zwei Stunden, damit sie sicher sein konnte, am nächsten Tag mit ihrer Übersetzung fertigzuwerden. Aber lange Zeit fand sie keinen Schlaf. Sie weinte sich ihr ganzes Herzeleid von der Seele und fand doch keine Erleichterung. Endlich, endlich fielen ihr die Augen zu.

Am nächsten Tag mußte sie zum Glück von früh bis spät arbeiten, und dabei lernte sie so recht begreifen, welcher Segen die Arbeit für ein trauriges Herz ist. Es war ziemlich spät am Abend, als sie fertig war. Sie war sehr müde, konnte jedoch wieder nicht einschlafen. Denn ihre Gedanken flogen nach Rodenau. Ein Gefühl grenzenloser Verlassenheit drückte sie nieder. Die Sehnsucht nach dem Mann ihrer Liebe überfiel sie mit einer solchen Intensität, daß sie die Zähne fest zusammenbeißen mußte. Warum hatte er ein falsches Spiel mit ihr getrieben, warum war er ihr gegenüber als Verwalter Conrad aufgetreten? Conrad Dalheim? Conny hatte seine Mutter ihn einmal genannt, als sie mit ihr von ihrem Sohn sprach.

Aber er liebte sie doch, denn er hatte seinem Vater gesagt, daß er sie zu seiner Frau machen wollte! Trotz Jammer und Not empfand sie es als ein Glück, daß er sie liebte. Darin war er wenigstens ehrlich gewesen. Und sie suchte nach weiteren Entschuldigungsgründen für ihn. In böser Absicht konnte er sich ihr nicht unter falscher Flagge genähert haben, nein, ganz bestimmt nicht. Das wollte und konnte sie nicht glauben. Doch sein Vater hatte geglaubt, sie habe ihn aus Berechnung in ihre Netze gezogen, um wieder Herrin von Rodenau zu werden. Wie beleidigend der alte Herr gewesen war, wie hart und grausam! Darauf konnte sie nichts anderes tun, als still aus Connys Leben zu verschwinden.

Conny! Conny! Immer wieder flüsterte sie den geliebten Namen vor sich hin, zärtlich, vorwurfsvoll, flehend und verzweifelt.

Die Sehnsucht nach einem Blick aus seinen guten, zärtlichen Augen, nach dem Klang seiner warmen, sonoren Stimme überwältigte sie beinahe. Haltlos und verzweifelt weinte sie.

Am nächsten Vormittag begab sie sich zum Holdei-Verlag,

um ihr Manuskript persönlich abzugeben. Sie war noch niemals dort gewesen, sondern hatte immer nur brieflich mit einem Doktor Wendler verkehrt.

In der dritten Etage betrat sie ein Vorzimmer, in dem einige Herren und Damen bei der Arbeit saßen. Erst nach einer Weile erhob sich eine junge Dame und fragte nach ihrem Begehr.

»Kann ich Herrn Doktor Wendler sprechen?« fragte Heide.

»Wen darf ich melden?«

Heide reichte ihr stumm eine Visitenkarte, sie mochte ihren Namen nicht nennen.

Ohne die Visitenkarte anzusehen, verschwand die junge Dame hinter einer in ein Nebenzimmer führenden Tür. Nach einer Weile kam sie zurück und sagte:

»Herr Doktor bittet Sie, eine Weile zu warten, er hat gerade eine Besprechung.«

Heide ließ sich nieder und beobachtete interessiert das Treiben in diesem Büro.

Neben die junge Dame, die dicht vor ihr an einem Schreibtisch saß, trat jetzt einer der jungen Herren.

»Fräulein Dreher, wir wollen jetzt die Eingänge vergleichen, haben Sie Zeit?«

Der junge Mann sagte einzelne Posten an, die er aus einem Kassenbuch ablas, und das Fräulein nickte jedesmal zustimmend mit dem Kopf.

So ging es eine ganze Weile, und Heide hörte zu. Aber plötzlich zuckte sie unmerklich zusammen, denn der junge Herr hatte deutlich gesagt:

»Conrad Dalheim, Schloß Rodenau, 200 Mark auf Konto Komtesse Rodenau.«

Heide starrte verständnislos auf den jungen Mann, der soeben ihren und Conrad Dalheims Namen vorgelesen hatte. Was sollte das heißen? Sie saß wie erstarrt und hörte die beiden Namen immer noch in ihrem Ohr nachklingen. Aber ehe sie einen klaren Gedanken fassen konnte, wurde die Tür zu Doktor Wendlers Zimmer geöffnet, und ein Herr, Mitte der Vierzig, mit einer kleinen Glatze und einem goldenen Kneifer auf der Nase, erschien. Er verbeugte sich vor Heide.

»Darf ich bitten, Komtesse?«

Heide erhob sich, drückte das Manuskript fest an sich und ging an Doktor Wendler vorbei in dessen Zimmer. Als er die Tür geschlossen hatte und Heide in seinem Zimmer gegenüberstand, verbeugte er sich noch einmal und warf einen bewundernden Blick auf sie.

»Ich freue mich, Komtesse, endlich Ihre persönliche Bekanntschaft machen zu dürfen. Bitte, nehmen Sie Platz, und sagen Sie mir, was mir die Ehre Ihres Besuches verschafft.«

Heide riß sich gewaltsam von den quälenden, unklaren Gedanken los, die sie befallen hatten, seit sie da draußen ihren und Conny Dalheims Namen in einer so seltsamen Verbindung mit 200 Mark gehört hatte.

»Ich bringe Ihnen das fertige Manuskript der Übersetzung, das ich bis heute abliefern sollte. Leider konnte ich es am Sonnabend nicht mehr zur Post geben. Meine Mutter ist gestorben und wurde am Freitag beerdigt, da ist das kleine Versäumnis wohl zu entschuldigen.«

Sie reichte ihm das Manuskript, das er in Empfang nahm und auf seinen Schreibtisch legte.

»Gestatten Sie mir, daß ich Ihnen zu dem schmerzlichen Verlust kondoliere, Komtesse.«

»Ich danke Ihnen, Herr Doktor. Es liegt mir sehr viel daran, mir Ihr Wohlwollen zu erhalten, und ich hoffe, Sie immer mehr zufriedenzustellen.«

»Nun, Ihre letzten Arbeiten sind bedeutend besser als die früheren. Und es wäre nicht nötig gewesen, daß Sie sich persönlich herbemühten. Sie werden vermutlich in nächster Zeit nicht imstande sein, zu arbeiten?«

Heide blickte schnell auf.

»Doch, Herr Doktor, und ich bitte darum, daß Sie mir

gleich wieder Arbeit geben. Ich habe sie jetzt besonders nötig, da ich dadurch Ablenkung von meiner Trauer habe.«

»Das verstehe ich. Ich kann Ihnen sogleich einen neuen Roman desselben englischen Autors geben. Er ist momentan sehr in Mode, und wir können gar nicht genug von ihm herausbringen. Es ist mir lieb, daß Sie gleich wieder an die Arbeit gehen wollen.«

Doktor Wendler überreichte ihr ein Buch in englischer Sprache.

»Ich möchte Ihnen auch noch mitteilen, Herr Doktor, daß ich mein Domizil jetzt in Berlin aufgeschlagen habe. Meiner Mutter Tod hat mich gezwungen, unsern bisherigen Wohnsitz aufzugeben. Wollen Sie sich bitte meine neue Adresse notieren, falls Sie mir etwas mitzuteilen haben?«

Doktor Wendler notierte sich die Adresse. Heide wollte den sichtlich sehr beschäftigten Mann nicht länger aufhalten und erhob sich.

»Nun möchte ich nicht weiter stören, Herr Doktor!«

»Bitte sehr, Komtesse. Aber, da fällt mir ein, wir haben morgen den ersten Oktober, vielleicht ist es Ihnen lieb, wenn ich Ihnen gleich eine Anweisung für die Kasse gebe, damit man Ihnen Ihr Honorar auszahlt.«

»Das ist sehr liebenswürdig von Ihnen, Herr Doktor, und ich nehme es mit Dank an.«

Doktor Wendler setzte sich an seinen Schreibtisch, um eine Anweisung auszuschreiben, aber ehe er dazu kam, hatte sich Heide ein Herz gefaßt, um eine Frage an ihn zu richten, die sie schon die ganze Zeit gequält hatte.

»Darf ich vielleicht eine Frage an Sie richten, Herr Doktor?«

»Bitte sehr, Komtesse?«

»Ich hörte vorhin im Vorzimmer zufällig meinen Namen gleichzeitig mit dem eines Herrn Conrad Dalheim auf Schloß Rodenau. Und zwar soll dieser Herr Dalheim zweihundert Mark angewiesen haben, die auf mein Konto gebucht wurden.

Sie werden verstehen, daß mich das seltsam berührte, ich war überrascht. Darf ich Sie um Aufklärung bitten, was das zu bedeuten hat?«

Doktor Wendler bekam einen roten Kopf. Er war auf diese Frage so unvorbereitet, daß er im Moment nicht wußte, was er antworten sollte.

»Das ist – ich bedauere – aber ich kann Ihnen darüber keine Auskunft geben, Komtesse«, stieß er etwas verwirrt hervor.

»Und wo könnte ich mir diese Auskunft verschaffen, Herr Doktor? Es liegt mir sehr viel daran, zu ergründen, wie das zusammenhängt.«

Doktor Wendlers Verlegenheit wuchs.

»Verzeihung, Komtesse, aber über interne Angelegenheiten können wir unmöglich Auskünfte geben. Diese Sache hat sicherlich nichts mit Ihnen zu tun. Sie – Sie haben sich wohl verhört.«

Heide wurde sehr blaß. Sie merkte, daß Doktor Wendler Ausflüchte machte.

»Ich habe mich bestimmt nicht verhört, Herr Doktor. Können Sie mir Ihr Ehrenwort geben, daß diese Angelegenheit wirklich nichts mit mir zu tun hat?« fragte sie mit bebender Stimme und sah ihn flehend an.

Da zuckte er, seinen Widerstand aufgebend, die Achseln.

»Das kann ich allerdings nicht! Aber ich bitte Sie, nicht weiterzuforschen. Wir haben uns zum Schweigen verpflichtet.«

Nun wußte Heide alles. Das Blut schoß ihr jäh ins Gesicht, und sie mußte sich auf die Lehne ihres Sessels stützen. Endlich hatte sie sich wieder in der Gewalt.

»Sie brauchen mir auch gar nichts mehr zu sagen, Herr Doktor, mir ist jetzt alles klar geworden. Diese plötzliche Honorarverdoppelung, das hätte mich doch mißtrauisch machen sollen. Jetzt weiß ich, das kam nicht von Ihrem Verlag – ein anderer hat es für mich bezahlt, einer, der kein Recht dazu hatte, mir so etwas aufzudrängen. Herr Conrad Dalheim hat dieses

Geld für mich angewiesen – und – mein Gott – das habe ich angenommen!«

Doktor Wendler befand sich in einer unbehaglichen Situation.

»Sie sehen mich sehr betroffen, Komtesse, und ich kann die Sache leider nicht aus der Welt schaffen, aber ich kann Ihnen versichern, daß man Ihnen ganz gewiß keine Kränkung zufügen wollte.«

Heides Lippen zuckten vor verhaltenem Weinen.

»Bitte glauben Sie nicht, daß ich Ihnen den leisesten Vorwurf mache – die Taktlosigkeit liegt auf anderer Seite. Aber bitte, Herr Doktor, beschützen Sie mich vor der Demütigung, noch weitere Zuwendungen des Herrn Dalheim annehmen zu müssen. Senden Sie ihm das heute eingegangene Geld zurück mit dem Vermerk, daß die Komtesse Rodenau kein Geld annimmt, das sie sich nicht verdient hat. Das, was ich ahnungslos unter einer falschen Voraussetzung bereits angenommen habe, werde ich selbstverständlich zurückzahlen. Ich werde mir die Summe zu beschaffen versuchen, so bald wie möglich.«

Mitleidig sah Doktor Wendler in das schöne, erregte Mädchengesicht.

»Gegen Ihren Willen werden wir selbstverständlich kein Geld für Sie annehmen, Komtesse. Ich bin sehr betrübt, Sie so erregt zu sehen. Mir ist diese Angelegenheit nicht weniger fatal. Es tut mir leid, daß ein unglücklicher Zufall Ihnen dieses sicher sehr gut gemeinte Geheimnis verriet.«

»Und ich bin sehr froh darüber, Herr Doktor, so kann ich mich wenigstens von dieser mir aufgedrängten Last befreien.«

»Beruhigen Sie sich, Komtesse, wir werden Ihnen behilflich sein, alles in Ihrem Sinn zu regeln. Ich will Ihnen zunächst aber mitteilen, was ich Ihnen schon vorhin sagen wollte: Unser Verlag hat ohnehin beschlossen, Ihnen Ihr monatliches Honorar zu erhöhen.«

Heide wollte aufatmen, das erschien ihr wie ein Geschenk

des Himmels. Aber dann erwachte Mißtrauen in ihr, und sie sah den Doktor forschend und unruhig an.

»Ist das auch wirklich wahr, Herr Doktor, wie Sie es sagen?«

Er griff nach einem Brief, der postfertig auf seinem Schreibtisch lag.

»Bitte, Komtesse, lesen Sie diesen Brief. Daraus können Sie ersehen, daß eine Honorarerhöhung für Sie tatsächlich erfolgt ist. Ich hoffe, daß wir in nicht allzu ferner Zeit Ihr Honorar sogar auf vierhundert Mark erhöhen können.«

Heide überflog den Brief und gab ihn zurück.

»Verzeihen Sie mir, wenn ich mißtrauisch wurde, Sie werden es begreifen können. Ich bin Ihnen jedenfalls dankbar. Und ich bitte Sie herzlich, lassen Sie zusammenstellen, wieviel Herr Dalheim im Laufe der letzten Monate für mich eingezahlt hat. Denn ich habe keine Ruhe, bis das geschehen ist. Ich werde den Nachlaß meiner Mutter möglichst schnell zu Geld machen, diesen Betrag werde ich Ihnen dann übergeben zur Rückgabe an Herrn Dalheim.«

Doktor Wendler fühlte, wie entsetzlich ihr der Gedanke war, das Geld angenommen zu haben, obwohl alles ohne ihr Wissen geschehen war.

»Ich merke, wie peinlich Ihnen die ganze Angelegenheit ist, und möchte Ihnen helfen, sie möglichst bald aus der Welt zu schaffen. Der Verlag wird Ihnen gern einen Vorschuß bewilligen in Höhe des von Herrn Dalheim gesandten Geldes. Wenn es Ihnen recht ist, schicken wir das Geld sofort an Herrn Dalheim zurück. Wir werden Ihnen monatlich fünfzig Mark als Abzahlung auf diese Summe in Abrechnung bringen.«

Heide streckte ihm impulsiv die Hand entgegen.

»Ich danke Ihnen von ganzem Herzen. Ihren Vorschlag nehme ich nur zu gern an.«

Er gab mit einem innigen Druck ihre Hand frei.

»Und, bitte, teilen Sie Herrn Dalheim mit, daß die Komtesse Rodenau von niemandem Geschenke annimmt, wie auch immer sie gedacht sein mögen.«

Doktor Wendler verneigte sich.

»Geben Sie auch auf keinen Fall meine Adresse an. Er wird sich vielleicht entschuldigen wollen, aber dessen bedarf es nicht.«

»Wie Sie wünschen, Komtesse. Ich jedoch möchte mich entschuldigen, daß ich, wenn auch in bester Absicht, eine Taktlosigkeit unterstützt habe.«

Sie reichte ihm noch einmal mit einem dankbaren Lächeln die Hand und verabschiedete sich.

Heide war in einer unbeschreiblichen Verfassung. Daß Conny Dalheim sie heimlich mit Geld hatte unterstützen lassen, hätte sie beleidigen müssen. Aber als sie ruhiger geworden war und darüber nachdachte, kam tiefe Rührung über sie. Um jeden Preis hatte er helfen wollen, ihre Sorgen zu mindern. War das nicht gut und edel von ihm? Er hatte ja nicht gedacht, daß sie es je erfahren würde. In alledem lag doch ein Ausdruck seiner liebevollen Sorge für sie.

Conny – lieber, guter Conny! dachte sie bei sich.

Aber wie froh war sie, daß ihr ein Zufall dieses ganze Geheimnis enthüllt hatte. Denn gerade weil sie ihn liebte, durfte sie kein Geld von ihm annehmen. Wie gut, daß der Verlag nun wirklich ihr Honorar erhöht hatte. Sonst wäre sie in einer verzweifelten Lage gewesen.

Nicht auszudenken wäre es, wenn Connys Vater, dieser grausame, harte Mann, dahintergekommen wäre, daß sie Geld von Conny angenommen hatte! Noch niedriger und verächtlicher hätte er dann über sie urteilen müssen.

In einer unbeschreiblichen seelischen Verfassung kam sie wieder in der Pension an. Heute konnte sie nicht mehr arbeiten. Sie versuchte es wohl, aber ihre Gedanken irrten immer wieder ab zu dem, was ihr Herz bedrückte. Sie warf sich schließlich völlig erschöpft auf den schmalen Diwan in ihrem

Zimmer. Wieder überfiel sie ein Gefühl der Verlassenheit, der qualvollen Vereinsamung. Und ihr armes Herz rief sehnsüchtig nach dem Geliebten, obwohl sie es ihm unmöglich gemacht hatte, sie aufzufinden. Nie, nie mehr würde sie ihn wiedersehen, das erschien ihr gewiß, alle Brücken hatte sie hinter sich abgebrochen. Sie stand allein auf der Welt.

XVIII

Friedrich Dalheim hatte keine sehr ruhige Nacht gehabt. Der Gedanke an die junge Heide wollte ihn nicht loslassen. Immer wieder sah er sie vor sich, wie sie erblassend zusammengesunken war bei der Eröffnung, daß der Verwalter Conrad und sein Sohn identisch seien. Und wie sie dann, ihre letzte Kraft aufbietend, um die Fassung nicht zu verlieren, aus dem Zimmer gegangen war. Das hatte ihn mitgenommen, viel mehr, als er es sich eingestehen wollte. Und er mußte sich immer wieder sagen, daß er ihr unrecht getan und eine hilflose Frau gekränkt und beleidigt hatte.

Er war nicht der Mann, dem ein solches Bewußtsein gleichgültig war. Beim Frühstück am nächsten Morgen traf er mit Conny und Frau Lore wieder zusammen. Aber er war sehr schweigsam und nachdenklich, was Frau Lore jedoch für ein gutes Zeichen hielt.

Weder sie noch Conny verloren ein Wort über Heide, obwohl Friedrich Dalheim darauf wartete, einlenken zu können. Es verlangte ihn danach, sein Herz ausschütten und Mutter und Sohn mitteilen zu können, was er angerichtet hatte. Aber er brachte es nicht über sich, selbst davon anzufangen. Leicht war es für den sonst so selbstsicheren Mann nicht, ein Unrecht einzugestehen.

Frau Lore wußte ganz genau, daß ihr Mann unzufrieden mit

sich war, und hoffte, die schwebende Angelegenheit später nochmals zur Sprache zu bringen.

Nach dem Frühstück verabschiedete sich Conny. Wie alle Tage wollte er auch heute auf dem Posten sein. Sein Vater sollte gerade jetzt keine Veranlassung haben, an seiner Arbeitslust und Pflichttreue zu zweifeln. Mit einem ernsten Blick reichte er dem Vater zum Abschied die Hand, es quälte ihn sehr, daß etwas zwischen ihnen war, denn er hatte sich zeit seines Lebens mit seinem Vater gut verstanden. Er wußte auch jetzt, daß des Vaters Weigerung, ihm seine Zustimmung zu seiner Heirat mit Heide zu geben, nur auf der Annahme basierte, er könne mit ihr unglücklich werden.

Als er dem Vater die Hand reichte, sah dieser zu ihm auf, und es war, als wenn er etwas sagen wollte. Aber er schwieg und ließ Conny gehen. Als Frau Lore mit ihrem Mann allein war, streichelte sie über seine Stirn.

»Dir ist nicht wohl in deiner Haut, lieber Fritz, nicht wahr?«

»Wieso?« fragte er scheinbar gleichmütig.

»Nun, die Sache mit Conny geht dir doch an die Nieren, dafür kenne ich dich, mein Alter!«

»Ich bin nur ärgerlich, Lore, weil ich dich jetzt so wenig um mich habe. Wann kommst du endlich nach Berlin zurück?«

Sie sah ihn nachdenklich an.

»Wenn du mich brauchst, jeden Tag, Fritz, du mußt es nur sagen.«

Er fuhr sich über die Stirn.

»Ist ja Unsinn, Lore, höre nicht drauf. Ich warte selbstverständlich noch, gerade die schönen Herbsttage jetzt gönne ich dir. Und der Junge wird ja auch froh sein, wenn du noch bleibst.«

»Ja, Fritz, er hat mich jetzt wirklich nötig. Sein Herz ist so schwer. Willst du es dir und ihm nicht ein wenig leichter machen?«

»Wie kann ich denn?« fragte er unsicher.

Sie legte den Arm um seine Schulter.

»Du brauchst dir die Komtesse doch nur einmal anzusehen.«

Er sah mit einem sonderbaren Blick zu ihr auf.

»Ist ja schon geschehen, Lore!«

Sie erschrak.

»Du hast sie schon gesehen?«

»Ja!«

Gespannt fragte sie weiter:

»Wann denn?«

»Gestern! Ich bin gleich zu ihr gegangen, weil ich sofort reinen Tisch machen und Conny von ihr lösen wollte.«

Verwundert sah sie ihn an.

»Nun – und?«

Er nahm ihren Arm von seiner Schulter und stand auf. Seine Augen hingen an ihr.

»Ich habe mich schauderhaft benommen, Lore, habe das junge Mädchen gekränkt, beleidigt, weil ich mich im Recht glaubte, weil ich Conny nicht unglücklich werden lassen wollte. Und gerade weil sie mir vom ersten Augenblick an so gut gefiel, war ich doppelt hart und grantig. Als ich merkte, daß ich ihr unrecht tat, da war es schon zu spät.«

Frau Lore war ein wenig blaß geworden.

»Ach Fritz! Das arme Mädchen! Was hast du ihr denn gesagt?«

Er berichtete peinlich genau über die ganze Affäre.

Frau Lore hörte zu, ohne ihn mit einem Wort zu unterbrechen, und als er schwieg, sah sie bedrückt vor sich hin.

»Na, nun sprich schon, Lore! Erleichtere dein Herz, und halte mir eine Standpauke, ich habe sie ja verdient.«

Sie strich ihm über die Stirn.

»Fritz, du hast dich von deinem Zorn hinreißen lassen, etwas zu tun, was nicht leicht wiedergutzumachen ist. Ach Fritz, Conny wird außer sich sein. Heide ist ja sein ganzes

Glück, und sie paßt so prächtig zu ihm! In dem Punkt kannst du dich schon auf mein Urteil verlassen.«

Sie berichtete alles, was sie über Heide wußte, wie tapfer sie den Lebenskampf aufgenommen hatte, wie fleißig sie arbeitete.

Als sie ihren Bericht beendet hatte, saß er mit nachdenklichem Gesicht da und sagte schließlich, ärgerlich auf sich selbst:

»Und ich habe mich nun in meinem Zorn wie der Elefant im Porzellanladen benommen! Schließlich kann sie doch nichts dafür, daß sie eine Gräfin ist und daß ihre Mutter vom Hochmutsteufel besessen war.«

»Sie hat ja selbst am meisten unter ihrer Mutter gelitten. Ach Fritz, wenn du wüßtest, wie lieb ich sie gewonnen habe! So wie sie habe ich mir immer eine Tochter gewünscht. So lieb und bescheiden. Und ihr Stolz ist doch ein ganz anderer als der ihrer Mutter. Du willst doch deinen Jungen glücklich sehen, Fritz, also gib deinen Widerstand auf.«

Er sah sie an und gab ihr einen herzhaften Kuß. Dann sagte er seufzend:

»Jetzt wird sie nicht mehr wollen, Lore. Sie hat mich angesehen wie Rotkäppchen den bösen Wolf – dann hat sie sich stolz aufgerichtet und sich zusammengerissen, um mir nicht zu zeigen, wie tief ich sie getroffen habe.«

Nun fand Frau Lore ihren Humor wieder. Sie lachte und weinte ein bißchen durcheinander.

»Wenn du das einsiehst, Fritz, dann ist noch nicht alles verloren. Und nun hilft nichts, als gutzumachen!«

»Ich kann doch nicht hingehen und klein beigeben?«

Mit einem lieben Blick sah Frau Lore ihren Mann an.

»Oh, mein Fritz ist noch nie im Leben so klein gewesen, daß er nicht freiwillig ein von ihm begangenes Unrecht wiedergutgemacht hätte. Du wirst auch diesmal nicht versagen. Komm, wir machen uns beide auf den Weg, ich gehe mit dir und helfe dir. Du brauchst kein Wort zu sagen, das besorge ich.«

Friedrich Dalheim ging wirklich mit. Er täuschte freilich noch ein bißchen Männerstolz und väterliche Würde vor, setzte aber einen Fuß vor den anderen, bis sie beide vor dem Witwenhaus anlangten.

Als sie über die Schwelle traten, kam ihnen Trina entgegen. Sie sah Friedrich Dalheim finster an und auch Frau Dalheim nicht gerade freundlich.

»Ich bin noch nicht fertig mit Packen, so schnell geht das nicht, ich muß dazu ein paar Tage Zeit haben«, sagte sie grollend zu Friedrich Dalheim.

Frau Lore legte lächelnd die Hand auf ihren Arm.

»Packen Sie vorläufig nicht weiter, Trina, ich denke, daß die Komtesse gar nicht fortgehen wird, wir wollen das eben mit ihr besprechen.«

Trina wischte sich mit dem Handrücken hastig über die Augen.

»Da kommen Sie zu spät, Frau Dalheim, die Komtesse ist schon gestern nachmittag abgereist.«

Frau Lore und ihr Mann sahen sich erschrocken an.

»Abgereist?« fragte Frau Lore atemlos.

»Ja, da ihr doch Herr Dalheim das Witwenhaus gekündigt hat, wollte sie keine Minute länger seine Gnade annehmen. Er hat ja kaum die Zeit erwarten können, bis er meine arme Komtesse hinausjagte in die kalte Welt. Das Herz ist ihr fast gebrochen, ich hab's ihr doch angemerkt, wenn sie Herrn Dalheim auch immer noch in Schutz genommen und gesagt hat: Es ist sein Recht, Trina!«

Frau Lore war außer sich und suchte die alte Dienerin zu beruhigen.

»Seien Sie doch ruhig, Trina, dies alles beruht auf einem Mißverständnis, die Komtesse hat meinen Mann sicherlich falsch verstanden.«

»Ach, ob heute oder morgen, fortgemußt hätte sie doch. Und da ist sie lieber gleich gegangen. Und auch ich werde mich beeilen. Ich habe mir schon in der Dorfschmiede ein Zimmerchen gemietet.«

»Hat sie Ihnen denn nichts aufgetragen, nichts für mich, oder – für den Herrn Verwalter?«

»Nein, kein Wort. Sie hätte ja auch gar nicht sprechen können, die Tränen haben ihr im Hals gesessen. Nur das Nötigste hat sie noch herausgebracht, und um mich hat sie sich gesorgt. Was aus dem Nachlaß erlöst wird, das soll ein kleiner Notgroschen für meine Komtesse werden. Dienstag oder Mittwoch werden ihre Sachen versteigert, dann haben Sie das Witwenhaus für sich«, stieß Trina aufgeregt hervor.

Frau Lore hatte sich wieder gefaßt.

»Lassen Sie nur, Trina, packen Sie jetzt nicht weiter! Die Sachen werden nicht verkauft, die bleiben hier. Die Komtesse kommt zurück, und Sie sollen bei ihr bleiben. Mein Mann denkt nicht daran, die Komtesse zu vertreiben. Also lassen Sie alles stehen und liegen, wie es ist.«

Halb mißtrauisch, halb hoffnungsvoll sah Trina in Frau Lores freundliches Gesicht. Dann sah sie mit einem unbehaglichen Ausdruck auf Herrn Dalheim.

»Ich glaube nicht, daß meine Komtesse wiederkommt. Sie nimmt keine Gnade an. Mit schwerem Herzen ging sie fort. Nein, nein, die kommt nicht wieder. Nun hat sie mal den schweren Schritt getan.«

Frau Lore wurde sehr bang, sie dachte an ihren Sohn. Aber sie zwang sich zur Tapferkeit.

»Das wird sich alles finden, Trina. Bitte, sagen Sie mir nur, wohin die Komtesse gereist ist und wie ihre Adresse lautet, die sie Ihnen sicher hinterlassen hat.«

»Ich habe strengen Befehl, niemandem ihren Aufenthalt zu verraten. Kein Mensch soll wissen, wohin sie gegangen ist.«

Erschrocken sah Frau Lore in das Gesicht der alten Dienerin.

»Aber Trina, das gilt bestimmt nicht für mich.«

»Für alle Menschen gilt das«, sagte Trina hartnäckig.

»Aber Trina, seien Sie doch vernünftig, ich muß wissen, wo meine Nachricht die Komtesse erreicht.«

»Tut mir leid, Frau Dalheim, ich tue nur, was die Komtesse mir befohlen hat. Niemand sonst hat mir etwas zu sagen. Man soll sie nicht noch einmal kränken. Herr Dalheim hat ihr gestern großes Herzeleid zugefügt, wenn mir auch nicht genau bekannt ist, was er ihr gesagt hat. Aber wie sie ausgesehen hat, als sie aus dem Zimmer kam und kaum sprechen konnte vor Jammer und Herzeleid, da habe ich gewußt, daß man ihr Schlimmes angetan hat. Ich verrate ihre Adresse nicht!«

»Also gut, Trina, Sie dürfen vielleicht nicht anders, aber Sie können überzeugt sein, daß wir Ihrer jungen Herrin gewiß kein Leid zufügen wollen – im Gegenteil. Den Aufenthalt der Komtesse müssen und werden wir herausbekommen. Aber sparen Sie sich wenigstens die Mühe mit dem Einpacken. Komtesse Heide wird bestimmt zurückkommen. Sie können ihr aber berichten, was wir Ihnen gesagt haben. Solange, bis Sie Antwort haben, kann alles hier stehen und liegen bleiben.«

Trina überlegte. Dann nickte sie.

»Nun gut, ich werde es ihr berichten. Ich habe ja vorläufig noch genug zu tun.«

Frau Lore hing sich in den Arm ihres Mannes.

»Komm, Fritz!« sagte sie. Als sie außer Hörweite waren, sagte Fritz Dalheim bedrückt:

»Wo mag sie sich nur hingewendet haben, Lore? Fürwahr, es ist mir ein schauderhafter Gedanke, daß das arme junge Mädchen nun draußen in der Welt umherirrt.« Er seufzte. »Na, wie das der Junge aufnehmen wird?«

»Da hilft nun nichts, Fritz, wir müssen Conny alles sagen. Vielleicht hat er eine Ahnung, wohin sie gegangen sein könnte.«

Langsam und in tiefes Schweigen versunken kehrten sie in das Schloß zurück.

XIX

Als sie dort anlangten, war Conny noch nicht vom Vorwerk zurückgekehrt. Er kam erst kurz vor dem Mittagessen, und Friedrich Dalheim sagte zu seiner Frau: »Ich werde ihm erst nach dem Essen alles sagen, sonst vergeht ihm der Appetit.«

Conny begrüßte seine Eltern ebenso ernst, wie er sich von ihnen verabschiedet hatte. Sein Vater forschte in seinem Gesicht, ob er vielleicht schon etwas von Heides Verschwinden gehört hatte. Aber das schien nicht so, er gab sich ganz ruhig.

Die Mahlzeit wurde fast schweigend eingenommen. Als sie dann im Nebenzimmer den Mokka tranken, atmete der Vater erst einmal tief auf und sagte dann heiser: »Conny, ich habe dir etwas zu sagen.«

Conny horchte auf, sein Gesicht nahm einen Ausdruck an, als sei er auf eine neue Szene gefaßt. Er ließ sich aber nicht aus der Ruhe bringen.

Friedrich Dalheim brauchte seine ganze Willenskraft, um das sagen zu können, was er sagen mußte.

»Ich habe gestern etwas übereilt gehandelt, Conny. Ich habe die Komtesse aufgesucht, weil ich sie veranlassen wollte, dich freizugeben.«

Conny sprang auf und wurde blaß.

»Vater! Um Gottes willen, du hast ihr doch nicht gesagt, daß ich dein Sohn bin?« rief er außer sich.

»Ja, das habe ich ihr gesagt, weil ich fest davon überzeugt war, daß sie es schon wußte.«

»Nein! Nein! Das wußte sie doch nicht! Mein Gott, wie wird sie das aufgefaßt haben!« rief Conny verzweifelt.

Frau Lore faßte seinen Arm.

»Sei ruhig, Conny, rege dich nicht auf. Es wird ja alles gut werden, fasse dich und höre Vater zu.«

Da zwang er sich gewaltsam zur Ruhe, obwohl er ganz verstört war. Heide wußte, wer er war – und der Vater würde es ihr nicht gerade schonungsvoll beigebracht haben. Was würde sie von ihm denken!

Am liebsten wäre er gleich zum Witwenhaus gestürmt, um Heide um Verzeihung zu bitten und ihr alles zu erklären. Aber er zwang sich, erst seinen Vater anzuhören. Er mußte wissen, was geschehen war.

Der Vater fuhr fort:

»Ich bin jetzt davon überzeugt, daß sie es nicht gewußt hat. Ihr Erschrecken hat es mir verraten. Ich habe sie nun kennengelernt, und wie sie alles aufgefaßt hat, das hat mich überzeugt, daß ich ihr unrecht getan habe mit meiner Aversion. Offen heraus, Conny: Ich habe mich ganz schauderhaft gegen sie benommen, weil ich glaubte, sie sei eine berechnende Komödiantin, die dich in ihren Netzen gefangen hatte, um Herrin von Rodenau zu werden. Nun weiß ich es besser, und ich habe Mutter schon versprochen, daß ich sie näher kennenlernen und mich gern überzeugen lassen will, daß sie zu deinem Glück nötig ist. Heute vormittag war ich mit Mutter im Witwenhaus. Ich wollte mich entschuldigen.«

Conny hatte erregt zugehört. Er ergriff die Hand seines Vaters.

»Lieber, guter Vater, wie soll ich dir danken?«

Der Vater schüttelte den Kopf und sah seinen Sohn beklommen an.

»Nein, nein, danke mir nicht. Setz dich wieder und höre weiter. Als wir in das Witwenhaus kamen, erfuhren wir von der alten Dienerin, daß die Komtesse gestern abgereist ist, kurz nach unserer Unterredung. Die Dienerin war dabei, alles zu packen.«

Conny, der sich gesetzt hatte, sprang erneut auf, in Angst und Sorge.

»Vater, was hast du ihr getan?« rief er fast drohend.

Die Mutter zog ihn wieder in den Sessel zurück. Friedrich Dalheim fuhr fort, nicht minder erregt als sein Sohn:

»Ich will dir jetzt, da du das Schlimmste weißt, ausführlich und ohne jede Beschönigung berichten, was zwischen ihr und mir vorgefallen ist und was wir dann heute vormittag mit der Dienerin besprochen haben.«

Er erzählte nun ziemlich wortgetreu, was geschehen war. Nichts verschwieg er seinem Sohn, weder sein schroffes Vorgehen gegen die Komtesse noch etwas von den Gefühlen, die langsam in ihm erwacht waren für sie. Zuletzt berichtete er, was Trina heute morgen gesagt hatte.

Conny saß eine Weile wie erstarrt da. Er wußte sehr wohl, was seinen Vater diese Beichte gekostet hatte; er konnte ihm nicht mehr zürnen, wenn ihn auch die Angst und Sorge um Heide tief erregten.

Endlich, als er sich mühsam gefaßt hatte, richtete er sich langsam auf.

»Ich muß gleich zu Trina hinüber, sie muß mir sagen, wohin Heide gegangen ist. Ich muß ihr folgen, muß ihr alles erklären, Vater, wie sehr du sie mit alldem gekränkt und beleidigt hast, kannst du gar nicht ermessen! Herrgott im Himmel, wo mag sie nur herumirren in ihrem Jammer, allein und hilflos – verzeiht – ich muß jetzt zu Trina!«

Er stürmte hinaus, ohne auf den Zuruf seiner Mutter zu achten. Wie er ging und stand, eilte er durch den Park zum Witwenhaus. Trina empfing ihn wenig freundlich. Er versuchte alles, um Heides Adresse zu erfahren. Die treue Dienerin aber hielt sich nur an das, was ihre junge Herrin ihr befohlen hatte.

Außer sich und sehr niedergeschlagen kehrte Conny in das Schloß zurück. Wohin mochte Heide gegangen sein? Darüber grübelte er unablässig nach. Auch von ihm wollte sie nichts mehr wissen. Konnte ihre Liebe gestorben sein an der Erkenntnis, daß er der Sohn von Friedrich Dalheim war? Aber nein – nein, daran wollte und durfte er nicht glauben, wenn er nicht ganz verzweifeln wollte. Und mitten in seinen Grübeleien fiel ihm ein, daß er vielleicht durch den Holdei-Verlag ihre

Adresse erfahren könnte. Vielleicht hatte sie sich nach Berlin gewandt? Hatte sie ihm nicht einmal erzählt, es sei ihre Absicht gewesen, als ihre Mutter in das Stift wollte, nach Berlin zu gehen, um dort in einer Pension Wohnung zu nehmen? Aber Berlin war groß, und es gab unzählige Pensionen. Wie sollte er da ohne nähere Angaben die richtige finden? Es war wohl das beste, einige Zeit zu warten, bis sie dem Holdei-Verlag ihre Adresse mitteilen würde.

Als er in das Schloß zurückgekehrt war, fand er seine Eltern nicht weniger niedergeschlagen, als er selbst es war. Der Vater sah ihn unruhig fragend an.

»Nun, hast du Erfolg gehabt, hast du die Adresse erfahren?«

Conny schüttelte den Kopf. »Nein, aus Trina ist nichts herauszubringen. Sie glaubt, daß wir ihrer Herrin nur Böses zufügen könnten. Und ich kann ihr doch nicht sagen, daß ich Heide am liebsten auf den Armen tragen möchte. Ich sehe die einzige Möglichkeit, ihre Adresse über den Holdei-Verlag zu erfahren.«

Sein Vater blickte etwas lebhafter auf.

»So wollen wir uns doch sofort an diesen Verlag wenden, Conny.«

»Du kennst Heide nicht, Vater, sie wird sich denken können, daß ich bei dem Verlag nachfrage, und wird dort ihre Adresse vorläufig nicht angeben. Sie ist fest davon überzeugt, daß sie aus meinem Leben verschwinden muß, um dich zu überzeugen, daß sie keine berechnende Männerfängerin ist. Es ist zum Verzweifeln!«

Frau Lore faßte seine Hand.

»Nur Ruhe, mein Junge. Ohne Gottes Willen fällt kein Sperling vom Dache, er wird schon weiterhelfen. Aber vor allem vergiß nicht, daß Vater jetzt deiner Verbindung mit Heide anders gegenübersteht. Gerade durch ihr Verschwinden hat sie ihm nachdrücklich klar gemacht, daß sie nicht danach getrachtet hat, Herrin von Rodenau zu werden. Einen glänzenderen

Beweis konnte sie ihm nicht geben. Wir werden sie schon wiederfinden.«

»Aber bedenke doch, Mutter, was sie von mir denken muß, weil ich sie belogen habe.«

»Du wirst ihr schon zur Genüge erklären können, warum du dich nicht mit deinem wahren Namen zu erkennen gabst. Die Hauptsache wissen wir – daß sie dich liebt, und sie wird dich als Conny Dalheim bestimmt nicht weniger lieben denn als Verwalter Conrad. Sie wird auch nicht planlos herumirren, sondern irgendwo ein sicheres Unterkommen gesucht und gefunden haben. Laß uns jetzt erst einmal ein paar Tage warten, bis Trina Antwort von ihr erhalten hat.«

Diese Worte seiner Mutter beruhigten Conny etwas. Aber er war dennoch verzweifelt. Mit seinem Vater sprach er sich gründlich aus, und dieser war so zermürbt von allem, was er in seinem Zorn angerichtet hatte, daß er Conny versprach, nichts mehr gegen eine Heirat mit der Komtesse einzuwenden.

So unruhig und erwartungsvoll war Friedrich Dalheim, daß er sich am Montagmorgen nicht entschließen konnte, nach Berlin abzureisen. Er regelte die dringendsten Geschäfte telefonisch und wartete nicht weniger unruhig auf Nachricht von Heide als sein Sohn.

Heide war jetzt sozusagen der einzige Gesprächsstoff in der Familie Dalheim. Conny und seine Mutter überboten sich, dem Vater all die kleinen rührenden Charakterzüge zu schildern, die sie selbst beobachtet hatten. Und so erzählte Conny schließlich auch, wie ängstlich und sparsam sie mit dem Monatseinkommen gewirtschaftet und wie sie ihm gesagt habe, daß eine Schuhreparatur in der Tat schon eine Katastrophe bedeuten könne, da sie um keinen Preis Schulden machen wolle. Wie er dann auf den Gedanken gekommen sei, ihre Sorge dadurch zu erleichtern, daß er ihr durch den Holdei-Verlag das Honorar anscheinend hatte verdoppeln lassen.

»Du kannst mich hoffentlich verstehen, Vater, daß ich es

nicht ertrug, sie so schwer mit ihren Sorgen ringen zu lassen. Denn du mußt bedenken, daß ihre Mutter ziemlich anspruchsvoll war. Und Schulden zu haben schien ihr das größte Unglück zu sein, weil sie zu Lebzeiten ihres Vaters so sehr darunter hatte leiden müssen. Sie sagte mir einmal: Ich wagte es nie, den Menschen ins Gesicht zu sehen, denen wir etwas schuldig waren. Es hat mich so furchtbar gequält, daß wir überall Verpflichtungen hatten, daß ich mir lieber jede Annehmlichkeit versage, als je wieder einen Pfennig schuldig zu bleiben.«

Nachdenklich hatte Friedrich Dalheim zugehört, und als Conny schwieg, sagte er:

»Das gefällt mir sehr. Je mehr ihr mir von dieser kleinen Komtesse erzählt, desto mehr bedaure ich es, sie gekränkt zu haben. Und daß du ihr auf diese Weise geholfen hast, kann ich dir nicht übelnehmen. Aber wenn sie das je erfahren hätte, mein lieber Junge, dann hättest du sie vielleicht tiefer gekränkt und gedemütigt als ich mit meinem Zorn.«

»Um Gottes willen, Vater, nie hätte sie das erfahren dürfen! Du kannst dir ja denken, daß ich alle nötigen Vorkehrungen getroffen habe, daß diese Angelegenheit von seiten des Verlags diskret behandelt wird.«

XX

Einige Tage vergingen so in gesteigerter Ungeduld. Frau Lore hatte am Sonntag Trina noch einmal aufgesucht, um ihr einzuschärfen, sie solle ihrer Herrin mitteilen, man bitte sie in einer sehr wichtigen Angelegenheit um ihre Adresse.

»Wenn Sie nicht in diesem Sinne schreiben, Trina, dann sind Sie schuld, daß die Komtesse zeitlebens unglücklich wird. Ich gebe Ihnen mein Wort, daß wir nur etwas Gutes mit ihr im Sinn haben.«

Darauf hatte sich Trina entschlossen, der Komtesse zu schreiben. Aber als Conny einige Tage später wieder bei ihr anfragte, ob noch keine Antwort eingetroffen sei, erwiderte Trina, sie habe geschrieben und auch Antwort erhalten, aber ihre gnädigste Komtesse habe ihr nochmals eingeschärft, ihren Aufenthalt um keinen Preis zu verraten – an keinen Menschen, wer es auch sei.

Conny wußte nicht, ob er Trina glauben dürfe, aber seine Geduld war jedenfalls erschöpft. Er war vor Verzweiflung außer sich und erklärte, zu seinen Eltern zurückgekehrt, er könne das untätige Warten nicht mehr aushalten, er wolle nach Berlin und den Holdei-Verlag aufsuchen. Vielleicht, daß er dort Heides Adresse erfahren könne.

Sein Vater übergab ihm einen Brief, der in seiner Abwesenheit eingetroffen war.

»Er ist vom Holdei-Verlag, Conny. Lies den Brief erst einmal, dann wollen wir weitersehen. Ich bin jetzt auch dafür, nicht mehr länger abzuwarten. Wer weiß, ob Trina wirklich geschrieben hat, diese in ihrer Treue äußerst widerspenstige Person ist wohl imstande, aus Sorge für ihre Herrin allerlei Dummheiten zu begehen.«

Conny griff erregt nach dem Brief und las:

Sehr geehrter Herr Dalheim!

Es tut mir leid, Ihnen mitteilen zu müssen, daß ich Ihre zuletzt angewiesene Summe von zweihundert Mark an Sie zurückgehen lassen mußte. Wir können auch ferner keine Zahlungen von Ihnen auf das Konto der Gräfin Rodenau annehmen. Durch einen unglücklichen Zufall hat die Komtesse erfahren, daß Sie bisher diese scheinbare Honorarerhöhung bestritten haben. Sie hat uns am Montagvormittag besucht, um ein fertiges Manuskript abzuliefern. Und während sie im Vorzimmer eine Weile warten mußte, hörte sie unglückseligerweise, wie zwei unserer Angestellten über Buchführungs-Angelegenheiten sprachen, auch über den von Ihnen eingegangenen

Posten von zweihundert Mark. Die Komtesse war durch diese Eröffnung so unglücklich, daß sie sich kaum beruhigen konnte. Sie verlangte energisch, daß Ihnen das Geld zurückgesandt würde, und sie will auch die früheren Zahlungen so schnell wie möglich zurückzahlen.

Um Sie einigermaßen über das Schicksal zu beruhigen, da ich annehme, daß Sie ehrlich darum besorgt sein werden, will ich Ihnen noch mitteilen, daß die Arbeiten der Komtesse jetzt viel besser und flüssiger geworden sind, so daß wir ihr das Honorar von uns aus erhöht haben. Es tut uns sehr leid, daß ein unglücklicher Zufall Ihre sicher gutgemeinte Absicht durchkreuzt hat. Wir empfehlen uns Ihnen

mit vorzüglicher Hochachtung
Holdei-Verlag
Dr. Wendler

Als Conny diesen Brief durchgelesen hatte, stöhnte er auf: »Auch das noch!«

»Was ist denn, Conny?« fragte der Vater.

Dieser reichte ihm mit blassem Gesicht den Brief.

Friedrich Dalheim bekam beim Lesen dieses Briefes einen neuen Aufschluß über Heides Charakter. Trotz ihrer Armut wollte sie sich nichts schenken lassen, sie nahm lieber die größten Entbehrungen auf sich, um das Geld zurückzahlen zu können. Und die Entdeckung, daß Conny dieses Geld für sie eingezahlt hatte, war für sie kaum weniger demütigend gewesen als das, was er ihr getan hatte. Das ging deutlich aus diesem Brief hervor.

Friedrich Dalheim ließ den Brief sinken und sah in Connys verstörtes Gesicht.

»Du mußt jetzt sofort nach Berlin fahren, Conny. Dieser Doktor Wendler muß dir ihre Adresse geben.«

»Wenn sie ihm nicht auch verboten hat, sie zu verraten. Das nehme ich als sicher an«, sagte Conny bedrückt.

»Dann mußt du Doktor Wendler ganz offen erklären, wie es zwischen dir und der Komtesse steht und daß du sie um jeden Preis sprechen mußt. Mach dich fertig, Conny, ich fahre mit dir nach Berlin.«

Frau Lore umarmte ihren Sohn.

»Habe nur keine Angst, Conny; was du getan hast, ist nur aus Liebe geschehen, und das verzeiht eine Frau immer.«

Vater und Sohn fuhren im Auto nach Berlin. Vor den Toren Berlins lag die große Fabrik, deren Gründer Fritz Dalheim war. Hier setzte Conny seinen Vater ab und fuhr dann weiter nach Grunewald, wo er in der Villa seiner Eltern das Gepäck abgab und meldete, daß der Vater mittags dort sei. Dann fuhr er gleich weiter, direkt zum Holdei-Verlag.

Es war kurz vor Mittag, als er sich bei Doktor Wendler melden ließ, der ihn sofort empfing. Er begrüßte ihn und merkte sehr wohl, daß Conny furchtbar aufgeregt war.

»Verzeihen Sie, wenn ich Sie in einer privaten Angelegenheit behellige, Herr Doktor. Als ich Ihr Schreiben heute vormittag erhalten hatte, bin ich sofort aufgebrochen, um mit Ihnen zu sprechen. Daß Komtesse Rodenau erfahren hat, daß ich die Honorarerhöhung bezahlt habe, ist mir unsagbar peinlich. Ich weiß, wie gedemütigt sie sich dadurch gefühlt hat. Ich muß das unbedingt sofort wiedergutmachen. Doch leider weiß ich momentan nicht, wo sie sich aufhält. Ich bin seit Tagen in einer qualvollen Unruhe über ihr Ergehen, allein Ihre Mitteilung, daß sie hier bei Ihnen gewesen ist, hat mich ein wenig von dieser Unruhe erlöst. Ich bitte Sie dringend, Herr Doktor, teilen Sie mir die neue Adresse der Komtesse mit.«

Doktor Wendler machte ein betretenes Gesicht.

»Leider kann ich Ihnen diesen Wunsch nicht erfüllen, die Komtesse hat mir strikte Weisung gegeben, keinem Menschen ihre Adresse zu verraten.«

»Das dachte ich mir! Aber wenn Sie wüßten, Herr Doktor,

in welch verzweifelter Lage ich bin, würden Sie sich doch bereitfinden, mir ihre Adresse zu verraten.«

»Damit würde ich wahrscheinlich eine ebenso große Torheit begehen wie die, als ich einwilligte, Ihre Zahlungen für die Komtesse anzunehmen.«

»Aber lieber, verehrter Herr Doktor, diesmal begehen Sie ganz gewiß keine Torheit, sondern tun nur ein gutes Werk. Um Sie davon zu überzeugen, will ich ganz offen zu Ihnen sein. Ich hoffe, daß die Komtesse bald meine Frau wird. Ich liebe sie, und sie liebt mich, aber – es haben sich in der letzten Zeit einige Mißverständnisse zwischen uns aufgetürmt, und sie hat Hals über Kopf Rodenau verlassen, ohne mir davon Kenntnis zu geben, ohne ihre Adresse mitzuteilen. Ich bin nun, Gott sei Dank, in der Lage, alles was zwischen uns steht, fortzuräumen; mein Vater hat mir jetzt seine Einwilligung zu einer Verbindung mit ihr gegeben. Könnte ich sie nur sprechen, würde alles zwischen uns gut werden. So, Herr Doktor, nun sind Sie informiert, und sagen Sie mir nicht, daß Sie das Herz haben, mir keine Auskunft zu geben. Sie werden Ihre Bedenken aufgeben und mir ihre Adresse geben, ich bitte Sie inständig. Bedenken Sie, daß ich sie ja doch finden werde, es wird nur viel zu lange dauern.«

Doktor Wendler reichte ihm die Hand.

»Ich danke für Ihr Vertrauen, Herr Dalheim; ich werde Ihnen die Adresse geben. Die Komtesse wird es mir hoffentlich verzeihen.«

»Das glaube ich bestimmt.«

Doktor Wendler blätterte in seinem Notizbuch.

»Die Komtesse wohnt Fasanenstraße 14, in der Pension von Frau Doktor Schirmacher.«

Conny atmete auf, wie von tiefer Pein erlöst.

»Ich danke Ihnen, Sie haben mir einen großen Dienst erwiesen und der Komtesse auch, das dürfen Sie mir glauben. Darf ich vielleicht einmal Ihr Telefon benutzen?«

Conny trat an den Tischapparat und rief seinen Vater an. Dieser meldete sich sofort.

»Vater, Heides Adresse habe ich jetzt gottlob. Sie hatte freilich Order gegeben, daß niemand sie erfahren sollte. Aber Herr Doktor Wendler hatte Erbarmen, nachdem ich ihm das Wichtigste gesagt habe. Ich fahre jetzt gleich zu ihr, und sobald ich mich mit ihr ausgesprochen habe, rufe ich dich wieder an.«

»Viel Glück auf den Weg, Conny!«

Conny legte auf und verabschiedete sich von Doktor Wendler. Unten stieg er in den Wagen und gab dem Chauffeur Heides Adresse an. Aber dann kam ihm der Gedanke, daß Heide ihn vielleicht vor dem Hause vorfahren sehen könnte und sich verleugnen lassen würde. Er gebot also dem Chauffeur, Ecke Kantstraße/Fasanenstraße zu halten.

Der Wagen fuhr ihm viel zu langsam, er konnte es kaum erwarten, sein Ziel zu erreichen. Als der Wagen hielt, gab er dem Chauffeur Weisung, nach einer Weile am Hause Fasanenstraße 14 vorbeizufahren und dort auf ihn zu warten.

Dicht an den Häusern entlanggehend, betrat Conny das Haus, in dem die Pension war, und stieg klopfenden Herzens die Treppe empor. In der zweiten Etage las er am Türschild den Namen Schirmacher und klingelte. Eine Angestellte öffnete die Tür.

»Ist die Komtesse Rodenau daheim?«

Verdutzt sah ihn das Mädchen an.

»Eine Komtesse wohnt hier nicht, nur ein Fräulein Rodenau«, sagte sie. Heide hatte die Pensionsinhaberin gebeten, als sie den Meldezettel ordnungsgemäß ausgefüllt hatte, daß sie hier nur als Fräulein Rodenau gelten wolle.

Conny nickte und drückte dem Mädchen ein Trinkgeld in die Hand, was diese sehr diensteifrig machte.

»Es ist gut, Fräulein, ist die Dame zu Hause?«

»Ja, mein Herr!«

»Dann bitte melden Sie ihr, ein Herr, der vom Holdei-Verlag käme und geschäftlich etwas mit ihr zu bereden habe, wolle sie sprechen.«

Das Mädchen ließ ihn eintreten.

»Bitte, nehmen Sie Platz, ich werde Fräulein Rodenau benachrichtigen.«

Conny betrat ein schmales, freundlich ausgestattetes Zimmer, in dem die Pensionäre des Hauses Besuche empfangen konnten. Das einzige Fenster lag zum Hof hinaus, und es war daher nicht sehr hell in dem kleinen Raum.

Conny stellte sich mit dem Rücken gegen das Fenster, so daß sein Gesicht im Schatten blieb und Heide ihn nicht sogleich erkennen konnte.

XXI

Voller Unruhe wartete er. Aber es dauerte nicht lange, bis Heide erschien, denn sie glaubte wirklich, daß ein Herr vom Verlag sie zu sprechen wünschte. Ahnungslos, wer sie erwarte, trat sie ein.

Conny sah mit Herzklopfen, wie blaß sie aussah und wie müde ihre Augen blickten. Sie aber erkannte ihn erst, als sie dicht vor ihm stand und eben nach seinem Begehr fragen wollte. Das Wort blieb ihr im Mund stecken, erschrocken wich sie zurück und machte eine fluchtartige Bewegung.

Er aber vertrat ihr schnell den Weg.

»Sie? Das hätten Sie mir ersparen können«, stieß sie außer sich hervor.

Er streckte die Hände nach ihr aus.

»Ich bitte, beschwöre Sie, Heide, hören Sie mich an, laufen Sie nicht davon. Jedem Verbrecher gibt man Gelegenheit, sich zu verteidigen. Wollen Sie mir diese Gelegenheit verweigern?«

Sie faßte sich mühsam, am ganzen Körper zitternd, ihr Puls

flog. Sie richtete sich stolz auf, obwohl sie ihm am liebsten um den Hals gefallen wäre.

»Ich wüßte nicht, was Sie mir zu sagen hätten, nach allem, was geschehen ist, Herr Dalheim!« sagte sie mit bebender Stimme.

»Sie sprechen diesen Namen aus wie einen schweren Vorwurf. Aber ich flehe Sie an, sehen Sie darin, daß ich mich Ihnen unter einem falschen Namen genähert habe, nichts, was Sie kränken oder verletzen könnte. Hören Sie mich an: Ich kam, als ich das erstemal mit meinem Vater in Rodenau weilte, durch den Park. Ich war ganz allein. Sie und Ihre Frau Mutter hatten uns nicht empfangen. Aber – ich sah Sie. Sie standen am Parkteich und blickten traurig vor sich hin, wischten, unwillig über sich selbst, ein paar Tränen fort. Und – mein Herz gehörte Ihnen von dieser Stunde an. Ich konnte nichts anderes mehr denken, als wie ich Ihnen helfen könnte, wie ich Sie mir erringen könnte. Am liebsten hätte ich meine bereits geplante Weltreise aufgegeben, um in Ihrer Nähe bleiben zu dürfen, wenn ich nur einen plausiblen Vorwand gefunden hätte.«

Sie stand noch immer stolz und unnahbar vor ihm.

»Und da erfanden Sie eine Geschichte von Witwenrechten und Gerechtsamen«, sagte sie bitter.

»Ich erfand sie nicht, es existierten wirklich solche Rechte, wenn sie auch für uns vielleicht anfechtbar gewesen wären. Aber das war unwichtig. Für uns waren sie bindend, denn es war uns unmöglich, zwei hilflose Frauen heimatlos zu machen. Außerdem hatte mein Vater Rodenau von den Gläubigern so billig gekauft, daß er gern in dieser Form an die Hinterbliebenen des Grafen Rodenau eine kleine Aufwertung zahlte.«

Sie preßte die Handflächen zusammen.

»Sie wissen, daß ich das alles nur meiner Mutter wegen annahm, ich konnte sie nicht heimatlos machen, obwohl ich ahnte, daß dieses Recht nur ein von Ihrem Vater freiwillig ausgeübtes war. Und daraus leitete wohl Ihr Vater das weitere Recht ab, mich in eben dem Haus, das seine Gnade uns angewiesen hatte, unerhört zu beleidigen.«

Er wurde blaß. Sie bemerkte es und wußte, wie sehr sie ihn getroffen hatte.

Er sah sie traurig an. »Ich hoffe, daß Sie das nicht wirklich glauben, Komtesse. Wenn mein Vater Sie gekränkt hat, so geschah es nur, weil er glaubte, ich würde an Ihrer Seite unglücklich werden, weil er Sie eben nicht kannte.«

Sie machte eine abwehrende Bewegung.

»Lassen wir das! Es hat ja auch im Grunde nichts damit zu tun, daß Sie sich unter falschem Namen vorstellten.«

»Verzeihung, Komtesse, ich habe mich Ihnen nicht unter falschem Namen vorgestellt, habe nur nicht widersprochen, als Sie annahmen, daß ich der Verwalter sei.«

»Das sind Spitzfindigkeiten. Sie wollten mich in einem falschen Glauben über Ihre Person lassen.«

»Gewiß, und ich will Ihnen jetzt erklären, warum ich das tat. Ich wußte, daß Ihre Frau Mutter meinen Vater und mich unter dem verächtlichen Sammelbegriff ›Neureich‹ abgetan hatte. Damals wußte ich noch nicht, ob Sie uns nicht ebenso gegenüberstanden. Ich fürchtete, Sie würden jeder Begegnung mit mir ausweichen, wenn Sie mich als den ›jungen Herrn Neureich‹ kennenlernten. Ich liebte Sie damals schon und wollte Gelegenheit haben, wenigstens Sie kennenzulernen und von Ihnen gekannt zu werden. War es also ein unverzeihliches Verbrechen, Heide? Und war es ferner ein gar zu großes Verbrechen, daß ich, nachdem ich Sie kennengelernt hatte und nicht mehr zu fürchten brauchte, als Sohn meines Vaters von Ihnen mißachtet zu werden, Ihnen gegenüber der Verwalter Conrad blieb? Es hat mich im tiefsten Herzen beglückt, daß der arme Verwalter anfing, Ihr Herz zu erobern!«

Sie wich seinen Augen aus, und er sah, wie sie mit einer aufsteigenden Weichheit kämpfte. Aber so schnell gab sich Heide nicht gefangen.

»Ich sehe das nicht mehr als Verbrechen an. Aber das alles berechtigt Sie doch nicht, mich zu zwingen, Unterstützungen von Ihnen anzunehmen. Wenn Sie mich wirklich geliebt hätten, hätten Sie mich nicht so namenlos demütigen können.«

Er merkte, wie ihre Stimme brach, und seufzte tief auf.

»Es ging über meine Kraft, Sie darben zu sehen, Sie so sehr in Not zu wissen, daß eine Schuhreparatur Ihnen als eine Katastrophe erschien. Ich wußte nicht, wie ich das ändern konnte, ohne Sie demütigen zu müssen, und hoffte überdies, Sie würden meine kleine List niemals erfahren. Es war ja so wenig, was ich für Sie tun konnte, da ich Ihnen doch am liebsten die ganze Welt zu Füßen gelegt hätte. Sie sollten es nie erfahren.«

Immer weicher wurde ihr ums Herz, aber sie verlor ihre Haltung nicht.

»Ich habe es aber doch erfahren, zum Glück, weil ich Ihnen nun das Geld zurückgeben kann. Aber wie sehr ich mir erniedrigt vorkam, als ich es durch einen Zufall erfuhr, können Sie mir kaum nachfühlen. Da ich eben erst eine unerhörte Beleidigung durch Ihren Vater hatte über mich ergehen lassen müssen, war es noch schwerer«, stieß sie hervor.

Er hob flehend die Hände.

»Ach, Heide, Heide, lassen Sie doch vorläufig meinen Vater aus dem Spiel! Jetzt sollen Sie mir erst sagen, ob Sie das, was ich Ihnen getan habe, nicht verzeihlich finden, weil doch alles nur aus übergroßer Liebe für Sie und aus Sorge um Sie geschah. Ich liebe Sie, Heide, das müssen Sie wissen, liebe Sie mit aller Inbrunst meines Herzens. Was Sie mir durch Ihre Flucht angetan haben, war so schlimm, daß mir die Worte dafür fehlen. Wie habe ich mich um Sie gesorgt und gebangt! Trina wollte mir Ihre Adresse nicht verraten, weil Sie es verboten hatten. Das war grausam von Ihnen, Heide. Lieben Sie mich denn nicht mehr, weil ich nicht der arme Verwalter Conrad bin? Bedeute ich als Conny Dalheim so viel weniger für Sie? Gibt es da wirklich einen Unterschied für Sie?«

Sie preßte die Hände zusammen, ihre Lippen bebten, als sie erwiderte:

»Dem Verwalter Conrad konnte ich meine Liebe schenken, wenn ich auch wußte, daß wir einander nie angehören konnten, weil wir beide arm waren. Der Sohn des Herrn Dalheim – ach, lassen Sie das, lassen Sie sich von Ihrem Vater klarmachen, daß ich mit dem nichts gemein haben kann.«

»Also dem Sohn Friedrich Dalheims wollen Sie Ihre Liebe entziehen? Das können Sie nicht, Heide, und das werden Sie auch nicht. Heide, wollen Sie mir nicht verzeihen, wollen Sie nicht meine geliebte Frau werden, damit ich alles wiedergutmachen kann?«

Sie erzitterte bei dem flehenden Klang seiner Stimme, zwang sich aber mit Aufbietung aller Kraft zur Ruhe.

»Verzeihen will ich Ihnen – ich habe schon verziehen. Ich liebe Sie auch noch, aber Ihre Frau kann ich trotzdem nicht werden. Ihr Vater hat mir ins Gesicht gesagt, was er von mir hält. Sie wissen, ich bin sonst nicht stolz, aber so stolz bin ich doch, daß ich mir so etwas nicht nachsagen lasse. Und daß ich mich nicht in eine Familie dränge, die mich nicht aufnehmen will.«

Er faßte ihre Hand.

»Heide, mein Vater hat übereilt gehandelt, weil er Sie nicht kannte und weil er mein Lebensglück gefährdet glaubte. Er hat es bitter bereut und ist tief bekümmert, daß er Ihnen unrecht getan hat. Denn daß das der Fall ist, hat er längst eingesehen, schon in dem Augenblick, als Sie zusammenschraken bei der Enthüllung, daß ich sein Sohn sei. Er hat mir alles gebeichtet, und durch Ihr Verhalten haben Sie sein ungerechtes Vorurteil besiegt. Heide, er gibt freiwillig seine Einwilligung zu unserer Verheiratung, und Mutter wartet sehnlichst auf ihr geliebtes Töchterchen. Sie war schon lange mit mir im Bunde. Sie können also nicht sagen, daß Sie sich in unsere Familie eindrängen. Mit offenen Armen nimmt man Sie auf. Ach, Heide, süße, liebe Heide, laß mich nicht so lange betteln, sag mir doch, daß du meine Frau werden willst!«

Seine Stimme wurde unsicher. Sie hob die Augen zu ihm auf, und diese wunderschönen grauen Augen waren feucht.

»Ihr Vater? Kann das möglich sein, daß er seine Ansicht so radikal geändert hat? Ihre Mutter? Ja, ich fühle es, daß sie mir gut ist. Aber Ihr Vater? Er war so beleidigend, so schroff. Er sollte so schnell anderen Sinnes geworden sein?«

Er zog sie an den Händen zu sich heran.

»Heide, auch du mußt meinen Vater erst kennenlernen, dann wirst du ihn verstehen und ihm verzeihen. Aber das laß dir sagen, ich hätte auch nicht von dir gelassen, wenn mein Vater mir seine Einwilligung nicht gegeben hätte. Aber es hätte mir weh getan, denn ich liebe und verehre meinen Vater, du wirst das auch lernen. Trennen hätte er mich nicht von dir können. Du wärst auch mit dem armen Verwalter glücklich geworden, ja, Heide?«

»Vielleicht wäre er mir lieber gewesen als der Sohn des reichen Herrn Dalheim.«

»Heide, vergiß nun alles außer unserer Liebe; Mutter hat mir zum Trost gesagt: Eine Frau verzeiht alles, zumal das, was aus Liebe zu ihr geschah. Liebe, süße Heide!«

Unter dem flehenden Klang dieser Worte schmolz ihr letzter Widerstand dahin. Sie hatte nicht mehr die Kraft, ihn von sich zu weisen, als sie fühlte, daß er seinen Arm um sie schlang. Sie fühlte seine Lippen auf den ihren, spürte beseligt, wie sehr sie geliebt wurde, und lag still an seinem Herzen. Immer wieder drückte er seine Lippen auf die ihren. Und dann hielt er sie von sich ab und sah sie an.

»Noch nicht ein einziges Mal hast du mich bei meinem Namen genannt, Heide.«

Ein Lächeln flog über ihr Gesicht.

»Ich erfuhr ihn ja erst, als ich schon glaubte, für immer von dir getrennt zu sein. Conny, Conny – ich hab dich lieb!«

Seine Augen strahlten vor Glück.

»Heide, süße Heide, meine kleine Komtesse, meine süße kleine Gräfin, nun wirst du eine ganz simple Frau Dalheim.«

Sie richtete sich in seinen Armen auf.

»Du weißt ja, wie ich über Titel denke, Conny. Aber deine Frau werde ich nur, wenn dein Vater selbst mich darum bittet.«

Er lachte glückselig. »Das soll er, Heide, und das wird er auch, er wird glücklich sein, dir sein Unrecht abbitten zu können. Denn du hast auch ihn besiegt, obwohl er sich so grantig angestellt hat. Er war um so härter, da er fürchtete, auch deinem Zauber zu erliegen. Und nun ist ihm das doch widerfahren. Er fühlte sich tief niedergedrückt durch das Bewußtsein, dich hilflos in die Welt hinausgetrieben zu haben.«

»Und wie erfuhrst du meine Adresse?«

»Durch Doktor Wendler. Ich erschien ihm so erbarmungswürdig mit meiner Sehnsucht nach dir, daß er sich erweichen ließ und sie mir verriet. Du zürnst ihm doch nicht?«

Sie lächelte glücklich zu ihm auf.

»Ich bin ihm dankbar, Conny!«

Sie küßten sich wiederum, bis sie beide atemlos waren, und dann sah sich Conny mißbilligend in dem kleinen Zimmer um.

»Schauderhaft, Heide, daß wir in diesem ungemütlichen Zimmer unsere ersten Küsse tauschen mußten! Das ist kein würdiger Rahmen für meine kleine Gräfin.«

»Die Gräfin lassen wir von nun an endgültig in der Versenkung verschwinden. Ich bin deine Heide, nichts als deine Heide.«

Dafür mußte er sie wieder küssen. Aber dann sagte er:

»Jetzt entführe ich dich aber, Heide, wir fahren hinaus zur Villa meiner Eltern und speisen dort mit Vater zu Mittag.«

Sie sah betreten zu ihm auf und schüttelte den Kopf.

»Nein, Conny, ungerufen betrete ich das Haus deines Vaters nicht.«

Er lachte.

»Stolze Heide! Du hast ja recht! Warte, kann man hier telefonieren?«

»Gewiß, draußen in der Diele ist der Apparat.«

»So komm, du sollst hören, was ich mit Vater bespreche. Aber halt, erst noch einen Kuß.«

Sie hielt still und küßte ihn wieder. Und dann gingen sie hinaus, und Heide führte Conny an das Telefon. Die Diele war zum Glück ganz leer. Um diese Zeit pflegten die Pensionsgäste im Speisezimmer zu sein.

Als Friedrich Dalheim sich am Apparat meldete, sagte Conny: »Vater, ich habe sie gefunden!«

»Gottlob! Und deine Stimme klingt, als sei nun alles gut.«

»Ja, Vater, in der Hauptsache ist alles gut. Ich wollte Heide mit hinausbringen, damit wir zusammen speisen könnten, aber sie weigert sich, sie sagt, daß sie nicht ungerufen in dein Haus käme.«

»Recht hat sie! Kann ich sie nicht am Telefon sprechen?«

»Ja, Vater, sie steht neben mir.«

»Dann gib ihr den Hörer!«

»Vater will dich sprechen, Heide.«

Diese nahm den Hörer und sagte ein wenig zaghaft: »Da bin ich, Heide Rodenau!«

»Gott sei Dank, Kind, daß wir dich wiederhaben! Du hast uns heiße Tage gemacht. Aber ich war schuld, ich habe mich schrecklich gegen dich benommen. Ein alter Mann soll kein Hitzkopf sein, sondern erst genau überlegen, was gut und richtig ist. Aber was ich dir sonst noch zu sagen habe, muß Auge in Auge mit dir geschehen. Ich möchte dich auch mit Conny zusammen sehen. Bitte komme mit ihm heraus, wir speisen zusammen, und du mußt mir feierlich Absolution erteilen. Willst du?«

»Von Herzen gern.«

»Gut, ich werde dir bis an die Pforte meines Hauses entgegenkommen. Kommt nur schnell alle beide, ich möchte meines Connys Gesicht wieder hell und froh sehen. Wie sieht er denn jetzt aus?«

Da lachte Heide leise.

»Ich glaube, sehr glücklich.«

»Und du?«

»Noch glücklicher!«

»Na, das will ich selbst sehen. Auf Wiedersehen!«

Heide sah strahlend zu Conny auf.

»Vater war sehr lieb, Conny, er erwartet uns.«

»Dann mach dich schnell fertig, Heide.«

»Du mußt aber ein Weilchen warten, ich muß mich noch ein wenig schön machen.«

»Noch schöner?« fragte er in zärtlichem Übermut.

Sie nickte ihm lächelnd zu und ging in ihr Zimmer. Da stand sie erst mal eine Weile still da, mit geschlossenen Augen und auf das Herz gepreßten Händen.

»Vater im Himmel, ich danke dir«, sagte sie innig vor sich hin.

Die Fahrt mit Conny zum Grunewald würde Heide nie vergessen, so viel Liebes und Schönes sagte ihr Conny. Als der Wagen bei der Villa Dalheim vorfuhr, stand Connys Vater schon auf der Schwelle und empfing das Brautpaar. Groß und ernst sah er Heide an, als er ihre Hände faßte.

»Kannst du mir verzeihen, kleine Komtesse?«

Da legte sie sich, von seinem Blick bezwungen, in seine Arme.

»Lieber Vater! Böser, lieber guter Vater! Ich habe nichts zu verzeihen. Du warst im Recht, das Glück deines Sohnes zu verteidigen, das du in Gefahr wähntest.«

»Das verstehst du also?«

»Nur allzugut, lieber Vater. Aber sei unbesorgt, Connys Glück ist bei mir so gut aufgehoben wie das meine bei ihm.«

»Das nehme ich als ein Gelübde, Komteßchen, und wenn es dir ernst ist, werden wir uns immer gut verstehen.«

Er führte sie mit altväterlicher Galanterie, die ihm sehr wohl anstand, in sein Haus. Conny ging strahlend nebenher.

Dann speiste man zusammen. Der alte Herr fühlte, wie sein Herz immer wärmer für seine reizende Schwiegertochter schlug. Als die Mahlzeit zu Ende war, sagte er:

»Jetzt müssen wir aber alle zu Mutter hinausfahren, ohne Mutter ist das alles nur eine halbe Sache. Mutters Freude will ich doch auch sehen. Wie ist es denn mit deinen Sachen, Heide, du wirst doch deinen Koffer brauchen?«

»Vater, wenn wir an der Pension vorbeifahren, ist mein Koffer in fünf Minuten gepackt, ich habe ja nur das Nötigste bei mir.«

»Und das andere wird die störrische Trina inzwischen gepackt haben.«

Ein Lächeln glitt über Heides Züge.

»Trina hat mir geschrieben: Alle aus dem Schloß quälen mich, ich soll meiner gnädigsten Komtesse Adressc verraten, aber ich gebe sie unter keinen Umständen, die wollen meiner gnädigsten Komtesse doch nur Übles tun.«

»Sie wird sich wundern, Heide!«

»Du mußt ihr verzeihen, sie ist ein wenig verschroben, aber treu wie Gold.«

»Du wirst sie in deinen Diensten behalten, Heide, treue Leute muß man sich warmhalten«, sagte der Vater.

»Ich werde sie nicht gehen lassen, Vater.«

»Also, nun macht euch auf den Weg zur Pension, regelt dort alles. Du wirst nicht wieder dahin zurückkehren. Und dann holt ihr mich in der Fabrik ab, ich werde inzwischen noch einiges erledigen.«

XXII

Frau Lore hatte mit großer Unruhe auf Nachricht gewartet und war nun sehr glücklich, als Conny ihr Heide zuführte.

»So, Mutter«, sagte Friedrich Dalheim, »nun habe ich wieder ein gutes Gewissen, und jetzt wollen wir ganz still und friedlich Verlobung feiern.«

Frau Lore fiel ihm um den Hals, und diese Gelegenheit ließ Conny nicht ungenutzt, Heide in seine Arme zu nehmen.

Während Frau Lore eine Verlobungsfeier richtete, begab sich das Brautpaar in das Witwenhaus. Sie fanden Trina dort inmitten eines großen Durcheinanders. Als sie ihre Komtesse Arm in Arm mit Conny auf der Schwelle des Wohnzimmers stehen sah, in dem sie gerade herumhantierte, starrte sie hinüber, als sähe sie einen Geist. Der Schreck fuhr ihr dermaßen in die Glieder, daß sie kraftlos in einen Sessel fiel, ganz gegen alle Form.

»Allmächtiger Gott, das ist doch meine gnädigste Komtesse!« rief sie, gleich wieder in die Höhe fahrend.

Heide lachte. »Ja, Trina, nun bin ich doch zurückgekommen. Mein Verlobter hat mich wiedergeholt. Ich habe mich mit diesem jungen Herrn verlobt, Trina.«

»Aber, gnädigste Komtesse, mit einem Verwalter! Wenn das gnädigste Gräfin erlebt hätte!«

Conny lachte sie so glückselig an, daß sie noch fassungsloser wurde. »Es wird Sie auch nicht trösten, Trina, daß ich nicht der Verwalter Conrad bin, sondern Conrad Dalheim, der Sohn des Herrn Dalheim. Meine Braut wird nun doch wieder Herrin von Rodenau werden. Was sagen Sie nun, Trina?«

Die arme Trina! Sie wurde hin und her gerissen zwischen Entsetzen, daß ihre Komtesse die Frau des jungen Herrn Neureich wurde, und zwischen Stolz und Glück, daß sie wieder Herrin von Rodenau werden sollte. Sie würde bei ihrer Komtesse bleiben, das erschien ihr selbstverständlich. Sie hätte den sehen mögen, der ihr das streitig gemacht hätte!

Heide sagte ihr, nachdem Trina endlich einen Glückwunsch gestammelt hatte, daß sie im Witwenhaus alles wieder an Ort und Stelle bringen möge.

»Trina, hätten Sie meiner Mutter gehorcht, dann hätten Sie sich viel Arbeit erspart«, sagte Conny lachend.

Conny und Heide sahen sich verstohlen lächelnd an.

»Nun komm, Heide, wir wollen zu den Eltern zurück! Trina, heute abend kommen Sie bitte ins Schloß und feiern mit uns Verlobung. Ich werde Sie unserer Dienerschaft in aller Form als Kammerfrau meiner Braut vorstellen und es dann Ihnen überlassen, unser Personal darüber aufzuklären, daß ich nicht der Verwalter Conrad bin, sondern der Sohn des Hauses. Das gibt Ihnen dann gleich eine überlegene Stellung.«

Sie sah ihn unsicher an, sagte dann aber etwas gnädiger:

»Sie scheinen wenigstens zu wissen, was sich schickt, Herr Dalheim. Ich habe Sie übrigens immer für einen gebildeten Mann gehalten. Nur mit den Anredeformen, da waren Sie nicht auf der Höhe.«

»Doch, Trina, ich wußte ja schon damals, daß Heide meine Braut sein würde, und da war die gnädigste Komtesse nicht am Platze. Aber nun komm, Heide.«

Er zog seine Braut mit sich fort. Trina blieb an der offenen Tür stehen und sah ihnen nach. Und dann wischte sie sich mit dem Schürzenzipfel verstohlen ein paar Tränen aus den Augen. Sie war doch froh, daß ihre Komtesse nicht mehr allein draußen in der Welt zu sein brauchte.

Im Februar wurde Heide Conny Dalheims Frau. Da das Trauerjahr noch nicht vorüber war, wurde auf ihren Wunsch keine große Hochzeitsfeier abgehalten. Nur die engsten Freunde des Hauses, darunter auch Doktor Wendler, waren geladen. Mitte März sollte das junge Paar seinen Einzug in

Rodenau halten, da Conny dann viel Arbeit erwarten würde. In ihrem schlichten weißen Brautkleid sah Heide entzückend aus, und es war nicht zu entscheiden, wer stolzer auf sie war, der zärtliche Conny, Frau Lore oder Friedrich Dalheim. Als Conny seine junge Frau endlich aus den Armen seiner Eltern gelöst hatte und mit ihr allein im Wagen saß, sagte er, sie an sich ziehend:

»Jetzt bin ich zufrieden, daß ich dich erst mal einige Zeit für mich habe, Heide, ich bin beinahe eifersüchtig auf Vater und Mutter geworden. Sie haben in letzter Zeit viel mehr von dir gehabt als ich. Nun bist du ganz mein, süße Heide, jetzt zeige ich dir Italien, und dann gehen wir nach Rodenau. Da habe ich dich dann ganz für mich bis zum Sommer.«

Sie schmiegte sich an ihn.

»Du brauchst nicht eifersüchtig zu werden auf die Eltern, Conny, ich habe so viel Liebe in mir brachliegen lassen müssen, das drängt nun alles nach Entfaltung.«

Er preßte seine Lippen auf die ihren.

Innig aneinandergeschmiegt fuhren sie dahin, zwei selige Menschen, die sich selbst genug waren.

Liebe fragt nicht nach dem richtigen Zeitpunkt

Oxford 1938: Schon bei ihrer ersten Begegnung ist Rose sich sicher, dass Stephen die Liebe ihres Lebens ist. Doch dann bricht der Krieg aus, und sie weiß nicht, ob sie ihn je wiedersieht ...

ISBN 3-404-15169-0

**Geplatzte Träume und geheime Liebschaften:
Das Leben zweier Schwestern in Schottland**

Elspeth und Anna Patterson von Balnesmoor haben gute Ehen geschlossen: Elspeth hat einen wohlhabenden Kaufmann geheiratet und Anna den Sohn eines angesehenen Fabrikanten. Doch Elspeth' Ehe ist eine lieblose Gemeinschaft, über der der Schatten eines Geheimnisses liegt. Auch Anna ist mit ihrem Ehemann nicht zufrieden: Sie stößt seine ehrliche, gutmütig Art ab. Dafür träumt sie von Randall Bontine und wartet auf seine Rückkehr vom Krieg. Elspeth entdeckt die Liebe woanders und Annas Träume haben ungeahnte Konsequenzen ...

ISBN 3-404-15143-7

BASTEI
LÜBBE